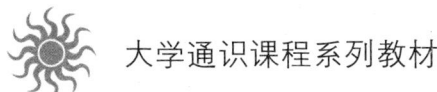

大学通识课程系列教材

唐诗经典研读

胡可先 陶然 著

2018年·北京

图书在版编目(CIP)数据

唐诗经典研读/胡可先,陶然著.—北京:商务印书馆,
2015(2018.3重印)
大学通识课程系列教材
ISBN 978-7-100-10784-6

Ⅰ.①唐… Ⅱ.①胡…②陶… Ⅲ.①唐诗—文学研究—高等学校—教材 Ⅳ.①I207.22

中国版本图书馆 CIP 数据核字(2014)第 234725 号

权利保留,侵权必究。

大学通识课程系列教材
唐诗经典研读
胡可先 陶然 著

商 务 印 书 馆 出 版
(北京王府井大街36号 邮政编码 100710)
商 务 印 书 馆 发 行
北 京 冠 中 印 刷 厂 印 刷
ISBN 978-7-100-10784-6

2015 年 1 月第 1 版	开本 787×960 1/16
2018 年 3 月北京第 2 次印刷	印张 26

定价:58.00 元

大学通识课程系列教材编辑委员会

主　任：罗卫东
副主任：董　平　郁建兴　陆国栋
委　员：王　永　王海燕　叶艳妹　刘向东　刘志军
　　　　刘朝晖　吕一民　何善蒙　余潇枫　吴勇敏
　　　　吴铮强　张德明　李　杰　李恒威　杨大春
　　　　陈志坚　周金其　胡可先　徐　亮　钱文荣
　　　　顾建民　梁敬明　章雪富　黄　健　潘士远
秘　书：留岚兰

总　序

大学之"大",在于大师,大师之"大",在于其学问之专深、气象之宏阔,境界之高迈,概言之,实为精神之"大"。综合性大学的一个重要特征就是既注重学生的专业训练,更注重培养学生深厚的人文素养、独立的思想人格、广阔的历史视野。一所好的大学要引导学生去追求超越个人感官经验的科学精神、历史理性和人类情怀,它必须要肩负起追求学术真理、推动文化传承创新和砥砺思想方式的多重功能。近代以来,博雅教育的勃兴,根源盖在于此。

国有成均,在浙之滨。浙江大学,这所有着近百二十年历史的国立综合性大学,虽历经坎坷,办学使命未曾更改;几遇沉浮,求是学风日益强固。竺可桢长校期间,一手抓科学教育和专业训练,另一手抓人文教育与精神涵养,既延揽了苏步青、王淦昌、束星北等大批杰出科学家来浙大为学生传授自然之道,更礼聘马一浮、梅光迪、张荫麟等文史大家到校为学生开启心灵智慧、揭示社会之理,校长本人兼通文理,统筹发展大局。由此,逐渐奠定了人文教育与科学教育并驾齐驱、自然科学与人文学术比翼双飞的办学特色,形成了真正意义上综合性大学的办学模式。为承续这一伟大传统,新浙江大学一直在探索新时代博雅教育的道路,除鼓励和支持学科开展多元化的教育模式试验，更尝试在学校层面构筑平台，提供条件，寻求新的方向。

近数年来，学校一直在体现博雅教育精神的通识课程建设上做文章。自2006年开始，学校将通识教育作为三大课程体系（通识课程、大类课程、专业课程）之一，2010年开始，学校适时成立了通识教育专家委员会，在原通识选修课基础上，重点建设了一批通识核心课程。这些课程覆盖哲学与社会科学、人文与艺术、数学与自然科学、工程与技术等领域，形成了具有浙大特色、辐射全国、影响国际的通识教育体系。在这一完整的教育体系之中，教材建设更是极具代表性的亮点之一，其标志就是推出一套注重经典、追踪前沿、体现批判精神和创新思维的大学通识核心课程系列教材。

浙江大学在通识核心课程启动伊始，就将教材建设置于整个课程体系的重要位置。在建设过程中，充分发挥学科优势和主讲教师特长，凸显课程特色，明确教材定位，并努力平衡三个方面的关系：第一，选用与编撰。教材的品质是决定课程质量的核心要素之一，教材建设因而是课程建设的重中之重。浙江大学作为国内高水平的研究型大学，理应将自己编撰教材置于教材建设的首位，但高品质教材的形成是一个过程，并非一蹴可就。通识核心课程教材的建设因此也就多半要经历由选用到编撰的过程，这与通识核心课程由启动到成熟的过程适相一致。第二，经典与前沿。在教材建设方面，我们最注重经典和前沿关系的处理。前者强调经典研读，注重引介能够激发学生思考的经典之作。由于各门课程都有相应的经典文献和经典理论，整合经典文献、提炼经典理论以形成相应的课程教材，也最能够深化课程的内涵，提升课程的品位。后者强调对于学术前沿的关注，由于各个学科都有相应的前沿问题，将这些前沿问题编进教材并引入课堂，也是研究型大学教学的重要特点。第三，核心与多元。根据通识核心课程的特点，我们将教材建设作为完整的体系来建构，目前出版和即将出版的教材是体系的核心部分，与这一核心部分相联系，还有相应的参考文献、与教材各章节相关的专题论文，以及以教材为中心而扩展的阅读书目,这样逐步构建以一个核心和多元辐射相结合的教材体系。

根据研究型大学的定位和通识教育的性质,我们的这套教材力求体现三个特点:一是研究性。努力在教材中挖掘经典的内涵,追踪前沿的动态,贯穿追求卓越的精神,旨在启发学生的创造性思维,培育学生发现问题和解决问题的能力。二是批判性。在教材编撰过程中,注重批判精神和求异创新,旨在促使学生在知识掌握的基础上,通过独立的选择和判断,达到思维转换和观念更新的目的。三是系统性。即体现知识传授活动区别于单纯的学术研究的重大特点和内在要求,特别注重知识的系统性。每一门课的教材,从宏观方面讲,是浙江大学通识教育体系的一个部分,从微观方面看,其自身具有一以贯之的理论体系或总体构架。

"一代儒宗"马一浮先生1937年受命为流亡中的浙江大学创作校歌,最后部分如是说:"念哉典学,思睿观通。有文有质,有农有工。兼总条贯,知至知终。成章乃达,若金之在熔。尚亨于野,无吝于宗,树我邦国,天下来同。"这精辟阐述了浙江大学的办学使命和教育理想。我们在新的时期推出这套大学通识核心课程系列教材,正是将使命和理想付诸实施的具体行动。希望这套系列教材能够为中国特色的大学通识教育贡献一份光和热。

罗卫东

2014年4月

前　言

唐诗是中华民族的时代精神、文化精神和民族精神的萃聚，唐代又是中国历史上最为强盛的朝代，以其政治的开明，思想的解放，国力的强盛，武功的显赫著称于世，其时代精神表现为气象恢弘。这样的时代精神撼动着诗人的心灵，使其充满了自信心和自豪感，映射于诗坛，表现出昂扬壮大和奋发上进的气象，体现了蓬勃的朝气和青春的旋律，也就充满着活力和创造力。唐诗就是通过唐代诗人生存状态的展示，为中华民族提供了昂扬奋发的精神。因此学习唐诗经典，也就能够在一定程度上荡涤胸中的块垒，陶冶高尚的情操，驱除功利的困扰，提升精神的境界。

唐诗是中国古代文学和文化遗产中最经典的部分，堪称登峰造极，其标志有三：一是风格极于奇正。清人朱彝尊说："学诗者以唐人为径，此遵道而周行者也。正者极于杜，奇者极于韩。"(《叶李二使君合刻诗序》)二是体制臻于完备。闻一多说："从整个文学史来看，唐诗的确包括六朝诗和宋诗，荟萃了几个时代的格调，兼收并蓄，发挥尽致，古今诗体，至此大备。"(《说唐诗》)三是境界达于巅峰。鲁迅说："我以为一切好诗，到唐已被作完，此后倘非能翻出如来掌心之齐天大圣，大可不必动手。"(《鲁迅书信集》)千百年文化凝聚的经典，既终古常见，又光景常新，"观乎人文，以化成天下"

（《周易·贲卦·彖辞》），其意义大矣。这是我们开设唐诗经典这门通识核心课程和撰写《唐诗经典研读》的缘起。

唐诗的特质，前人有过各种各样的概括和总结，钱锺书《谈艺录·诗分唐宋》说："唐诗多以丰神情韵擅长，宋诗多以筋骨思理见胜。"缪钺《诗词散论·论宋诗》说："唐诗以韵胜，故浑雅，而贵酝藉空灵；宋诗以意胜，故精能，而贵深折透辟。唐诗之美在情辞，故丰腴；宋诗之美在气骨，故瘦劲。"有时我们读了很多唐诗，如李商隐的《无题》，觉得它好却不易说出它好在哪里，但还是千遍不厌地阅读，这就是唐诗的魅力所在，妙处是它的情韵给人们带来心灵的共鸣；有时对于经典名篇，如张若虚的《春江花月夜》、崔颢的《黄鹤楼》，读起来感情上很受震撼，每读一遍都会有新的体验，文学的、生活的、心灵的体验，这是情韵丰富的唐诗经典给读者带来的新鲜感。当然，唐诗的情韵是通过特定的语言表达的，因此唐诗艺术美的突出表现是语言之美。魏晋南北朝以后，中国文人普遍重视语言美，但这样的语言美主要集中于骈文，其次才是诗歌和其他文体。语言美的表现又诉诸于声调、韵律、形态和色泽几个方面，唐代的近体诗注重平仄、对仗、声调、韵律、藻绘、辞采，融合魏晋南北朝以前古体诗、骈体文和其他各种文体之长，创造出最具汉语特点的炉火纯青的语言艺术体式。以优美的语言艺术表现浑厚的丰神情韵，是唐诗特质的精髓所在。

在学习方法和学习态度上，我们提倡文本细读。文本细读是对唐诗经典的深度解读，是在了解唐诗形成和演变一般规律的基础上，对唐诗文本的本体性挖掘和多元性阐释，也就是通过文字的细读以对诗歌的语言表现进行总体的把握，进而在更大程度上理解诗歌的思想，挖掘诗歌的内涵，体味诗歌的意境，探索诗歌的艺术。这样对于研读者来说，综合素养的提高就是重要的环节，这种素养包括理论境界、文献基础、感悟能力、鉴赏水平、创作技巧等等。同时，研读者也是主体，唐诗经典作为研读对象是客体，主体和客体的交融是经典解读的最佳状态。

我们两位作者，虽然从事中国古代文学的教学与研究已有二三十年的历史，但并没有编写通行教材的经历，在著述上，我们一直以撰写单篇论文和学术专著为主。这是因为单篇论文和学术专著便于阐发自己的见解，而通行教材为了达到系统性和全面性的要求，不得不梳理一般的概念和重复既有的知识；同时长期以来的中国古代文学教材过于重视时代演进的线性思维和平面思维，使我们对教材的撰写缺乏兴趣。但我们在近年来浙江大学通识核心课程的教学中，也体会到将自己的学术研究成果适时恰当地转化到教学过程之中，更能适应研究型大学的要求，也更能激发学生的探索兴趣、求异思维和批判精神。于是我们才尝试编写一部以唐诗经典为核心，凝聚四年来通识核心课程的教学体会，融合自己长期从事唐诗研究的成果与心得，以学术导向性为旨归，适合以大学师生为主的多种层次读者需求的带有专题性特点的教材。

基于这样的理念，我们就不采取通行的古代文学教材按照朝代和年代先后的纵向结构模式来组织内容，而是总体构架以横向展开为主，注重问题的探讨和知识点的分析，分则专题深入，合则自成系统。全书安排了十六章的内容，大要为四个单元板块。

第一至四章为经典名家，共设李白、杜甫、白居易、韩愈四章。唐诗是中国文学史的顶峰，诗家辈出，佳作如林，经过千年的衡定和淘洗，李白、杜甫、王维、白居易、韩愈、李商隐被定格为最具代表性的六大诗家。就唐诗发展演变的历程看，盛唐以李白、杜甫为代表的诗人，将唐诗推向了第一个高峰；中唐以韩愈为首的韩孟诗派，以白居易为首的元白诗派，将唐诗推向了第二个高峰。因此，本书的经典名家部分以盛唐的李白、杜甫，中唐的白居易、韩愈为分章讲授的内容。王维的主要成就在山水诗，李商隐的主要成就在爱情诗，我们在后面的经典题材中，将这两位大诗人分别置于重要位置加以阐述。

第五至八章为经典名篇，共设崔颢《黄鹤楼》、杜甫《丽人行》、白居易《长恨歌》、温庭筠《新添声杨柳枝辞》四章。选取标准考虑到三个方面：一是诗篇的内涵足以达到两个小时以上的讲授容量；二是选取盛唐诗二篇，中唐诗一篇，晚唐诗一篇，以突出盛唐诗歌的气象；三是突出文体的交融与变化，注意古体诗、格律诗、乐府诗的搭配，尤其是《新添声杨柳枝辞》既是格律诗，又是乐府诗，又与词的发展演变具有重要联系，是我们特别选取作为重点研读的篇章。同时，每章仅以一首唐诗为研读重点，也是我们对以文本为核心的唐诗经典进行多元解读的尝试。

第九至十二章为经典题材，共设山水诗、边塞诗、爱情诗、怀古诗四章。这四种题材在唐诗中最具有代表性，故我们将其作为"经典"加以讨论。唐诗题材众多，诸如山水、边塞、怀古、咏史、叙事、抒情、咏物、思乡、闺怨、离别、佛道、游仙等，应有尽有。本书选取的四种题材，大致又分两个类型：一是侧重于主观抒怀者，即爱情诗和怀古诗；二是侧重于客观表现者，即山水诗和边塞诗。

第十三至十六章为经典名著，共设《河岳英灵集》、《唐诗品汇》、《唐诗三百首》、《杜诗详注》四章。殷璠的《河岳英灵集》是产生于盛唐时期并在唐人选唐诗中影响最大的选本，对于研读唐诗具有正本清源的作用；高棅的《唐诗品汇》，确立了初唐、盛唐、中唐、晚唐四唐分期说，直至今天仍为各种唐诗分期说的主流；蘅塘退士的《唐诗三百首》是迄今影响最大、流传最广的诗歌选本，既体现了选家的诗学思想，又表现出独特的选诗标准；仇兆鳌的《杜诗详注》，体大思精，宏博该赡，是杜诗注释的集大成之作。四种名著，三种属于总集，一种属于别集，因别集过于专门，学生阅读难度较大，而研读唐诗经典，不读别集终究缺乏根基，故选取一种，以作类例。

最后设置参考文献及两个附录：一是《唐诗的分期和演进历程》，旨在对唐诗发展史进行总体的概括,与本书横向展开的构架相互补充;二是《唐诗经典研读推荐阅读书目100种》,包括基本典籍和研究论著各50种,供学习和研究者选择阅读。

　　本书由胡可先和陶然合作完成,胡可先撰写第二、三、四、五、六、七、八、九、十、十五、十六章,以及前言和附录;陶然撰写第一、十一、十二、十三、十四章。

胡可先　陶然

2014年5月15日

目 录

第一章 李白 1
  一、作为盛唐气象代表的李白 1
  二、作为道教信徒的李白 6
  三、李白诗歌的根基 11
  四、李白诗歌的激情和想象力 17
  五、李白诗歌的天才性 21

第二章 杜甫 25
  一、杜甫地位 25
  二、杜甫生平 27
  三、杜诗艺术 31
  四、杜诗渊源 42
  五、杜诗传承 45
  六、李杜优劣 50

第三章 白居易 55
  一、白居易地位 55
  二、白居易生平 58
  三、白居易思想 63

四、白氏文集 67
　　五、白诗分类 73
　　六、白诗艺术 79

第四章　韩愈 85
　　一、韩愈地位 85
　　二、韩愈生平和思想 86
　　三、韩诗新变 92
　　四、韩愈与柳宗元 100
　　五、韩门弟子 105

第五章　崔颢《黄鹤楼》 115
　　一、《黄鹤楼》异文分析 115
　　二、《黄鹤楼》与《鹦鹉赋》 120
　　三、《黄鹤楼》与《登金陵凤凰台》 124
　　四、《黄鹤楼》作者述论 128
　　五、《黄鹤楼》诗意解读 130

第六章　杜甫《丽人行》 135
　　一、《丽人行》与新题乐府 135
　　二、《丽人行》文本分析 138
　　三、《丽人行》名物意象 143
　　四、《丽人行》相关绘画 148
　　五、《丽人行》与《虢国夫人》诗 151

第七章　白居易《长恨歌》 157
　　一、《长恨歌》的流传 157

二、《长恨歌》、《长恨歌序》与《长恨歌传》的关系 162

三、《长恨歌传》辨证 169

四、《长恨歌》的主题 174

五、唐玄宗与杨贵妃爱情的考察 176

六、《长恨歌》名物释例 180

第八章 温庭筠《新添声杨柳枝辞》 185

一、一个误读的启示:晚唐诗词界限的模糊性 185

二、《杨柳枝》与《新添声杨柳枝辞》:
   从声诗到歌词 187

三、一组名物意象的考证与诠释 191

四、晚唐博戏与《新添声杨柳枝辞》的产生环境 196

五、《新添声杨柳枝辞》的表现手法 201

第九章 爱情诗 206

一、唐代爱情诗的分期和演进 206

二、悼亡诗:爱情诗的特殊类型 216

三、李商隐的爱情生活与爱情诗 224

第十章 边塞诗 232

一、从吐鲁番新出土马料帐谈起 232

二、边塞诗与古城:交河与轮台 237

三、边塞诗与关隘:烽燧与关镇 243

四、边塞诗人举例:岑参、高适、王之涣、王昌龄 246

第十一章 山水诗 257

一、唐代文人的生活方式和山水诗的新变 257

二、山水诗与山水画 262
　　三、盛唐王孟的山水诗 268
　　四、中唐柳宗元的山水诗 274

第十二章　怀古诗 278
　　一、咏史诗与怀古诗 278
　　二、由感慨到冷峻：唐代怀古诗的发展 280
　　三、刘禹锡的怀古诗 285
　　四、杜牧的怀古诗 290

第十三章　殷璠《河岳英灵集》 295
　　一、唐人选唐诗 295
　　二、殷璠与《河岳英灵集》的编选 297
　　三、《河岳英灵集》的体例 301
　　四、《河岳英灵集》的品评标准 303
　　五、《河岳英灵集》与《中兴间气集》 307

第十四章　高棅《唐诗品汇》 311
　　一、高棅与《唐诗品汇》的编撰 311
　　二、《唐诗品汇》的编排体例 314
　　三、诗学维度之一：分期 319
　　四、诗学维度之二：分体 321
　　五、诗学维度之三：分品 324

第十五章　孙洙《唐诗三百首》 327
　　一、《唐诗三百首》的编写缘起 327

二、《唐诗三百首》的选取标准 330
三、《唐诗三百首》的典范意义 334
四、《唐诗三百首》的注释与续选 340

第十六章　仇兆鳌《杜诗详注》 345
一、仇兆鳌的思想与学术 345
二、《杜诗详注》的编纂过程 353
三、《杜诗详注》的体例 355
四、《杜诗详注》的价值 356
五、《杜诗详注》的缺陷 365

附录一　唐诗的分期和演进历程 368
附录二　唐诗经典研读推荐阅读书目100种 380
参考文献 385

图表目录

图表一　宋梁楷《李白行吟图》.. 2
图表二　《唐名臣像》之杜甫像.. 25
图表三　蒋兆和绘白居易像.. 55
图表四　白居易世系表.. 62
图表五　金泽文库本《白氏文集》一.. 69
图表六　金泽文库本《白氏文集》二.. 72
图表七　《永乐大典》之韩愈像（卷18222）..................................... 85
图表八　韩愈世系表.. 87
图表九　柳宗元像... 101
图表十　杭州西湖苏小小墓... 113
图表十一　黄鹤楼... 116
图表十二　敦煌伯3619号卷子... 118
图表十三　鹦鹉洲上祢衡墓... 123
图表十四　《黄鹤楼》诗异文对照表... 133
图表十五　法门寺出土唐紫红罗地蹙金绣半臂................................... 144
图表十六　唐宴饮图... 146
图表十七　唐张萱《虢国夫人游春图》... 149

图表十八	宋李公麟《丽人行图》	150
图表十九	新疆阿斯塔那墓彩绘泥俑	154
图表二十	日本金泽文库本《长恨歌》	160
图表二一	日本正宗敦夫文库本《长恨歌序》	161
图表二二	南唐四叠银步摇、银镶玉步摇	180
图表二三	西安灞桥红旗乡郭家滩村出土金蔓草金钿	182
图表二四	唐鎏金蝴蝶纹银钗	182
图表二五	唐王母对子底描金簪	183
图表二六	唐韦应物撰书《元苹墓志》拓片	217
图表二七	《晚笑堂画传》元稹像	219
图表二八	《晚笑堂画传》李商隐像	224
图表二九	唐天宝十四载马料帐一	233
图表三十	唐天宝十四载马料帐二	234
图表三一	唐交河故城遗址	237
图表三二	乌拉泊故城轮台东门遗址	240
图表三三	唐北庭都护府遗址	241
图表三四	克孜尔尕哈汉烽燧遗址	243
图表三五	唐交河故城烽燧遗址	244
图表三六	铁门关	245
图表三七	岑参《宿铁门关西馆》诗	245
图表三八	唐白水镇遗址	246
图表三九	《王之涣墓志铭》拓片	252
图表四十	李思训《江帆楼阁图》	265
图表四一	李昭道《明皇幸蜀图》	266
图表四二	《四部丛刊》景明刊本《河岳英灵集》书影	296
图表四三	早稻田大学藏江户刻本《唐诗品汇》书影	312

图表四四　清同治十二年刻本《唐诗三百首》书影 328

图表四五　清刻本《杜诗详注》书影 346

图表四六　唐王维《江干雪霁图》.. 371

第一章 李白

一、作为盛唐气象代表的李白

诗歌史上的盛唐，主要指唐玄宗在位的开元（713—741）、天宝（742—756）年间。自唐高祖武德元年（618）立国以来，唐代社会经过了九十余年的安定，经济得到了很大的发展，到开元年间，达到全盛时期。《新唐书·食货志》说："是时，海内富实，斗米之价钱十三，青、齐间斗才三钱，绢一匹钱二百。道路列肆，具酒食以待行人，店有驿驴，行千里不持尺兵。"[1] 更为重要的是，这时候唐帝国在政治、军事和经济方面的强大，渗透入时代的精神领域内，产生出一种壮大的气魄。此时的士人，有昂扬的精神风貌、强大的自信心和积极入世的精神。士人的这种精神风貌，映射到诗歌上来，使这时的诗歌有着一种独具的昂扬、明朗的基调，一种被后人称为盛唐气象的壮大明朗的浓烈情思。在那个时代，天下安宁，士大夫生活富裕，作得佳篇秀句，即能传诵人口，流播远近；在那个时代，诗人所作被采入乐章，名登朝廷，为人所敬重；在那个时代，作诗是得名的捷径与升迁的阶梯；在那个时代，诗人是

---

[1] ［宋］欧阳修、宋祁：《新唐书》卷五一，中华书局1975年版，第1346页。

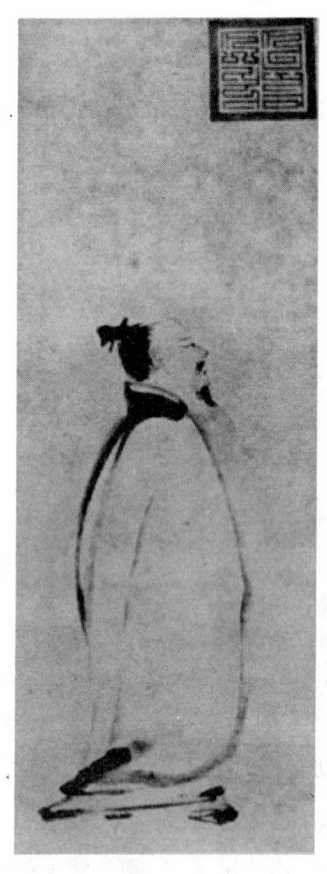

图表一
宋梁楷《李白行吟图》

最有风度与气概的。被后来的唐文宗称为"三绝"的李白歌诗、张旭草书、裴旻剑舞,就是这个时代的精神气质的代表。其实不仅是李白的歌诗,李白本人就是盛唐的象征,在诗歌史上,也一直没有再出现过第二位李白。

李白(701–762),字太白,号青莲居士。关于他的家世和出生地,学术界颇有争议。一般认为其祖籍为陇西成纪(今甘肃秦安),出生于西域碎叶城(今吉尔吉斯斯坦境内的托克马克市附近)。另有"条支"(在安息西,今伊拉克境内)、"焉耆碎叶"(今新疆焉耆)等不同说法。大约在李白四、五岁之时,其家迁居至蜀中绵州昌隆县(今四川江油),其原因亦不得而知。据说他的父亲叫李客,是一位富裕的商人,其家境应当非常优裕,故李白幼年时能得到较完备的传统教育,且很早就展现出不同凡响的一面,"五岁诵六甲,十岁观百家。轩辕以来,颇得闻矣。常横经籍书,制作不倦"[1]以及"十五观奇书,作赋凌相如"(《赠张相镐二首》其二)等李白的自述,都反映了他青少年时期的才气与傲气。这种气度无疑是属于盛唐的。

开元年间,二十五岁的李白离蜀远游,先后寓于安陆(今属湖北)、任城(今山东济宁)

---

[1] [唐]李白:《上安州裴长史书》,《李太白全集》卷二六,中华书局1977年版,第1243页。按,本讲所引李白文,均据该书,以下不再标注。

诸地。在安陆，他娶了高宗时宰相许圉师的孙女为妻。后来又娶了一位刘氏，与刘氏离异后，在山东时还曾娶有鲁地一妇人，最后娶了故相宗楚客的孙女宗氏为妻。晚年陪伴李白的还有歌妓金陵子和歌奴丹砂等。在极其重视家世门第的唐代，门第并不高贵的李白能先后得到两位故相孙女的垂青，应该主要与他的才华和作为诗人的名望有关。李白一生四处漫游，似乎每到一处，总少不了鲜衣怒马、美姜名妓的陪伴，少不了地方官员的优礼相待和酒食供给。"风吹柳花满店香，吴姬压酒劝客尝"(《金陵酒肆留别》)、"美酒樽中置千斛，载妓随波任去留"(《江上吟》)，这些诗句中的李白，是那么的浪漫与高贵、那么洒脱与轻狂，使得严谨的宋代文人王安石批评李白"识见污下，十首九说妇人与酒"[1]。可是诗人本来就不能以小廉曲谨的儒者标准来衡量，诗人本来就是超越循规蹈矩的日常生活的。唯有盛唐这个时代，才能孕育李白这样迥出常流的天才诗人。

在开元中后期的十余年间，李白的游踪从云梦、洞庭、庐山，到金陵、扬州、越中，又从江夏、襄阳、洛阳，到北方的太原，几乎遍及中原和江南诸地。迁居任城后，他与孔巢父等隐于徂徕山，号为"竹溪六逸"。在长期的漫游和隐居生涯中，他也在不断寻找机会，渴望昂首步入仕途。可是他又决不愿意与其他普通士人一样，通过科举考试步入官场，然后一级一级地在漫长的时日中获得升迁。对李白来说，那种道路即使有成为宰相的可能，也非其所愿。他仰慕傅说、姜尚、诸葛亮等历史人物，只是因为他们都能得遇明主，一朝之间，平步青云，辅佐君王，建功立业，然后再和他崇拜的越国范蠡一样，功成身退，放舟五湖。不能不说，李白是天真的，天真得可爱！这份天真是盛唐这个时代赋予他的。在那个时代中，每一位诗人都觉得自己是不世出的雄才，每一位诗人都觉得自己来到世间就是要青史留名的。唐代文人不像后代有些文人那样虚矫，他们渴望功名，追求利禄，他们就在诗文中直率

---

[1] [宋]胡仔：《苕溪渔隐丛话》前集卷六引《钟山语录》，人民文学出版社1993年版，第37页。

地表达出来："宁为百夫长，胜作一书生"（杨炯《从军行》），"致君尧舜上，再使风俗淳"（杜甫《奉赠韦左丞丈二十二韵》），"请君暂上凌烟阁，若个书生万户侯"（李贺《南园》）等等，他们似乎不太去考虑仕途的艰涩和倾轧、政治的风波和险恶，也不太去考虑自己是否真的有着适合生存于官场的能力与手腕，他们只是天真地高歌自己的理想，坚定地相信自己的未来。这种自信使得他们既绝不甘心于没世无闻，又绝不愿意卑躬屈膝。这就是盛唐塑造出的、带有普遍性的文人心态。在李白身上，这种心态体现得最为明显。他写信给当时以善于奖掖人才而著称的荆州长史韩朝宗，称赞对方声望之隆则云："生不用封万户侯，但愿一识韩荆州。"而自荐其才则云："十五好剑术，遍干诸侯。三十成文章，历抵卿相。虽长不满七尺，而心雄万夫。王公大人，许与气义……请日试万言，倚马可待。"（《与韩荆州书》）虽是干谒之举，却无半分寒乞之相，显示出高视阔步的姿态和平交公卿、傲视王侯的气度。这不能不说是盛唐时代赋予李白的自信心的体现。求仕失败后的李白，会有"大道如青天，我独不得出"的愤激，会有"欲渡黄河冰塞川，将登太行雪满山"的茫然，会有"且乐生前一杯酒，何须身后千载名"的自我安慰，但唯独不会有气馁，反而体现出"长风破浪会有时，直挂云帆济沧海"（《行路难》）以及"天生我材必有用，千金散尽还复来"（《将进酒》）的无比自信。

天宝元年（742），或许是李白的声名为玄宗皇帝所知，或许是缘于玉真公主或道士吴筠的推荐，四十二岁的李白终于奉召进入长安，供奉翰林。在出发之前，他留下了充满自信的"仰天大笑出门去，我辈岂是蓬蒿人"（《南陵别儿童入京》）的诗句。据李阳冰《草堂集序》所载，玄宗对待李白极为礼遇，"降辇步迎，如见绮皓。以七宝床赐食，御手调羹以饭之……置于金銮殿，出入翰林中，问以国政，潜草诏诰，人无知者"[1]。但这种待遇实在并不像是要将李白作为重要的行政官员来重用的模样，更像是皇帝的宾客。所谓"潜草诏诰"云云，恐怕也只能姑妄听之而已。事实上，唐代的翰林供奉、翰

---

[1] ［清］王琦：《李太白全集》附录，第1445—1446页。

林待诏与翰林学士的职权全然不同,后者是受命于皇帝、主要负责起草诏诰的政治职务,而供奉、待诏只不过是为皇帝助兴的杂流,其中固然有擅长吟诗作赋或饱读经书的文学侍从,也有司棋、唱曲等三教九流之徒,实际上就是皇帝的"清客"。李白以这种文学弄臣的身份在长安待了两三年,这当然与他的政治理想是大相径庭的。而他狂傲的个性、不肯"摧眉折腰事权贵"的心态,也决定了他实际上和这个官场是格格不入的。果然,在天宝三载李白就被"赐金放还",离开了长安。他高吟着"楚国青蝇何太多,连城白璧遭谗毁"(《鞠歌行》)的诗句,来到洛阳,与杜甫同游梁、宋,又共同与高适登临怀古。其时杜甫声名不彰,高适也不甚得志,他们也绝不会想象得到,在后人眼中,盛唐时代这三位伟大诗人的相聚,是如何地难得并且令人欣羡。

此后的李白,又南北漫游于吴越、蓟门等地。天宝十四载(755)安史之乱爆发,李白当时在宣城、庐山一带隐居。唐玄宗由长安出狩蜀中,下普安郡制置诏,命天下勤王。永王李璘遂起兵,自江陵东下,经过江州(今江西九江)时,召李白入幕府。李白素以东晋名相谢安自比,当此国家危难之际,抱着"但用东山谢安石,为君谈笑静胡沙"(《永王东巡歌》)的愿望,慷慨从军。但是,天真而缺乏政治敏感性的李白可能并不明了永王出兵东南欲与唐肃宗争天下的意图。不久,已在灵武即位的肃宗以叛乱罪讨伐李璘,李白无端被卷入了这场宫廷争斗之中,李璘兵败后,李白亦获罪被投于浔阳狱中,受到长流夜郎(今贵州桐梓)的处分。乾元二年(759),李白在流放途中遇到大赦。上元二年(761),当他得知名将李光弼出征东南,又欲从军报国,但因病而未能如愿,遂往依任当涂县令的族人李阳冰。次年病逝,年六十二岁。

作为现实生活中人,李白的一生不能说是成功的,与他的自我期许相距甚远。但在这位伟大诗人的身上、在李白极度理想化的人生态度上,后人看到了一个伟大的盛唐时代。这个时代固然不可能是完美的,但这个时代中,诗人的自负、自信、豁达、昂扬的精神风貌，在整个中国古代的历史上，是最完美的。作为盛唐气象的代表，李白当之无愧。

二、作为道教信徒的李白

李白的思想是复杂的，任侠风气、儒家传统、纵横之术和道教信仰的杂糅，贯穿了李白的一生。道教思想是李白思想的主流，故而也引起古往今来学者们的重视，或做全面的阐述，或做个案的透视。这方面最值得阅读者是李长之的《道教徒的诗人李白及其痛苦》，该书对于李白求仙学道的经历进行了较详的勾稽，进而阐述这一经历与道教思想形成的关系，从而衡定了李白作为一位道教徒的诗人，在唐代诗坛具有特殊的地位和影响。他认为"道教的兴起，无疑的是有一种'本位文化'的意味在内，所以它处处和佛对抗。我觉得它之最合乎中国人之口味者，乃在其肯定生活。……李白的本质是生命和生活，所以他之接受道教思想是当然的了，生活上的满足是功名富贵，因此李白走入游侠，生命上的满足只有长生不老，因此李白走入神仙"[1]。李白作为一个道教信徒诗人，其生活和诗风具有明显的学道经历和道教思想影子，我们这里综合前贤的观点参以个人的见解进行概括性的阐述。

盛唐时代游侠风气颇为流行。"新丰美酒斗十千，咸阳游侠多少年。相逢意气为君饮，系马高楼垂柳边"（《少年行》），这是王维笔下充满少年豪气的游侠；"挟弹飞鹰杜陵北，探丸借客渭桥西"（《长安古意》），这是卢照邻笔下重然诺、轻生死的长安侠客。李白生长的蜀中，任侠之风同样盛行。刘全白《唐故翰林学士李君碣记》说他"少任侠，不事产业，名闻京师。"[2] 魏颢《李翰林集序》说他"少任侠，手刃数人"[3]。李白回忆自己的早年生活时也说

---

[1] 李长之：《道教徒的诗人李白及其痛苦》，商务印书馆1940年版，第43页。
[2] ［清］王琦：《李太白全集》附录，第1460页。
[3] ［清］王琦：《李太白全集》附录，第1450页。

过:"结发未识事,所交尽豪雄……托身白刃里,杀人红尘中。"(《赠从兄襄阳少府皓》)其名作《侠客行》中所谓"十步杀一人,千里不留行。事了拂衣去,深藏身与名"之语,虽是歌咏历史人物,也未尝不是他任侠思想的一种折射。传统儒家的入世精神对李白的思想也有很大的影响。其《代寿山答孟少府移文书》一文中说:"申管晏之谈,谋帝王之术,奋其智能,愿为辅弼,使寰区大定,海县清一。"他渴望"济苍生"、"安社稷",为帝王师,幻想着"一匡天下"、"历抵卿相"。虽不免过于理想化,但却是传统儒家的用世思想与盛唐士人积极进取精神的结合。李白十余岁隐居大匡山读书时,就曾从赵蕤学纵横术,赵氏"三代不同礼,五霸不同法"(《长短经序》)的王霸之术,对李白思想的形成无疑也有重要的影响。但是对李白的人生和创作影响最大的应数道教信仰,这也是他"诗仙"名号的由来。

蜀中本是道教气氛浓郁的地方,青城、峨眉以及李白家附近的紫云山,均为道教名山。其《题嵩山逸人元丹丘山居》云:"家本紫云山,道风未沦落。"《感兴》诗中自述:"十五游神仙,仙游未曾歇。"而盛唐时代又是道教极为兴盛的时期。唐玄宗本人就是一位虔诚的道教信徒,他曾亲自给《道德经》作注,又封老子为太上玄元皇帝,命两京及诸州置玄元皇帝庙,又令崇玄学生习《老子》、《庄子》、《文子》、《列子》等道教典籍。在玄宗周围活跃着不少当时著名的道士如吴筠等。著名的道曲《霓裳羽衣曲》据说就是玄宗梦中随道士至月宫中听来的。在这种时代风气的影响下,许多诗人都与道士有密切交往,题咏道观的诗作也大量涌现,而道教信仰在诗坛的集中代表,无疑当属李白。

刘全白《唐故翰林学士李君碣记》中说李白"志尚道术,谓神仙可致"[1]。李白有《太子宾客贺公于长安紫极宫一见余,呼余为谪仙人,因解金龟换酒为乐,怅然有怀而作是诗》的诗题,孟棨《本事诗》载:"李太白初自蜀至京

---

1 [清]王琦:《李太白全集》附录,第1460页。

师，舍于逆旅。贺监知章闻其名，首访之。既奇其姿，复请所为文。出《蜀道难》以示之。读未竟，称叹者数四，号为谪仙，解金龟换酒，与倾尽醉。"[1] 李白《大鹏赋序》中又说："余昔于江陵见天台司马子微，谓余有仙风道骨，可与神游八极之表。"司马子微名承祯，是当时著名的道士。事实上，李白一生中不仅有学道的经历，还曾正式拜师入道。魏颢《李翰林集序》谓："曾受道箓于齐，有青绮冠帔一副。"[2] 李白自长安放还之后，就曾正式随北海高天师在齐州授箓，他有《奉饯高尊师如贵道士传道授箓毕归北海》一诗。李阳冰《草堂集序》中也说李白"与贺知章、崔宗之等自为八仙之游，谓公谪仙人，朝列赋谪仙之歌凡数百首，多言公之不得意。天子知其不可留，乃赐金还之。遂就从祖陈留采访大使彦允，请北海高天师授道箓于齐州紫极宫，将东归蓬莱，仍羽人驾丹丘耳"[3]。

我们通过杜甫《赠李白》诗，还可以对于李白道教徒的形象做进一步解读。诗云："秋来相顾尚飘蓬，未就丹砂愧葛洪。痛饮狂歌空度日，飞扬跋扈为谁雄？"这首诗作于杜甫与李白相识的初期，是对于李白形象的生动刻画。清代杨伦《杜诗镜铨》引蒋弱六之语说："是白一生小像，公赠白诗最多，此首最简，而足以尽之。"[4] 诗中的李白就是一个道教徒加上诗人的形象。"未就丹砂愧葛洪"是诗中最为关键的句子。葛洪是东晋道士，字稚川，号抱朴子，人称"葛仙翁"。葛洪隐居于罗敷山，发扬祖传的炼丹学道之术，著有《神仙传》、《抱朴子》、《肘后备急方》、《西京杂记》等。他之所以自号抱朴子，并将所著书命名为《抱朴子》，是因为崇尚见素抱朴，天真自然，故不为物役，不事雕饰。要达到这样的境界，其具体方式就是研炼丹砂。对于葛洪来说，炼丹不仅是生命的体验，而且是精神的升华。"未就丹砂愧葛洪"，

---

[1] [唐]孟棨：《本事诗·高逸第三》，《历代诗话续编》本，中华书局1983年版，第14页。
[2] [清]王琦：《李太白全集》附录，第1450页。
[3] [清]王琦：《李太白全集》附录，第1446页。
[4] [清]杨伦：《杜诗镜铨》卷一，上海古籍出版社1980年版，第15页。

实际是说李白对于葛洪至为尊崇,将葛洪炼丹作为学道的最高境界。我们知道,李白不仅对道教崇尚,更有学道的经历。他在出蜀之前,曾经在大匡山隐居学道,还从东岩子炼丹,出蜀之后,又在洛阳跟随元丹丘学道三年多。他赠给元丹丘之诗多达十四首,其《元丹丘歌》云:"元丹丘,爱神仙。朝饮颍川之清流,暮还嵩岑之紫烟,三十六峰长周旋。长周旋,蹑星虹,身骑飞龙耳生风,横河跨海与天通,我知尔游心无穷。"确是刻画出一位高蹈出世的道士形象。从这方面看,李白的确是一位虔诚的道教信徒,但他并未能够成为一名纯粹的道士,因而炼丹并没有成功,这样就非常有愧于葛洪。他的成功是由虔诚的道教信徒成就为伟大的诗人。他因为学道而高蹈出世,而痛饮狂歌,而飞扬跋扈,举世称雄。这里的"狂歌"也是李白作诗的情态,"饮"前加一"痛"字,"歌"前加一"狂"字,着实把李白的性格和风貌呈现无遗。诵读李白的诗歌,想望李白的为人,真是觉得他痛快淋漓,狂放不羁。这句诗也表现了"杜甫对太白之飘然落笔之狂歌的一份深相倾倒的爱赏之意,而且杜甫就在太白的痛饮狂歌之中,体认出来了这一位友人的不羁之天才与落拓之悲苦……太白既失望于人世,复幻灭于神仙之后,所藉以略得麻醉或排遣的遗忘与抒泄之方,原来就只剩下痛饮狂歌了"[1]。"秋来相顾尚飘蓬"是对现实的无比失望,因而促使李白崇尚道教,想慕神仙。但"未就丹砂愧葛洪"的结果逼得他"痛饮狂歌"、"飞扬跋扈",这一切恰恰成就了他人格的精神,造就了他诗歌的境界。李白在其诗文中所塑造的大鹏形象,正好可以与"飞扬跋扈"相印证。其《大鹏赋》云:"脱鬐鬣于海岛,张羽毛于天门,刷渤海之春流,唏扶桑之朝暾,燀赫乎宇宙,凭陵乎昆仑,一鼓一舞,烟濛沙昏。……怒无所搏,雄无所争,固可想像其势,仿佛其形。"他的《上李邕》诗亦云:"大鹏一日同风起,扶摇直上九万里。假令风歇时下来,犹能簸却沧溟水。"

---

[1] 叶嘉莹:《迦陵论诗丛稿》,中华书局1984年版,第131页。

因此，道教信仰之于李白，并没有令他完全离弃红尘、高蹈于岩穴之间而不问世事。道教信仰首先转化成为李白人格塑造的动因。李白以神仙自许，以追求神仙世界为自己的抱负，这样自然就有一种与现实社会的疏离感，而这种疏离感恰恰成就了李白的天真自然和放荡不羁的人格与个性，这是建立在追求神仙境界基础上的浪漫与飘逸。杜甫《不见》诗中讲李白"佯狂真可哀"，是从现实人生的角度对李白为人的准确体会，而如果从李白本人的心性来说，他对现实人生与社会的疏离和超越，实为"真狂"！他会高吟出"我本楚狂人，凤歌笑孔丘"（《庐山谣寄卢侍御虚舟》）这样的诗句，他会天真地将自己置于道教神仙的行列中，想象着神仙们对自己的礼遇。晚唐皮日休《七爱诗》序谓李白"负逸气"、"为真放焉"[1]，天真放纵，逸气出群，这恐怕是道出了李白人格的本质。

　　道教信仰对李白的影响，直接表现在李白的诗风之中。道教对于神仙的追求，道家思想影响下的放浪不羁的性格，影响了李白的诗风。他的诗往往奇思涌溢，通过浪漫的奇想与瑰丽的夸张，创造出辽阔壮远的境界。杜甫《寄李十二白十二韵》诗谓："昔年有狂客，号尔谪仙人。笔落惊风雨，诗成泣鬼神。"正是从道教信仰的角度诠释了李白诗波澜壮阔、惊天动地之概的来源。道教信仰使得李白的诗和诗中的李白，都有一种仙气，他的许多名作如《梦游天姥吟留别》、《将进酒》、《宣州谢朓楼饯别校书叔云》等，都能将道教色彩与诗人主体融合为一，表现出阔大、飘逸、雄浑、高旷的诗歌境界。因此李白的诗和他的为人一样，都是超越世俗的。李白是属于盛唐的，但李白和他的诗歌又超越了盛唐，成为后人心目中渴望自由、追求不羁人格的象征。李白"那种对于追求超越的理想境界的激情，他的对于超脱世网束缚的强烈渴望，他对于生命价值的肯定和执著，以及他的那种自由奔放的、大胆玄想的思维方式等，都和道教神仙思想有着精神上的内在关联……神仙观念

1　[唐]皮日休：《皮子文薮》卷一〇，上海古籍出版社1981年版，第104页。

是被李白利用多种方式、通过多种构思转化为特殊的诗情了"[1]。因此从某种意义上来说，李白的伟大，主要并不来源其诗歌的手法或技巧，而是来源于这种伟大的超越性。

三、李白诗歌的根基

一提到李白的诗歌，人们脑海中最容易浮起那些奇思壮采的乐府和歌行，那种劈空而来的气魄，那种奔腾回旋的动感，是李白诗歌最吸引读者的地方，令人赞叹莫名。元稹评价杜甫的诗歌"上薄风骚，下该沈宋，古傍苏李，气夺曹刘，掩颜谢之孤高，杂徐庾之流丽，尽得古今之体势，而兼今人之所独专"[2]，就特别注意到了杜诗对前代文学的集大成。其实李白的诗歌同样也是扎根于中国诗歌悠久的传统中的。

李白的诗歌与屈原以及《楚辞》的传统就有非常密切的关系。李白的《江上吟》中有"屈平词赋悬日月，楚王台榭空山丘"的诗句，对屈原的评价非常高。《古风》中"哀怨起骚人"之语，更是抉发出了屈原及《楚辞》的重要特征。李白的诗歌与屈原辞赋在精神气质上颇有契合之处。这不仅反映为在他们的作品中都呈现出对理想的坚持与追求、对权力的蔑视和反抗，以及空前伟岸的人格形象，也反映为露才扬己、语涉夸诞、变化多端的表达方式，以及惊才绝艳的艺术感染力。实际上，这种契合的背后，是由楚文化影响发展而来的道家思想和道教信仰。作为楚文化代表的《楚辞》，与深受道教信仰影响的李白在精神上本就是相通的。李白的诗歌还深受汉魏六朝的乐府诗影响。李白的乐府诗占了他全部诗作的近六分之一，且多用古题，虽大部分已烙上了李白独有的奔放气概，但也时常能见到或直率古朴，或明丽

---

1 孙昌武：《道教与唐代文学》，人民文学出版社2001年版，第216–217页。
2 ［唐］元稹：《元稹集》卷五六，中华书局2010年版，第691页。

清新、富有民歌风味的作品。对于魏晋以来的著名诗家，如曹植、阮籍、左思、陶渊明、谢灵运、鲍照、谢朓、江淹、阴铿、庾信等人的作品，李白也都颇为熟悉并有所吸收，尤其是对号称"小谢"的谢朓，屡屡提及，如《宣州谢朓楼饯别校书叔云》谓"蓬莱文章建安骨，中间小谢又清发"，《金陵城西楼月下吟》又谓"解道澄江静如练，令人长忆谢玄晖"，《秋夜板桥浦泛月独酌怀谢朓》云："独酌板桥浦，古人谁可征？玄晖难再得，洒洒气填膺。"谢朓清新秀丽的诗风对李白是颇有影响的。另外如曹植诗歌的华美而有风骨、鲍照乐府的驰骋而能稳健，也都是李白诗歌的根基和渊源所在。

在李白诗歌的渊源当中，最为突出的是他的乐府诗和《古风》。

李白的成就很大程度上体现在他的乐府诗当中。郭茂倩《乐府诗集》收录李白乐府诗多达161首。其著名作品《蜀道难》、《梦游天姥吟留别》、《将进酒》、《长相思》、《行路难》、《乌栖曲》、《长干行》等，都是乐府诗。他的乐府诗在渊源方面，有两个显著的特点：

一是袭用旧题。对于乐府诗，"唐世诗人，共推李杜。太白则多模拟古题，少陵则即事名篇，无复依傍。"[1]《敦煌写本唐人选唐诗》存李白诗唐时写本43首，其中23首是古体乐府。殷璠《河岳英灵集》所选李白诗13首，其中9首是古体乐府。这些乐府旧题的本身都含有特定的主题和本事，前人依据这些旧题作诗，也不同程度地袭用本意以引发联想。李白的乐府诗，则在乐府本意和前人旧作的基础上，融合己意以抒写怀抱。如《行路难》："金樽清酒斗十千，玉盘珍羞直万钱。停杯投箸不能食，拔剑四顾心茫然。欲渡黄河冰塞川，将登太行雪满山。闲来垂钓碧溪上，忽复乘舟梦日边。行路难，行路难，多歧路，今安在。长风破浪会有时，直挂云帆济沧海。"诗中吟咏的仍是行路难这一古题蕴涵的主题，其中对于"行路难"的一唱三叹，表现出对功业追求未成的愤慨，都是乐府旧题中应有之义。对于前人诗作，李白

---

[1]〔明〕吴讷：《文章辨体序说》，人民文学出版社1962年版，第33页。

也汲取其所长，如鲍照的《拟行路难》："泻水置平地，各自东西南北流。人生亦有命，安能行叹复坐愁？酌酒以自宽，举杯断绝歌路难。心非木石岂无感，吞声踯躅不敢言。"愤激的情怀与流走的气韵对李白诗具有很大的影响。而李白诗中用第一人称，更适合于抒怀；语调以感叹为主，以长短句交替而富于变化；气势则纵横恣肆又磅礴雄伟，以表现出"长风破浪会有时，直挂云帆济沧海"的期待。这些也都呈现出李白诗独有个性，李白堪称古体乐府的集大成者。

二是擅长运用歌行体乐府。徐师曾《文体明辨序说》中对"歌行"解释："放情长言，杂而无方者曰歌；步骤驰骋，疏而不滞者曰行；兼之者曰歌行。"[1]歌行体常常用七言或杂言的形式，放言长歌，一气流走，以自由疏宕、行云流水般的节奏抒发波澜起伏的情怀。这种体式渊源于汉魏，刘邦《大风歌》开"歌"之端，曹丕《燕歌行》肇"行"之始，至南朝宋时鲍照再加熔铸锻炼，创造出《拟行路难》组诗为主的以七言为主的歌行体，延及初唐，王勃的《采莲曲》、卢照邻的《长安古意》、刘希夷的《代悲白头吟》、张若虚的《春江花月夜》是这一诗歌体裁的完全成熟的标志，李白就在这样的基础上大显身手，以歌行一体呈现着豪迈飘逸、凌厉震荡的气势，创造出变幻莫测、神奇壮观的境界。这样的体式最适合于李白的个性表现，因而他也最擅长运用歌行体乐府。他的《扶风豪士歌》、《梦游天姥吟留别》、《庐山谣寄卢侍御虚舟》都是代表性的篇章。如《庐山谣》：

我本楚狂人，凤歌笑孔丘。手持绿玉杖，朝别黄鹤楼。五岳寻仙不辞远，一生好入名山游。庐山秀出南斗傍，屏风九叠云锦张，影落明湖青黛光。金阙前开二峰帐，银河倒挂三石梁。香炉瀑布遥相望，迴崖沓嶂凌苍苍。翠影红霞映朝日，鸟飞不到吴天长。登高壮观天地间，大江茫茫去不还。黄云

---

[1] ［明］徐师曾：《文体明辨序说》，人民文学出版社1962年版，第104页。

万里动风色,白波九道流雪山。好为庐山谣,兴因庐山发。闲窥石镜清我心,谢公行处苍苔没。早服还丹无世情,琴心三叠道初成。遥见仙人彩云里,手把芙蓉朝玉京。先期汗漫九垓上,愿接卢敖游太清。

这首诗歌颂庐山景色的幽美奇特,游庐山有似到达仙境,油然而生学道成仙的希望。全诗成功地塑造了作为狂人的作者形象。"我本楚狂人",以楚狂人自比,表现了对隐居生活的向往;"凤歌笑孔丘",更对当时社会的各种束缚给以嘲笑。这首诗写作成功的重要因素之一是作者采用了歌行体乐府以述志抒怀。从结构上说,开头以述志为主,中间主要描写庐山风景,最后表现对神仙世界的向往。诗中有震撼山岳的气势,有豪迈开朗的激情,有丰富奇特的想象,有跌宕多姿的韵律,也有归隐求仙的逸致。用韵方面尤其值得称道,开头六句用自由舒展的下平声十一"尤"韵,接下九句换下平声七"阳"韵,再下四句转上平声十五"删"韵,再下四句转入声六"月"韵,最后六句用下平声八"庚"韵。韵律的转换与句式的变化,随着情感的流动展开,表现的境界又时而现实,时而虚幻,一气流走,承转自如,最能表现李白诗"飘逸"的特点。无怪乎后人赞其"笔下殊有仙气"[1]。相较而言,李白的歌行体乐府诗,总体成就高于一般的乐府诗,盖以李白一般的乐府诗在于发挥古意而集成居多,而其歌行体乐府诗则既有集成更能突出李白的个性及其独创的风格。

李白的《古风》共有五十九首。这组诗歌的创作贯穿李白一生,其中应该既有李白早期的作品,也有迟至安史之乱爆发后的作品。其中大部分的诗作,写得极为沉稳古朴,全然没有李诗中常见的奔放与气势,却可见出李白诗歌平正朴厚的一面,最见功力。清人陈沆《诗比兴笺》云:"诗有必笺而后明者,嗣宗《咏怀》、子昂《感遇》是也。有必选之而始善者,太白《古风》是

---

[1] [清]沈德潜:《唐诗别裁集》卷六,第198页。

也。夫才役乎情者，其色耀而不浮；气帅乎志者，其声肆而不荡。不浮，故感得深焉；不荡，故趣得永焉。世诵李诗，惟取迈逸，才耀则情竭，气慓则志流。指事浅而易窥，摅臆径以伤尽，致使性情之比兴，尽掩于游仙之陈词。实末学之少别裁，非独武库之有利钝也。"[1] 认为李白诗中那些豪迈纵逸一路的作品，虽才气极高，但在"浮"、"荡"二字上尚不如《古风》。实际上，陈氏试图以《古风》来压倒李白为人们所熟悉的那些飘逸诗作，亦无必要。因为李白的奔放之所以纵而能收、张弛有度，正是扎根于《古风》这一类沉稳之作的。《古风》组诗中有两首都是涉及诗歌评论的，分别是其一和其三十五：

> 大雅久不作，吾衰竟谁陈。王风委蔓草，战国多荆榛。龙虎相啖食，兵戈逮狂秦。正声何微茫，哀怨起骚人。扬马激颓波，开流荡无垠。废兴虽万变，宪章亦已沦。自从建安来，绮丽不足珍。圣代复元古，垂衣贵清真。群才属休明，乘运共跃鳞。文质相炳焕，众星罗秋旻。我志在删述，垂辉映千春。希圣如有立，绝笔于获麟。

> 丑女来效颦，还家惊四邻。寿陵本失步，笑杀邯郸人。一曲斐然子，雕虫丧天真。棘刺造沐猴，三年费精神。功成无所用，楚楚且华身。大雅思文王，颂声久崩沦。安得郢中质，一挥成斧斤。

这两首诗在观念上分别可以反映李白以"大雅正声"为标准建构诗歌和文学的发展历程以及在创作上反对雕饰，崇尚清新自然的主张，对于理解李白的诗歌有重要意义。

前首体现了李白比较浓厚的复古的文学观念。与之类似的如其《古风》第三十首云："玄风变太古，道丧无时还。"第三十五首云："大雅思文王，颂

---

[1] ［清］陈沆：《诗比兴笺》卷三，上海古籍出版社1981年版，第131页。

声久崩沦。"孟棨《本事诗·高逸》记载了一条李白的言论："梁陈以来，艳薄斯极。沈休文又尚以声律，将复古道，非我而谁与？"[1]这些和《古风》其一中的复古观念都是相通的。实际上，这种推崇《诗经》、抑后代文学的做法，也是初盛唐时期一种普遍性的思潮。如王勃《上吏部裴侍郎启》谓："自微言既绝，斯文不振。屈、宋导浇源于前，枚、马张淫风于后。"[2]杨炯《王勃集序》谓："贾、马蔚兴，已亏于《雅》《颂》，曹、王杰起，更失于《风》《骚》。"[3]尤其是贾至在《工部侍郎李公集序》中的意见，几乎与李白此诗如出一辙："仲尼删《诗》述《易》作《春秋》而叙帝王之书，三代文章，炳然可观。洎骚人怨靡、扬、马诡丽，班、张、崔、蔡、曹、王、潘、陆，扬波扇飚，大变风雅。宋、齐、梁、隋，荡而不返。"[4]李白在许多不同的场合，都表达了对于屈原以下乃至南朝诗人的敬佩。尽管如此，李白在描述诗歌及文学发展的历程时，仍以风雅正声为最高准则，指出《诗经》之后几乎所有的各朝文学，都脱离了正声，因此李白前抑楚辞、中贬汉赋、建安，至于晋宋以来，更是一笔抹倒，而以本朝唐代的诗歌创作直承风雅。这虽然未必符合实际的诗歌史历程，但它作为一种在观念中建构起来的诗史和文学史，反映了盛唐诗人亟思变革南朝浮靡诗风、恢复《诗经》雅正传统和淳朴自然风貌的迫切愿望，从中当然也可见出李白迥超流俗的自信心和特定时代条件下的思维方式。

后一首则集中体现了李白在诗歌语言风貌方面的观念，他强调清新率真，出之以自然，反对雕琢和涂饰。他针对梁陈诗风在形式上铺锦列绣、雕绘满目，或力求古奥、佶屈聱牙，以及在创作中毫无生气的模仿、刻意的雕饰等弊病，给予辛辣的嘲笑。前四句以丑女效颦、寿陵学步，来讥刺矫揉造作、丧失天然本色的做法。"一曲斐然子"以下六句，是批评那种"争构纤

---

[1] ［唐］孟棨：《本事诗·高逸第三》，《历代诗话续编》本，第14页。
[2] ［清］董诰：《全唐文》卷一八〇，上海古籍出版社1990年版，第806页。
[3] ［清］董诰：《全唐文》卷一九一，第851页。
[4] ［清］董诰：《全唐文》卷三六八，第1653页。

微、竞为雕刻"(杨炯《王勃集序》)的诗风,徒费精神而无所用,只是迎合时尚或个人荣华而已。"大雅"四句,是追慕《雅》《颂》淳朴自然的风貌,希望有能运斤成风的高明者,彻底改变诗歌创作的颓靡方向,语气之中,隐然自负。李白在《赠江夏韦太守良宰》诗中赞美对方的诗"清水出芙蓉,天然去雕饰",这也显现了他去藻饰而尚天然的审美追求。总体上,李白复古的文学观念,受儒家思想影响的痕迹比较明显。而其崇尚清新自然,则多与其道教信仰有关,诗中丑女效颦、寿陵学步和匠石挥斤的典故,即都出自《庄子》一书。可见李白思想的复杂性,在其诗论中也体现得比较明显。

事实上,这两首诗对于李白来说,首先是诗歌,其次才是诗论文献。如将其置于从建安、正始以来如阮籍《咏怀》、左思《咏史》、陶渊明诗歌以至初唐张九龄、陈子昂等的《感遇》等作品构成的诗史流程中来看,就能发现其一脉相承的渊源。这类五古一般以朴质的语言、古雅的节奏、沉稳的气度,或抒发对时世的感慨,或表达个人失意,或借古讽今,或托物比兴,这一路径实为诗家正宗,是最醇正光明的法门。这样,李白乐府歌行中以此为根基的那种飞腾和爆发,就不是无根之木了。

四、李白诗歌的激情和想象力

关于李白的诗歌风貌,白居易拈出一个"豪"字(《与元九书》),南宋严羽则以"飘逸"二字作为李白的独到之处(《沧浪诗话·诗评》)。作为审美范畴,这些词汇固然都可以反映李白诗歌的特色。但激情和想象力,却是理解李白诗歌最重要的钥匙。

李白诗歌是充满着激情的,这当然来源于李白的独特个性,而这种个性又在他的诗歌中,尤其是在乐府歌行类的作品中,得到了最充分、最明显的表达。这种激情首先表现为李诗中最吸引读者的那种激昂壮大的情怀,以及由这种情怀所带来的纵横恣肆的文笔与磅礴壮阔的气势。如其《将进酒》一诗：

> 君不见黄河之水天上来，奔流到海不复回。君不见高堂明镜悲白发，朝如青丝暮成雪。人生得意须尽欢，莫使金樽空对月。天生我材必有用，千金散尽还复来。烹羊宰牛且为乐，会须一饮三百杯。岑夫子、丹丘生，将进酒，杯莫停。与君歌一曲，请君为我倾耳听。钟鼓馔玉不足贵，但愿长醉不愿醒。古来圣贤皆寂寞，惟有饮者留其名。陈王昔时宴平乐，斗酒十千恣欢谑。主人何为言少钱，径须沽取对君酌。五花马，千金裘，呼儿将出换美酒，与尔同销万古愁。

开篇的两个排比，以赋笔的整齐庄重，出之以排闼而来的雄放激情，仿佛劈空而来的坠星，尚未落地，已是声势惊人、傲视一世。诗中有悲慨、有苍凉，却绝不纤弱。虽是表达及时行乐、借酒销愁之意，却写得激情澎湃，豪壮而自信。与其类似的又如《宣州谢朓楼饯别校书叔云》：

> 弃我去者昨日之日不可留，乱我心者今日之日多烦忧。长风万里送秋雁，对此可以酣高楼。蓬莱文章建安骨，中间小谢又清发。俱怀逸兴壮思飞，欲上青天揽明月。抽刀断水水更流，举杯消愁愁更愁。人生在世不称意，明朝散发弄扁舟。

此诗作于李白被"赐金放还"之后，诗中以纵逸的笔调写出难以抑制的激愤，虽是抒发穷愁失意的悲哀，但这种激情将失意的萎靡一扫而空，所有的烦忧仿佛都随着万里长风、青天明月以及美酒玉杯而去，"抽刀断水水更流，举杯消愁愁更愁"，孤立地来看，或在其他诗人笔下，都是极为悲凉的句子，但在李白的这首诗中，却透露出无比的狂放：就算水流永不歇、愁怀终难断，可抽刀、举杯本身就是面对烦忧的抗争，其意义就是以伟岸的人格战胜人生苦难的象征。这种激愤中的酣姿、悲慨中的自傲，正是李白诗歌激情的内核。

李白诗歌中的激情还应从他所特有的表达方式中去体会。李白的许多诗歌，和他的个性一样，是迥出常流的，无法以常理度之。这也是李白为什么不太爱写律诗，而偏爱于奔放纵恣的乐府歌行的原因，盖律诗格律谨严、章法缜密，对于李白来说，或许束缚过多。就算写律诗，他似乎也不甘于或不屑于谨小慎微地受制于格律，如《登金陵凤凰台》诗："凤凰台上凤凰游，凤去台空江自流。吴宫花草埋幽径，晋代衣冠成古丘。三山半落青天外，一水中分白鹭洲。总为浮云能蔽日，长安不见使人愁。"第二联就出现失粘的现象，却无损于此诗成为流传千古的名作。又如其乐府诗的名作《蜀道难》，亦可以见出李白诗歌中激情的特殊表达方式：

噫吁嚱！危乎高哉！蜀道之难，难于上青天！蚕丛及鱼凫，开国何茫然！尔来四万八千岁，不与秦塞通人烟。西当太白有鸟道，可以横绝峨眉巅。地崩山摧壮士死，然后天梯石栈相钩连。上有六龙回日之高标，下有冲波逆折之回川。黄鹤之飞尚不得过，猿猱欲度愁攀援。青泥何盘盘，百步九折萦岩峦。扪参历井仰胁息，以手抚膺坐长叹。问君西游何时还？畏途巉岩不可攀！但见悲鸟号古木，雄飞雌从绕林间。又闻子规啼夜月，愁空山。蜀道之难，难于上青天，使人听此凋朱颜。连峰去天不盈尺，枯松倒挂倚绝壁。飞湍瀑流争喧豗，砯崖转石万壑雷。其险也若此，嗟尔远道之人胡为乎来哉！剑阁峥嵘而崔嵬，一夫当关，万夫莫开。所守或匪亲，化为狼与豺。朝避猛虎，夕避长蛇，磨牙吮血，杀人如麻。锦城虽云乐，不如早还家。蜀道之难，难于上青天，侧身西望长咨嗟！

所谓蜀道，是指由秦入蜀的险阻山道。李白一生没有走过这条蜀道，但他所作的这首《蜀道难》却将蜀道的艰险奇伟,描写得淋漓尽致,既让人望而却步,又让后人再也无从落笔。就连走过这条蜀道的大诗人杜甫,也没能写出超越李白这首的蜀道诗。此诗纯由激情展开,开篇的感叹,先声夺人,特别有一种将读者裹挟而去的力量。实际上细按其诗,会发现不少翻来覆去的重意句,如"上有六龙回日"二句与后部的"连峰去天"四句,意思就比较复叠。在章法结构上,也有轻重失宜、比例失调之处,如"剑阁"以下九句,就"破坏了全诗的统一性"[1]。在用韵和句法上,如"连峰"二句中,"'尺'、'壁'一韵,只有二句,接下去立刻就换韵,使读者到此,有气氛短促之感。在长篇歌行中忽然插入这样的短韵句法,一般都认为是缺点。尽管李白才气大,自由用韵,不受拘束,但这两句韵既急促,思想又不成段落,在讲究诗法的人看来,终不是可取的"[2]。但是我们总觉得,这些问题在其他诗人的作品中的确是问题,而在李白诗中就不是问题。这是因为李白写这一类诗歌,兴发无端,气势壮大,想落天外,奇之又奇,这种表达方式无以名之,只能称之为"李白式的方式"。因此读者是不应去细究局部和细节的,而应将自己的心灵清空,完全跟着李白的激情的节奏,随其转荡飘飞、任其性情之所之。诗人或大开大合,或骤起骤落,或如行云流水,或如朗月清风,而读者也在这个过程中经历了和李白近似的情感体验和审美快感。这种"被动式"的阅读,或许更能把握李白诗歌的神髓,所以李白诗歌中喷涌而出的激情,其穿透性是超越时空的。

  李白诗歌中的激情与其个性以及道教信仰相结合,营造出了无与伦比的想象力。李诗中的想象往往变幻莫测,既令人觉得匪夷所思,又"夸而有节,饰而不诬"(《文心雕龙·夸饰》)。如"兴酣落笔摇五岳"(《江上吟》)、"白发三千丈,缘愁似个长"(《秋浦歌》)、"燕山雪花大如席"(《北风行》)、

---

[1] 施蛰存:《唐诗百话》,上海古籍出版社1987年版,第213页。
[2] 施蛰存:《唐诗百话》,第212页。

"狂风吹我心,西挂咸阳树"(《金乡送韦八之西京》)、"飞流直下三千尺,疑是银河落九天"(《望庐山瀑布水》)等,正是由于李白充满想象力的描绘,让人产生这些物象本该如此、甚至不觉其为夸张的印象。这种神奇的想象力,使得李白偏好那些宏大的、壮观的物象,如大鹏、巨鱼、长鲸、沧海、雪山等,构成了雄奇壮伟的诗歌意象。如以大鹏为例,《庄子·逍遥游》中最早出现了文学化的大鹏形象,而李白所作的《大鹏赋》实际上就是受《逍遥游》影响的作品,而其《上李邕》一诗中的大鹏尤为后人所熟知:"大鹏一日同风起,扶摇直上九万里。假令风歇时下来,犹能簸却沧溟水。"庄子笔下的大鹏,虽然神奇不凡,但尚非真正是无所待的逍遥境界,而李白在想象中将这一形象改造为适性而行、摆脱世俗束缚、追求个性自由解放的象征,无论是奋飞九天,还是驻停沧溟,皆足以震动天地。这一富有想象力的、气势浩大的形象中,就寄寓着李白傲世独立的人格力量。另如其《庐山谣寄卢侍御虚舟》中的"登高壮观天地间,大江茫茫去不还。黄云万里动风色,白波九道流雪山"之句,体现出雄奇壮伟的想象力;而《渡荆门送别》中的"山随平野尽,江入大荒流。月下飞天镜,云生结海楼"等句,又体现出清丽明净的想象力。

激情和想象力是诗人的天性,更是李白傲视千古的特色。所谓强烈的主观色彩、奔涌喷发的情感表达、意象组合的跨度等特征,实际上都是从李白的激情和想象力中生发出来的。

五、李白诗歌的天才性

明人陆明雍曾谓:"太白七古,想落意外,局自变生,真所谓'驱走风云,鞭挞海岳',其殆天授,非人力也。"[1] 其实何止是李白的七古,他的所有诗歌,

---

1 [明]陆明雍:《诗镜总论》,《历代诗话续编》本,第1414页。

都可谓是天才之笔。时人苏颋就曾谓其"天才英丽，下笔不休"（李白《上安州裴长史书》）。尤其是杜甫最了解李白，他与李白的交往诗，处处表现出对于李白天才性的赞叹和称颂：《春日忆李白》诗："白也诗无敌，飘然思不群。""飘然"正是天才性特点的呈现，"无敌"更表现其天才性是无与伦比的。《饮中八仙歌》："李白一斗诗百篇，长安市上酒家眠。天子呼来不上船，自称臣是酒中仙。"这种狂傲之态是李白天才性的另一表现，也是这种天才性，成就了李白的"诗仙"形象。《赠李白》诗："痛饮狂歌空度日，飞扬跋扈为谁雄？"天才性与狂放、豪侠精神紧密相连。《不见》诗："不见李生久，佯狂真可哀。世人皆欲杀，吾意独怜才。"李白天才卓绝，性情独异，常人难以接受，达到"世人皆欲杀"的境地，而杜甫恰为难得的知音。《寄李十二白二十韵》："昔年有狂客，号尔谪仙人。笔落惊风雨，诗成泣鬼神。"李白之狂，李白之仙，凝之于诗，风雨为之震惊，鬼神为之哭泣，绝世天才造就了旷世诗仙。可以说是盛唐时代孕育了李白这位天才，而李白也成为这个伟大时代的象征。

强调李白诗的天才性，并不意味着他的诗歌是无人可以抗衡的，事实上，对于盛唐时代双峰并峙的李白、杜甫两位伟大诗人的比较，一直是后代诗论家们热衷的话题（可参看本书第二章中"李杜优劣"一节）。但应该承认，李白的诗歌是独一无二的，是无法效仿、不可复制的。杜甫是后世追随者最多的古代诗人，盖因杜诗法度严谨，有轨可循，门庭最广，路径最纯正。杜甫"一饭而不忘君"的忠君爱国之志，和杜诗的法度技巧，这两方面对后世都有巨大而深远的影响，但同时这两个方面在某种程度上又是可以分离的，这意味着即使无杜甫之心志，未尝不可追摹杜诗的笔法技巧。但李白的诗歌与李白这个人是不可分离的，进而与孕育李白的盛唐时代也是不可分离的。与学杜而岿然自立的宋代黄庭坚、陈与义诸人不同，后世基本上找不出一位学习李白诗歌而能卓然名家的诗人，有些著名诗人如苏轼、陆游曾受李白影响，但底色终究不同。

　　李白诗歌的激情与想象力，决定了李白诗歌具有极强的个人主观色彩，他的天真和狂傲、他的功名心和归隐之志，他的雄奇壮观和明丽爽朗，都是特定时代的产物。没有李白的个性，不可能写出李白那样天才性的诗歌，没有李白的那个时代，也不可能写出李白那样天才性的诗歌。明代"文必秦汉，诗必盛唐"（《明史·李梦阳传》）的复古思潮中，亦不乏效仿李白的作品，但总难免"画虎不成"之讥。

　　李白诗歌天才性的标志主要表现在三个方面：一是精神气质的灌注。李白的精神是自信、自负、自由、自强，加以豁达、昂扬，成为盛唐精神的代表。自信表现在对于理想的不懈追求上，自负表现在对才能的高自期许上，自由表现在放荡不羁的豪侠个性上，自强表现在对权贵的蔑视和反抗上。因为自信，诗歌表现出旷达；因为自负，诗歌透露出豪气；因为自由，诗歌透露出逸气；因为自强，诗歌蕴涵着风骨。四者相较，逸气最居主导地位。皮日休《七爱诗》小序说李白"负逸气者必有真放，以李翰林为真放焉"。真即天真，放即放纵不守绳墨。逸气与天真放纵紧密相连。二是盛唐气象的融汇。即如林庚先生所说：盛唐气象所指的是诗歌中蓬勃的气象，这蓬勃不只由于它发展的盛况，更重要的乃是一种蓬勃的思想感情所形成的时代性格。盛唐气象因此是盛唐时代精神面貌的反映。它是一个进展得较为顺利的解放中的时代。一种春风得意一泻千里的展望，所谓"天生我材必有用"、"黄河之水天上来"、"大道如青天"、"明月出天山"，这就是盛唐气象与建安风骨，同为解放的歌声，而又不全然相同的地方。这一个富于创造性的解放的时代，它孕育了鲜明的性格，解放了诗人的个性，他的那些诗篇永远是生气勃勃的，如旦晚才脱笔砚的新鲜，它丰富到只能用一片气象来说明。蓬勃的朝气，青春的旋律，这就是"盛唐气象"与"盛唐之音"的本质。[1] 而这种个性

---

[1] 林庚：《盛唐气象》，《北京大学学报》1958年第2期，第90页。

在李白身上表现得最为显著。三是飘逸诗风的呈现。宋代严羽《沧浪诗话·诗评》说："子美不能为太白之飘逸，太白不能为子美之沉郁。"[1]明代高棅《唐诗品汇》亦称："开元、天宝间，则有李翰林之飘逸，杜工部之沉郁。"[2]严羽所举太白之诗为《梦游天姥吟留别》、《远别离》诗，确实是天才卓绝之作。明王世贞《艺苑卮言》言："太白以气为主，以自然为宗，以俊逸高畅为贵。……其歌行之妙，咏之使人飘扬欲仙者，太白也。"[3]清弘历《唐宋诗醇》言："白诗天才纵逸，至于七言长古，往往风雨争飞，鱼龙百变，又如大江无风，波浪自涌，白云从空，随风变灭，诚可谓怪伟奇绝者矣。"[4]李白正是这样一个天才飘逸的诗人。"飘逸"二字，正切李白的性格，更切李白的诗风。古人论及李白诗风，或称其旷达，或称其豪健，近代以来一直将李白视为浪漫主义诗人，并以浪漫作为其诗风的特点，其实都不如飘逸概括得准确。在中国古代诗人中，浪漫可以属之于屈原，旷达可以属之于苏轼，豪健可以属之于陆游，只有飘逸属之于诗仙李白。飘逸可以兼容旷达、豪健和浪漫，而旷达、豪健和浪漫并不能涵盖飘逸。

因此，与杜甫在精神气质和诗歌技巧两方面都沾溉后世诗人不同，李白的影响主要反映在前者。他的诗风无人能够仿效，但他诗歌中所表现出的天才性的人格力量、个性魅力与潇洒风神，却同样吸引了无数士人的向往。在后人心目中，一方面李白是在天上飘飞的神仙，另一方面，读他的诗歌却又能将我们普通人从日常而世俗的生活中暂时解脱出来，获得精神与心灵上的自由与满足。可以说，每个人心中都有一个李白，尽管他永远是可望而不可即的。

---

[1] 郭绍虞：《沧浪诗话校释》，人民文学出版社1983年版，第168页。
[2] ［明］高棅：《唐诗品汇》卷首，第8页。
[3] ［明］王世贞：《艺苑卮言》卷六，《历代诗话续编》本，第1005页。
[4] ［清］弘历等：《唐宋诗醇》卷六，《四库全书》本，第7页。

第二章 杜甫

一、杜甫地位

杜诗奠定了中国古代以时事入诗的诗史精神。国步之艰难,生民之疾苦,个人之困厄,尽收笔底,爱国之情,跃然纸上。杜诗集中国古代诗歌之大成,是中国诗歌发展史上承先启后的关键所在。自宋至清,杜诗学已逐渐成为一门专门的学问。杜甫具有崇高的地位,古今学者都有所论定,我们先引用近代以来几位大家的见解。汪辟疆说:

图表二 《唐名臣像》之杜甫像

> 杜诗,此治文学必读之书也。治文先以《骚》《选》,则托体必高,摛词必雅,精者求气韵,粗者猎藻缋,皆可名家。读此书时,最宜取刘勰《文心雕

龙》、钟嵘《诗品》同时读之。杜诗上承八代，下开唐宋，为诗家转变一大枢纽。百世不祧，万古常新；取此一家，庐年万族矣。或有杜、韩并称者。余谓昌黎虽高，其真实本领，只须从经子、孟坚、扬云求之，已鬯其脑，未足俪杜也。[1]

程千帆、莫砺锋说：

在中国古典诗歌史上，杜甫占有特别重要的地位，前人论杜，或誉之为"集大成"，或誉之为"诗圣"，在封建社会中，这样的称誉是至高无上的。自从孟子用"集大成"这个词赞美孔子以来，有哪位诗人能戴上这顶神圣的桂冠而不被认为僭越？只有杜甫。这表明，绝大多数人都承认，杜甫在中国古典诗歌史上的地位就像孔子在中国古代思想史上的地位一样，是无与伦比的。[2]

叶嘉莹说：

面对如此缤纷绚烂的集大成之唐代诗苑……推选出一位足以称为集大成的代表作者，则除杜甫而外，实无足以当之者。杜甫是这一座大成之诗苑中，根深干伟，枝叶纷披，耸拔荫蔽的一株大树，其所垂挂的繁花硕果，足可供人无穷之玩赏，无尽之采撷。[3]

夏承焘说：

---

1 汪辟疆：《读书说示中文系诸生》，载《汪辟疆文集》，上海古籍出版社1988年版，第65页。
2 程千帆、莫砺锋：《杜诗集大成说》，载《被开拓的诗世界》，上海古籍出版社1990年版，第1页。
3 叶嘉莹：《论杜甫七律之演进及其承先启后之成就》，载《杜甫秋兴八首集说》，上海古籍出版社1988年版，第1页。

> 予主五言诗至杜甫始大成。魏晋之作,究鲜佳者。嗣宗咏怀诗,止"独坐空堂上"一首可诵。四言诗嵇康《赠秀才入军》,止"目送""手挥"八字。《幽愤诗》若落杜老手,必惊心动魄,而全篇无一动人语。张华《励志》:"仁道不遐,德輶如羽。""复礼终朝,天下归仁"诸语,下开《击壤集》一派,腐语而已,不足称诗。安仁悼亡较佳,而亦有可删之句。章太炎必谓唐人不及汉魏,殊不可解。此时只一渊明,独有千古。余子皆须三唐陶镕也。[1]

综合几位大家的看法,我们可以将杜甫的地位概括为以下几个方面:第一,杜诗承上启下,继往开来,是诗家转变一大枢纽。近年来学术界非常注重唐宋社会转型的研究,而唐代文学转型的关键人物无疑是杜甫。第二,杜诗具有"集大成"的性质,文学史上的杜甫可以与思想史上的孔子相提并论,是其他诗人所无与伦比的。第三,杜诗独有千古,天才学力,超绝人伦,是三唐诗镕铸过程中所体现的最高境界。杜甫地位的核心在于集古今诗之大成,杜甫处于集大成之时代,具有集大成之精神,取得集大成的成就,产生集大成之影响。杜诗集大成之性质为后世公认,宋代苏轼说:"子美之诗,退之之文,鲁公之书,皆集大成者也。"[2] 苏轼门人秦观在《韩愈论》中也说:"杜子美之于诗实积众家之长,适当其时而已。……呜呼!杜氏、韩氏,亦集诗文之大成者欤!"[3]

二、杜甫生平

研究一个作家,必须对于其家世和生平有所了解,这样在阅读作品时才

---

1 夏承焘:《夏承焘学词日记》1930年10月29日。载《夏承焘集》第五册,第160页。
2 [宋]陈师道:《后山诗话》引,《历代诗话》本,中华书局1981年版,第304页。
3 [宋]秦观:《淮海集笺注》卷二二,上海古籍出版社1994年版,第750–752页。

有助于知人论世。杜甫一生经历复杂，堪称一部百科全书，后世研究，对于其生平的钩稽，也甚为透辟。研究成果大要有两个方面：一是评传，文学视角评传如陈贻焮《杜甫评传》，多达百万字，思想视角评传如莫砺锋《杜甫评传》，也规模甚大；二是年谱，宋代以后，杜甫年谱不下百种，集其成者是四川文史馆所编的《杜甫年谱》。要全面了解杜甫生平，就要阅读上述两类书籍。我们这里对于杜甫生平的叙述，则用非常简明的文字，梳理其家世和一生经历，表现出与评传和年谱不同的风格。

杜甫（712-770），原籍襄阳人，因其曾祖迁居河南巩县，故又称巩人。他是西汉以来一直显赫的杜氏家族的后代，其直系世系总体上较为清楚：

> 杜周（西汉御史大夫，本居南阳）—延年（御史大夫，再徙杜陵）—熊（荆州刺史）—穰（后汉谏议大夫）—敦（西河太守）—邦（中散大夫）—繁—翕（太子少傅）—黻（太仆卿）—恕（幽州刺史）—预（荆州刺史）—耽（凉州刺史）—顾（西海太守）—逊（居襄阳）—乾光（齐司徒右长史）—渐（梁边城太守）—叔毗（周硖州刺史）—鱼石（获嘉县令）—依艺（巩县令）—审言（膳部员外郎）—闲（奉天令）—甫（左拾遗）

武则天朝的大诗人杜审言就是杜甫的祖父，也是在文学上对杜甫影响很大的诗人。杜甫有《赠蜀僧闾丘师兄》诗云："吾祖诗冠古。"[1] 又《宗武生日》诗称："诗是吾家事。"[2] "吾祖"即指杜审言，"吾家"当亦包括杜审言而言，都是指杜甫的祖父杜审言在初唐诗坛的影响。杜审言是初唐时期的"文章四友"之一，明人胡震亨《唐音癸签》说："唐七言律自杜审言、沈佺期首创工密，至崔颢、李白时出古意，一变也；高、岑、王、李风格大备，又一变也；

---

[1] ［清］仇兆鳌：《杜诗详注》卷九，第767页。
[2] ［清］仇兆鳌：《杜诗详注》卷一七，第1477页。

杜陵雄深浩荡，超忽纵横，又一变也。"¹ 可以看出杜审言的祖孙二人在唐诗发展过程当中的作用。

唐玄宗先天元年（712），杜甫出生在一个儒学氛围非常浓厚的家庭，父亲杜闲，担任过兖州司马。杜甫二十岁以前，一直在家中读书，受儒家传统思想的教育与熏陶较深。他自己说："少小多病，贫穷好学。"（《封西岳赋》）二十岁开始，到吴越一带漫游。二十四岁从吴越归来，就专心应试，走唐代一般读书人追求的科举仕进之路。但机运不佳，到长安应进士不第，又东游齐赵。其东游齐赵之因是当时杜甫的父亲为山东兖州司马，杜甫的游踪也就以山东为主。这一时期，杜甫已经在诗歌上崭露头角，写了不少名篇，其中《登兖州城楼》、《望岳》是代表作品。

天宝三载（744），杜甫三十三岁，游踪达到洛阳，和同游于洛阳的李白见面，李、杜二人不久又在大梁遇见了高适，他们"醉舞梁园夜，行歌泗水春"（《寄李十二白二十韵》），"醉眠秋共被，攜手同日行"（《与李十二白同寻范十隐居》），这是中国文学史上非常难得的重要事件，盛唐时期三颗文学巨星的聚首，影响了唐代诗史的进程。

天宝五载，杜甫三十五岁，怀着"致君尧舜上，再使风俗淳"的抱负，又来到了长安。第二年，玄宗下诏，命具有一艺之才者都去应试，杜甫偕同好友元结都参加了这次考试。这次考试由李林甫把持，结果一人未取，反而上表皇帝称其时"野无遗贤"，实则是堵塞贤路。经历了两次科举考试的失败，杜甫就开始了"干谒"的生涯，希望通过这一途径得到达官贵人的提拔。需要说明的是，唐代的"干谒"与后代不同，唐代文人为了实现自己的抱负，是不耻"干谒"的，李白《与韩荆州书》称"生不用封万户侯，但愿一识韩荆州"，就是"干谒"过程中写出的名垂千古的作品。杜甫不辞辛苦，到处奔走，在四十岁时，"干谒"到最高统治者唐玄宗，在唐玄宗举行祭祀大典的时候，献上了《三大礼赋》，述说自己的心志与忠诚。玄宗命他待制集贤院。当

---

1 ［明］胡震亨：《唐音癸签》卷一〇，第97页。

然"干谒"的生活是辛苦的，心情也是辛酸的，"朝扣富儿门，暮随肥马尘。残杯与冷炙，到处潜悲辛"（《奉赠韦左丞丈二十二韵》），就是这一时期生活形象的写照。在科举考试接连失败而进行辛苦"干谒"生活的过程中，他的生活阅历更加广泛，社会认识更加深刻，因此也就在这个时期，他写下了著名的诗歌《丽人行》和《兵车行》。在四十四岁时，担任左卫率府兵曹参军，这是杜甫走上仕途的开始，这时已经是天宝十四载。其年十一月，杜甫往奉先看望家室，还写成了名篇《自京赴奉先县咏怀五百字》。

　　也就在天宝十四载杜甫四十四岁的这一年爆发了"安史之乱"。潼关失守，长安沦陷，杜甫困居城中，目睹离乱现象，感慨伤怀。他得知肃宗即位灵武之时，只身前往，但途中被乱军俘虏，解回长安，困居城中半年。第二年四十六岁时，终于逃出长安，抵达凤翔，谒见肃宗，被任命为左拾遗。但杜甫作为一介书生，对于政治风波并没有深切的认识，尤其对朝廷的政治斗争不能洞察，故而因为营救房琯而被肃宗疏远，借口让他回家探亲。杜甫在回家的路上，写了著名的长诗《北征》。当年秋天长安收复后，杜甫回到长安，再任左拾遗。但在至德三载（758）年底，杜甫因事被贬为华州司功参军。第二年由洛阳回华州，途中写作了《三吏》、《三别》。

　　乾元二年（759）十二月，杜甫到了四川成都。杜甫之所以来到四川，是因为有友人严武、高适依靠。其时严武担任西川节度使，高适担任蜀州刺史。第二年的春天，由于友人的帮助，杜甫在成都构筑了几间草堂住下来，这就是迄今闻名于世的"杜甫草堂"。公元七六四年，严武提拔杜甫做节度参谋，检校工部员外郎，这是后世所称"杜工部"的由来。公元七六五年，严武病死，杜甫生活上失去凭藉，只好离开成都。七六六年即五十五岁时又到了夔州，住了二年。这一时期，他把全部精神都用在诗歌创作上，尤其是律体诗的创作，达到了炉火纯青的境地，《登高》、《登楼》，以及组诗《咏怀古迹》和《秋兴八首》代表了近体诗的最高成就。杜甫后来出了四川，又在湖南、湖北流浪了二三年，这时已经无力再构建草堂，只能以船为家，飘泊于湘江之上，最后大概就病死在船上。

杜甫一生忧国忧民，以天下为己任，但是他的志向得不到实现，这一切都成为理想，只能在诗歌中流露，因而越是晚年，越将诗歌作为立身行事的依托和垂名后世的追求了。我们读了以下一些诗句就可以看出杜甫的良苦用心和不懈坚持。《遣闷戏呈路十九曹长》："晚节渐于诗律细，谁家数去酒杯宽。"《江上值水如海势聊短述》："为人性僻耽佳句，语不惊人死不休。老去诗篇浑漫兴，春来花鸟莫深愁。新添水槛供垂钓，故著浮槎替入舟。焉得思如陶谢手，令渠述作与同游。"《旅夜书怀》："名岂文章著，官应老病休。飘飘何所似？天地一沙鸥。"《偶题》："文章千古事，得失寸心知。作者皆殊列，名声岂浪垂。骚人嗟不见，汉道盛于斯。前辈飞腾入，余波绮丽为。后贤兼旧列，历代各清规。法自儒家有，心从弱岁疲。永怀江左逸，多病邺中奇。……稼穑分诗兴，柴荆学土宜。故山迷白阁，秋水隐黄陂。不敢要佳句，愁来赋别离。"明人王嗣奭《杜臆》说："此公一生精力用之文章，始成一部《杜诗》，而此篇乃其自序也。《诗三百篇》各自有序，而此篇又一部杜诗之总序也。"[1]

三、杜诗艺术

（一）语言表现

诗是语言的艺术，杜诗的成功之处，在其语言艺术上表现了很高的技巧，达到了很高的境界。古往今来，对于杜诗语言艺术的研究，硕果累累，甚至有专门的论著问世，如孙力平《杜诗句法艺术阐释》、于年湖《杜诗语言艺术研究》等。综合前贤的论述，我们从格律、语汇和修辞三个方面对杜诗的语言表现加以阐述。

---

[1] ［明］王嗣奭：《杜臆》卷八，上海古籍出版社1983年版，第262页。

1. 格律

杜甫诗歌，无论是古体诗还是近体诗，在格律的运用方面，都是古今诗人效法的典范。正常的格律自不必说，即使是拗体、古律方面，也开了后世的无数法门。

首先，唐代在格律诗成熟之后，为了使得古体诗和格律诗区别开来，在平仄、韵律等方面，都在追求不同，以显出各自的特色。我们举杜甫的《岁晏行》诗为例对其平仄逐句分析一下：

1. 岁云暮矣多北风，仄平仄仄平仄平
2. 潇湘洞庭白雪中。平平仄平仄仄平
3. 渔父天寒网罟冻，平仄平平仄仄仄
4. 莫徭射雁鸣桑弓。仄平仄仄平平平
5. 去年米贵阙军食，仄平仄仄仄平仄
6. 今年米贱大伤农。平平仄仄仄平平
7. 高马达官厌酒肉，平仄仄平仄仄仄
8. 此辈杼轴茅茨空。仄仄平仄平平平
9. 楚人重鱼不重鸟，仄平平平仄仄仄
10. 汝休枉杀南飞鸿。仄平仄仄平平平
11. 况闻处处鬻男女，仄平仄仄仄平仄
12. 割慈忍爱还租庸。仄平仄仄平平平
13. 往日用钱捉私铸，仄仄仄平仄平仄
14. 今许铅锡和青铜。平仄平仄平平平
15. 刻泥为之最易得，仄平平平仄仄仄
16. 好恶不合长相蒙。仄仄不合平平平
17. 万国城头吹画角，仄平平平仄仄仄
18. 此曲哀怨何时终。仄仄平仄平平平

这首诗是一首典型的古体句法，全诗处处避免律句，尤其值得重视的是，第4、第8、第10、第12、第14、第16句、第18句，都是三平调煞尾，在律诗都是最大的忌讳。第3、第7、第9、第15句，都是三仄末尾，较律诗而言也是语气反常的句式。第5、第11、第13句，末尾用"仄平仄"句式，语气拗变。这样通过句式的变化，使得诗风古朴而拙重，从而表现出与近体诗的明显区别。

其次，杜甫写了一些拗体诗，对于中唐以后诗体的演变具有重大影响，到了宋代黄庭坚，把这种方法大量应用于诗的创作方面，于是拗体成为黄诗的特格，也就成为江西诗派喜用的形式了。如杜甫《愁》诗："江草日日唤愁生，巫峡泠泠非世情。盘窝鹭浴底心性，独树花发自分明。"题下原注："强戏为吴体。"仇兆鳌注："此四句，本佳景而看作愁端，乃拗律之别派也。故原注云'戏为吴体'。"[1]"吴体"即拗律的一种。再如杜甫《郑驸马宅宴洞中》诗："主家阴洞细烟雾，留客夏簟青琅玕。春酒杯浓琥珀薄，冰浆碗碧玛瑙寒。误疑茅屋过江麓，已入风磴霾云端。自是秦楼压郑谷，时闻杂佩声珊珊。"首联"主家阴洞细烟雾，留客夏簟青琅玕"就是两个拗句。最后一联出句末尾三个仄声，对句则以三平调煞尾，也是一个拗联，故这一首诗是非常典型的拗律。杜诗的拗体律绝近五十首，方回《瀛奎律髓》专门设置"拗字类"，其《拗字类序》说："拗字诗在老杜集七言律诗中，谓之吴体。老杜七言律一百五十九首，而此体凡十九出。不止句中拗一字，往往神出鬼没。虽拗字甚多，而骨格愈峻峭。"[2]选杜甫拗体五律二首，拗体七律五首。如全篇拗体有《题省中院壁》："掖垣竹埤梧十寻，洞门对雪常阴阴。落花游丝白日静，鸣鸠乳燕青春深。腐儒衰晚谬通籍，退食迟回违寸心。衮职曾无一字补，许身愧比双南金。"方回评曰："此篇八句俱拗，而律吕铿锵，试以微吟，或以长歌，其实文从字顺也。以下'吴体'皆然。'落花游丝白日静，鸣鸠乳燕青春

---

1 ［清］仇兆鳌：《杜诗详注》卷一八，第1599–1600页。
2 ［元］方回：《瀛奎律髓》卷二五，上海古籍出版社2005年版，第1107页。

深。'此等句法惟老杜多，亦惟山谷、后山多，而简斋亦然，乃知'江西诗派'非江西，实皆学老杜耳。"[1]

2. 语汇

杜诗不仅语汇丰富，而且非常重视语言的锤炼，达到了精工绝伦的境地，我们这里仅举一些有关颜色词的运用，以说明杜诗的艺术造诣：1）置于句首以突出色彩美。如《奉酬李都督表丈早春作》："红入桃花嫩，青归柳叶新。"诗人描绘出一幅春回大地，万物复苏，桃红柳绿，鲜艳欲滴的早春图，"红"与"青"置于句首，臻于鲜艳夺人的艺术境地。类似的例子很多，诸如"红取风霜实，青看雨露柯"（《栀子》），"绿垂风折笋，红绽雨肥梅"（《陪郑广文》），"翠深开断壁，红远结飞楼"（《晓望白帝城盐山》），"紫收岷岭芋，白种陆池莲"（《秋日夔府咏怀奉寄郑监李宾客一百韵》），"白摧朽骨龙虎死，黑入太阴雷雨垂"（《戏为双松图歌》），"白水暮东流，青山犹哭声"（《新安吏》），"红绸屋角花，碧委墙隅草"（《雨过苏端》），"红浸珊瑚短，青悬薜荔长"（《观李固清司马山水图》），"青惜峰峦过，黄知橘柚来"（《放船》），"黄草峡西船不归，赤甲山下人行稀"（《黄草》），都是以色彩取胜，先声后实，充满韵味，情趣盎然。2）通过对比以表现色彩美。如《绝句》："两个黄鹂鸣翠柳，一行白鹭上青天。窗含西岭千秋雪，门泊东吴万里船。"这首诗描绘了草堂周围的优美景色，生动细腻，鲜艳明丽。两个黄鹂，点缀在一片翠绿的柳树丛中，相映成趣；一行白鹭，像闪光的银箭一样，直插于透明如镜的蓝天，相得益彰。此外还有"涛翻黑蛟跃，日出黄雾映"（《早发》），"风含翠筱娟娟净，雨裹红蕖冉冉香"（《狂夫》），也是黑与黄，赤与绿的对比。3）通过颜色字的锤炼以烘托作者的情怀。如《城上》诗："草满巴西绿，城空白日长。风吹花片片，春动水茫茫。八骏随天子，群臣从武皇。遥闻出巡守，早晚遍遐荒。"全诗前半写景，后半抒情。风吹花摇、风吹水动的画面，为白日

---

[1] ［元］方回:《瀛奎律髓》卷二五，第1114页。

悠长、白水茫茫所统摄,景象凄然。4)借助于颜色词的锤炼以随类赋形,缘情写景。如《闷》:"卷帘唯白水,隐几亦青山。"从屋内向屋外望去,映入眼帘者只有白水青山,不复他见,单调之极,寂寞之极。这是景中含情。而《绝句二首》:"江碧鸟愈白,山青花欲燃。"通过"黑"、"碧"、"青"、"白"这些着色字,表示作者对大自然的热爱。

3. 修辞

修辞是语言表现达到艺术美境界的重要方面,杜诗十分注意修辞的运用,现就对仗、炼字方面加以阐述。

就对仗而言,既遵从律诗的基本规律,又注重对仗的变化多端。如"借对",《寄韦有夏》诗:"饮子频通汗,怀君想报珠。""饮子"本是中药,"子"在这里本为词的后缀,借其实词义与"君"相对。又借"饮"的动词性与"怀"相对。"交错对",《长江》诗:"众水会涪万,瞿塘争一门。"前一例是"众水"对"一门","涪万"对"瞿塘"。"扇面对",杜甫的《哭台州郑司户苏少监》诗:"得罪台州去,时危弃硕儒。移官蓬阁后,谷贵没潜夫。"第一句与第三句相对,第二句与第四句相对。"续句对",《存殁口号二首》之一:"席谦不见近弹棋,毕曜仍传旧小诗。玉局他年无限笑,白杨今日几人悲。"席谦为吴人,曾为道士,擅长弹棋。毕曜,乾元间曾任郭子仪掌书记和监察御中。二人都是作者的朋友,现在席谦存而毕曜殁。故两联中,第三句指存者,承首句席谦,回忆对弈的欢乐;第四句指殁者,承次句毕曜,表示悲伤的心情。又《存殁口号二首》之二:"郑公粉绘随长夜,曹霸丹青已白头。天下何曾有山水,人间不解重骅骝。"郑公为郑虔,善画山水;曹霸也是著名画家,擅长画马。二人此时也是一存一殁,郑虔殁而曹霸存。第三句承第一句,谓郑虔死后世上便不再有好的山水画了;第四句承第二句,痛惜人间不懂得珍视曹霸所画的马。

就炼字而言,宋人叶梦得《石林诗话》卷中有一段精彩的论述,很值得我们参考:"诗人以一字为工,世固知之。惟老杜变化开合,出奇无穷,殆不可以形迹捕。如'江山有巴蜀,栋宇自齐梁',远近数千里,上下数百年,只在'有'与'自'两字间,而吞纳山川之气,俯仰古今之怀,皆见于言外。《滕王亭子》'粉墙犹竹色,虚阁自松声',若不用'犹'与'自'两字,则余八言,凡亭子皆可用,不必滕王也。此皆工妙至到,人力不可及,而此老独雍容闲肆,出于自然,略不见其用力处。今人多取其已用字模仿用之,偃蹇狭隘,尽成死法。不知意与境会,言中其节,凡字皆可用也。"[1]

炼字的一个重要方面是叠字的运用,杜甫是最善于运用叠字的一位大诗人,他将叠字用于古体诗和格律诗中。形态方面,有的摹声,有的绘色,有的状貌,有的写物;句式方面,有的名词重叠,有的动词重叠,有的形容词重叠,有的副词重叠,有的数词重叠,有的量词重叠,都恰到好处。有叠字的句子往往成为千古名句,如"无边落木萧萧下,不尽长江滚滚来"(《登高》),用"萧萧"将秋天落叶的声音描绘出来了,用"滚滚"将长江波涛汹涌的形状也描写出来了,这样形象更加鲜明,境界更加开阔。叠字的位置在各句中也有所不同,如首二字相叠:"娟娟戏蝶过闲幔,片片轻鸥下急湍。"(《小寒食舟》)三四字相叠:"榉柳枝枝弱,枇杷树树香。"(《田舍》)四五字相叠:"城乌啼眇眇,野鹭宿娟娟。"(《舟月对驿》)五六字相叠:"穿花蛱蝶深深见,点水蜻蜓款款飞。"(《曲江二首》)六七字相叠:"信宿渔人还泛泛,清秋燕子故飞飞。"(《秋兴八首》之三)

(二)风格特征

杜诗的风格,杜甫自己即有所认识,他在《进雕赋表》中说:"倘使执先祖之故事,拔泥涂之久辱,则臣之述作,虽不能鼓吹六经,先鸣数子,至于沉郁顿挫,随时敏捷,扬雄枚皋之徒,庶可企及也。"[2] 这里兼指诗赋而言。与杜

---

[1] [宋]叶梦得:《石林诗话》卷中,《郋园丛书》本,第9页。
[2] [清]仇兆鳌:《杜诗详注》卷二四,第2172页。

甫同时的诗人任华,重视其诗的"奇",在《杂言寄杜二拾遗》中赞其"名甫第二才甚奇",具体描述则是"势攫虎豹,气腾蛟螭。沧海无风似鼓荡,华岳平地欲奔驰"。中唐诗人白居易在《与元九书》中也说:"诗之豪者,世称李杜之作。才矣奇矣,人不逮矣。"[1]

到了宋代,人们对杜诗的风格,多有进一步体认,逐渐认识到其主体风格是"沉郁顿挫"。故严羽《沧浪诗话》称:"子美不能为太白之飘逸,太白不能为子美之沉郁。"[2]明人高棅在《唐诗品汇总序》中,论述盛唐诗的风格时,即以"杜工部之沉郁"概括杜诗。清人沈德潜在《唐诗别裁集》凡例中说:"杜工部沉雄激壮,奔放险幻,如万宝杂陈,千军竞逐,天地浑奥之气,至此尽泄,为一体。"[3]清人方东树《昭昧詹言》卷八:"大约飞扬肆兀之气,峥嵘飞动之势,一气喷薄,真味盎然,沉郁顿挫,苍凉悲壮,随意下笔而皆具元气,读之而无不感动心脾者,杜公也。"[4]

清人吴瞻泰《杜诗提要》言:"沉郁者,意也;顿挫者,法也。"[5]所谓"意",主要指诗歌的情调和意境,侧重于内容方面;所谓"法",主要指诗歌的结构和句法,侧重于形式方面。我们举杜甫的《春望》诗为例:"国破山河在,城春草木深。感时花溅泪,恨别鸟惊心。烽火连三月,家书抵万金。白头搔更短,浑欲不胜簪。"《春望》是杜甫在唐至德二载(757)三月,作于沦陷时的长安。作者将忧乱伤春,感时恨别之情,写得淋漓尽致。诗人处于沦陷后的长安,一片忠心,无限悲愤,对以往岁月的回忆,对眼前山河残破的悲怆,对亲人的挂念,对祸乱根源的种种思索,真是百感交集。但诗人并没有一一写出,只写山河依旧而京华已经陷落,春色又降但却满目荒芜,多少

---

1 朱金城:《白居易集笺校》卷四五,第2791页。
2 郭绍虞:《沧浪诗话校释》,第168页。
3 [清]沈德潜:《唐诗别裁集》卷首,第2页。
4 [清]方东树:《昭昧詹言》卷八,第212–213页。
5 [清]吴瞻泰:《杜诗提要》,台湾《杜诗丛刊》本。

感情，只发出了这一声深沉的叹息："国破山河在，城春草木深。"正因为只发出这一声深沉的叹息，而把交集的百感存留于心中，才使全诗的情思显得更加沉郁深厚。就"意"而言，这首诗忧国、伤时、念家、悲己，种种复杂的心绪和情怀融入了四十字的短章之中，语语沉痛，字字由血泪凝成，表现又沉着蕴藉，真挚自然。就"法"而言，这首诗前半写春望之景，后半抒春望之情，首联破题写望中之景，又以"春"字贯穿全篇，寓情于景，情景交融。颔联运用拟人的手法，写自己感叹时局，见花而溅泪；怅恨离别，闻鸟而惊心，觉得鸟也在心惊。颈联由春望之景转为写春望之情，并将国难家愁紧密地联系在一起。尾联抒发自己沦陷长安的感慨。明人胡震亨《唐音癸签》卷九评曰："对偶未尝不精，而纵横变幻，尽越陈规，浓淡浅深，动夺天巧。"[1] 沉郁顿挫的诗章，在杜诗中比比皆是，堪称代表者如《登高》、《登楼》、《阁夜》、《咏怀古迹五首》、《秋兴八首》等，都能通过反复咏叹、百转千回的抒情方式，以表现出深沉的忧思和悲壮的情调。

（三）文体交融

杜甫诗歌在各个层面都能达到推陈出新的境界，具有集大成的特点，一个重要方面在于融合其他文体之长而归于诗歌创作之中。而在以诗为中心的文体交融渗透方面，赋与诗、文与诗的相互交融最值得重视。

1）杜诗与辞赋

清人管世铭在《读雪山房唐诗序例》中指出："《北征》，赋体也。"[2] 他特地点出《北征》是赋体，我们仔细阅读，觉得确实很有道理。胡小石《杜甫〈北征〉小笺》云："《北征》，变赋入诗者也，题名《北征》即可见之。其结构出赋，班叔皮《北征》，曹大家《东征》，潘安仁《西征》，皆其所本，而与曹、

---

[1] ［明］胡震亨：《唐音癸签》卷九，第91页。
[2] 郭绍虞：《清诗话续编》，第1546页。

潘两赋尤近。其描写最动人处，还在还家见妻儿一段，则兼有蔡文贤《悲愤》、左太冲《娇儿》两作之长，其胪陈时事，直抒愤懑，则颇得力于庾子山《哀江南赋》。"[1]可以看出《北征》诗融汇赋体达到了牢笼百有、出神入化的境地，其要在两个方面：

一是用赋体笔法展示杜甫的"诗史"精神，特别是受《哀江南赋》的影响，"子山此赋，其源出于《离骚》，其流极于少陵之新乐府，盖屈子悲怀王之亡，少陵伤天宝之乱，而子山哀建康金陵之陷没，俱有国破家亡之感，故发为文章，危苦辞多，悲哀是主，亦复相类。屈子之《离骚》、《哀郢》，其为子山辞赋所从出，自不待言，而少陵之《哀江头》、《哀王孙》、《新婚别》、《无家别》、《垂老别》，以及《北征》、《述怀》、《秋兴》、《诸将》，与赋中所写流离伤乱之情，乡关羁旅之思何异？子山之赋无《离骚》之面目，而其源实出于《骚》；少陵之诗，亦无子山之面目，而其流实极于杜。"[2]杜甫与庾信一样，忧国与述己融合，具有深沉的忧思和悲壮的情怀。二是吸收赋的纪行手法进行诗的谋篇布局，体现出变赋入诗的特点。胡小石还说："曹大家《东征赋》起句'惟永初之有七兮（汉和帝），余随子兮东征（大家子谷为陈留长）。时孟春之吉日兮，撰良辰而将行'云云。潘安仁《西征赋》起句'岁次玄枵（晋惠帝元康二年壬子），月旅蕤宾（五月）。丙丁统日，乙未御辰。潘子凭轼西征，自京徂秦'云云，皆先记岁时，次述所向。《北征》起句全同此，而出以五言。"[3]《北征》全篇的结构和句法，很多是受到汉魏六朝纪行赋的写法而对自己北征的行程进行叙述的，这一种叙述手法，更适合于描写重大的历史事件，并将事件与自己的经历相结合。杜甫将盛唐诗以抒发个人情怀的总体特征转化为复杂的社会事象的表现，从而以诗为史，诗赋一体，这无疑是他作诗成功的秘诀之一。三是尽管杜甫受到辞赋的启发而作诗，而《北征》

---

[1] 胡小石：《杜甫〈北征〉小笺》，《江海学刊》1962年第4期，第32页。
[2] ［清］杨绳武：《文章鼻祖》卷六，清乾隆刊本，第21—22页。
[3] 胡小石：《杜甫〈北征〉小笺》，《江海学刊》1962年第4期，第32页。

的主体最终呈现的是叙事诗的特色。与辞赋相比，少了一些恢宏，多了一些朴质；少了一些夸饰，多了一些真实；少了一些铺陈，多了一些比兴。

这只是举《北征》一首诗为例，这样的特点不仅在古体诗《自京赴奉先县咏怀五百字》中呈露鲜明，而且在格律组诗《咏怀古迹五首》、《秋兴八首》中也有所体现，甚至在其五言长律如《秋日夔府咏怀奉寄郑监审李宾客之芳一百韵》中，也得到了充分的表现。

2）杜诗与散文

诗文的相互渗透，后人常举杜甫和韩愈作为研究对象，并进行比较，认为杜甫以诗为文，韩愈以文为诗，后者取得成功，而前者并没有成功。实际上这是将二人有意分离开来比较所得出的结论，并非事实如此。其实，以文为诗也是渊源于杜甫的。清人管世铭《读雪山房唐诗序例》的《五古凡例》中，对于杜诗与其他文体的相互关系，尤其是和散文的关系论述得非常全面与精当："杜工部五言诗，尽有古今文字之体。《前后出塞》、'三别'、'三吏'，固为诗中绝调，汉、魏乐府之遗音矣。他若《上韦左丞》，书体也；《留花门》，论体也；《北征》，赋体也；《送从弟亚》，序体也；《铁堂》、《青阳峡》以下诸诗，记体也；《遭田父泥饮》，颂体也；《义鹘》、《病柏》，说体也；《织成褥段》，箴体也；《八哀》，碑状体也；《送王砅》，纪传体也。可谓牢笼众有，挥斥百家。"[1] 杜诗能够汲取散文中的各种体式之长，以完善诗歌之体裁，丰富诗歌之内容，杜诗之集大成，杜诗之推陈出新，是基于"以文为诗"而进行创作的。

杜甫以文为诗的具体特征，古人即已有所认识，如沈德潜《说诗晬语》卷下称："人谓诗主性情，不主议论，似也，而亦不尽然。试思二《雅》中何处无议论？杜老古诗中《奉先咏怀》、《北征》、《八哀》诸作，近体中《蜀相》、《咏怀》、《诸葛》诸作，纯乎议论，但议论须带情韵以行，勿近伧父面目

---

[1] 郭绍虞：《清诗话续编》，第1546页。

耳。"[1]这是杜甫以议论为诗的论述,不仅影响中唐韩愈,也开了宋诗的先声。朱庭珍《筱园诗话》卷一称:"少陵大篇,最长于此,往往叙事未终,忽插论断,论断未尽,又接叙事。写情正迫,忽入写景,写景欲转,遥接生情。大开大合,忽断忽连,参差错综,端倪莫测。如神龙出没云中,隐现明灭,顷刻数变,使人迷离。此运《左》《史》文笔为诗法也。"[2]这是杜甫以文法入诗的论述,是汲取了《左传》、《史记》章法结构的特点,展开了诗的结构的展衍与安排。

我们再举《奉赠韦左丞丈二十二韵》诗为例,以阐述其与论体散文的关系。这首诗是杜甫十年困守时期欲离长安时写给友人的辞谢之作,生命的困顿,命运的不平,理想的期待,郁结的情思,都蕴涵其中。开头四句"纨袴不饿死,儒冠多误身。丈人试静听,贱子请具陈",以世人的不同命运落笔,凭空起势,锐不可当,诗歌主旨即在这一强烈的对比中点出。接着就"儒冠"着笔展开对自己经历和志向的述说:"甫昔少年日,早充观国宾。读书破万卷,下笔如有神。赋料扬雄敌,诗看子建亲。李邕求识面,王翰愿卜邻。自谓颇挺出,立登要路津。致君尧舜上,再使风俗淳。"写自己踌躇满志,意气风发,追求儒冠事业而发愤读书,作文运笔自如若有神助,诗赋堪与古代扬雄、曹植相匹,自以为可以登上仕途以求取功名,且致君尧舜而拯救风俗了。然而却"此意竟萧条,行歌非隐沦。骑驴三十载,旅食京华春。朝扣富儿门,暮随肥马尘。残杯与冷炙,到处潜悲辛。"这一高下的反跌揭示现实的无情,结果是一腔热血,多年辛苦,换来的是困顿受辱的结果,从而照应了"儒冠多误身"的开头。"主上顷见征,欻然欲求伸。青冥却垂翅,蹭蹬无纵鳞。甚愧丈人厚,甚知丈人真。每于百僚上,猥诵佳句新。"转而表述对于韦济的感激之情,为韦济升迁尚书感到高兴,为韦济曾经垂青自己的诗句表示感激。"窃效

---

[1] 丁福保:《清诗话》,上海古籍出版社1978年版,第553页。
[2] 郭绍虞:《清诗话续编》,第2335页。

贡公喜,难甘原宪贫。焉能心怏怏,只是走踆踆。今欲东入海,即将西去秦。尚怜终南山,回首清渭滨。常拟报一饭,况怀辞大臣。白鸥没浩荡,万里谁能驯。"表现自己将毅然隐退,以居江海的心志。全诗以论带叙,论中抒情,用论体而诗的特质更能得到彰显,开头凭空起势,中间百转千回,结尾直抒胸臆,展示出困踬生活境遇下高洁的胸襟。明人王嗣奭《杜臆》云:"直书胸臆,如写尺牍,而纵横转折,感愤悲壮,缱绻踌躇,曲尽其妙。……末段愤激语,纡回婉转,无限深情。"[1]

四、杜诗渊源

杜诗集古诗之大成,因其集大成,故对古诗广搜博取,并无后世诗人的门户之见。因此,杜甫诗歌的渊源是多方面的。杜甫自己也曾经说:"别裁伪体亲风雅"(《戏为六绝句》),"赋料扬雄敌,诗看子建亲"(《奉赠韦左丞丈二十二韵》),"气劘屈贾垒,目短曹刘墙"(《壮游》),"陶谢不枝梧,《风》《骚》共推激"(《夜听许十一咏诗爱而有作》),"潘陆应同调"(《暮春江陵送马大卿公恩命追赴阙下》),"熟精《文选》理"(《宗武生日》),"诗接谢宣城"(《陪裴使君登岳阳楼》),"颇学阴何苦用心"(《解闷十二首》)。从《诗经》、《楚辞》到初唐诗人,都是杜甫学习与继承的对象,其渊源之深广,远非其他诗人能望其项背。当然还有其家学渊源,杜甫有《赠蜀僧闾丘师兄》诗云:"吾祖诗冠古。"又《宗武生日》诗称:"诗是吾家事。"其《进雕赋表》云:"自先君恕、预以降,奉儒守官,未坠素业矣。亡祖故尚书膳部员外郎先臣审言,修文于中宗之朝,高视于藏书之府,故天下学士到于今而师之。臣幸赖先臣绪业,自七岁所缀诗笔,向四十载矣,约千有余篇。"[2]这是祖父杜审言对其诗

---

[1] [明]王嗣奭:《杜臆》卷一,第11页。
[2] [清]仇兆鳌:《杜诗详注》卷二四,第2172页。

歌影响的明证。为了避免在渊源论述上的泛泛而谈,我们这里选取清人沈德潜在杜诗渊源方面的见解作为切入点进行阐述。

沈德潜论诗,很注意溯源,他强调唐诗源于古诗,宋元诗源于唐诗。因此他将自己所选的唐以前诗定名为《古诗源》。他在《古诗源序》中说:

> 诗至有唐为极盛,然诗之盛非诗之源也。今夫观水者,至观海止矣。然由海而溯之,近于海为九河,其上为洚水,为孟津,又其上由积石以至昆仑之源。《记》曰:"祭川者先河后海。"重其源也。唐以前之诗,昆仑以降之水也。汉京,魏氏,去《风》《雅》未远,无异辞矣。至齐梁之绮缛,陈隋之轻艳,风标品格,未必不逊于唐,然缘此遂谓非唐诗所由出,将四海之水,非孟津以下所由注,有是理哉?有明之初,承宋元遗习,自李献吉以唐诗振,天下靡然从风。前后七子互相羽翼,彬彬称盛。然其敝也,株守太过,冠裳土偶,学者咎之。由守乎唐而不能上穷其源,故分门立户者,得从而为之辞。则唐诗者,宋元之上流;而古诗,又唐人之发源也。[1]

这段文字虽简短,但对中国诗歌的渊源论述得非常清楚。沈氏评论杜诗,更为重视溯源,弄清杜诗的继承关系,这与他的集大成说也是相一致的。他论述杜诗的渊源主要有以下几个方面。

首先是上溯《风》《雅》,继承《诗经》的优良传统。沈德潜《说诗晬语》卷上说:"人有不平于心,必以清比己,以浊比人。而《谷风》三章转以泾自比,以渭比新昏,何其怨而不怒也?杜子美'在山泉水清,出山泉水浊'亦然。"[2] 又卷下云:"子美诗每从《风》《雅》中出,未可执词调一节以议之。"[3] 又《唐诗别裁集》中对《新婚别》的评论:"'君今往死地'以下,层层转换,发

---

[1] [清]沈德潜:《古诗源》,中华书局1963年版,第1页。
[2] [清]沈德潜:《说诗晬语》卷上,《清诗话》本,第526页。
[3] [清]沈德潜:《说诗晬语》卷下,《清诗话》本,第555页。

乎情止乎礼义，得《国风》之旨矣。"[1]从这些地方也可以看出，沈德潜论杜诗而上溯《风》《雅》，强调"发乎情止乎礼义"，正是他的诗教说的一种表现。

其次祖述《楚辞》，发扬屈原的忠爱精神。杜甫《梦李白二首》中有"魂来枫林青，魂返关塞黑"二句，沈氏评点说："点缀《楚辞》，恍恍惚惚，使读者惘然如梦。"这是说杜甫运用了《楚辞》的表现方法。又对杜诗《送孔巢父谢病归游江东兼呈李白》"蓬莱织女回云车"句评点说："李杜多缥缈恍惚语，其原盖出于《骚》。"仍是就其表现方法而言。又对《渼陂行》"湘妃汉女出歌舞，金支翠旗光有无"评点说："此是虚景，本之《楚辞》。"对《咏怀古迹五首》中"摇落深知宋玉悲"一首评点说："怀宋玉亦所以自伤，言斯人虽往，文藻犹存，不与楚宫同其泯灭，其寄慨深矣。"沈德潜论杜诗祖述《楚辞》，还由于杜甫与屈原同有忠爱敦厚之心，他在《说诗晬语》卷上论《离骚》说："《离骚》者，《诗》之苗裔也。第《诗》分正变，而《离骚》所际独变，故有侘傺噫郁之音，无和平广大之响。读其词，审其音，如赤子婉恋于父母侧而不忍去。要其显忠斥佞，爱君忧国，足以持人道之穷矣。"由此可知，屈赋与杜诗，其精神实质是相同的。

再次是学习乐府古诗。一方面学习乐府古诗的表现方法。杜甫《示从孙济》诗："淘米少汲水，汲多井水浑。刈葵莫放手，放手伤葵根。"沈氏评曰："'淘米'四语有水原木本之意，随事比兴，古乐府往往有之。"杜甫《新安吏》诗末沈氏评曰："诸咏身所见闻事，运以古乐府神理，惊心动魄，疑鬼疑神，千古而下，何人能措手？"又《望岳》诗末评曰："灵光缥缈，气象肃穆，汉人《练时日》、《帝临》诸章，是此诗原本。"但沈德潜认为，杜诗学习乐府古诗，并非着意模拟，而是力求其变，《说诗晬语》卷上说："苏、李、《十九首》后，五言最胜，大率优柔善入，婉而多风。少陵才力标举，纵横挥霍，

---

[1] ［清］沈德潜：《唐诗别裁集》卷二，第69页。按，本节此下引用沈氏杜诗评点未说明出处者均本自《唐诗别裁集》。

诗品又一变矣。要其感时伤乱,忧黎元,希稷、卨,生平抱负,悉流露于楮墨间,诗之变,情之正也。"正因如此,杜甫才在古乐府精神的影响下,创立了即事名篇的新题乐府。

此外,前代诗人对杜诗产生影响者还很多,沈氏亦有所论及,今略举数例以说明。杜诗《乾元中寓居同谷县作歌七首》末评曰:"原本平子《四愁》、明远《行路难》诸篇,然能神明变化,不袭形貌,斯为大家。"《越王楼歌》末评曰:"仿佛王子安《滕王阁诗》,见此老无所不有。"《送远》诗末评曰:"江淹《拟古别离》有'送君如昨日,檐前露已团'句,言别离之情古今有同悲也。"

五、杜诗传承

一个文学家历史地位的形成,必然有一个被传播、被接受的过程。在中国古代的文学家中,作品传承范围之广,力度之大,影响之深,莫过于杜甫了。北宋孙仅在《读杜工部诗集序》中说:"公之诗,支而为六家:孟郊得其气焰,张籍得其简丽,姚合得其清雅,贾岛得其奇僻,杜牧、薛能得其豪健,陆龟蒙得其赡博。"[1]即说出了杜诗影响的几个侧面。杜甫死后,他的地位虽然在短时间内或有歧见,但自韩愈以后,就不可动摇了。唐末韦庄尊重杜甫,将自己的文集命名为《浣花集》,因为杜甫曾住过成都的浣花草堂。这是唐人对杜诗地位的认同。唐人学习杜诗情况,又随着时代的不同,流派的各异,甚至个人的差别,呈现出各种不同的风貌。从时代来看,中唐时期的学杜者,无论是元白,还是韩孟,他们趣尚虽不一致,但同样表现出要求中兴的革新精神。而晚唐杜牧、李商隐而下,对杜甫的崇敬之心虽较中唐不减,但其气派已与他们的前辈们大不相同,逐渐收敛而内向,杜牧所说的"无人

---

[1] [清]仇兆鳌:《杜诗详注》附录,第2238页。

解合续弦胶"(《读韩杜集》),认为杜诗高绝难继,就是一个很好的说明。从流派上看,元白和韩孟虽处同一时代,他们又同为尊杜学杜者,但元白所得的是杜诗感时愤世的一面,突出其忧国忧民的精神;韩愈所得的是杜诗沉雄壮大的一面,犹如强弓硬弩,以拯救诗坛的流弊。一个得其主观的精髓,一个得其客观的表现。因为杜诗传承的内容极为广泛,我们这里拟截取唐代杜诗传承,从一斑以窥见杜诗传承的全豹。

杜诗在杜甫生前就已经得到传播,这主要表现在他与同时与后辈诗人的交往中。比如他与王维、岑参、高适同登长安慈恩寺塔,相互唱和五首,都已流传下来。比杜甫长十一岁的大诗人李白,写了4首诗赠给杜甫,即《沙丘城下寄杜甫》、《秋日鲁郡尧祠亭上宴别杜补阙范侍御》、《鲁郡石门东送杜二甫》、《戏赠杜甫》(本诗或为伪作),对杜甫在诗坛上的地位的提高,具有一定的促进作用。杜甫同辈的诗人岑参、高适、严武、韦迢、郭受等人,也有寄赠杜甫的诗,想必杜甫与他们都有寄赠往来诗作。唐诗在当时的传播主要是靠相互寄赠得以实现的。时人任华有一首《杂言寄杜拾遗》诗,开头几句是这样的:"杜拾遗,名甫第二才甚奇。任生与君别来已多时,何曾一日不相思。杜拾遗,知不知?昨日有人诵得数篇黄绢词,吾怪异奇特借问,果然称是杜二之所为。"更是杜诗在当时传播的极好例证。

在唐代诗人中,白居易是杜甫最忠实的继承者和发扬者。杜甫所开创的写实精神,绕过了大历诗坛对形式的追求,到元稹、白居易的时代才进一步发扬光大。其中一个重要原因,是诗学观点的传承。杜甫论诗,最重视诗歌的社会效用。比如杜甫在《同元使君春陵行序》中,盛赞元结"知民疾苦"的政治品德,正表现了作者忧国忧民的精神。他评论元结的诗歌是"比兴体制,微婉顿挫之词",认为继承《诗经》的比兴传统,因而产生了政治教化的作用。细绎元结这两首诗,内容深刻,语言质朴,是典型的写实之作,可见杜甫的诗歌主张充满了写实精神。诗歌要写实、要讽谕的主张,到了白居易,有了更加明确的阐发。他说作诗要"惟歌生民病,愿得天子知"(《寄唐生》);"上以纽王教,系国风;下以存炯戒,通讽谕"(《策林六八·议文章》);"总而言之,为君、为臣、为民、为物、为事而作,不为文而作也"(《新乐府序》);并且明确指出:"文章合为时而著,歌诗合为事而作。"(《与元九书》)这些都是与杜甫的诗学观点一脉相承的。白居易在创作上继承杜甫写实精神的一个重要方面,是乐府诗的写作。杜甫一贯重视运用乐府体裁来反映现实生活。杜甫以前的乐府诗,大多沿袭旧题。杜甫的乐府诗,一方面继承《诗经》及汉魏乐府的优良传统,一方面又即事名篇,自创新题。他早年在长安时期就写过《兵车行》、《丽人行》;中年经过安史之乱,写了《悲陈陶》、《悲青坂》及"三吏"、"三别";晚年还写了《岁晏行》、《蚕谷行》等,都是即事名篇的佳作。杜甫的文学活动对中唐时期的白居易等人产生了巨大的影响,以至于他们写了很多新乐府、古题乐府等更加创新的诗篇,极大地发扬了杜甫新题乐府的精神。白居易在《伤唐衢》诗中,说明了写作《秦中吟》的目的:"是时兵革后,生民正憔悴。但伤民病痛,不识时忌讳。遂作《秦中吟》,一吟悲一事。"明显是要表现民病,以及引起民病的种种政治、社会弊端。他的《新乐府》,更是与杜甫的新题乐府一脉相承,而且将杜甫的即事名篇精神进一步发展,以成为讽谕诗。

在晚唐诗坛上,受杜甫、白居易新乐府影响而反映现实生活的,首推皮日休。他在《正乐府十篇序》中,具体地表达了诗歌美刺教化功能的观点,通过"观功"、"戒政"以补察时政的得失。因此他对于齐梁以来乐府的"侈丽"、"浮艳"都加以贬斥,而自己用乐府写出反映时代的正声。他的《正乐府》中《卒妻怨》、《橡媪叹》、《农夫谣》、《哀陇民》等都是远绍杜甫,近承元白。在当朝的人物中,白居易是皮日休最尊敬的人物之一,他在《七爱诗》中,专门有《白太傅》一首:"吾爱白乐天,逸才生自然。谁谓辞翰器,乃是经纶贤。欻从浮艳诗,作得典诰篇。立身百行足,为文六艺全。"[1]序中又说:

---

[1] [唐]皮日休:《皮子文薮》卷一〇,第106页。

"为名臣者必有真才,以白太傅为真才焉。"[1]他赞扬白居易出于"真"和"自然",不仅擅长词翰,而且具有经纶之才。从杜甫到中唐元白,直至晚唐皮日休新乐府诗的发展,是杜甫写实精神传承的基本线索。

与写实传承不同的一路是中唐而下以韩愈为代表的写意传承。韩愈的诗文中,评论杜甫的文字有好几处,《荐士》诗说:"勃兴得李杜,万类困陵暴。后来相继生,亦各臻阃奥。"《醉留东野》诗说:"昔年因读李白杜甫诗,长恨二人不相从。"《调张籍》诗说:"李杜文章在,光焰万丈长。"《酬四门卢四兄云夫院长望秋作》也说:"高揖群公谢名誉,远追甫白感至诚。"从这些文字中看出,韩愈受李白、杜甫的影响很大,两位风格不同的诗人的影响,在韩愈身上得到了融合。这也是杜甫对韩愈的影响与元白不同所在。韩愈诗歌有奇崛的特点,不像白居易那样写实、通俗,这一根源也来自于杜甫的变新。因为追求写意,韩愈在题材上也就以学习杜甫的古诗为主,这与元白也很不相同。杜甫写作古诗,已经表现了奇崛的特色,特别是五言古诗,长于铺陈,具有散文化的倾向。《北征》、《自京赴奉先县咏怀五百字》、《壮游》、《遣怀》等就是著名的代表作品。这样写,目的当然是求变求新。与杜甫一样,韩愈写了《南山诗》、《赴江陵途中寄赠王二十补阙李十一拾遗李二十六员外翰林三学士》、《此日足可惜一首赠张籍》等,散文化的手法源之于杜甫而又过之。如《南山诗》,一连用了五十一个"或"字,简直奇崛到了极处:"或连若相从,或蹙若相斗。或妥若弭伏,或竦若惊雊。"其风格则又由杜甫的奇崛变为奇险,不问生活原来的情况如何,只表现自己主观上以为的生活如何。以意驱笔,故他笔下的生活,是经过作者主观幻化了的生活。从这方面看,他在学杜,但成就尚不如杜。韩愈的学杜,重在奇崛风格的表现,进而追求奇险,已与杜诗稍有偏离。至于韩门弟子,又沿着韩愈奇险的方向滑行下去,离杜甫就越来越远了。杜甫的奇崛,是建立在忧国忧民、关心国计民

---

1 [唐]皮日休:《皮子文薮》卷一〇,第104页。

生的基础上表现的,这在韩愈,因其才大与识广,尚能得其精髓并有所发扬与创新,而孟郊作诗时心与身雠,贾岛则推敲苦吟,李贺则要呕出心肝,其共同特点都是偏离了现实生活。他们或标榜学杜,但只是学到皮毛而已。

韩愈"以文为诗"的风格也是对杜甫精神的发扬。杜以诗为文,在作文方面另辟一路,是创新,但检讨杜甫传世之文,实在未见佳作,可见对杜甫来说,这种尝试是不成功的。韩愈却不同,他受了杜甫以诗为文的启发,反过来以文为诗,倒是别开生面了。就韩愈所写的古文来说,是在道统精神的范围下,务去陈言,力求新变。所表现出来的气势,就像灏灏漫溢的大水,浑浑无涯,他用这种方法作诗,做到其力大,其思雄。韩愈以文为诗,上继杜甫以文为诗、以诗为文之法,下开宋诗无限法门。

晚唐传承杜诗最重要的诗人莫过于李商隐,宋人王安石说:"唐人知学老杜而得其藩篱者,惟义山一人而已。"[1] 李商隐的诗,完全渊源于杜甫,他在学习杜甫方面,总体说来是比较全面的。一方面学习杜甫关心国计民生,揭露时病的精神,在形式上不仅学习杜甫的古诗,而且学习杜甫的近体。李商隐的长篇古诗,如《行次西郊作一百韵》、《井泥四十韵》等诗,和杜甫的《北征》、《自京赴奉先县咏怀五百字》一样,为民请命,表现爱国爱民的思想。《行次西郊》诗从唐玄宗的荒淫乱国,叙述到唐德宗的藩镇之祸,以至唐文宗的甘露之变。把唐王朝由盛转衰过程的大致线索描画在读者面前,不仅立意上胎息杜甫的《北征》、《自京赴奉先县咏怀五百字》,即是作法上也渊源于此。李商隐的律诗,无论在题材还是内容方面,本于杜甫就更多了。如他的不少爱情诗,受杜甫《月夜》的影响。杜甫写了不少组诗以反映较为重大的政治问题或表现重要的历史人物,如《诸将五首》、《秋兴八首》、《咏怀古迹五首》等,李商隐近体组诗也不少,代表作就有《无题四首》、《碧城三首》、《漫成五章》等。对于李商隐来说,他对杜甫的学习和继承,也并不是亦步亦

---

1 郭绍虞:《宋诗话辑佚》卷下《蔡宽夫诗话》引,人民文学出版社1980年版,第399页。

趋的。他的诗在韵味神理与遣词造句上都深得杜诗的精髓,但我们细读李商隐的诗,又觉得风华掩映,情韵深美,比之杜甫诗更加曲折深婉,典丽浓郁,这就是他的过人之处。

六、李杜优劣

李杜优劣是中国诗史上聚讼千年的问题,这对于杜诗学乃至唐诗学的发展产生巨大的影响。学术以争辩而愈明,真理以精研而愈准。杜诗学之不断发扬光大,与李杜优劣之争有密切的关系。

(一)扬杜抑李

文学史上将李杜置于一起比较而论,最早当数元稹。他在元和八年(813),作了《唐故工部员外郎杜君墓系铭并序》,其中赞扬杜甫有这样一段话:"至于子美,盖所谓上薄风骚,下该沈宋,言夺苏李,气吞曹刘,掩颜谢之孤高,杂徐、庾之流丽,尽得古今之体势,而兼人人之所独专矣。"其后又有一段话,以李白与杜甫相比较:"时山东人李白,亦以奇文取称,时人谓之'李杜'。予观其壮浪纵恣,摆去拘束,模写物象,及乐府歌诗,诚亦差肩于子美矣。至若铺陈终始,排比声韵,大或千言,次犹数百,词气豪迈而风调清深,属对律切而脱弃凡近,则李尚不能历其藩翰,况堂奥乎!"[1]这一段话,可称扬杜抑李之始。白居易在《与元九书》中也说:"又诗之豪者,世称李杜之作。才矣奇矣,人不逮矣。索其风雅比兴,十无一焉。杜诗最多,可传者千余首,至于贯穿今古,覼缕格律,尽工尽善,又过于李。"[2]可知扬杜抑李在中唐时期是一种社会思潮。盖中唐时期,诗体变新,以李白为代表

---

1 [唐]元稹:《元稹集》卷五六,中华书局2010年版,第691页。
2 朱金城:《白居易集笺校》卷四五,第2791页。

的反映盛唐时期积极向上精神的诗歌，对当时的影响逐渐减小，而杜甫反映安史之乱现实的诗歌与中唐的社会现实比较接近，再加以杜诗众体皆备，后人难以轶出其轨范，故中唐时虽体尚变新，但又无不在杜诗光辉的笼罩之下。扬杜抑李是时代使然，千余年来杜诗学的发展史，实质上是从扬杜抑李开始的。

给扬杜抑李推波助澜的，是后晋时编成的《旧唐书》，该书在《杜甫传》中说："天宝末诗人，甫与李白齐名，而白自负文格放达，讥甫龌龊而有'饭颗山'之嘲诮。元和中词人元稹论李杜之优劣曰。""自后属文者，以稹论为是。"[1] 把扬杜抑李的一大段文字直接写进了正史，在当时无疑是给学术界下了定论，对后世必定会产生巨大的影响。

到了宋朝，扬杜抑李进入了极盛时期。宋代的扬杜抑李，形成一种风气，在这种情况下，杜甫的地位日益提高。王安石是北宋时期大政治家、思想家与文学家，他的观点对学术界会产生极大的影响。他编写杜、韩、欧、李《四家诗》，将李白置于最后。《钟山语录》云："荆公次第四家诗，以李白最下，俗人多疑之。公曰：'白诗近俗，人易悦故也；白识见污下，十首九说妇人与酒，然其才豪俊，亦可取也。'"[2] 综合起来看，王安石是北宋时期较早的扬杜抑李者。后来，葛立方《韵语阳秋》卷一说："杜甫诗，唐朝以来一人而已，岂白所能望耶？"[3] 其后李纲、罗大经、赵次公诸人，都是王安石的发扬者。自宋以后，扬杜抑李者，代有其人。

（二）扬李抑杜

这种说法肇始于北宋初年，徐积在《李太白杂言》诗中说："盖自有诗人以来，我未尝见大泽深山、雪霜冰雹、晨霞夕霏、万化千变、雷轰电掣、花葩

---

1 ［后晋］刘昫：《旧唐书》卷一九〇中，第5055、5057页。
2 ［宋］胡仔：《苕溪渔隐丛话》前集卷六，第37页。
3 ［清］何文焕：《历代诗话》，第486页。

玉洁、清天白云、秋江晓月，有如此之人，如此之诗！屈生何悴，宋玉何悲，贾生何戚，相如何疲。人生何用自缧绁，当须荦荦不可羁。乃知公是真英物，万叠秋山清耸骨。当时杜甫亦能诗，恰如老骥追霜鹘。"[1]当然这种扬李抑杜，并不像宋人扬杜抑李那样明显，故很少引起人们的注意。

扬李抑杜较盛者是明代，明人杨慎《升庵诗话》卷四《巫峡江陵》条说："盛弘之《荆州记》巫峡江水之迅云：'朝发白帝，暮到江陵，其间千二百里，虽乘奔御风，不以疾也。'杜子美诗：'朝发白帝暮江陵，顷来目击信有征。'李太白：'朝辞白帝彩云间，千里江陵一日还。两岸猿声啼不尽，轻舟已过万重山。'虽同用盛弘之语，而优劣自别。今人谓李杜不可以优劣，此语亦太愦愦！白帝至江陵，春水盛时行舟，朝发夕至，云飞鸟逝不是过也。太白述之为韵语，惊风雨而泣鬼神矣。"[2]表现出扬李抑杜的倾向。故王世贞《艺苑卮言》卷四说："近时杨用修为李左袒，轻俊之士往往傅耳。"[3]杨慎以外，王穉登也是扬李抑杜者，他在《李翰林分体全集序》中说："予平生敬慕青莲，愿为执鞭而不可得。窃谓李能兼杜，杜不能兼李。李盖天授，杜由人力，轨辙合迹，鞅辔异趋。"[4]明末清初的诗人屈大均《采石题太白祠》诗也说："千载人称诗圣好，风流长在少陵前。"[5]

扬李抑杜的殿军是20世纪的郭沫若，他撰写了一部著作《李白与杜甫》，1971年由人民文学出版社出版。他的扬李抑杜，从该书的目录中就可以明显地看出来，目录中关于李白的部分：李白出生于中亚碎叶；李白的家室索隐；李白在政治活动中的第一次大失败；李白在政治活动中的第二次大失败；李白在长流夜郎前后；李白的道教迷信及其觉醒；李白与杜甫在诗歌

---

[1] 傅璇琮等：《全宋诗》第一一册，第7557页。
[2] 丁福保：《历代诗话续编》第716–717页。
[3] 丁福保：《历代诗话续编》第1005页。
[4] 瞿蜕园、朱金城：《李白集校注》附录，第1799页。
[5] 裴斐、刘善良：《李白研究资料》（金元明清之部），中华书局1994年版，第651页。

上的交往。关于杜甫的部分：杜甫的阶级意识；杜甫的门阀观念；杜甫的功名欲望；杜甫的地主生活；杜甫的宗教信仰；杜甫嗜酒终身；杜甫与严武；杜甫与岑参；杜甫与苏涣。当然，该书是特定时代的产物，也可能有一定的背景。故对七十年代的杜甫研究产生了极大的、也极为不利的影响。

（三）李杜并重

当中唐扬杜抑李之风兴起的时候，韩愈明确提出李杜齐名的主张。他在《调张籍》诗中说："李杜文章在，光焰万丈长。不知群儿愚，那用故谤伤。蚍蜉撼大树，可笑不自量。"韩愈的观点对后世影响很大，晚唐杜牧《冬至日寄小侄阿宜诗》说："李杜泛浩浩，韩柳摩苍苍。近者四君子，与古争强梁。"李商隐《漫成五章》也说："李杜操持事略齐，三才万象共端倪。集仙殿与金銮殿，可是苍蝇惑曙鸡。"

宋代是扬杜抑李较盛的时候，但也有不少学者主张李杜并重。严羽在《沧浪诗话·诗评》中说："李杜二公，正不当优劣。太白有一二妙处，子美不能道；子美有一二妙处，太白不能作。""子美不能为太白之飘逸，太白不能为子美之沉郁。""少陵诗法如孙吴，太白诗法如李广。少陵如节制之师。"[1]严羽之说对后世影响也很大，以至于后世不少论者致力于李杜不同风格的比较。明王世贞《艺苑卮言》卷四说："李杜光焰千古，人人知之。"[2]胡应麟《诗薮》内编卷四也说："唐人才超一代者，李也；体兼 代者，杜也。李如星悬日揭，照耀太虚；杜若地负海涵，包罗万汇。李惟超出一代，故高华莫并，色相难求；杜惟兼总一代，故利钝杂陈，巨细咸畜。"[3]清沈德潜《唐诗别裁·凡例》说："李供奉鞭挞海岳，驱走风霆，非人力可及，为一体；杜工部沉雄激壮，奔放险幻，如万宝杂陈，千军竞逐，天地浑奥之气至此尽泄，为一体。"[4]

---

1 郭绍虞：《沧浪诗话校笺》，第166、168、170页。
2 丁福保：《历代诗话续编》第1005页。
3 ［明］胡应麟：《诗薮》内编卷四，第70页。
4 ［清］沈德潜：《唐诗别裁集》卷首，第2页。

20世纪的学者,大多数并不是像郭沫若那样,对于李杜强分优劣,而是对其诗歌风格的异同进行客观的比较。较早的学者如胡小石,以李白的创作实际为基础,比较诗歌艺术的异同。苏仲翔将李杜二人诗作合在一起,加以选编,成《李杜诗选》一书,以为"李白和杜甫,在中国诗歌发展史上来说,都是继往开来、沾溉百世的人物。李白是第一个吸取民族优良传统和外来形式,奄有陶谢庾鲍沈宋各家之长,把中国诗歌推向全面发展的'先驱';杜甫则是随着时代进展又把诗歌创作提到现实主义空前未有的高度,因而赢得'诗史''诗圣'称号的集大成者。对于后来的影响,较之李白尤为深钜。"[1]

---

[1] 苏仲翔:《李杜诗选》,春明出版社1955年版,第24页。

第三章 白居易

一、白居易地位

白居易是唐代最著名的诗人之一,他以独特的风格雄踞于中唐诗坛,是杜甫的继承者和发扬者,白居易自称"志在兼济,行在独善"(《与元九书》),他志在救济民众,与杜甫"穷年忧黎元,叹息肠内热"(《自京赴奉先县咏怀五百字》)同一心情,杜甫诗写当世时事,号称诗史,白居易诗也写时事,同样是诗史,诗人对民众没有深切的同情心,是不会冒险作诗史的。只是"诗史"的头衔已被杜甫所拥有,白居易也就没有这个名分了。白居易与元稹并称"元白",

图表三　蒋兆和绘白居易像

与刘禹锡并称"刘白"。他把诗歌写得明白易懂，通俗顺畅，引领了中唐诗歌发展的一股潮流，并成为诗歌发展的主流。

　　白居易因为丰富的人生阅历和崇高的文学地位，受到了古今中外学者的仰慕和评价。唐人张为作《诗人主客图》，最为推尊白居易，以其为"广德大化教主"。晚唐人吴融《禅月集序》称："昔张为作诗图五层，以白氏为广德大化教主，不错矣。"此派入室为元稹，上入室为杨乘，升堂为顾况。可见在中晚唐时期，白居易是地位最高、影响最大的诗人。我们再列举四则材料加以说明：一是宋人王直方《王直方诗话》记载苏东坡对白居易的仰慕：

　　东坡平生最慕乐天之为人，故有诗云："我甚似乐天，但无素与蛮。"又云："我似乐天君记取，华颠赏遍洛阳春。"又云："他时要指集贤人，知是香山老居士。"又云："定似香山老居士，世缘终浅道根深。"又云："渊明形神似我，乐天心相似我。"东坡在杭又与乐天所留岁月略相似，其诗云"在郡依前六百日"者是也。[1]

二是日本学者那波道圆在明万历四十六年和活字版《白氏文集》之《后序》中所言：

　　诗文之称于后世，不知其数千万家也。至称于当时，则几希矣，况称于外国乎？……在鸡林，则宰相以百金换一篇，所谓传于日本、新罗诸国。呜呼！菅右相者，国朝诗文之冠冕也。渤海客睹其诗，谓似乐天，自书为荣，岂复右相之独然而已矣哉？昔者国纲之盛也，文章亦盛也，故世不乏人，学非不粹，大凡秉笔之士，皆以此为口实。至若倭歌、俗谣、小史、杂记，暨妇人小子之书，无往而不沾溉斯集中之残膏剩馥，专其美于国朝，何其盛哉！[2]

---

[1] 郭绍虞：《宋诗话辑佚》，中华书局1980年版，第45页。
[2] 朱金城：《白居易集笺校》附录二，第3975页。

说明白居易诗在其生前就传到了国外,并产生了巨大的影响。这里的"鸡林",是新罗的别称。《三国史记·新罗本纪》载:"(脱解尼师今)九年春三月,王夜闻金城西始林树间有鸡鸣声。迟明遣瓠公视之,有金色小椟挂树枝,白鸡鸣于其下。瓠公还告。王使人取椟开之,有小男儿在其中,姿容奇伟。上喜谓左右曰:'此岂非天遗我以令胤乎!'乃收养之。及长,聪明多智略,乃名阏智。以其出于金椟,姓金氏。改始林名鸡林,因以为国号。"[1] 三是陈寅恪在《元白诗笺证稿》中评价:

> 乐天之作新乐府,实扩充当时之古文运动,而推及之于诗歌,斯本为自然之发展。惟以唐代古诗,前有陈子昂李太白之复古诗体。故白氏新乐府之创造性质,乃不为世人所注意。实则乐天之作,乃以改良当日民间口头流行之俗曲为职志。与陈、李辈之改革齐梁以来士大夫纸上摹写之诗句为标榜者,大相悬殊。其价值及影响,或更较为高远也。此为吾国中古文学史上一大问题,即"古文运动"本由以"古文"试作小说而成功之一事。……白乐天之新乐府,亦是以乐府古诗之体,改良当时民俗传诵之文学,正同于以"古文"试作小说之旨意及方法。[2]

四是日本当代唐诗专家川合康三在《终南山的变容》中评价:

> 白居易诗歌的艺术表现确实开辟了中国诗歌的新局面。在勇于打破定型带来的稳定的审美意识,导入异质的言语这一点上,他与韩愈等人是相通的,甚至不惜以牺牲余韵的效果来投入过剩的语词,其背后无疑有着精神奔放的跃动。而且,词语以传达内容为己任,如果我们肯定诗的语词应具有超

---

1 [高丽]金富轼:《三国史记》卷一《新罗本纪》,奎章阁藏本,第9页。
2 陈寅恪:《元白诗笺证稿》,上海古籍出版社1978年版,第121页。

出传达内容的效果,那么,围绕"白俗"呈现出的传达与诗之效果的相克,乃是落在诗歌语言上的永恒课题。[1]

上面四段论述,两段古代,两段当代,两段国内,两段国外,把白居易的地位和影响都表现出来了。总体而言,白居易的地位和影响,在国内和国外是并不相同的。比如说,白居易在日本,得到了极好的传播和受容的机缘。在其生前,诗文集就传到了日本,经过平安时代、镰仓时代、五山时代、江户时代,迄今为止得到了极大的发扬,成为中国诗人在国外影响最大者之一,甚至远远超过了李白和杜甫。

二、白居易生平

我们先将白居易的生平简单地勾勒一下,接着再讨论其家世、婚姻问题。因为前者可以为我们下面几部分的研究奠定基础,同时有关白居易生平问题,争议不是很多;后者较为复杂,一直到现在问题还没有解决,我们在这里作大致的梳理,以了解白居易在中晚唐复杂的政治环境中的立身处世及其对于文学的影响。

(一)科第与仕宦

白居易,字乐天,晚号香山居士,别号醉吟先生。原籍太原,其诗文署名称"太原白居易"为多,元稹为其写《白氏长庆集序》,也称《白氏长庆集》者,太原人白居易之所作"。到他的曾祖父,移居于下邽,位于今天的陕西省渭南县境内。白居易于代宗大历七年(772)生于郑州新郑县,其时父亲

---

[1] [日]川合康三著:《终南山的变容:中唐文学论集》,上海古籍出版社2007年版,第287-288页。

白季庚四十四岁，母亲十八岁。她的母亲也是一个知书达礼的人，白居易曾回忆童年的读书生活："夫人亲执诗书，昼夜教导，循循善诱，未尝以一呵一杖加之。"[1] 白居易聪颖早慧，异于常人，他说："仆始生六七月时，乳母抱弄于书屏下，有指'无'字'之'字示仆者，仆虽口未能言，心已默识。后有问此二字者，虽百十其试，而指之不差。"[2] 由于其父做官易地的关系，白居易在十余岁的时候，迁家到符离。

白居易出生于书香门第，白家也是一个大族，这从白居易排行"白二十二"就可以看出来，也正因如此，他走了唐代读书人追求的科举进身之路。贞元十五年，他在宣州参加州试被录取，贡往长安参加进士试，诗题是《玉水记方流》，赋题是《性习相远近赋》。贞元十六年春，以第四名中进士。他在考进士前曾经模拟试诗，写了《赋得古原草送别》，成为千古传诵的名篇："离离原上草，一岁一枯荣。野火烧不尽，春风吹又生。远芳侵古道，晴翠接芳城。又送王孙去，萋萋满别情。"贞元十九年春，白居易又参加了书判拔萃科考试，授秘书省校书郎，但他对于这一官职不很满意。

元和元年（806），白居易校书郎任满，准备应制举，闭门累月，写了七十五篇《策林》。这是他备考制举的文章，从中可以看出白居易的文学思想，如《采诗补察时政》、《议文章碑碣词赋》，指出诗歌要有讽谏作用。这一年四月，白居易登"才识兼茂明于体用科"第四等，被授为盩厔县尉。他在盩厔县尉任上心情并不愉快，也正是县尉身份与这种心情，使他在感情上与底层人民接近，写了《观刈麦》，这是他写讽谕诗表现人民疾苦的开始。他后来在《与元九书》里，把自己的创作分为讽谕诗、闲适诗、感伤诗、杂律诗。而写讽谕诗就开始于盩厔尉任上，时年三十五岁，从此以后，开始了仕途生涯。

---

1 ［唐］白居易：《襄州别驾府君事状》，《白居易集笺校》卷四六，第2838页。
2 ［唐］白居易：《与元九书》，《白居易集笺校》卷四五，第2791–2792页。

白居易在周至尉任上，写了千古名篇《长恨歌》。到了周至之后，他结识了陈鸿、王质夫。元和元年十二月，三人同游仙游寺，白居易写下了《长恨歌》，陈鸿写了《长恨歌传》。在周至尉任上时间不长，元和二年秋，便调充进士考官，任集贤校理，十一月，授翰林学士。因为集贤校理和翰林学士都是无常员而是以他官兼任的，因而此时白居易的正式官职仍是周至尉。元和三年，授职左拾遗，这是朝廷的常任官。但在元和六年，因母亲去世，丁忧返回下邽。这里要补充说明一下翰林学士的官职。唐代翰林学士，虽然是他官兼任但应该说是当时士人参与政治的最高层次，不少翰林学士出院之后就担任宰相。而且翰林学士是要为皇章起草制诰的，这对于文学创作也具有很大的影响。《白居易集》中的"翰林制诰"就是在这一段时间撰写的。

白居易居丧期满，除去丧服之后，于元和九年冬天，授官太子左赞善大夫。但这时朝廷由旧官僚把持，对白居易极为不利。元和十年，厄运终于降到白居易头上，他受人诬告，被贬为江州刺史，又改江州司马。这是白居易一生仕途最低潮的时期，也是心理上最失意的时期。但是地处庐山的江州，在佛教信仰和地域风光方面都对白居易有所陶冶，他这时受到白莲教影响较大。他写了《与元九书》，对于文学思想进行了系统的表述；写了《琵琶行》，代表其文学创作的最高成就；访问了陶渊明故宅，接受了乐天安命的思想；营建了自己的草堂，产生了归隐终老的念头。在江州三年多，直到元和十三年十二月授职忠州刺史。

元和十三年冬为忠州刺史之后，他从此便仕途得意了。元和十五年，唐宪宗去世，政治发生变化，白居易忠州刺史的任期未满，就被召还到朝廷任尚书司门员外郎，十二月改授主客郎中知制诰。长庆元年他五十岁这一年，加朝散大夫，转中书舍人。其后出任杭州刺史，转苏州刺史。再入朝历任秘书监、刑部侍郎、太子宾客分司、河南尹、太子少傅等职，会昌二年任刑部尚书，会昌六年卒，享年七十五岁。

（二）家世与婚姻

白居易的家世，他自己的诗文中有多处叙述，其中《故巩县令白府君事状》叙述最为详细：

> 白氏芈姓，楚公族也。楚熊居太子建奔郑，建之子胜居于吴、楚间，号白公，因氏焉。楚杀白公，其子奔秦，代为名将，乙丙已降是也。裔孙曰起，有大功于秦，封武安君，后非其罪，赐死杜邮，秦人怜之，立祠庙于咸阳，至今存焉。及始皇思武安之功，封其子仲于太原，子孙因家焉，故今为太原人。自武安以下凡二十七代，至府君高祖讳建，北齐五兵尚书，赠司空。曾祖讳士通，皇朝利州都督。祖讳志善，朝散大夫、尚衣奉御。父讳温，朝请大夫、检校都官郎中。公讳锽，字确钟，都官郎中第六子。[1]

有关白居易家世的文章，白居易还有为其父白季庚所撰的《襄州别驾府君事状》及自撰《醉吟先生墓志铭》。新出土文献中有关白氏家世的文献有好几种，如《唐代墓志汇编》开元四一五《大唐故可左监门卫将军上柱国白（知礼）府君墓志铭并序》，开元四一七《大唐故定州无极县丞白（庆先）府君墓志并序》，开元四一九《唐故中大夫行太子内直监白（羡言）府君墓志铭并序》，开元四九四《大唐故汴州封丘县令白（知新）府君墓志铭并序》，以及近年出土和发现的白居易堂弟《白敏中墓志铭》、《白敏中神道碑》，白居易孙《白邦翰墓志》以及相传为白居易所撰的《楚王白胜迁神碑》。只是这些材料，对于白居易先世的记载，或因年代遥远，不免有所抵牾，或因夸耀先世，而牵强附会于历史名人。又白居易本无子，以行简子景受嗣，故《新唐书·宰相世系表》即载白居易子："景受，孟怀观察支使，以从子继。"而新出土白邦翰撰《白邦彦墓志》则称："王父讳行简，皇任尚书膳部郎中。考讳景受，皇

---

[1] 朱金城：《白居易集笺校》卷四六，第2832页。

任监察御史。"有关这方面的研究，可以参考胡可先、文艳蓉《新出石刻与白居易研究》，刊于《文献》2008年第2期。现根据有关文献，将白居易世系暂列如下，以供参考（见图表四）。

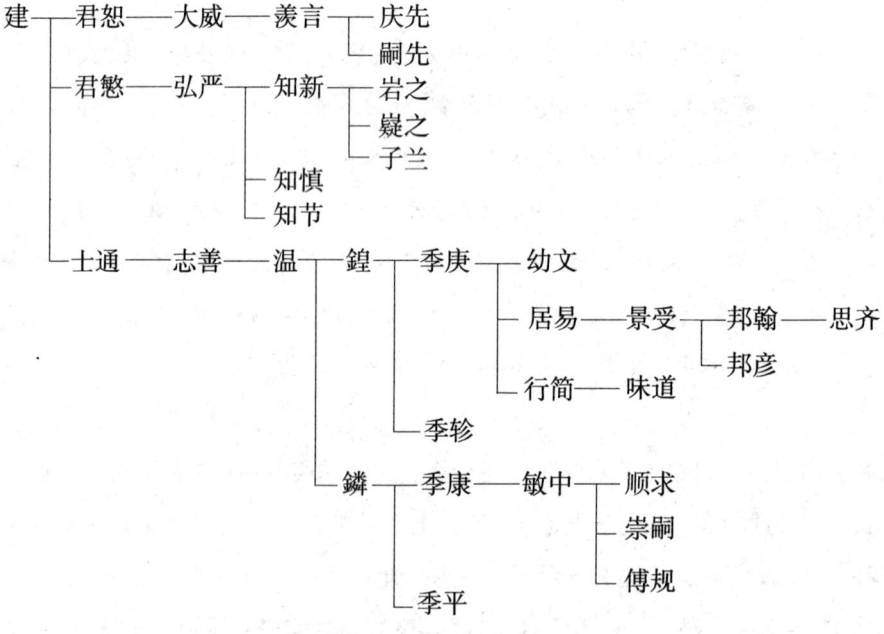

```
建──君恕──大威──羡言──┬─庆先
                        └─嗣先
    ├─君懋──弘严──┬─知新──┬─岩之
    │                │        ├─巘之
    │                │        └─子兰
    │                ├─知慎
    │                └─知节
    └─士通──志善──温──┬─鍠──┬─季庚──┬─幼文
                        │        │        ├─居易──景受──┬─邦翰──思齐
                        │        │        │              └─邦彦
                        │        │        └─行简──味道
                        │        └─季轸
                        └─鏻──┬─季康──敏中──┬─顺求
                              │              ├─崇嗣
                              │              └─傅规
                              └─季平
```

图表四　白居易世系表

中唐时期与杨氏集团联姻者，以白居易家族最为典型。白居易娶杨氏为妻，无论在政治上还是文学上都与杨氏家族具有重要的联系。《旧唐书·白居易传》云："大和已后，李宗闵、李德裕朋党事起，是非排陷，朝升暮黜，天子亦无如之何。杨颖士、杨虞卿与宗闵善，居易妻，颖士从父妹也。居易愈不自安，惧以党人见斥，乃求致身散地，冀于远害。凡所居官，未尝终秩，率以病免，固求分务，识者多之。"[1] 白居易元和三年（807）与杨氏联姻，是时已三十七岁。

---

1 ［后晋］刘昫：《旧唐书》卷一六六，第4354页。

因为婚姻关系，白居易与杨氏家族有很深的政治与文学因缘。从政治上说，白居易与杨氏结婚是在元和三年，这一年也是牛李党争起始的一年。同年四月，唐宪宗策试贤良方正直言极谏举人，伊阙尉牛僧孺、陆浑尉皇甫湜、前进士李宗闵指陈时政之失，无所避，当时吏部侍郎杨於陵、吏部员外郎韦贯之为考策官，署为上第，亦得到宪宗的嘉许。但李吉甫恶其直言，泣诉于宪宗，宪宗不得已，授职杨於陵为岭南节度使，贬韦贯之为果州刺史，再贬巴州刺史。[1] 白居易当时虽官职甚微，还是站在了杨於陵一边，作了《论制科举人状》予以声援，对于杨於陵、韦贯之等人的被贬持有不同的意见。白居易在元和时期命运不好，仅在朝廷任京兆府户曹参军、太子左赞善大夫等职，且于元和十年被诬而贬江州司马。直至元和末年，官位才逐渐升迁，以至在唐文宗一朝仕途颇顺。这和他的姻亲杨氏在大和中逐渐占据高位与牛党执政很有关系。白居易官位升迁的关键时刻，往往也是杨氏得势与牛党执政的时期。

三、白居易思想

（一）儒家思想

白居易与杜甫，虽然都是以儒家思想为主导，但较杜甫而言，白居易的思想要复杂得多。儒家思想要求"穷则独善其身，达则兼济天下"（《孟子·尽心上》），白居易是力求身体力行的。他在《与元九书》中说："仆志在兼济，行在独善。奉而始终之则为道，言而发明之则为诗。谓之讽谕诗，兼济之志也。谓之闲适诗，独善之义也。"[2] 是将其"兼济"和"独善"的思想贯穿于诗歌之中。兼济天下的实质是经世致用，这在白居易早期所作的《策林》中表

1　参司马光《资治通鉴》卷二三七，第 7649 页。
2　朱金城：《白居易集笺校》卷四三，第 2794–2795 页。

现得较为充分。《策林》是白居易为了制科考试而针对各种社会问题提出自己的看法。就其政治思想而言，追摹贾谊的《治安策》，引古鉴今，对于社会政治的变革提出自己的看法；就文学而言，"大凡人之感于事，则必动于情。然后兴于嗟叹，发于吟咏，而形于歌诗矣"（《策林》六十九），重于感事而抒发真情，而这种感事要与时政紧密地联系在一起，"乐者本于声，声者发于情，情者系于政"（《策林》六十四），其《采诗补察时政》、《议文章碑碣词赋》，指出诗歌要有讽谏作用。

他的儒家思想，在其元和中创作新乐府时也得到了充分的发挥。大约在元和四年春，李绅写了二十首新题乐府，元稹和了十二首，白居易受了他们的影响，扩而大之，写了五十首。新乐府的特点是每首举一事议一事，借叙述与议论以规劝讽谏。这五十篇新乐府是一个整体，写作时是经过系统考虑的：先有一个规讽的主题，然后上自君臣，下至百姓，对社会问题提出了一系列看法，而不是触物兴情，有感而作。五十篇大致可分四类：一，颂美之词。如《七德舞》共六篇。二，希望规劝之词。如《二王后》共六篇。三，写生民疾苦之词。如《卖炭翁》九篇。四，警戒之词。如《海漫漫》等二十九篇。与新乐府之作差不多同时的有《秦中吟》十首，这组诗与《新乐府》有相同之处，是规讽之旨，他写所见所闻，直歌其事，如《轻肥》中"是岁江南旱，衢州人食人"，对比鲜明，与杜甫"朱门酒肉臭，路有冻死骨"（《自京赴奉先县咏怀五百字》）可以媲美。

但在元和十年被贬江州之后，他的思想发生了一些变化，虽然儒家思想的主导地位没有动摇，但是关注现实的心情逐渐让位于失意冷落的意绪。江州之后，随着仕途的顺利，心理的满足感又逐渐代替了写《新乐府》、《秦中吟》时期的愤世嫉俗着意改革弊政的精神。"身觉浮云无所著，心同止水有何情"（《答元八郎中》），"宦途自此心长别，世事从今口不言。岂止形骸同土木，兼将寿夭任乾坤"（《重题》之四），"世间好物黄醅酒，天下闲人白侍郎"

(《尝黄醅新酎忆微之》),"我心与世两相忘,时事虽闻如不闻"(《诏下》),"月俸百千官二品,朝廷雇我作闲人"(《从同州刺史改授太子少傅分司》)。因此我们说,白居易的儒家思想,与杜甫相比既有一脉相承之处,也有很大的不同。差别在于杜甫终其一生是忧国忧民的,在极端困苦的时候,考虑的是国家是否安定,百姓是否安乐,白居易自己倡言"穷则独善其身,达则兼济天下",而在后来"达"了之后,反而不能兼济天下了。

(二)佛教思想

白居易是佛教思想的信仰者,他何时与佛教产生牵连,现在无从考证。但在其为官的各个阶段的种种迹象表明,他与佛教有着密切关系。而其佛教思想与他的诗歌创作是紧密联系在一起的,他的一些诗歌就清楚地表现了这一点。《爱咏诗》:"辞章讽咏成千首,心行归依向一乘。坐倚绳床闲自念,前生应是一诗僧。"《闲吟》诗:"自从苦学空门法,销尽平生种种心。唯有诗魔降未得,每逢风月一闲吟。"我们这里主要叙述白居易受佛教影响的两个方面。

1. 白居易与庐山佛教的关系。元和十年(815),白居易被贬谪为江州司马,第二年秋天,在庐山香炉峰下的遗爱寺旁构筑了草堂数间,在庐山之上,一是经常与东西二林寺的长老神凑、智满、士坚、云、朗、晦诸上人相交游,二是自己也参与了坐禅和诵经的生活,对于佛教具有切身的体验。他在《睡前晏坐》诗中写道:"了然此时心,无物可譬喻。本是无有乡,亦名不用处。行禅与坐忘,同归无异路。"又《东林寺学禅偶怀杨主簿》诗说:"新年三五东林夕,星汉迢迢钟梵迟。花县当君行乐夜,松房是我坐禅时。忽看月满还相忆,始叹春来自不知。不觉定中微念起,明朝更问雁门师。"尤其是《东林寺白莲》诗:"东林北塘水,湛湛见底清。中生白芙蓉,菡萏三百茎。白日发光彩,清飙散芳馨。泄香银囊破,泻露玉盘倾。我渐尘垢眼,见此琼瑶英。乃知红莲花,虚得清净名。夏萼敷未歇,秋房结才成。夜深众僧寝,独起绕池行。欲收一颗子，寄向长安城。但恐出山去，人间种不生。"庐山东林寺内有白莲池，相传是佛教庐山净土宗始祖晋代慧远法师所凿，内有白莲三百茎，始为佛徒和文人的雅集之地，名士陶渊明、谢灵运都曾驻足于此。这时的佛教对白居易的影响主要在两个方面：一是在极度失意之时心灵上得到慰藉，他在佛教的思想中求得解脱，也从驻足于此山的陶渊明身上找到了归隐的情怀；二是佛教思想对其文学创作产生了一定的影响，甚至写景诗也带有浓厚的佛理意味，如《大林寺桃花》："人间四月芳菲尽，山寺桃花始盛开。长恨春归无觅处，不知转入此中来。"这些意味有时还融入其与友人往还的诗作中，《题元十八溪居》云："溪岚漠漠树重重，水槛山窗次第逢。晚叶尚开红踯躅，秋芳初结白芙蓉。声来枕上千年鹤，影落杯中五老峰。更愧殷勤留客意，鱼鲜饭细酒香浓。"前诗是纪行之作，重新发现春光之欢欣怡悦，蕴涵于诗中，读之仿佛置身于别一世界之中；后诗宾主不俗，境界清幽，尤其是五老峰落入杯中之象，更是超妙绝伦。

2. 从新出土的经幢看白居易与佛教密宗的关系。1992年10月至1993年5月，在洛阳唐东都履道坊白居易故居发掘了白居易所造经幢。经幢所刻的内容是《佛顶尊胜陀罗尼经》与《大悲心陀罗尼经》。值得注意的是，《佛顶尊胜陀罗尼经》是唐代流行颇广的一部密宗经典。说明白居易的佛教信仰中，包含很大程度的密宗信仰成分。白居易《东都十律大德长圣善寺钵塔院主智如和尚荼毗幢记》云："浮图教有荼毗威仪，事具《涅槃经》。陀罗尼门有佛顶咒功德，事具《尊胜经》。……及临尽灭也，告弟子言：我殁后当依本院先师遗法，勿塔勿坟，唯造《佛顶尊胜陀罗尼经》一幢，置吾荼毗之所。……今院主上首弟子振公洎传法受遗侍者弟子某等若干人，合力建幢，以毕师志。振辈以居易辱为是院门徒者有年矣，又十年以还，蒙师授《八关斋戒》见托为记。"[1]可见白氏与密教僧人颇多往来，且为智如和尚门徒。我们知道，白居易又曾拜佛教禅宗佛光大师如满为师，信奉禅宗。由此出土的经

---

[1] 朱金城：《白居易集笺校》卷六九，第3731页。

幢可知，白居易晚年的佛教信仰是较为广泛的。今检《白氏文集》，除与僧人交往之诗甚多外，为僧人撰碑者及与佛教相关的文章尚有：《唐抚州景云寺故律大德上弘和尚石塔碑铭》、《唐江州兴果寺律大德凑公塔碣铭》、《唐东都奉国寺禅德大师照公塔铭》、《绣阿弥陀佛赞》、《绣观音菩萨像赞》、《尽水月菩萨赞》、《佛光和尚真赞》、《六赞偈》等。

四、白氏文集

白居易是最注重自己声名的人，所以对于自己文集的编纂和流传非常重视，在唐代流传于今天的诗文集当中，白居易集的规模也是最大的。其晚年作《题文集柜》诗说："破柏作书柜，柜牢柏复坚。收贮谁家集，题云白乐天。我生业文字，自幼及老年。前后七十卷，小大三千篇。诚知终散失，未忍遽弃捐。自开自锁闭，置在书帷前。身是邓伯道，世无王仲宣。只应分付女，留与外孙传。"不仅自己珍视，而且因为没有儿子，就分付女儿，要让外孙代代相传。

（一）《白氏文集》的编纂

白居易生前就多次编纂文集，其中有白居易自编，亦有友人元稹为其编纂。最早的一次是贞元十六年（800）二十九岁时为行卷而编的自选集，选文二十首，诗一百首，但这尚不能算正式编写文集；最晚的一次是会昌五年（845）七十五岁，编完文集七十五卷；此外还编有《元白唱和因继集》、《刘白唱和集》、《白氏洛中集》等。其集中力量编纂文集主要有以下八次：

1. 元和十年自编十五卷

白居易有《编集拙诗成一十五卷因题卷末戏赠元九李二十》诗云："一篇长恨有风情，十首秦吟近正声。每被老元偷格律，苦教短李伏歌行。世间富贵应无分,身后文章合有名。莫怪气粗言语大,新排十五卷诗成。"据白氏《与元九书》,这是他元和十年(815)在江州编纂的,共收讽谕诗100首,闲适诗100首,感伤诗100首,杂律诗400余首。而编集的目的就在于"身后文章合有名",为了流传于后世。

2. 长庆元年(821)元稹编五十卷

元稹《白氏长庆集序》:"予时刺会稽,因得尽征其文,手自排缵,成五十卷,凡二千一百九十一首。"[1] 这五十卷本有诗二十卷,文三十卷。

3. 大和二年(828)续编文集

白氏在《后序》中说:"前三年,元微之为予编次文集而叙之。凡五秩,每秩十卷,迄长庆二年冬,号白氏长庆集。尔来复有格诗、律诗、碑、志、序、记、表、赞,以类相附,合为卷轴,又从五十一以降,卷而第之。是时大和二年秋,予春秋五十有七。"[2]

4. 大和九年(835)自编六十卷

该集藏于庐山东林寺。白氏《东林寺白氏文集记》:"今余前后所著文大小合二千九百六十四首,勒成六十卷。编次既毕,纳于藏中。且欲与二林结他生之缘,复曩岁之志也。故自忘其鄙拙焉。仍请本寺长老及主藏僧依远公文集例,不借外客,不出寺门,幸甚!大和九年夏,太子宾客、晋阳县开国男太原白居易乐天记。"[3]

5. 开成元年(836)自编六十五卷

该集藏于洛阳圣善寺。白氏《圣善寺白氏文集记》:"其集七帙六十五卷,凡三千二百五十五首。元相公先作集序,并目录一卷在外。题为《白氏文集》,纳于律疏库楼。仍请不出院门,不借官客,有好事者任就观之。开成元年闰五月十二日,乐天记。"[4]

---

1 [唐]元稹:《元稹集》卷五一,中华书局2010年版,第642页。
2 朱金城:《白居易集笺校》卷二一,第1396页。
3 朱金城:《白居易集笺校》卷七〇,第3769页。
4 朱金城:《白居易集笺校》卷七〇,第3770页。

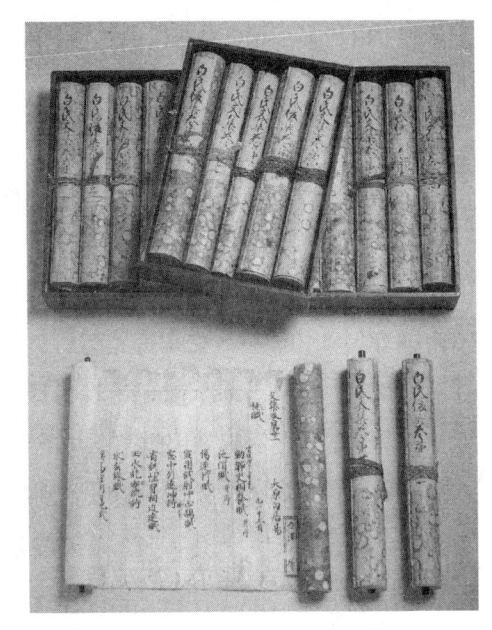

图表五　金泽文库本《白氏文集》一

6. 开成四年（839）自编六十七卷

该集藏于苏州南禅院。白氏《苏州南禅院白氏文集记》："有文集七帙，合六十七卷，凡三千四百八十七首。……故其集家藏之外，别录三本：一本置于东都圣善寺钵塔院律库中，一本置于庐山东林寺经藏中，一本置于苏州南禅院千佛堂内。……开成四年二月二日，乐天记。"[1]

7. 会昌二年（842）自编后集二十卷

该集藏于庐山东林寺。白氏有《送后集往庐山东林寺兼寄云皋上人》诗："后集寄将何处去？故山迢递在匡庐。旧僧独有云皋在，三二年来不得书。别后道情添几许？老来筋力又何如！来生缘会应非远，彼此年过七十余。"白居易《白氏长庆集后序》："《后集》二十卷，自为序。"[2] 即当为此集。

1　朱金城：《白居易集笺校》卷七〇，第3788-3789页。
2　朱金城：《白居易集笺校》外集卷一，第3916页。

朱金城《白居易年谱》会昌二年："自编《后集》二十卷，纳于庐山东林寺，至此《白氏文集》七十卷成。"[1]

8. 会昌五年（845）自编定本七十五卷

白居易《白氏长庆集后序》："白氏前著《长庆集》五十卷，元微之为序，《后集》二十卷，自为序。今又《续后集》五卷，自为记。前后七十五卷，诗笔大小凡三千八百四十首。集有五本：一本在庐山东林寺经藏院，一本在苏州南禅寺经藏内，一本在东都圣善寺钵塔院律库楼，一本付侄龟郎，一本付外孙谈阁童，各藏于家，传于后。其日本、新罗诸国及两京人家传写者，不在此记。又有《元白唱和因继集》共十七卷，《刘白唱和集》五卷，《洛下游赏宴集》十卷，其文尽在大集内录出，别行于时。若集内无而假名流传者，皆谬为耳。会昌五年夏五月一日，乐天重记。"[2]

（二）《白氏文集》的流传

《白氏文集》传本复杂，大要有国内传本和日本传本两个方面，考察《白氏文集》的流传情况，对于了解雕版印刷没有通行之前的别集流传情况很有帮助。

1. 国内传本

《白氏文集》在宋代流传情况，我们举三则材料以见之：一是宋敏求《春明退朝录》："唐白文公自勒文集，成五十卷，后集二十卷，皆写本，寄藏庐山东林寺，又藏龙门香山寺。高骈镇淮南，寄语江西廉使，取东林集而有之。香山集经乱亦不复存。其后履道宅为普明僧院。后唐明宗子秦王从荣，又写本置院之经藏，今本是也。后人亦补东林所藏，皆篇目次第非真，与今吴、蜀摹版无异。"[3] 二是陈振孙《直斋书录解题》："《白氏长庆集》七十一卷、《年

---

[1] 朱金城：《白居易年谱》，上海古籍出版社1982年版，第319页。
[2] 朱金城：《白居易集笺校》外集卷一，第3916–3917页。
[3] ［宋］宋敏求：《春明退朝录》卷下，中华书局1980年版，第42页。

谱》一卷、又《新谱》一卷。唐太子少傅太原白居易乐天撰。案：集后记称前著《长庆集》五十卷，元微之为序；《后集》二十卷，自为序；今又《续后集》五卷，自为记：前后七十五卷。时会昌五年也。《墓志》乃云'集前后七十卷'。当时预为志，时未有《续后集》。今本七十一卷，苏本、蜀本编次亦不同，蜀本又有《外集》一卷，往往皆非乐天自记之旧矣。"[1] 三是晁公武《郡斋读书志》："《白居易长庆集》七十一卷……《前集》五十卷，有元积序。《后集》二十卷，自为序、纪。又有《续后集》五卷，今亡三卷矣。"[2]

白居易集的新注本主要有三种：一是朱金城的《白居易集笺校》。该书1988年由上海古籍出版社出版。以明万历三十四年马元调刊本为底本，校以文学古籍刊行社影印宋绍兴本《白氏文集》重要刊本。书前有前言、凡例。书后收诗文补遗为外集三卷。附录白氏传记、文集序跋、白居易年谱简编等。该书搜罗宏富，采摭历代笔记、诗话、研究专著及有关考证评论等资料，分纳于各篇诗文之下，颇便于读者参考。在运用资料方面，对日本历来的版本与研究成果尤为重视。故此书在版本方面有集成之功，在注释方面，属创新之举。二是谢思炜的《白居易诗集校注》。该书2006年由中华书局出版。以影宋绍兴刻本《白氏文集》七十一卷为底本，以敦煌本、残宋本、马元调本、金泽文库本、东大寺本、真福寺本等三十六种重要版本进行参校，是白居易诗歌的全新整理本，同时汇聚了学术界的最新成果和汪者多年的研究心得，作了较为全面的注释。三是谢思炜的《白居易文集校注》。该书2011年由中华书局出版。和其《白居易诗集校注》相配合，成为迄今为止《白氏文集》最为完备的校注本。

2. 日本传本

日本现存唐人文集古抄本最多的是《白氏文集》，可分为三个系统：一

---

[1] [宋]陈振孙：《直斋书录解题》卷一六，上海古籍出版社1987年版，第479页。
[2] 孙猛：《郡斋读书志校证》卷一八，上海古籍出版社1990年版，第888页。

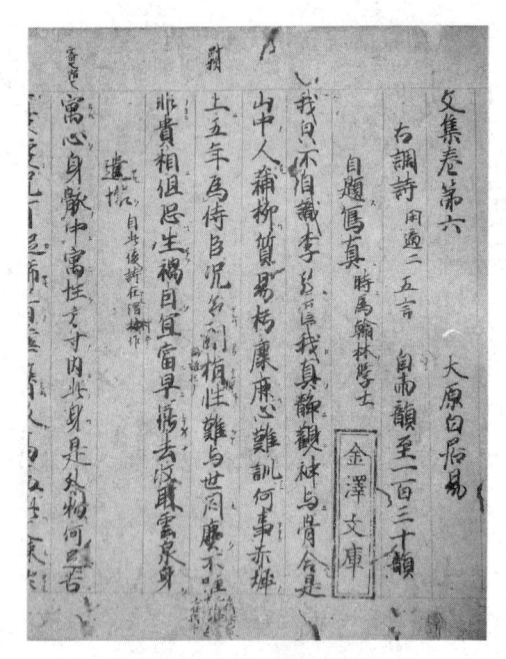

图表六　金泽文库本《白氏文集》二

是以神田本为中心的《新乐府》诗抄本；二是金泽文库本；三是以管见抄为主的选抄本。[1] 我们现在分别介绍一下最重要的抄本金泽文库本和最重要的刻本那波道圆本。

（1）金泽文库本。现在最早的《白氏文集》是日本金泽文库所藏的卷子本。从我们拍摄下来的影印件可以看出《白氏文集》早期流传的情况，这也是在雕版印刷没有通行之前，普通书籍通过传抄流传的情况。开成四年（839）白居易编定《白氏文集》六十七卷，收藏于苏州南禅院。会昌四年（844）还在白居易在世的时候，日本僧人惠萼于苏州南禅院抄写了一部携归日本。后来在镰仓时期，丰原奉重主持转抄《白氏文集》即据惠萼本，完成于建长四年（1252）。在镰仓中期，幕府武将金泽实时（1224-1276）在武藏国即神奈川县建寺以收藏典籍，后来称为金泽文库。金泽文库本《白氏文

---

[1] 参谢思炜《白居易集综论》，中国社会科学出版社1997年版，第39-47页。

集》现存二十余卷，最接近唐抄本的原貌。后为大东急记念文库所藏金泽文库本，即鎌仓抄本卷子二十一卷，有江户期补钞的两卷与别本鎌仓抄本卷四。川濑一马监修，大东急纪念文库发行。勉诚出版于一九八三年出版了该集的第一、二册，一九八四年出版了该集的第三、四册，与原物大小相同。但大东急纪念文库所藏亦不全，其中极少部分为天理图书馆所藏。八木书店昭和53年影印《天理图书馆善本书丛刊》影印了天理图书馆所藏的残卷。

（2）那波道圆本。现在所传较为全面的《白氏文集》是日本那波道圆的本子。那波道圆（1595-1648），名觚，字道圆，号活所。他于日本元和四年（1618）印行木活字本《白氏文集》七十一卷，其本源于明成化二十一年（1485）朝鲜铜活字本。这一本子在中土早已失传，其编辑次序是按白居易原编的前后续集次序排列，在一定程度上保持了白集编纂的原貌。那波本就总目录来看，卷一至卷五十为前集，其中卷一至二十为诗，卷二十一至卷五十为文；卷五十一至卷七十为后集，其中卷五十一至五十八为诗，卷五十九至六十一为文，卷六十二至六十九为诗，卷七十为文。而该书最后的第七十一卷并未列入总目录。因而这一本子诗文编纂虽然是穿插进行的，但也可以推测到白居易不同时期编集时的情况。但那波道圆本删去了原来《白氏文集》中的双行小字原注，使得白居易编集时的原貌受损。这一本子流传与宋绍兴的流传是两个系统，后来《四部丛刊》本就是据那波道圆的本子影印的。所以对于《白氏文集》，我们也要注意金泽文库本、那波道圆本和宋绍兴本的对照阅读。

五、白诗分类

白居易在元和十年给自己诗歌编集时，就分为四个类别，这是白诗分类之始。白居易《与元九书》云："仆数月来，检讨囊帙中，得新旧诗各以类分，分为卷目。自拾遗来，凡所遇所感，关于美刺兴比者，又自武德讫元和，因事立题，题为《新乐府》者，共一百五十首，谓之讽谕诗。又或退公独处，或移病闲居，知足保和，吟玩情性者一百首，谓之闲适诗。又有事物牵于外，情理动于内，随感遇而形于叹咏者一百首，谓之感伤诗。又有五言七言长句绝句，自一百韵至两韵者四百余首，谓之杂律诗。"[1]

  白居易这样的分类，是按照两层标准划分的，第一层是体式标准，他把诗歌分为古体和近体两种，因为按类收在《白氏文集》中的"讽谕诗"、"感伤诗"、"闲适诗"都是古体诗，而"杂律诗"是近体诗。第二层是题材标准，即前面"讽谕诗"等三类是按题材划分的。对于白居易的分类标准，古今学者看法不一，现举两种说法为例：一是清人赵翼的看法："香山诗凡数次订辑，其《长庆集》经元微之编次者，分讽谕、闲适、感伤三类。盖其少年欲有所济于天下，而托之讽谕，冀以流闻宫禁，裨益时政；闲适、感伤，则随时写景、述怀、赠答之作，故次之。其自序谓'志在兼济，行在独善。讽谕者，兼济之义也；闲适、感伤者，独善之义也'。大指如此。至后集则长庆以后，无复当世之志，惟以安分知足、玩景适情为事，故不复分类；但分格诗、律诗二种，随年编次而已。"[2] 二是日本学者静永健的看法："闲适诗的分类标准，并不是依据白氏精神的闲居自适，而是按照写给他的同僚、上司那样的社会方面，或者说跟他的仕途上的进退有关。""白居易自编诗集并不始于元和十年，在此以前他已经有了几个卷轴。而且那些卷轴以（一）遵循风雅传统的，为了奉呈天子的诗歌群；（二）为了公诸宫中同僚的诗歌群；（三）跟元稹等亲密朋友唱和赠答的诗歌群；和（四）五言七言的今体诗群的四个项目为区分，而在元和十年的阶段，只是命名为'讽谕'、'闲适'、'感伤'、'杂律'而已。"[3] 我们这里仍按白居易自己所分的四类标准进行考察。

---

[1] 朱金城：《白居易集笺校》卷四三，第2794页。

[2] ［清］赵翼：《瓯北诗话》卷四，人民文学出版社1963年版，第36–37页。

[3] ［日］静永健：《白居易诗集四分类试论——关于闲适诗和感伤诗的成立》，《唐代文学研究》第五辑，广西师范大学出版社1994年版，第462、466页。

（一）讽谕诗

白居易写作讽谕诗集中于元和时期，前揭白氏《与元九书》说："自拾遗来，凡所遇所感，关于美刺兴比者，又自武德讫元和，因事立题，题为《新乐府》者，共一百五十首，谓之讽谕诗。"元和元年，白居易罢校书郎，准备应制举，写了七十五篇《策林》，其中有《采诗补察时政》、《议文章碑碣词赋》，指出诗歌要有讽谏作用。他中了"才识兼茂明于体用科"后被授为周至尉，因为县尉的身份容易接近底层百姓，写了《观刈麦》以表现人民疾苦，这与他后来写作讽谕诗具有密切的关系。白居易任左拾遗的时间是元和三年，自此之后，他就集中精力写作讽谕诗了。大约在元和四年春，白居易的朋友李绅写了二十首新题乐府，元稹和了十二首，白居易受了他们的影响，扩而大之，写了五十首。他们的《新乐府》诗，具有共同的特点，就是每首举一事议一事，借叙述与议论以表现作者的讽谏之意。与新乐府写作时间几近同时者有《秦中吟》十首，规讽之旨与《新乐府》相同。白居易作讽谕诗，具有明确的宗旨，他在《新乐府序》中说："凡九千二百五十二言，断为五十篇。篇无定句，句无定字，系于意不系于文。首句标其目，卒章显其志，《诗》三百之义也。其辞质而径，欲见之者易谕也。其言直而切，欲闻之者深诫也。其事覈而实，使采之者传信也。其体顺而肆，可以播于乐章歌曲也。总而言之，为君、为臣、为民、为物、为事而作，不为文而作也。"[1] 白居易的讽谕诗是要学习杜甫的精神，揭露当时的现实，反映当时的时事，抨击社会的弊病，但过于注重讽谏，把诗歌当成谏纸奏章，削弱了诗歌的形象性，故而虽在现实的批判方面较之杜甫有过之而无不及，但艺术的感染力就逊于杜甫的新题乐府很多了。我们考察白居易五十篇《新乐府》中，虽有《卖炭翁》、《新丰折臂翁》等家喻户晓的感人诗篇，但大多数还是理念的产物，只是一般的叙述和议论，缺少感人的力量。

---

[1] 朱金城：《白居易集笺校》卷三，第136页。

著名学者傅璇琮先生提出这样一个观点,即白居易写作《新乐府》与他担任翰林学士的官职有关:"白居易撰写《新乐府》,一般均将其归属于立足现实,反映民间疾苦的创作观念,实际上这是白居易于翰林学士任内,从翰林学士的职能出发,立意于'时闻得至尊',将其创作视为反映民情国政的奏议性诗篇。也正因此,他在离职后,因已无此政治职能,即辍笔不写。"[1] 这是白居易讽谕诗研究的另一个视角,值得关注。

(二)闲适诗

前揭白氏《与元九书》说:"又或退公独处,或移病闲居,知足保和,吟玩情性者一百首,谓之闲适诗。"他还作过一首题为《闲适》的诗:"禄俸优饶官不卑,就中闲适是分司。风光暖助游行处,雨雪寒供饮宴时。肥马轻裘还粗有,粗歌薄酒亦相随。微躬所要今皆得,只是蹉跎得校迟。"我们认为,白居易给自己制定的闲适诗的内涵非常清楚:一是"退公独处",凡是政治时事等诗都不在闲适诗的范畴;二是"移病闲居",凡是从事于公事的诗作都不在闲适诗的范畴;三是"知足保和",凡是经世致用的诗作都不在闲适诗的范畴;四是"吟玩情性",凡是社会性现实性较强的诗作都不在闲适诗的范畴。日本学者川合康三将白居易的闲适诗与表现日常生活紧密地联系起来,以《闲适的发现》为题确认了闲适诗在白居易乃至中唐文人生活和诗歌中的地位:"能将日常生活中埋没、消逝的幸福时光,不是暂时的,而是作为恒久的东西保存下去的,只有诗。闲适的境地,在生活中也许只是游移于各种束缚之间的一种心态,而将其固定成形的是闲适文学。白居易的闲适文学,不就是为了在诗中构筑、拥有那种幸福时光而创作的吗?"[2]

在白居易的四类诗中,他自己最看重讽谕诗和闲适诗,尤其重视讽谕

---

1 傅璇琮:《唐翰林学士传论》,辽海出版社2005年版,第38页。
2 [日]川合康三:《终南山的变容——中唐文学论集》,第241-242页。

诗,他在《与元九书》中说:"古人云:'穷则独善其身,达则兼济天下。'仆虽不肖,常师此语。……故仆志在兼济,行在独善。奉而始终之则为道,言而发明之则为诗。谓之讽谕诗,兼济之志也。谓之闲适诗,独善之义也。故览仆诗,知仆之道焉。"[1]王运熙先生说:"他认为自己的诗作,讽谕、闲适两类最重要,因为它们分别体现了儒家'达则兼济天下'、'穷则独善其身'的立身处世原则。"[2]

(三)感伤诗

前揭白氏《与元九书》说:"又有事物牵于外,情理动于内,随感遇而形于叹咏者一百首,谓之感伤诗。"说明白居易的感伤诗是具有特定的内涵和范围的,这就是自己的内心受外物所感,受情理所动,然后再随物赋形发于叹咏之作。如《琵琶行》是有感于琵琶女的身世和自己的遭遇以发同命相怜之感而作;《长恨歌》是有感于唐玄宗和杨贵妃的历史故事而作;《霓裳羽衣歌》是有感于唐代流行的霓裳羽衣的舞曲而作。根据白居易《与元九书》的说法,我们可以把感伤诗区别为以下四种类型:一是"牵于事"的感伤诗,包括友朋往还,婚丧嫁娶,羁旅行役,宦游浮沉,寂寞侵袭之事,形诸歌叹,表现出深沉的感伤情调,如《初见白发》、《喜友人至留宿》等。二是"牵于物"的感伤诗,包括春花秋虫,风月雨露等外物的变化触动作者的心灵而形诸歌咏,如《曲江感怀》、《曲江早秋》等。三是"动于情"的感伤诗,这以《长恨歌》为代表,陈鸿《长恨歌传》说:"质夫举酒于乐天前曰:夫希代之事,非遇出世之才润色之,则与时消没,不闻于世。乐天深于诗、多于情者也,试为歌之如何?"当然生活中的亲情、友情和爱情,也无不触动着作者的情怀。四是"动于理"的感伤诗,包括春秋代序,四时更替,贬谪中的安

---

[1] 朱金城:《白居易集笺校》卷四三,第2794–2795页。
[2] 王运熙:《白居易诗歌的分类与传播》,载《唐代文学研究》第8辑,广西师范大学出版社1998年版,第450页。

慰，失意时消解，通过诗歌来表现，也蕴涵着消解苦闷的佛教禅理、逃避现实的老庄哲学，如《对酒》、《逍遥咏》等。当然，在白居易的感伤诗中，这四个方面可分又不可分，像《长恨歌》、《琵琶行》、《霓裳羽衣歌》等名篇巨制，是既"牵于事""牵于物"又"动于情""动于理"的。他的这些诗歌，用的是歌行体，但与盛唐诗人如李白、杜甫、高适、岑参的歌行都有所不同。其创造性首先在于叙事的故事性，故如《长恨歌》同样的故事，陈鸿即衍为小说；其次在于表现情调的感伤色彩，作者用流利圆润的辞藻和骈散结合的句法将感伤的情调表现出来，深深地打动着读者的心灵；再次在于以叙为主，叙述、描写、议论紧密结合，各种手法的补充，增加以诗歌内容的丰富性和表现的多元化。

对于感伤诗，白居易随着年龄的增长逐渐加以重视，到了他的晚年往往就不是最倾情于讽谕了。王运熙先生说："至于感伤诗中名篇《长恨歌》、《琵琶行》，他更是屡屡流露出自我赞许的态度。我们须知，白居易作为一个诗人，他既关心国事民生并具有兼济天下的志愿，因而在理论上大力提倡讽谕诗；同时他在日常生活中又具有丰富真挚的感情，热爱各种自然美和艺术美，因而从内心深处喜爱长于抒情、文词美丽、声律和谐的律诗。……他的古体诗大概只有《长恨歌》、《琵琶行》两篇风行，其他则否。"[1] 说明了白居易早年到晚年对于自己不同类型的诗歌看法不同的情况。

（四）杂律诗

前揭白氏《与元九书》说："又有五言七言长句绝句，自一百韵至两韵者四百余首，谓之杂律诗。"关于杂律诗在四类之中的分类标准，古今学者质疑较多，以为前三种都是古体诗，按题材分，而杂律诗则按体式分，不相一致。对此，王运熙先生作过阐释："'杂律诗'意思是说律诗的样式较为繁杂。乍看起来，白居易把其诗分为四类，前三类按内容题材分，最后一类按体式分，

---

[1] 王运熙：《白居易诗歌的分类与传播》，载《唐代文学研究》第8辑，第450页。

使人感到分类标准不统一。实际他是先把诗作分为古体诗、近体诗两大类，然后再把古体诗大类按内容分为三类。"[1]这样的分析较为切合实际。白居易早年最重视讽谕诗，对于杂律诗并不重视，他在《与元九书》中说："故览仆诗，知仆之道焉。其余杂律诗，或诱于一时一物，发于一笑一吟，率然成章，非平生所尚者，但以亲朋合散之际，取其释恨佐欢。今铨次之间，未能删去，他时有为我编集斯文者，略之可也。"[2]但白居易后来不断编纂诗集，不仅没有删去，还在不断增校，续编的诗作又不按前面的融题材和体式交叉分为四类编纂，而纯粹按照体式分为"格诗"（即五言古诗）、"歌行"和"律诗"了。可见白居易早年过于注重讽谕诗，忽略其他诗，尤其轻视杂律诗，以为可以删去而不存于集中，但也因为作了讽谕诗而得罪权贵遭贬江州司马，故而元和十年被贬谪之后，白居易就不写讽谕诗了。相对而言，杂律诗的地位随着时间的推移在白居易的心目中有所提高。前引静永健认为白居易给自己诗集分类与其政治思想有关，是很有道理的。尽管白居易早年并不重视杂律诗，但我们从这一类诗中还是能够看出白居易是具有惊人的创造才能的。尤其是其中的长篇排律，多达一百韵、二百韵，又为次韵之作，古往今来的诗人很难达到这样的境界。

六、白诗艺术

（一）文辞之俗

白居易诗歌的艺术风格，唐宋人即有较为一致的认识，唐李肇《唐国史补》卷下云："元和已后，为文笔则学奇诡于韩愈，学苦涩于樊宗师；歌行则学流荡于张籍；诗章则学矫激于孟郊，学浅切于白居易，学淫靡于元稹，俱名为元和体。大抵天宝之风尚党，大历之风尚浮，贞元之风尚荡，元和之风

---

[1] 王运熙：《白居易诗歌的分类与传播》，载《唐代文学研究》第8辑，第449页。
[2] 朱金城：《白居易集笺校》卷四三，第2795页。

尚怪也。"[1] 宋人苏轼《祭柳子玉文》则称："元轻白俗,郊寒岛瘦。嚓然一吟,众作卑陋。"[2] 无论是"浅切"还是"白俗",都是说白居易诗有通俗的特点。苏轼称吟了白居易等人之诗,觉得众作卑陋,明显是对"白俗"持欣赏态度的。但唐宋以后的文人,对白居易的通俗务尽之诗,或赞扬,或批评,纷纭分歧,莫衷一是。宋人张戒的观点较为和缓,我们引用以为例证："世言白少傅诗格卑,虽诚有之,然亦不可不察也。元白张籍诗,皆陶阮中出,专以道得人心中事为工,本不应格卑,但其词伤于太烦,其意伤于太尽,遂成冗长卑陋尔。比之吴融、韩偓俳优之词,号为格卑,则有间矣。若收敛其词,而少加含蓄,其意味岂复可及也。"[3]

宋人惠洪《冷斋夜话》说："白乐天每作诗,令一老妪解之。问曰:'解否?'妪曰解,则录之,不解,则又复易之。故唐末之诗,近于鄙俚。"[4] 如果这个故事属实,这样写来的诗确实做到了通俗。我们今天翻阅《白居易集》,其中有诗近三千余,真正能合老妪能解标准的,所占比例不会很大。宋人胡仔《苕溪渔隐丛话》前集卷八记述了北宋张耒云："世以乐天诗为得于容易,而耒尝于洛中一士人家见白公诗草数纸,点窜涂之,及其成篇,殆与初作不侔。"[5] 是知白居易诗的通俗也是经过锻炼而成,要炼成通俗的文句,也非下苦功夫力求创新不可。通俗不是庸俗,更丝毫不等于草率轻易。白诗在当时已广泛流传,原因就在于言尽其意,宽博周至,真正做到通俗,容易为广大读者所接受。我们现在阅读白居易的诸多佳作,确实是通俗,如讽谕诗中《观刈麦》、《卖炭翁》,闲适诗中的《自题写真》、《闲居》,感伤诗中的《新栽竹》、

---

1 [唐]李肇:《唐国史补》卷下,上海古籍出版社1979年版,第57页。
2 [宋]苏轼:《苏轼文集》卷六三,第1938页。按,柳子玉是柳瑾,字子玉,与苏轼为姻戚,苏文旨在赞美柳瑾,而以元稹、白居易、孟郊、贾岛四人作比较,而经苏轼之后,"元轻白俗,郊寒岛瘦"遂成为评价四人诗语言特点和艺术表现上的名言,无论是肯定还是批评,都有助于对其诗的进一步理解。
3 [宋]张戒:《岁寒堂诗话》卷上,《历代诗话续编》本,第459页。
4 [宋]胡仔:《苕溪渔隐丛话》前集卷八,第50页。
5 [宋]胡仔:《苕溪渔隐丛话》前集卷八,第50页。

《白发》,杂律诗中的《钱塘湖春行》、《晓寝》等等。即使长篇巨制,如《琵琶行》、《长恨歌》、《代书诗一百韵寄微之》,读起来也都通俗顺畅。

白居易诗就文辞而言,其俗主要表现在两个方面:一是浅切务尽,浅切则语言通俗,不事含蓄,务尽则文辞直率,意到笔随,故易于为各个阶层读者所接受,也为诗歌领域开疆拓土。因为中国诗歌传统自《诗经》以来就追求比兴,一直至盛唐仍以述怀为主,到了杜甫始产生变化,促使题材等各方面的变化,然杜诗风格沉郁顿挫,追求"语不惊人死不休"、"老来渐于诗律细",各方面自是不俗。白居易之"俗"是开拓了杜甫尚未开拓的巨大空间,推进了中唐诗歌的演进和发展。二是故事性,这与中唐以后市民文学的兴起有关。为了适应市民阶层的精神需求,无论是诗文还是传奇,都增强了故事化程度,同时文辞更变得浅切而生动。小说的繁荣、词的兴起也为诗歌创作中增加故事性提供了文体渗透的基础。白居易在这方面是具有突出成就者,他的《琵琶行》和《长恨歌》,一则抒写"同是天涯沦落人"的感慨,一则所谓"一篇《长恨》有风情",都是在市民文学新的观念之下产生的通俗作品。白居易语言的浅切通俗,不仅表现在诗中,在词中更是突出,如《长相思》"汴水流,泗水流,流到瓜洲古渡头,吴山点点愁。思悠悠,恨悠悠,恨到归时方始休,月明人倚楼",平白如话。

中唐诗歌的转变是历史性的转折,转变的关键是正统文学趋向的终结和市民文学的兴起。"于是诗歌从内容到语言上都出现了新的转变。白居易在大量政治讽谕诗之外,一方面以他的《长恨歌》和《琵琶行》反映了市民对故事的普遍爱好,以深入浅出的语言完成了叙事诗中的千古绝唱,并且成为后来戏曲中的重要主题;一方面又大力地推动了词的发展。在这转折的大动向中因此乃有着不可取代的地位。……白居易正是这个过程中最全面的代表性人物,最直接地迎接这一文学上历史性转变的人物。白居易所代表的这一转变,于是真正标志着盛唐时代的一去不返了。"[1]

---

[1] 林庚:《唐诗综论》,第154页。

（二）取材之俗

我觉得白诗之俗，一个重要的方面在于其诗取材于日常生活者甚多，语言也尽量生活化。白居易的诗歌，表现衣食住行以及具体的生活起居者颇多，因为这些日常生活题材具有大众化的共性，容易为各个阶层的人所接受，这样就使得其诗更走向通俗一路。因此，通俗不仅是语言的通俗而已。平淡重复的日常生活，每人每天都能遇到，甚至像起床、照镜、穿衣、吃饭等，每人每天都要完成，但普通人并不能将它艺术地表现出来，白居易则将这些生活琐事摄入诗中，并且倾注于艺术力量，使其产生美感，这样的诗歌当然容易为更多的人所接受。我们检讨《白氏文集》，个人的日常生活几乎是包罗万象的，我们选择生活起居中常见十二种情况以作说明：

1. 梳洗:《早梳头》、《叹发落》、《感发落》
2. 照镜:《照镜》、《感镜》、《新磨镜》、《对镜吟》、《对镜》、《览镜喜老》、《对镜偶吟赠张道士抱元》
3. 饮食:《食笋》、《烹葵》、《食后》、《食饱》、《残酌晚餐》
4. 饮酒:《花下自劝酒》、《杏园花落时招钱员外同醉》、《曲江醉后赠诸亲故》、《醉后却寄元九》、《答劝酒》、《江楼偶宴赠同座》、《强酒》、《饮后夜醒》、《闻九月九日独饮》
5. 睡眠:《春眠》、《独宿》、《春寝》、《北亭独宿》、《睡起晏坐》、《山下宿》、《晏起》、《昼寝》、《卧小斋》、《除夜宿洺州》、《昼卧》、《晓寝》、《独眠吟二首》、《秋雨夜眠》
6. 生病:《首夏病间》、《衰病无趣因吟所怀》、《寒食卧病》、《病气》、《眼暗》、《病中哭金銮子》、《病中作》、《病中得樊大夫书》、《得钱舍人书问眼疾》、《病中早春》、《病中答招饮者》、《病起》、《衰病》、《病中对病鹤》、《新秋病起》、《卧疾》、《眼病二首》、《老病》、《病眼花》、《病中诗十五首》、《病入新正》、《卧疾来早晚》、《病后寒食》、《老病相仍以诗自解》、《足疾》、《老

病幽独偶吟所怀》、《病中晏坐》

7. 闲居:《常乐里闲居偶题十六韵……》、《闲居》、《晚秋闲居》、《夜坐》、《暮立》、《晏坐闲吟》、《端居咏怀》、《临水坐》、《斋月静居》、《冬夜闻虫》、《咏闲》、《舟中夜坐》、《闲忙》、《饮食闲坐》、《闲居自题》、《闲吟》、《池上闲咏》、《把酒思闲事二首》、《池上闲吟二首》、《营闲事》、《喜闲》、《闲卧》、《闲居春尽》、《春日闲居三首》、《小阁闲坐》、《夏日闲放》、《闲坐看书贻诸少年》、《对酒闲吟赠同老者》、《晚起闲行》、《闲居自题戏招宿客》、《闲坐》、《闲眠》、《闲居贫活计》

8. 听乐:《听弹古渌水》、《听崔七妓人筝》、《春听琵琶兼简长孙司户》、《夜筝》、《听弹湘妃怨》、《听琵琶妓弹略略》、《卧听法曲霓裳》、《闻乐感邻》、《听歌六绝句》

9. 垂钓:《渭上偶钓》、《垂钓》

10. 搬家:《移家入新宅》

11. 游览:《城东闲游》、《早春独游曲江》、《曲江独行》、《曲江亭晚望》、《初到洛下闲游》、《春游》、《醉游平泉》、《洛阳堰闲行》、《闲园独赏》

12. 种植:《种桃杏》、《种荔枝》、《别种东坡花树两绝》、《新栽梅》、《种白莲》

这样,我们读了白居易的诗歌,对他的日常生活就能得到多方面的了解,也更可以了解中唐时期的社会生活情况。白居易在单调平凡的日常生活中发现诗意,这不得不说是他的一大创造。这样的诗歌意义,远远超出了生活的本身价值,而具有多方面的审美意义,这样也就会促使读者进一步认识生活,热爱生活,更多地从诗中引起共鸣,使得日复一日的生活更有意义。

白居易诗歌表现日常生活的通俗化,还可以解释其深远的渊源和广泛的传播特点。就其渊源而言,用诗来表现日常生活,唐以前有陶渊明,唐代有杜甫。"陶渊明在中国古典文学中所占的分量,以白居易对陶渊明的接受为契机,有了飞跃性的增长,这种趋势为宋代所继承。不过陶渊明描写的日常生活,可以看出融入了幻想的情境,而一到白居易及继承这一点的宋诗,实际生活却原样地被搬到诗中,几乎不见诗化的痕迹。在唐代,杜甫的部分诗作也活灵活现地描绘了日常生活,集中表现在成都浣花草堂时期的作品中。……这正是白居易闲适诗的先声。但我们知道,杜甫这稳定的生活只限于他人生中极短暂的一个时期,不久他就离开成都,沿长江辗转而下,直到客死。杜甫的安定不过是他动荡不已的人生中一段极有限的休息,对国家和个人命运的悲愤才是他文学创作的中心。而白居易却将只是杜甫一部分的那个要素作为自己文学的中心,按照自己的意愿扩大了。"[1]就其传播而言,与杜甫比较,白居易诗在国内传播与在东亚传播有着不同的命运。就国内而言,白诗传播虽然也非常广泛,但还是没有杜甫影响大,尤其是在宋代,千家注杜远非任何一位诗人可以比拟。但在日本就完全不同,在中国古代诗人中,对日本的影响没有超过白居易的,这当然与白居易的文集在其生前就传到日本有关,而更重要的是白居易诗歌的日常生活化,得到了以日本为主的东亚各国的认同。杜甫诗歌表现政治事件的特点,没有白居易诗歌表现日常生活的特点更容易为不同国度之人所接受。同时因为不同国家语言的不同,汉语必须通过翻译才能为异国之人所接受,白居易诗语言的通俗化特点经过翻译后会大打折扣,而日常生活的通俗化和不同国度人们的共通性,则更显出其地位和影响。因此,我们可以说,白居易诗在以日本为代表的东亚国家得到广泛的传播机缘,与其通俗的特点是紧密联系的。

---

[1] [日]川合康三:《终南山的变容——中唐文学论集》,第268–269页。

第四章　韩愈

一、韩愈地位

韩愈是唐宋转型时期代表新变倾向的关键人物。他不仅在中国文学史上具有崇高的地位，在中国思想史、中国哲学史上也具有重要的影响。文章方面，他是"唐宋八大家"的领袖人物；诗歌方面，他是韩孟诗派开山祖师。对于他的文学成就，前人有很多评述和称誉。我们这里选取两则加以说明：一则是文章方面的，宋人苏轼《潮州韩文公庙碑》称：

图表七　《永乐大典》之韩愈像（卷18222）

匹夫而为百世师，一言

而为天下法，是皆有以参天地之化，关盛衰之运。……自东汉以来，道丧文弊，异端并起，历唐贞观、开元之盛，辅以房、杜、姚、宋而不能救。独韩文公起布衣，谈笑而麾之，天下靡然从公，复归于正，盖三百年于此矣。文起八代之衰，而道济天下之溺，忠犯人主之怒，而勇夺三军之帅。岂非参天地，关盛衰，浩然而独存者乎？[1]

二则是诗歌方面的，清人叶燮《原诗》称：

唐诗为八代以来一大变。韩愈为唐诗之一大变，其力大，其思雄，崛起特为鼻祖。宋之苏、梅、欧、苏、王、黄，皆愈为之发其端，可谓极盛。……如苏轼之诗，其境界皆开辟古今之所未有，天地万物，嬉笑怒骂，无不鼓舞于笔端，而适如其意之所欲出，此韩愈后之一大变也，而盛极矣。自后或数十年而一变，或百余年而一变；或一人独自为变，或数人而共为变，皆变之小者也。[2]

这两段文字对于韩愈诗文做了极高的评价，无论在诗歌还是散文方面，韩愈都具有无人替代的革新之功。到了韩愈时代，文章的发展，形成了以复兴儒学、反对骈文、提倡古文的"古文运动"；诗歌的发展，形成了崇尚硬体、追求变化怪奇、力拯庸俗化诗风的"韩孟诗派"。就唐诗发展演变的历程看，盛唐以李白、杜甫为代表的诗人，将唐诗推向了第一个高峰；中唐以韩愈为首的韩孟诗派，以白居易为首的元白诗派，将唐诗推向了第二个高峰。

二、韩愈生平和思想

（一）韩愈生平

韩愈（768—824），字退之，河南河阳（今河南孟州）人。出身于官宦世

---

[1] ［宋］苏轼：《苏轼文集》卷一七，第508—509页。
[2] ［清］叶燮：《原诗》卷一，《清诗话》本，第570—571页。

家，其祖父叡素，任桂州刺史。有子四人：仲卿、少卿、云卿、绅卿。仲卿即韩愈之父，与大诗人李白友善，李白曾有《武昌令韩君（仲卿）去思颂碑记》。伯父韩云卿，亦与李白友善，白有《送韩侍御之广德》、《至陵阳山登天柱石酬韩侍御见招隐黄山》、《金陵听韩侍御吹笛》诸诗，都是与韩云卿往还之作。叔父韩绅卿与当时诗人颇有往还，司空曙有《云阳馆与韩绅（一作韩升卿）宿别》诗，李端有《送韩绅卿》诗。韩愈的家世情况，我们根据宋人洪兴祖《韩子年谱》编为《韩愈世系表》（见图表八）。

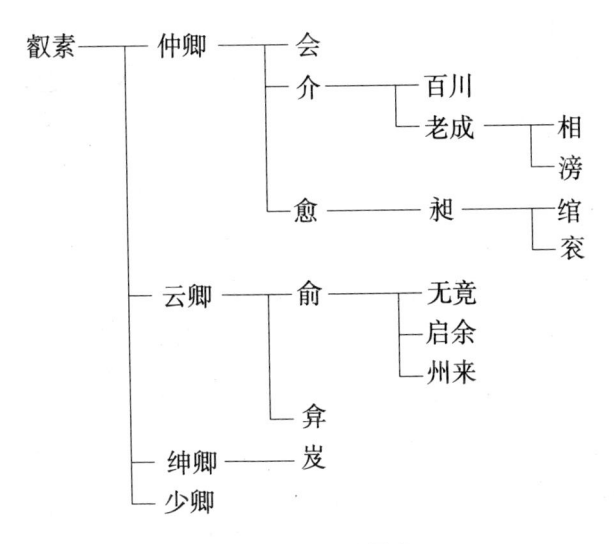

```
叡素──┬─仲卿──┬─会
      │        ├─介──┬─百川
      │        │      └─老成──┬─相
      │        │                ├─滂
      │        └─愈──┬─昶──┬─绾
      │              │      └─衮
      ├─云卿──┬─俞──┬─无竟
      │        │      ├─启余
      │        │      └─州来
      │        └─弇
      ├─绅卿──┬─岌
      └─少卿
```

图表八　韩愈世系表

韩愈三岁而孤，随长兄韩会贬官岭表。会卒，由嫂郑氏抚养成人。韩愈的童年经受了丧父之哀，经历了随长兄流贬岭南的生活，他的少年充满了坎坷的经历，嫂子的抚养也给韩愈的心灵带来了极大的慰藉。后来，韩愈在《祭十二郎文》中回忆说："吾少孤，及长，不省所怙，惟兄嫂是依。中年，兄殁南方，吾与汝俱幼，从嫂归葬河阳。既又与汝就食江南。零丁孤苦，未尝一日相离也。"也正因如此，韩愈自少即刻苦努力，自知读书，日记数千百言，比长，尽能通六经百家言。

贞元二年（786）开始应进士举，直到八年才及第。十二年，他开始入幕府，先从董晋在汴州，又从张建封在徐州。贞元十八年授四门博士。这一年作《师说》，强调"师者，所以传道受业解惑也"，这样公然抗颜为人师，在当时是迥异流俗之举，因而大得狂名。柳宗元《答韦中立论师道书》称："今之世，不闻有师，有辄哗笑之，以为狂人。独韩愈奋不顾流俗，犯笑侮，收召后学，作《师说》，因抗颜而为师。世果群怪聚骂，指目牵引，而增与为言辞。愈以是得狂名。"也因为韩愈能够抗颜为师，故后来从学者众，韩门弟子在政治、思想和文学上多有造诣。

贞元十九年，为监察御史，后被贬为阳山令。改江陵府法曹参军。这是他第一次被贬官，打击非常大。因为他在监察御史任上，遇到关中大旱，上疏请宽税钱，为幸臣所谗，遂有是贬。德宗后期，任用官员多卢杞、窦参、裴延龄等奸佞贪暴之辈，政治混乱。不久顺宗即位，任用革新势力从事"永贞革新"，旋又失败，造成刘禹锡、柳宗元被贬的"八司马"事件。这时朝中情况复杂，韩愈政治上先是沉沦，后来被贬，对他的打击很大。

宪宗即位后，又被召入朝，为国子博士，河南令。愈以才高数黜，官又下迁，乃作《进学解》以自谕。执政览之，改比部郎中、史馆修撰。转考功郎中、知制诰。至元和十一年春迁中书舍人，又改太子右庶子。元和十二年，裴度宣慰淮西，奏为行军司马，淮西平后，以功擢授刑部侍郎。这是韩愈一生当中的第一个重大事件，对于他的政治思想和文学创作都具有重大的影响，政治方面体现了他反对藩镇割据、维护国家统一的主张和实践；文学方面为他当时和以后的诗文创作提供了创作素材和思想源泉。他的著名作品《平淮西碑》就作于此时。

元和十四年正月，宪宗迎佛骨入禁中，韩愈上表极谏，帝大怒欲杀之，因裴度、崔群力救，贬潮州刺史。任后上表，陈词哀切，量移袁州刺史。十五年征为国子祭酒，以后历兵部、吏部侍郎、京兆尹，长庆四年（824）终于吏部侍郎任,年五十七。著有《昌黎先生集》四十卷、《外集》十卷。韩愈上《谏迎佛骨表》后流贬潮州,是韩愈一生当中的又一个重大事件。在举国上下疯狂佞佛之际,韩愈奋不顾身,敢于抗命直谏,以至被贬南荒,着实表现一位具有国家担当的文人士大夫的气节。

(二) 韩愈政治思想

韩愈的政治思想较为复杂,值得称道者有两个方面:一是反对藩镇割据。元和十二年,裴度以宰相领淮西节度使,亲自督师讨伐吴元济,韩愈为行军司马。淮西平定以后,韩愈随裴度还朝,"以功授刑部侍郎,仍诏愈撰《平淮西碑》,其辞多叙裴度事。时先入蔡州擒吴元济,李愬功第一,愬不平之。愬妻出入禁中,因诉碑辞不实,诏令磨愈文。宪宗命翰林学士段文昌重撰文勒石。"[1] 尽管如此,韩愈以其沉雄博大之笔力,叙述裴度督师的过程,颂扬唐宪宗平定淮西藩镇之武功,极大地鼓舞了士人们的志气。故李商隐作《韩碑》诗,表现出平淮西时蓬勃豪迈的气象:"元和天子神武姿,彼何人哉轩与羲。誓将上雪列圣耻,坐法宫中朝四夷。淮西有贼五十载,封狼生䝙䝙生羆。……帝得圣相相曰度,贼斫不死神扶持。腰悬相印作都统,阴风惨澹天王旗。愬武古通作牙爪,仪曹外郎载笔随。行军司马智且勇,十四万众犹虎貔。入蔡缚贼献太庙,功无与让恩不訾。"二是反对佛教。元和十四年正月,唐宪宗迎佛骨入京师,韩愈上《论佛骨表》,力言迎佛骨进入宫廷的错误,并且列举宋、齐、梁、陈这些帝王因崇尚佛教而乱亡相继的事例,以说明佞佛之害。宪宗大怒,将处韩愈死刑,因为宰相裴度、崔群相救,而贬为潮州刺史。这件事可以看出韩愈在政治思想中积极的一面,当时佛教祸害非常严重,而在举朝君臣疯狂佞佛之际,韩愈敢于起而谏阻,实在难能可贵。这不仅说明他反对佛老、维护儒家道统的决心,而且也说明他希望唐朝中兴。

---

[1] [后晋]刘昫:《旧唐书》卷一六〇,第4198页。

这件事使他在中国思想史上占有崇高的地位，为后代士人所敬仰。但韩愈在当时有保守的一面，他写的《顺宗实录》代表了宦官的观点，对永贞革新是持否定态度的，他还写了一首《永贞行》诗，更是对改革集团的指斥。这是我们学习和研究韩愈时应该注意的。

（三）韩愈文学思想

韩愈的文学思想主要也有两个方面：一是"文以明道"。韩愈论文，是以其思想一以贯之的，这就是"文以明道"，而且一直是儒道重于文道的。韩愈的代表性散文《原道》、《原毁》、《师说》、《进学解》等，都是他以儒道统摄文道的典型作品。苏轼赞誉韩愈"文起八代之衰，道济天下之溺"，也是将其文道和儒道合而为一的。《师说》称："师者，所以传道受业解惑也。"[1]《原道》称："博爱之谓仁，行而宜之之谓义，由是而之焉之谓道，足乎己而无待于外之谓德。仁与义为定名，道与德为虚位。……斯吾所谓道也，非向所谓老与佛之道也。"所谓道就是儒道。《原道》还阐述儒道自有其发展的过程："尧以是传之舜，舜以是传之禹，禹以是传之汤，汤以是传之文武周公，文武周公传之孔子，孔子传之孟轲。轲之死，不得其传焉。"这里韩愈是将自己作为孟轲以后的传人自居的，可见他在儒道问题上的执著和自负。《进学解》中的一段话将儒道与文道的关系表述得更为明晰："先生口不绝吟于六艺之文，手不停披于百家之编；记事者必提其要，纂言者必钩其玄；贪多务得，细大不捐；焚膏油以继晷，恒兀兀以穷年：先生之业，可谓勤矣。觝排异端，攘斥佛老；补苴罅漏，张皇幽眇；寻坠绪之茫茫，独旁搜而远绍，障百川而东之，回狂澜于既倒：先生之于儒，可谓有劳矣。沉浸醲郁，含英咀华，作为文章，其书满家；上规姚、姒，浑浑无涯；《周诰》、《殷盘》，佶屈聱牙；《春

---

[1] 马其昶:《韩昌黎文集校注》卷一，上海古籍出版社1986年版。按，本讲引用韩愈文均本自该书，以下不再标注。

秋》谨严,《左氏》浮夸;《易》奇而法,《诗》正而葩;下逮《庄》《骚》,太史所录,子云、相如,同工异曲。先生之于文,可谓闳其中而肆其外矣。少始知学,勇于敢为;长通于方,左右具宜:先生之于为人,可谓成矣。"对于韩愈而言,"之业"、"之于儒"、"之于文"、"之于为人"是融为一体的,而其从事在于业,其精髓在于儒,其表现在于文,其境界在于人。二是"不平则鸣"。在诗歌理论上,韩愈的另一个重要主张是"不平则鸣"。他在《送孟东野序》中说:"大凡物不得其平则鸣:草木之无声,风挠之鸣;水之无声,风荡之鸣。其跃也或激之,其趋也或梗之,其沸也或炙之;金石之无声,或击之鸣。人之于言也亦然:有不得已者而后言,其歌也有思,有哭也有怀,凡出乎口而为声者,其皆有弗平者乎!……唐之有天下,陈子昂、苏源明、元结、李白、杜甫、李观皆以其所能鸣。其存而在下者,孟郊东野始以其诗鸣;其高出魏晋,不懈而及于古,其他浸淫乎汉氏矣。从吾游者,李翱、张籍其尤也。三子者之鸣信善矣。抑不知天将和其声,而使鸣国家之盛邪?抑将穷饿其身,思愁其心肠,而使自鸣其不幸邪?"这篇序中所谓"不平",就是指人内心的不平衡;"物不得其平则鸣",则指诗歌抒发内心不平情感的功能。内心的不平衡既表现在得志时"鸣国家之盛",又表现在失意时"自鸣其不幸",两者都是"物不得其平则鸣"的表现。但这段文字是专门为一生困厄潦倒、怀才不遇的孟郊而作的,文中又以"善鸣"推许孟郊,所以韩愈强调诗歌"不平则鸣"的抒情功能,主要是指穷愁哀怨者的"鸣其不幸"。[1]韩愈又在《荆潭唱和诗序》中说:"和平之音淡薄,而愁思之声要妙;欢愉之辞难工,而穷苦之言易好也。是故文章之作,恒发于羁旅草野,至若王公贵人气满志得,非性能而好之,则不暇以为。"所谓"穷苦之言"实际上也是不平之鸣。韩愈的这一主张对后世影响甚大,北宋欧阳修在《梅圣俞诗集序》中说:

---

[1] 参沈松勤、胡可先、陶然:《唐诗研究》第二章《唐诗的演进阶段》第三节《中唐诗歌》,浙江大学出版社2006年版,第88页。

"予闻世谓诗人少达而多穷,夫岂然哉?盖世所传诗者,多出于古穷人之辞也。凡士之蕴其所有而不得施于世者,多喜自放于山巅水涯。外见虫鱼、草木、风云、鸟兽之状类,往往探其奇怪。内有忧思感愤之郁积,其兴于怨刺,以道羁臣、寡妇之所叹,而写人情之难言,盖愈穷则愈工。然则非诗之能穷人,殆穷者而后工也。"[1]这里由"不平则鸣"进一步引申出"穷而后工"的论说,成为中国文学史上的一个重要命题。

三、韩诗新变

(一)以文为诗

"文起八代之衰",韩愈是唐代古文运动的领袖人物,他在中国散文史上具有崇高的地位,他又将做散文的方法引入诗歌创作之中,同样获得了成功,他的作品当中,诗的风格与文的风格已相互融合。程千帆先生有《韩愈以文为诗说》[2],对韩愈以文为诗的背景、渊源、影响作了极为精辟的阐述,以为:"大致上有两个方面,一方面是以古文的章法、句法为诗,另一方面是以在古文中常见的议论为诗。"[3]余恕诚先生《文体交融与唐代诗文的变化革新》,则认为韩愈以文为诗的特点在于:一是"以议论为诗",二是"虚字运用与句法新变",三是"以散文的章法为诗"。[4]受程先生和余先生的启发,我们就这三个方面的表现加以阐述。

先就以古文的章法为诗方面说,韩愈是唐代古文运动的领袖人物,是唐宋八大家之首。他为拯救时风,阅读了大量的古代典籍,出入于六经子史之间,在散文创作上滂沛自如,对当时和后世产生了巨大的影响。黄庭坚云:

---

1 洪本健:《欧阳修诗文集校笺》,上海古籍出版社2009年版,第1092–1093页。
2 程千帆:《古诗考索》,上海古籍出版社1984年版,第183–206页。
3 程千帆:《古诗考索》,第95页。
4 余恕诚:《唐诗风貌》(修订本),中华书局2010年版,第192–200页。

"杜之诗法，韩之文法也。诗文各有体，韩以文为诗，杜以诗为文，故不工耳。"[1]认为杜以诗为文，没有取得成功，是对的，但认为韩以文为诗而不工，则不符合事实。陈寅恪先生《论韩愈》说："退之以文为诗，诚是确论，然此为退之文学上之成功，亦吾国文学史上有趣之公案也。"[2]韩愈以杰出的散文拯救了当时骈俪的文风，取得了成功；同样在从事诗歌创作时，使用作古文的技巧以显其所长，并拯救了当时平浅滑俗的诗风，也取得了成功；不仅如此，他还以古文之法作小说，更是别开生面，促进了唐代小说的繁荣，代表作品有《毛颖传》等。韩愈以文为诗的一个显著特点是以作文的方法写作古诗，故而他律诗写得很少。文章的重铺排方式，被韩愈运用于诗歌当中，浑转自如。即如赵翼《瓯北诗话》所言："《南山》诗内，铺列春夏秋冬四时之景；《月蚀》诗内，铺列东西南北四方之神；《谴虐鬼》诗内，历数医师灸师诅师符师是也。又如《南山诗》，连用数十'或'字；《双鸟》诗，连用'不停两鸟鸣'四句；《杂诗四首》内，一首连用五'鸣'字；《赠别元十八》诗，连用四'何'字，皆有意出奇，另增一格。"[3]韩愈以文为诗的代表性作品，前人多举《石鼓歌》、《南山》、《山石》、《琴操》、《八月十五夜赠张功曹》诸诗。《南山》诗连用五十一个"或"字的排比句，纯粹是散文的叙述方法。《山石》"不事雕琢，自见精彩，真大家手笔。……只是一篇游记，而叙写简妙，犹是古文手笔"[4]。《琴操》十首，"微近乐府，大抵稍涉散文气。昌黎以文为诗，是用独绝。"[5]《八月十五夜赠张功曹》，"一篇古文章法。前叙，中间以正意苦语重语作宾，避实法也。一线言中秋，中间以实为虚，亦一法也。收应起，笔力转换。"[6]葛晓音教授还以韩愈的《山石》与苏轼的《游金山寺》诗作比较，以为"从韩愈、苏轼的这两首

---

1 [宋]陈师道：《后山诗话》，《历代诗话》本，中华书局1981年版，第303页。
2 陈寅恪：《金明馆丛稿初编》，上海古籍出版社1980年版，第294页。
3 [清]赵翼：《瓯北诗话》卷三，第32页。
4 [清]方东树：《昭昧詹言》卷一二，第270页。
5 钱仲联：《韩昌黎诗系年集释》卷一一，上海古籍出版社1984年版，第1172页。
6 [清]方东树：《昭昧詹言》卷一二，第271页。

诗可以看出，只要他们的'以文为诗'是将其精湛的散文技巧化进诗歌的内在意蕴，那么不但不会损害诗意，而且可以大大开拓诗歌的内容范围，丰富诗歌的表现艺术，为中国古典诗歌辟出一个全新的境界"[1]。

再就以虚字入诗之句法而言，韩愈通过虚字的运用，贯通诗句的节奏，改变诗句的意脉，造成了类似散文式的变化。这里我们举出10个虚词加以说明：1）用"之"字。"溺厥邑囚之昆仑"（《陆浑山火和皇甫湜用其韵》），写水对火神报复的威力，"之"字用在句子中间，加强语气和加重程度。"木之就规矩，在梓匠轮舆。人之能为人，由腹有诗书"（《符城南读书》），"之"字用在领句词之后以提起下文，并提示原因。2）用"以"字。"千以高山遮，万以远水隔"（《路旁堠》），每句用数字领起全句，数字后再用"以"字连接，完全打破了诗的固有节奏，句式更加散文化。3）用"不"字。"汗漫不省识，恍如乘桴浮。……归舍不能食，有如鱼中钩。……二子不宜尔，将疑断还不。中使临门遣，顷刻不得留。悲啼乞就别，百请不领头。……俛偭不回顾，行行诣连州。……果然又羁絷，不得归锄耰。……早知大理官，不列三后俦……遗风邈不嗣，岂忆尝同祼"（《赴江陵途中寄赠王二十补阙李十一拾遗李二十六员外翰林三学士》），一篇中用九个"不"字，不断地否定又否定，表现了处己贬谪时的复杂心情，尤其是"将疑断还不"，将"不"字用在句末，表现语意的肯定和斩截。4）用"且"字。"君子与小人，不系父母且"（《符城南读书》），将"且"字置于句末表示强调。诗句还用了《诗经·小雅·巧言》之典："悠悠昊天，曰父母且。"句式的变换与用典、押韵结合在一起，也只有韩愈能够得心应手地运用。5）用"也"字。"湜也困公安"（《读皇甫湜公安园池诗书其后》），"籍也处闾里"（《病中赠张十八》），"也"字用在人名之后提起读者的注意。6）用"矣"字。"子去矣时若发机"（《送区弘》），"矣"字用在

---

[1] 葛晓音：《苏轼诗文中的理趣：兼论苏轼推重陶王韦柳的原因》，载《汉唐文学的嬗变》，北京大学出版社1990年版，第305-314页。

诗句中间，对于前者而言表示感叹，对于后者而言表示领起。7）用"为"字。"亲故且不保，人谁信汝为"（《猛虎行》)，用"为"作为语气词，置于句尾，表示反问。8）用"或"字。"或连若相从，或蹙若相斗，或妥若弥伏，或竦若惊雊"（《南山诗》)，全诗连用了五十一个"或"字，把终南山写得奇伟雄壮，气象磅礴，把古诗中连用虚字的形式推向极致。9）用"嗟"字。"嗟哉吾党二三子，安得至老不更归"（《山石》)，"嗟我道不能自肥，子虽勤苦终何希"（《送区弘南归》)，将叹词用在开头，表现出深沉的感慨，尤其是前者，和反问句放在一起使用，感叹的程度更高。10）用"欤"字。"摆头笑且言，吾岂不足欤"（《别赵子》)，"问之何因尔，学与不学欤"（《符城南读书》)，"放纵是谁之过欤"（《寄卢全》)，用"欤"字于句末，更加重了疑问、感叹和反诘的语气。

当然，中唐诗人中，诗中用虚字并非韩愈一人，但他人虽用虚字，达不到韩愈的境界。如白居易《效陶潜体十六首》之五："朝亦独醉歌，暮亦独醉睡。未尽一壶酒，已成三独醉。勿嫌饮太少，且喜欢易致。一杯复两杯，多不过三四。便得心中适，尽忘身外事。更复强一杯，陶然遗万累。一饮一石者，徒以多为贵。及其酩酊时，与我亦无异。笑谢多饮者，酒钱徒自费。"这首诗几乎每句都有虚字，但通俗有余，变化不足，不如韩愈运用虚字，参差错落，千变万化。正如钱锺书所言："昌黎荟萃诸家句法之长，元白五古亦能用虚字，而无昌黎之神通大力，充类至尽，穷态极妍。"[1]可见诗中运用虚字，虽非韩愈独创，但称韩愈独擅。

再就以议论为诗方面说，韩愈以文为诗的重要表征是以议论为诗。他的《石鼓歌》是表现议论化特点的代表作品。韩愈有感于石鼓之废弃，而建议妥加保存，但意见并没有被采纳，因而作诗以抒所感。开头先叙述石鼓的来历，接着盛赞周宣王的文治武功。从"公从何处得纸本"以下十六句，写石鼓文字之古奥与诗之可贵，足见它有保存价值。"忆昔初蒙博士征"以下

---

[1] 钱锺书：《谈艺录》，中华书局1984年版，第73页。

十八句，叙述自己元和元年任国子博士时建议朝廷将石鼓移置太学予以保护的经过。"中朝大官老于事，讵肯感激徒媕婀。牧童敲火牛砺角，谁复著手为摩挲。日销月铄就埋没，六年西顾空吟哦。羲之俗书趁姿媚，数纸尚可博白鹅。继周八代争战罢，无人收拾理则那。方今太平日无事，柄任儒术崇丘轲。安能以此上论列，愿借辩口如悬河。石鼓之歌止于此，呜呼吾意其蹉跎"十六句，是抒发移石鼓之建议未得实施的感慨，而前面的叙述则是这段议论的铺垫。全诗的特色在于凌空议论，如中间怀疑石鼓文字为何不被收入《诗经》，甚至责怪孔子删诗的粗心，叙事以后忽然插入一段议论，足见昌黎之才气。这样的议论既章法严整，又变化多端，做到回护自如，表现出韩诗雄浑光怪、气象恢宏的特点。

　　韩愈作诗追求奇特，标新立异，最大的特点就是用散文的方法来写诗。因为诗到盛唐，无论是古体还是近体，都形成了严整的规范，一流的诗人在这一园地中已经创造出巨大的成绩，后来者要想开拓，就必须先打破规范，打破规范也要有一定的方式，韩愈就选取作文的方式来打破作诗的规范，为诗歌开拓了一片新的天地。他的很多诗作，都是散文化的，不管是布局还是句式，如《南山诗》连用了五十一个"或"字。因为用散文的方法作诗，使得诗歌的变化更大。这种方式对于后来影响很大，宋人将此作为法宝，不仅以文为诗，而且以文为词。日本学者川合康三在《终南山的变容》中说："诗歌摆脱类型化的抒情与趋于散文化的倾向，以及文章里古文和传奇的出现，文人的创作不偏于诗或文而推及广泛的领域，这些中唐的特征共同显示出，旧有形式已不能适应人的精神领域的扩大。文学从典雅的定型的美，走向追求人的多样可能性，这种质的转变最终为宋代所继承，获得更确定的表现。"[1]

（二）以诗为戏

　　与以文为诗相联系，韩诗还有一个特点就是以诗为戏。他的《南山诗》，

---

[1] ［日］川合康三：《终南山的变容：中唐文学论集》，第19–20页。

不仅是以文为诗的代表作,也是以诗为戏的代表作。他以诗为戏,目的是"资谈笑,助谐谑,叙人情,状物态,一寓于诗,而曲尽其妙"[1]。这些作品往往将平凡、琐细的日常生活作为诗材,而韩愈的日常生活,是中唐文人型官员的典型,因为儒家思想的主导,他主张生活遵循常理,不太追求物欲,总体上采取一种比较严谨的态度[2];他的生活体现出奇崛与平易两种倾向。有关韩愈诗平易的倾向,莫砺锋教授有专文论述[3],对我们理解韩愈以诗为戏,很有作用。

作文与作诗不同,作文要关乎风雅政教,韩愈作文尤其强调明道,故戏谑之语不易为,尽管如此,韩愈的散文中,也有一些以文为戏之作,故而"戏"也是韩愈诗文的共同特点。[4]而对韩文中偶然一见的戏谑文字,如《毛颖传》之类,时人是采取批评态度的。裴度《寄李翱书》云:"昌黎韩愈仆识之旧矣,中心爱之,不觉惊赏,然其人信美材也。近或闻诸侪类,云恃其绝足,往往奔放,不以文立制,而以文为戏,可矣乎?可矣乎?今之作者不及则已,及之者当大为防焉耳。"[5]而诗歌是一种抒情的艺术,在描绘江山形胜与表现个人怀抱的同时,融入戏谑诙谐的情调,更具有审美价值,故而韩愈诗中戏谑之语颇多。宋人黄彻称:"韩诗'浊醪沸入口,口角如衔箝','试将诗义授,如以肉贯串','初食不下喉,近亦能稍稍',皆谑语也。"[6]韩愈以诗为戏的一个重要表现,是好作奇语险韵,这与他以文为诗的取向也是相联系的。清人赵翼称"昌黎好用险韵,以尽其锻炼"[7]。韩愈的《南山诗》,"连用五十一个'或'字句,不仅受到散文影响,同时也受到《诗经·北山》及辞赋影

---

1 [宋]欧阳修:《六一诗话》,《历代诗话》本,第272页。
2 黄正建:《韩愈日常生活研究:唐贞元长庆间文人型官员日常生活研究之一》,《唐研究》第4卷,北京大学出版社1998年版,第251-273页。
3 莫砺锋:《论韩愈诗的平易倾向》,《唐研究》,第3卷,北京大学出版社1997年版,第93-118页。
4 参方介:《谈韩愈以文为戏的问题》,载《中国文哲研究集刊》第16期,2000年3月,第65-94页。
5 [清]董诰:《全唐文》卷五三八,上海古籍出版社1990年版,第2419页。
6 [宋]黄彻:《䂬溪诗话》卷一〇,《历代诗话续编》本,中华书局1983年版,第395页。
7 [清]赵翼:《瓯北诗话》卷五,第63页。

响,比物取象,尽态极妍,在艺术境界上自有一定的开拓之功。但逞才炫博,怪语叠出,僻字堆积,用韵险窄,以成洋洋长篇,步其后尘者,每多功力不逮,以至平铺直叙而枯索蔓冗,其始作俑者,韩愈难辞咎。还有,五十一个'或'字句,摄取自然景观中怪奇变幻的一面入诗,创造了'狠重奇险'的艺术境界,描摹精细,渲染夸张,想象奇特,姿态横生,构成了一种令人悬心窒息的瑰伟奇美,使人在激动惊呼中得到特有的审美享受。"[1]

(三) 好奇尚怪

与上述两个特点相联系,韩诗的特点还在于"好奇尚怪",韩愈的为人为文为诗都体现这种风格。

就其为人而言,唐李肇《唐国史补》卷中记载了一件事:"韩愈好奇,与客登华山绝峰,度不可返,乃作遗书,发狂恸哭,华阴令百计取之,乃下。"[2]可见韩愈是一位好奇尚怪,勇于探险的人物。对于他人的怪异行径,韩愈也表现出宽容的态度。李商隐《刘叉传》记载了有关刘叉和韩愈交往中的一件事:"穿屦破衣,从寻常人乞丐酒食为活。闻韩愈善接天下士,步行归之。既至,赋《冰柱》、《雪车》二诗。……以争语不能下诸公,因持愈金数斤去,曰:'此谀墓中人所得耳,不若为刘君为寿。'愈不能止。"[3]这件事也只有发生在唐代且发生在韩愈身上,后来刘叉成为韩门弟子,二人在性格上有共同之处是其重要因素。

就其为文而言,李肇《唐国史补》称元和时"为文笔则学奇诡于韩愈",知韩文之怪,在于"奇诡"。其作《毛颖传》,至于世人"大笑以为怪"。柳宗元《读韩愈所著毛颖传后题》:"杨子诲之来,始持其书,索而读之,若捕龙蛇,搏虎豹,急与之角而力不敢暇,信韩子之怪于文也。"又《与杨诲之书》:

---

1 蒋凡:《文章并峙壮乾坤:韩愈柳宗元研究》,第224页。
2 [唐]李肇:《唐国史补》卷中,第38页。
3 [清]董诰:《全唐文》卷七八〇,第3612–3613页。

"足下所持韩生《毛颖传》来，仆甚奇其书，恐世人非之，今作数百言，知前圣不必罪俳也。"李汉为韩愈文集作序，称其文："汗澜卓踔，㵿泫澄深，诡然而蛟龙翔，蔚然而虎凤跃，锵然而韵钧鸣。"韩愈自己也颇以为文尚怪的特点自负。他在《上宰相书》中称自己："居穷守约，亦时有感激怨怼奇怪之辞，以求知于天下。"《送穷文》中说自己为文："不专一能，怪怪奇奇；不可时施，祇以自嬉。"在《进学解》中，借他人之口称自己："文虽奇而不济于用。"清人所编《古文观止》卷八评其《应科目与时人书》："无端突起譬喻，不必有其事，不必有其理，却作无数曲折，无数峰峦，奇极妙极！"韩愈的追求怪奇，实际上是追求创新，因其新而超过古人，影响后世，故苏轼誉其"文起八代之衰"。因为尚奇则能创新，创新则能务去陈言，也更能写出与众不同而脍炙人口的文章。

就其为诗而言，宋张耒《明道杂志》说："韩退之穷文之变，每不循轨辙。古今人作七言诗，其句脉多上四字，而下以三字成之。如'老人清晨梳白头'，'先帝天马玉花骢'之类，而退之乃变句脉，以上三下四，如'落以斧斤以缧徽'，'虽欲悔舌不可扪'之类是也。"[1] 宋张戒《岁寒堂诗话》也说："退之诗大抵才气有余，故能擒能纵，颠倒崛奇，无施不可。放之则如长江大河，澜翻汹涌，滚滚不穷；收之则藏形匿影，乍出乍没，姿态横生，变怪百出，可喜可愕，可畏可服也。"[2] 他的《陆浑山火一首和皇甫湜用其韵》、《月蚀诗效玉川子》等作，真是怪奇到了极点。我们列举前诗的一段为例：

摆磨出火以自燔，有声夜中惊莫原。天跳地踔颠乾坤，赫赫上照穷崖垠。截然高周烧四垣，神焦鬼烂无逃门。三光弛隳不复暾，虎熊麋猪逮猴猿。水龙鼍龟鱼与鼋，鸦鸱雕鹰雉鹄鹍。炰煨煬孰飞奔，祝融告休酌卑尊。

---

1 [宋]张耒：《明道杂志》，《丛书集成初编》本，第6页。
2 [宋]张戒：《岁寒堂诗话》卷上，《丛书集成初编》本，第8页。

皇甫湜的《陆浑山火》诗已经非常怪奇，韩愈戏效其体，与之争奇斗巧，故而险怪之处较皇甫湜应有过之而无不及。只是皇甫湜诗已散佚，无从比照。就内容言，其诗夸饰山火之盛，以至天跳地踔，三光驰骤，神焦鬼烂，群兽飞奔。就意象言，体现韩诗逞奇显能的本领，"虎熊麋猪逮猴猿"，都是地上动物的组合；"鸦鸱雕鹰雉鹄鹍"，都是天上飞禽的组合；"水龙鼍龟鱼与鼋"，都是水中鱼龙的组合；"燖炰煨爊"则言天上地下水中之物在山火之下同归于尽。就用字言，诗中"丹幢"、"紫蘤"、"日毂"、"霞车"、"虹鞲"、"电光"、"赪目"等字，造语新奇，同时又是从《易·说卦》"离为火，为日，为电，为中女，为甲胄，为戈兵"化出，字字有本。就格律言，全诗主要用"柏梁体"，同时杂以律句，集古体和律诗之长。就体式言，诗就陆浑山火演成四百二十字的长篇，不仅具有文之气脉，而且具有赋的格调，尤其是名物意象的组合，明显受到枚乘、司马相如等汉大赋的启迪。清人黄周星《唐诗快》说："此一陆浑山火，不过寻常野烧之类耳。初非若项王之焚咸阳、周郎之鏖赤壁也，却说得天翻地覆，海立山飞，鬼哭神号，鸟惊兽散，直似开辟以来，乾坤第一场变异，令观者心悸魂悚，五色无主。总是胸中万卷，笔底千军，无端作怪，特借此发泄一番，煞是今古奇观。"[1]

四、韩愈与柳宗元

韩愈与柳宗元同为古文运动的领袖人物，也是中唐时期具有代表性的诗人。柳宗元（773-819），字子厚，祖籍河东（今山西永济），故世称"柳河东"。德宗贞元九年（793）登进士第，十二年任秘书省校书郎，十四年中博学宏词科，任集贤院正字，后调蓝田尉，十九年入朝为监察御史里行，二十一年正月擢礼部员外郎。其时积极投身于政治改革，为永贞革新集团的核心

---

[1] 陈伯海：《唐诗汇评》，第1676页。

图表九　柳宗元像

人物,时仅三十三岁。革新失败后,贬为邵州刺史,途中加贬永州司马。宪宗元和十年(815)正月奉诏回长安,三月又贬为柳州刺史。十四年十月五日卒于柳州。柳宗元是唐代著名的文学家、思想家。他的诗兼备众体,内容较为广泛,风格丰富多彩。且大多作于贬谪之后,抒写离乡去国的哀怨情怀,寓悲愤于景物之中,诗风幽峭明净,自成一家。有《柳河东集》。

韩愈和柳宗元的关系较为复杂,总体而言,他们具有较为密切的个人感情和严重对立的政治立场,韩愈力主儒道而排斥佛老,柳宗元则对儒释道接受相对平和。韩愈所撰的《柳子厚墓志铭》是我们了解二人关系最重要的文献。

柳宗元于元和十四年十一月八日卒于柳州,时年四十七。他曾于病笃时,遗书于刘禹锡、韩愈,托其编集抚孤之事。元和十五年七月,柳宗元归葬万年,韩愈为其作墓志铭和祭文。韩愈的《柳子厚墓志铭》是韩文中的名篇,因而韩、柳关系一直被传为文坛佳话。而实际上,《柳子厚墓志铭》正是表现了二人关系的复杂情况。

《柳子厚墓志铭》主要写三方面的内容，前面写政事，中间写友情，最后写文学。写政事的部分主要叙述参加王叔文集团后事。韩愈为柳宗元作墓志铭，是在他完成《顺宗实录》五年以后，故他对于柳宗元在永贞革新中的事迹，一定非常清楚，因而叙述也就较多。本来作墓志铭，一般都客观地叙述和正面地赞颂，而不应有反面指责的话，而韩愈与柳宗元的政治立场不同，在志文中还是非常清楚地表现了出来："子厚前时少年，勇于为人，不自贵重顾藉，谓功业可立就，故坐废退。"很明显，他对柳宗元被贬的原因，解释为自身的"不自贵顾藉，谓功业可就"，也就是"躁进"。再看写友情的部分："其召至京师而复为刺史也，中山刘梦得禹锡亦在遣中，当诣播州。子厚泣曰：'播州非人所居，而梦得亲在堂，吾不忍梦得之穷，无辞以白其大人。且万无母子俱往理。'请于朝，将拜疏，愿以柳易播，虽重得罪，死不恨。遇有以梦得事白上者，梦得于是改刺连州。"这件事发生在元和十年，后世对此一直传为美谈，韩愈随后又发出一段议论："呜呼！士穷乃见节义。今夫平居里巷相慕悦，酒食游戏相征逐，诩诩强笑语以相取下，握手出肺肝相示，指天日涕泣，誓生死不相背负，真若可信；一旦临小利害，仅如毛发比，反眼若不相识，落陷穽，不一引手救，反挤之又下石焉者，皆是也。此宜禽兽夷狄所不忍为，而其人自视以为得计，闻子厚之风，亦可以少愧矣。"这段话写得相当精彩，对于世道人情的剖析透辟入微。这也与韩愈当时的处境有关。我们知道，韩愈任刑部侍郎不久，就因上《论佛骨表》而触怒了宪宗，被贬为潮州刺史。赴任途中，其女又夭亡。他自己认为一片忠心"欲为圣明除弊事"，而落得被贬南荒的结局，且虑无生还之望，故嘱其侄孙韩湘"好收吾骨瘴江边"(《左迁至蓝关示侄孙湘》)，不久又量移袁州。大概此间故交居高位者也没有援手，且有落井下石之徒，故为柳宗元作墓志时，想到宗元死于南荒，而自己贬谪南荒，不知何日回朝，顿生同命相怜之感，故发出此番议论。再看写文学的部分:"使子厚在台省时,自持其身,已能如司马、刺史时,亦自不斥;斥时有人力能举之,且必复用不穷。然子厚斥不久,穷不极,虽有出于人,其文学辞章必不能自力,以致必传于后如今无疑也。虽使子厚得所愿,为将相于一时,以彼易此,孰得孰失,必有能辨之者。"韩愈的这篇文字,也提出了文学发展的一个重要问题。韩愈说柳宗元政治上失意,而在文学上取得了很大的成就,是宗元之幸,如果不是贬谪的话,文学成就就不会那么高。这体现了政治事件对文学的巨大影响和复杂情况。历史上著名作家的出现,与他们所处的时代环境及政治事件密切相关。柳宗元更是如此,从柳宗元的遭遇中,我们可以引申出中国政治与文学某些特殊的现象:即贬谪的命运与由此产生的文学。

苏轼《评韩柳诗》云:"柳子厚在陶渊明下,韦苏州上。退之豪放奇险则过之,而温丽靖深不及也。所贵乎枯澹者,谓其外枯而中膏,似澹而实美,渊明、子厚之流是也。"[1]柳宗元在中唐诗坛,与韩愈地位相当,而风格不同,韩愈豪放奇险,柳宗元温丽精深;韩愈沉雄博大,柳宗元澹而实腴。柳宗元文学成就的取得,与他的贬谪具有密切的关系,而突出成就又在山水诗方面。

柳宗元被贬谪到永州之后,精神上受到很大的打击和压抑,常常徜徉于山水之中,借山水的景物寄托自己孤高的情怀,抒写政治上的苦闷。他说:"嘻笑之怒,甚乎裂眦;长歌之哀,过乎恸哭。庸讵知吾之浩浩,非戚戚之尤者乎?"(《对贺者》)这是他心灵的真实写照。《冉溪》诗说:"少时陈力希公侯,许国不复为身谋。风波一跌逝万里,壮心瓦解空缧囚。"更是不平的哀鸣。他的《江雪》诗,仅四句二十字,描绘出一幅寒江独钓的画图,作者寂寞愁苦而又孤芳自赏的情怀也隐约地表现出来。柳宗元山水诗最显著的特点,是将作者的主观心情寓于客观的山水景物之中。主观的心情是寂寞、孤独、沉郁、悲愤的,因而笔下的山水往往非常幽僻而不引人注目。他所描写的山

---

1 [宋]苏轼:《苏轼文集》卷六七,第2109页。

水,实则就是他自己的写照。后人往往看到他所作诗文得山水之乐,其实不然,山水之乐的背后是更深一层的愁苦。他在《与李翰林建书》中说:"永州于楚为最南,状与越相类。仆闷即出游,游复多恐。涉野有蝮虺大蜂,仰空视地,寸步劳倦;近水即畏射工沙虱,含怒窃发,中人形影,动成疮痏。时到幽树好石,暂得一笑,已复不乐。何者?譬如囚拘圜土,一遇和景出,负墙搔摩,伸展支体,当此之时,亦以为适。然顾地窥天,不过寻丈,终不得出,岂复能久为舒畅哉?"

柳宗元元和十年以后,再贬柳州刺史,更加悲愤愁苦,发之为诗,尤其强烈而深沉,是永州诗作的继续。代表作品有《登柳州城楼寄漳汀封连四州》、《别舍弟宗一》等。我们举前者为例:"城上高楼接大荒,海天愁思正茫茫。惊风乱飐芙蓉水,密雨斜侵薜荔墙。岭树重遮千里目,江流曲似九回肠。共来百越文身地,犹自音书滞一乡。"这首诗作于元和十年,其时参加永贞革新的知友再度贬谪,韩泰为漳州刺史,韩晔为汀州刺史,陈谏为封州刺史,刘禹锡为连州刺史。柳宗元登上城楼,百感交集,故寄诗于四位密友,表现哀怨的情怀。首联感物起兴,因登楼而引起愁思,次联写近景,三联写远景,且景中寓情,表示相望的殷切与相思的痛苦。尾联感叹音信难通,以被贬万里荒僻之地而愁怨作结。子厚之诗,多哀怨之音,此为代表作。日本东聚伯顾《鉏雨亭诗话》:"七律起句,最难下手。柳子厚'城上高楼接大荒,海天愁思正茫茫',雄深悲壮,冠绝千古。其他如前后联对仗精确,不可胜数。"

我们通过柳宗元诗和陶渊明、谢灵运诗加以比较,可以看出文学史上山水诗一脉演变的情况,以及代表诗人的个人特色。以柳诗与陶诗相较,陶则看破现实,高蹈出世,故表现在诗中,心态平和,情境悠然;柳则命途多舛,贬逐穷荒,故不平之气,抑郁之感,始终深埋于诗中。与谢诗比较,谢虽长于山水,然重点在于寻幽揽胜,陶冶性灵,故作诗工于刻画,神态逼真;柳诗则在描摹山水的同时，兼重抒情，被贬的忧愁悲愤，自觉和不自觉地渗透于山水景物之中。若说柳宗元的山水诗超越前人之处，抑或在此吧！

五、韩门弟子

唐人李肇说："元和已后，为文笔则学奇诡于韩愈，学苦涩于樊宗师。歌行则学流荡于张籍。诗章则学矫激于孟郊，学浅切于白居易，学淫靡于元稹。俱名元和体。大抵天宝之风尚党，大历之风尚浮，贞元之风尚荡，元和之风尚怪也。"[1]这种尚"怪"的特点，在韩愈和韩门弟子身上，表现最为充分。"韩门弟子"这一称谓，最早大概也出自李肇的《唐国史补》："韩愈引致后进，为求科第，多有投书请益者，时人谓之'韩门弟子'。愈后官高，不复为也。"[2]韩门弟子，诗人有张籍、孟郊、贾岛、卢仝、马异、刘叉、李贺等，文家有李翱、李汉、皇甫湜、樊宗师等。根据诸人诗歌的特点和成就，我们选择孟郊、贾岛、卢仝、李贺略加论述。张籍诗歌成就虽然较高，但其风格出入于韩孟和元白之间，故仍不选取。

（一）孟郊

孟郊（751-814），字东野，湖州武康（今浙江德清）人。少隐嵩山，称处士。贞元七年（791）始赴长安应进士试，但两次落第，失意而作楚湘之游。孟郊性耿介而不谐合，韩愈一见为忘形之交，与之唱和于诗酒之间。至贞元十二年及进士第。后为溧阳尉，抑郁不得志，终于辞官。宪宗元和元年（806）因河南尹郑余庆的招荐，任河南水陆运从事，试协律郎。九年，郑余庆为山南西道节度使，招为兴元军参谋，试大理评事，赴任时次于阌乡道中，

---

[1] ［唐］李肇：《唐国史补》卷下，第57页。
[2] ［唐］李肇：《唐国史补》卷下，第57页。

暴病而卒，年六十六。张籍谥其为"贞曜先生"。孟郊与韩愈齐名，是韩孟诗派的开创者之一。孟郊年齿实长于韩愈，和韩愈实为亦师亦友的关系。有《孟东野诗集》十卷。孟郊仕途坎坷，家境凄苦，都在诗歌中表现出来，加以崇尚苦吟，故有"诗囚"之称。在"元和之风尚怪"的诗人中，孟郊堪称典型的一位。

孟郊之怪，在于"矫激"。所谓矫激，就是指他那搜奇抉怪而矫激不平之作。这与孟郊特定的身世及对艺术的执著追求有关。韩愈在《送孟东野序》中说：

> 大凡物不得其平则鸣。……人之为言也亦然，有不得已者而后言，其歌也有思，其哭也有怀，凡出乎口而为声者，其皆有弗平者乎！……唐之有天下，陈子昂、苏源明、元结、李白、杜甫、李观，皆以其所能鸣。其存而在下者，孟郊东野始以其诗鸣。

韩愈为孟郊所作的《贞曜先生墓志铭》说：

> 及其为诗，刿目鉥心，刃迎缕解，钩章棘句，掐擢胃肾，神施鬼设，间见层出。唯其大玩于词而与世抹摋，人皆劫劫，我独有余。

从孟郊存世之诗来看，这类诗颇能代表他的特色和成就。孟郊有桀骜不驯之才和耿介卓拔之志，而未曾得志，一生坎坷，对社会的不平反映在诗中，就形成了矫激的特色；艺术上的苦心孤诣，也使得他的诗走向怪奇一路。他的《秋怀》诗："冷露滴梦破，峭风梳骨寒。席上印病纹，肠中转愁盘。"通过刻意搜求的景物，表现贫困、萧条、忧愁、孤独、寂寥、病痛交加而又难以言状的百感俱集的情怀。这样穷促寒涩的诗作，在孟郊诗中比比皆是，恰好印证了苏轼"郊寒岛瘦"的论断。如写恐怖:"众虻聚病马,流血不得行。后路起夜色,前山闻虎声。此时游子心,百尺风中旌。"(《京山行》)写幽险:"三峡一线天,三峡万绳泉。上仄碎日月,下掣狂猗涟。破魂一两点,凝幽数百年。峡晖不停午,峡险多饥涎。树根锁枯棺,孤骨袅袅悬。树枝哭霜栖,哀韵杳杳鲜。逐客零落肠,到此汤火煎。"(《峡哀》)写贫穷:"借车载家具,家具少于车。借者莫弹指,贫穷何足嗟。百年徒校走,万事尽随花。"(《借车》)写坎坷:"食荠肠亦苦,强歌声无欢。出门即有碍,谁谓天地宽。有碍非遐方,长安大道旁。小人智虑险,平地生太行。"(《赠崔纯亮》)无怪宋人魏泰所说:"孟郊诗蹇涩穷僻,琢削不假,真苦吟而成。观其句法、格力可见矣。其自谓'夜吟晓不休,苦吟神鬼愁。如何不自闲,心与身为雠。'"[1]

相较而言,他的《游子吟》较为平易自然:"慈母手中线,游子身上衣。临行密密缝,意恐迟迟归。谁言寸草心,报得三春晖。"诗题自注:"迎母溧上作。"孟郊为溧阳尉时,已经五十岁,其时将母亲迎至溧阳而作诗,故其情既诚挚又深悲。全诗主旨在于歌颂母爱,前四句直叙母爱,后二句以寸草之心不能报答春光照临的恩德,比喻儿子报不尽母亲之恩,突出母爱的崇高、深厚。全诗朴素纯真,清新自然,千百年来,脍炙人口。需要说明的是,第三四句是就南方的民间风俗来写的。因为古时的南方,家人出远门,母亲或妻子为出门人缝制衣服,必须针线细密。否则,出门人就要迟归。这种风俗,在吴越乡间,老一辈的人还知道。孟郊将此风俗纳入诗中,寓有母亲盼望游子早归之深情。

(二)贾岛

贾岛(779-843),字浪仙,范阳(今河北涿州)人。早年出家为僧,法名无本。宪宗元和年间返俗应举,然终生未第。文宗开成二年(837),责授遂

---

[1] [宋]魏泰:《临汉隐居诗话》,《历代诗话》本,第321页。

州长江主簿,世称贾长江。后迁普州司仓参军,武宗会昌三年(843)卒于任所。著有《长江集》十卷,《诗格》一卷。

宋人苏轼《祭柳子玉文》以"郊寒岛瘦"来形容孟郊和贾岛的诗。贾岛的生活和诗作,可以用"穷"和"瘦"两个字来概括。对于诗歌而言,最值得阐述者是贾岛之"瘦"。所谓"瘦"是指贾岛诗中表现日常眼前的寒苦、僻涩、狭窄、琐细的生活与见闻,从而形成的特定风格[1]。这种风格也与贾岛的作诗态度有关,他在《戏赠友人》诗中说:"一日不作诗,心源如废井。……书赠同怀人,词中多苦辛。"因为作诗苦辛,才有"瘦"的特点。他是唐代著名的苦吟诗人,自称"沟西吟苦客,中夕话兼思"(《雨夜同厉玄怀皇甫荀》);"苦吟遥可想,边叶向纷纷"(《寄贺兰朋吉》);"默默空朝夕,苦吟谁喜闻"(《秋暮》);"三月正当三十日,风光别我苦吟身"(《三月晦日赠刘评事》)。王定保《唐摭言》称:"元和中,元白尚轻浅,岛独变格入僻,以矫浮艳。虽行坐寝食,吟味不辍。"[2]魏泰《临汉隐居诗话》还记载了这样一件事:"贾岛云:'独行潭底影,数息树边身。'其自注云:'二句三年得,一吟双泪流。知音如不赏,归卧故山秋。'不知此二句有何难道,至于'三年始成',而一吟泪下也?"[3]关于"推"、"敲"故事,更是传诵千载的佳话:"岛初赴名场日,常轻于先辈。以八百举子所业,悉不如己,自是往往独语,傍若无人。或闹市高吟,或长衢啸傲。忽一日于驴上吟得'鸟宿池中树,僧敲月下门',初欲著'推'字,或欲著'敲'字,炼之未定,遂于驴上作'推'字手势,又作'敲'字手势,不觉行半坊,观者讶之,岛似不见。时韩吏部愈权京尹,意气清严,威振紫陌,经第三对呵唱,岛但手势未已,俄为宦者推下驴,拥至尹前,岛方觉悟。顾问欲责之,岛具对:'偶得一联,吟安一字未定,神游诗府,致冲大官,非敢取尤,希垂至鉴。'韩立马良久,思之,谓岛曰:'作敲字佳矣。'遂与岛并

---

1 李嘉言:《长江集新校》,前言第7页。
2 [唐]王定保:《唐摭言》卷一一,古典文学出版社1957版,第121页。
3 [清]何文焕:《历代诗话》,中华书局1981年版,第326页。

綣语笑,同入府署,共论诗道,数日不厌,因与岛为布衣之交。"[1]

他的作诗态度既如此,无怪乎作诗就瘦削穷促了。代表这方面的诗句如"石缝衔枯草,查根上净苔"(《访李甘原居》);"泪流寒枕上,迹绝旧山中"(《冬夜》);"废馆秋萤出,空城寒雨来"(《泥阳馆》);"独鹤耸寒骨,高杉韵细飔"(《秋夜仰怀钱孟二公琴客会》);"萤从枯树出,蛩入破阶藏"(《寄胡迈》);"怪兽啼旷野,落日恐行人"(《暮过山村》);"篱落罅间寒蟹过,莓苔石上晚蛩行"(《酬慈恩寺文郁上人》)。即如宋人方岳云:"贾阆仙,燕人,产寒苦地,故立心亦然。诚不欲以才力气势,掩夺情性,特于事物理态,毫忽体认,深者寂入仙源,峻者迥出灵岳。古今人口数联,固于劫灰之上,冷然独存,至以其全集,经岁逾纪,沉咀细绎,如芊葱佳气,瘦隐秀脉,徐露其妙,令人首肯,无一可以厌斁。"[2]

(三)卢仝

卢仝(约795-835),济源(今河南济源)人,祖籍范阳(今河北涿州)。初隐少室山,号玉川子。少时家境贫困,后来卜居于洛阳城,家产仅有破屋数间而已。韩愈《寄卢仝》诗云:"玉川先生洛城里,破屋数间而已矣。一奴长须不裹头,一婢赤脚老无齿。辛勤奉养十余人,上有慈亲下妻子。先生结发憎俗徒,闭门不出动一纪。"韩愈对于卢仝是较为尊重的,因为韩愈对韩门之人,多称其名,只有对卢仝称"玉川先生"。这时,韩愈为河南县令,对他礼遇有加,对他的节操颇为欣赏。但卢仝一方面憎恶富贵人,一方面却喜欢与达官贵人结交,思想和行为都非常矛盾,最后也因此而遇祸。卢仝在元和中曾作《月蚀诗》,讥刺宦官专权,受到了宦官的憎恨。至大和末年,王涯为宰相,也颇结怨于宦官,故甘露之变起,王涯被宦官杀害。其时卢仝与诸客

---

[1] [唐]何光远:《鉴诫录》卷八,《丛书集成初编》本,第57-58页。
[2] [宋]方岳:《深雪偶谈》,《丛书集成初编》本,第1-2页。

会食于王涯馆中，也同遭杀戮。卢仝死得很惨，据宋邵博《邵氏闻见后录》卷九所引《唐野史》记载："甘露祸起，北司方收王涯。卢仝者适在坐，并收之。仝诉曰：'山人也。'北司折之曰：'山人何用见宰相？'仝语塞，疑其与谋。自涯以下，皆以髪反系柱上，钉其手足，方行刑。仝无髪，北司令添一钉于脑后，人以为添丁之谶云。"[1] 著有《玉川子诗》一卷。

最能表现卢仝风格的诗歌是《月蚀诗》，它用一千七百多字的篇幅，描写一次月全食的过程。诗的主旨在于讥刺宦官专权，受到了宦官的憎恨。与其憎恨宦官的主旨相适应，诗的风格也险怪奇崛，诡异万状，且感情强烈，锋芒毕露。诗的形式是杂言体，由三言到十一言不等，用韵也参差变化，随形运转，韵意之间的关系若即若离，散文化程度过于韩愈之诗。如其中数句："轮如壮士斧破坏，桂似雪山风拉摧。百炼镜，照见胆，平地埋寒灰。火龙珠，飞出脑，却入蚌蛤胎。摧环破璧眼看尽，当天一搭如煤焰。磨踪灭迹须臾间，便似万古不可开。"读之真是怵目惊心，无怪韩愈为之倾倒，并作《效玉川子月蚀诗》。韩愈《寄卢仝》赞叹其诗："往来弄笔嘲同异，怪辞惊众谤不已。"马异《答卢仝结交诗》称："此诗峭绝天边格，力与文星色相射。长河拔作数条丝，太华磨成一拳石。"卢仝和马异还在二人的名字上做文章，《唐才子传·马异传》言："赋性高疏，词调怪涩，虽风骨棱棱，不免枯瘠。卢仝闻之，颇合己志，愿与结交，遂立同异之论，以诗赠答，有云：'昨日仝不同，异自异，是谓大同而小异。今日仝自同，异不异，是谓仝不往而异不至。'斯亦怪之甚也。"[2] 卢仝影响最大的诗作是《走笔谢孟谏议寄新茶》，是作者在元和七年或八年收到常州刺史孟简寄茶后的答谢之作。他以神来之笔，描写了饮茶的感受。茶对他来说，不只是一种口腹之饮，更似给他创造了一片广阔的精神世界，当他饮到第七碗茶时，只觉得两腋生出习习清风，飘飘

1　[宋]邵博：《邵氏闻见后录》卷九，中华书局1983年版，第67页。
2　傅璇琮：《唐才子传校笺》第二册，中华书局1989年版，第275–276页。

然,悠悠然飞上青天。从卢仝作诗以后,七碗茶就成为最重要的茶中掌故,也是历代文人最喜用的诗中典故。

(四)李贺

李贺(790-816),字长吉,福昌(今河南宜阳)人,家居昌谷(宜阳境内)。唐高祖叔父李亮之后,为皇室远支。因避父晋肃讳,不参加进士考试,官仅做到奉礼郎。职位卑微,年少失意,郁郁而死,年仅二十七岁。李贺是早慧诗人,七岁能辞章,少年时就受知于韩愈、皇甫湜,名声大振。他的诗刻意追求创新,想象诡幻,色彩斑斓,立意新奇,辞藻瑰丽,具有显著的特色。著有《李长吉歌诗》四卷传世,杜牧为作《李贺集序》。

李贺作诗,语言是很用力的,说苦吟也可,说雕琢也可,而他和其他苦吟雕琢的诗人都不一样。要读出李贺诗的个性,就必须读那些用力的诗句,如"一方黑照三方紫"(《北中寒》),一方,指北方阴黑,《周礼注》:"北方以主冬,谓黑精之帝,而颛顼玄冥食焉。"[1]《晋书·天文志上》:"北方黑帝,叶光纪之神也。"[2]李贺诗是说北方寒气很重,笼罩着三方。这一句诗,既有典故的选择,又有颜色的映衬,还有方位的对比,而这一切都巧妙地安置于特定的时空氛围之中。再如"茂陵刘郎秋风客"(《金铜仙人辞汉歌》),看起来很简单,其实很复杂。茂陵是汉武帝的陵墓,"秋风"指汉武帝所作的《秋风辞》,而此处称皇帝为"刘郎"在他处也很少见,其表现的情感很丰富,既是他不羁性格的映现,也是对世事无常的感喟。

我们再举他的《五粒小松歌》以表现他刻苦作诗的情景,诗前有小序:"前谢秀才杜云卿命予作五粒小松歌,予以选书多事,不治曲辞;经十日,聊道八句,以当命意。"可见他这首诗八句写出来是极为刻苦的,全诗言:"蛇

---

[1] [唐]贾公彦:《周礼注疏》卷一八,《十三经注疏》本,中华书局1980年版,第762页。
[2] [唐]房玄龄:《晋书》卷一一,中华书局1974年版,第292页。

子蛇孙鳞蜿蜿，新香几粒洪崖饭。绿波浸叶满浓光，细束龙髯铰刀剪。主人壁上铺州图，主人堂前多俗儒。月明白露秋泪滴，石笋溪云肯寄书。"诗写盆景的修剪方法和效果，但诗句在色彩、形象等方面都非常雕琢。第一句写"形"，松树干通过束缚变形和铰刀整形，有如群蛇蟠曲之状，确是绝好的盆景；第二句写"味"，而其表达方式是以形传味的，就形而言是写小松之叶，叶片簇簇好像一粒粒香米，而观察小松似乎嗅到了诱人的饭香，又通过洪崖传说中的仙人名黄帝臣子伶伦的仙号，又增加了"味"的内涵和底蕴；第三句写"色"，碧绿的松叶好像绿波浸润映发出浓郁的光泽，似乎可以看到甚至触摸到。这三句诗，形、味、色融合搭配，臻于最佳状态。第四句归结为攀扎和修剪的技术，也是对于主人的由衷赞美。这样的盆景，与主人的屋壁和厅堂映衬，真是完美到极致了。五、六句的两个"主人"一是主体，一是客体，由主体转向客体，进一步引发观赏者的想象，从而在月白风清的夜晚，使得客游在外的游子，想起了家乡的石笋溪云，不由自主地寄书到家里。这八句诗以盆景为对象，营造了一个情景交融、令人神往的艺术境界。

李贺诗歌，在"鬼"的方面着力更多，故得名"诗鬼"。他的《苏小小墓》是一首名副其实的咏鬼诗，写得极为精彩："幽兰露，如啼眼。无物结同心，烟花不堪剪。草如茵，松如盖，风为裳，水为珮。油壁车，夕相待。冷翠烛，劳光彩。西陵下，风吹雨。"李贺写这首诗是非常用力的，"幽兰露，如啼眼"，写出苏小小美丽的容貌。诗从"眼"之一点着笔，集中体现其动人之美，由眼想象苏小小的全貌，更见蕴藉空灵，又着一"啼"字，表现出哀怨伤感的情调。加以用兰花的露水比喻主人公的泪水，再着一"幽"字，既晶莹剔透，又缥缈凄迷，营造出阴森幽怨的气氛，扣紧了"苏小小墓"的题旨。这些都为下面的鬼魂活动做了铺垫，也体现出李贺鬼诗奇妙的表现技巧。有关苏小小的传说，是由古乐府《苏小小歌》"我乘油壁车，郎乘青骢马。何处结同心，西陵松柏下"而来。但《苏小小歌》是真实的活动，《苏小小墓》是鬼

图表十　杭州西湖苏小小墓

魂的活动,二者同样婉丽多姿,而情境则前者欢快明朗,后者凄清幽冷,不啻霄壤之别了。"无物结同心,烟花不堪剪",是诗中仅有的五字联,来源于古乐府"何处结同心",但古乐府写的是期待,李贺诗写的是幻灭。死后的苏小小,一切希望都成为泡影,没有什么可以再绾结同心,坟头上那些凄迷的烟花,可视而不可掬,更不堪剪取以赠予对方。"草如茵,松如盖,风为裳,水为珮"是以景写人之笔,这是苏小小墓的环境,也象征着苏小小。绿草芊绵,犹如她的茵褥;青松亭立,犹如她的伞盖;春风摇曳,犹如她的衣裳;流水潺湲,犹如她的环珮。"草""松""风""水"都是自然景物,也都成了苏小小的服饰妆饰。景色清绝,情境幽冷,意趣深远,人与物已融为一体。最后六句根据古乐府"我乘油壁车,郎乘青骢马"之事而反用之,写出鬼魂的凄清。幽冷的鬼火,有光无焰,如同冷翠凝绿的蜡烛艰难竭力地发出幽光,而西陵的松柏之下,载着油壁车的主人长眠于如茵的芊草之中,在这风雨如晦的夜晚,骑着青骢马的男子终究没有出现,留下的只有寂寞和惆怅。全诗采用独特的三字句式，音节的跳跃表现鬼魂的飘忽不定，意境的奇诡创造瑰丽凄迷的幽灵世界，两个五字句的穿插，又给虚荒诞幻的墓地景象融进了情感的内涵，大有《楚辞·九歌·山鬼》的幽凄境界。南朝的苏小小和唐代的苏小小穿越时空的隧道，集结于李贺的笔下，谱写出一曲历史和爱情的悲歌。这样入木三分的表现力，并不是一般的苦吟诗人所能企及的。

韩愈一派诗人都主张苦吟以去陈言，成就最高者要推李贺，李贺诗不仅言语清新，而且立意不同流俗，韩愈一派，诗当推李贺为传人，犹如古文当推李翱为传人一样。

第五章　崔颢《黄鹤楼》

一、《黄鹤楼》异文分析

黄鹤楼

昔人已乘黄鹤去，此地空余黄鹤楼。

黄鹤一去不复返，白云千载空悠悠。

晴川历历汉阳树，芳草萋萋鹦鹉洲。

日暮乡关何处是？烟波江上使人愁。

盛唐诗人崔颢的《黄鹤楼》，是一首极著名的诗，甚至被后人称誉为唐代七律第一，不仅古今学者非常重视，就是古代的启蒙之书《唐诗三百首》和今天的中小学课本也都加以选入。同时这也是一首聚讼纷纭的诗，从文字到意境，古往今来都有不同的理解。因而我们特地选取这首诗，进行多方位的解读，既对古今的说法进行系统的清理，也在解读过程中提出自己的见解。

《黄鹤楼》诗的古今传本文字有多处不同，上面的录文，是现在的通行文本。而上一世纪初发现的敦煌写本则颇有异文："昔人已乘白云去，兹地唯余黄鹤楼。黄鹤一去不复返，白云千载空悠悠。晴川历历汉阳树，春草青青鹦鹉洲。日暮乡关何处在？烟花江上使人愁。"我们根据唐宋以来《黄鹤楼》诗的主要版本，将异文列表附录于本篇后，以作参考。这里对几个关涉全诗理解的重要异文进行辨析。

（一）"白云去"与"黄鹤去"

《黄鹤楼》诗的异文，最重要的是第一句，今天的通行本都作"昔人已乘黄鹤去"，而唐人选唐诗中的《国秀集》、《河岳英灵集》、《又玄集》、《才调集》都作"昔人已乘白云去"，敦煌卷子本也是如此（见图表十二），可知原本文字与后世流传者差异甚大。宋代胡仔的《苕溪渔隐丛话》和计有功的《唐诗纪事》，以及多种选本，直至元代吴师道的《吴礼部诗话》都是如此，也就是从唐至元不见有作"黄鹤去"者。到了元代流传仙人故事，附会到黄鹤楼，就把诗句改成"昔人已乘黄鹤去"，再到清代金圣叹《选批唐才子诗》，

图表十一　黄鹤楼

更推波助澜，力主"黄鹤去"而以"白云去"大谬。这种改法为沈德潜《唐诗别裁集》所承袭，后来影响巨大的《唐诗三百首》又据《唐诗别裁集》选录，于是"黄鹤去"实际上积非成是，为多数读者所接受了。同时因为改为"黄鹤去"又为这首诗附加了不少仙人传说的故事。总体而言，崔颢的黄鹤楼诗文字，应是敦煌写本为正。[1]

唐末韦庄所编的《又玄集》，题下有注："黄鹤乃人名也。"[2] 可知黄鹤即黄鹤仙人，黄鹤楼也因黄鹤仙人而得名。诗中昔人也就是"黄鹤"，故从敦煌写本和唐人选唐诗及题注诸方面看，作"白云去"为是。

"昔人已乘白云去"如果要再加深究的话，还可以从用典方面分析。《庄子》曰："夫卜梁倚有圣人之才者，而无圣人之道，我有圣人之道，而无圣人之才，吾教之，其果为圣人也。又曰：尧辞封人曰：我以汝为圣人，曰：夫圣人鹑居而鷇食，鸟行而无迹；天下有道，则与物皆昌；天下无道，则修德就闲；千岁厌世，去而上仙，乘彼白云，至于帝乡。三患莫至，身常无殃，则何辱之有！"[3] 参合韦庄《又玄集》所注"黄鹤乃人名也"，正好符合《庄子·天地篇》圣人"去而上仙，乘彼白云，至于帝乡"的典故。施蛰存先生认为首句是运用《穆天子传》所载西王母赠别穆天子诗："白云在天，丘陵自出。道里悠远，山川间之。将子无死，尚复能来。"[4] 似不如用《庄子》的典故更为贴切。

有关《黄鹤楼》诗的异文，首句造成今本作"黄鹤"且逐渐积非为是者，与清初金圣叹很有关系。他在《选批唐才子诗》中说：

  此即千载喧传所云《黄鹤楼》诗也。有本乃作"昔人已乘白云去"，大谬。不知此诗正以浩浩大笔，连写三"黄鹤"字为奇耳。且使昔人若乘白云，则此楼何故乃名"黄鹤"？此亦理之最浅显者。至于四之忽陪"白云"，正妙

---

1 参黄永武《敦煌的唐诗》，洪范书店1987年版，第221-224页；《中国诗学·考据篇》，巨流股份有限公司2008年版，第28-33页。
2 傅璇琮：《唐人选唐诗新编》，陕西人民教育出版社1996年版，第597页。
3 ［唐］欧阳询：《艺文类聚》卷二〇，上海古籍出版社1982年版，第359页。
4 施蛰存：《唐诗百话》，上海古籍出版社1987年版，第188页。

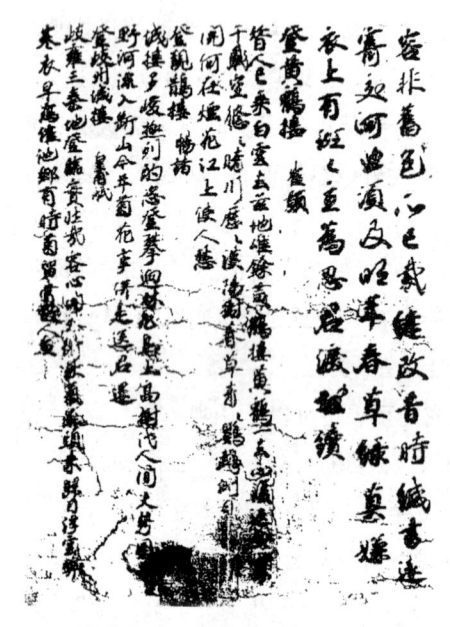

图表十二　敦煌伯 3619 号卷子

于有意无意，有谓无谓。若起手未写黄鹤，先已写一白云，则是黄鹤、白云，两两对峙。黄鹤固是楼名，白云出于何典耶？且白云既是昔人乘去，而至今尚见悠悠，世则岂有千载白云耶？不足当一噱已。[1]

金圣叹振振有词，言之凿凿，以"黄鹤"为是，称"白云"大谬，影响后来者，如《唐诗别裁集》、《唐诗三百首》都从之，以"昔人已乘黄鹤去"为首句，遂家喻户晓，唐宋之旧本即无人问津。对此，著名学者施蛰存先生在《唐诗百话》中进行了有力的反驳："金圣叹这一段辩解，真可当读者一噱。他煞费苦心地辩论此句应为'黄鹤'而不是'白云'，但是对于一个关键问题，他只好似是而非地躲闪过去。我们以为崔颢此诗原作，必是'白云'。一

1　[清]金圣叹：《贯华堂选批唐才子诗甲集七言律》卷四下，《金圣叹全集》第一卷，凤凰出版社 2008 年版，第 190 页。

则有唐宋诸选本为证,二则此诗第一、二联都以'白云'、'黄鹤'对举。没有第一句的'白云',第四句的'白云'从何而来?金圣叹也看出这一破绽,觉得无以自解,就说:好就好在'有意无意,有谓无谓'。这是故弄玄虚的话。这四句诗都可以实实在在地按字面解释,没有抽象的隐喻,根本不是'有意无意,有谓无谓'的句法。"[1]台湾学者黄永武反驳金圣叹道:"金氏强辞夺理,乘鹤的附会乃起于元代。而崔诗原本是白云黄鹤,四句回转,结构匀称,第一句白云一去,第四句白云还在;第二句黄鹤还在,第三句黄鹤一去,纠缭回环,用意绝妙。被金氏这几声恫吓,所以清初康熙五十六年时编《唐诗别裁》的沈德潜,在卷十三里录的诗,变成'昔人已乘黄鹤去',连'一作白云'都免了!孙洙编《唐诗三百首》是在乾隆癸未年,律诗部分参考《唐诗别裁》不少,自然也作'昔人已乘黄鹤去'了!至今传诵人口,迷本忘原,待敦煌本出现,才更确信唐人原本如此。"[2]

这些异文主要产生的时期是明代,而推波助澜者是清人金圣叹。这也是明人空疏之习一直到清初的金圣叹扩而大之的结果。我们阅读古书,不要轻信古人,尤其不要上著名人物的当,如明人有杨升庵,清人有金圣叹,此二人不仅大言欺人,而且有假托古本篡改古书的恶习,我们这里只是提醒读者注意,而不展开详细论述了。

(二)"芳草萋萋"与"春草萋萋"

"芳草萋萋鹦鹉洲"敦煌写本作"春草青青鹦鹉洲",而唐宋的几个传世选本及他书引用都作"春草萋萋"。再考虑"春草萋萋"是用《楚辞·招隐士》之典:"王孙游兮不归,春草生兮萋萋。"我们就可以确定"春草萋萋"比"春草青青"更为优长。此外唐诗中用"春草萋萋"还可以举出其他例证:李玫

---

1 施蛰存:《唐诗百话》,第187页。
2 黄永武:《敦煌的唐诗》,洪范书店1987年版,第222页。

的《纂异记》曾记载一首唐诗:"春草萋萋春水绿,野棠开尽飘香玉。绣岭宫前鹤发人,犹唱开元太平曲。"[1] 刘长卿《苕溪酬梁耿别后见寄》尾联:"独恨长沙谪去,江潭春草萋萋。"姚月华《古怨》诗:"春草萋萋春水绿,对此思君泪相续。羞将离恨向东风,理尽秦筝不成曲。"

(三)"烟花"与"烟波"

台湾学者黄永武主张从敦煌本作"烟花",他说:"李白诗《黄鹤楼送孟浩然下惟扬》:'故人西辞黄鹤楼,烟花三月下扬州。'相传李白曾见崔颢此诗,叹息道:'眼前有景道不得,崔颢题诗在上头。'则李白诗中的'烟花'显然是从崔颢诗中学来的,崔诗中'春草青青'正是'烟花三月'的景象,敦煌本的'春'被改成'芳','花'被改成'波'以后,李白学崔颢的痕迹就无从考得了。"[2] 考察黄氏之说,除了以李白诗作为旁证外,并无其他实证,从版本上看,除了敦煌写本外,唐代的几个选本都作"烟波",而一直到清,无有作"烟花"者。我们再检索《全唐诗》,形容春天江上景色,用"烟花"和"烟波"都有很多,难以从这些方面加以证明,故而还应以较早和较多的版本为主,仍应作"烟波"。

二、《黄鹤楼》与《鹦鹉赋》

黄鹤楼将怀古思乡和写景抒情紧密地联系在一起。"芳草萋萋鹦鹉洲"一句,写景中寓怀古之意,洵为千古名句。鹦鹉洲,位于汉阳西南的长江中。东汉末年,黄祖杀祢衡而埋于洲上,祢衡作过《鹦鹉赋》,后人命名其洲为鹦鹉洲。这是一段悲壮的历史,也给崔颢这一联的写景之笔涂抹上浓重的感伤色调。

---

1 [宋]李昉:《太平广记》卷三五〇,中华书局1961年版,第2769页。
2 黄永武:《敦煌的唐诗》,第223–224页。

祢衡的《鹦鹉赋》是汉代咏物赋的著名作品,赋前有序云:"时黄祖太子射,宾客大会。有献鹦鹉者,举酒于衡前曰:'祢处士,今日无用娱宾,窃以此鸟自远而至,明慧聪善,羽族之可贵,愿先生为之赋,使四座咸共荣观,不亦可乎?'衡因为赋,笔不停缀,文不加点。其辞曰。"赋的全文为:

惟西域之灵鸟兮,挺自然之奇姿。体金精之妙质兮,合火德之明辉。性辩慧而能言兮,才聪明以识机。故其嬉游高峻,栖跱幽深。飞不妄集,翔必择林。绀趾丹觜,绿衣翠衿。采采丽容,咬咬好音。虽同族于羽毛,固殊智而异心。配鸾皇而等美,焉比德于众禽?

于是羡芳声之远畅,伟灵表之可嘉。命虞人于陇坻,诏伯益于流沙。跨昆仑而播弋,冠云霓而张罗。虽纲维之备设,终一目之所加。且其容止闲暇,守植安停。逼之不惧,抚之不惊。宁顺从以远害,不违迕以丧生。故献全者受赏,而伤肌者被刑。尔乃归穷委命,离群丧侣。闭以雕笼,翦其翅羽。流飘万里,崎岖重阻。逾岷越障,载罹寒暑。女辞家而适人,臣出身而事主。彼贤哲之逢患,犹栖迟以羁旅。矧禽鸟之微物,能驯扰以安处!眷西路而长怀,望故乡而延伫。忖陋体之腥臊,亦何劳于鼎俎?嗟禄命之衰薄,奚遭时之险巇?岂言语以阶乱,将不密以致危?痛母子之永隔,哀伉俪之生离。匪余年之足惜,愍众雏之无知。

背蛮夷之下国,侍君子之光仪。惧名实之不副,耻才能之无奇。羡西都之沃壤,识苦乐之异宜。怀代越之悠思,故每言而称斯。若乃少昊司辰,蓐收整辔。严霜初降,凉风萧瑟。长吟远慕,哀鸣感类。音声凄以激扬,容貌惨以憔悴。闻之者悲伤,见之者陨泪。放臣为之屡叹,弃妻为之歔欷。感平生之游处,若埙篪之相须。何今日之两绝,若胡越之异区?顺笼槛以俯仰,窥户牖以踟蹰。想昆山之高岳,思邓林之扶疏。顾六翮之残毁,虽奋迅其焉如?心怀归而弗果,徒怨毒于一隅。苟竭心于所事,敢背惠而忘初?托轻鄙之微命，委陋贱之薄躯。期守死以报德，甘尽辞以效愚。恃隆恩于既往，庶弥久而不渝。[1]

这篇《鹦鹉赋》是汉代咏物赋的代表作品，也是祢衡一生悲剧的映现。其时祢衡在江夏太守黄祖部下参机文书，黄祖太子黄射大宴宾客，请求祢衡当场写作《鹦鹉赋》，祢衡即应命而作，并以鹦鹉自比，抒发自己寄人篱下，穷愁潦倒的感慨。赋的第一部分以鹦鹉的奇姿丽质、辨慧识机、殊智异心、比美鸾凰以寓自己的高远志向，这与史载祢衡"淑质贞亮"、"英才卓砾"、"气尚刚傲"适相吻合。这是祢衡志向的写照。第二部分写鹦鹉落入罗网、离群丧侣、闭以雕笼、流飘万里的情况，这也与祢衡因声名较高，由孔融推荐被曹操任用，然因违忤曹操不为所容，又遣送荆州后被刘表送于江夏太守黄祖的经历基本相似。这是祢衡身世的写照。第三部分写鹦鹉羽断肢残，只好安其所安，以报效主人。鹦鹉的无奈，实际上是作者寄人篱下感慨的流露，自己栖迟异乡，故友皆绝，只好随人俯仰，委顺于时罢了。这是祢衡心态的写照。

祢衡是一位桀骜不驯，尚气刚傲，矫时慢物的文士。《后汉书》本传记载，因孔融爱才而推荐于曹操，操欲见衡，衡称狂疾而不往。操又闻衡善于击鼓，即召为鼓史并大会宾客，衡裸身击鼓以羞辱曹操，后又以杖捶地大骂曹操，操于是送给荆州刺史刘表。刘表始甚礼之，后亦受到祢衡的悔慢，不能见容，再送江夏太守黄祖。衡与黄祖子黄射友善，在射大谢宾客时作《鹦鹉赋》。赋虽寓己之不遇，但并未带来杀身之祸。以其才情高扬，更显声名。但不久在黄祖举行的另一次宴会之上就导致了不幸的结局。"后黄祖在蒙冲船上，大会宾客，而衡言不逊顺，祖惭，乃诃之，衡更熟视曰：'死公，云等道。'祖大怒，令五百将出，欲加箠，衡方大骂，祖恚，遂令杀之。"[2]

祢衡是一个悲剧人物，他的悲剧与其扬名的《鹦鹉赋》也紧密联系在一

---

[1] ［南朝梁］萧统：《文选》卷一三，中华书局1977年版，第200—201页。
[2] ［南朝宋］范晔：《后汉书》卷八〇下，中华书局1965年版，第2657—2658页。

图表十三　鹦鹉洲上祢衡墓

起。后来人们就将祢衡被杀之江中小岛命名为"鹦鹉洲"。因而鹦鹉洲具有一段闻名的历史,也具有一段悲壮的历史,还具有一段感伤的历史。崔颢的"晴川历历汉阳树,春草萋萋鹦鹉洲"在写景的同时,融进了这一感人至深的故事,无怪乎成为千古名篇了。清人沈德潜在经过鹦鹉洲时,作了一首《鹦鹉洲吊祢处士》诗云:"蚁视曹公气不摧,兰焚玉碎剧堪哀。故人慷慨推奇士,乱世纵横露俊才。洲沁何妨激涛浪,文章那肯辱蒿莱。只今后代经过者,烟水茫茫酹一杯。"后人对于鹦鹉洲的感受,也可以与崔颢诗相发明。但鹦鹉洲在明末清初被江水冲没,其附近又淤出新洲,于是将新洲名为"鹦鹉洲",我们现在所见的鹦鹉洲并不是唐代以前的鹦鹉洲。

明人杨慎《升庵诗话》称:"宋严沧浪取崔颢《黄鹤楼》诗为唐人七言律第一。近日何仲默、薛君采取沈佺期'卢家少妇郁金堂'一首为第一。二诗未易优劣。或以问予,予曰:'崔诗赋体多,沈诗比兴多。以画家法论之,沈诗披麻皴,崔诗大斧劈皴也。'"[1]称"崔诗赋体多"确实道出了《黄

---

[1] [明]杨慎:《升庵诗话》卷一〇,《历代诗话续编》本,中华书局1983年版,第834页。

鹤楼》诗的特色之一。我们考察祢衡的《鹦鹉赋》得知,《鹦鹉赋》是崔颢诗用典的来源,表现出鹦鹉洲悲壮的历史和诗人写景时流露的感伤情怀;而《黄鹤楼》在写作手法上也受到了《鹦鹉赋》这种辞赋体式的影响。诗赋合流是初唐诗歌的一大特点,而且其表现主要在七言古诗中,如卢照邻的《长安古意》、骆宾王的《帝京篇》、王勃的《临高台》、李峤的《汾阴行》等,都是典型的篇章。崔颢《黄鹤楼》诗不以比兴见长而以赋体为多,也是唐代七言律诗初起时受古体诗影响的痕迹所在,故其中杂用古句者不少。

三、《黄鹤楼》与《登金陵凤凰台》

崔颢的《黄鹤楼》和李白的《登金陵凤凰台》都是千古传诵的名篇,崔颢诗写在前,李白诗写在后,根据文献记载,既是李白对崔颢的模仿,也是李白对崔颢的挑战。我们在这里特地将这两首诗进行比较研究。明人顾璘批点《唐音》云:"古人多能善,若太白题黄鹤楼,有'眼前有景道不得,崔颢题诗在上头'之句后,题凤凰台有诗,然亦不免蹈袭。又此诗当与太白凤凰台诗同看,则真敌手也。"[1] 施蛰存先生在《唐诗百话》中,专门有一篇《黄鹤楼和凤凰台》,以比较崔颢和李白两首诗的优长,"崔诗开头四句,实在是重复的。这四句的意境,李白只用两句就说尽了。这是李胜崔的地方。"[2] 有关这两首诗,我们要进一步理解的话,还可以参考施蛰存先生的文章。但施先生对于这两首诗的总体评价认为李白诗青出于蓝,我是不同意的,所以就在这里展开比较一下。

宋计有功《唐诗纪事》卷二一《崔颢》条:"'昔人已乘白云去,此地空余黄鹤楼。黄鹤一去不复返,白云千载空悠悠。晴川历历汉阳树,春草萋萋

---

1 [明]顾璘:《唐音评注》卷四,河北大学出版社2006年版,第401页。
2 施蛰存:《唐诗百话》,第192页。

鹦鹉洲。日暮乡关何处是？烟波江上使人愁。'世传太白云：'眼前有景道不得，崔颢题诗在上头。'遂作《凤凰台》诗以较胜负。恐不然。"[1] 计有功引用了这一故事，但对于这件事的真实性持怀疑态度。宋胡仔《苕溪渔隐丛话》前集卷五引《该闻录》云："唐崔颢《题武昌黄鹤楼》诗云……李太白负大名，尚曰：'眼前有景道不得，崔颢题诗在上头。'欲拟之较胜负，乃作《金陵登凤凰台》诗。"[2] 尽管前人对于此事怀疑，但李白曾经模仿崔颢作诗却是事实。纪昀评《黄鹤楼》诗曰："偶尔得之，自成绝调。然不可无一，不可有二。再一临摹，便成窠臼。"[3]

李白的《登金陵凤凰台》诗：

> 凤凰台上凤凰游，凤去台空江自流。吴宫花草埋幽径，晋代衣冠成古丘。三山半落青天外，二水中分白鹭洲。总为浮云能蔽日，长安不见使人愁。

凤凰台，在今江苏省南京市。《景定建康志》卷二二："凤凰台，在保宁寺后，宝祐元年倪总领垕重建。……宋元嘉十六年，秣陵王顗见三异鸟数集于山，状如孔雀，文彩五色，音声谐和，众鸟附翼而群集，时谓之凤，乃置凤凰里，起台于山，因以为名。又案，《宫苑记》：'凤凰楼在凤凰台上，宋元嘉中筑，有凤凰集，以为名。'李白、宋齐丘皆有诗。"[4]

首联溯源，曾经有过凤凰登台，而今凤去台空，惟有台下江水，依旧东流。与崔颢《黄鹤楼》诗的首联相比，模仿的痕迹非常明显，二诗都表现登台和登楼之后，曾经有过的传说不在，仅余空楼空台，留给后人以惆怅感慨而已。只是崔颢诗"昔人已乘白云去，此地空余黄鹤楼"关合人、天、鹤、

---

[1] [宋]计有功：《唐诗纪事》卷二一，上海古籍出版社1987年版，第311页。
[2] [宋]胡仔：《苕溪渔隐丛话》前集卷五，人民文学出版社1993年版，第30页。
[3] [元]李庆甲：《瀛奎律髓汇评》卷一，第25页。
[4] [宋]周应合：《景定建康志》卷二二，《宋元方志丛刊》本，中华书局1990年版，第1675页。

楼，从人到物，境界开阔，而李白诗仅涉及台、凤凰和长江，从物到物，李白诗第二句以江之不变与台之变对比，直抒感慨，也没有崔颢诗蕴藉空灵。这一联中用了两个"凤凰"和三个"凤"字，读起来不仅不觉得重复，而且觉得明快通畅，脍炙人口，但也还是体现出对崔颢诗用重字的模仿痕迹。

颔联怀古，由首联的写景转入对于悠远历史的凭吊。无论是容颜绝世的宫廷嫔妃，还是盛极一时的衣冠贵族，都成了花草下的香魂与古墓中的幽灵了。凤凰是一种吉祥之鸟，古代往往象征着王朝的兴盛，凤去台空，也是说明这里曾经的繁华也一去不复返了。诗才由首联自然地转到颔联，将目光聚焦到古代的帝王后宫和衣冠贵族身上，是对千古兴亡的深沉感叹。但因李白诗过于理性，故而融入历史传说就没有崔颢那样自然。艺术手法上，李白的这一联平仄和对仗非常工稳，而崔颢诗则前句用了六个仄声，后一句以三平调煞尾，显然是为了表达一泻千里的感情而顾不上格律的打磨的。"吴宫花草埋幽径，晋代衣冠成古丘。三山半落青天外，二水中分白鹭洲"，采用"折腰体"的写法，这虽然不能说一定是追踪崔颢的表现自然，而有意使全篇不完全符合格律，但这种现象也还是值得注意的。

颈联写景，漫天雾霭，笼罩三山，只露一半峥嵘；眼前的白鹭洲，又把二水分隔。这里需要考证几个地名，一是"三山"，据《景定建康志》卷一七记载："三山，在城西南三十七里，周回四里，高二十九丈。……《舆地志》云：'其山积石森郁，滨于大江，三峰行列，南北相连，号三山。'"[1]陆游《入蜀记》也称："三山自石头及凤凰台望之，杳杳有无中耳，及过其下，则距金陵才五十余里。"[2]二是"二水"，这里的水是指秦淮河。秦淮，有二源，东源出句容县华山，南流。南源出溧水县东庐山，北流。二源合于方山，西经金陵城中，北入长江。相传秦始皇于山掘流，西入江，亦曰淮，因称秦淮。三是"白

---

[1] [宋]周应合：《景定建康志》卷一七，《宋元方志丛刊》本，第1568页。
[2] [宋]陆游：《渭南文集》卷四四，《陆放翁全集》本，中国书店1986年版，第273页。

鹭洲",《景定建康志》卷一九:"白鹭洲,在城之西,与城相望,周回一十五里。……《丹阳记》曰:'白鹭洲在县西三里,洲在大江中,多聚白鹭,因以名之。'"[1]这三个地名,最值得重视的是白鹭洲,因为崔颢诗写到"鹦鹉洲",故而李白此联亦以"洲"来押韵煞尾,但崔诗融进了祢衡的典故,在写景中寓于深沉的感伤情怀,而李白的诗就底蕴而言,与崔诗相比,高下自见。从这一方面看,模仿和原创还是有所区别的。李白诗中的"白鹭洲"与现在南京市的白鹭洲公园地点并不相同,但公园是借李白诗而命名的,李白诗所写的长江边真正的白鹭洲现在反而没有白鹭洲公园有名。

尾联抒怀,点出不见长安、壮志未展的失意之愁。在表现愁情方面也是明显模仿崔颢诗的,李白的诗虽然也是名句,但在表现的自然上就逊崔颢一筹。李白的这一联通过用典来发议论。"浮云蔽日"用陆贾《新语·辨惑篇》中"邪臣之蔽贤,犹浮云之障日月也"[2]的典故。"长安不见"也是用典的,刘义庆《世说新语·夙慧篇》载:"晋明帝数岁,坐元帝膝上。有人从长安来,元帝问洛下消息,潸然流涕。明帝问何以致泣?具以东渡意告之。因问明帝:'汝意谓长安何如日远?'答曰:'日远。不闻人从日边来,居然可知。'元帝异之。明日,集群臣宴会,告以此意,更重问之。乃答曰:'日近。'元帝失色,曰:'尔何故异昨日之言邪?'答曰:'举目见日,不见长安。'"[3]《世说新语》称"举目见日,不见长安",而李白诗是日被浮云所蔽,又不见长安,实际上也是失意后的哀鸣。从这方面看,李白诗的尾联是刻意用典,意蕴深邃的,故成为千古名句,与崔颢诗相比,是理性增强而情韵减弱了。同时末句也表现出李白对于崔颢的明显模仿,两首诗的最后三字"使人愁",说明崔颢的诗太高绝了,至于以李白之天才也难以超越其毫厘。

---

1 [宋]周应合:《景定建康志》卷一九,《宋元方志丛刊》本,第1615页。
2 [汉]陆贾:《新语》卷上《辨惑》第五,中华书局1986年版,第84页。
3 余嘉锡:《世说新语笺疏》,中华书局,1983年8月,第590页。

总体看来，无论是构思立意，还是谋篇布局，都与崔颢诗如出一辙，但立意之高远、涵蕴之深邃、格调之浑成、语言之自然，李诗都不及崔诗。

李白还有一首《金陵凤凰台置酒》诗："置酒延落景，金陵凤凰台。长波写万古，心与云俱开。借问往昔时，凤凰为谁来。凤凰去已久，正当今日回。明君越羲轩，天老坐三台。豪士无所用，弹弦醉金罍。东风吹山花，安可不尽杯。六帝没幽草，深宫冥绿苔。置酒勿复道，歌钟但相催。"还有一首《鹦鹉洲》诗："鹦鹉东过吴江水，江上洲传鹦鹉名。鹦鹉西飞陇山去，芳洲之树何青青。烟开兰叶香风暖，岸夹桃花锦浪生。迁客此时徒极目，长洲孤月向谁明？"方回评曰："鹦鹉洲在今鄂州城南，对南楼；黄鹤楼在城西，向汉阳。太白此诗，乃是效崔颢体，皆于五、六加工，尾句寓感叹，是时律诗犹未甚拘偶也。"[1]

四、《黄鹤楼》作者述论

崔颢，汴州人，开元十一年进士，官至尚书司勋员外郎。《旧唐书》卷一九〇下、《新唐书》卷二〇三、《唐才子传》卷一有传。史称他有俊才，无士行，好赌博饮酒。他向往游侠的豪放生活，也希望君王能发现他的才能而重用他。他希望能从军出塞，建立功业，但又有浓厚的"人生前事由上天"的宿命思想，感叹命运无常，富贵不定。唐人殷璠评崔颢诗云："颢少年为诗，属意浮艳，多陷轻薄，晚节忽变常体，风骨凛然，一窥塞垣，说尽戎旅。至如'杀人辽水上，走马渔阳归。错落金琐甲，蒙茸貂鼠衣'，又'春风吹浅草，猎骑何翩翩。插羽两相顾，鸣弓新上弦'，可与鲍照、江淹并驱也。"[2] 崔颢之一生未遇，当与两件事有关，《唐才子传》卷一记载："然行履稍劣，好蒲博嗜酒，娶妻择美者，稍不惬即弃之，凡易三四。初，李邕闻其才名，虚舍邀之。

---

1 ［元］李庆甲：《瀛奎律髓汇评》卷一，第28页。
2 ［唐］殷璠：《河岳英灵集》卷下，傅璇琮：《唐人选唐诗新编》，陕西人民教育出版社1996年版，第161页。

颢至献诗,首章曰'十五嫁王昌'。邕叱曰:'小儿无礼!'不与接而入。"[1]这些事又载于唐李肇《唐国史补》及新、旧《唐书·崔颢传》。说明崔颢确有不拘小节的习气,在个人的生活和家庭问题上不为时人所认可,故而为官也并不得志。

《黄鹤楼》诗是崔颢游江南时所作,芮挺章《国秀集》选入此诗。《国秀集》收诗止于天宝三载,参合而推论,《黄鹤楼》诗应作于开元中。有些书记载作于崔颢卒前的一年,是不确切的。

崔颢当时被视为边塞诗人,他的边塞诗如《送单于裴都护赴西河》:"征马去翩翩,城秋月正圆。单于莫近塞,都护欲临边。汉驿通烟火,胡沙乏井泉。功成须献捷,未必去经年。"虽然谈不上是一流的佳作,但也表现了诗人的爱国热情与民族自豪感。

后世所传崔颢的诗作,以《黄鹤楼》诗最为著名,此外即是其乐府小诗,而其边塞诗却退居其次了。乐府小诗的代表作品有《长干行二首》:"君家何处住?妾住在横塘。停船暂借问,或恐是同乡。""家临九江水,来去九江侧。同是长干人,生小不相识。"

崔颢在文学创作上,堪称全材,诗歌之外,还擅长作文。然其文大多散佚,《全唐文》卷三三仅收《荐樊衡书》、《荐齐秀才书》两篇,而新出土文献所见有《唐故太子洗马荥阳郑府君(齐望)墓志铭并序》,题署:"朝散郎、试太子司议郎、摄监察御史崔颢撰。"[2]墓主天宝九载十一月廿有四日葬。《唐故居士钱府君夫人舒氏墓志铭并序》,题署:"左威卫冑曹参军广平程休撰序,许州扶沟县尉博陵崔颢撰铭。……博陵崔颢,文章之特,托以为铭。"[3]墓主以景龙三年九月十六日卒,以开元廿四年正月壬寅葬。

---

[1] 傅璇琮:《唐才子传校笺》第一册,中华书局1987版,第203-204页。
[2] 赵君平:《邙洛碑志三百种》,中华书局2004版,第213页。
[3] 赵振华:《偃师新出土唐代墓志跋五题》,《河洛文化论丛》第三辑,中州古籍出版社2006年版,第312页。

五、《黄鹤楼》诗意解读

"眼前有景道不得,崔颢题诗在上头",崔颢曾以一首《黄鹤楼》诗,使得大诗人李白甘拜下风,以至于发出这样的慨叹。宋人严羽誉为唐人七言律诗第一,后人更是推为七律压卷之作。

黄鹤楼是中国古代四大名楼之一。它濒临万里长江,雄踞蛇山之巅,挺拔独秀,辉煌瑰丽,自古以来一直是名传四海的游览胜地。崔颢登上黄鹤楼,即景抒情,题了这首诗。诗人站在暮色苍茫的黄鹤楼头,眺望烟波滚滚的长江,关于黄鹤楼美丽的神话,引起了诗人对悠远过去的深沉凭吊,并且抒发出自己思念乡土的满怀愁绪。短短几行诗里,不仅洋溢着诗人丰富深厚的感情,而且气魄宏大地表现了祖国山川的无限雄伟与瑰丽。诗句脱口而出,自然,宏丽,浑厚,深沉。

诗的主旨是通过仙境与人生的对比,既表现出热爱自然的深情,又抒发出人生短暂的感慨。诗人登上高楼,联想传说中的仙人驾鹤而去,而今空留遗迹,自己却不能随仙远游,故顿生遗憾。但又眺望眼前的世界,汉阳原上,晴川历历,鹦鹉洲头,春草萋萋,也非常美妙,颇堪留恋。面对如此好景,自己既不能成仙,又不能永驻,而只是天地间的匆匆过客而已,不由得北望故乡,愁情满怀。故"愁"字是这首诗集中抒情之笔,也是全诗的诗眼。

这首诗写得好和写得巧的一个重要特征还在用重字方面,首句用"白云去",第四句用"白云千载",前后呼应。第二句和第三句都用"黄鹤",而侧重点不同,前者指楼,即黄鹤楼,后者指人,即黄鹤仙人,既具强调作用,又不觉得繁复。诗从楼的命名着想,借传说落笔,以无作有,借虚写实,既境界阔远,又涵蕴空灵,一开头就写出了震撼千古的名句。接着以"一去不复返"绾合前后,生发出岁月流逝而不再来、古人离去而不可见之憾。仙去楼空,唯有天际白云,悠悠千载,古今无异。人事之变异与自然之永恒,形成鲜明的对照，流露出作者对世事茫茫而无可奈何的感慨。接着由抒情转入写景，阳光照耀着汉阳平原，晴川绿树，格外分明；芳草长满了鹦鹉洲上，极其茂盛。这时日已渐晚，眺望乡关，渺茫不见，惟有一片雾霭，笼罩江面，也给登览者带来深深的忧愁。

这首诗的形式也非常奇特。前三句出现了"黄鹤"的重复字；第三句七个字用了六个仄声，第四句"空悠悠"三字又用三平调煞尾，三四两句也不完全对仗。实际上，这是一首古律参半的拗体七律，清人许印芳分析得最为透辟，今录其说如下："此篇乃变体律诗，前半是古诗体，以古笔为律诗，盛唐人有此格。中唐以后，格调渐卑，用此格者鲜矣。间有用者，气魄笔力又远不及盛唐。此风会使然，作者不能自主也。此诗前半虽属古体，却是古律参半。律诗无拗字者为平调，有拗字者为拗调。五律拗第一字第三字，七律拗第三字第五字，总名拗律。崔诗首联、次联上句皆用古调，下句皆配以拗调。古律相配，方合拗律体裁。前半古律参半，格调甚高。后半若遽接以平调，不能相称，是以三联仍配以拗调。律诗多用拗调，又参用古调，是为变体。作变体诗，须束归正格，变而不失其正，方合体裁；故尾联以平调作收。唐人变体律诗，古法如是，读者讲解未通，心目迷眩。有志师古，从何下手？兹特详细剖析，以示初学。若欲效法此诗，但当学其笔意之奇纵，不可摹其词调之复叠。太白争胜，赋《凤凰台》、《鹦鹉洲》二诗，未能自出机杼，反袭崔诗格调，东施效颦，贻笑大方，后学当以为戒矣。"[1]

下面我们逐联分析，这里的文本与开头的录文就有所不同，是经过我们对比选择后再进行解读的：

首联"昔人已乘白云去，兹地唯余黄鹤楼"。据唐韦庄《又玄集》所收《黄鹤楼》诗原注，黄鹤乃是黄鹤仙人，故自当乘白云而去。崔颢从"昔人"落笔，关合人、天、鹤、楼，从人到物，境界开阔。且这两句是典型的拗律句

---

[1] 李庆甲：《瀛奎律髓汇评》卷一，第25–26页。

式,属于七言平起句式拗第五字,对句则将第五字改为平声以补救,从而形成这一拗联。而且这两句的拗字都用颜色的字,"白"对"黄",显得非常巧妙。而首句用"黄鹤"虽也属拗句,但拗字就不在颜色上,而在第六字"鹤",又用下句"黄"来补救,效果就稍逊一筹了。通行本的"此地空余",敦煌本作"兹地唯余","唯"是唯一,即仅剩下黄鹤楼,上承"白云去",下启"白云千载空悠悠",又避免了重字,似敦煌本较通行本为优。需要说明的是,明清以后,常将崔颢《黄鹤楼》诗附会仙人子安或费文祎事,其实此事虽有来源而并不是崔颢诗的本事。元吴师道《吴礼部诗话》云:"崔颢《黄鹤楼》诗,题下自注云:'黄鹤,乃人名也。'其诗云:'昔人已乘白云去,此地空余黄鹤楼。'云乘白云,则非乘鹤矣。《图经》载费文祎登仙驾鹤于此,《齐谐志》载仙人子安乘黄鹤过此,皆因黄鹤而为之说者,当以颢之自注为正。张南轩辨费文祎事妄,谓黄鹤以山得名,或者山因人而名之欤?"[1]

颔联"黄鹤一去不复返,白云千载空悠悠"。这两句重字用得极佳,"黄鹤"重第二句,"白云"重第一句,具有错综之妙。同时,黄鹤不在,白云还在,因为天上白云非止一块,千载以前,黄鹤乘着白云飘然而去,剩下的白云无鹤可载,故而颇为落寞,悠悠飘浮在蓝天之上,这是变与不变的对比。这一联用的是古体诗句,上句连用六个仄声,下句以三平调煞尾,体现了这首诗古律相间的特点。这应该不是崔颢有意为之,而是随着诗情的流动自然形成的。这样在诵读时,觉得十四个字好像是一个长句,具有一气贯下的特点,更能表达崔颢一泻千里的感情。

颈联"晴川历历汉阳树,春草萋萋鹦鹉洲"。这一联是典型的对句,这个对句的妙处是地名用得好,典故也用得好,以地名、用典衬托景物,同时隐寓自己的情感,真是难得。以前,我们只注意到"鹦鹉洲"是用典,其实"春草"也是用典的,《楚辞·招隐士》之典:"王孙游兮不归,春草生兮萋萋。"

---

[1] 丁福保:《历代诗话续编》,中华书局1983年版,第590–591页。

睹春草而思离人，更切崔颢此时游于江南，离别家乡的生涯，也水到渠成地接下一句"日暮乡关何处在"。

尾联"日暮乡关何处在？烟波江上使人愁"。这一联是抒怀，春天是最美好的季节，黄鹤楼上，烟花三月，应该更是值得留恋，但作者并未如此写，而是用"日暮"连着"乡关"，引出"愁"情。全诗是随着作者望乡视线的推移而逐渐展开的，因为崔颢家在汴州，登上黄鹤楼北望就与思乡联系起来，望到的近景是汉阳树、鹦鹉洲，远处连着乡关，但乡关是望不到的，只好再回到烟波江上，愁情就自然而然地流露出来，这样先虚后实，虚实结合，又由虚转实，表现力就很强。

图表十四 《黄鹤楼》诗异文对照表

书 名	朝代	著者	题目	首句	次句	六句	七句	八句
敦煌写本	唐		登黄鹤楼	白云	兹地唯余	春草青青	何处在	烟花
国秀集	唐	芮挺章	题黄鹤楼	白云	兹地空余	春草青青	何处是	烟波
河岳英灵集	唐	殷璠	黄鹤楼	白云	此地空遗	春草萋萋	何处在	烟波
又玄集	唐	韦庄	黄鹤楼	白云	此地空余	春草萋萋	何处在	烟波
才调集	唐	韦縠	黄鹤楼	白云	此地空余	春草萋萋	何处几	烟波
唐诗纪事	宋	计有功	黄鹤楼	白云	此地空余	春草萋萋	何处在	烟波
文苑英华	宋	李昉	登黄鹤楼	白云	兹地空遗	春草青青	何处是	烟波
唐文粹	宋	姚铉	登黄鹤楼	白云	此地空余	春草青青	何处在	烟波
苕溪渔隐丛话	宋	胡仔	题武昌黄鹤楼	白云	此地空余	芳草萋萋	何处在	烟波
三体唐诗	宋	周弼	黄鹤楼	白云	此地空余	芳草萋萋	何处是	烟波
太平寰宇记	宋	乐史	登黄鹤楼	白云	此地空留	春草萋萋	何处是	烟波
类说	宋	曾慥	题黄鹤楼	白云	此地空余	芳草萋萋	家山何处在	烟波
古今事文类聚	宋	祝穆	黄鹤楼	白云	此地空余	芳草萋萋	何处是	烟波
瀛奎律髓	元	方回	登黄鹤楼	白云	此地空余	芳草萋萋	何处是	烟波

续表

唐音	元	杨士弘	黄鹤楼	白云	此地空余	芳草萋萋	何处是	烟波
唐诗鼓吹	元	郝天挺	黄鹤楼	白云，一作黄鹤	此地空余	芳草萋萋	何处是	烟波
唐诗品汇	明	高棅	黄鹤楼	白云	此地空余	芳草萋萋	何处是	烟波
唐诗解	明	唐汝询	黄鹤楼	黄鹤	此地空余	芳草萋萋	何处是	烟波
唐音统签	明	胡震亨	黄鹤楼	白云，一作黄鹤	此地空余	春草萋萋，一作芳草萋萋	何处是，一作在	烟波
选批唐才子诗	清	金圣叹	黄鹤楼	黄鹤	此地空余	芳草萋萋	何处是	烟波
全唐诗	清	曹寅	黄鹤楼	白云，一作黄鹤	此地空余，一作兹地空留	春草萋萋，一作芳草青青	何处在	烟波
唐诗别裁	清	沈德潜	黄鹤楼	黄鹤	此地空余	芳草萋萋	何处是	烟波
唐诗三百首	清	孙洙	黄鹤楼	黄鹤	此地空余	芳草萋萋	何处是	烟波

除了上表列入对照的异文以外，还有几处异文，一是"白云千载空悠悠"，"千载"《国秀集》作"千里"，"空悠悠"《河岳英灵集》作"共悠悠"；"春川历历汉阳树"，"树"《全唐诗》注："一作戍"。

第六章　杜甫《丽人行》

一、《丽人行》与新题乐府

《丽人行》是杜甫七言乐府中最著名的一首，作者用细腻的笔触、生动的细节，揭露杨国忠兄妹炙手可热、骄奢淫逸的生活状态，同时下笔极有分寸，表现了杜甫诗温柔敦厚、婉而含讽的风格。浦起龙《读杜心解》评《丽人行》说："无一刺讥语，描摹处语语刺讥；无一慨叹声，点逗处声声慨叹。"[1] 我们先将全诗录之于下：

三月三日天气新，长安水边多丽人。态浓意远淑且真，肌理细腻骨肉匀。绣罗衣裳照暮春，蹙金孔雀银麒麟。头上何所有？翠微㔩叶垂鬓唇。背后何所见？珠压腰衱稳称身。就中云幕椒房亲，赐名大国虢与秦。紫驼之峰出翠釜，水精之盘行素鳞。犀箸厌饫久未下，鸾刀缕切空纷纶。黄门飞鞚不动尘，御厨络绎送八珍。箫鼓哀吟感鬼神，宾从杂遝实要津。后来鞍马何

---

[1]　[清]浦起龙：《读杜心解》卷二之一，第239页。

逡巡，当轩下马入锦茵。杨花雪落覆白苹，青鸟飞去衔红巾。炙手可热势绝伦，慎莫近前丞相嗔。

这首诗题为《丽人行》，就其字面而言，是有本原的。宋郭茂倩《乐府诗集》载有崔国辅《丽人曲》，并引《乐府广题》云："刘向《别录》云：'昔有丽人善雅歌，后因以名曲。'"[1] 崔国辅诗后即载有杜甫《丽人行》。但杜甫的《丽人行》并无"曲"和"歌"字样，其内容也是写当时的时事，应该属于"即事名篇"的新题乐府。

我们知道，乐府诗在唐诗当中占据着重要地位，而盛唐以前的乐府诗以旧题乐府为主体。初盛唐的名家都擅长旧题乐府，如初唐四杰当中的王勃有《采莲曲》，杨炯有《从军行》，卢照邻有《长安古意》，骆宾王有《王昭君》，稍后的刘希夷有《白头吟》，张若虚有《春江花月夜》，李峤有《汾阴行》，沈佺期有《铜雀台》，宋之问有《明河篇》，都是传诵千古的佳制。但这些乐府诗也还保留一些南朝旧习，他们是在承袭中求新变。旧题乐府发展到李白达到高峰，其特点被发挥得淋漓尽致。比如敦煌写本唐人选唐诗，选取李白诗43首，其中有23首是乐府诗，而且专门分类，这些诗是《古乐府战城南》、《白鼻騧》、《乌夜啼》、《行行游猎篇》、《临江王节士哥》、《乌栖曲》、《长相思》、《古有所思》、《阳春歌》、《白纻词三首》、《飞龙引二首》、《前有樽酒行》、《古蜀道难》、《出自蓟北门行》、《陌上桑》、《紫骝马》、《独不见》、《怨歌行》、《惜罇空》、《古意》。殷璠的《河岳英灵集》选李白诗13首，依次为《战城南》、《远别离》、《野田黄雀行》、《蜀道难》、《行路难》、《梦游天姥山别东鲁诸公》、《忆旧游寄谯郡元参军》、《咏怀》、《酬东都小吏以斗酒双鳞见醉》、《答俗人问》、《古意》、《将进酒》、《乌栖曲》，其中有9首是古体乐府。殷璠对李白诗的总评说："白性嗜酒，志不拘检，常林栖十数载，故其为文章，

---

[1] ［宋］郭茂倩：《乐府诗集》卷六八，中华书局1979年版，第976页。

率皆纵逸。至如《蜀道难》等篇，可谓奇之又奇，然自骚人以还，鲜有此体调也。"[1] 李白乐府诗表现的各种状态，标志着旧题乐府在韵文史中进入完成状态的一个里程碑。由于李白达到的高度，使以后的诗人再沿着同一方向去发展乐府诗变得极为困难，于是新乐府运动应运而生。新乐府的特点就是将古题乐府的三个特点有意识地否定：不用古题；个别性、具体性、现实性极强；表现意图的固定化和完结化。因此新乐府的手法采用得越彻底，作为原来意义上的乐府诗的特点也就丧失得越干净。[2] 李白是古题乐府的结束者，杜甫是新题乐府的开创者，这都与安史之乱后的时代变化及其给予文学的折射有关。

杜甫新题乐府的创作给诗坛带来了崭新的变化。元稹《唐故检校工部员外郎杜君墓系铭》："时山东人李白，亦以奇文取称，时人谓之'李杜'。予观其壮浪纵恣，摆去拘束，模写物象及乐府歌诗，诚亦差肩于子美矣。"[3] 即将李白与杜甫二人的乐府相提并论。杜甫一贯重视运用乐府体裁来反映现实生活。杜甫以前的乐府诗，大多沿袭旧题。杜甫的乐府诗，一方面继承《诗经》及汉魏乐府的优良传统，一方面又即事名篇，自创新题。清人李重华在《贞一斋诗说》中说："乐府体裁，历代不同。唐以前每借旧题发挥己意，太白亦复如是。其短长篇什，各自成调，原非一定音节。杜老知其然，乃竟自创名目，更不借径前人。如《洗兵马》、《新婚别》等皆是也。其合律与否，无从得知，取其笔力过人可矣。"[4] 他在这里指出李白以前的乐府诗是"每借旧题，发挥己意"，而杜甫则"自创名目，更不借径前人"。这是杜甫乐府诗与他以前的乐府诗的根本区别。即事名篇的乐府诗，杜甫虽然在安史之乱前已经写作，如《兵车行》等，但数量较少，内容也不外对唐玄宗穷兵黩武的讽刺。而

---

1 [唐]殷璠：《河岳英灵集》卷上，《唐人选唐诗新编》，第120–121页。
2 参郁贤皓《松浦友久李白研究述评》，载《李白与唐代文史考论》，南京师范大学出版社2008年版，第623–643页。
3 [唐]元稹：《元稹集》（修订本）卷五六，第601页。
4 [清]李重华：《贞一斋诗说》，《清诗话》本，上海古籍出版社1979年版，第927–928页。

自安史之乱以后,即事名篇的乐府诗则表现为题材更加扩大,几乎反映唐代转折时期社会的各个领域。

《丽人行》作于天宝十二载(752)的春天,是杜甫写于安史之乱前的新题乐府诗,纯粹属于盛唐时期的作品,因此对于杜甫风格的形成和整个唐诗发展而言,都具有开创意义。《丽人行》是针对具体事实而发,选取三月三日曲江胜游的一天,以表现杨氏兄妹奢华,这与旧题乐府借旧题以发挥己意不同;写法上,旧题乐府以抒情为主,这是利用旧题所决定的,《丽人行》则以叙事和描写见长,且富丽华美,与李白《蜀道难》等诗一唱三叹者有别。

二、《丽人行》文本分析

这首诗题为《丽人行》,全诗从艺术而言,就"丽"字展开,分成三个部分描写。前面写曲江游女之佳丽:起首二句总写游女之佳丽,"态浓"二句言意态之丽,"绣罗"二句言服饰之丽,"头上"二句言首饰之丽,"腰间"二句言腰饰之丽;虽是概言游女之佳丽,同时隐括杨贵妃姊妹之冶容,是诗家含蓄之笔。中间写贵妃姊妹之奢华:"就中"二句引出贵妃姊妹,"驼峰"二句写味穷水陆,"犀箸"二句写饮食暴殄,"黄门"二句写宠赐优渥,"箫管"二句写音声繁喧。后面写国忠煊赫之声势:"鞍马"二句言拥护填街,"杨花"二句写娇淫乱礼,"炙手"二句写气焰可畏。清佚名《杜诗言志》云:"此诗刺天宝诸杨之骄横,由于上之宠禄过也。乃推原其始,则惟以丽人之故。是'丽人'二字,乃此一篇之眼目,故即以名篇。夫此丽人之丽,至于动君王之爱眷,听其干与朝政,渎乱宫闱而莫之禁,且煽助之,惟恐不及者。法当极力形容,以见其人愈丽,则其祸愈烈,以垂训万世,闻者足戒,此诗人之旨也。"[1]

---

[1] [清]佚名:《杜诗言志》卷二,江苏人民出版社1983年版,第23页。

三月三日天气新，长安水边多丽人。

三月三日是上巳节，《后汉书·礼仪志上》载："是月上巳，官民皆絜于东流水上，曰洗濯祓除去宿垢痰为大絜。絜者，言阳气布畅，万物讫出，始絜之矣。"[1] 魏晋以后，逐渐成为皇室贵族、文人雅士临水赋咏的佳节，以王羲之和他朋友的兰亭胜集臻于极致，并留下了千古名篇《兰亭集序》。唐代上巳节是全年的三大节日之一，曲江又是风景胜地，故游春者无数，因而曲江三月三日也成为唐代诗人吟咏的重要题材，如赵良器有《三月三日曲江侍宴》，王维有《三月三日曲江侍宴应制》，许棠有《曲江三月三日》。白居易有《三月三日谢恩赐曲江宴会状》称："伏以暮春良月，上巳嘉辰，获侍宴于内庭，又赐欢于曲水；蹈舞踊地，欢呼动天。况妓乐选于内坊，茶果出于中库；荣降天上，宠惊人间。"刘驾《上巳日》更描写了曲江三月三日的盛况："上巳曲江滨，喧于市朝路。相寻不见者，此地皆相遇。日光去此远，翠幕张如雾。何事欢娱中？易觉春城暮。物情重此节，不是爱芳树。明日花更多，何人肯回顾？"《丽人行》的首二句就是描写杨贵妃的姊妹们三月三日游赏曲江的背景，是曲江边游人的胜况，为以下杨贵妃兄妹作陪衬。杜甫作有关曲江的诗，多达十五首，可见其对于曲江风物的喜爱。

态浓意远淑且真，肌理细腻骨肉匀。

二句描写丽人的富丽姿态。上句描写姿色，下句描写体态。"态浓"指妆粉浓艳；"意远"指意趣超逸；"淑"指沉静贤良；"真"指清正纯真；"肌理细腻"指肌肤纹理，细润光滑；"骨肉匀"指身材匀称，胖瘦适度。故这两句描绘出了一位绝世丰神的丽人。明王嗣奭《杜臆》："如此富丽，而一片清明之气行乎其中。'……'态浓意远'、'骨肉匀'，画出一个国色。状姿色曰'骨肉匀'，状服饰曰'稳称身'，可谓善于形容。"[2]

---

[1] ［南朝宋］范晔：《后汉书》志第四，中华书局1965年版，第3110—3111页。
[2] ［明］王嗣奭：《杜臆》卷一，上海古籍出版社1983年版，第24页。

绣罗衣裳照暮春，蹙金孔雀银麒麟。头上何所有？翠为匌叶垂鬓唇。背后何所见？珠压腰衱稳称身。

六句描写装饰，分为三层。前面二句描写服饰之精美奢华，"绣罗"是衣裳的质地，"蹙金""蹙银"是刺绣的工艺，"孔雀""麒麟"是衣裳的图案。中间二句描写首饰。"翠"指首饰的翠青颜色，"匌叶"是指头上的花饰，是说翠青色的彩叶一直垂到鬓边。后面二句描写腰饰。"腰衱"是指裙带，珠压腰衱是说裙带由唐代特别的织锦联珠纹织成，远看非常鲜明，也非常合身。

就中云幕椒房亲，赐名大国虢与秦。

二句引出杨氏姊妹。"椒房"本是汉代的椒房殿，是后妃的居处。《汉书·车千秋传》："江充先治甘泉宫人，转至未央椒房。"颜师古注："椒房，殿名，皇后所居也。"[1] 后亦泛指后妃，《后汉书·延笃传》："大将军椒房外家，而皇子有疾，必应陈进医方，岂当使客千里求利乎？"[2] 这里的"椒房亲"即指杨贵妃的姊妹虢国夫人和秦国夫人、韩国夫人。《资治通鉴》玄宗天宝七载："十一月癸未，以贵妃姊适崔氏者为韩国夫人，适裴氏者为虢国夫人，适柳氏者为秦国夫人。三人皆有才色，上呼之为姨，出入宫掖，并承恩泽，势倾天下。每命妇入见，玉真公主等皆让不敢就位。三姊与铦、锜五家凡有请托，府县承迎，峻于制敕，四方赂遗，辐凑其门，惟恐居后，朝夕如市。十宅诸王及百孙院婚嫁，皆以钱千缗赂韩、虢，使请无不如志。上所赐与及四方献遗，五家如一。竞开第舍，极其壮丽，一堂之费，动逾千万，既成，见它人有胜己者，辄毁而改为。虢国尤为豪荡。"[3] 诗中的"云幕"是指在曲江水边架起帐幕，这也是唐代长安士人游春时经常做的事。《开元天宝遗事》卷下《油幕》条记载："长安贵家子弟，每至春时，游宴供帐于园圃中，随行载以油幕，

---

1 ［汉］班固：《汉书》卷六六，中华书局1962年版，第2885页。
2 ［南朝宋］范晔：《后汉书》卷六四，第2104页。
3 ［宋］司马光：《资治通鉴》卷二一六，中华书局1956年版，第6891–6892页。

或遇阴雨，以幕覆之，尽欢而归。"¹ 刘驾《上巳日》诗"日光去此远，翠幕张如雾"，也是对于云幕的描绘。

紫驼之峰出翠釜，水精之盘行素鳞。犀箸厌饫久未下，鸾刀缕切空纷纶。

四句描写宴饮的奢华。前面二句描写肴馔之精美丰盛，器皿的雅致豪华，是就客体而言的；中间二句描写主人暴殄珍物，厨师空自劳禄，是就主体而言的。"紫驼"，赤栗色骆驼。自杜甫《丽人行》后，人们常用驼峰做成珍贵菜肴，如宋苏轼《送碧香酒与赵明叔教授》诗："不羡紫驼分御食，自遣赤脚沽村酿。""翠釜"即铜釜，翠指铜的翠绿色。"水精盘"即水晶盘，指精美的盘子。按，水精盘之典与赵飞燕有关，宋乐史《杨太真外传》上："汉成帝获飞燕，身轻欲不胜风。恐其飘翥，帝为造水晶盘，令宫人掌之而歌舞。"² "素鳞"，白色之鱼，亦为鱼的泛称。典出晋王廙《笙赋》："厌瑶口之陆离，舞灵蛟之素鳞。""犀箸"，犀角制成的筷子。"鸾刀"，刀环有铃的刀。《诗·小雅·信南山》："执其鸾刀，以启其毛，取其血膋。"毛传："鸾刀，刀有鸾者，言割中节也。"孔颖达疏："鸾即铃也。谓刀环有铃，其声中节。"

黄门飞鞚不动尘，御厨络绎送八珍。箫鼓哀吟感鬼神，宾从杂遝实要津。

四句描写宴饮的排场。前面二句描写中官报信，御厨急送山珍海味，是就云幕之外而言的。后面二句描写箫鼓音乐，动天地泣鬼神，宾客随从紧密聚集，都是朝廷占据显要职位之人，是从云幕之内而言的。"黄门"，宦官，太监。因东汉黄门令、中黄门诸官，皆为宦者充任，故称。《文选·嵇康〈与山巨源绝交书〉》："岂可见黄门而称贞哉！"李周翰注："黄门，阉人也。""八珍"，《周礼·天官冢宰第一》记载周天子进膳时，"食用六谷，膳用六牲，饮用六清，羞用百有二十品，珍用八物，酱用百有二十瓮。"郑玄注："珍，谓淳熬、淳母、炮豚、炮牂、捣珍、渍熬、肝、膋也。"亦泛指珍羞美味。

---

1 [五代]王仁裕：《开元天宝遗事》卷下，《开元天宝遗事十种》上海古籍出版社1985年版，第96—97页。
2 [宋]乐史：《杨太真外传》上，《开元天宝遗事十种》，第137页。

后来鞍马何逡巡，当轩下马入锦茵。杨花雪落覆白苹，青鸟飞去衔红巾。

四句专写杨国忠，远处骑乘鞍马之人逡巡而来，当轩下马直接进入云幕。这时的曲江岸边，杨花如雪飘落，覆盖在白苹之上，传情的青鸟衔走了夫人的红巾。从字面上看，这是写景，春日杨花如雪，飞落白苹之上，青鸟衔着红巾而飞去；进一步分析，则是语含比兴，因其气焰熏灼，似乎花亦触之而落，鸟亦避之而飞；更是用杨白花的典故，富有政治讽谕的深意。《旧唐书·杨贵妃传》载："玄宗每年十月，幸华清宫，国忠姊妹五家扈从。每家为一队，着一色衣；五家合队，照映如百花之焕发。而遗钿坠舄，瑟瑟珠翠，璀璨芳馥于路。而国忠私于虢国，而不避雄狐之刺；每入朝，或联镳方驾，不施帷幔。每三朝庆贺，五鼓待漏，靓妆盈巷，蜡炬如昼。"可以参证。

炙手可热势绝伦，慎莫近前丞相嗔！

最后二句通过游人的警戒，以表现杨国忠炙手可热、权势倾天的气焰。清人黄生《杜诗说》云："要留'丞相'二字煞韵，使读者得讽刺之意于言外。先时丞相未至，观者犹得近前，及其既至，则呵禁赫然，远近皆为辟易。此段具文见意，隐然可想。"[1]

这里需要说明一下，杜甫之后，宋代苏轼作了一首《续丽人行》，用了杜甫之诗题，诗前有序："李仲谋家有周昉画背面欠伸内人，极精，戏作此诗。"则是有感于周昉的画而作，诗云："深宫无人春日长，沉香亭北百花香。美人睡起薄梳洗，燕舞莺啼空断肠。画工欲画无穷意，前立东风初破睡。若教回首却嫣然，阳城下蔡俱风靡。杜陵饥客眼长寒，蹇驴破帽随金鞍。隔花临水时一见，只许腰肢背后看。心醉归来茅屋底，方信人间有西子。君不见孟光举案与眉齐，何曾背面伤春啼。"与杜甫诗相较，有两个方面值得注意：一是这首诗的主旨是说深宫的女子不如梁鸿、孟光那样举案齐眉、相敬如宾的平常夫妇，与杜甫讽刺杨氏兄妹之旨大相径庭；二是"杜陵饥客"四句，是对

---

[1] ［清］黄生：《杜诗说》卷三，黄山书社1994年版，第84页。

杜甫及其诗的评价,而这几句评价太刻薄,有失杜诗"温柔敦厚"之旨,虽序称"戏作",然所戏太过,既失底蕴,更欠蕴藉。

三、《丽人行》名物意象

《丽人行》在艺术表现上的一大特点,是通过名物意象来表现特定的场景和人物。有关该诗名物的研究,胡可先、武晓红有《"蹙金"考:一个唐五代诗词名物的文化史解读》[1],《金银饰品与唐五代诗词》[2],武晓红《杜甫〈丽人行〉诗名物考释图证》[3],已经做了较为系统全面的研究,这里在此基础上再从意象表现的层面,选取三个名物意象加以阐释。

(一)"蹙金"与服饰

"蹙金孔雀银麒麟"这一句非常著名,唐代诗词当中常常见到"蹙金"这一名物,唐代以前的文献当中也常常见到有关蹙金的记载,但是唐以前蹙金绣实物却长期以来一直没有发现。直至1987年法门寺地宫的发掘,才使得唐代蹙金绣的实物展现在世人面前。法门寺地宫出土的实物中,丝绸服饰堪称一大宗,这些实物大都是皇帝后妃、诸王公主等皇室帝胄和衣冠贵族供奉的用品。出土遗物中,共有五件蹙金绣,即紫红罗地蹙金绣半臂、紫红罗地蹙金绣案裙、紫红罗地蹙金绣袈裟、紫红罗地蹙金绣裙、紫红罗地蹙金绣拜垫。杜甫的这句诗,"银麒麟"蒙前省了"蹙"字,也就是说,丽人的服饰是"蹙金"的孔雀和"蹙银"的麒麟。法门寺出土的蹙金绣实物中,半臂和绣裙属于服饰,尤其是半臂(见图表十五),就其形制而言,衣长仅过胸部,工艺精湛,与杜甫"蹙金孔雀银麒麟"诗参证,从中也反映出唐代仕女豪奢的生

---

[1] 《浙江大学学报》2011年第4期,第47-56页。
[2] 《浙江大学学报》2014年第1期将刊。
[3] 《中文学术前沿》第三辑,浙江大学出版社2011年版,第114-125页。

图表十五　法门寺出土唐紫红罗地蹙金绣半臂

活情状,以及自由开放的社会风气。

　　我们这里进一步考察"金孔雀"和"银麒麟"之图案纹样所蕴涵的意象。《杜诗详注》解:"卢肇《柘枝舞赋》:'靴瑞锦以云匝,袍蹙金而雁欹。'赵曰:'杜牧自谓其诗"蹙金结绣",知蹙金乃唐人常语。'周注:'孔雀,奇禽,麒麟,瑞兽,衣上所绣物色。'胡夏客曰:'唐宣宗尝语大臣曰:玄宗时内府锦袄二,饰以金雀,一自御,一与贵妃,今则卿等家家有之矣。'"[1]衣服上绣有孔雀和麒麟是为了纳福,同时这也象征着一个人的家世背景和社会地位。《簪花仕女图》中最左边的贵妇人所着衣服上布满了仙鹤就是取长寿之意,而其胸部只露半头,似有羽冠和喙的动物是否是孔雀则有待考证。《丽人行》描写长安丽人服饰上"金"、"银"、"孔雀"、"麒麟"四种因素相呼应,使得前一句的"绣罗衣裳"之上又平添了富贵之气。

(二)"八珍"与宴饮

　　《丽人行》描写宴饮部分,突出了"八珍"、"紫驼之峰"等佳肴的名贵。

---

[1] [清]仇兆鳌:《杜诗详注》,第157页。

《杜诗详注》云:"《周礼·膳夫》:'珍用八物'。注:'珍,谓淳熬、淳母、炮豚、炮牂、捣珍、渍熬、肝、膋也。'"[1] 其实历代"八珍"所指纷繁,说法也不统一,故我们可以理解为其泛指精美罕见的名贵食品。至于"素鳞"和"紫驼之峰",无论是否列于八珍,至少是和"八珍"同等珍贵的实物。这里专门考释"驼峰"的名贵及其与"八珍"的关系。驼峰产于骆驼身上。《杜诗详注》云:"洙曰:《汉书》:'大月氏,本西域国,出一封橐驼。注云:脊上有一封,高也,如封土然。今俗呼为帮。'《酉阳杂俎》:'衣冠家名食,有将军曲良翰作驼峰炙,味甚美。'"[2] 纪晓岚在《阅微草堂笔记·槐西杂志二》中写道:"又有野驼,止一峰,斋之极肥美。杜甫《丽人行》所谓'紫驼之峰出翠釜',当即指此。今人以双峰之驼为八珍之一,失其实矣。"[3] 由上面的引证也说明,古人确实有以驼峰作为"八珍"之一的。至于唐代贵族的宴饮,确实非常精致与豪奢,五代陶谷《清异录》卷下所载韦巨源所上"烧尾食"食单,所列58种菜肴,也是唐代上层贵族豪华奢侈的见证,与杜甫《丽人行》诗描绘的宴饮场面相比照,可以加深对于诗歌深层意蕴的理解。现将《清异录》所载烧尾食单品种抄录于下:1.单笼金乳酥;2.曼陀样夹饼;3.巨胜奴;4.婆罗门轻高面;5.贵妃红;6.七返膏;7.金铃炙;8.御黄王母饭;9.通花软牛肠;10.光明虾炙;11.生进二十四气馄饨;12.生进鸭花汤饼;13.同心生结脯;14.见风消;15.金银夹化平截;16.火焰盏口䭔;17.冷蟾儿羹;18.唐安餤;19.水晶龙凤糕;20.双拌方破饼;21.玉露团;22.汉宫棋;23.长生粥;24.天花饆饠;25.赐绯含香粽子;26.甜雪;27.八方寒食饼;28.素蒸音声部;29.白龙臛;30.金粟平䭔;31.凤凰胎;32.羊皮花丝;33.逡巡酱;34.乳酿鱼;35.丁子香淋脍;36.葱醋鸡;37.吴兴连带鲊;38.西江料;39.红羊枝杖;40.升平炙;41.八仙盘;42.雪婴儿;43.仙人脔;44.小天

---

1 [清]仇兆鳌:《杜诗详注》,第159页。
2 [清]仇兆鳌:《杜诗详注》,第159页。
3 [清]纪昀:《阅微草堂笔记》卷一二,上海古籍出版社1980年版,第278页。

酥；45. 分装蒸腊熊；46. 卯羹；47. 青凉臛碎；48. 箭头春；49. 暖寒花酿驴蒸；50. 水炼犊炙；51. 五生盘；52. 格食；53. 过门香；54. 缠花云梦肉；55. 红罗饤；56. 遍地锦装鳖；57. 蕃体间缕宝相肝；58. 汤浴绣丸。[1]

此外，长安县南里王村唐韦氏家族墓出土《宴饮图》（见图表十六），可以与杜甫诗"御厨络绎送八珍"相参证。

（三）"杨花"与景物

《丽人行》"杨花雪落覆白蘋，青鸟飞去衔红巾"，从字面上看，写的是三月三日曲江水边的景物，同时在写景的同时巧妙地化用典故，以蕴涵深刻的政治意义。

图表十六　唐宴饮图
（长安县南里王村唐韦氏墓出土）

---

1 ［五代］陶谷：《清异录》卷下，《影印文渊阁四库全书》第1047册，第919–920页。

就写景而言，曲江三月确实是杨花漫天的，据唐康骈《剧谈录》记载："曲江池本秦世隑洲。开元中疏凿，遂为胜境，其南有紫云楼、芙蓉苑，其南（应为西）有杏园、慈恩寺。花卉环周，烟水明媚。都人游玩，盛于中和、上巳之节。彩幄翠帱，匝于堤岸，鲜车健马，比肩击毂。上巳即赐宴臣僚。"[1] 唐代诗人咏曲江之诗，经常描绘其柳絮纷飞，花繁叶茂，啼鸟绕树的情况。如王涯《游春词》："鸟度时时冲絮起，花繁衰衰压枝低。"唐代章碣的《曲江》诗描写其时的景象说："日照香尘逐马蹄，风吹浪溅几回堤。无穷罗绮填花径，大半笙歌占麦畦。落絮却笼他树白，娇莺更学别禽啼。只缘频燕蓬洲客，引得游人去似迷。""落絮却笼他树白"与杜甫诗句在写景方面具有异曲同工之妙。

就用典而言，杨花用的是杨白花事。据《乐府诗集》卷七三载《杨白花》："杨春二三月，杨柳齐作花。春风一夜入闺闼，杨花飘荡落南家。含情出户脚无力，拾得杨花泪沾臆。秋去春来双燕子，愿衔杨花入窠里。"解题称："《梁书》曰：'杨华，武都仇池人也。少有勇力，容貌雄伟，魏胡太后逼通之。华惧及祸，乃率其部曲来降。胡太后追思之不能已，为作《杨白华》歌辞，使宫人昼夜连臂蹋足歌之，声甚凄惋。'故《南史》曰：'杨华本名白花，奔梁后名华，魏名将杨大眼之子也。'"[2] 此歌之"秋去春来双燕子，愿衔杨花入窠里"，杜甫用之，引入"青鸟飞去衔红巾"句。而"青鸟"又用西王母的典故，旧题汉班固《汉武故事》："七月七日，上于承华殿斋，正中，忽有一青鸟从西方来，集殿前。上问东方朔，朔曰：'此西王母欲来也。'有顷，王母至，有两青鸟如乌，侠侍王母旁。"[3] 参以《旧唐书·杨贵妃传》载："国忠私于虢国，而不避'雄狐'之刺。每入朝，或联镳方驾，不施帷幔。"[4] "雄狐"用

---

[1] ［唐］康骈：《剧谈录》卷下，古典文学出版社1958年版，第57页。
[2] ［宋］郭茂倩：《乐府诗集》卷七三，第1039–1040页。
[3] ［唐］欧阳询：《艺文类聚》卷九一，上海古籍出版社1982年版，第1577–1578页。
[4] ［五代］刘昫：《旧唐书》卷五一，第2179页。

《诗·齐风·南山》"南山崔崔,雄狐绥绥。鲁道有荡,齐子由归",以讽齐襄公与其妹文姜私通。读到这里,我们就知道,杜诗的写景是如何巧妙而生动,杜诗的讽刺是如何婉转而深刻了。

四、《丽人行》相关绘画

杜甫《丽人行》诗,描述长安豪贵三月三日踏青的情景,尤其突出描写杨国忠、杨贵妃兄妹恃宠的骄态,故而这一题材自唐以后就被画家所热衷,因而《丽人行》诗与画的关系,也是非常值得关注的话题。这方面,台湾学者衣若芬女士作了《美感与讽喻——杜甫〈丽人行〉的图像演绎》[1],研究视角非常独到,现参考衣若芬女士的成果,综合相关文献和图录,对这一问题略作阐述。

最早与《丽人行》相关的绘画,是唐人张萱的《虢国夫人游春图》(见图表十七)。对于这幅画,宋代的《宣和画谱》有记载。但原画已佚,现在留存于世者,相传是宋徽宗的摹本,虽是摹本,犹存唐人风貌,真迹藏于辽宁省博物馆。该图为绢本,设色,纵51.8厘米,横148厘米。图中人物共有九人,其中一人怀抱婴儿。

后于张萱的是宋代李公麟直接命名为《丽人行》的图画(见图表十八)。《丽人行》图为绢本设色画,宽112.63厘米,高33.4厘米。现藏于台北故宫博物院。李公麟(1049–1106),字伯时,号龙眠居士,临江军舒州(今安徽桐城)人。熙宁三年(1070)中进士,官至朝奉郎。他是北宋最著名的画家,《宣和画谱》称其"尤工人物,能分别状貌,使人望而知其为廊庙、馆阁、山林、草野、间阎、臧获、占舆、皂隶。至于动作态度、颦伸俯仰、大小善恶,与夫东西南北之人才分点画,尊卑贵贱,咸有区别,非若世俗画工混为一律"[2]。

---

[1] 衣若芬:《游目骋怀——文学与美术的互文与再生》,里仁书局2011年版,第173–197页。
[2] [宋]佚名:《宣和画谱》卷七,《丛书集成初编》本,第198页。

图表十七　唐张萱《虢国夫人游春图》(辽宁省博物馆藏)

李公麟所绘《丽人行》图，所描人物亦为九人，其从左至右三个部分，最前段一人骑马，中间则集中了五人，最后段有骑马二人。而《虢国夫人游春图》，则后两段与《丽人行》图颠倒。也就是说《丽人行》图是着意模仿《虢国夫人游春图》又有所变化的。

　　傅抱石《丽人行》图，是近现代杜甫诗意画中最具特点的作品，而且这幅画将历史与当下的现实有机地结合在一起，融合于绘画当中。其作画的缘起与契机："此幅创作于1944年的《丽人行》，是傅抱石人物画中少有的宏幅长卷之一，亦是其代表力作。其题材取自唐代诗人杜甫的名诗《丽人行》，至于创作的直接动机则要追溯到民国三十二年(1943年)。当时，正是傅抱石寓居重庆的时候，一日他返回寓所，适逢宋子义、宋美龄、宋霭龄等宋氏家族成员出游南温泉，那一带全境戒严，许多人都被阻于车站。目睹达官贵妇的凌人气势，使傅抱石猛然想起杜甫《丽人行》中的诗句：'三月三日天气新，长安水边多丽人。……炙手可热势绝伦，慎莫近前丞相嗔。'回到家后，傅抱石便开始着手准备，不久创作了《丽人行》。此画完成后曾请郭沫若看过，得到赞许。第二年，傅抱石根据郭沫若的意见，重又画了一幅，内容相同，人物占画面的比例大大减小，作品尺寸也有所改变。这幅画后来分别请徐悲鸿和张大千作题跋，并于1953年赠送给郭沫若，以后一直珍藏在郭沫若

图表十八　宋李公麟《丽人行图》(台北故宫博物院藏)

纪念馆直至送到拍卖行参拍。"[1] 该画"唐代宫廷仕女与官员出行，走在参天密林之下。树木只画枝干，以渲染表现葱蓊绿意，一派'三月三日天气新'的盎然春景。林间空隙可见五个群体，仿佛被光彩照亮般突出，熙熙攘攘，由画面左方朝右方前进"。[2] 这幅画后来出现在拍卖会上，"1996年10月18日，中国嘉德国际拍卖有限公司在北京昆仑饭店拍卖大会上，傅抱石作品《丽人行》以人民币1078万元成交，一举打破现代中国画拍卖价的最高纪录，震惊艺术界"。[3]

近代著名画家中，傅抱石以外，陆俨少和程十发都有《丽人行》图。"陆俨少以杨国忠置画面中央，作为主角，强调的是杜诗'炙手可热势绝伦，慎莫近前丞相嗔'的含意。程十发的《丽人行》图，则全无男性，中央占近二分之一面积的，是一株盛放的桃树，花朵鲜丽夺目，与树下的美人相互辉映。三位贵妇，一调鹦鹉，一嗅花，一摘花，旁边服侍的少女也沐浴在跃动的春情之中。这是杜诗'三月三日天气新，长安水边多丽人'的写照。"[4]

杜甫《丽人行》诗，之所以得到古往今来诸多名画家的青睐，其主要原因在于该诗的视觉冲击力。暮春时节，春暖花繁的风景，又值上巳佳节，曲

1　耶子：《傅抱石的〈丽人行〉及其市场行情简析》，《美术大观》1997年第4期，第38页。
2　衣若芬：《游目骋怀——文学与美术的互文与再生》，第190–191页。
3　沈佐尧：《傅抱石〈丽人行〉及其他》，《收藏家》2001年第2期，第16页。
4　衣若芬：《游目骋怀——文学与美术的互文与再生》，第193–194页。

江水边,丽人群体,真是风景如画。作者由远到近地描写,目光由春景聚集到丽人。其绣罗服饰与暮春相映,然后从上到下,从正面背面进行描绘,头上翠彩匐叶,背后珠压腰衱。接着具体描写云幕中的宴饮场面,食品的精致,器皿的珍贵,都达到了极致。最后写到杨国忠的到来,也是通过当轩下马的姿态,表现出其炙手可热的权势。

因为诗中除了视觉以外,还有听觉、味觉、触觉等,这些都是通过视觉来表现的。其感观世界是由视觉进行统筹与推动,统摄听觉、味觉和触觉的,也就是说这些都要在视觉的范围之内,在视觉不能继续的时候,诗歌也就结束了。因此,《丽人行》诗无论是写景还是叙述,都是由视觉主导的,这符合画的条件,其他方面如按照时序流动的情节安排,也适合于绘画。[1]

但绘画也不能完全表达诗的主题,最主要是诗的讽谕方面,在绘画中很难表现出来。我们想,傅抱石的《丽人行》图,如果不是自己说出其作画契机的话,人们是看不出来与宋美龄姊妹有关的。就画面本身而言,也很难看出具有讽刺杨国忠的意思。就诗与画而言,诗往往侧重表现事物的内在意涵,画往往侧重表现事物的外在美感。因此,杜甫的《丽人行》诗和后代的《丽人行》画,在共同赏读时,有些方面是可以相互补充的,但总体而言,诗是主体,画是无法代替诗的理解的。由此我们也联想到苏东坡评价王维的诗画称"味摩诘之诗,诗中有画;观摩诘之画,画中有诗",虽然有一定的道理,但也在一定程度上抹杀了诗与画各自的特点。

五、《丽人行》与《虢国夫人》诗

虢国夫人承主恩,平明骑马上都门。却嫌脂粉污颜色,淡扫蛾眉朝至尊。

这是杜甫《虢国夫人》诗句,与《丽人行》有着密切的关系,但其作者归

---

1 参衣若芬《游目骋怀——文学与美术的互文与再生》,第180页。

属一直是争议的问题。张祜的文集也收入此诗句,为《集灵台二首》之二。我们选取仇兆鳌《杜诗详注》卷二的说法,暂将其归为杜甫之作。《丽人行》写的是杨氏三姊妹,而《虢国夫人》写的是虢国夫人一人。这是因为虢国夫人在三姊妹中更为特殊。因而在盛唐之后,虢国夫人不仅是诗人所重视的人物,也是画家所重视的人物。传为张萱所作的《虢国夫人游春图》就是典型的例证。"此诗讽刺微婉,曰虢国,滥封号也;曰承恩,宠女谒也;曰平明上马,不避人也;曰淡扫蛾眉,妖姿取媚也;曰入门朝尊,出入无度也。当时浊乱宫闱如此,已兆陈仓之祸矣。"[1]

就这首诗的名物而言,重点是妆饰方面。"却嫌脂粉污颜色,淡扫蛾眉朝至尊",在盛唐时期是特殊的妆饰。之所以"淡扫蛾眉",是因为当时的时尚是化浓妆,重涂脂粉,而虢国夫人因嫌脂粉污染了面容,没有敷抹脂粉,只是淡扫蛾眉,这是迥异于时的清淡妆饰,联系到上句的"承主恩",这种举止也是她得宠而放肆轻狂的行动,而她又不是后妃,承主恩而放肆,就揭示了唐玄宗和虢国夫人之间不是很正常的关系。尽管素面朝天,但眉还是要扫的,说明画眉在妆饰当中的重要程度。同时,虢国夫人出行直接朝见皇帝,不按任何程序,也与唐代妇女出行时的礼仪相背离。据《资治通鉴》卷二一六《唐纪》:

> 天宝十二载冬十月戊寅,上幸华清宫。杨国忠与虢国夫人居第相邻,昼夜往来,无复期度,或并辔走马入朝,不施障幕,道路为之掩目。三夫人将从车驾幸华清宫,会于国忠第,车马仆从,充溢数坊,锦绣珠玉,鲜华夺目。国忠谓客曰:"吾本寒家,一旦缘椒房至此,未知税驾之所。然念终不能致令名,不若且极乐耳。"杨氏五家,队各为一色衣以相别,五家合队,粲若云锦。

胡三省注:

---

[1] [清]施鸿保:《读杜诗说》卷二,上海古籍出版社1983年版,第17页。

虢国居宣阳坊，国忠居第在其西。妇人出必有障幕以自蔽。[1]

所谓"妇人出必以障幕以自蔽"的方式，唐时应有两种，一是蔽面，一是蔽身。如果骑马，则以蔽面为主，如果乘车，则设障幕以蔽身。蔽面的方式，初唐时用"羃罗"，盛唐时用胡帽，其变迁过程唐刘肃《大唐新语》卷一○有载：

> 武德、贞观之代，宫人骑马者，依《周礼》旧仪，多着羃罗，虽发自戎夷，而全身障蔽。永徽之后，皆用帷帽施裙，到颈为浅露。显庆中，诏曰："百家家口，咸厕士流。至于衢路之间，岂可全无障蔽。比来多着帷帽，遂弃羃罗；曾不乘车，只坐檐子。过于轻率，深失礼容。自今已后，勿使如此。"神龙之末，羃罗始绝。开元初，宫人马上始着胡帽，就妆露面，士庶咸效之。天宝中，士流之妻，或衣丈夫服，靴衫鞭帽，内外一贯矣。[2]

这样看来，唐时贵族妇人出行时，要以障幕蔽面，或戴帷帽，或著胡帽，而虢国夫人则"不施障幕"，故而"道路为之掩目"。唐代妇女出行障幕遮面的情况，现在还可以找到不少出土文献的图证。如新疆阿斯塔那墓出土的戴帷帽的骑马的妇女就是典型的实例（见图表十九）。帷帽是遮面的用具。《资治通鉴》及胡三省注所言以障幕以自蔽，盖即类似此类的妆饰。但我们又检查了相关材料，开元十九年玄宗诏书："妇女服饰，帽子皆太露面，……不得有掩蔽。"[3]是玄宗朝，妇女服饰大为开放，就此而言，虢国夫人的举动，应该是颇合唐玄宗之意的。而《资治通鉴》所载"不施障幕，道路为之掩目"事，则言其所乘之车不设障幕，而过于招摇过市。而杜甫的诗，言虢国夫人既骑马朝天，又淡扫蛾眉，则说明其既迎合玄宗，又自我放肆。

---

1 [宋]司马光:《资治通鉴》卷二一六，第6919—6920页。
2 [唐]刘肃:《大唐新语》卷一○，中华书局1984年版，第151页。
3 [宋]王溥:《唐会要》卷三一，第665页。

图表十九　新疆阿斯塔那墓彩绘泥俑

唐玄宗时最盛画眉，唐张泌《妆楼记·十眉图》："明皇幸蜀，令画工作十眉图，横云、斜月，皆其名。"[1]明杨慎《丹铅续录·十眉图》："唐明皇令画工画十眉图。一曰鸳鸯眉，又名八字眉；二曰小山眉，又名远山眉；三曰五岳眉；四曰三峰眉；五曰垂珠眉；六曰月棱眉，又名却月眉；七曰分梢眉；八曰逐烟眉；九曰拂云眉，又名横烟眉；十曰倒晕眉。"[2]虢国夫人"淡扫蛾眉"的做法则与时尚相左。因为唐玄宗重视画眉，故宋初陶谷《清异录》"妆饰"记载了多条画眉材料，其中有一条为《开元御爱眉》："五代宫中画开元御爱眉、小山眉、五岳眉、垂珠眉、月棱眉、分梢眉、涵烟眉。国初，小山尚行，得之宦者窦季明。"[3]说明开元时的一些眉式，至五代时尚流行。

蛾眉妆饰是唐时甚为流行的眉妆。因为蚕蛾触须较长，故而古人将女子

1　［唐］张泌：《妆楼记·十眉图》，《丛书集成初编》本，第2页。
2　［明］杨慎《丹铅续录·十眉图》，《丛书集成初编》本，第95页。
3　［宋］陶谷：《清异录》卷下，《影印文渊阁四库全书》第1047册，第896页。

细长而弯曲的眉毛称为"蛾眉"。唐代女诗人刘媛《长门怨》诗:"学画蛾眉独出群,当时人道便承恩。经年不见君王面,花落黄昏空掩门。"说明宫中还是盛行画蛾眉妆的。唐玄宗《好时光》诗:"眉黛不须张敞画,天教入鬓长。"说明唐玄宗提倡画长眉,故而蛾眉作为一种细长而弯曲的眉饰,盛行于玄宗朝,也就在情理之中了。唐李白也有《怨情》诗:"美人卷珠帘,深坐颦蛾眉。"常建《古兴》诗:"石榴裙裾蛱蝶飞,见人不语颦蛾眉。"刘方平《京兆眉》诗:"新作蛾眉样,谁将月里同。有来凡几日,相效满城中。"说明同样是"蛾眉",眉式也会在不同时候产生变化,以形成新的时尚。中唐李贺《房中思》:"新桂如蛾眉,秋风吹水绿。"元稹《恨妆成》诗:"凝翠晕蛾眉,轻红拂花脸。"白居易《妇为苦》诗:"蝉鬓如意梳,蛾眉用心扫。"刘皂《长门怨》诗:"蝉鬓慵梳倚帐门,蛾眉不扫惯承恩。"温庭筠的著名词作《菩萨蛮》,也还有"懒起画蛾眉,弄妆梳洗迟"的名句。实际上,中唐以后虽有画蛾眉之人,但已不是时尚。白居易《上阳白发人》诗:"小头鞋履窄衣裳,青黛点眉眉细长。外人不见见应笑,天宝末年时世妆。"说明天宝时的长眉到了元和时就不时尚了。

张萱的《虢国夫人游春图》的眉饰,是盛唐时期典型的"蛾眉"妆,说明盛唐时期妇女对眉饰是极为重视的,在化妆过程中,眉饰置于首位。杜甫诗说"却嫌脂粉污颜色,淡扫蛾眉朝至尊",尽管淡扫,还是要扫的。当然,据史载,虢国夫人也有素面朝天的时候。宋人乐史《杨太真外传》云:"虢国不施妆粉,自炫美艳,常素面朝天。"[1] 传世的《虢国夫人游春图》和《簪花仕女图》都出于张萱之手,而眉式却迥异,这说明在盛唐时期,贵族妇女的眉式也是多种多样的,唐玄宗偏好女性画眉,而有十眉图,因而造成了时代风气。当然,蛾眉的样式有时也会受到文人的非议,也就是说,当文人要非议某位女子时,即以蛾眉代之。最典型的事例是骆宾王《代李敬业传檄天下文》:"入门见嫉,

---

[1] [宋]乐史:《杨太真外传》卷上,《开元开宝遗事十种》,第133页。

蛾眉不肯让人；掩袖工谗，狐媚偏能惑主。"¹这里的蛾眉不一定就是指的具体蛾眉式样，而是借蛾眉代指武则天的美色，与"狐媚"对读，也暗含贬义。

虢国夫人的事，成为中国历史上的一段传奇，引起了历代文人的不断关注。苏轼《虢国夫人夜游图》："佳人自鞚玉花骢，翩如惊燕踏飞龙。金鞭争道宝钗落，何人先入明光宫。宫中羯鼓催花柳，玉奴弦索花奴手。坐中八姨真贵人，走马来看不动尘。明眸皓齿谁复见，只有丹青余泪痕。人间俯仰成今古，吴公台下雷塘路。当时亦笑张丽华，不知门外韩擒虎。"²可以作为读杜甫诗的参照。

最后谈一下虢国夫人之死，虢国夫人之死与其他女性并不一样，《旧唐书·杨贵妃传》记载虢国夫人在安史之乱中自刎的过程："马嵬之诛国忠也，虢国夫人闻难作，奔马至陈仓。县令薛景仙率人吏追之，走入竹林。先杀其男裴徽及一女。国忠妻裴柔曰：'娘子为我尽命。'即刺杀之。已而自刎，不死，县吏载之，闭于狱中。犹谓吏曰：'国家乎？贼乎？'吏曰：'互有之。'血凝至喉而卒，遂瘗于郭外。"³这位宫中女性，在国家危难之中，完成自己的宿命，也演出略显悲壮的一幕情景。她在自己的一子一女被杀之后，又在国忠妻裴柔的请求下刺死其人，最后自刎，即将死亡时与狱吏的一番对话，显示出这位女子迥异于人的刚烈个性。安史之乱这一翻天覆地的政治变化，带给各类妇女以不同的命运，就各种史料和笔记记载的虢国夫人生前的奢侈无度，似乎避免不了这样的结果，然而"国家乎！贼乎！"的发问，又为其死因增添了难以捉摸的缘由。国家与贼之间的距离到底有多远，用何种尺度来衡量，这也是虢国夫人留给后人思考而后人却一直漠视的问题。

---

1 ［清］陈熙晋：《骆临海集笺注》卷一〇，上海古籍出版社1985年版，第330页。
2 ［宋］苏轼：《苏轼诗集》卷二七，中华书局1982年版，第1462—1464页。
3 ［五代］刘昫：《旧唐书》卷五一，第2181页。

第七章　白居易《长恨歌》

一、《长恨歌》的流传

日本流传的《长恨歌》多种早期抄本，前面都有序，而中国本土流传的《长恨歌》，却并没有序，这一情况长期以来并没有引起国内学者的注意。本章在中日学者《长恨歌》研究的基础上，根据一些重要抄本和相关文献资料，对《长恨歌》与《长恨歌序》、《长恨歌传》之间的关系进行研究，并在对《长恨歌》与《长恨歌传》流传情况考察的基础上，对《长恨歌传》的相关问题加以探讨。我们先根据通行本将全诗抄录如下：

> 汉皇重色思倾国，御宇多年求不得。杨家有女初长成，养在深闺人未识。
> 天生丽质难自弃，一朝选在君王侧。回眸一笑百媚生，六宫粉黛无颜色。
> 春寒赐浴华清池，温泉水滑洗凝脂。侍儿扶起娇无力，始是新承恩泽时。
> 云鬓花颜金步摇，芙蓉帐暖度春宵。春宵苦短日高起，从此君王不早朝。
> 承欢侍宴无闲暇，春游春从夜专夜。后宫佳丽三千人，三千宠爱在一身。
> 金屋妆成娇侍夜，玉楼宴罢醉和春。姊妹弟兄皆列土，可怜光彩生门户。
> 遂令天下父母心，不重生男重生女。骊宫高处入青云，仙乐风飘处处闻。

缓歌慢舞凝丝竹，尽日君王看不足。渔阳鼙鼓动地来，惊破霓裳羽衣曲。
九重城阙烟尘生，千乘万骑西南行。翠华摇摇行复止，西出都门百余里。
六军不发无奈何，宛转蛾眉马前死。花钿委地无人收，翠翘金雀玉搔头。
君王掩面救不得，回看血泪相和流。黄埃散漫风萧索，云栈萦纡登剑阁。
峨眉山下少人行，旌旗无光日色薄。蜀江水碧蜀山青，圣主朝朝暮暮情。
行宫见月伤心色，夜雨闻铃肠断声。天旋地转回龙驭，到此踌躇不能去。
马嵬坡下泥土中，不见玉颜空死处。君臣相顾尽沾衣，东望都门信马归。
归来池苑皆依旧，太液芙蓉未央柳。芙蓉如面柳如眉，对此如何不泪垂。
春风桃李花开日，秋雨梧桐叶落时。西宫南内多秋草，落叶满阶红不扫。
梨园弟子白发新，椒房阿监青娥老。夕殿萤飞思悄然，孤灯挑尽未成眠。
迟迟钟鼓初长夜，耿耿星河欲曙天。鸳鸯瓦冷霜华重，翡翠衾寒谁与共。
悠悠生死别经年，魂魄不曾来入梦。临邛道士鸿都客，能以精诚致魂魄。
为感君王辗转思，遂教方士殷勤觅。排空驭气奔如电，升天入地求之遍。
上穷碧落下黄泉，两处茫茫皆不见。忽闻海上有仙山，山在虚无缥缈间。
楼阁玲珑五云起，其中绰约多仙子。中有一人字太真，雪肤花貌参差是。
金阙西厢叩玉扃，转教小玉报双成。闻道汉家天子使，九华帐里梦魂惊。
揽衣推枕起徘徊，珠箔银屏迤逦开。云鬓半偏新睡觉，花冠不整下堂来。
风吹仙袂飘飘举，犹似霓裳羽衣舞。玉容寂寞泪阑干，梨花一枝春带雨。
含情凝睇谢君王，一别音容两渺茫。昭阳殿里恩爱绝，蓬莱宫中日月长。
回头下望人寰处，不见长安见尘雾。唯将旧物表深情，钿合金钗寄将去。
钗留一股合一扇，钗擘黄金合分钿。但教心似金钿坚，天上人间会相见。
临别殷勤重寄词，词中有誓两心知。七月七日长生殿，夜半无人私语时。
在天愿作比翼鸟，在地愿为连理枝。天长地久有时尽，此恨绵绵无绝期。

　　《长恨歌》的流传主要有两个系统。一个是与《白氏文集》的总体流传情况相辅相成。《白氏文集》流传至今也有两个系统，一个是前后续集本，一个是先诗后笔本。前者比较完整地保持了白集编集的原貌，现存最早的本子是日本金泽文库所藏的卷子本（见图表二十），其中卷三三末云："会昌四年五月二日夜，奉为日本国僧惠萼上人写此本，且缘怱怱夜间睡梦，用笔都不堪任，且宛草本了，皆疏书之内题内也。"[1] 白居易卒于会昌六年（846），故此本在其生前就传到了日本。白氏也知道此事，其《白氏长庆集后序》云："其日本、新罗诸国及两京人家传写者，不在此记。"[2] 而保存最全面的是日本那波道圆翻宋本刻印的本子，后传回中国，收录在《四部丛刊》内。先诗后笔本可以说是宋代以后白集在中国流传中产生的一次大变动，但这种变动只是整卷的移动，篇目之间并没有太大的出入。现在所能见到的最早的先诗后笔本是宋绍兴刊本，文学古籍刊行社于1955年影印出版。另外，保存较好的版本还有明万历三十四年（1606）马元调刊本。无论是前后续集本还是先诗后笔本，《长恨歌》前都附有陈鸿的《长恨歌传》。

另外一个就是《长恨歌》单独抄本流传和《长恨歌》绘画流传系统。如日本紫式部的《源氏物语》，是产生于日本平安时代的一部古典文学名著，其内容与《长恨歌》关系至为密切，有的是直接引用《长恨歌》故事，有的是化用《长恨歌》事，其中提及《长恨歌》画册：

> 皇上看了《长恨歌》画册，觉得画中杨贵妃的容貌，虽然出于名画家之手，但笔力有限，到底缺乏生趣。诗中说贵妃的面庞和眉毛似"太液芙蓉未央柳"，固然比得确当，唐朝的装束也固然端丽优雅，但是，一回想桐壶更衣

---

[1] [唐]白居易：《白氏文集》卷三三，第515页。[日本]八木书店昭和五十三年（1978）影印《天理图书馆善本书丛刊·汉籍之部》本。按，这段文字所言的《白氏文集》卷三三，[日本]勉诚社昭和五十八年（1983）影印的《金泽文库》本《白氏文集》缺载，八木书店昭和五十三年影印《天理图书馆善本书丛刊》本则载有《金泽文库》所藏的《白氏文集》卷三三。

[2] 朱金城：《白居易集笺校》外集卷下，第3916页。

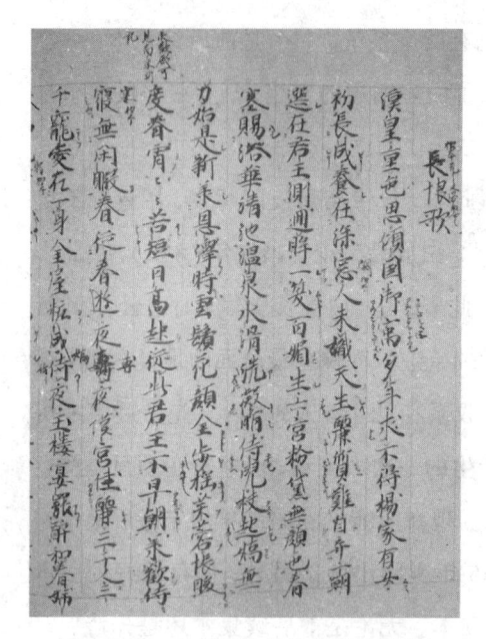

图表二十　日本金泽文库本《长恨歌》

的妩媚温柔之姿，便觉得任何花鸟的颜色与声音都比不上了。以前晨夕相处，惯说"在天愿作比翼鸟，在地愿为连理枝"之句，共交盟誓。如今都变成了空花泡影。天命如此，抱恨无穷！[1]

这里的桐壶更衣，是指日本桐壶帝的妃子，受到桐壶帝的宠爱，更衣丧亡后，桐壶帝对她非常思念，故而《源氏物语》实模仿《长恨歌》表现其思念之情。可见《长恨歌》在日本已有抄本和画册单独流传，且受到了日本皇帝的深深喜爱。

因此，研究《长恨歌》必须利用日本的单行抄本资料，否则就不能恢复其真实面目。有关《长恨歌》的抄本资料，我们已收集到三种：其一是日本正宗敦夫文库本《长恨歌》抄本（见图表二一）；其二是六地藏寺藏本《长恨歌》并序；其三是日本平安镰仓时代的抄本。平安时代相当于中国唐代以后

---

1 ［日］紫式部：《源氏物语》，人民文学出版社1980年版，第10–11页。

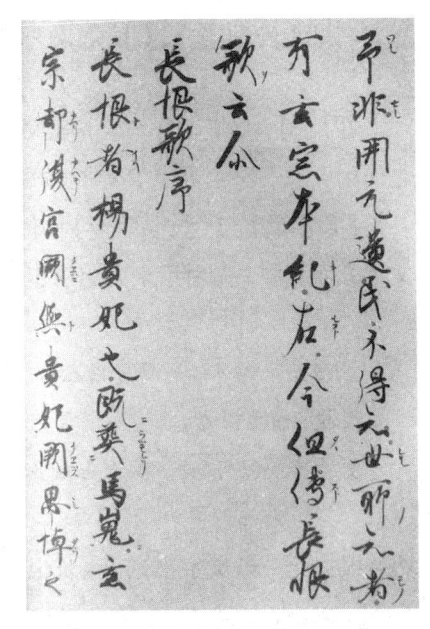

图表二一
日本正宗敦夫文库本《长恨歌序》

到南宋初期,所以是一个很古老的抄本,具有很大的文献价值。

值得注意的是,日本以上的三个主要抄本在《长恨歌》前皆有序,中国本土流传刊刻的《长恨歌》,却并没有序文。只是与白居易同游仙游寺的陈鸿写了《长恨歌传》,其中有这样的话说明原委:"元和元年冬十二月,太原白乐天自校书郎尉于盩厔,鸿与琅邪王质夫家于是邑,暇日相携游仙游寺,话及此事,相与感叹。质夫举酒于乐天前曰:'夫希代之事,非遇出世之才润色之,则与时消没,不闻于世。乐天深于诗,多于情者也,试为歌之如何?'乐天因为《长恨歌》,意者不但感其事,亦欲惩尤物,窒乱阶,垂于将来者也。歌既成,使鸿传焉。"[1] 日本《长恨歌》抄本并没有将《长恨歌传》置于歌前,这是其与《白氏文集》本《长恨歌》流传的最大不同。以上这些情况,均值得深入研究。

---

[1] [宋]李昉:《文苑英华》卷七九四,中华书局1966年版,第4201页。

二、《长恨歌》、《长恨歌序》与《长恨歌传》的关系

在中国,由于尚不知《长恨歌》有序文,故对《长恨歌》与《长恨歌传》之间的关系,学术界一直存在着较大的争议,主要有两种截然不同的观点。一是《长恨歌》与《长恨歌传》一体化,以陈寅恪之说为代表。陈寅恪先生从文体方面着眼,先引用宋人赵彦卫《云麓漫钞》卷八的话说:

> 唐之举人,先藉当世显人,以姓名达之主司,然后以所业投献;逾数日又投,谓之温卷,如《幽怪录》、《传奇》等皆是也。盖此等文备众体,可以见史才、诗笔、议论。至进士则多以诗为贽,今有唐诗数百种行于世者是也。[1]

然后根据此一段文字推论出《长恨歌》与《长恨歌传》的关系:

> 既明乎此,则知陈氏之《长恨歌传》与白氏之《长恨歌》非通常序文与本诗之关系,而为一不可分离之共同机构。赵氏所谓"文备众体"中,"可以见诗笔"(赵氏所谓诗笔系与史才并举者。史才指小说中叙事之散文言。诗笔即谓诗之笔法,指韵文而言。其"笔"字与六朝人之以无韵之文为笔者不同)之部分,白氏之歌当之。其所谓"可以见史才"、"议论"之部分,陈氏之传当之。

随后进一步推论说:

> 综括论之,《长恨歌》为具备众体体裁之唐代小说中歌诗部分,与《长恨歌传》为不可分离独立之作品。故必须合并读之,赏之,评之。[2]

陈氏的观点迄今在学术界仍具很大的影响,如邓乔彬、高翠元《〈长恨

---

[1] [宋]赵彦卫:《云麓漫钞》卷八,中华书局1996年版,第135页。
[2] 陈寅恪:《元白诗笺证稿》,上海古籍出版社1978年版,第4—5、44页。

歌〉与〈长恨歌传〉》一文,就是在陈说的基础上进一步"从体裁的亲缘关系来感受它们同样为'不可分离之共同机构'"。[1]

二是《长恨歌》与《长恨歌传》疏离。夏承焘先生在《读〈长恨歌〉》中从三个方面对陈寅恪先生的观点提出商榷,最后得出结论说:

> 《歌》与《传》之可以分离独立,此即为最自然、最了当之解答。元和间人虽好为小说,然白氏此歌,只是一篇故事诗而已。陈君必牵率以入小说之林,又强绳以赵彦卫温卷之体,求之过深,反成失实,是亦不可以已乎?[2]

后来,吴庚舜发表了《唐代传奇繁荣的原因》一文,对陈寅恪的观点也提出不同看法:

> 所谓一散一韵的结合,却根本不是唐传奇的本来面貌。首先,陈寅恪和他的赞同者举出的那些作品,除《长恨传》在叙述创作过程的部分提到《长恨歌》,《莺莺传》提到《莺莺歌》外,互相之间连这一点小小的、外在的联系也没有。也就是说,这些各自独立的、完整的诗篇和传奇,尽管题材相同,但它们是由两个不同的作家用不同的体裁写成的两个作品,不能生拉活扯硬拼在一起算做一个作品。……其次,《太平广记》把《长恨传》和《长恨歌》列在一起,在传末还有几句话来钩连《长恨歌》,似乎可以作为孤证来支持陈先生的论点,但这个孤证是不足据的。[3]

以上所引陈寅恪先生的观点,以及其后学者无论是沿袭还是反对陈寅恪

---

1 邓乔彬、高翠元:《〈长恨歌〉与〈长恨歌传〉》,《西北师大学报》2005年第3期,第37页。
2 夏承焘:《夏承焘集》第八册,浙江古籍出版社、浙江教育出版社1998年版,第178页。按,本文原载1949年4月《国文月刊》第78期,题为《读〈长恨歌〉:兼评陈寅恪教授之〈笺证〉》。
3 《文学研究集刊》1964年第1期,人民文学出版社1964年版,第77–78页。

观点的文字，都有一个共同的缺陷，就是没有全面利用日本流传的《长恨歌》资料。我们现在运用日本流传的《长恨歌序》，对《长恨歌》与《长恨歌传》加以研究，虽然尚难彻底解决《歌》与《传》的关系问题，但至少可以为《长恨歌》研究提供新的视角，并补充新的材料。

日本流传的抄本《长恨歌序》，主要有六地藏寺藏本、《正宗敦夫文库》本、贞享元年刻印的《歌行诗谚解》所收的《长恨歌序》影印本，以及日本京都博物馆所藏的庆长古活字版影印本。序文有如下内容：

> 长恨者，杨贵妃也。既瘗于马嵬矣，玄宗却复宫阙，思悼之至，令方士求致，其魂魄升天入地，求之不得，乃于蓬莱山仙宫，见素颜惨色。流泪语使者曰："我本上界诸仙，先与玄宗有恩爱之故，谪居于下界，得为夫妻。既死之后，恩爱已绝，今汝来求我，恩爱又生，不久却于人世得为配偶，以此为长恨耳。"使者曰："天子使我至此，既得相见，愿得平生所玩之物，以明不谬。"乃授钿合一扇，金钗一股，与之曰："将以此为验。"使者曰："此常用之物也，不足为信。曾与至尊平生有何密契，愿得以闻。"答曰："但七月七日长生殿，夜半无人私语时，曾复记否？"使者还，以钿合金钗奏御。玄宗笑曰："此世所有，岂得相怡？"使者因以贵妃密契以闻。玄宗恸绝良久，语使者曰："方不谬矣！"今世犹言玄宗与贵妃处世间为夫妻之至矣。[1]

有关《长恨歌序》的形成与流传，是白居易研究的一个重要问题，需要进一步探讨下去。根据序本身的文字，大概有这样两种可能：

其一是白居易《长恨歌》原来就有自序，而中国的传本却散失了，因为白居易的诗传到日本比较早，在白居易生前日本就有传本了，故而在日本保存了下来。

---

[1] 此据六地藏寺藏本所录，并加以标点。载《六地藏寺善本丛刊》第六卷《中世国语资料》影印，[日]汲古书院1985年版，第85页。

其二是日本人由于对唐玄宗与杨贵妃的爱情故事钦慕，故而根据《长恨歌》与《长恨歌传》的内容，撰写出这样一篇序文。[1]

两种可能中，我们认为第一种可能更接近事实。下面综合杨贵妃故事在日本的流传，与日本古代"说话"的情节，结合唐代安史之乱前后的政治背景加以考察。

日本中世以后，有关《长恨歌》的故事很多，如平安末期《俊懒髓脑》就收有《长恨歌》物语，《今昔物语》卷十四有《唐玄宗后杨贵妃依皇宠被杀语》，稍后一点的有《唐物语》与《平家物语》所收的《长恨歌》物语。日本说话集有一本名为《注好选》(东寺观智院本)，产生于十一世纪初期，是较早的说话集，现有东寺贵重资料刊行会编纂，株式会社东京美术昭和五十八年(1983)影印的本子。此本是仁平二年(1152)的古写本。仁平二年，相当于宋高宗绍兴二十二年(1152)，是南宋初期的一个写本。其中《汉皇帝密契》第一百一有这样的一段故事，更为重要：

> 此汉皇别杨翁女之后，心肝不安，夜天更难明，昼英却不暮，痛心安息，悲泪弥润，于方士令觅魂魄。方士升碧落，入黄泉，适于蓬莱仙宫见素皃，相更问答，贵妃云："为遂宿习，生下界暂为夫妇，使者求吾丁宁得相见，早退依实可奏。"方士云："御宇恋慕甚重，以言为证哉。"贵妃授金钗一枝、钿合一扇云："此皇始幸时所赐物也，是以为证哉。"使者云："是世所有物也，未火，犹有何密契？"杨贵妃云："在天愿成比翼鸟，在地愿作连理枝。"使者归报皇，时皇信之泠而流也。[2]

在这个写本中，就如此详细地叙述了杨贵妃与唐玄宗的故事，可见这一

---

[1] 有关日本所传的《长恨歌序》研究，可参陈翀《新校〈白居易传〉及白居易佚文汇考：以日本中世古文献为中心》，《文学遗产》2010年第6期，第9—19页。但日本传本《长恨歌序》是否确为白居易所作，尚待确凿文献加以坐实。

[2] 东京贵重资料刊行会：《注好选》卷上，日本株式会社东京美术昭和五十八年(1983)影印东寺观智院藏本，第40页。

故事在日本中世以后流传非常广泛。日本学者新间一美写了《白居易与〈长恨歌〉》一文[1]，认为日本流传的《长恨歌序》是《注好选》这段故事派生出来的。但是我们仔细以这一故事与《长恨歌序》对照，则知序文所言的情况较《注好选》记载更为复杂，《长恨歌序》的语言也较《注好选》所载故事流畅通达，《注好选》所载故事出于日本人之手是无疑的。故而我们以为《注好选》的文字应该是从《长恨歌序》再融合《长恨歌》所叙述的内容而成的。

我们如果对当时的政治背景加以考察，就可以了解人们对于杨贵妃是颇为同情的。因而白居易作《长恨歌》，以杨贵妃之死，作为长恨的因缘，也是顺理成章的。

对于安史之乱发生的主因，唐人的看法往往与后人不同，他们认为是李林甫的误国造成的。即如陈鸿《长恨歌传》即云：

> 开元中，泰阶平，四海无事。玄宗在位岁久，倦于旰食宵衣，政无大小，始委于右丞相。稍深居游宴，以声色自娱。[2]

这里的"右丞相"就是李林甫。《资治通鉴·唐纪》"天宝三载"称：

> 初，上自东都还，李林甫知上厌巡幸，乃与牛仙客谋增近道粟赋及和籴以实关中；数年，蓄积稍丰。上从容谓高力士曰："朕不出长安近十年，天下无事，朕欲高居无为，悉以政事委林甫，何如？"对曰："天子巡狩，古之制也。且天下大柄，不可假人；彼威势既成，谁敢复议之者！"上不悦。力士顿首自陈："臣狂疾，发妄言，罪当死。"上乃为力士置酒，左右皆呼万岁。力士自是不敢深言天下事矣。[3]

---

1 [日]太田次男：《白居易研究讲座》第二卷《白居易的文学与人生》，[日]勉诚出版，平成五年（1993），第208-228页。
2 [宋]李昉：《文苑英华》卷七九四，第4200页。
3 [宋]司马光：《资治通鉴》卷二一五，第6862-6863页。

周绍良《长恨歌传笺证》云:"《长恨歌传》写杨贵妃故事,而首先提李林甫,主要是当时士大夫们认为酿成安禄山事变的,追溯源流,还是应该推到李林甫身上。"[1] 故而周氏引用崔群《论开元天宝讽止皇甫镈疏》云:

安危在出令,存亡系所任。玄宗初得姚崇、宋璟、卢怀慎、苏颋、韩休、张九龄则治;用宇文融、李林甫、杨国忠则乱。故用人得失,所系非轻。人皆以天宝十四年安禄山反为乱之始,臣独以为开元二十四年罢张九龄相,专用李林甫,此理乱之所分也。[2]

又《资治通鉴·唐纪》"天宝十一载"则称:

上晚年自恃承平,以为天下无复可忧,遂深居禁中,专以声色自娱,悉委政事于林甫。林甫媚事左右,迎合上意,以固其宠;杜绝言路,掩蔽聪明,以成其奸;妒贤疾能,排抑胜己,以保其位;屡起大狱,诛逐贵臣,以张其势。自皇太子以下,畏之侧足。凡在相位十九年,养成天下之乱,而上不之寤也。[3]

是知玄宗政治腐败,始于开元二十四年(736)。李林甫专权十九年,将唐朝政治弄得极度败坏。而杨贵妃受到玄宗的宠幸,是在此数年之后。故而后人将国家衰乱之责归之杨贵妃,是不恰当的。而对于唐玄宗来说,安史之乱后,有时对自己以前的用人不当有所悔悟与谴责,但对于杨贵妃的爱情却是没有变化的。因而对马嵬兵变中杨贵妃之死,只有怀念以至于痛心疾首。从这方面看,《长恨歌序》称"长恨者,杨贵妃也",极为切合当时的政治背景。

---

[1] 周绍良《唐传奇笺证》,人民文学出版社2000年版,第269-270页。
[2] [清]董诰:《全唐文》卷六一二,第2739页。
[3] [宋]司马光:《资治通鉴》卷二一六,第6914页。

当然，白居易的《长恨歌》与陈鸿的《长恨歌传》又是根据民间传说而写成的，因而对于《长恨歌序》中杨贵妃死后成仙事，以及唐玄宗遣方士寻觅事加以说明，也是符合当时作诗的情况的。

至于《长恨歌》与《长恨歌传》的写作，则有先后的关系。根据《文苑英华》本《长恨歌传》云："乐天因为《长恨歌》。意者不但感其事，亦欲惩尤物，窒乱阶，垂于将来者也。歌既成，使鸿传焉。"[1]则《长恨歌》作于前，《长恨歌传》作于后。而参以白居易《琵琶行》等诗，凡叙述较为复杂的事情而为诗者，白居易均作序加以说明缘由，故而《长恨歌》本来有序，也是符合情理的。

但《太平广记》本《长恨歌传》末尾与《文苑英华》本有异："至宪宗元和元年，盩厔县尉白居易为歌，以言其事，并前秀才陈鸿作传，冠于歌之前，目为《长恨歌传》。"[2]对此，汪辟疆加以阐释说："嗣从《文苑英华》七百九十四得此文，与旧所肄者，文句多异。末段叙及鸿与王质夫、白乐天相携至仙游寺，质夫举酒邀乐天作歌一节，为《广记》本所无，乃知宋初固有详略两本；否则《文苑英华》为鸿之本文，《广记》所采，或经删削者也。"[3]

由上面的材料与论述可以推论，白居易在撰写《长恨歌》时，是有序作说明的，后来，这篇序与《长恨歌》一起被传到日本。中土传白氏诗者，到了宋初，因为陈鸿《长恨歌传》叙述故事始末较详，故而置于《长恨歌》之前，而原有的《长恨歌序》也渐次散失。为了弥补这种缺陷，《太平广记》、《丽情集》等在引用《长恨歌传》时，也对其文字加以删削，并在文中即称"冠于歌之前"。而从现存的《长恨歌》、《长恨歌序》、《长恨歌传》的关系来看，序与歌是一体的，而传与歌是疏离的。

1　[宋]李昉：《文苑英华》卷七九四，第4201页。
2　[宋]李昉：《太平广记》卷四八六，中华书局1961年版，第4000页。
3　汪辟疆：《唐人小说》，上海古籍出版社1978年版，第121页。

三、《长恨歌传》辨证

中国流传下来的《长恨歌传》，也有不少疑窦需要弄清。而这方面则必须下功夫通过版本的考订与比较才能得出可信的结论。河南师范大学的周相录教授，曾注意到《长恨歌传》的版本异同，其所著《〈长恨歌〉研究》，就有《〈长恨歌〉版本考订》上、下共两节，此书出版后，在学术界产生了一定的影响，如佟玉华先生评论说：

> 《长恨传》有不同的版本，而不同的版本又对此有不同的表述，因而考订哪个版本就是或者最接近陈鸿的原作，无论对《长恨传》还是对《长恨歌》的研究，都是一个至关重要的问题。对于这个问题，前辈著名学者鲁迅、陈寅恪等先生已发现了其中的一些问题并发表了一些意见，其他学者对此也有所论及，但或是停留在"疑"的阶段，或是没有足够的证据支持自己的观点。可喜的是，周相录先生通过细心地研读和比较，提出并论证了自己对《长恨传》版本问题的看法。[1]

周相录的《〈长恨歌〉研究》一书，从《太平广记》本《长恨歌传》创作缘起中出现唐宪宗的庙号不符合古代的典章制度；陈鸿自称"前秀才"有违于唐人自称的习惯；"并前秀才陈鸿作传，冠于歌前，目为《长恨歌传》"不似陈鸿口吻等方面，证明该本《长恨传》确凿无疑地经过了后人的改易。他又从对各本创作缘起所载《长恨歌》写作时间、陈鸿与王质夫当时所居之地的差异，以及对《文苑英华》本《长恨歌传》和《丽情集》本《长恨传》正文字句的比较分析，认为《丽情集》本《长恨传》原则上可视为陈鸿原作。张中宇《白居易〈长恨歌〉研究》的结论也与之略同。其实，二人提出下列主要论点和论

---

[1]《唐代文学研究年鉴》2005年号，广西师范大学出版社2006年版，第219页。

据，还有商榷的余地，下面我们进一步加以考辨。

首先，《文苑英华》本有"方士因称唐天子使者，且致其命"。周相录先生认为称"唐天子"，不合唐人习惯。这一说法看来似乎是铁证，然事实并非如此。通常情况下，唐人谈及本朝应称"大唐"、"皇朝"、"我唐"等，但也有例外。唐人著作中异域、仙家之人提及唐代帝王时通常会称"唐天子"。如唐代张读《宣室志》卷一记载：

> 有胡人数辈挈酒食诣其门，既坐，顾谓颙曰："吾南越人，长蛮貊中，闻唐天子网罗天下英俊，且欲以文化动四夷，故我航海梯山来中华，将观文物之光。"[1]

同书卷六又云：

> 群仙曰："吾闻唐天子尚神仙，吾有新乐一曲，名《紫云》，愿授圣王。君，唐人也。为吾传之一进，可乎？"曰："弇，一儒也。在长安中，徒为区区于尘土间，望天子门且不可见，况又非知音者。如是，则固不为耳。"[2]

证据并不止此，唐封演所撰《封氏闻见记》卷一《道教》篇云：

> 高祖武德三年，晋州人吉善行于羊角山见白衣老父，呼善行谓曰："为吾语唐天子，吾是老君，即汝祖也。今年无贼，天下太平。"[3]

颜真卿《唐故太尉广平文贞公宋公神道碑侧记》篇亦云：

---

[1] ［唐］张读：《宣室志》卷一，中华书局1983年版，第4页。
[2] ［唐］张读：《宣室志》卷六，第80页。
[3] ［唐］封演：《封氏闻见记校注》卷一，中华书局2005年版，第2页。

吐蕃素闻太尉名德，曰："唐天子，我之舅也。衡之父，舅贤相也。落魄如此，岂可留乎？"遂赠以驼马，送还于朝。[1]

据此，《长恨歌传》中方士作为唐代天子的使者与仙人交接，自然应该称"唐天子"。至于《丽情集》本作"方士传汉天子命……验于汉天子"，以"汉"代"唐"，确实与《长恨歌》"汉皇重色思倾国"、"闻道汉家天子使"一致，却与《丽情集》本开头"开元中，六符炳灵，四海无波"不相符。《长恨歌》作为叙事诗体，为了保持文理的一致以及诗情发展的连贯性，通篇以"汉"代"唐"，有助于艺术效果的表达。而《长恨歌传》作为传奇体，作者往往喜欢标明事件发生的时间地点以令人确信其事，所以在开头明确指出"开元中"，既已确定是唐代开元中发生的事件，如果再在后面作："方士传汉天子命……验于汉天子"，以"汉"代"唐"，则于文理不通了，故我们认为《文苑英华》本用"唐天子"应该更符合陈鸿的原作精神。

其次，《文苑英华》本叙"得弘农杨玄琰女于寿邸。既笄矣"，而《丽情集》本叙为"得弘农杨氏女，既笄矣"，因此认为《文苑英华》本《长恨传》与《长恨歌》明显不一致，此亦为周、张二先生主要论据之一。其实，歌与传是不同的文体，不可能以歌来要求传，也不能认为歌、传一定要相一致。《长恨传》作为传奇体，要更着重于情节的发展过程，故作者对李杨相识的处理应是颇费踌躇的。叙述的笔墨也颇为隐晦·"时每岁十月，驾幸华清宫，内外命妇，熠燿景从……上心油然，若有所遇，顾左右前后，粉色如土。"[2]应该说唐玄宗是在华清池中"若有所遇"，既而才"诏高力士潜搜外宫"，既是"内外命妇"，所以要指明"于寿邸"，否则"弘农杨氏女"凭什么能见到当时的至尊呢。然而作者内心又有意识要为尊者讳，故后面加一句"既笄矣"。《丽情

---

[1] ［唐］颜真卿：《颜鲁公集》卷五，《四部备要》本，第58页。
[2] ［宋］李昉：《文苑英华》卷七九四，第4200页。

集》本则没有"于寿邸"三字,应为后人发现其矛盾之处,故删除了。正因如此,故宋赵与时《宾退录》卷九云:"白乐天《长恨歌》书太真本末详矣,殊不为君讳;然太真本寿王妃,白云'杨家有女初长成,养在深闺人未识',何耶?盖宴昵之私犹可以书,而大恶不容不隐。陈鸿《传》则略言之矣。"[1]

第三,《文苑英华》本载:"因自悲曰:'由此一念,又不得居此,复堕下界,且结后缘。或为天,或为人,决再相见,好合如旧。'因言:'太上皇亦不久人间,幸惟自安,无自苦耳。'使者还奏太上皇,皇心震悼,日日不豫。其年夏四月,南宫宴驾。"[2]《丽情集》本则无此段,取而代之的是一大段议论。周相录先生认为《长恨歌》中既无对玄宗之死的交代,《文苑英华》本纯属强安蛇足。其实,周先生忽视了《长恨传》为传奇体的事实,传奇既是记载故事的,就应该对故事的发生、发展、高潮与结果进行交代。如果去掉关于玄宗之死的话,整个故事就缺乏结局,这是不合乎传奇体特征的。再根据日本流传的《长恨歌序》,可知《长恨歌传》对玄宗之死的交代是有根据的,且《长恨歌传》与《长恨歌》本来就不是一体的,如果《长恨歌传》没有对玄宗之死加以交代,更不合乎情理了。

另外,《丽情集》本那一大段关于"故圣人节其欲,制其情,防人之乱者"的议论实在不像出自陈鸿之口。白居易《李夫人》诗云:"生亦惑,死亦惑,尤物惑人忘不得。人非木石皆有情,不如不遇倾城色。"[3]对尤物惑人加以谴责,元稹在《莺莺传》里也说过类似的话:"大凡天之所命尤物也,不妖其身,必妖于人。"[4]联系到白居易、陈鸿对李杨爱情的同情,对所谓"尤物"的矛盾心理,应该说《文苑英华》本所载"乐天因为《长恨歌》,不但感其事,亦欲惩尤物,窒乱阶,垂于将来也",更加合乎时人的看法和陈鸿的口吻。

---

1 [宋]赵与时:《宾退录》卷九,《丛书集成初编》本,第104页。
2 [宋]李昉:《文苑英华》卷七九四,第4201页。
3 朱金城:《白居易集笺校》卷四,第237页。
4 [唐]元稹:《元稹集》外集卷六,第785页。

周相录先生还从"豫"字避讳的角度,认为《文苑英华》本应是经过后人篡改的。这也值得商榷。我们知道,与后代相比,唐人避讳,并不十分严格。与白居易同时代的文人作品当中就有不少人没有避"豫"字讳的。如元稹《生春》诗:

> 何处生春早?春生濛雨中。裛尘微有气,拂面细如风。柳误啼珠密,梅惊粉汗融。满空愁淡淡,应豫忆芳丛。[1]

刘禹锡《述病》诗:

> 刘子遂言曰:"乐于用则豫章贵,厚其生则社栎贤。唯理所之,曾何胶于域也?"[2]

白居易自己的诗文中,也有不避"豫"讳的例子,如《寓意诗五首》之一:

> 豫樟生深山,七年而后知。挺高二百尺,本末皆十围。天子建明堂,此材独中规。[3]

叵见,这一证据也不能成立。至于其他的个别字词的错讹,可能是流传过程中的传抄失误,不必细究。

我们通过宋代文献的考察,知道宋人一直是把《文苑英华》本《长恨歌传》看作是陈鸿原作的。如司马光《资治通鉴》、谢维新《事类备要》、潘自牧《记纂渊海》、毛居正《增修互注礼部韵略》等皆引用《文苑英华》本《长恨

---

1 [唐]元稹:《元稹集》卷一五,第176页。
2 [唐]刘禹锡:《刘禹锡集》卷六,中华书局1990年版,第84页。
3 朱金城:《白居易集笺校》卷二,第100页。

歌传》。后人所编的《白氏文集》、《白香山诗集》等所收的《长恨歌传》,也都出自《文苑英华》本。所以在没有突破性的确切证据出现之前,我们认为,最接近陈鸿原作的,还是《文苑英华》本《长恨歌传》。

综上所述,日本流传的抄本《长恨歌序》,具有重要的文献价值,以《长恨歌序》与相关文献相参证,我们大致可以确定《长恨歌》与《长恨歌传》并非一体化的关系,而是相互独立的。由此我们还进一步考证《文苑英华》本《长恨歌传》,是最接近于陈鸿原作的。我们还希望学术界对《长恨歌序》进一步加以研究,以促进白居易研究的深入。

四、《长恨歌》的主题

《长恨歌》是中唐诗人白居易名垂千古的杰作,但却令学术界长期以来为之争论不休,其焦点在于主题思想方面,曾引发过较大规模的讨论,众说纷纭,莫衷一是。综其要者有"爱情说"、"隐事说"、"讽谕说"、"感伤说"、"双重及多重主题说"、"无主题说"与"泛主题说"等多种。从目前对《长恨歌》研究的进程来看,有逐渐复杂化的趋势,研究者大多根据《长恨歌》本身内容的某一方面,进行延伸发挥,故而诸种说法均言之成理。但实际上哪一种说法最符合白居易的原意,还要从白居易自己的说法与时人的看法进行参照解说。我们以为,《长恨歌》的主题以"爱情说"最切合白居易的本意。

其一,根据上述"风情"的考辨,白居易所云:"一篇长恨有风情,十首秦吟近正声。"应是认为《长恨歌》为表现风情之作,且将之与《秦中吟》对举,《秦中吟》属于讽谕诗,则《长恨歌》之主题非"讽谕说"亦甚明。那么风情之作与"爱情说"是最吻合的。

其二,从白居易自己给诗歌分类来看,也不应是讽谕诗。白居易给自己的诗歌分为四类,其一为讽谕诗,其二为感伤诗,其三为闲适诗,其四为杂律诗。

《长恨歌》被置于"感伤诗"一类,则明显是对于李杨爱情悲剧表示同情,进而颇为感伤。白居易《与元九书》曾定义感伤诗为"事物牵于外,情理动于内,随感遇而形于叹咏者"的,而《长恨歌》的内容正与此合。但《长恨歌》吟咏爱情,并同情李杨的悲剧,故大类应为感伤,而实际主题则是"爱情说"。前人的"感伤说"与"爱情说"并不矛盾,只是表现范围的不同而已。毕竟白居易给自己的诗歌分类,只有"感伤"类,而没有"爱情"类。

白居易将自己的诗歌分为四类,而其重视的程度却随着时间的推移与年龄的增加有所变化。正如王运熙先生所说:"他认为自己的诗作,讽谕、闲适两类最重要,因为它们分别体现了儒家'达则兼济天下'、'穷则独善其身'的立身处世原则。……至于感伤诗中的名篇《长恨歌》、《琵琶行》,他更是屡屡流露出自我赞许的态度。我们须知,白居易作为一个诗人,他既关心国事民生并具有兼济天下的志愿,因而在理论上大力提倡讽谕诗;同时他在日常生活中又具有丰富真挚的感情,热爱各种自然美和艺术美,因而从内心深处喜爱长于抒情、文词美丽、声律和谐的律诗。……他的古体诗大概只有《长恨歌》、《琵琶行》两篇风行,其他则否。"[1]

其三,元稹《白氏长庆集序》:"予始与乐天同校秘书之名,多以诗章相赠答。会予遣掾江陵,乐天犹在翰林,寄予百韵律诗及杂体,前后数十章。是后,各佐江、通,复相酬寄。巴蜀江楚间洎长安中少年,递相仿效,竞作新词,自谓为'元和诗'。而乐天《秦中吟》、《贺雨》讽谕等篇,时人罕能知者。"[2]从流传的角度看,将白居易《长恨歌》的主题归入讽谕说,也是不恰当的。

其四,唐宣宗有《吊白居易》一诗云:"缀玉联珠六十年,谁教冥路作诗仙。浮云不系名居易,造化无为字乐天。童子解吟长恨曲,胡儿能唱琵琶篇。文章已满行人耳,一度思卿一怆然。"这里的"童子解吟长恨曲",说明

---

1 王运熙:《白居易诗歌的分类与传播》,《唐代文学研究》第8辑,广西师范大学出版社1998年版,第450页。
2 [唐]元稹:《元稹集》卷五一,第641–642页。

他的《长恨歌》在当时是妇孺皆知的,与白居易《与元九书》中的自述相合。而《长恨歌》与《琵琶行》都是属于感伤诗一类的。故而从以上几个方面参证,白居易的《长恨歌》的基调是感伤的,而主题应该是爱情说。

五、唐玄宗与杨贵妃爱情的考察

根据唐宋时期的文献,对唐玄宗与杨贵妃的爱情做更进一步的考察,也有助于对《长恨歌》"爱情主题说"的认识。我们认为,从主观上说,唐玄宗与杨贵妃爱情本身是真挚的,又是感人的,而客观上造成与安史之乱有关,这实质上不是爱情本身的问题。如果将唐玄宗的爱情与其政治分开来考察,则更可以看出唐玄宗与杨贵妃的爱情是基于共同的性格与共同的爱好,他们的爱情悲剧是值得同情的,故白居易写作了这首《长恨歌》,并置于感伤诗一类中。

唐玄宗对杨贵妃的宠爱,与其说是因为杨贵妃有倾国倾城之色,毋宁说是因为他们二人才艺有共同之处。他们本身具有真挚的爱情,民间传说再对这一爱情加以美化,才是《长恨歌》取材的基础。唐玄宗不仅是一位封建帝王,也是一位多才多艺的艺术家,他在宫中找到了唯一的异性知音,也就是杨贵妃。

《旧唐书·音乐志》云:

> 玄宗在位多年,善音乐,若宴设酺会,即御勤政楼。……太常大鼓,藻绘如锦,乐工齐击,声震城阙。……玄宗又于听政之暇,教太常乐工子弟三百人为丝竹之戏,音响齐发,有一声误,玄宗必觉而正之。[1]

唐玄宗好音乐,在即位之前就是如此。《旧唐书·睿宗诸子传》云:

---

[1] [五代]刘昫:《旧唐书》卷二八,第1051页。

> 初，玄宗兄弟圣历初出阁，列第于东都积善坊，五人分院同居，号"五王宅"。……玄宗时登楼，闻诸王音乐之声，咸召登楼同榻宴谑，或便幸其第，赐金分帛，厚其欢赏。诸王每日于侧门朝见，归宅之后，即奏乐纵饮，击球斗鸡，或近郊从禽，或别墅追赏，不绝于岁月矣。[1]

唐玄宗的这些爱好，曾受到大臣们的劝阻，《资治通鉴·唐纪》云：

> 上精晓音律，……又选乐工数百人，自教法曲于梨园，谓之"皇帝梨园弟子"。又教宫中使习之。又选伎女，置宜春院，给赐其家。礼部侍郎张廷珪、酸枣尉袁楚客皆上疏，以为："上春秋鼎盛，宜崇经术，迩端士，尚朴素；深以悦郑声、好游猎为戒。"上虽不能用，咸嘉赏之。[2]

不仅如此，玄宗还擅长于制曲，《乐府杂录》云：

> 又曰《得宝子》者，唐明皇初纳太真妃，喜甚，谓诸嫔御云："朕得杨氏，如获至宝也。"因撰此曲。[3]

又南唐尉迟偓《中朝故事》云：

> 骊山多飞禽，名阿滥堆。明皇帝御玉笛，采其声翻为曲子名焉，左右皆传唱之。播于远近，人竞以笛效吹。故词人张祜诗曰："红树萧萧阁半开，玉皇曾幸此宫来。至今风俗骊山下，村笛犹吹阿滥堆。"[4]

---

1 [五代]刘昫:《旧唐书》卷九五，第3011页。
2 [宋]司马光:《资治通鉴》卷二一一，第6694–6695页。
3 [宋]李昉:《太平御览》卷五六八，中华书局1960年版，第2568页引。
4 [唐]尉迟偓:《中朝故事》，中华书局上海编辑所1958年版，第43页。

此类事例甚多,据《碧鸡漫志》所载,玄宗所作以及玄宗时制作乐调就有《霓裳羽衣曲》、《凉州曲》、《胡渭州》、《万岁乐》、《夜半乐》、《何满子》、《凌波神》、《荔枝香》、《雨淋铃》、《清平乐》、《春光好》。即使是杨贵妃死后,唐玄宗从西川归来,思念杨贵妃时,还在制作乐曲。郑处诲《明皇杂录补遗》云:

明皇既幸蜀,西南行初入斜谷,属霖雨涉旬,于栈道雨中闻铃,音与山相应。上既悼念贵妃,采其声为《雨淋铃》曲,以寄恨焉。[1]

杨贵妃同样爱好音乐,擅长歌舞。据《旧唐书·玄宗杨贵妃传》记载:"太真姿质丰艳,善歌舞,通音律,智算过人。"[2] 宋乐史《杨太真外传》曾记载:

时新丰初进女伶谢阿蛮,善舞。上与妃子钟念,因而受焉。就按于清元小殿,宁王吹玉笛,上羯鼓,妃琵琶,马仙期方响,李龟年觱篥,张野狐箜篌,贺怀智拍板,自旦至午,欢洽异常。[3]

这种帝妃臣子共同奏乐的盛大场面在历史上应不多见。他们的共同兴趣爱好集中体现在对《霓裳羽衣曲》的喜爱之上。《杨太真外传》卷上云:

开元二十二年十一月,归于寿邸。二十八年十月,玄宗幸温泉宫。使高力士取杨氏女于寿邸,度为女道士,号太真,住内太真宫。天宝四载七月,册左卫中郎将韦昭训女配寿邸。是月,于凤凰园册太真宫女道士杨氏为贵妃,半后服用。进见之日,奏《霓裳羽衣曲》。[4]

---

1 [五代]王仁裕等:《开元天宝遗事十种》,上海古籍出版社1985年版,第36页。
2 [五代]刘昫:《旧唐书》卷五一,第2178页。
3 [五代]王仁裕等:《开元天宝遗事十种》第135页。
4 [五代]王仁裕等:《开元天宝遗事十种》第131页。

从杨贵妃进见玄宗之始，就与《霓裳羽衣曲》产生了密切的关系。同书卷上又记载了这样一件事：

> 上又宴诸王于木兰殿，时木兰花发，皇情不悦。妃醉中舞《霓裳羽衣》一曲，天颜大悦，方知回雪流风，可以回天转地。[1]

可见玄宗对于《霓裳羽衣曲》的痴迷程度。白居易也深爱此曲，除《长恨歌》外，他还作了《霓裳羽衣歌》："我爱霓裳君合知，发于歌咏形于诗。君不见，我歌云，惊破霓裳羽衣曲。又不见，我诗云，曲爱霓裳未拍时。"[2] 对于霓裳羽衣曲，白居易多是以赞美的口吻表现的。歌舞本身是美好的，但过于沉溺则会懈怠朝政，最后导致了安史之乱。故而白居易为了将这两方面的强烈对比写得尽量缓和一些，用了"渔阳鼙鼓动地来"一句，尽管暗示了安史之乱，但字面本身还是"鼙鼓"，限于音乐的层面，这与白居易的讽谕诗对当朝时事的深刻揭露还是有所区别的。这一切都是为了表现唐玄宗与杨贵妃真挚的爱情，以及《长恨歌》的爱情主题。由此可见，精晓音律是唐玄宗的爱好，而杨贵妃是最能满足其爱好的一位女性。这实际上是支撑他们爱情的基石。

从上面看，唐玄宗与杨贵妃是有较为深厚的爱情基础的。也正因为如此，他才不顾一切地将本来是寿王妃的杨玉环度为道士，然后再册为自己的贵妃。而杨贵妃为女道士的过程，实际上与唐玄宗的关系是很密切的。

综上所述，白居易的《长恨歌》是在史实的基础上吸收民间传说，歌颂了李、杨之间的真挚爱情，对他们那种因为特殊的时代原因而被迫生死离别表达了极大的同情和伤感。而后人的其他主题说则是各自站在不同的角度对《长恨歌》的解读。因为李杨爱情的特殊性，又与安史之乱发生了紧密的联

---

1 ［五代］王仁裕等：《开元天宝遗事十种》第135页。
2 朱金城：《白居易集笺校》卷二一，第1412页。

系,容易使人作出多元化的解说。但我们认为,只有"爱情主题说"才应该是最符合白居易本人的看法的,也是与《长恨歌》的内容最切合的。

六、《长恨歌》名物释例

(一)云鬓花颜金步摇

步摇与簪、钗都是插在发际的饰物,《释名·释首饰》:"步摇,上有垂珠,步则动摇也。"簪或钗首上垂有旒苏或坠子,行动时随步而摇称为步摇。步摇钗工艺精细、材料贵重,故贵族女子簪戴为多。其形多以黄金屈曲成龙凤之形,缀以珠玉。步摇起源较早,汉代即流行。本为步摇冠,到了唐代多用于步摇钗。这种妆饰也与国外的文化有关。安徽合肥原农学院南唐汤氏墓出土南唐四叠银步摇、银镶玉步摇首饰(见图表二二),就是步摇的文物实证。

图表二二　南唐四叠银步摇、银镶玉步摇
(安徽合肥原农学院南唐汤氏墓出土)

《杨太真外传》里记载，杨玉环进宫时，"奏《霓裳羽衣曲》。是夕，授金钗钿合。上又自执丽水镇紫库磨金琢成步摇，至妆阁，亲与插鬓"。唐代贵妇喜欢簪步摇，陕西乾县李重润墓石刻，有插步摇簪女子形象。唐代亦有金步摇的冠饰。白居易《霓裳羽衣歌》："案前舞者颜如玉，不著人家俗衣服。虹裳霞帔步摇冠，钿璎累累佩珊珊。"

（二）但教心似金钿坚

《六书故》释金钿："金华为饰，田田然，故曰钿。"金钿是古代一种嵌金花的首饰。把金属宝石等镶嵌在器物上作装饰称钿：宝钿、螺钿、金钿、翠钿。"钿"音 diàn，亦可读 tián。

《杨太真外传》里记载，杨玉环进宫时，"奏《霓裳羽衣曲》。是夕，授金钗钿合。"白居易《霓裳羽衣歌》："案前舞者颜如玉，不著人家俗衣服。虹裳霞帔步摇冠，钿璎累累佩珊珊。"

西安南郊隋唐出土墓葬中女子插戴多个花钗的复原示意图，前面是一个大的金钿装饰，上面四周插着饰有金钿的花钗，后下方插有四枚花簪。这是唐代贵族女性富丽堂皇的装饰的实物印证。唐王建《宫词》"玉蝉金雀三层插，翠髻高耸绿鬓虚"，即是插了多层玉钗金钿。《长恨歌》"花钿委地无人收，翠翘金雀玉搔头"，就是人死之后金钿翠钗散落满地的情况。实物举例：西安灞桥区红旗乡郭家滩村出土金蔓草花饰金钿（见图表二三）[1]。

（三）钗留一股合一扇

唐五代诗词"钗"的句子最多。白居易《长恨歌》："惟将旧物表深情，钿合金钗寄将去。钗留一股合一扇，钗擘黄金合分钿。"温庭筠《菩萨蛮》："翠钗金作股，钗上蝶双舞。"下图的《唐鎏金蝴蝶纹银钗》即是钗上有双蝶

---

[1] 载于《盛世皇朝秘宝－法门寺地宫与大唐文物特展》，台北历史博物馆2010年版，第239页。

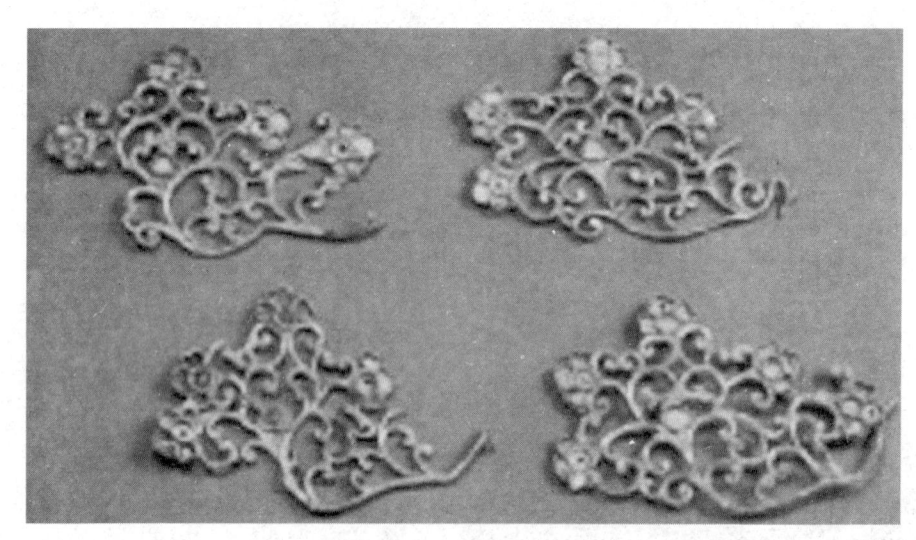

图表二三　西安灞桥红旗乡郭家滩村出土金蔓草金钿

图案（见图表二四），如果戴在头上，即好似一双蝴蝶在跳舞，这是温庭筠词的最好注脚。

温庭筠《菩萨蛮》有"双鬓隔香红，玉钗头上风"之句，说明唐代女子钗

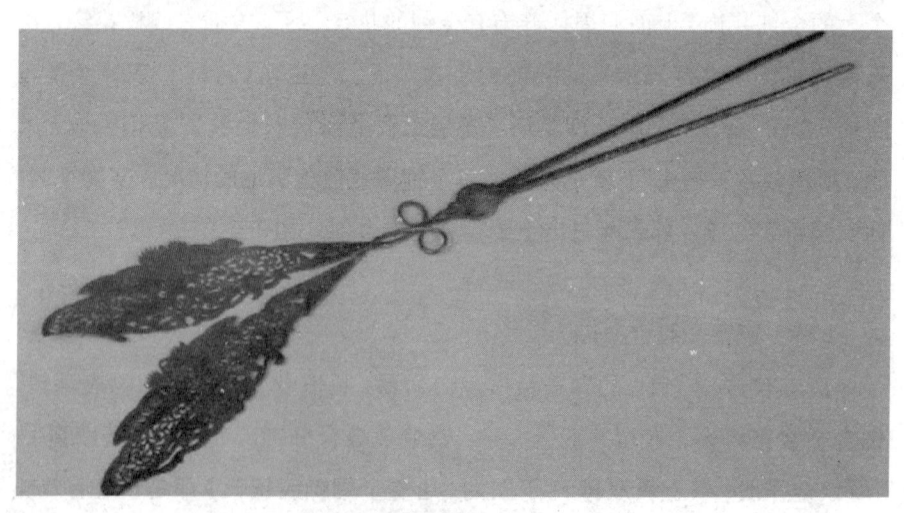

图表二四　唐鎏金蝴蝶纹银钗
（《陕西历史博物馆金银器》图版 111 页）

头缀饰之多。唐无名氏有《撷芳词》："风摇动,雨蒙茸,翠条柔弱花头重。春衫窄,香肌湿,记得年时,共伊曾摘。都如梦,何曾共,可怜孤似钗头凤。关山隔,晚云碧,燕儿来也,又无消息。"是"钗头凤"的最早来源。到了陆游,则将《钗头凤》作为词牌名。

钗与"簪"、"笄"都是插戴于头上的饰品,只是钗是双股,"簪"、"笄"是单股,"钗"、"笄"为女性专用,"簪"则男女都可以用。杜甫《春望》有"白头搔更短,浑欲不胜簪"句,是男子插簪最为有力的证据。《春望》是千古传诵的经典名篇,从中可见簪在唐代并不是女性的专利品,杜甫因为遭遇安史之乱,与家人亲友离别,国难家愁,集中于一身,致使头发脱落,插不住簪。当然,杜甫用的簪不可能是金簪。实际上一直到明代,男子也还是用簪的,直至清兵入关,剃头留辫子,簪才为女子所专有。簪与政治关联极大。辛亥革命以后,辫子虽然剪了,而男子插簪却没有再恢复。现在男子用簪也只限于道士了。不仅如此,古代男子还可以簪花,《陔余丛考·簪花》:"今俗惟妇女簪花,古人则无

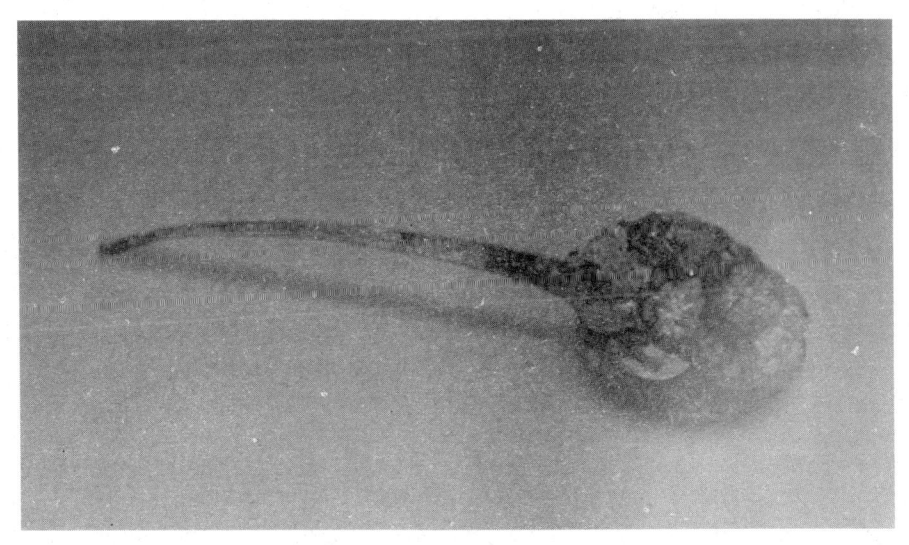

图表二五　唐王母对子底描金簪
(《法门寺考古发掘报告》彩版一七四)

有不簪花者。……今制殿试传胪日，一甲三人出东长安门游街，顺天府丞例设宴于东长安门外，簪以金花，盖犹沿古制也。"尽管唐代男性亦可戴簪，然诗词中还是以女性插簪为多，韦庄《闺怨》："戚戚彼何人，明眸利于月。啼妆晓不干，素面凝香雪。良人去淄右，镜破金簪折。空藏兰蕙心，不忍琴中说。"唐代周昉的名画《簪花仕女图》是唐代簪花习俗最生动的表现。簪花有时直接把花戴在头上。笄是与簪差不多的头饰，只是笄比簪更简直，簪的头上有装饰，笄一般没有装饰。《诗经·鄘风》即有"副笄六珈"之句。现在出土的笄最早者是新石器时代之物，"质料至少有石笄、竹笄、蚌笄、玉笄、骨笄、铜笄、金笄等。竹笄大概是笄较早的使用形式，所以笄字从竹。"[1] 笄以玉制为多，因为玉的笄头装饰较少，金笄较少见。

说明：本章根据胡可先、文艳蓉《论〈长恨歌〉的序与传》(《社会科学战线》2008年第4期)、胡可先、文艳蓉《白居易〈长恨歌〉爱情主题考论》(《东南大学学报》2008年第2期)修订而成。

---

[1] 陈温菊：《诗经器物考释》，文津出版公司2001年版，第177页。

第八章 温庭筠《新添声杨柳枝辞》

一、一个误读的启示：晚唐诗词界限的模糊性

唐诗的发展，经过盛唐的极盛与中唐的新变，其阈域已开拓殆尽，继之而来者是词的兴起与繁荣。晚唐诗日趋词化，已成为不可逆转的潮流，而诗与词的交融，在诗词兼长的温庭筠身上，得到了充分的体现。他的诗所产生的环境，所表现的情景，所抒发的情怀，所开拓的境界，都与词有相通的地方。尽管前人与时贤曾经措意于此[1]，然而这一问题是词体演变过程中的重要关节，不少现象需要合理的解释，诸多问题需要深入的挖掘，故而选取典型的个案进行剖析与阐释，仍然是一个很好的途径。温庭筠的《新添声杨柳枝辞》二首，形式是乐府体七言绝句[2]，但其表现手法和蕴涵情调，以及产生坏

---

1 ［清］田同之《西圃词说》有《诗词风气相循》条云："诗词风气，正自相循，贞观、开元之诗，多尚淡远，大历、元和后，温、李、韦、杜，渐入香奁，遂启词端。"（《词话丛编》本，中华书局1986年版，第1452页）夏承焘、任半塘、袁行霈、余恕诚、董希平、叶帮义等学者都有专文专书论述或涉及这一现象。

2 ［宋］郭茂倩：《乐府诗集》卷八一将《杨柳枝》归入《近代曲辞》类，并云："《本事诗》曰：白尚书有妓樊素善歌，小蛮善舞，尝为诗曰：'樱桃樊素口，杨柳小蛮腰。'年既高迈，而小蛮方丰艳，乃作《杨柳枝》辞以托意曰：'永丰西角荒园里，尽日无人属阿谁。'及宣宗朝，国乐唱是辞，帝问谁辞，永丰在何处？左右具以对。……薛能曰：《杨柳枝》者，古题所谓《折杨柳》也。乾符五年，能为许州刺史，饮酣，令部妓少女作《杨柳枝》健舞，复赋其辞为《杨柳枝》新声云。"中华书局1979年版，第1142—1143页。

境和声诗演唱等方面，则是体现诗词互渗与交融的重要篇章。本章即以《新添声杨柳枝辞》为集中关注的对象，从诗词界限的模糊性、产生环境的一致性、名物意象的内涵、表现手法的互通诸方面，对晚唐时期诗词兼融的现象作多层面的审视。

温庭筠《新添声杨柳枝辞》二首云：

> 一尺深红胜曲尘，天生旧物不如新。合欢桃核终堪恨，里许元来别有人。
> 井底点灯深烛伊，共郎长行莫围棋。玲珑骰子安红豆，入骨相思知不知。

这两首诗就题目与形式看，是乐府体的七言绝句，但在流传过程中，却被当成词来看待。宋洪迈《万首唐人绝句》卷四四收录，题作《南歌子词二首》。《全唐诗》卷五八三因之作《南歌子词二首》，然题下又注："一作《添声杨柳枝辞》。"尽管这是误读，但也可见洪迈是将这两首诗当作词看待的，而且以《南歌子》词调以实之。诗的本事，见于唐范摅《云溪友议》卷下《温裴黜》条：

> 裴郎中诚，晋国公次弟子也。足情调，举子温歧为友，好作歌曲，迄今饮席，多是其词焉。裴君既入台，而为三院所谑曰："能为浮艳之歌，有异清洁之士也。"裴君《南歌子》词云："不是厨中串，争知炙里心。井边银钏落，辗转恨还深。"又曰："不信长相忆，抬头问取天。风吹荷叶动，无夜不摇莲。"又曰："䗶蟛为红烛，情知不自由。细丝斜结网，争奈眼相钩。"二人又为《新添声杨柳枝词》，饮筵竞唱其词而打令也。词云："思量大是恶因缘，只得相看不得怜。愿作琵琶槽郁畔，美人长抱在胸前。"又曰："独房莲子没人看，偷折莲时命也拌。若有所由来借问，但道偷莲是下官。"温歧曰："一尺深红朦曲尘，旧物天生如此新。合欢桃核终堪恨，里许元来别有人。"又

曰:"井底点灯深烛伊,共郎长行莫围棋。玲珑骰子安红豆,入骨相思知不知。"湖州崔郎中刍言,初为越副戎,宴席中有周德华。德华者,乃刘采春女也。虽罗喷之歌,不及其母,而《杨柳枝》词,采春难及。崔副车宠爱之异,将至京洛。后豪门女弟子从其学者众矣。温裴所称歌曲,请德华一陈音韵,以为浮艳之美,德华终不取焉。二君深有愧色。所唱者七八篇,乃近日名流之咏也。[1]

曾昭岷等所编《全唐五代词》收此二首,题作《新添声杨柳枝》,末注:"此首及下首《万首唐人绝句》卷四四作《南歌子》,非,盖未审《云溪友议》而误。《南歌子》亦无七言四句体。《花草粹编》卷一作《添声杨柳枝》,王辑本《金荃词》作《杨柳枝》。"[2] 清人曾益等注《温飞卿诗集》,于题下注:"一作《南歌子》。"[3] 盖亦源于《万首唐人绝句》。刘学锴则从《南歌子》之字数、词律、词调等方面判断洪迈所收之误,在于误读《云溪友议》,并将裴、温二人之《新添声杨柳枝》亦误视为《南歌子词》。[4]

温庭筠这两首诗产生误读的原因有两个方面:一是洪迈误读《云溪友议》之文,将《杨柳枝》误连为上文之《南歌子》;二是到洪迈的时代,人们从音乐和歌唱的角度理解《新添声杨柳枝辞》,情调已经与词无异。

二、《杨柳枝》与《新添声杨柳枝辞》:从声诗到歌词

检五代赵崇祚编纂的《花间集》,在温庭筠的名下收了《杨柳枝》八首,但未收《新添声杨柳枝辞》。由《花间集》收录《杨柳枝》词,可见编纂者是

---

1 [唐]范摅:《云溪友议》卷下,古典文学出版社1957年版,第65—66页。
2 曾昭岷等:《全唐五代词》,中华书局1999年版,第126页。
3 [清]曾益等:《温飞卿诗集笺注》卷九,上海古籍出版社1980年版,第211页。
4 刘学锴:《温庭筠全集校注》卷九,中华书局2007年版,第875—876页。

将这一类诗当作词看待的。但唐人作《杨柳枝》者甚多，除《花间集》而外，这类作品大多编入诗集。由《杨柳枝》到《新添声杨柳枝辞》，诗与音乐的关系逐渐密切，添声歌唱更推进了诗的词化进程。《杨柳枝八首》云：

> 宜春苑外最长条，闲袅春风伴舞腰。正是玉人肠断处，一渠春水赤阑桥。
> 南内墙东御路旁，预知春色柳丝黄。杏花未肯无情思，何事行人最断肠。
> 苏小门前柳万条，毵毵金线拂平桥。黄莺不语东风起，深闭朱门伴细腰。
> 金缕毵毵碧瓦沟，六宫眉黛惹春愁。晚来更带龙池雨，半拂阑干半入楼。
> 馆娃宫外邺城西，远映征帆近拂堤。系得王孙归意切，不关春草绿萋萋。
> 两两黄鹂色似金，袅枝啼露动芳音。春来幸自长如线，可惜牵缠荡子心。
> 御柳如丝映九重，凤皇窗柱绣芙蓉。景阳楼畔千条露，一面新妆待晓钟。
> 织锦机边莺语频，停梭垂泪忆征人。塞门三月犹萧索，纵有垂杨未觉春。

对于《杨柳枝》的源流，宋王灼《碧鸡漫志》卷五梳理颇详：

> 《杨柳枝》，《鉴戒录》云："《柳枝歌》，亡隋之曲也。"前辈诗云："万里长江一旦开，岸边杨柳几千栽。锦帆未落干戈起，惆怅龙舟更不回。"又云："乐（梁）苑隋堤事已空，万条犹舞旧春风。"皆指汴渠事。而张祜《折杨柳枝》两绝句，其一云："莫折宫前杨柳枝，玄宗曾向笛中吹。伤心日暮烟霞起，无限春愁生翠眉。"则知隋有此曲，传至开元。《乐府杂录》云："白傅作《杨柳枝》。"予考乐天晚年与刘梦得唱和此曲词，白云："古歌旧曲君休听，听取新翻《杨柳枝》。"又作《杨柳枝二十韵》云："乐童翻怨调，才子与妍词。"注云："洛下新声也。"刘梦得亦云："请君莫奏前朝曲，听唱新翻《杨柳枝》。"盖后来始变新声。而所谓乐天作《杨柳枝》者，称其别创词也。[1]

---

[1] 岳珍：《碧鸡漫志校正》卷五，巴蜀书社2000年版，第131–132页。

第八章 温庭筠《新添声杨柳枝辞》

是知《杨柳枝》由来已久，本为民间歌曲，流传于社会，至白居易始翻为新声，并进入教坊[1]，这是《杨柳枝》流传过程中的一个转折。温庭筠在白居易等人所作《杨柳枝》的基础上，又加以推进，写出了诗词演变过程中能关合二者特质的作品，故后人或以为诗，或以为词。[2] 梳理了《杨柳枝》的演化过程，就可以看出词在诗体中产生并逐渐从融合到剥离的轨迹：《杨柳枝》本为诗体，到了刘、白，虽形式仍用唐绝，而情调已向词转化，再到温庭筠，则符合词体的一些特征。

《新添声杨柳枝辞》，应该是在《杨柳枝》的基础上，音乐方面更有变化。我们知道，"添声"指歌唱时根据音乐节奏所作出的变化而进行的增字，也是词体形成和发展过程中逐渐形成规律的变体形式，故而从这一题目而言，无疑较《杨柳枝》更接近词的情调。但是，什么是"添声"，温庭筠时有没有添声，迄今仍然是尚未解决的问题。任半塘先生《唐声诗》云：

> 《万首唐人绝句》作"添声《杨柳枝》"，无"新"字，《诗苑》所纪则称"新声《杨柳枝》"，无"添"字。……且冠"添声"二字于调名上，乃宋词后起之事，非唐人所为，何况曰"新添声"乎？按后起词调，既曰添声，必已添字，今裴、温之作，仍为七言四句，并未添字，故疑其所添者为和声，而和声辞则失传。[3]

---

1 [唐]段安节：《乐府杂录》云："《杨柳枝》曲者，白傅典杭州时所撰，寻进入教坊也。"（《太平御览》卷五六八引，中华书局1960年版，第2568页）有关转折过程，参王昆吾《隋唐五代燕乐杂言歌辞研究》，中华书局1996年版，第399页。
2 郑文焯：《花间集评》云："宋人诗好处，便是唐词。然飞卿《杨柳枝》八首，终为宋诗中振绝之境，苏、黄不能到也。唐人以余力为词，而骨气奇高，文藻温丽。有宋一代学人，专志于此，駸駸入古，毕竟不能脱唐五代之窠臼，其道亦难矣。"（龙榆生《唐宋名家词选》第15页引）刘学锴《温庭筠全集校注》卷九云："温庭筠《杨柳枝八首》，规模体制格调，全仿刘、白之作，其形式虽同于七绝，仍为齐言体，实系符合词体特征按新制曲调谱写新辞之曲子辞，故历来编撰之唐五代词总集及别集均收入。现仍据《乐府诗集》卷八十一近代曲辞三收入诗集中。"（第861页）
3 任半塘：《唐声诗》下册，第533页。

按，任氏所言添声与和声的关系甚详，但又言新添声为宋词后起之事，则并不符合事实。今据唐人范摅所作的《云溪友议》收录此诗时即冠以《新添声杨柳枝辞》，再参以《碧鸡漫志》的记载[1]，知所谓"新添声"当即和声，也就是歌唱时重复前句的后面三字。这种情况在唐时就有了，也是音乐的需要。故任氏所言和声之辞失传是事实，而又言和声是宋词后起之事则不确。由此亦可见这两首诗形式上虽然还是齐言体的七言绝句，但因音乐的需要而加以添声，实际上在歌唱时已经不是齐言体了。这就体现出唐时绝句在向词过渡时音乐所起的作用。

和声添字不始于宋词，还有三个实例：一是《敦煌曲子词》中的一首《杨柳枝》："春来春去春复春。寒暑来频。月生月尽月还新。又被老催人。只见庭前千岁月，长在常存。不见堂上百年人。尽总化为尘。"[2]其中七言的四句，是主体，合在一起，是整齐的七言诗，而其他句子都是对主体每一句意义的反复咏叹，是因和声而添字的结果。二是顾敻的《杨柳枝》："秋夜香闺思寂寥。漏迢迢。鸳帏罗幌麝烟销。烛光摇。正忆玉郎游荡去。无寻处。更闻帘外雨萧萧。滴芭蕉。"[3]三是张泌的《柳枝》："腻粉琼妆透碧纱。雪休夸。金凤摇头坠鬓斜。发交加。倚着云屏新睡觉。思梦笑。红腮隐出枕函花。有些些。"[4]顾敻、张泌词的形式应该是在温庭筠《新添声杨柳枝辞》的基础上发展演化而来的。词的主体四句仍然是七言，而其他四句则是三言，并与前句押同韵。所不同的是，即便是主体四句，温庭筠诗是完全符合格律的七言绝句[5]，而三首词主体部分的句子已经失粘了。宋人王灼《碧鸡漫志》

---

1 [宋]王灼：《碧鸡漫志》卷五："今黄钟商有《杨柳枝》曲，仍是七字四句诗，与刘白及五代诸子所制并同，但每句下各增三字一句，此乃唐时和声，如《竹枝》、《渔父》，今皆有和声也。旧词多侧字起头，平字起头者，十之一二。"(《碧鸡漫志校正》，第132页）
2 曾昭岷等：《全唐五代词》，第893页。
3 曾昭岷等：《全唐五代词》，第562页。
4 曾昭岷等：《全唐五代词》，第524页。校记："《花间集》注云：'即《杨柳枝》。'"
5 与温词同载于《云溪友议》的裴诚的《新添声杨柳枝辞》二首，也是完全符合格律的七言绝句，其体式可以与温词相参证。据《云溪友议》对其本事的记载，知其以诗的形式，作为歌曲，谱为新声，以作酒筵行令之用。

云:"旧词多侧字起头,平字起头者,十之一二。今词尽皆侧字起头,第三句亦复侧字起,声度差稳耳。"[1]也就是说,这样的变化是由词的音律要求造成的。从音律变化而言,温庭筠的《新添声杨柳枝辞》,是这一词调由诗过渡到词的关键性作品。但这一转化是有条件的,这就是要适合和声,而且只有仄声开头的诗句才可以添声。温庭筠的《新添声杨柳枝辞》,以及顾夐、张泌的添声《杨柳枝》词都是如此。敦煌曲子词中《杨柳枝》首句作"春来春去春复春",实与下句不对,而《全唐五代词》校云:"赵本校作'春去春来'。"这样也就符合《碧鸡漫志》所说的"侧字起头,第三句亦复侧字起"的规律。由此我们再反观温庭筠的《杨柳枝》八首,第一首起句"宜春苑外最长条",第五首"馆娃宫外邺城西",都是平声起头,说明这八首还属于声诗的范畴,而到了《新添声杨柳枝辞》,则由于音乐的需求,就成为接近词体的歌词了。但要真正成为词体,还要"第三句亦复侧字起",这要等到顾夐、张泌等人来完成。

三、一组名物意象的考证与诠释

第一首诗的首句"一尺深红胜曲尘",涉及两种名物,"深红"及"曲尘",究竟何指,历代注家理解不同。曲尘本指酒曲所生之菌,其色淡黄如尘,故古籍中常以曲尘形容黄色。[2]温庭筠诗中曲尘,清人顾嗣立注:

---

[1] 岳珍:《碧鸡漫志校正》卷五,第132页。
[2] [明]徐应秋:《玉芝堂谈荟》卷三一《曲尘丝》条所述最为详尽:"白居易诗:'须教碧玉羞眉黛,莫与红桃作曲尘。'元稹诗:'曲尘溪上素红枝,影在溪流未落时。'刘禹锡诗:'凤阙轻遮翡翠闱,龙池遥望曲尘丝。'白诗又有'晴沙金屑色春水,曲尘波汤添匀水';'煎鱼眼未下,刀圭攒曲尘'。元诗又有'红罗着压逐时新,杏子花纱嫩曲尘'。杨巨源诗:'江边杨柳曲尘丝。'温庭筠诗:'一尺深红朦曲尘。'又:'袅翠藏烟拂暖波,舞裙新染曲尘罗。'稽含《南方草木状》:'鹤子草蔓生,其花曲尘色。'《周礼》:'皇后六服有鞠衣。'郑玄注:'鞠衣,黄桑色,如曲尘,盖淡黄色也。'"影印《四库全书》本第883册,第747页。

《四声宝蕊》：桑蕾浅黄色，曲尘深黄色，或以指衣，或以指柳。[1]

刘永济云：

起句当指衣服言，曲尘色浅黄，深红一尺，裙色也。此指深红裙上蒙以浅黄之衣。[2]

刘学锴注：

唐彦谦《黄（皇）子陂荷花》："十顷狂风撼曲尘，缘堤照水露红新。"曲尘，本指酒曲上所生之菌，因其颜色淡黄如尘，故称。借指柳叶。一尺深红，指荷花。……谓柳叶系旧物，不如荷花之新艳。[3]

今按，刘学锴先生以曲尘指柳，自无可疑，因曲尘喻柳，古诗中常见，诸如白居易《种柳三首》"更想五年后，千千条曲尘"即是显例。温庭筠以此喻柳，又与题面"杨柳枝辞"紧扣。至于清人顾嗣立注"天生旧物不如新"，引窦玄妻《古怨歌》："衣不如新，人不如故。"并不切合温庭筠的诗意。

然以"深红"指荷花，尽管有唐彦谦诗为据，但与温词并不切合。因为荷花虽有深红之色，但并未有一尺之大，也未以"一尺"名之。且春天柳先发芽，而荷花开放季节，要等到六七月以后，去柳甚远，因而以荷花与杨柳对比，则显无力。考陆游《渭南文集》卷四二花品序第一，牡丹，后列名目中有"一尺红"。[4] 又此卷花释名第二："一尺红者，深红，颇近紫色，花面大几

---

1 ［清］曾益等：《温飞卿诗集笺注》卷九，上海古籍出版社1980年版，第211页。
2 刘永济：《唐人绝句精华》，人民文学出版社1981年版，第246页。
3 刘学锴：《温庭筠全集校注》卷九，第876页。
4 ［宋］陆游：《陆放翁全集》，中国书店1986年版，第259页。

尺，故以一尺名之。"[1] 故"一尺深红"即指牡丹，既指花的颜色言之，也指花的大小言之。牡丹花开放时花面很大，周长达一尺，称为花中之王。宋蔡襄《季秋牡丹赋并序》云："爽秋涉秒，扶栏间有牡丹旧卉，辄吐芳椟，亭亭上擢，发红葩一，大可径咫。"[2] 牡丹又是唐代国花，唐时盛于长安，唐人舒元舆《牡丹赋序》载："京国牡丹，日月寖盛，今则自禁闼洎官署，外延士庶之家，弥漫如泗渎之流，不知其止息之地。每暮春之月，遨游之士如狂焉，亦上国繁华之一事也。"[3] 宋刘斧《青琐高议》："明皇时……当时有献牡丹者……来岁花开，花上复有指红迹。帝赏花惊叹，神异其事，开宴召贵妃，乃名其花为一捻红。……他日，近侍又贡一尺黄，乃山下民王文仲所接也。花面几一尺，高数寸，只开一朵，鲜艳清香，绛帏笼日，最爱护之。"[4] 是牡丹花面甚大，品种繁多，唐玄宗时即有"一捻红"、"一尺黄"之品种，由此参证，温词之"一尺深红"也就是牡丹花中的"一尺红"品种。牡丹三月即开花，即如唐权德舆《慈恩寺清上人院牡丹歌》所言："澹荡韶光三月中，牡丹偏自向春风。时过宝地寻香径，已见新花出故丛。曲水亭西杏园北，秾芳深院红霞色。"则三月所开者，亦是深红的牡丹花。诗人多以国色天香赞颂牡丹花，故温庭筠拿来与柳叶映衬，前后相接，对比鲜明。

我们理解温庭筠这两首诗，不仅要关注诗中涉及的名物，更重要的是要发掘这些名物的意象内涵。温庭筠诗涉及牡丹者并非止此一首，至少还有四首诗与牡丹相关，其中专咏牡丹者有《夜看牡丹》、《牡丹二首》等诗，后者云：

    轻阴隔翠帏，宿雨泣晴晖。醉后佳期在，歌余旧意非。蝶繁经粉住，蜂重抱香归。莫惜熏炉夜，因风到舞衣。

---

1 ［宋］陆游：《陆放翁全集》，第261页。
2 ［宋］蔡襄：《端明集》卷三二，影印《四库全书》本第1090册，第607页。
3 ［清］董诰：《全唐文》卷七二七，第3317页。
4 ［宋］刘斧：《青琐高议》前集卷六，上海古籍出版社1983年版，第58—59页。

水漾晴红压叠波，晓来金粉覆庭莎。栽成艳思偏应巧，分得春光最数多。欲绽似含双靥笑，正繁疑有一声歌。华堂客散帘垂地，想凭阑干敛翠蛾。[1]

诗以花喻人，以人喻花。"醉后佳期在，歌余旧意非"，盛开的牡丹红艳娇人，如同醉后的美人；凋谢的牡丹意态迷惘，如同歌罢的美人。本来是翘首盼望佳期，结果是酒罢歌残，意向幻灭。"欲绽似含双靥笑，正繁疑有一声歌"，牡丹之含苞待放，如同美人之含靥欲笑；牡丹之繁花盛开，如同美人之激情放歌。这样的意象表现，手法纤巧，词语艳丽，既切牡丹，又切美人，与温庭筠词的表现手法适相一致。以牡丹比拟女子也是诗词中常见的现象，最为著名的诗作是李白的《清平调三首》。

《新添声杨柳枝辞》的前两句在咏物中已别出新意，以杨柳喻旧，以牡丹喻新，说明对方另有新人。诗的后两句又转出桃之意象，而桃之意象又有从桃花到桃核的过程，多一层翻折，也多一番寓意。诗中的"合欢桃核"，指桃花结果时，核为双仁，由两半合成，故而可以隐喻男女遇合，而"合欢桃核终堪恨，里许元来别有人"，则暗示着女主人公的命运。

温庭筠诗中，桃之意象并不止一首，其《敷水小桃盛开因作》云："敷水小桥东，娟娟照露丛。所嗟非胜地，堪恨是春风。二月艳阳节，一枝惆怅红。定知留不住，吹落路尘中。"[2]"娟娟照露丛"以细腻的笔触表现出桃花美丽的情态，可是所托非地，无人赏识，也就自开自落，沦于尘中，时令尽管在"二月艳阳节"，反而变得"一枝惆怅红"。春风本来是催开桃花的信使，结果反而"堪恨是春风"。这首诗所咏的主体虽然与《新添声杨柳枝辞》不同，一首是有感于桃花盛开而咏，一首是借桃核而表现女子的感慨，但通过意象的描绘，以表现主人公的情怀，一是"堪恨是春风"，一是"合欢桃核终堪恨"，则

1　刘学锴：《温庭筠全集校注》卷九，第826页。
2　刘学锴：《温庭筠全集校注》卷七，第680页。

是异曲同工的。其实到了晚唐,桃花意象总体上变得细腻而艳丽,李商隐的《小桃园》更能表现这一点:"竟日小桃园,休寒亦未暄。坐莺当酒重,送客出墙繁。啼久艳粉薄,舞多香雪翻。犹怜未圆月,先出照黄昏。"[1] "坐莺当酒重,送客出墙繁",这里的桃园,一树繁花,而面对饮宴之人,筵席甫散,桃枝又似送客于墙外。桃花的意象与饮宴的环境适相配合。"啼久艳粉薄,舞多香雪翻",更是细腻之至。诗人的情怀内敛,诗中所表现的意象也更为细腻与精巧。因为"啼久艳粉薄,舞多香雪翻",桃花的意象往往蕴涵着对于女子青春红颜的慨叹,桃花也成为红颜薄命女子的代称。[2] 这样的意象,这样的情怀,置于词中就更为合适了,故而冯延巳《临江仙》词有"冷红飘起桃花片",李煜《蝶恋花》词有"桃李依依香暗度",毛文锡《诉衷情》词有"桃花流水漾纵横,春昼彩霞明"等语。而桃核也是词人喜用的意象,五代牛希济的《生查子》:"终日劈桃穰,仁在心儿里。"与温诗意象相同而趋向不同,且温诗多一层翻折,更为感人。

在古代诗词当中,杨柳的意象经常与离别联系在一起,而这首诗虽题为"杨柳枝辞",但杨柳是作为陪衬的状态出现的。杨柳是旧物,牡丹喻新人,"旧物不如新"是讽谕喜新厌旧的情况。以"曲尘"喻柳,虽是古诗中常见的现象,但温庭筠所比喻的目的却不一样。前人的诗句,重在形容柳的颜色,而温庭筠则不仅仅如此。因曲尘是酒曲上所生之菌,时间长了就呈现黄色,犹如粉尘,与柳叶的颜色差近,故温氏既表现柳色之黄,更突出柳色之旧,以启下句的"天生旧物不如新"。接着引出"合欢桃核终堪恨,里许原来别有人",由物之新引出人之旧不如新。由于杨柳、牡丹、桃核,与男女之间的相离相别密切相关,最适合于词的表现,也就成为宋代词人所乐用的典

---

[1] 刘学锴、余恕诚:《李商隐诗歌集解》,中华书局2004年版,第549页。
[2] [唐]皮日休《桃花赋》(《皮子文薮》卷一)以桃花暗示女子的红颜薄命,描述周详细致,可以参看。

故。[1]温庭筠的这首诗仅有四句二十八字,但已压缩进了杨柳、牡丹、桃核等多种意象,细加分析已使人叹为观止,而意象密集又恰是温庭筠词最显著的特点。

四、晚唐博戏与《新添声杨柳枝辞》的产生环境

第二首诗描写的是一场游戏,这样的环境正好与晚唐诗词产生的酒后歌筵的空间适相吻合。词中运用博戏的一组名物,有"长行"、"围棋"、"骰子"、"红豆"。

"长行",唐李肇《国史补》卷下记载颇详:

> 今之博戏,有长行最盛。其具有局有子,子有黄墨各十五,掷采之骰有二,其法生于握槊,变于双陆。天后梦双陆而不胜,召狄梁公说之。梁公对曰:'宫中无子之像是也。'后人新意,长行出焉。又有小双陆、围透、大点、小点、游谈、凤翼之名,然无如长行也。监险易喻时事焉。适变通者,方易象焉。王公大人,颇或耽玩,至有废庆吊、忘寝休、辍饮食者。及博徒是强名争胜谓之撩(一作掩)零,假借分画谓之囊家,囊什一而取谓之乞(一作子)头。有通宵而战者,有破产而输者,其工者的有浑镐、崔师本首出。围棋次于长行,其工者近有韦延佑、杨茂首出。如弹棋之戏甚古,法虽设,鲜有为之,其工者,近有吉逵、高越首出焉。贞元中,董叔儒进博一局并经一卷,颇有新意,不行于时。[2]

则唐代长行是在双陆的基础上改进而成的。"其法生于握槊,变于双

---

1 [清]贺裳:《皱水轩词荃》:"温飞卿小诗云:'合欢桃核真堪恨,里许元来别有人。'山谷演之曰:'你有我,我无你,分似合欢桃核,真堪人恨,心儿里有两个人人。'拙矣。"《词话丛编》本,第713页。

2 [唐]李肇:《唐国史补》卷下,第61页。

陆",即说明了与握槊、双陆的关系。双陆盛行于武则天时,长行盛行于中唐以后。但相关文献的记载却常将二者混淆。[1]晚唐张读《宣室志》的一则材料较为清楚地说明了当时对博长行的情况:

> 东都陶化里有空宅,大和中,张秀才借居肄业。常忽忽不安,自念为男子,当抱慷慨之志,不宜恇怯以自软,因移入中堂以处之。夜深欹枕,乃见道士与僧徒各十五人从堂中出,形容长短皆相似,排作六行,威仪容止,一一可敬。秀才以为灵仙所集,不敢喘息,因佯寝以窥之。良久,别有二物辗转于其地,每一物各有二十一眼,内四眼剡剡如火色,相驰逐,而目光眩转,刻然有声。逡巡间,僧道三十人,或驰或走,或东或西,或南或北,道士一人独立一处,则被一僧击而去之;其二物周流于僧道之中,未尝暂息。如此争相击搏,或分或聚。一人忽叫云:"卓绝矣。"言竟,僧道皆默然而息。乃见二物相谓曰:"向者群僧与道流妙法绝高,然皆赖我二人成其行数耳,不然,安得称卓绝哉?"秀才乃知必妖怪也,因以枕掷之。僧道与二物一时惊走,曰:"不速去,吾辈且为措大所使也。"遂皆不见。明日搜寻之,于壁角得一败囊,中有长行子三十个,并骰子一双耳。[2]

这里是借鬼怪的故事以描述长行博戏的,其过程是双人对局,每方有棋

---

[1] 如清人顾嗣立《温飞卿诗集笺注》卷九:"后魏李邵启:曹植作长行局,即双陆也。胡士作握槊,亦双陆也。"(第211页)刘学锴《温庭筠全集校注》卷九:"长行,长行局,即双陆一类博戏也。"(第877页)宋洪遵《谱双序》云:"双陆最近古,号雅戏。以传记考之,获四名,曰'握槊',曰'长行',曰'波罗塞戏',曰'双陆'。盖始于西竺,流于曹魏,盛于梁、陈、魏、齐、隋、唐之间。"(《说郛三种》上海古籍出版社1988年版,第4659页)元李治《敬斋古今黈》云:"北齐高纬时,穆提婆、韩长鸾闻寿阳陷,握槊不辍,曰:'本是彼物,从其去所。'《通鉴》注云:'槊,长矛也。'治曰:'槊虽得为长矛,然言之齐事则非,此盖棋槊之槊,长行局所用之马也。长行局即今之双陆。'"(第166页)明谢肇淛《五杂俎》人部二:"双陆,一名握槊。……曰双陆者,子随骰行,若得双陆,则无不胜也。又名'长行',又名'波罗塞戏'。"(第118页)有关"长行"、"双陆"、"握槊"的具体情况,可参考宋德金:《双陆与民族文学交流的融合》,《历史研究》2003年第2期,第32-43页;杜朝晖:《"双陆"考》,《中国典籍与文化》2006年第2期,第113-117页;王永:《唐代的双陆与握槊、长行考辨》,《唐史论丛》第九辑,三秦出版社2007年版,第297-311页。

[2] [唐]张读:《宣室志》,中华书局1983年版,第150页。

子十五枚，另有骰子两枚。骰子六面，共二十一点，其中四点为红色。中晚唐也有一些描写长行的诗，如皎然有《薛卿教长行歌》，赵抟《废长行》，是专门吟咏长行的；李廓《长安少年行》"好胜耽长行，天明烛满楼。留人看独脚，赌马换偏头"，是涉及长行的。

长行中关键的部分是"骰子"，晚唐时李合有《骰子选格》三卷，房千里作《骰子选格序》。宋陆游《老学庵笔记》卷一："西虎有一堂，群蛮聚博其上。骰子亦以骨为之，长寸余而匾，状若牌子，折竹为筹，以记胜负。"[1] 都是指普通骰子博戏而言。长行中所用的骰子，与骰子博戏有所不同，宋程大昌《演繁露》卷六云：

> 博之流，为摴蒱，为握槊（即双陆也），为呼博，为酒令，体制虽不全同，而行塞胜负取决于投则一理也。……唐世则镂骨为窍，朱墨杂涂，数以为采，亦有出意为巧者，取相思红子纳置窍中，使其色明现而易见，故温飞卿艳词曰："玲珑骰子安红豆，入骨相思知也无。"凡此二者，即今世通名骰子也。[2]

长行源于双陆[3]，其所用的骰子，应该和双陆局中的骰子差近。骰子以骨治成，镂骨为窍，朱墨杂涂，数子为采。特殊的骰子，于窍中装入红豆，以显示色彩的鲜艳，故温庭筠诗有"玲珑骰子安红豆"之句。晶莹明澈的骨质与

---

[1]〔宋〕陆游：《老学庵笔记》卷三，中华书局1979年版，第36页。
[2]〔宋〕程大昌：《演繁露》卷六，影印文渊阁四库全书本，第852册，第112–113页。
[3] 所谓"双陆"，杜亚泉《博史》根据日本《双陆锦囊钞》云："棋盘上下各十二道。棋子黑白各十五枚。黑棋自上左向右行，复由下右向左行；白棋自下左向右行，复由上右向左行。入局时布子如图。二人对坐，交互掷行棋。骰子二枚，如掷得二与三，掷者任择自己之棋内，一子行二，一子行三。同色之棋，一道中可任重数子。已有同色之棋二子在一道中，则敌棋不得入；已入者取除，取除之棋，于敌方下次掷骰时入局；黑棋自上左一道起，白棋自下左一道起，依点行棋。如取除之棋不得入局，则他棋皆不得行。一方不能行棋时，即由对方掷骰。至一方之棋均入最高之六道内（黑为下内六道，白为上内六道），即为胜利。若最高六道内，每道各有二棋（右方五星之右三道内各有一棋及二棋），则为大胜。"（引自《文史》第12辑，第178页）

颜色鲜艳的红豆,对比鲜明,应该是骰子中的绝品。也是温诗表现技巧的独到之处。[1] 同时,这句诗也是借用王维诗的典故,因为王维有《相思》诗:"红豆生南国,春来发几枝。愿君多采撷,此物最相思。"是将"红豆"与"相思"联系在一起,这样的用法非常巧妙。

诗中与"长行"对举的"围棋",也是一种博戏,是盛行于唐代宫廷与社会,颇受文人喜爱的活动。杜甫、元稹、白居易、杜牧的诗中,多次写到围棋。唐苏鹗《杜阳杂编》中还记载了大中二年日本王子来访,朝廷让国手顾师言与王子对弈之事。唐朝皇帝大多也喜欢围棋,以致唐玄宗特设"棋待诏"的官职,宫廷中还有宫教博士,负责教习宫人书、算、众艺,其中就包括围棋。张籍《美人宫棋》诗说:"红烛台前出翠娥,海沙铺局巧相和。趁行移手巡收尽,数数看谁得最多?"说明唐朝宫中盛行围棋活动。1972年,新疆吐鲁番地区阿斯塔那墓出土的《围棋仕女图》绢画,画面中心是对弈的两个妇人,一人正从盂中取子,一人左手执棋,似乎注视着棋局,身后是双手托茶的侍女,后面还有侍女二人,右边还有观局的少女和侍儿。左边是在林间领着儿童嬉戏的少妇和两个侍女。[2] 这也说明围棋是唐代妇女雅集时常用的一种博戏工具。因为至今还甚为流行,所以有关围棋本身的形态与博弈时的规则,本书就从略了。

从《云溪友议》记载的本事看,《新添声杨柳枝辞》所产生的环境,是一个典型的游戏娱乐的环境,既是温庭筠诗产生的具体环境,也是他的词产生的具体环境。温庭筠经常出入于这样的环境之中。《诗话总龟》前集卷四引《雅言杂载》:

---

1 刘学锴注:"骰子用骨制成,面上刻有红点,故云'玲珑骰子安红豆,入骨相思知不知'。"以面上刻有红点为红豆,不确。
2 金维诺、卫边:《唐代西州墓中的绢画》,《文物》1975年第10期,第36-44页。又见邵文良:《中国古代体育文物图集》,人民体育出版社1986年版,第173页。

薄行，无检幅，多作侧词艳曲。与贵胄裴诚、令狐滈等饮博，与李商隐皆有名，号'温李'。醉为逻卒折齿，由污行，诉不得理。[1]

《旧唐书·温庭筠传》云：

士行尘杂，不修边幅，能逐弦吹之音，为侧艳之词。公卿家无赖子弟裴诚（诚）、令狐缟（滈）之徒，相与蒱饮，酣醉终日，由是累年不第。[2]

佚名《玉泉子》云：

温庭筠有词赋盛名，初从乡里举，客游江淮间，杨子留后姚勖厚遗之。庭筠少年，其所得钱帛，多为狭邪所费。勖大怒，笞而逐之，以故庭筠不中第。[3]

辛文房《唐才子传》卷八《温庭筠传》：

少颖悟，天才雄赡，能走笔成万言。善鼓琴吹笛，云："有弦即弹，有孔即吹，何必爨桐与柯亭也。"侧词艳曲，与李商隐齐名，时号"温李"。才情绮丽，尤工律赋。每试押官韵，烛下未尝起草，但笼袖凭几，每一韵一吟而已。场中曰"温八吟"。[4]

晚唐崇尚娱乐的社会环境，造就了侧艳诗词产生的土壤，温庭筠诡薄无行的性格，又适当其会，创作了一批迎合时尚的作品。这类作品，在乐府诗

---

1 ［宋］阮阅：《诗话总龟》前集卷四，第42页。
2 ［后晋］刘昫：《旧唐书》卷一九〇下，第5079页。
3 ［唐］佚名：《玉泉子》，古典文学出版社1957年版，第11页。
4 傅璇琮：《唐才子传校笺》第三册，中华书局1990年版，第435页。

与词中得到了充分的体现。明人胡震亨云:"《新添声杨柳枝》,温庭筠作。时饮筵竞歌,独女优周德华以声太浮艳不取。"[1] 知这两首诗是供饮筵上歌女演唱之作,也是温庭筠这类作品的代表之作。温庭筠早年在客游江淮期间,就多与狭邪交游,到了长安以后,又与公卿家无赖子弟相与蒲饮,应这种环境与人物之需,就经常撰写一些乐府诗和词在饮宴歌筵上演唱,乐府诗可以传唱的功能与词的产生和这一环境适相融合。《新添声杨柳枝辞》最能体现出这种融合,它混合了诗词的界限,故不仅历代诗集收入,词集也收入。

五、《新添声杨柳枝辞》的表现手法

温庭筠的《新添声杨柳枝辞》,内在感情浓烈、深沉、缠绵、纤细,外在表现绮错、清丽、秾艳、繁缛,诗中透露出词的消息,而这些特点又是通过巧妙的手法表现的。

其表现方法之一是通过红豆来表现相思和爱情。红豆本为植物,是早期传说的相思树,果实为相思子,故诗人常用来比喻爱情。红豆入诗,始于王维的《相思》:"红豆生南国,春来发几枝。愿君多采撷,此物最相思。"红豆象征相思、爱情,是红豆意象的本意。红豆的形象鲜亮、红艳,红豆的性格热烈、温润、玲珑、精致、坚贞,也确实是爱情的绝妙象征。王维诗中"此物最相思"之句,意味着红豆象征相思、爱情,已经是盛唐人普遍的默契。[2] 自盛唐以后,红豆逐渐由诗中意象向词中意象转化。

唐词:

和凝《天仙子》:"柳色披衫金缕凤,纤手轻拈红豆弄。"

韩偓《玉合》:"中有兰膏渍红豆,每回拈着长相忆。"

---

[1] [明]胡震亨:《唐音癸签》卷一三,上海古籍出版社1981年版,第141页。
[2] 参邓小军《红豆小史:以王维、杜甫、〈云溪友议〉、钱谦益为中心》,《中国文化》第十九、二十期合刊,第200页。

牛希济《生查子》："红豆不堪看，满眼相思泪。"

李珣《南乡子》："红豆蔻，紫玫瑰，谢娘家接越王台。"

欧阳炯《南乡子》："两岸人家，微雨后，收红豆，树底纤纤抬素手。"

欧阳炯《贺圣朝》："忆昔花间相见后。只凭纤手，暗抛红豆。"

宋词：

晏殊《浣溪沙》："玉窗红豆忆前欢。"

黄庭坚《点绛唇》："半妆红豆，各自相思瘦。"

刘过《江城子》："万斛红豆相思子，凭寄与个中人。"

赵崇嶓《归朝欢》："交枝红豆雨中看，为君滴尽相思血。"

王千秋《满江红》："红豆恨，归谁促。青鸾梦，惊难续。"

王沂孙《三姝媚》："几度相思，红豆都销，碧丝空袅。"

周密《清平乐》："一树湘桃飞茜雪，红豆相思渐结。"

黄机《传信玉女》："双燕乍归，寄与绿笺红豆。"

陈允平《惜分飞》："双燕归来后，相思叶底寻红豆。"

红豆由诗中意象转化为词中意象，与红豆蕴涵和附托的爱情、别离等情怀更适合用词来表达密切相关。温庭筠《新添声杨柳枝辞》"玲珑骰子安红豆，入骨相思知不知"外，《锦城曲》："怨魄未归芳草死，江头学种相思子。"《酒泉子》："罗带惹香，犹系别时红豆，泪痕新，金缕旧。"或在乐府诗中用之，或在词中用之，正是诗词融会过程中，运用红豆以暗示爱情的典型篇章。敦煌曲子词《云谣杂曲子》中的《竹枝子》，有"口含红豆相思语，几度遥相许"句，说明将红豆作为词中意象，晚唐时就盛行了，不仅文人词中普遍运用，而且在民间词中也常见到红豆的身影。

其表现方法之二是谐隐的运用和女性口吻的模拟。就谐隐而言，宋人洪迈《乐府诗引喻》云："自齐梁以来，诗人作《乐府子夜四时歌》之类，每以前句比兴引喻，而后句实言以证之。至唐张祜、李商隐、温庭筠、陆龟蒙亦多此体。……七言亦间有之,如'东边日出西边雨,道是无情又有情','玲珑骰子安红豆,入骨相思知也无','合欢桃核真堪恨,里许元来别有人'是也。近世鄙词如《一落索》数阕,盖效此格,语意亦新工,恨太俗耳,然非才士不能为。"[1]到了宋人王灼作《碧鸡漫志》就目为词中的侧艳体:"温飞卿号多作侧辞艳曲,其甚者'合欢桃核真堪恨,里许元来别有人','玲珑骰子安红豆,入骨相思知不知'。"[2]但清人管世铭《读雪山房唐诗序例》对这种手法则颇为褒扬,云:"诗中谐隐,始于古《槁砧》诗,唐贤绝句,间师此意。刘梦得'东边日出西边雨,道是无晴却有晴',温飞卿'玲珑骰子安红豆,入骨相思知不知',古趣盎然,勿病其俚与纤也。"[3]

谐隐的另一种方法是谐音或谐义双关,《新添声杨柳枝辞》成功地运用了这种方法。第一首"合欢桃核终堪恨,里许元来别有人","人"谐音"仁",桃核即桃之心,谓桃核中有仁,谐对方心中别有情人,承接上句"从来旧物不如新"。第二首,"井底点灯深烛伊","深烛伊"谐"深嘱伊",即深深地嘱咐你之意。"共郎长行莫围棋","'长行'谐'远走高飞'(私奔),'围棋'谐'违期',意即与郎远走高飞双双私奔,切莫错过约定的时间"[4]。这里的"长行"又是谐义双关,字面上是做"长行"游戏,背后却隐藏"远走高飞"的意思。

这两首诗模拟主人公的口吻也与词的表现方式有关。温庭筠词喜模拟女子口吻以抒发情感,他的乐府诗也是如此,这表明晚唐诗至温庭筠已日趋词化,词也汲取了诗的某些言情的特点。《新添声杨柳枝辞》则集中了这些特点。两首诗都是模拟女子的口吻,以女子作为诗的主人公。第一首女主人公慨叹自己的命运,因"旧物不如新",结果造成了对方心中"别有人"。第二

---

[1] [宋]洪迈:《容斋随笔》,上海古籍出版社1978年版,第609—611页。
[2] 岳珍:《碧鸡漫志校正》卷二,第42页。
[3] [清]管世铭:《读雪山房唐诗序例》,《清诗话续编》本,上海古籍出版社1983年版,第1564页。
[4] 刘学锴:《温庭筠全集校注》卷九,第877页。

首以博戏设喻，以长行与围棋对比，构思新颖，设喻天然，别开生面，女子的神情口吻，跃然纸上。与这二首诗题材相近的《杨柳枝八首》之八也具备这一特点："织锦机边莺语频，停梭垂泪忆征人。塞门三月犹萧索，纵有垂杨未觉春。"前二句写实，诗中女子听莺语而动离情，机边忆远，停梭垂泪；后二句是女子的想象，塞门萧索，三月无柳，即使有柳，也未觉春归。全诗用意极为深曲，征人不知春天来临，岂能思念闺中自己，又岂知自己苦苦思念着对方？诗情就在闺中人思念对方，而又惧怕对方不思念自己的忧虑中展开，感情真挚，构思奇巧。可见温庭筠诗词的女性化特点，表现在代女性立言，用细巧之辞，写闺阁之事诸方面。在温庭筠身上，完成了诗词的对接与合流，这不能不说是诗歌演变与词体形成过程中的大事。

中国文学史在发展演变的过程中，出现了很多复杂的情况，一个突出的现象就是文体的渗透与融会，并逐渐孕育产生了新的文体。词是由诗分离出来的一种文学体式，至宋代蔚为大观。而这种体式在晚唐时期是诗体传承嬗变的结果，李贺、李商隐与温庭筠是嬗变过程的关捩点。在诸人当中，温庭筠是诗词兼擅的人物，也就更有代表性。要在温庭筠词中找出诗词互渗的典型作品，就莫过于《新添声杨柳枝辞》二首了。这两首诗最能体现出晚唐乐府诗体与词体文学的相互渗透。因此，读温庭筠诗，宜将乐府与近体分开，读温庭筠的词，宜与他的诗作比较。庭筠乐府，在唐诗中独树一帜，为晚唐诗之一变。温庭筠能逐弦吹之音，而致力于乐府，造其境，构其词，创其语，其格局和表现都与词相近，故研究他的乐府诗，可以探寻其对词的影响，这也是晚唐文体转变中诗与词互渗的关键所在。温庭筠的近体诗则与乐府不同，往往自有其体式与风格，尤其是怀古诗，常以沉郁之语抒失意之感与悲愤之情。如"词客有灵应识我，霸才无主始怜君"（《过陈琳墓》），"下国卧龙空寤主，中原得鹿不由人"（《过五丈原》），"茂陵不见封侯印，空向秋波哭逝川"（《苏武庙》）等。即如写景之"鸡声茅店月，人迹板桥霜"（《商山早行》),也明朗清丽,与其词秾艳之风不同,与乐府之纤细精巧亦有异。至其《新添声杨柳枝辞》,虽符合近体格律,而实为乐府之体,其风格以"婉媚"为主要特征,诗与词在婉约方面风格一致。拓展一步而言,诗词相融与互渗的焦点是风格的秾艳婉媚,其演变过程由李贺、李商隐、温庭筠到韩偓为发展主线,但李贺与李商隐没有词作传世,而温庭筠与韩偓是晚唐的著名词家,也是重要诗人,因而晚唐诗词嬗变的焦点无疑集中到了温庭筠身上,并由韩偓直接传承下来。这也是晚唐诗史、词史值得注意的一个重要方面,《新添声杨柳枝辞》又是这种融会与嬗变过程中最具有代表性的篇章。

第九章 爱情诗

一、唐代爱情诗的分期和演进

陈寅恪在《元白诗笺证稿》中说:"吾国文学,自来以礼法顾忌之故,不敢多言男女间关系,而于正式男女关系如夫妇者,尤少涉及。盖闺房燕昵之情意,家庭米盐之琐屑,大抵不列载于篇章,惟以笼统之词,概括言之而已。"[1] 也正因为如此,相对于政治诗、山水诗、田园诗、边塞诗等主要题材而言,爱情诗是相对较少的。唐代的爱情诗,前后发展也不平衡,初盛唐时期不仅数量少,而且特色也不明显,中晚唐时期各种文学题材都在聚焦于闺阁生活,爱情诗也渐趋繁盛以致达到高峰,并产生了李商隐等爱情诗大家,并与以婉约为主的词体文学逐渐合流。

高棅的《唐诗品汇》确立四唐分期说之后,历清代及近代以来,已经得到了大多唐诗研究的认同和众多文学史著作的采用。但对于某一种诗歌体裁而言,与总体的发展段落往往是不完全一致的,爱情诗就是如此。爱情诗在初盛唐的诗歌发展演变之中,并不突出,而中唐以后逐渐繁盛,晚唐蔚为

---

[1] 陈寅恪:《元白诗笺证稿》,上海古籍出版社1978年版,第99页。

大观,唐末五代与词合流,使得文学史的发展形成了另一种格局。我们现在根据唐代爱情诗的发展,将其分为前期、中期和后期三个阶段。前期指高祖武德元年至代宗永泰元年(618-765),中期指代宗大历元年至文宗大和九年(766-835),后期指文宗开成元年至哀帝天祐四年(836-907)。与初、盛、中、晚四唐分期说相比,即将初盛唐合并为前期。但爱情诗的演进历程和唐诗的总体演进历程并不相一致,表现为前期是漫长的起始阶段,中期是多元的发展阶段,后期是全面繁盛阶段。

(一)前期(高祖武德元年至代宗永泰元年,618-765)

唐代前期的爱情诗主要表现为对前代爱情诗的继承。我们知道,中国爱情诗的发展,具有光辉的历程,《诗经》的首篇《关雎》就是优美的爱情颂歌,《国风》里的著名爱情篇章举目皆是。汉代以后,爱情诗占据了汉诗主体汉乐府诗的很大部分,著名的《上邪》、《陌上桑》、《艳歌何尝行》等,都是脍炙人口之作,尤其是长篇乐府《孔雀东南飞》,是我们文学史上的第一篇爱情题材的叙事长诗。卓文君的《白头吟》则表现了卓文君对于爱情的执著向往和个性的坚韧倔强,是汉诗中难得一见的女性文人之作。总体上看,先秦两汉的爱情诗,是以写实见长的。魏晋南北朝时期,随着诗歌发展由"诗言志"到"诗缘情"的转变,爱情诗朝着两个方向发展:一是文人之作的艳情化,代表作品是齐梁时期的一些宫体诗,通过女性的形体、容貌、姿色和装饰等刻画女性的形象和心理,这在《玉台新咏》所选的诗歌里得到了充分的体现;二是民间作品的清丽化,代表作品是南朝的一些乐府诗,如《读曲歌》、《子夜四时歌》、《西洲曲》等。其共同的特点是运用清词丽句,来表现人们的情感生活。同时,这两类诗歌虽题咏爱情,也是以泛咏居多,其具体对象并不明晰。

唐代前期的爱情诗主要体现为对于南北朝爱情诗的继承,但也由于对于宫体爱情诗和乐府爱情诗进行合流性的改造，而呈现出唐诗的面目，而且以歌行体表现最为突出。比如王勃的《采莲曲》，以七言乐府的体式，表现了采莲女深切思念征夫的幽怨之情，言辞华美而不伤质实，音节响亮而不嫌纷繁，旋律杂沓而条理清晰，真正达到了自然高浑的境地；卢照邻的《长安古意》，表现长安权贵对于爱情的狂恋与痛苦，既奢靡浮华而又透露出动人心魄的灵性；骆宾王《艳情代郭氏答卢照邻》，以"艳情"为题，抒写了真实动人的故事，以歌行为体，表达了缠绵悱恻的情思，从而拓展了以歌行长篇描写爱情的新途径；刘希夷的《公子行》，"已从美的暂促性中认识了玄学家所谓的'永恒'——一个最缥缈，又最实在，令人惊喜，又令人震怖的存在"[1]；张若虚《春江花月夜》对爱情的表达，转化为作者对游子思妇的同情，再由同情扩展开来，与对人生哲理的追求，对宇宙奥秘的探索结合起来，从而汇成一种情、景、理水乳交融的幽美而邈远的境界。

　　随着时代的推移，到了唐玄宗时期，爱情诗发展也逐渐多层面和多样化，并且出现了著名的诗人王维、李白、杜甫、崔颢等大诗人，他们的爱情诗数量虽然有限，但在中国爱情诗史上的地位却是不容忽视的，现各举其诗一首以说明之。

　　王维最著名的爱情诗是《相思》："红豆生南国，春来发几枝。愿君多采撷，此物最相思。"这首诗本意或言是与友人赠别，但不管如何，后人都可以从男女爱情方面去理解。红豆又称相思子，民间传说以为身上佩带这种红豆，就能永远怀念关心的人，王维即用传说写诗，表现思念之情。诗以红豆起兴，前两句侧重于红豆，第四句侧重于相思，"劝君多采撷"则是诗中贯穿前后的过渡语句，又是将红豆与相思紧密融合的抒情句子。此诗的妙处在于通过红豆，将难于表达的抽象的相思之情形象地表现于读者面前。俞陛云《诗境浅说》续编云："折芳馨以遗所思，采芍药以赠将离。自昔诗人骚客，

---

[1] 闻一多：《唐诗杂论》，上海古籍出版社1998年版，第16页。

每藉灵根佳卉，以寄芳悱宛转之怀。况红豆号'相思子'，故愿君采撷，以增其别后感情。犹郭元振诗，以同心花见殷勤之意。近人有以把酒祝东风，种出双红豆图，所谓愿天下有情人都成眷属也。"[1]

李白，开元天宝时期，李白的爱情诗是很突出的。他的诗有时借乐府古题描写爱情，有时就习见题材表现男女相思。如《春思》："燕草如碧丝，秦桑低绿枝。当君怀归日，是妾断肠时。春风不相识，何事入罗帏。"这首诗表现身居长安城南的少妇思念戍守边关丈夫的愁苦之情。首联通过"燕草""秦桑"表现夫妻二人相距两地刻骨铭心之苦苦相思，而且以乐府常用的谐音双关手法含蓄地表现缠绵的情思，"丝"谐声"思"，"枝"谐"知"，谓二人相知相思。次联就首句情境延伸，表明夫妻二人分居两地，遥远万里，苦苦思念而又不得相见，足以使人断肠。三联以物之不能动心，表现自己的忠贞不贰。故元人萧士赟说："末句喻此心贞洁，非外物所能动。"[2]

杜甫爱情诗的代表作品是《月夜》："今夜鄜州月，闺中只独看。遥怜小儿女，未解忆长安。香雾云鬟湿，清辉玉臂寒。何时倚虚幌，双照泪痕干。"这首诗作于至德元年（756）秋。是年六月，安史叛军攻进长安，杜甫携家逃难，住在鄜州。七月，肃宗即位灵武，杜甫只身前往，途中为叛军所俘。诗是被俘时怀念妻子之作，表现离乱岁月，家人两地相思之情。作者运用侧面描写的手法，不言自己如何思家，而写家人望月怀人，表现出念之深，思之切。王嗣奭《杜臆》云："意本思家，而偏想家人之思我，已进一层，至念及儿女之不能思，又进一层。须溪云'愈缓愈悲'是也。'云鬟'、'玉臂'语丽而情更悲。至于'双照'可以自慰矣，而仍带'泪痕'说，与泊船悲喜，惊定拭泪同。皆至情也。"[3] 沈德潜《唐诗别裁集》云："'只独看'正忆长安，儿女无知，未解忆长安者苦衷也。反复曲折，寻味不尽。五六语丽

---

[1] 俞陛云：《诗境浅说》续编，上海书店1984年版，第9页。
[2] 瞿蜕园、朱金城：《李白集校注》卷六，上海古籍出版社1980年版，第448页。
[3] ［明］王嗣奭：《杜臆》卷二，上海古籍出版社1983年版，第42页。

情悲，非寻常秾艳。"[1]

崔颢爱情诗的代表作品为《七夕》："长安城中月如练，家家此夜持针线。仙裙玉佩空自知，天上人间不相见。长信深阴夜转幽，瑶阶金阁数萤流。班姬此夕愁无限，河汉三更看斗牛。"此诗借牛郎织女而咏叹人间的爱情，是对有情人长久别离不得相见的慨叹。首联总写长安七夕风貌，次联是对于心心相印相思无已而永不相见有情人的同情，三联表现陈皇后幽居长门长夜不眠的孤独之感，四联描述班婕妤无限愁思的七夕情怀。由崔颢这首诗说开去，我们知道，唐代借七夕而吟咏爱情的诗篇甚多，初唐杜审言有《七夕》，李峤有《同赋山居七夕》，盛唐杜甫、崔国辅，中唐卢纶、权德舆、刘禹锡、白居易、窦常、李贺、徐凝、刘言史，晚唐杜牧、刘威、李郢、李中、罗隐、崔涂、曹松都有《七夕》诗，特别是李商隐，有《七夕》、《辛未七夕》、《壬申七夕》、《七夕偶题》等诗多篇，因而唐代以七夕吟咏爱情的诗篇无疑已构成一道靓丽的文学风景线。

（二）中期（代宗大历元年至文宗大和九年，766-835）

总体而言，唐代前期虽然有一些爱情诗的篇章，甚至不乏名垂千古的佳制，但这时的爱情诗，往往是泛咏情爱、相思、别离者居多，这样的诗歌与闺怨诗、宫怨诗联系在一起，具有社会化、普适化的倾向。只有杜甫的《月夜》诗，无论从描写的对象还是表现的情感而言，都侧重于个人化的表达和个性化的思念，对以后爱情诗的发展有着一定的影响。唐代中期以后的爱情诗逐渐走向唐代爱情诗的繁盛阶段，呈现出三个明显的特点：一是爱情诗的个人化倾向；二是爱情诗与爱情小说的密切联系，特别是受小说叙事化影响的爱情诗，也向着通俗化的道路发展；三是爱情诗艳丽化的特点。

就第一个特点而言，唐代中期以后的爱情诗，无论是题咏自己的爱情，

---

[1] ［清］沈德潜：《唐诗别裁集》卷一〇，第345页。

还是吟诵别人的爱情,其对象逐渐由前期的模糊变为清晰。描写自己的爱情以元稹最为典型,他早年与所托崔莺莺的爱情,虽然没有结果,但事实是具体的,后来与韦丛的爱情,是非常真挚的,在元稹集中,留下了不少思念之作和悼亡之篇;描写他人的爱情以白居易《长恨歌》最为典型,这首诗把天子的爱情写得惊心动魄,缠绵悱恻,千百年来赢得了无数读者的叹赏,也赢得了不少文人的仿效。

就第二个特点而言,唐代将小说和诗融合在一起描写爱情的作品,可以追溯到张鷟的《游仙窟》,这篇作品用了一万多字的篇幅,写了主人公河源出使途中的一次艳遇,"这是我们文学史上的第一部有趣的恋爱小说无疑。……文近骈俪,又多杂诗歌,更夹入不少通俗的双关语、拆字诗等等,当是那时代通俗流行的一种文体"。[1] "它只写得一次的调情,一回的恋爱,一夕的欢娱,却用了千钧的力去写。"[2] 尽管如此,我们也还是可以从中认识到唐人对于个性解放的追求在情感领域的表现。这篇小说共包含诗歌八十三首,且古体、近体、三言、五言、六言、七言、杂体俱全。但在初盛唐时期,这样的作品是极为罕见的。到了中唐以后,随着商业的繁荣和城市的崛起,传奇小说受到了各个阶层的喜爱,逐渐趋于繁盛。其与爱情诗的关系,表现在三个方面:一是爱情题材的小说融进了诗歌作品。如元稹的《莺莺传》融入他自己的作品《会真诗》,还融入了杨巨源的《崔娘诗》;沈亚之的《感异记》融入了沈警和大女郎小女郎的赠答诗;李景亮的《李章武传》融入了王氏夫妇所作诗;到了晚唐的皇甫枚《飞烟传》融入了崔李二生所赋等。二是同样一种爱情题材或者爱情人物,由相同的诗人或不同的诗人分咏。如白居易有《长恨歌》,陈鸿有《长恨歌传》;元稹有《莺莺传》,李绅有《莺莺歌》;白行简有《李娃传》,元稹有《李娃行》;白行简作《崔徽传》,元稹作《崔徽歌》;

---

[1] 郑振铎:《插图本中国文学史》,人民文学出版社1963年版,第381页。
[2] 郑振铎:《关于〈游仙窟〉》,载《郑振铎文集》第五卷,人民文学出版社1988年版,第299页。

沈亚之作《湘中怨解》，韦敖作《湘中怨歌》。一人同咏者，如孟简的《咏欧阳行周事》，后有《咏欧阳行周诗》；三是爱情题材的小说对于诗歌产生了一些影响。爱情小说是爱情题材的载体，中唐爱情小说的繁盛，使得爱情题材的故事广为流传，这一方面为诗歌提供了难得的素材，另一方面也为诗歌的叙事手段提供了参考的技巧，我们阅读《长恨歌》等诗的诗化故事式的描写，就可以体会到爱情小说对于诗歌影响的痕迹。

就第三个特点而言，在唐代诗人中，元稹是最擅长写作艳情者之一，他不仅写艳诗，而且还写小说《莺莺传》。陈寅恪说："其艳诗则多为其少日之情人所谓崔莺莺者而作。微之以绝代之才华，抒写男女生死离别悲欢之情感。其哀艳缠绵，不仅在唐人诗中不可多见，而影响及于后来之文学者尤巨。"[1]元稹的艳诗与他的婚外恋有关，而婚外恋更是唐代爱情诗表现最多的素材之一，且远远超过与正式配偶相关的爱情诗。元稹这方面诗作最著名者应该是《会真诗三十韵》，我们抄录于下以供参考："微月透帘栊，萤光度碧空。遥天初缥缈，低树渐葱茏。龙吹过庭竹，鸾歌拂井桐。罗绡垂薄雾，环佩响轻风。绛节随金母，云心捧玉童。更深人悄悄，晨会雨濛濛。珠莹光文履，花明隐绣栊。宝钗行彩凤，罗帔掩丹虹。言自瑶华浦，将朝碧帝宫。因游洛城北，偶向宋家东。戏调初微拒，柔情已暗通。低鬟蝉影动，回步玉尘蒙。转面流花雪，登床抱绮丛。鸳鸯交颈舞，翡翠合欢笼。眉黛羞频聚，朱唇暖更融。气清兰蕊馥，肤润玉肌丰。无力慵移腕，多娇爱敛躬。汗光珠点点，发乱绿松松。方喜千年会，俄闻五夜穷。留连时有限，缱绻意难终。慢脸含愁态，芳词誓素衷。赠环明运合，留结表心同。啼粉流清镜，残灯绕暗虫。华光犹冉冉，旭日渐瞳瞳。辔乘还归洛，吹箫亦上嵩。衣香犹染麝，枕腻尚残红。幂幂临塘草，飘飘思渚蓬。素琴鸣怨鹤，清汉望归鸿。海阔诚难度，天高不易冲。行云无处所，萧史在楼中。"

---

[1] 陈寅恪：《艳诗及悼亡诗》，载《元白诗笺证稿》，上海古籍出版社1982年版，第81页。

（三）后期（文宗开成元年至哀帝天祐四年，836-907）

唐代后期，是爱情诗发展的高峰时期，稍稍下延可以包括五代时期，其繁盛的标志主要有四个方面：一是大量的佳作出现，代表诗人有杜牧、李商隐、温庭筠、韩偓、吴融等；二是与词的关系渐趋密切，以温庭筠、韩偓为代表；三是形成了特定题材"香奁体"；四是出现了专门选本《才调集》。下面择其要者以作叙说。

1. 杜牧爱情诗

杜牧是一位颇具风情的诗人，又处于晚唐商业发达的社会，加以新进士的社会地位受到各个阶层的重视，故而他的爱情诗都是表现婚外恋。这些诗中有些是千古传颂的佳篇，如《唐诗三百首》所选的《赠别》："多情却似总无情，惟觉樽前笑不成。蜡烛有心还惜别，替人垂泪到天明。"另一首是："娉娉袅袅十三余，豆蔻梢头二月初。春风十里扬州路，卷上珠帘总不如。"诗是杜牧大和九年春调回京城为监察御史，离扬州前夕赠妓之作。从中可以窥见晚唐社会的风气以及士子的心理状态，具有一定的认识意义。他的《遣怀》诗也说："落魄江湖载酒行，楚腰纤细掌中轻。十年一觉扬州梦，赢得青楼薄幸名。"杜牧友人赵嘏《代人赠杜牧侍御》诗："郎作东台御史时，妾长西望敛双眉。一从诏下人皆羡，岂料恩衰不自知。高阙如天萦晓梦，华筵似水隔秋期。坐来情态犹无限，更向楼前舞柘枝。"诗有题注"宣州会中"，知是杜牧在宣州亦有如同扬州的婚外恋情况。

2. 温庭筠乐府诗

我在讲述温庭筠《新添声杨柳枝辞》中曾经说道，诗词相融与互渗的焦点是风格的秾艳婉媚，其演变过程由李贺、李商隐、温庭筠到韩偓为发展主线，但李贺与李商隐没有词作传世，而温庭筠与韩偓是晚唐的著名词家，也是重要诗人，因而晚唐诗词嬗变的焦点无疑集中到了温庭筠身上，并由韩偓直接传承下来。这也是晚唐诗史、词史值得注意的一个重要方面。而这一兼融,以爱情题材最为集中。温庭筠是唐代最著名的词人,也是独具特色的诗人。他的爱情诗主要体现在他的乐府诗创作中。如《照影曲》:"景阳妆罢琼窗暖,欲照澄明香步懒。桥上衣多抱彩云,金鳞不动春塘满。黄印额山轻为尘,翠鳞红稚俱含嚬。桃花百媚如欲语,曾为无双今两身。"诗乃女子妆后于春水边照影之词。妆罢独对琼窗,懒移香步,行至春水池塘,站在桥上照影。值春塘水满,碧波无纹之时,衣多飘逸,如抱彩云,加以额点轻黄,均映入水中,至使红稚含鲜,翠鳞生妒,此确为照影之佳时。末二句以桃花比芳容,妩媚多姿,自是人与景之映照。"曾为无双今两身"更是绝妙精巧之笔,未照影时是无双,照影时变成两身,相思之意不露痕迹地暗寓其中。诗描写妆后照影,其妆浓艳,其景绮丽,其情则既自我欣赏又孤独自怜。诗中"琼窗"、"香步"、"彩云"、"黄映额山"、"金鳞"、"翠鳞"、"红稚"、"桃花百媚",皆诗人刻意选取之物件,由此组合,即形成温庭筠乐府诗的独特风格。再如《瑶瑟怨》也写得很好:"冰簟银床梦不成,碧天如水夜云轻。雁声远过潇湘去,十二楼中月自明。"首句"梦不成",略露闺情,以下由云天而闻雁,而南及潇湘,渐推渐远,怀人者亦随之神往。末句仍回到秋闺。雁书未寄,只剩亭亭孤月,留伴妆楼,不言愁而愁与秋宵并在。这首诗的特点是高浑秀丽,缠绵隽永,意境有似唐五代小词。

3. 韩偓"香奁体"

韩偓有《香奁集》,因其影响逐渐形成香奁体的诗风,成为晚唐爱情诗发展的一个标志。严羽《沧浪诗话》列有"香奁体",自注:"韩偓之诗,皆裾裙脂粉之语,有《香奁集》。"[1]《香奁集》收录的多数作品为早年所作。这些诗大都是韩偓的一些艳情经历,但通过一些颇有意味的画面,传达出难以言传的情绪和感受。如名篇《已凉》:"碧阑干外绣帘垂,猩色屏风画折枝。八尺龙须方锦褥,已凉天气未寒时。"通首仅写闺房的陈设及时令,不涉一"情"

---

[1] [宋]严羽:《沧浪诗话》,人民文学出版社1983年版,第69页。

字,而闺情隐含其中。龙须草席上换上被褥,表明季节已转换,但天气已凉而未寒,这正是怀人正紧之时。思妇面对如此景物,岂有不睹物思人之理?全诗写情含蓄而深挚,构思精巧而细腻。俞陛云《诗境浅说》续编:"此则由阑干绣帘,而至锦褥,迤逦写来,纯是景物,而景中有人,隐有小怜玉体,在凉凉罗帐掩映之中,丽不伤雅。《香奁集》中隽咏也。"[1]

4. 韦縠《才调集》

《才调集》,后蜀韦縠编选。韦縠的生平资料,只有《十国春秋》稍有记载:"少有文藻,梦中得软罗缬巾,由是才思益进。仕高祖父子,累迁监察御史,已又升□部尚书。縠常辑唐人诗千首,为《才调集》十卷,其书盛行当世。"[2]《才调集》题"蜀监察御史韦縠集",据知编于韦縠仕后蜀时。集共十卷,每卷选唐人诗百首,全书共千首。韦縠所选大要有五个方面:第一,从诗体言,所选以律诗为主。当然这也是晚唐以后的风气使然。亦兼采古体、近体及杂歌诗。第二,从时代言,所选以中晚唐诗占绝大多数。盛唐以前仅有李白、岑参、高适、沈佺期等数人。第三,从数量言,在现存的唐人选唐诗中,是选诗最多的选本。并以中晚唐占绝大多数。第四,从体例言,全书并不按照作家的时代先后排列,也不按照诗体排列。明人胡震亨说此书是编者"随手成编,无伦次"[3]之作。第五,从风格言,此书所选绝大多数是抒写日常生活情景之作,尤多描写男女之情与妇女生活的艳情诗、艳体诗等。

尤其突出的是,该集所选诗风格较为秾丽,又大多与女性有关。如选韦庄诗63首,位居第一;温庭筠诗61首,位居第二;元稹诗57首,位居第三;李商隐诗40首,位居第四;杜牧诗33首,位居第五。这前五位诗人,都属于中晚唐,且除元稹属中唐外,其他四位都是晚唐诗人。温庭筠、李商隐、韦庄诗的基本风格是色彩秾丽,尤其是描写男女爱情的诗篇,内在感情

---

1 俞陛云:《诗境浅说》续编,第148页。
2 [清]吴任臣:《十国春秋》卷五六,中华书局1983年版,第811页。
3 [明]胡震亨:《唐音癸签》卷三一,上海古籍出版社1981年版,第322页。

浓烈、深沉、缠绵、纤细，外在表现绮错、清丽、秾艳、繁缛。如温庭筠的《新添声杨柳枝辞》二首之二："井底点灯深烛伊，共郎长行莫围棋。玲珑骰子安红豆，入骨相思知不知。"[1] 又如《春愁曲》："红丝穿露珠帘冷，百尺哑哑下纤绠。远翠愁山入卧屏，两重云母空烘影。凉簪坠发春眠重，玉兔熁香柳如梦。锦叠空床委堕红，飔飔扫尾双金凤。蜂喧蝶驻俱悠扬，柳拂赤阑纤草长。觉后梨花委平绿，春风和雨吹池塘。"[2] 又李商隐《碧城三首》之二："对影闻声已可怜，玉池荷叶正田田。不逢萧史休回首，莫见洪崖又拍肩。紫凤放娇衔楚佩，赤鳞狂舞拨湘弦。鄂君怅望舟中夜，绣被焚香独自眠。"[3]

二、悼亡诗：爱情诗的特殊类型

悼亡诗是生者为死者而写的悼念之诗，魏晋之前并没有"悼亡"之名，潘岳写了《悼亡诗三首》，开了写作悼亡诗的风气，从而也使"悼亡"诗专指悼念亡去的妻妾而言，唐宋时词体文学繁兴之后，苏轼等人也写悼亡词以悼念亡妻。唐代写悼亡诗的著名诗人有韦应物、元稹、李商隐三人。

（一）韦应物的悼亡诗

韦应物是唐代悼亡诗的代表作家之一，他的悼亡诗还可以与新出土韦应物所撰的《元苹墓志》（见图表二六）相印证。《韦应物集》卷六"感叹"类原注："此后叹逝哀伤十九首，尽同德精舍旧居伤怀时所作。"[4] 即悼亡诗，其题为：《伤逝》、《往富平伤怀》、《出还》、《冬夜》、《送终》、《除日》、《对芳树》、《月夜》、《叹杨花》、《过昭国里故第》、《夏日》、《端居感怀》、《悲纨

1　[清]曾益等：《温飞卿诗集笺注》卷九，上海古籍出版社1998年版，第211页。
2　[清]曾益等：《温飞卿诗集笺注》卷二，第48页。
3　[清]冯浩：《玉溪生诗集笺注》卷三，上海古籍出版社1979年版，第570页。
4　陶敏、王友胜：《韦应物集校注》卷六，第393页。

图表二六　唐韦应物撰书《元苹墓志》拓片

扇》、《闲斋对雨》、《林园晚霁》、《秋夜二首》、《感梦》、《同德精舍旧居伤怀》。这十九首诗，自《伤逝》至《除日》，孙望《韦应物诗集系年校笺》卷三均系于大历十二年；自《对芳树》至《感梦》系于大历十三年；《同德精舍旧居伤怀》系于建中三年。陶敏、王友胜《韦应物集校注》卷六与孙望编年相同。今据《元苹墓志》："中以大历丙辰九月廿日癸时疾终于功曹东厅内院之官舍，永以即岁十一月五日祖载终于太平坊之假第，明日庚申巽时窆于万年县义善乡少陵原先茔外东之直南三百六十余步。"可知其卒于大历十一年九月廿日，祖载于十一月五日，葬于十一月六日。《送终》诗有"晨迁俯玄庐，临诀但遑遑"，"俯仰遽终毕，封树已荒凉"语[1]，玄庐、封树都是指坟墓，则为安葬时作，即十一月六日。此前数首为十一月六日前作。《除日》一首为大历十一年除夕作。《对芳树》至《感梦》则均为大历十二年所作。

---

[1] 陶敏、王友胜：《韦应物集校注》卷六，第398页。

对于韦应物的悼亡诗，前人给予很高的评价。刘克庄曰："悼亡之作，前有潘骑省，后有韦苏州，又有李雁湖，不可以复加矣。"[1] 刘辰翁曰："唐人诗气短，苏州诗气平，短与平甚悬绝。及其悼亡，自不能不短耳。短者，使人不欲再读。"[2] 乔亿《剑溪说诗》又编曰："古今悼亡之作，惟韦公应物十数篇澹缓凄楚，真切动人，不必语语沈痛，而幽忧郁堙之气，直灌输其中，诚绝调也。潘安仁气自苍浑，是汉京余烈，而此题精蕴，实自韦发之。"[3]

《元苹墓志》最感人之处，在于流露出作者的真情。而这种真情又是通过两个情节所表现的，一是其女儿的感受："又可悲者，有小女年始五岁，以其惠淑，偏所恩爱，尝手教书札，口授《千文》。见余哀泣，亦复涕咽。试问知有所失，益不能胜。天乎忍此，夺去如弃。"二是韦应物自己的感受："余年过强仕，晚而易伤。每望昏入门，寒席无主，手泽衣腻，尚识平生，香奁粉囊，犹置故处，器用百物，不忍复视。又况生处贫约，殁无第宅，永以为负。日月行迈，云及大葬，虽百世之后，同归其穴，而先往之痛，玄泉一闭。"铭文又曰："慒不知兮中忽乖，母远女幼兮男在怀。不得久留兮与世辞，路经本家兮车迟迟。少陵原上兮霜断肌，晨起践之兮送长归。释空庄梦兮心所知，百年同穴兮当何悲？"[4] 这些感情也可以通过他的悼亡诗得到印证。其悼亡诗有《出还》一首云："昔出喜还家，今还独伤意。入室掩无光，衔哀写虚位。凄凄动幽幔，寂寂惊寒吹。幼女复何知，时来庭下戏。咨嗟日复老，错莫身如寄。家人劝我餐，对案空垂泪。"[5] 清人沈德潜评"幼女"二句："因幼女之戏，而己之哀倍深。"又诗末评："比安仁《悼亡》较真。"[6] 再如《伤逝》诗："染白一为黑，焚木尽成灰。念我室中人，逝去亦不回。结发二十载，宾敬如始来。提携属时屯，契阔忧患

---

1 陶敏、王友胜：《韦应物集校注》卷六引，第396页。
2 陶敏、王友胜：《韦应物集校注》卷六，第395页。
3 [清]乔亿：《剑溪说诗》，《清诗话续编》本，上海古籍出版社1983年版，第1131页。
4 《书法丛刊》2007年第6期，第40页。
5 陶敏、王友胜：《韦应物集校注》卷六，第396页。
6 [清]沈德潜：《唐诗别裁集》卷三，第99页。

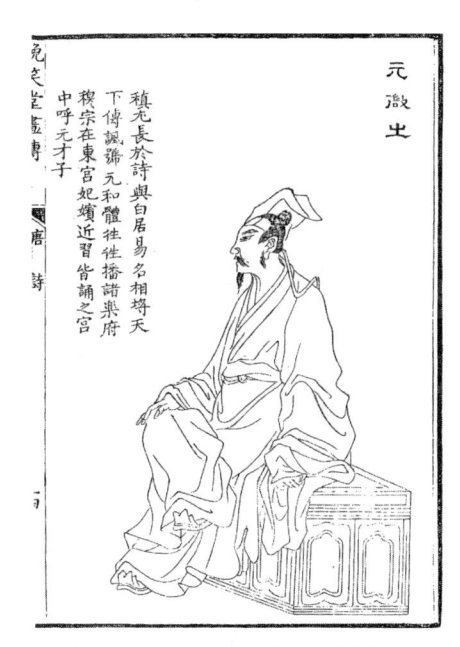

图表二七 《晚笑堂画传》元稹像

灾。柔素亮为表，礼章夙所该。仕公不及私，百事委令才。一旦入闺门，四屋满尘埃。斯人既已矣，触物但伤摧。单居移时节，泣涕抚婴孩。知妄谓当遣，临感要难裁。梦想忽如睹，惊起复徘徊。此心良无已，绕屋生蒿莱。"[1] 明人袁宏道评曰："读之增伉俪之重；安仁诗讵能胜此。"[2]

2. 元稹的悼亡诗

元稹也是唐代悼亡诗的代表作家之一，他的生活年代在中唐后期。在元稹的所有诗歌当中，悼亡诗写得最好，中唐"元白"并称，而他的这类诗超过白居易。这些诗写得情感浓郁真挚，写来自然真朴，非常动人。如《感梦》：

行吟坐叹知何极？影绝魂销动隔年。今夜商山馆中梦，分明同在后堂前。

---

1 陶敏、王友胜：《韦应物集校注》卷六，第393–394页。
2 陶敏、王友胜：《韦应物集校注》卷六，第395页。

元和四年七月，元稹妻韦丛卒于长安。元和五年春元稹贬江陵府士曹参军，途经商山驿馆时写了这首诗。诗中表现了对韦丛的深切思念：诀别已经年而思念不已，故来入梦，入梦而在贬谪途中，位加悲怅，故又更增加对往日的留恋。元稹最好的悼亡诗是《遣悲怀》三首：

谢公最小偏怜女，自嫁黔娄百事乖。顾我无衣搜尽箧，泥他沽酒拔金钗。野蔬充膳甘长藿，落叶添薪仰古槐。今日俸钱过十万，与君营奠复营斋。

昔日戏言身后意，今朝都到眼前来。衣裳已施行看尽，针线犹存未忍开。尚想旧情怜婢仆，也曾因梦送钱财。诚知此恨人人有，贫贱夫妻百事哀。

闲坐悲君亦自悲，百年都是几多时！邓攸无子寻知命，潘岳悼亡犹费词。同穴窅冥何所望，他生缘会更难期。唯将终夜长开眼，报答平生未展眉。

这组诗作于元和四年（809）后，是元稹为悼念当年七月去世的妻子韦丛而作。当时作者以监察御史分司东都。第一首是追忆韦氏生前的艰苦处境与夫妻情爱，并抒发自己的抱憾之情。第一二句都是用典，谢安最宠爱小女儿谢道韫，而黔娄是战国时贫士。通过用典暗寓对方屈身下嫁。"百事乖"任何事都不顺心。这是他与韦丛婚后七年生活的概括。中间四句说看到我没有替换的衣服，她就翻箱倒柜去搜寻；我身上没钱，就想方设法地缠她买酒，她就拔下头上的金钗去换酒。平常家里只能用豆叶充饥，她吃得很香甜；没有柴烧，她就在老槐树旁等树叶落下。这里非常细致地刻画出韦丛是一个贤妻的形象，进而表现了元稹的赞叹与怀念。第七句写出作者已富贵，第八句转到题面，非常凄惨，逼出"悲怀"二字。第二首是写韦丛死后，自己无限悲痛的感情。首二句是写生者对死后的设想，次联写人亡物在，触目生悲，颈联与第一首意义相联系，回应贫苦，尾联逼出"贫贱夫妻"四字，总收第二首。第三首自伤身世，悲无子丧妻，情怀难诉。首联用了邓攸与潘岳的两个典故。邓攸善良而无子，直到知命之年，潘岳悼亡诗写得再好，对于死者而言，也是徒费笔墨。这里诗人以邓攸、潘岳自比，故作达观超脱之词，而透露出无子丧妻的深沉悲哀。接着从绝望中转出希望来，寄希望于死后同葬与来生再作夫妻，既自悲又自慰，最后希望破灭，悲情愈烈，逼出一种无可奈何的方法，以终夜开眼来报答平生未展眉。最后一联又用鳏鱼之事，鳏鱼即比目鱼，其眼长开而不闭，暗示自己做鳏夫而不再娶。[1] 三首诗似断而续，悲君而又自悲，有总有分，各有侧重。这组诗最为动人之处是专就"贫贱夫妻"着笔，捕捉生活中最细小也最感人的物事，实写其妻生前情景，抱憾之情贯穿诗中，故而打动古今无数读者。清人蘅塘退士称："古今悼亡诗充栋，终无能出此三首范围者，勿以浅近忽之。"[2] 近人陈寅恪也说："直以韦氏之不好虚荣，微之之尚未富贵。贫贱夫妻，关系纯洁。因能措意遣词，悉为真实之故。夫唯真实，遂造诣独绝欤？"[3]

3. 李商隐的悼亡诗

李商隐在入王茂元泾原节度使幕府时，受到了王茂元的器重，并把女儿许配给他。因而王夫人是李商隐的正式配偶，后来亡故。王氏生前，李商隐写了不少情感真挚的情爱之作，王氏卒后，李商隐写了很多悼亡诗。李商隐是唐代悼亡诗的代表作家之一，与韦应物悼亡诗不同的是，韦诗都写于其居丧期间，而李诗的时间跨度很长；与元稹悼亡诗不同的是，元稹除了悼亡诗外，艳诗也写了很多，因而李商隐较元稹用情更专，悼亡诗也就写得非常真切。但李商隐诗中，哪些属于悼亡诗，哪些属于一般爱情诗，哪些属于自伤身世诗，很多还搞不清楚。比如说《锦瑟》诗就是如此。我们这里举几首确

---

[1] 陈寅恪：《元白诗笺证稿》中说："所谓'常开眼'者，自比鳏鱼，即自誓终鳏之义。"（上海古籍出版社1978年版，第88页）又按《释名》卷三《释亲属》："无妻曰鳏。鳏，昆也；昆，明也。愁悒不寐，目恒鳏鳏然也。故其字从鱼，鱼目恒不闭者也。"（《丛书集成初编》本，第95页）是"鳏"之本义与"常开眼"亦相关。

[2] ［清］蘅塘退士：《唐诗三百首》，中华书局1984年版，第172页。

[3] 陈寅恪：《艳诗及悼亡诗》，载《元白诗笺证稿》，第106页。

为悼亡的诗篇为例。如《王十二兄与畏之员外相访,见招小饮。时余以悼亡日近,不去,因寄》诗:

谢傅门庭旧末行,今朝歌管属檀郎。更无人处帘垂地,欲拂尘时簟竟床。嵇氏幼男犹可悯,左家娇女岂能忘。秋霖腹疾俱难遣,万里西风夜正长。

这首诗是大中五年(851)深秋李商隐悼念亡妻之作。而其起因则是辞谢王十二和韩瞻的招饮。王十二,是王茂元之子,作者亡妻的兄弟。畏之员外,指韩瞻,字畏之,与李商隐都是王茂元的幕僚兼女婿。李商隐因为娶王茂元之女为妻,而在晚唐党争中受到牵连,但仍是伉俪情深,故其悼亡诗流露出刻骨铭心的思念之情。首联点明自己的身份以及不赴宴饮的原因,次联写景,描写重帘不卷,尘埃满床,睹物思人,孤怀难遣。三联写人,幼男娇女的怜悯情怀从侧面道出。尾联既悼亡又兼自伤,长夜西风,秋霖腹疾,使得作者备受感情煎熬。全诗朴素自然,情真意切。再如《正月崇让宅》:

密锁重关掩绿苔,廊深阁迥此徘徊。先知风起月含晕,尚自露寒花未开。蝙拂帘旌终展转,鼠翻窗网小惊猜。背灯独共余香语,不觉犹歌起夜来。

崇让宅是诗人岳父王茂元在洛阳坊的一座别墅,李商隐和王夫人曾在这里居住过。王夫人卒于大中五年夏秋间,此诗作于大中十一年春初(张采田说)。全诗以卧室为中心展开,前四句写室外,即崇让宅的环境,就空间而言,宅门牢牢上锁,重重关闭,地上青苔覆盖,回廊楼阁,荒凉冷落,寂静深迥,诗人就在此独自徘徊;就时间而言,晚风乍起,月忽生晕,早春尚寒,花犹未开。后四句写室内。时至夜深,诗人彻夜难眠,觉"蝙拂帘旌","展转"难寐,感"鼠翻窗网",微触"惊猜",逼真的心理活动表现出对亡妻全神贯注的悼念，恍恍惚惚，如同妻子已至，最后翻身起来，似乎只留余香，仿佛又听到《起夜来》的歌声。《起夜来》为乐府曲辞，其义有两说，一说是妻子思念丈夫之词[1]，此诗末句言卒后的妻子还在思念自己，言情更加沉痛；一说是新婚合卺之词[2]，故此诗末句则回忆其与王夫人最为幸福的时刻。无论就哪一个方面理解，诗歌的末尾都表现了极其缠绵感伤的情怀。张采田《李义山诗辨正》云："悼亡诗最佳者，情深一往，读之增伉俪之重，潘黄门后绝唱也。"[3]

再如《七月二十九日崇让宅宴作》：

> 露如微霰下前池，风过回塘万竹悲。浮世本来多聚散，红蕖何事亦离披？悠扬归梦唯灯见，濩落生涯独酒知。岂到白头长只尔，嵩阳松雪有心期。

这首诗也是丧妻之后居于王茂元宅第而悼亡之作。首联写景，然于景中已隐寓悲伤之情。颔联抒情，浮生之聚散，红蕖之离披，既就妻子亡故、骨肉永别而发，亦可推及一般的离别情怀。颈联极写当下的凄凉之况，是对颔联的承接和延伸。偶有归梦以一见亡妻，虽可得一时之慰，然濩落生涯无可改变，只有借酒浇愁。诗意至此，寂寞的情怀已抒写至极致。尾联则拓开一笔，表现自己不甘于濩落生涯，而要与嵩阳松雪为侣，以追慕隐逸之士的高标节操。实际上是感伤沦落之后而逼出的归隐情怀。黄侃评曰："此诗盖悼亡后失意无憀之作。五六极写凄凉之况，七八则言世途之乐已尽，惟有空山长往，趋向无生而已。"[4]

1　[宋]郭茂倩：《乐府诗集》卷七五："《乐府解题》曰：'《起夜来》，其辞意犹念畴昔思君之来也。'"(中华书局1979年版，第1065页)
2　[唐]施肩吾：《起夜来》诗："香销连理带，尘覆合欢杯。懒卧相思枕，愁吟《起夜来》。"
3　张采田：《李义山诗辨证》，《玉溪生年谱会笺》外一种本，上海古籍出版社1983年版，第448页。
4　刘学锴、余恕诚：《李商隐诗歌集解》引，中华书局2004年修订本，第1194页。

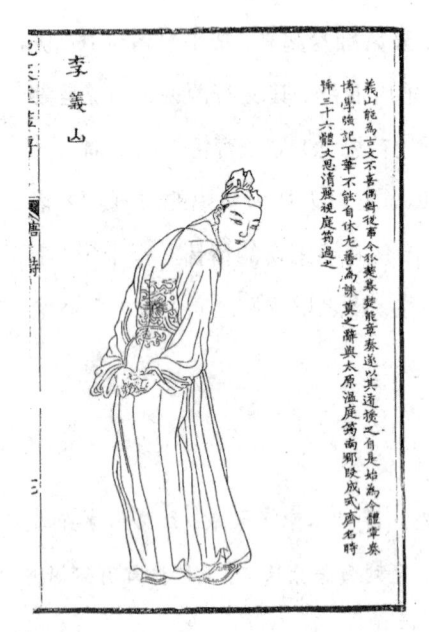

图表二八 《晚笑堂画传》李商隐像

三、李商隐的爱情生活与爱情诗

晚唐诗人的情感非常丰富，有对于功业的追求，有对于爱情的向往，有对于命运的慨叹。这些情感在李商隐的诗中，都有所体现。而李商隐的爱情生活是丰富复杂的，爱情诗是登峰造极的，因此我们就从这两个方面解读李商隐。先把李商隐的总体情况梳理一下：

李商隐，字义山，号玉谿生，怀州河内（今河南沁阳）人。生于唐宪宗元和八年（813）。年十六就著《才论》《圣论》等，以古文知名。十八岁时，应天平军节度使令狐楚之辟，为节度巡官。大约从大和初就开始应举，但都失败了。直到开成二年（837）才在令狐楚的推荐下登了进士第。同年冬天，又入兴元节度使令狐楚幕。不久令狐楚病死，又应泾原节度使王茂元之辟，并娶了王的女儿。开成四年（839），为秘书省校书郎，不久出为弘农尉。十余年的仕途奔波，只得到弘农尉的微职，心情非常抑郁。在任上又由于主张宽刑触怒观察使孙简，终于在开成五年（840）辞职。会昌二年（842）以书判拔萃，任秘书省正字，旋因母丧，丁忧还家。大中元年（847）受桂管观察使郑亚之辟为支使兼掌书记。后历盩厔尉，三年（849）为京兆掾曹。卢弘止表为武宁军节度判官，后任太常博士，东川节度判官。大中九年（855）归长安，次年任盐铁推官。十二年（858）回郑州闲居，旋卒。李商隐处于牛李党争最激烈之时，先为牛党骨干令狐楚所器重，复为李党人物王茂元之女婿，遂为牛党所不喜，以为他"诡薄无行"。后令狐楚的儿子令狐绹执政，认为他"忘家恩，放利偷合"而排挤之，以至李商隐终身坎坷。

李商隐的文学成就主要在诗文方面。诗歌以爱情诗成就最高，这些诗感情真挚，意象密集，一往情深而吝于表露，细腻深沉而哀艳清丽，用典工切又毫无做作，形成他特有的空灵蕴藉和深情绵邈的个性，在中国文学史上独树一帜。他的政治诗和咏史诗则表现出另一番个性，内容广博而用思精深，风格沉郁而卓绝独拔，取径深曲而讽刺刻深。但无论哪一类作品，也都或多或少地寓于自伤身世的内容，并从哀艳婉曲的情怀和怀古伤时的感慨当中，透露出"天荒地变"的现实，从而展示出晚唐社会的政治历史面貌。清人沈德潜《唐诗别裁集》言："义山近体，辟绩重重，长于讽谕，中有顿挫沉著可接武少陵者，故应为一大宗。后人以温李并称，只取其秾丽相似，其实风骨各殊也。"[1] 近人张采田在《玉谿生年谱会笺》中说："晚唐之有玉谿生诗也，拓宇于《骚》《辨》，接响于汉魏乐府，与昌谷锦囊、温尉《金荃》，同为词苑之钜宗，文艺之极轨，非李杜后诗家所能逮也。"[2] 李商隐是唐代骈文的一大家，他的骈文，承王勃、陆贽之后，在令狐楚的影响下，于晚唐卓然崛起于文坛，冯浩《樊南文集详注发凡》称其"援引精切，挥洒纵横，思若有神，文不加点，徐庾而下，赵宋以来，谁复与之抗衡艺苑哉"。[3]

1　[清]沈德潜：《唐诗别裁集》卷一五，第506页。
2　张采田：《玉谿生年谱会笺》卷一，第1页。
3　[清]冯浩：《樊南文集》卷首，上海古籍出版社1988年版，第6页。

（一）李商隐的爱情生活

李商隐的爱情生活，是一个非常复杂的问题，也是至关重要的问题，因为他的很多著名的诗篇，都与爱情生活相关。也正因为如此，他的爱情事迹，才引起了后人的极大重视，最为重要的研究文章有两篇：一是苏雪林的《李义山恋爱事迹考》，后更名《玉溪诗谜》正续编，收在《苏雪林文集》的第四册，专门考证李商隐的爱情事迹。另一篇是陈贻焮的《李商隐恋爱事迹考辨》，发表在《文史》第六辑。有关李商隐的爱情，应该主要考察的有两个问题：一是李商隐的恋爱对象，二是李商隐的爱情诗。

李商隐的恋爱对象有以下几种类型：

1. 女道士

唐代女道士的身份是比较特殊的，其最突出的方面有两点，一点是喜欢和文人墨客往来，二点是带有娼妓的性质。较为典型的是三位女冠诗人薛涛、李冶、鱼玄机。李商隐所爱的女道士主要是宋华阳，他写的《碧城三首》、《圣女祠》、《重过圣女祠》等诗，都是写与宋华阳恋爱的事。如《碧城》第一首："碧城十二曲阑干，犀辟尘埃玉辟寒。阆苑有书多附鹤，女床无树不栖鸾。星沉海底当窗见，雨过河源隔座看。若是晓珠明又定，一生长对水精盘。"首联言女冠所居的环境，此地洁净无尘，温暖如春。颔联言女冠亦多有恋情。上句观外之人，附鹤传信，可通音问；下句女床山上，男女道侣相与幽欢。女床既是山名，又双关女性，鸾则是凤中雄者，故喻指男性。"无树不栖鸾"是指男女道侣而言。颈联言女冠居处离自己不远，自己也曾附鹤传书，但未得回复，故可见而不可亲。尾联以拂晓露珠，夜生晓干，以喻二人离合不定，恋情难久。

2. 宫嫔

苏雪林用了较长的篇幅考证了李商隐与宫嫔有恋爱关系。而宫嫔的恋爱是较为特殊，又是非常短暂的。但与此相关的爱情诗却不少。如《无题》

（来是空言去绝踪），《无题二首》（凤尾香罗薄几重）、《无题》（幸会东城宴未回）等等。进而考证是宫廷中舞女卢氏姊妹飞鸾和轻凤二人，而李商隐对于轻凤最为独钟。但这是一个有争论的问题，我们可以讨论。

3. 柳枝

李商隐有作于开成元年的一组诗歌《柳枝五首》，其序云："柳枝，洛中里娘也。……生十七年，涂妆绾髻未尝竟，已复起去，吹叶嚼蕊，调丝擫管，作天海风涛之曲，幽忆怨断之音。……余从昆让山，比柳枝居为近，他日春曾阴，让山下马柳枝南柳下，咏余《燕台》诗，柳枝惊问：'谁人有此，谁人为是？'让山谓曰：'此吾里中少年叔耳。'柳枝手断长带，结让山为赠叔乞诗。明日，余比马出其巷，柳枝丫鬟毕妆，抱立扇下，风障一袖，指曰：'若叔是，后三日，邻当去溅裙水上，以博山香待，与郎俱过。'余诺之，会所友有偕当诣京师者，戏盗余卧装以先，不果留。雪中，让山至，且曰：'为东诸侯取去矣。'明年，让山复东，相背于戏上。因寓诗以墨其故处云。"

4. 王夫人

王夫人是李商隐的正式配偶，后来亡故。王氏生前，李商隐写了不少情感真挚的情爱之作，王氏卒后，李商隐写了很多的悼亡诗。悼亡诗已见本书上文所述，李商隐写给妻子诗篇，感人者也有多篇。如《夜雨寄北》："君问归期未有期，巴山夜雨涨秋池。何当共剪西窗烛，却话巴山夜雨时。"诗为大中二年（848）李商隐滞留荆、巴时作，题　作《夜雨寄内》。明周珽《唐诗选脉笺释会通评林》："以今夜雨中愁思，冀为他日相逢话头，意调俱新。第三句应转首句，次句生下落句，有情思。盖归未有期，复为夜雨所苦，则此夕之寂寞，惟自知之耳。得与共话此苦于剪烛之下，始一腔幽衷，或可相慰也。'何当'、'却话'四字妙，犁犁云树之思可想。"[1]

最后需要说明的是，李商隐的爱情生活和恋爱过程尽管相当复杂丰富，但

---

[1] 刘学锴、余恕诚：《李商隐诗歌集解》，第1357页。

是他的态度是极其认真的,他并不是后人所说的浮薄少年或浪荡文人。这有一个事例可以说明,就是他在梓州幕府时,府主柳仲郢拟把乐籍女子张懿仙赐给他,他不仅不肯接受,还写了一篇情辞恳切的谢绝文章:"某伤已以来,光阴未几。梧桐半死,才有述哀;灵光独存,且兼多病。眷言息胤,不暇提携;或小于叔夜之男,或幼于伯喈之女。检庾信荀娘之启,常有酸辛;咏陶潜通子之诗,每嗟漂泊。……至于南国妖姬,丛台妙妓,虽有涉于篇什,实不接于风流。……宁复河里飞星,云间堕月,窥西家之宋玉,恨东舍之王昌?诚出恩私,非所宜称。伏惟克从至愿,赐寝前言,使国人尽保展禽,酒肆不疑阮籍。"[1] 说明李商隐作诗时或偶有戏谑,但在实际生活与立身行事中是极为认真的。

(二)李商隐的爱情诗

李商隐的爱情诗是唐代爱情诗的高峰,这不仅是因为李商隐的爱情诗写得多与写得好,也还在于盛唐之前的爱情诗数量较少,盛唐的一些大家,如杜甫、王维、岑参、高适,是很少写爱情诗的,杜甫著名的爱情诗仅有一篇,就是《月夜》,是写给他妻子的。李白的爱情诗多一些,但也不能和中唐以后的爱情诗相比,尤其不能和李商隐诗相比。中唐时爱情题材的文学开始发达,小说方面,产生了《李娃传》、《莺莺传》、《霍小玉传》等作品,诗歌方面也出现了不少爱情诗。比如《莺莺传》的作者元稹,也是写爱情诗的重要诗人。他的爱情诗,写恋爱和写悼亡的都不少,《遣悲怀》三首是代表作。到了李商隐,可谓集爱情诗之大成,登爱情诗之高峰。但李商隐的爱情诗非常难以读懂,但即使不懂,仍觉得具有特殊的魅力。这里我引用汪辟疆体会读义山诗的原则,以供参考:"(一)深晦的诗要浅看。(二)明显的诗要深看。(三)用事繁缛的要看虚字。(四)纯用白描的要看呼应。"[2] 读李商隐的爱情诗,我们有以下几个体会:

---

1 [唐]李商隐:《上河东公启》,《樊南文集》卷四,第234–236页。
2 汪辟疆:《评李义山的诗》,《汪辟疆文集》,第201页。

1. 李商隐的爱情诗深情绵邈

清人刘熙载《艺概》说:"杜樊川诗雄姿英发,李樊南诗深情绵邈。"[1] "深情绵邈"最适合于评价李商隐的爱情诗。而这些深情绵邈的诗作又具有情意、韵味和辞采之美。汪辟疆说:"义山诗独到处,是在咽处见厚,放处见潴,密处见疏,直处见曲,繁缛中见大议论,动宕中见大结构。"[2] 李商隐是最善于挖掘爱情情感的一位诗人。如《春雨》诗:

怅卧新春白袷衣,白门寥落意多违。红楼隔雨相望冷,珠箔飘灯独自归。远路应悲春晼晚,残宵犹得梦依稀。玉珰缄札何由达?万里云罗一雁飞。

这首诗题目虽是"春雨",但并不是专咏春雨,而是在春雨中寻访所爱女子不遇而感怀之作,与无题诗相类。首联是点时点地,次联写寥落的生活,三联设想对方的情境,尾联写缄札寄情,将一种访问不遇之情道出。全诗借助飘洒迷濛的春雨,衬托出别离的惆怅与寥落,并且渲染出伤春怀远、音书难达的苦闷,体现了李商隐诗歌感伤迷离的特点。其中"红楼隔雨相望冷,珠箔飘灯独自归"二句,用白描的手法,在色彩与感觉的对照、雨帘与珠箔的联想中寄寓今昔的对比,表现出惆怅寥落的意绪。因为这首诗情怀曲折幽微,非常难懂,故前人或以为这首诗寓意君门万里之感,然不管有无寓意,都不失为佳作。

2. 李商隐的爱情诗涵容深厚

李商隐的爱情诗,蕴藉含蓄,意境深远,多情而不轻薄,意深而不晦涩,尽管有些《无题》诗主旨难于索解,但仍然让读者感受到独特的美感。如《无题二首》:

---

1 [清]刘熙载:《艺概》卷二,上海古籍出版社1978年版,第65页。
2 汪辟疆:《汪辟疆文集》,第207页。

凤尾香罗薄几重，碧文圆顶夜深缝。扇裁月魄羞难掩，车走雷声语未通。曾是寂寥金烬暗，断无消息石榴红。斑骓只系垂杨岸，何处西南待好风？

重帷深下莫愁堂，卧后清宵细细长。神女生涯元是梦，小姑居处本无郎。风波不信菱枝弱，月露谁教桂叶香？直道相思了无益，未妨惆怅是清狂。

这两首诗都是写幽闺女子相思寂寥之情。前人多以为与令狐绹相关，如汪辟疆则以为是大中五年（851）义山应柳仲郢辟，将赴东川，绝意令狐之诗。亦可备一说。从字面上看，二诗颇似单纯言情之作，然细玩诗意，前诗写企盼佳期而不得之情，与寂寥中的相思期待以及所透露出的青春易逝之感，后诗中所用神女与楚王遇合原是一梦以及小姑独处本无依托的典故，与菱枝遭风波摧残，桂叶无月露滋润的描写，尽管如此而痴情未改的表白，与李商隐的人生际遇完全相通，故托意身世之说亦自可通。第一首由女子深夜在缝制罗帐而引入回忆昔日一次偶然相遇的情景。自己在夜深灯尽时相思无极，而音信隔绝。"金烬暗"与"石榴红"是对文，"金烬暗"兼寓相思无望；"石榴红"暗示时光易逝。全诗写对相思的渴望，细腻委婉，生动传神。又采用深夜追思的方式，情意含蓄深长。第二首是写女子重帏独卧，清宵追思的情景。由夜静细想，而将缓缓推移的时间与蚕食心灵的痛苦惟妙惟肖地表现出来。而回顾平生遭遇，好似巫山神女，纵有遇合，终成梦幻，又如芬芳桂叶，却无月露滋润，使之飘香。"不信"，是明知而故意如此，以见"风波"之横暴；"谁教"，是本可如此而竟不如此，以见"月露"之无情。措辞委婉而意极沉痛。结尾说纵使相思无益，也不妨终抱痴情终身[1]。

---

[1] 清狂，此处作痴情解。《汉书·昌邑王传》："清狂不惠。"苏林注："凡狂者，阴阳脉尽浊。今此人不狂似狂者，故言清狂也。或曰：色理清徐而心不慧曰清狂。清狂，如今白痴也。"（中华书局1962年版，第2769页）对于最后两句中"直道"、"清狂"的含义，张相的解释最为贴切："直与就使、即使之就字、即字相当，假定之辞。凡文笔作开合之势者，往往用直字以垫起，与饶字相似，特饶字缓而直字劲耳。"清狂为不慧或白痴之意。言即使相思无益，亦不妨终抱痴情耳。"参见《诗词曲语辞汇释》卷一，中华书局1977年版，第132页。

3. 李商隐的爱情诗坚韧执著

李商隐爱情诗的总体基调都是感伤的，然而在感伤之中，却迸发出作者对于爱情的执著追求和坚贞不渝。如《无题》：

> 相见时难别亦难，东风无力百花残。春蚕到死丝方尽，蜡炬成灰泪始干。晓镜但愁云鬓改，夜吟应觉月光寒。蓬山此去无多路，青鸟殷勤为探看。

这首诗写的是离别相思之情，表白至死不渝之意。重点以"别亦难"贯穿全篇，盖因某种力量的阻隔，此番分别再难见面。首联抒情，因别后相见的机会难得，故分别时更觉难舍，况此别又在春风衰减、百花凋谢的暮春时分。上句从时间而言，由相聚到相别，从空间而言，从见面到远隔；下句极写分别之难堪，在此无可奈何的时空当中，难以找到慰藉，东风也无力，百花也凋谢，春已将暮，人将何堪！颔联设喻，以春蚕、蜡炬为喻，言自此而后受离别之煎熬，同时表示二人情爱的坚贞，一息尚存，决不稍懈。上句"丝"谐音"思"，别后之思念如同春蚕吐丝，一息尚存，永远不止；下句别后如蜡烛煎熬，烛泪燃芯之痛，然尽管如此，乃思念不已，只到丝要吐心，烛到成灰为止[1]。颈联揣想别后之情景，料对方也在痛苦之中，并有怜惜劝慰之意，堪称体贴入微。上句"云鬓"是女子的妆饰，是想象对方年渐迟暮对镜感伤的情形；下句则是说自己别后夜不能寐，仍然苦吟不辍，以慰相思，然对着寒冷的月光，未免倍加惆怅。尾联寄意，希望青鸟传递消息，以慰刻骨铭心之思念。上句写理想的蓬山不应很远，下句言拟派遣使者去探看消息，尽管不远，尽管可以派使者探看，但最终自己还是不能会面，也照应了"相见时难别亦难"的开头。全诗感情真挚，语言精警，首联、颔联都是千古传诵的佳句。

---

[1] "蜡炬成灰泪始干"，化用前人诗句：王融《自君之出矣》："思君如明烛，中宵空自煎。"陈叔达《思君如夜烛》："思君如夜烛，煎泪几千行。"

第十章 边塞诗

一、从吐鲁番新出土马料帐[1]谈起

以前我们讲述唐代边塞诗,有几个惯用的方法:一方面是通过诗歌表现的情怀探讨诗人的思想和诗歌的风格,因为我们大多数人没有到过边塞,缺乏切实的体验,因此对于边塞诗的理解并不深透;另一方面对于战争的背景和性质有先入为主的把握,然后对于边塞诗人和诗篇作出评价,这以新中国成立以后前30年的研究占主流地位,而这样的研究是以政治代替文学,对于边塞诗的理解并不准确。鉴于以上两种情况,我们这一讲,从新的角度展开,重点定位于三个方面:一是重视新材料的印证,二是重点讲授我的切身体会,三是重视具体情境和实地考察。

我们先从新出土的有关边塞诗的材料谈起。20世纪70年代以后,新疆吐鲁番地区出土了大量文书,其中阿斯塔那墓纸棺上的马料帐,为我们解读岑参提供了重要的线索。因为唐时的吐鲁番地区,属于交河郡,地处安西和北庭之间,是中西交通要道,也是岑参出入边塞经常过往之地。因而马料帐

---

[1] 《新华字典》《新华多功能字典》释:"帐"同"账"。到了清代,从"帐"分化出"账"来。所依史料影印件上之编目亦采用"帐"字。本书保留使用"帐"字。下同。

中出土了不少与岑参直接或间接相关的资料，集中于阿斯塔那墓506号墓出土的《唐天宝十三—十四载交河郡长行坊支贮马料文卷》中。其中有关岑参的直接资料有两条，一条见于《唐天宝十四载某馆申十三载三至十二月侵食当馆马料帐历状》（见图表二九）：

　　□［坊］帖岑判官马柒匹，共食青麦叁斗伍胜，付健儿陈金。

一条见于《唐天宝十四载交河郡某馆具上载帖马食䜴历上郡长行坊状》：

　　郡坊帖马陆匹，迎［岑］［判］官，八月廿四日食麦肆斗伍胜，付马子张什件。

所谓"马子"即经营饲养驿马之人，所谓"健儿"就是带领岑参等人出征

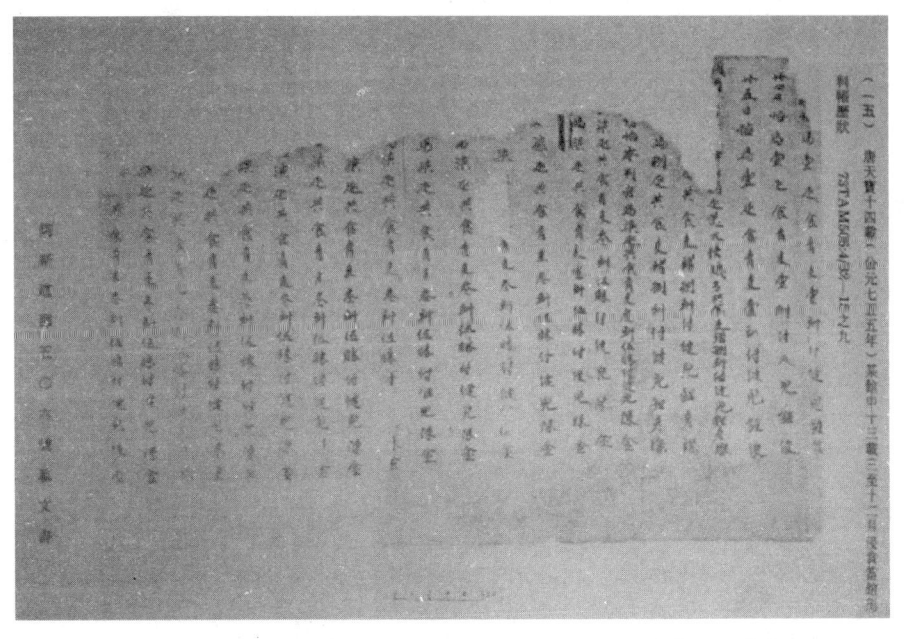

图表二九　唐天宝十四载马料帐一（《吐鲁番出土文书》图文本）

或来往于交河之健壮士兵,"健儿"一词在边塞诗中是经常出现的。

而岑参诗中涉及之人,在马料帐中经常见到,见得最多的是封常清。如《唐天宝十四载某馆申十三载四至六月郡坊帖马食醋历牒》(见图表三十):

> (四月)廿三日,郡坊马十匹,送封大夫娘子银山回,食麦粟一石,付马子陈阳、赵璀。
>
> (四月)廿九日,郡坊帖银山马廿匹,过封大夫,并全食麦粟两石,付健儿郭运、陈金。
>
> (四月)卅日,郡坊帖礌石马廿匹,过封大夫,食麦粟两石,付健儿郭运。
>
> 同日,郡坊帖银山马廿七匹,过封大夫,食麦粟两石七斗,付健儿党奉起、张瑰。
>
> (五月初)帖马卅三匹,过封大夫,食麦粟三石三斗,付马子张庭俊。

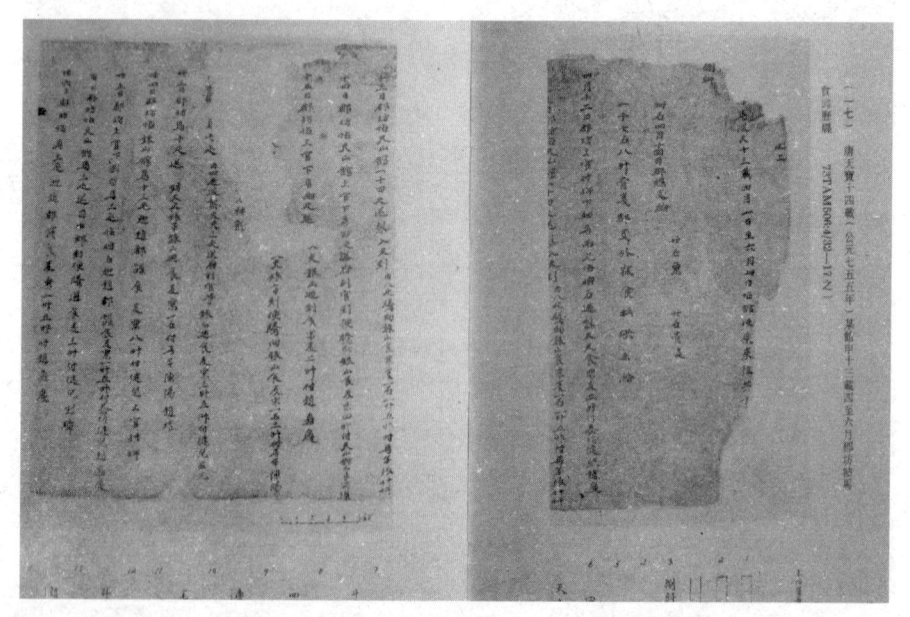

图表三十　唐天宝十四载马料帐二(《吐鲁番出土文书》图文本)

（五月）四日，郡坊马卌六匹，送封大夫回，并全食麦粟四石六斗，付健儿张庭俊。

同日，征马廿二匹，送封大夫回，食麦粟一石一斗，付押官尚大宾。

同日，刘总管郡坊马两匹，送封大夫回到，食麦粟二斗，付秦仙。

同日，送封大夫回之（乏）马六匹，食麦粟六斗，付马子阎价奴。

岑参又有《敬酬李判官使院即事见呈》、《使院中新栽柏树子呈李十五栖筠》等诗，作于北庭。《唐天宝十四载某馆申十三载七至十二月郡坊帖马食䐈历牒》：

（十一月）廿三日，郡坊帖马廿匹，内一十四李判官乘向吕光，食全料，……付健儿陈怀金。

《唐天宝十四载某馆申十三载三至十二月侵食当馆马料帐历状》：

闰十一月廿八日，郡坊帖李判官马伍匹，共食禾麦伍斗，各半，付健儿杨元琰。

《唐天宝十四载交河郡某馆具上载帖马食䐈历上郡长行坊状》：

闰十一月廿七日，郡坊帖柳谷迎李判官马壹拾匹，食禾麦柒斗，付蒋□□。

廿八日，迎李判官，郡坊帖马伍匹，共食䐈三斗伍胜，禾麦各半，付［健］。

廿九日，迎李判官，郡坊帖马伍匹，共食䐈叁斗伍胜，禾麦各半，付。

岑参又有《白雪歌送武判官归京》诗，其中有"胡天八月即飞雪"句，可以从马料帐中得到印证。《唐天宝十三载磕石馆具七至闰十一月帖马食历上郡长行坊状》：

> 同日（七月七日），郡坊帖马天山馆三匹，送武判官便胜过，食麦三斗，付天山马子李罗汉。
>
> （九月）六日，郡坊帖马十六匹，内两匹刘总管乘迎武判官，食麦一石二斗二升，付马子赵璀。
>
> 同日，郡坊迎武判官四匹，食麦三斗二升，付健儿□□。

岑参诗又有《送张都尉东归》诗。《唐天宝十四载交河郡某馆具上载帖马食踏历上郡长行坊状》：

> 焉耆军新市马壹佰匹，准节度转牒，食全料。十一月十五日，给青麦壹拾硕，付押官元敬希，总管张子奇。

岑参诗又有《送郭司马赴伊吾郡请示李明府》诗，原注："郭子是赵节度同好。"《唐天宝十四载某馆申十三载四至六月郡坊帖马食踏历状》：

> （四月）廿四日，郡坊帖银山馆马十三匹，迎赵都护，食麦粟八斗，付健儿上官什件。
>
> （四月）廿五日，郡坊上官下割留马三匹，帖磕石迎赵都护，食麦粟一斗五升，付天山坊健儿赵嘉庆。
>
> （四月）廿六日，郡坊帖马三匹，迎赵都护，食麦粟一斗五升，付赵嘉庆。
>
> 同日，郡坊帖银山马一十三匹，送赵都护到，便向天山，食麦一石二斗，

付健儿上官什忤。

有关赵都护、封大夫记载颇多，盖其职务越高，来往于交河之地越频繁。

二、边塞诗与古城：交河与轮台

（一）交河

反映唐代边塞风貌的古城遗址，现在保存较好的还有交河故城（见图表三一）。交河故城位于吐鲁番市以西十三公里，坐落于酿孜不落河谷和阿斯喀瓦孜河谷环抱的块状台地上，呈柳叶形半岛台地，因河水分流环绕城下，故称"交河"。《汉书·西域传》："车师前国，王治交河城。河水分流绕城下，故号交河。"这里在汉代之前曾是西域三十六国之一车师国的国都，宣帝时归于汉朝，属西域都护府管辖，后置"戊己校尉"。因为特殊的地理位置和战略位置，古代发生过无数次的战争。南北朝时代，这里曾是高昌国的都城，周长五公里，分内城、外城和宫城，有居民三万，僧侣三千。这是唐代长安

图表三一 唐交河故城遗址（胡可先拍摄）

通往西域的咽喉之地。唐太宗贞观十四年（640）令侯君集灭高昌，改高昌国为西州，并于此建安西都护府。现在留存的交河故城遗址，是目前我国保存最完好的古代都市遗址，也是世界上保存至今的最大、最古、最好的夯土建筑城市。研究唐代文学，特别是研究唐代边塞诗，需要考察这样的遗址，以体验当时发生战事的情境。有关交河故城的情况，可以参考文物出版社出版的李肖《交河故城的形制和布局》。有关唐诗与交河的关系，可以参考盖金伟《唐诗"交河"语汇考论》，载《新疆师范大学学报》2008年第2期。

李颀《古从军行》有"白日登山望烽火，黄昏饮马傍交河。行人刁斗风沙暗，公主琵琶幽怨多"，是唐诗中咏交河最著名的诗句。岑参有《使交河郡郡在火山脚其地苦热无雨雪献封大夫》、《使交河郡》等诗，还有不少诗句。《武威送刘单判官赴安西行营便呈高开府》："曾到交河城，风土断人肠。"又《火山云歌送别》："缭绕斜吞铁关树，氛氲半掩交河戍。"又《酒泉太守席上醉后作》："浑炙犁牛烹野驼，交河美酒金叵罗。"又《送崔子还京》："送君九月交河北，雪里题诗泪满衣。"岑参诗中的"交河"是其实际到达的交河城。诗人张谓有《送皇甫龄宰交河》诗："将军帐下来从客，小邑弹琴不易逢。楼上胡笳传别怨，尊中腊酒为谁浓。行人醉出双门道，少妇愁看七里烽。今日相如轻武骑，多应朝暮客临邛。"也是写实的交河。

唐太宗贞观十四年平定高昌，交河属唐，故自初唐以后，唐诗中吟咏交河的句子就很多，且覆盖了初盛中晚各代。唐太宗有《饮马长城窟行》："塞外悲风切，交河冰已结。"虞世南《从军行》："交河梁已毕，燕山旆欲挥。"又《中妇织流黄》："还恐裁缝罢，无信达交河。"又《结客少年场行》："天山冬夏雪，交河南北流。"《出塞》："雪暗天山道，冰塞交河源。"陈昭《昭君词》："交河拥塞路，陇首暗沙尘。"卢照邻《昭君怨》："合殿恩中绝，交河使渐稀。"骆宾王《从军中行路难》："阴山苦雾埋高垒，交河孤月照连营。"又《晚度天山有怀京邑》："交河浮绝塞，弱水浸流沙。"刘希夷《入塞》："霜雪交河尽，旌旗入塞飞。"又《捣衣篇》:"缄书远寄交河曲,须及明年春草绿。"李元纮《相思怨》:"交河一万里,仍隔数重云。"李白《捣衣篇》:"万里交河水北流,愿为双燕泛中洲。"又李昂《从军行》:"麾兵静北垂,此日交河湄。"王维《送平澹然判官》:"瀚海经年到,交河出塞流。"杜甫《高都护骢马行》:"腕促蹄高如踣铁,交河几蹴曾冰裂。"又《前出塞》:"戚戚去故里,悠悠赴交河。"又《送长孙九侍御赴武威判官》:"绣衣黄白郎,骑向交河道。"孟郊《折杨柳》:"谁堪别离此,征戍在交河。"贾岛《积雪》:"南猜飘桂渚,北讶雨交河。"皎然《效古》:"思君转战度交河,强弄胡琴不成曲。"张仲素《塞下曲》:"交河北望天连海,苏武曾将汉节归。"赵嘏《恒敛千金笑》:"夫婿交河北,迢迢路几千。"于濆《沙场夜》:"士卒浣戎衣,交河水为血。"张乔《赠边将》:"翻师平碎叶,掠地取交河。"胡曾《交河塞下曲》:"交河冰薄日迟迟,汉将思家感别离。"陈陶《水调词》:"征衣一倍装绵厚,犹虑交河雪冻深。"陆龟蒙《孤烛怨》:"前回边使至,闻道交河战。"以上所言交河,或为亲历,如骆宾王诗,或为泛咏,如杜甫诗。但无论哪种情况,都表现出唐人对于边塞所抒发的豪情。

(二) 轮台

轮台在岑参诗中表现得也很多,都是他从军时亲历的情境。有《走马川行奉送出师西征》:"轮台九月风夜吼,一川碎石大如斗,随风满地石乱走。"又有《使交河郡郡在火山脚其地苦热无雨雪献封大夫》:"奉使按胡俗,平明发轮台。暮投交河城,火山赤崔嵬。"《北庭贻宗学士道别》:"忽来轮台下,相见披心胸。"《北庭西郊候封大夫受降回军献上》:"胡地苜蓿美,轮台征马肥。"《天山雪歌送萧治归京》:"交河城边飞鸟绝,轮台路上马蹄滑。"《与独孤渐道别长句兼呈严八侍御》:"轮台客舍春草满,颍阳归客肠堪断。"《送刘郎将归河东,同用边字》:"谢君贤主将,岂忘轮台边。"《发临洮将赴北庭留别得飞字》:"闻说轮台路,连年见雪飞。"《临洮泛舟赵仙舟自北庭罢使还京》:"白发轮台使,边功竟不成。"《登北庭北楼呈幕中诸公》:"尝读西域传,汉家得轮台。"[1]诗题直接用"轮台"者也有数首,如《轮台歌奉送封大夫出师西征》:"轮台城头夜吹角,轮台城北旄头落。"《首秋轮台》:"轮台万里地,无事历三年。"《轮台即事》:"轮台风物异,地是古单于。"《赴北庭度陇思家》:"西向轮台万里余,也知乡信日应疏。"

但唐诗尤其是岑参诗中的轮台,到底在新疆何地,到目前为止,也还是处于争论中的问题。因为现在新疆可称轮台的地方有三处:一是轮台县。二是位于乌鲁木齐附近的乌拉泊故城轮台故址(见图表三二)。三是位于今天新疆吉木萨尔县的唐北庭都护府遗址(见图表三三)。

图表三二　乌拉泊故城轮台东门遗址(胡可先拍摄)

---

[1] 这首诗是用汉轮台典,而咏唐轮台。因为是时岑参在北庭,而唐轮台就在北庭。

图表三三　唐北庭都护府遗址（胡可先拍摄）

今天的轮台县在南疆，是古代轮台国所在地，是丝绸之路的北部要冲，唐时名乌垒州，属龟兹都护府管辖。因此这里应是汉轮台，而不是唐轮台。尤其是岑参，其诗中涉及轮台颇多，而其一生足迹，绝没有到达天山南部的轮台。

位于乌鲁木齐附近的乌拉泊故城轮台遗址，有不少专家学者认为就是岑参诗中的轮台。王友德认为："'轮台东门送君去，去时雪满天山路，山回路转不见君，雪上空留马行处'。这是诗人送武判官归京时的送别场面。'轮台'在天山脚下，东门送君，由大道经北庭，去阳关，走的是北道。'轮台'（今米泉）东门外便是天山，这里山梁起伏蜿蜒，俗称九沟十八坡，'山回路转'确是实写。漫说八九月下雪，就是所谓六七月盛夏之时，'轮台'的东门外的天山之巅，也常是白雪皑皑的。此情此景，南疆的'轮台'是断乎没有的。"[1] 孟凡人先生撰《唐轮台方位考》也认为乌鲁木齐南郊的乌拉泊故城就是唐轮台遗址。[2]

---

[1] 王友德：《岑参诗中的轮台及其他》，《文史哲》1978年第5期，第80页。
[2] 孟凡人：《北庭史地研究》，新疆人民出版社1985版，第96页。

位于今天新疆吉木萨尔县的唐北庭都护府遗址，是岑参诗中所说的"轮台"也是当代学者的一种观点。新疆师范大学薛天纬教授提出的论点在学术界产生了很大的影响，他认为：轮台有汉轮台、唐轮台之分。汉以后，轮台演化为一个典故，成为西北边地的代称。唐轮台为庭州属县，设于贞观十四年，距庭州州治四百二十里。但出现在唐人诗文中的轮台，在许多情况下，并不指轮台县，而是沿用汉轮台的历史典故，以轮台代称西北边地，或用轮台指称西州、庭州一带地区；长安二年庭州改置北庭都护府，轮台更明确地成为北庭都护府辖区的代称。岑参第二次从军西域，在北庭都护、伊西节度使封常清幕中任职期间，写有多首"轮台诗"，这些诗中所称"轮台"，实指北庭都护府驻地，而非轮台县。[1]

　　从我目前对于岑参诗的解读而言，比较倾向于薛天纬教授的观点。但尽管如此，无论对于乌拉泊故城还是北庭都护府称为"轮台"的情况，迄今为止，还没有得到考古发掘的证据，因而还不能确切地断言在何处，这个问题还有进一步探讨的空间。这里我们涉及研究古代文学和研究历史学、考古学不同领域的差异。就古代文学而言，只要是在文学作品文本研究的基础上，进行合理的阐发而自成一家之言，就是可以提倡的。而历史考古则并不如此，他们对于一个结论的认定，必须具有考古学上的证据。这方面的严谨态度，是很值得我们研究古代文学者借鉴的。

　　关于"轮台"，唐以后的作家在诗文中也还常常提及，但已不是如岑参那样具有实地经历的记叙。因为"轮台"已演化为一个典故，作为西北边地甚至是边疆的代称。如南宋诗人陆游的《十一月四日风雨大作（其二）》："僵卧孤村不自哀，尚思为国戍轮台。夜阑卧听风吹雨，铁马冰河入梦来。"所谓"为国戍轮台"，是回忆自己中年时期入蜀投身军旅为国立功之事。其实，宋代的疆域已远远不及位于新疆的轮台。

---

[1] 薛天纬：《岑参诗与唐轮台》，《文学遗产》2005年第5期，第38页。

三、边塞诗与关隘：烽燧与关镇

（一）烽燧

烽燧也称烽火台，是古代为传递军事信息所建置的高台，遇到紧急情况，点燃烽火以示警。在通往西域的古丝绸之路上，还留下了很多烽燧的遗迹，如克孜尔尕哈汉烽燧遗址（见图表三四）。这些有不少是汉唐的遗迹，为我们阅读和理解唐诗提供了不可多得的实证材料。唐人李颀的《古从军行》有"白日登山望烽火，黄昏饮马傍交河"之名句，说的就是交河城的烽燧（见图表三五）。岑参《武威送刘单判官赴安西行营便呈高开府》诗有"寒驿远如点，边烽互相望"句，崔颢《送单于裴都护赴西河》诗有"汉驿通烟火，胡沙乏井泉"句。说明烽燧在古代战争和交通中都占据着重要地位。

图表三四　克孜尔尕哈汉烽燧遗址
（胡可先拍摄）

图表三五　唐交河故城烽燧遗址
（胡可先拍摄）

（二）关镇

铁门关是古丝绸之路的咽喉之地，为古代二十六关之一（见图表三六）。汉张骞使通西域，曾途经铁门关，至今还在山岩下留下"凿空"两个大字，表现了张骞凿空混沌，开通西域的决心。岑参有《宿铁门关西馆》诗云："马汗踏成泥，朝驰几万蹄。雪中行地角，火处宿天倪。塞迥心常怯，乡遥梦亦迷。哪知故园月，也到铁关西。"（见图表三七）这是岑参题西域关隘的著名作品。铁门关在丝绸之路的银山道之上，山上多有云母，太阳照射，银光四身，故称银山道。咏铁门关常与银山关联，岑参《银山碛西馆》也是著名的诗篇："银山峡口风似箭，铁门关西月如练。双双愁泪沾马毛，飒飒胡沙迸人面。丈夫三十未富贵，安能终日守笔砚？"岑参的边塞诗之所以写得感人，最主要的因素是他具有亲身的经历和切身的体会，故其千载以下读者还是如临其境的，尤其沿着岑参当年从军的道路西行，对于深切理解其边塞诗会有更大的帮助。

图表三六　铁门关（胡可先拍摄）

图表三七　岑参《宿铁门关西馆》诗
（胡可先拍摄）

与关相连的重要军事阵地,还有镇,镇就是军事要地。在西域,天山南北形成一种天然的界划,而扼进出天山南北关口的军事要地有一个白水镇(见图表三八),也是古代丝绸之路中道的必经之地,因古丝绸之路自东沿山涧西行,故又称"白水涧"。唐代对于白水镇非常重视,作为西域的军事重镇。唐太宗贞观十四年(640)灭高昌之后,就于此重兵驻守,称"白水军",管兵四千人,马五百匹,驻守军将李怀恩被封为昭武校尉。唐代这条白水涧道就是岑参诗中的"走马川",东接陇右道,通向中原;西接碎叶道,通向黑海、红海、地中海。因此,唐代从军的边塞诗人,应当是经常出入于此地的,但除了岑参的诗涉及以外,我还没有找到唐代直接吟咏白水镇的诗篇。

四、边塞诗人举例:岑参、高适、王之涣、王昌龄

(一)岑参

岑参是边塞诗人中最为著名的诗人之一。但是,新旧《唐书》都没有为他写传。据唐杜确《岑嘉州集序》,知他为南阳人(河南),生于开元三年

图表三八 唐白水镇遗址(胡可先拍摄)

（715），卒于大历四年（769），年五十五岁。他虽然出身于官僚家庭，但早岁丧父，家境贫困，跟着哥哥读书，刻苦自学，遍读经史。很擅长做文章。天宝三载进士，做过安西、关西节度判官，嘉州刺史。晚年卒于成都。有《岑嘉州集》。今通行本有陈铁民、侯忠义《岑参集校注》，上海古籍出版社出版；廖立《岑嘉州诗笺注》，中华书局出版。岑参有两次从军边塞的经历，都是在西北。第一次是入高仙芝幕，时间是天宝八载（749）至十载（751）；第二次是入封常清幕，时间是天宝十三载（754）至至德二载（757）。

岑参边塞诗的内容主要包括描写战争和描写边塞风光两类，这两类有时也融合在一起。前者以《走马川行奉送出师西征》为代表："君不见走马川行雪海边，平沙莽莽黄入天。轮台九月风夜吼，一川碎石大如斗，随风满地石乱走。匈奴草黄马正肥，金山西见烟尘飞，汉家大将西出师。将军金甲夜不脱，半夜军行戈相拨，风头如刀面如割。马毛带雪汗气蒸，五花连钱旋作冰，幕中草檄砚水凝。虏骑闻之应胆慑，料知短兵不敢接，车师西门伫献捷。"这首诗作于玄宗天宝十三载（754），时岑参为安西北庭节度判官。这首诗写的是汉家大将出征的场面，虽然处于荒漠，遭遇严寒，而诗的主旨是豪情的表现和功业的追求。开头六句描写环境，叙述西域风沙的险恶，以见行军的艰苦。"匈奴"以下三句写封大夫出师，"将军"以下六句写行军，"虏骑"以下三句表明对将军出征的必胜信念。诗的最大特色是三句一转。这是一种特殊的诗体，渊源甚远，《诗经》中的《采芑》第二章即是此体，刘邦《大风歌》亦为早期之作。文人作品则推曹丕的《燕歌行》。唐代除岑参外，尚有富嘉谟的《明河篇》。宋时亦有黄庭坚《观伯时画马礼部试院作》等。

再如他的《轮台歌送封大夫出师西征》："轮台城头夜吹角，轮台城北旄头落。羽书昨夜过渠黎，单于已在金山西。戍楼西望烟尘黑，汉兵屯在轮台北。上将拥旄西出征，平明吹笛大军行。四边伐鼓雪海涌，三军大呼阴山动。虏塞兵气连云屯，战场白骨缠草根。剑河风急雪片阔，沙口石冻马蹄脱。亚相勤王甘苦辛,誓将报主静边尘。古来青史谁不见,今见功名胜古人。"这首诗作于天宝十三载(754),此时岑参随封常清到塞上,受到赏识。诗为乐府体七言歌行,纵横奔放,如风发泉涌,惊风骤雨飒然而至,读之使人振奋。诗的主旨是"誓将报主静边尘",怀着这种雄心壮志,因而写出了充满爱国豪情之作。开头悬想轮台告警,是虚写;接着说封大夫出师,是实写;最后四句以颂扬作结,希望封常清扫靖胡尘,立功异域。诗虽想象之词居多,但风景如画,情真意切,源于岑参丰富的边塞经历与军中生活的切身感受。

后者以《白雪歌送武判官归京》为代表:"北风卷地白草折,胡天八月即飞雪。忽如一夜春风来,千树万树梨花开。散入珠帘湿罗幕,狐裘不暖锦衾薄。将军角弓不得控,都护铁衣冷难着。瀚海阑干百丈冰,愁云惨淡万里凝。中军置酒饮归客,胡琴琵琶与羌笛。纷纷暮雪下辕门,风掣红旗冻不翻。轮台东门送君去,去时雪满天山路。山回路转不见君,雪上空留马行处。"这首诗约作于玄宗天宝十三载(754),时岑参在轮台,送武判官回京都长安。诗以雪天送别为题材,以白雪为线索,先写早雪,接着写因早雪而奇寒,再写戈壁冰雪封冻的壮阔景象,最后写武判官雪中远去。"忽如一夜春风来,千树万树梨花开",造语奇警,设喻新颖,最为后人传诵。以花比雪,前人诗中已有之,但以岑参诗句最为开阔壮丽。他通过开阔壮丽的雪景的描写,表现了远戍者博大的胸怀与雄伟的气魄。"中军置酒饮归客,胡琴琵琶与羌笛",将边塞风物与军中宴乐的场景融合在一起描写,更体现了军中生活的热烈与豪纵,也更具有震撼人心的力量。

在盛唐时代,岑参是写作边塞诗数量最多、成就最为突出的一位诗人。表现在三个方面:首先,诗人出塞之地是安西、北庭,这标志着边塞诗反映地域的扩大,一直到了天山南北,西域荒漠的奇异风光和人情风习,首次引人注目地出现于诗中,成为抒写出塞的英雄气概和豪迈精神的有力衬托。其次，他的边塞诗突破了传统征戍诗多写边地苦寒、士卒辛劳的格局，大大地拓展了边塞诗的描写题材与内容范围，透过他的诗，读者不难感受到文质彬彬与英雄气概皆全的崭新的军幕文士形象。再次，他的边塞诗多采用舒卷自如的七言歌行体裁，不再沿用乐府旧题而自立新题，已接近杜甫等人的新题乐府；他的七言歌行音节流畅，用韵灵活多变，韵调与诗歌内容十分协调。这些都显示了岑参的创新精神，也是他对于边塞诗发展的新开拓。[1]

（二）高适

高适（700-765），字达夫，祖籍渤海蓨县（今河北省景县），里贯洛阳（今河南省洛阳市）。他早年家境贫困，生性落拓放纵，不拘小节。天宝八载（749）中有道科后，曾任过封丘县尉，因过不惯"拜迎官长心欲碎，鞭挞黎庶令人悲"（《封丘作》）的县尉生活，辞官而西游长安。后赴西塞入河西节度使哥舒翰幕府任左骁卫兵曹参军，充掌书记。十四载十一月，安史之乱起。十二月，拜左拾遗，转监察御史。十五载六月，拜御史中丞，随玄宗至成都。乾元元年（758）左授太子詹事。其后出任彭州、蜀州刺史。广德元年（763），迁剑南节度使。次年还京任刑部侍郎，转散骑常侍，加银青光禄大夫，进封渤海县侯。永泰元年（765）正月卒。

高适的军事生活与边疆自然环境的影响，使他诗的风格与岑参相近，故世称"高岑"。杜甫《寄彭州高二十五使君适虢州岑二十七长史参三十韵》说："高岑殊缓步，沈鲍得同行。意惬关飞动，篇终接混茫。"严羽《沧浪诗话·诗辩》也说："高岑之诗悲壮，读之使人感慨。"高适的诗或表现建功立业的豪情壮志，或表现怀才不遇、壮志难酬的感慨，或议论唐代边塞政策的弊端，或反映士卒的生活和感情，或歌颂战争的伟大，或表现战争的残酷，音响浏亮，语言整饬之中贯注着雄直奔放的气势与激昂慷慨的精神。有《高

---

[1] 参陈铁民、侯忠义《岑参集校注前言》，《岑参集校注》，上海古籍出版社2004年版，第5-6页。

常侍集》。今通行本有刘开扬《高适诗集编年笺注》,中华书局版;孙钦善《高适集校注》,上海古籍出版社版。

高适的边塞诗的代表作品是《燕歌行》,这首诗是有感于征戍之事,从而对于盛唐时的边事提出自己的看法,诗前有小序:"开元二十六年,客有从元戎出塞而还者,作燕歌行以示适,感征戍之事,因而和焉。"诗云:

> 汉家烟尘在东北,汉将辞家破残贼。男儿本自重横行,天子非常赐颜色。
> 摐金伐鼓下榆关,旌旆逶迤碣石间。校尉羽书飞瀚海,单于猎火照狼山。
> 山川萧条极边土,胡骑凭陵杂风雨。战士军前半死生,美人帐下犹歌舞。
> 大漠穷秋塞草腓,孤城落日斗兵稀。身当恩遇常轻敌,力尽关山未解围。
> 铁衣远戍辛勤久,玉箸应啼别离后。少妇城南欲断肠,征人蓟北空回首。
> 边庭飘摇那可度,绝域苍茫更何有。杀气三时作阵云,寒声一夜传刁斗。
> 相看白刃血纷纷,死节从来岂顾勋?君不见沙场征战苦,至今犹忆李将军。

这首诗写一个战役的全过程,全诗二十八句,可分四段来分析。第一段前八句,写出师。概括了出征的历程,气氛由舒缓到紧张。第二段写战败。第三段写士兵的痛苦,是被围困在险境中士兵生活的写照。最后四句总结全诗,既表现淋漓尽致的战争场景,又发出诗人的感慨。诗的主旨是谴责将领骄傲轻敌,荒淫失职,不恤士卒的行为,"战士军前半死生,美人帐下犹歌舞",这种高度概括的诗句,客观上道出了边塞将领与士兵间的矛盾。诗中一方面以热烈的感情,歌颂了战士为国立功的忠勇精神,一方面又对将领不顾战士死活,在帐前歌舞作乐表示不满;一方面流露出立功边塞的豪情,一方面又对战争给家庭带来的痛苦深表同情;最后归结为对边将用非其人的批评。全诗由具体事件有感而发,但并不限于具体事件,而是包含着对整个边疆策略与现状的看法,概括力极强。从艺术上看,《燕歌行》集中地代表了高适边塞诗那种悲壮、苍凉、豪放的风格。诗人捕捉的形象是那飘荡的战旗，烽火弥漫的狼山，风雨杂沓的胡马，大漠的秋草，孤城的落日，这些形象，无一不衬托出"沙场征战苦"的主题。对比手法的运用，更加深了这首诗主题的表现。雄伟奔放的气势，悲壮淋漓的风格，深刻批判的精神，使这首诗臻于思想深刻和艺术完美的境地。全诗二十八句，每四句一换韵，平仄交错，阴阳杂沓，且多用偶对，使得七古歌行体融合律对之长，体现了深厚的功力和笔力，不仅是边塞诗的代表作，也是盛唐诗坛上首屈一指的作品。

高适充军出塞的主要经历与岑参相近，都是到西北边境，高是入河西哥舒翰幕府。与岑参不同的是，在此之前，高适还有两次出使北边的经历，一是开元二十年北游燕赵，二是在封丘尉任上送兵赴蓟北。经历的不同，也使得高适的边塞诗与岑参诗在总体风格一致的基础上也突出了自己的个性，即豪壮加上悲壮。相较而言，高诗直抒胸臆，岑诗寓情于景；高诗浑厚朴实，岑诗瑰奇爽丽；高诗悲壮，岑诗雄奇；高诗深沉，岑诗俊逸。

（三）王之涣

在唐代诗人里，王之涣是颇享盛名的一位，可惜他的作品流传到今天的只有六首绝句。这当然是他的不幸，可是从另一方面看来也许正是他的幸运。因为他只有六首诗，而且每一首都很好，所以更提高了读者对他的兴趣，总以为他所有的诗都像这六首诗一样的佳妙无比，这就在无形之中抬高了他的地位。如果他的诗全都流传到今天让我们看到，恐怕不一定都能达到这六首诗的水平，到那时我们对他的兴趣也许反而减弱了几分。不过这六首诗毕竟是一个标志，证明他的才华出众，无愧于他所生活的那个诗歌的黄金时代。千百年来，读者热爱王之涣，推崇王之涣，并不是没有道理的。

关于王之涣的生平事迹，过去我们知道得很少，只是在《唐诗纪事》和《唐才子传》里有很简略的记载。《唐诗纪事》说王之涣是并州（今山西太原）人，又说他活动在天宝年间。《唐才子传》说他是蓟门人，少年时代有侠气，

图表三九 《王之涣墓志铭》拓片

中年才努力学文，十年以后文名大振。过去我们关于王之涣大概就知道这一些。晚近发现了王之涣的墓志铭（见图表三九），我们对他才有了较多的了解。这篇墓志铭是靳能写的，从墓志中，我们知道王之涣生于公元688年，卒于公元742年，是盛唐前期的诗人。他的字叫季陵，原籍是晋（今山西太原），后来移居到绛郡（今山西新绛县）。他自幼刻苦学习文章，学习经籍，曾经做过冀州衡水主簿，后来被诬辞官，悠游山水。晚年才又出任文安县尉。天宝元年卒于官舍，享年五十五岁。这篇墓志铭纠正了原先关于王之涣的一些错误的说法。

靳能所撰的《王之涣墓志》："惟公孝闻于家，义闻于友，慷慨有大略，倜傥有异才，尝或歌从军，吟出塞，瞰兮极关山明月之思，萧兮得易水寒风之声，传乎乐章，布在人口，至夫雅颂发挥之作，诗骚兴喻之致，文在斯矣，代未知焉，惜乎。"[1] 我们知道，王之涣是盛唐时期最为著名的边塞诗人之一，

---

1 《王之涣墓志》，载于《隋唐五代墓志汇编》洛阳卷第十一册，第26页。

而对其边塞诗最早作出评价者就是靳能撰写的这篇墓志。其诗题材是"歌从军，吟出塞"，内涵则有"瞰兮极关山明月之思，萧兮得易水寒风之声"，表现方法则是"雅颂发挥之作，诗骚兴喻之致"，影响达到"传乎乐章，布在人口"的境地。虽寥寥数语，评价却全面中肯。墓志记载的"歌从军，吟出塞，布在人口"的文学活动，是王之涣作为盛唐边塞诗人的最为有力的坚证，也是他诗歌影响的最早文献记载。王之涣的夫人《王氏墓志》也相继出土，撰者王缙是王维之弟，少好学，与兄王维早以词藻著名，并于代宗广德二年（764）拜相。二志合参，对王之涣的家世、事迹、创作历程及影响，都会有大致的了解。

王之涣的边塞诗，最著名的是他的《凉州词》："黄河远上白云间，一片孤城万仞山。羌笛何须怨杨柳，春风不度玉门关。"凉州，唐属陇右道，在甘肃武威。《凉州词》为盛唐时乐曲，《新唐书·乐志》云："天宝间乐调，皆以边地为名，若凉州、伊州、甘州之类。"宋郭茂倩《乐府诗集》亦云："《乐苑》曰：'《凉州》，宫调曲。开元中，西凉府都督郭知运进。'"[1]然《乐府诗集》卷二二将王之涣的《凉州词》题为"出塞"，则是纯粹的边塞诗。盛唐诗人作《凉州词》出名者尚有王翰之诗："葡萄美酒夜光杯，欲饮琵琶马上催。醉卧沙场君莫笑，古来征战几人回。"

王之涣的《凉州词》通过描写塞外荒寒壮阔的景物，透露出征人生活的艰苦和思家的哀怨。情调是悲而壮的。后二句的意思是：羌笛何必吹奏这样能引发征人愁绪的折杨柳曲调呢？玉门关外连春风都吹不到，对于如此之少的春之杨柳又何必去怨它呢。其实这里也暗示了皇恩吹不到边庭的意思，故而怨也无补于事。即明人杨慎《升庵诗话》所言："此诗言恩泽不及于边塞，所谓君门远于万里也。"这首诗把边疆雄奇壮阔的边塞风光、战士忧伤激越的思乡情怀和作者高远粗犷的诗意表达融入了二十八字诗章之中，在历

---

[1] ［宋］郭茂倩：《乐府诗集》卷七九，第1117页。

史、现实和未来的回顾与期待中体现出存在的永恒。

我们这里着重来谈一下诗的一处异文,即第一句,又作"黄沙直上白云间"。到底哪一种说法好呢,学术界有所争论。我们认为,当然是"黄河远上"好。第一,"黄河远上"意境比"黄沙直上"开阔,莽莽苍苍,浩浩瀚瀚,给人印象如同李白的"黄河之水天上来"那样的壮美。"黄沙直上"不过只写了边塞的荒凉而已。第二,"黄河远上白云间"与下句"一片孤城万仞山"构成浑然的气象,黄河横贯大地,远远的一端上接白云,孤城高山兀然立于眼前。一远一近,一动一静,相映成趣。可是"黄沙直上"与"孤城""高山"一样都是高耸而上,显得单调。"黄河远上"和"孤城""高山"有一个立体的交错的感觉。"黄沙直上"和"孤城""高山"都是往上耸起来,画面显得单调。

(四)王昌龄

王昌龄(698-757?),唐代诗人。字少伯,京兆长安(今陕西西安)人。开元十五年(725)中进士,补校书郎。又中宏辞科,迁汜水尉。后贬岭南,北还后又贬江宁丞。再贬龙标尉。故世称"王江宁"或"王龙标"。安史之乱时还乡,为濠州刺史闾丘晓所杀。王昌龄是开元、天宝间杰出的诗人,有"诗家夫子王江宁"之称。[1]他的诗以边塞、宫怨、闺怨、送别之作成就较高。在形式上,以七绝擅长,清刚俊爽,深厚婉丽,堪与李白媲美。有《王昌龄诗集》。

王昌龄边塞诗的代表作品是他的组诗《出塞》和《从军行》。如《出塞二首》之一:"秦时明月汉时关,万里长征人未还。但使龙城飞将在,不教胡马度阴山。"这首诗被后人誉为唐人七绝压卷之作。首句秦月、汉关,点地写

---

[1] "诗家夫子王江宁"或为"诗家天子王江宁"之误。刘克庄《后村诗话》新集卷三:"史称其诗句密而思清。唐人《琉璃堂图》以昌龄为'诗天子',其尊之如此。"(载中华书局1983年版,第199页)《琉璃堂墨客图》今尚存残卷,经学者考证,应为"诗家天子",参卞孝萱《〈琉璃堂墨客图〉残本考释》,载《古籍整理与研究》1987年第1期,第46-48页;金程宇《诗学与绘画——中日所存唐代诗学文献〈琉璃堂墨客图〉新探》,载《文艺研究》2012年第7期,第52-60页。

景，对景生情，抚今追昔。次句是紧接前句而抒情。由于万里长征，久久不归，古代的关塞，当时的明月，自然不能不想起自己的遭遇与民族的遭遇。后二句转出正意。虽然从古到今，总有边患，总要防御，但在汉代，却有龙城飞将李广那样的英雄人物，足以威震敌胆，使之不敢侵犯。因此设想，假使李广还活着的话，那就决不会让胡马度过阴山了。边境平安无事，征人也就可以回家了。全诗讽刺之意非常含蓄。这首诗一方面表现为对历史的思索，另一方面表现为对边将用非其人的隐约的讽刺。末句更将历史的思索、隐约的讽刺与卫国的豪情，浓缩在七绝这一短小的形式里，不怪前人称之为诗中神品。

边塞诗的研究还有亲历边塞和泛咏情怀的区别，王昌龄是否曾亲历边塞，迄今还是颇有争议的问题，但他的边塞诗写得极好，使他成为盛唐时期的大诗人则无可非议；李颀的《古从军行》一向被视为边塞诗的代表作之一，但考察李颀的行迹，却并无边塞的经历；即使是高适最著名的边塞诗《燕歌行》，据其自序亦非亲历之作，但这也并不影响其巨大的文学成就。在边塞诗人中，真正亲历边塞而又不断写出千古名篇者，非岑参莫属。他有边塞的经历，有战争的体验，有军人的气概，也有文人的情怀，因而他的边塞诗感人至深。以上两种情况，表现在诗歌体裁的选择上也有一定的区别：泛咏情怀者大多袭用"古题乐府"，如李颀有《古从军行》，王昌龄有《从军行》，高适有《燕歌行》；亲历边塞者大多创造"新题乐府"，如岑参有《走马川行》、《白雪歌》、《轮台歌》、《热海行》。在边塞诗与乐府诗的结合，尤其是通过七言歌行以表现战争生活和边塞风光方面，以高适、岑参和李颀最为出色，故明人许学夷《诗源辩体》称："盛唐七言歌行，李杜而下，惟高、岑、李颀得为正宗，王维、崔颢抑又次之。"[1] 综合上述的探讨，我们可以确认，在唐代边塞诗人中，虽高岑并称，而岑之成就实迥拔于高之上。自上一世纪以来，边塞诗研究虽曾有

---

1 ［明］许学夷：《诗源辩体》卷一七，第178页。

几次热潮，但仍有深入挖掘的空间和尚待提升的境界。

　　唐代的边塞诗人，除了我们所举的岑参、高适、王之涣、王昌龄之外，还有李颀、崔颢、王翰等。有关边塞诗的研究，在20世纪后半期迄今，走过了一条较为复杂的道路，也产生了一些相关的概念。古人往往将擅长写作边塞题材的高适、岑参并称"高岑"，这是就二人齐名而言的。在上一世纪五六十年代，因为游国恩主编的《中国文学史》将盛唐李白和杜甫以外的诗大体分为"山水田园"和"边塞"两大诗派，同时也称边塞诗派为"高岑诗派"，因而边塞诗就成为影响很大的诗歌流派了。但这样一来，也产生了一系列问题。实际上，边塞诗不是盛唐独有的，初唐四杰也写过不少边塞诗，中唐以后也还不断有新作出现。同时，山水田园诗人王维也有边塞诗佳作，如《使至塞上》，岑参和高适还有不少边塞题材以外的诗。袁行霈先生说："盛唐只有短短的五十几年，却涌现了十几位大诗人。政治诗、边塞诗、山水诗是盛唐诗歌的三种主要题材，这些诗里所表现出来的宏伟气魄、进取精神、开阔的胸怀、健康的情趣，以及多姿多彩的艺术风格，构成巨大的魅力，吸引了后代无数读者，并成为不可企及的诗歌艺术之极致。"[1]我们觉得，对于边塞诗而言，还是将其视为一类题材更切合唐诗发展的实际。就整个唐代诗坛而言，最重要的题材有政治诗、山水诗、边塞诗、怀古诗、爱情诗等几个类型。

1　袁行霈：《中国文学概论》，第192页。

第十一章 山水诗

一、唐代文人的生活方式和山水诗的新变

山水诗，是中国古典诗歌中一个非常重要的题材。自《诗经》以下，进入诗人视野的山水风光逐渐成为审美的对象。但最初诗中的山水只是作为事件过程的背景或情感表达的衬托而存在，还缺乏独立性。三国时曹操的《观沧海》被看作是文学史上第一首完整的山水诗。魏晋以后隐逸之风的盛行、东晋南渡后江南的开发，使得士大夫们往往以山水为乐土，游赏山水甚至成为某些士大夫的主要生活方式，诗中的山水描写逐渐增多。晋宋易代之际的谢灵运是第一位大力创作山水诗的作家，他以富艳精工之辞，细致描绘了浙东、江右诸地的秀丽山水，号称山水诗的鼻祖。这样，山水诗就成为了一种独立的诗歌题材，日趋兴盛。至唐代更蔚为大观，山水诗的发展达到了一个新的高度。

山水是自然风景，但同时又是人们的生存环境，它具有自然与社会双重属性。故而山水成为审美对象的因缘，也和这两种属性相联系。唐代山水诗歌的繁盛固然与前代文学传统的影响有关，但更直接而现实的因缘，是来自

唐代文人的生活方式与生存状态。大略而言，唐人漫游的经历、习业山林的风气、隐居生活和贬谪生涯，都推动了唐代山水诗的发展与新变。

（一）漫游经历丰富了山水诗的表现范围

唐代文人多有漫游的经历。所谓"漫游"，当然并非真的是漫无目的的游览而已。实际上，唐人漫游的目的性还是比较强的。其中有的是出于对山川的喜好、对自然美的向往，或壮美或秀丽的山水给他们留下了极深的印象，以至于屡屡形诸诗咏，如李白所谓"此行不为鲈鱼脍，自爱名山入剡中"（《初下荆门》）；在"读万卷书、行万里路"的古训指导下，他们也渴望通过增加阅历来丰富自己的诗歌创作，他们四处游历，饱览名山大川，过着类似杜甫年轻时所谓"放荡齐赵间，裘马颇清狂"（《壮游》）这样的生活；还有的文人是以漫游作为结交官员和朋友的手段，作为延揽声誉以利于科场名第的途径。他们每到一地，常常以诗歌为交往的媒介，与当地名流往来唱和，歌吹宴饮，探胜寻幽，当地的山水也很自然地走进了他们的诗篇。唐人的山水诗有不少都是酬赠之作，即与此有关。如王维《酬张少府》、孟浩然《临洞庭湖赠张丞相》之类；另外，唐代道教、佛教都比较盛行，道观、佛寺虽多建于通都衢路，但真人、高僧又每每与山林紧密联系，士人们入名山、访僧道也成为一种风尚。李白自称"五岳寻仙不辞远，一生好入名山游"（《庐山谣寄卢侍御虚舟》），展现了一个道教崇奉者的寻仙之乐；刘长卿的"溪花与禅意，相对亦忘言"（《寻南溪常山道人隐居》），则见出文人访道参禅的兴趣。而唐代经济的发达和国力的强盛，"河清海晏，物殷俗阜……路不拾遗，行者不囊粮"（郑綮《开天传信记》）的盛世太平，亦令漫游各地的士人们颇无衣食之虞、风霜之感，他们在游赏山水的过程中，开阔了视野，对于各地山水有了更为深刻的体认，对于山水的审美能力也大为提高。这样就使得唐代山水诗的表现范围远远超过了之前的山水诗歌。南朝的山水诗，由于地域与疆土的限制，多以东南山水为描写的主体，在山水的个性与地域色彩上难免单调。而唐代辽阔的疆域提供了诗人们漫游山水的丰富阅历，随着诗人们漫游经历的差异，唐代山水诗中的景象也表现出了不同的地域风貌：秀美的吴越山水和壮丽的秦中关河，三湘风景和嵩岳峰峦，巴蜀风光和岭南风物，在唐代的山水诗中交相辉映。

（二）习业山林之风增强了诗人对山水的体认

唐代山林中的许多寺院道观，往往可以为贫寒士子提供免费的食宿和较丰富的藏书，供其研读，因此唐代不少文人，在年青时期，都有寄居山林或寺院道观习业读书的经历。陈子昂曾读书于金华山玉京观，李白青年时曾读书于大匡山，岑参十五岁时隐于嵩阳，刘长卿、孟郊、崔曙、张谓、张谂等均曾读书于嵩山，颜真卿曾读书于福山，李端、杜牧、温庭筠、杜荀鹤等都曾读书于庐山，阎防、薛据、许稷曾读书于终南山，徐商读书于中条山万固寺泉入院，符载等读书于青城山，林藻、黄滔读书于莆山灵岩寺，李绅读书于无锡惠山寺，王播少时客扬州惠昭寺木兰院等[1]，当时中条山更是号称"书生渊薮"[2]。论者谓："士子读书，大抵以名山为中心。北方以嵩山、终南山、中条山为最盛，华山次之，东岳泰山盛于安史之乱以前，其后遂衰，而僻处其东北之长白山则较盛。南方以庐山为最盛，衡山、罗浮山、九华山次之。浙东西及剑南道……以蕙山、会稽剡中、青城诸山为盛。"[3] 士子在山林中习业读书，主要目的当然是为将来的科举功名做准备，但他们长期置身于清幽的山水中，朝夕相对，自然容易体会和感悟到山水的趣味乃至真谛，山水景色陪伴着他们人生中一段值得回忆的经历，故在他们后来所作的诗歌中，那些山水

1　严耕望：《唐人读书山林寺院之风尚——兼论书院制度之起源》，《历史语言研究所集刊》第30本下册，1959年版，第689–728页。
2　[唐]王定保：《唐摭言》卷一〇，第112页。
3　严耕望：《唐人读书山林寺院之风尚——兼论书院制度之起源》，第720页。

就和他们的年少回忆具有了同等重要的联系。于是,在"梦想旧山安在哉,为衔君命日迟回"(高适《封丘作》)的矛盾中,山林就成为士大夫心理上略带理想色彩的一极,潜移默化地对文人的诗歌创作产生了重要的影响。

(三)隐逸生活促成了山水诗的象征意义

唐代隐逸之风盛行,其缘由因人而异,真正的逃名之士虽也并非没有,但大体来看,初盛唐时代,渴望由隐逸而入仕者甚多;中晚唐时代,出于对时势政局的失望而选择归隐山林的,则比较常见。刘肃《大唐新语》载:"卢藏用始隐于终南山中,中宗朝累居要职。有道士司马承祯者,睿宗迎至京,将还,藏用指终南山谓之曰:'此中大有佳处,何必在远?'承祯徐答曰:'以仆所观,乃仕宦捷径耳。'"[1]这就是成语"终南捷径"的由来。可见在当时不少人心目中,隐居是求仕的途径了。唐代士人要想出人头地,最荣耀的当然是进士及第,但唐代进士科录取人数很少,绝大多数士子不可能由此步入仕途,从军边塞或参与幕府就成为可供他们选择的一条出路,这在某种程度上也是唐代边塞诗和酬唱诗盛行的原因之一。而隐逸以求仕则是另一条可供选择的出路。唐代历史上由隐而仕者为数众多,立取卿相、平步青云,似乎有了很大的可能性,因此,隐逸者群聚于离长安最近的终南山等地,也就很好理解了。另一方面,中国历史上仕隐的对立是一种常态,身在魏阙而心系江湖,也是不少官员的口头禅,山林别业遂成为他们摆脱俗累、调节身心的一个理想环境。尤其是"安史之乱"以后至晚唐时期,政局的混乱、党争的倾轧、战争的频仍、仕进之路的狭窄,都促使不少士人以隐逸为退路,遁迹于山林之中以全身远祸或排遣内心的苦闷。诗人们在山林中的生活和特殊的心理需求,使得他们的山水诗具有了象征性的意义:对于希望由隐而仕的士人来说,山水诗是其高洁品行、蔑弃荣利之德行的象征,甚至可以成为

---

[1] [唐]刘肃:《大唐新语》卷一〇,第157–158页。

其"门面",即使后来居于公卿宰相、名流巨宦的家中,只要以山人自居、以山水诗标榜,仍不失其隐者和高士的身份;而对于看透世事、息影林泉者来说,山水是都市与官场的对立物,也许他们并不能真的离开官场红尘,但寄情山水本身就意味着与俗世的疏离与拒斥,山水诗因而成为其内心冲突和精神寄托的外化体现。在这一层面,山水诗的社会属性超越了其自然属性。因此,"隐居使诗人得以长期在自然界观察并体验山石林泉、田园村野的生活。写山水诗,长期静观的训练不可少。静观使诗人社会生活中的某些情感得以淡化,……使诗人的感觉得到丰富和发展,……内心就会像止水明镜一样,与山水相契合,与天地自然相通,使'万物归怀'"[1]。这使得唐代的山水诗也超越了前代山水诗过于追求对山水自然形态的描摹的不足,而更多地将诗人的情感融入其笔下的山水中,创造出景境合一、人与自然融合的山水诗的新境界。

(四)贬谪生涯深化了山水诗的情感内涵

唐代文人的仕宦生涯中,贬谪经历也是一个重要的内容。不少诗人在贬谪生涯中的创作甚至超越了其仕宦顺境期的水准。宋之问贬岭南,李白长流夜郎,王昌龄贬龙标,白居易因上书言事而左迁江州,刘禹锡、柳宗元同因"永贞革新"而贬为远郡司马,贬谪的原因各不相同,诗人的风格也各有差异,但贬谪对其心理触动和创作变化却都相当明显。对于被贬者来说,流放途中所反复咀嚼的郁闷不平、孤独寂寞、凄怆悲愤,以及信而见疑、忠而被谤的痛苦,往往都需要在自然山水之中去排遣和发泄,在山川中寻找心灵的平衡和情感的慰藉。柳宗元贬永州之后的山水诗就是最典型的例证,"千山鸟飞绝,万径人踪灭"(《江雪》),与其说是对自然的描绘,不如说是柳宗元自己心境的外化。这就使得唐代的山水诗在情感内涵的深度和丰富性方面,

---

[1] 余恕诚:《唐诗风貌》,第116页。

也大大超越了南朝的山水诗歌。

总之,唐代的山水诗是唐代自然山水的画卷,也是唐代文人生活的画卷。

二、山水诗与山水画

唐代是山水诗繁盛的时代,也是山水画兴盛的时代。以李思训父子为代表的金碧山水和以王维、张璪为代表的破墨山水这两种流派,使得山水画成为唐代绘画的大宗。而唐代许多著名的山水画家如王维、顾况、郑虔等,同时也是诗歌史上的重要诗人,他们的山水诗和山水画之间往往也结下了不解之缘。自从苏轼评价王维说"味摩诘之诗,诗中有画;观摩诘之画,画中有诗"之后,唐代的山水诗和山水画的关系向来就成为一个受到重视的话题。山水诗和山水画这两种不同的艺术形式,既有相互融合、相互影响的一面,也有差异化的一面,可以说,山水画是研读唐代山水诗的一个重要参照物。以下就分别从意象经营、色泽运用、境界表达等角度略作分析。

(一)意象经营

山水诗和山水画的表现对象相同,在同一时段和创作风气的影响下,山水诗和山水画中的意象经营必然有其相通之处。唐代的山水诗和山水画都非常重视人与自然的默契,景与心会,象由心生,是唐代山水诗和山水画的共同追求。唐代王昌龄《诗格》卷下说:"欲为山水诗,则张泉石云峰之境,极丽绝秀者,神之于心,处身于境,视境于心,莹然掌中,然后用思,了然境象,故得形似。"[1] 就是对山水诗创作提出的要求:诗人应该将外在山水景色与内心的"思"相融合,"心神"与"泉石云峰"融合之后,才能形成山水诗的"境象",这一融合的过程是通过"处身于境"和"视境于心"两个层面完成

---

[1] 张伯伟:《全唐五代诗格汇考》,江苏古籍出版社2002年版,第172页。

的，前者是对自然山水的观赏层面，是以心观物；后者是将自然山水融入心神的层面，是物契于心。同样，宋人郭若虚评价唐代山水画家张璪的绘画时说："唐张璪员外，画山水松石，名重于世，尤于画松，特出意象，能手握双管，一时齐下，一为生枝，一为枯干，势凌风雨，气傲烟霞，分郁茂之荣柯，对轮囷之老柢，经营两足，气韵双高，此其所以为异也。"[1] 这是绘画史上首次提出意象经营的说法。山水画创作同样要求画家默契自然，实现主体心灵与外在景观的融合，画家笔下的山水也早已不是纯粹自然的山水，而是画家眼中、心中的山水，融入了画家个人的主观体验和情感色彩，画家的心灵融化在了笔墨之中。山水画常见到的一种构图方式是在山水之中点缀一两个人物，实际上这也不是纯粹客观的描绘，而是在画中人物中寄寓了画家的心神，所以画中人物往往是和山水浑然一体的，和树石云泉一样，是自然的一部分。所以朱光潜先生说："一切艺术，无论是诗是画，第一步都须在心中见到一个完整的意象，而这意象必须能表现当时当境的情趣。情趣与意象恰相契合，就是艺术，就是表现，也就是美。"[2] 在这一点上，唐代的山水诗和山水画是相通的。后世所谓"诗画同源"、"诗画一律"的说法，也主要是就这个角度而言的。

但是诗歌和绘画又是两种性质不同的艺术，前者诉诸于文字语言，是时间艺术；后者诉诸笔墨画面，是空间艺术。因此在意象经营上，唐代的山水诗和山水画又有着不同的侧重。山水诗中，诗人的情感体验是居于主导地位的，诗中的山水主要是作为情感媒介而存在的，故而诗人的喜怒哀乐能够投射到山水之上，使其也具备人的情感色彩，是故山能含情，水能呜咽，芙蓉能泣，香兰能笑。仅能随物赋形，是不足以经营出山水诗的意象的，正如清人所云："山水雄险，则诗亦与为雄险；山水奇丽，则诗亦还以奇丽；山水幽俏，则诗亦与为幽俏；山水清远，则诗亦肖为清远。凡诗家莫不能之，尤

---

[1] ［宋］郭若虚:《图画见闻志》，人民美术出版社1963年版，第125页。
[2] 朱光潜《诗论》，广西师范大学出版社2005年版，第113页。

是外面工夫,非内心也。"[1]山水诗最忌讳的就是这种"外面工夫",即使形貌逼真,终乏其神。因此山水诗中寄寓的情感一般都比较明显,如孟浩然《宿建德江》诗云:"移舟泊烟渚,日暮客愁新。野旷天低树,江清月近人。"后两句山水景色的意象,实则为前句中"客愁"二字的注脚,这就是清人叶燮所谓"情赋形则显"的意思。叶氏又说"画者形也,形依情则深"[2],就揭示了大多数山水画意象所寄寓的情感体验比较隐晦的缘由,毕竟形象表现是绘画的最主要功能,"见青烟白道而思行,见平川落照而思望,见幽人山谷而思居,见岩扃泉石而思游"[3],此所思的内容,与其说是画家传达出来的,毋宁说是观者所想象的。总的来看,唐代山水诗中的意象是连接景和情的,直接因景以见情;而山水画中的意象是连接景和形的,由景以见形,因形以寓情。而从表现对象上来看,山水诗中许多常见的无形之景也是山水画所无法体现的[4]。

(二)色泽运用

唐代的山水诗和山水画都擅于运用色彩。山水诗中或鲜艳、或明丽、或秾纤、或淡远的色泽,俯拾皆是。如

> 白云回望合,青霭入看无。(王维《终南山》)
>
> 紫梅发初编,黄鸟歌犹涩。(王维《早春行》)
>
> 客路青山下,行舟绿水前。(王湾《次北固山下》)
>
> 远峰明夕川,夏雨生众绿。(韦应物《始除尚书郎》)

---

[1] [清]朱庭珍:《筱园诗话》卷一,《清诗话续编》本,第2344页。
[2] 并见叶燮:《赤霞楼诗集序》,《己畦文集》卷八,《四库全书存目丛书》集部第244册,第85页。
[3] [宋]郭熙:《山水训》,见俞剑华:《中国画论类编》,人民美术出版社1957年版,第635页。
[4] 如《世说新语·巧艺》载晋顾恺之谓嵇康诗"目送归鸿,手挥五弦"二句,"手挥五弦易,目送归鸿难。"可见诗中意象颇有画家难图写者。见余嘉锡《世说新语笺疏》,上海古籍出版社1993年版,第721页。

图表四十 李思训《江帆楼阁图》
（台北故宫博物院藏）

诗句的色彩调配，往往体现出诗人观察体认自然山水的细微，以及运用色彩构成诗境的能力。而山水画中，色彩运用更是最重要的表现手段之一。隋代以来，青绿金碧山水流行，至唐代李思训、李昭道父子手中，臻于极盛（见图表四十李思训《江帆楼阁图》、图表四一李昭道《明皇幸蜀图》）。所谓青绿，是指用石青、石绿等矿石制成的颜料，往往山峦用青绿重色，以石青、花青、石绿的色彩体现光线的变化，楼阁亭台则以泥金渲染，云彩人物以粉点缀，形成浓青重彩、金碧辉煌的山水画面。在色泽运用上，山水诗与山水画是可以

图表四一　李昭道《明皇幸蜀图》
（台北故宫博物院藏）

相互借鉴的。如王维既是唐代最著名的山水诗人，也是重要的画家，他的破墨山水画风与李思训父子不同，在色泽上没有那么艳丽和绚烂，但作为一种艺术思维上的相通，王维的山水诗中仍可见出不少绘画的影响痕迹。如"青皋丽已净，绿树郁如浮"（《自大散以往深林密竹蹬道盘曲四五十里至黄牛岭见黄花川》）、"开畦分白水，间柳发红桃"（《春园即事》）、"灵芝三秀紫，陈栗万箱红"（《和仆射晋公扈从温汤》）、"连天疑黛色，百里遥青冥"（《华岳》）、"荆溪白石出，天寒红叶稀"（《山中》）、"日落江湖白，潮来天地青"（《送邢桂州》）等等。由于色彩的涂敷，造成青红黄绿的多彩世界，青皋、紫芝、绿树、红桃、白石、黛天、黄鸟、青冥，鲜明晦暗的各种色彩，呈现出丹青点染的效果。

不过，诗中的色泽与画中的色泽又有很不相同的一面。诗中的颜色词汇实际上常常不只是表达颜色本身而已，还可以具备情感内涵。白居易《长恨歌》中说:"蜀山水碧蜀山青,圣主朝朝暮暮情。"青碧二字,就不完全是实景描绘,而让人联想起李商隐的名句"碧海青天夜夜心"来。又如王维《送元二使安西》中的"客舍青青柳色新",青青二字固然是形容柳色,可也是作为离别情绪的背景和对立物而存在的。可见,山水诗中的色泽兼有具象和抽象双重意义,其所蕴含的情感内涵,往往是以具象为主的绘画作品的颜色所难以表现的。

（三）境界表达

在境界表达上,唐代的山水诗也常常从山水画中获得借鉴。以自称"宿世谬词客,前身应画师"的王维为例,他的诗中对光影的捕捉就体现出山水画向山水诗的渗透。王维是取景敏锐的画家,大自然光影投射于景物上的变化,也在王维细腻的观察中,融汇入诗。如:

返景入深林,复照青苔上。(《鹿柴》)
分野中峰变,阴晴万壑殊。(《终南山》)

前一联写山中光影的转换,从深林照入苔藓上,后一联写峰与幽壑在阳光变化中的阴晴,这种明暗光影的应用,正是绘画的技巧。又如《青溪》诗"声喧乱石中,色静深松里"二句,用一"静"字来描写光影深敛,沉埋松林中的感受。大自然布敷于万物的光泽色影,在王维细微的捕捉下,出现动、静、浮、跃的各种差别。

在山水景物的格局布置方面,也可见出绘画对诗歌的影响。绘画讲求布局,景观的大小、远近、前后、明暗,需要融为和谐的一体,王维的山水诗就善用这种深浅远近的错综变化,如:

江流天地外,山色有无中。郡邑浮前浦,波澜动远空。(《汉江临泛》)

四句中，远处设以江流、山色，由于远，所以仿佛在天地之外，在有无之中。近处则设以郡邑、水浦，使水中有倒影，有天色，有浮动的城镇。远近交错，形成如画的布局。又如《终南山》诗：

> 太乙近天都，连山到海隅。白云回望合，青霭入看无。分野中峰变，阴晴众壑殊。欲投人处宿，隔水问樵夫。

诗中的视角一直在变化：首二句概述山的绵延广袤的总貌；三四句由山前的眺望，变为置身山中的环顾；五六句是居高临下的俯视；末二句又下到林壑之间，极写溪涧萦回曲折之致。通过不同角度的观察，把这座耸立在中原的山岭的面貌充分展示出来。这种不固定在一个视点而力求把握景物整体境界的方法，正是中国山水画特有的构图方法。

而山水诗歌在境界表达方面的浑融性、抽象性，正是山水画所难以着笔的。"荆溪白石出，天寒红叶稀。山路元无雨，空翠湿人衣"（王维《山中》），那种绿意之苍翠欲滴的境界，就很难通过画面来呈现，这一境界是呈现在读者的内心的。而"泉声咽危石，日色冷青松"（王维《香积寺》）这样静中见动、动中有静的境界，更是山水画无法传达的。相对而言，山水画的形象性为山水诗歌所不及，而山水诗歌的灵动深蕴，也是山水画所不及的。

三、盛唐王孟的山水诗

唐代的山水诗代表作家很多，如王维、孟浩然、储光羲、常建、刘长卿、韦应物、柳宗元等，有些诗人虽主要不以山水诗而著称，但也留下了许多传颂千古的山水佳作。这里首先主要介绍盛唐时期孟浩然、王维的山水诗。

孟浩然（689—740）比王维大十二岁，襄阳人，是盛唐诗人中未出仕的一位。早年隐居于鹿门山一带,又曾四处漫游,南至越中,北至幽州。开元十六年(728),孟浩然入长安应举,结交了王维、张九龄等人,他虽以"微云淡河汉,疏雨滴梧桐"一联名动京师,但却没能考取进士。此后在长安、洛阳一带生活了两年多时间,又开始了漫游东南、纵情山水的生活。开元二十五年(737),孟浩然入张九龄荆州幕,三年后去世。

生活在盛唐的孟浩然,和其他许多文人一样,是有强烈的仕进之心的,他的名作《临洞庭湖赠张丞相》中"欲济无舟楫,端居耻圣明。坐观垂钓者,徒有羡鱼情"诸句,就表达了不甘寂寞、愿乘时而进的渴望,但落第之后的蹉跎又令他发出"不才明主弃,多病故人疏"(《岁暮归南山》)的慨叹,最终在求仕无门中以布衣而终老。而他的慨叹、他的纵情山水,却给他带来了隐逸诗人的称号,就连李白也说:"吾爱孟夫子,风流天下闻。红颜弃轩冕,白首卧松云。"(《赠孟浩然》)于是在后人心目中,孟浩然就成为一位蔑弃荣利、向往山林的著名高士了,算是不幸之幸吧。

孟浩然以山水田园诗而著称。与其田园诗以冲淡见长稍有差异,孟浩然的山水诗以清纯明净而为人所称道。如:

故人具鸡黍,邀我至田家。绿树村边合,青山郭外斜。开筵面场圃,把酒话桑麻。待到重阳日,还来就菊花。(《过故人庄》)

山光忽西落,池月渐东上。散发乘夕凉,开轩卧闲敞。荷风送香气,竹露滴清响。欲取鸣琴弹,恨无知音赏。感此怀故人,中宵劳梦想。(《夏日南亭怀辛大》)

前首是孟浩然著名的田园诗,诗句质朴浑厚,似信口道出,淡而有味,但实际上用字极精准,几至化境。后一篇则是将自己在山水中的自适情怀,与清光池月、夕凉竹露、荷风香气融为一体,显得尤为单纯明净。或许是屡屡游于东南的缘故，孟浩然的山水诗中经常写到水行漫游的情景，建德江上、若耶溪边，都留下了不少平淡清远而意兴无穷的诗作，通过诗境的明秀表现出自然纯净的山水之美。

闻一多先生在《孟浩然》一文中说："孟浩然不是将诗紧紧的筑在一联或一句里，而是将它冲淡了，平均的分散在全篇中"，"甚至淡到令你疑心到底有诗没有"[1]，这是对孟诗非常精到的评价。不过孟浩然的山水诗中并非没有名联名句，如：

野旷天低树，江清月近人。（《宿建德江》）
天边树若荠，江畔舟如月。（《秋登万山寄张五》）
风鸣两岸叶，月照一孤舟。（《宿桐庐江寄广陵旧游》）

这些也都是刻画细致、用字精审之句。以工整偶句写出纯净闲远之趣，这是其他诗人不可企及之处。

王维（701—761），字摩诘，河东（今山西省永济市）人。他是一个早熟的作家，九岁能文，颇受赏识。开元九年王维二十一岁时，擢进士第，授太乐丞，不久因为伶人舞狮子，受到牵累，贬济州司仓参军。后来，其妻去世，一生未再娶。开元二十三年（735）时，受到宰相张九龄的推荐，用为右拾遗。王维对张九龄很有知遇之感，并很佩服他的政治才能与见解。天宝十四载（755），安史之乱爆发，王维时任给事中，安禄山攻取长安以后，王维未及逃出被俘，他"服药下痢，伪称瘖病"，被拘禁于古寺中，但最后被迫担任了伪职。不过他写了一首诗抒发对叛军占据长安后的乱象的感慨："万户伤心生野烟，百官何日再朝天。秋槐花落空宫里，凝碧池头奏管弦。"一年之后，唐军收复了长安和洛阳，凡授过伪职的官员，都要按六等抵罪，王维也入狱，从洛

---

[1] 闻一多：《唐诗杂论》，第30—31页。

阳押送长安。但因为他写过上面这首诗，加上他的弟弟王缙平叛有功，请削官职与王维赎罪，因而得到肃宗的宽恕，降职为太子中允。由于家庭的影响，王维本就好佛，晚年尤甚，光吃蔬食，不涉荤血，不衣文采，每天招待十几个和尚，以谈玄为乐。退朝之后，焚香独坐，以禅诵为事。并且得到宋之问在辋口的蓝田别墅，这里山水奇胜，王维就日与道友裴迪浮舟往来，弹琴赋诗，以此自乐。这就是其官成身退、优游林下的半仕半隐的生活。官终尚书右丞。

王维是唐代诗坛上差可与李白、杜甫比美的大家。他的青少年时代，是有积极的人生态度与政治抱负的。他到过边塞，写过一些景色与气概都很壮伟的表现边塞风物的诗，如《使至塞上》：

单车欲问边，属国过居延。征蓬出汉塞，归雁入胡天。大漠孤烟直，长河落日圆。萧关逢候骑，都护在燕然。

五六两句，千古传诵。直的孤烟和圆的落日，衬以平旷的大漠和平远的长河，就显示出一种极为简洁的横直错落的几何图形式的画面。这画面又正好表现出作者此时粗犷的情怀与开阔的胸襟。在盛唐诗人中，将沙漠写得这样壮伟的，除王维外，就只有岑参了。但王维后期的生活和思想都起了变化，政治上的挫折和佛教思想的影响，使他晚年趋于消极，而成为他主导思想与艺术精神的基础。他具备着内佛外儒、官成身退、保全天年这类信念，对于现实有不满，也有不愿同流合污的心情。但他又没有李白那种积极的浪漫精神，更没有杜甫那样的爱国爱民的热烈情怀和鲜明倾向，最后只能进入佛门，退隐山林，避开人世的纷扰，用山水的美景来自我陶醉。他于是集中一切的艺术力量，追求和表现自然景色和静美境界，作为他精神上的安慰与寄托。

王维对后世影响最大的是他那些具有鲜明个性和独特风格的山水田园

诗。他对于自然美有深切的体会,以高度表现力的诗歌语言,在山水田园的描写上达到了很高的成就。正是他的山水田园诗,使他在中国诗史上占有重要的地位。他的同时代人殷璠评他的诗"词秀调雅,意新理惬,在泉为珠,着壁成绘"[1],杜甫称他"最传秀句寰宇满"(《解闷十二首》)。他的山水诗,往往在宁静明秀的境界中,表现一种平静的心境,把自然的美与心境的美融为一体。在自然的美的体验中,把精神升华到一个明净的境界,使人在其中得到巨大的享受与满足。王维把山林写得很宁静、很美,但又不乏清新,充满生机。如《山居秋暝》:

空山新雨后,天气晚来秋。明月松间照,清泉石上流。竹喧归浣女,莲动下渔舟。随意春芳歇,王孙自可留。

这首诗于诗情画意当中寄托着诗人高洁的情怀和对理想境界的追求。首联以素描的手法,铺出了整个画面的基调。雨后的山村、傍晚的秋暝。用语平淡无奇,却点明了山居秋暝的主题。"空山"的"空"字并不是荒芜的意思,这里有松有竹,有浣女,有渔舟,当然不是一座荒山。"空山"只是说山上居住的人很少,和喧闹拥挤的城市相比显得空旷安闲,何况又是新雨之后的一个秋天的傍晚,更有一种幽静恬适之美。同时,一个"空"字不仅描绘了山村的寂静与空旷,而且借"空"字抒发归隐的情怀。正如明代胡应麟在《诗薮》中说:"右丞却入禅宗。……读之身世两忘,万念皆寂。"[2]次联,明亮的月色斑斑驳驳地照在秋林之间,月下有潺潺的山泉在流淌,清凉爽人有如秋气已降。以上二联,给人的是一种月明如水那样的静谧的感觉,一切都沉寂安详在静谧里,仿佛清清流泉从心中流过。就在这静谧之中,忽然几笔点染,

---

[1] [唐]殷璠:《河岳英灵集》卷上,《唐人选唐诗新编》本,第128页。
[2] [明]胡应麟:《诗薮》内编卷六,第119页。

竹林里出现了喧闹着归来的浣纱女,荷叶晃动处渔舟也已经归来,静谧中原来有欢快与热烈,有生活的乐趣。静谧是充满生机的静谧,而生活是静谧安详的生活。这就是王维山水诗所要表现的那个自然与人融为一体的世界、一个宁静的美的世界。而这样美好的生活图画,反映了诗人对安静纯朴的理想生活的追求,同时也衬托出他对污浊官场生活的厌恶。又如王维晚作《辋川集》中的五绝小诗《辛夷坞》:

木末芙蓉花,山中发红萼。涧户寂无人,纷纷开且落。

前二句写花开,第三句写环境,第四句写花落。木末指树梢。辛夷花不同于梅花、桃花之类。它的花苞打在每一根枝条的末端,形如毛笔,所以用"木末"二字最准确。"芙蓉花"即指辛夷,辛夷含苞待放时,很像荷花,花瓣和颜色也近似荷花。前二句写春天到来时,辛夷花在春的催动下,显示着很强的生命力,是那样云蒸霞蔚,体现了一派春光。后二句写花落,山中红萼,在空寂的涧户中,纷纷扬扬地洒下片片落英,自开自落,结束花期。这短短四句诗,在描绘辛夷花美好形象的同时,又写出了一种落寞的景况与环境。这首诗最值得注意的是第三句"涧户寂无人"的描写。前二句给人带来的是迎春而发的一派生机,但这一树芳华所面对的都是"涧户寂无人"的环境。全诗由花开写到花落,而以一句环境描写插入其中,由秀发转入零落,前后境况迥异。诗人的感慨好像在画面上不着痕迹,但在这一形象中,我们可看出诗人对时代和环境深感寂寞,正像辛夷花那样。清人沈德潜《唐诗别裁集》评此诗云"幽极"[1],突出此诗"静"的境界。

王维的山水诗多为五律与五绝,篇幅短小精悍,形象鲜明,色彩丰富,节奏和谐,字句凝练,充满着诗情画意的美。他的山水诗之所以美,是源于

---

[1] [清]沈德潜:《唐诗别裁集》卷一九,第611页。

对大自然的观察透彻细微，也源于其极高的艺术修养，能把诗歌、音乐、绘画融为一体，另外也和他擅长主观与客观的统一，把自然的美化为艺术的美有关联。

四、中唐柳宗元的山水诗

柳宗元（773-819），字子厚，祖籍河东（今山西省永济市），故世称"柳河东"。唐德宗贞元九年（793）登进士第，十二年任秘书省校书郎，十四年中博学宏词科，任集贤院正字，后调蓝田尉，十九年入朝为监察御史里行，二十一年擢礼部员外郎，积极投身于政治改革，为"永贞革新"集团的核心人物，时仅三十三岁。革新失败后，贬为邵州刺史，途中加贬永州司马。宪宗元和十年（815）正月奉诏回长安，三月又贬为柳州刺史。十四年十月五日卒于柳州。

柳宗元是唐代的一位大散文家，也是一位优秀的诗人，他的诗同样被后人所看重，但他长期被贬谪在南方，所以他在当时虽文名不小，但很寂寞，除了韩愈、刘禹锡几个朋友时常提到他外，别人几乎从未想到还有这个诗人。

柳宗元的诗，现存一百四十多首，在唐代诗人中，是存诗较少的，但大部分都是佳作，风格特异，卓然大家，深为后代论者所推崇。苏轼论柳诗，称其"发纤秾于简古，寄至味于淡泊"（《书黄子思诗集后》），后人则指出他的诗酸楚悲慨的一面，如元好问《论诗绝句》称："朱弦一拂遗音在，却是当年寂寞心。"

柳宗元是一个热情蓬勃，不甘寂寞的人。他一生都想有重大的建树，在政治上有所作为。在永贞元年，他和刘禹锡参加以王叔文为首的革新运动，革新失败后，他就成为被贬的"八司马"之一。从此以后，他长期离乡去国，贬官柳州、永州，被迫过着山林闲居生活，政治上是被隔绝、被扼杀的状态。

这样就使他长期处于生活的寂寞与感情的热烈、现实的孤独与斗争的理想之尖锐矛盾中。因此他的诗往往抒发自己的悲苦情绪,充满着自己对流放异地的愤懑。从他的诗中,可以感受到诗人对美好生活的怀恋,然而他的诗所表现的诗的形象是孤独的。他的不少诗里表现那种浓烈的酸楚悲愤的感情。这是柳诗最主要的方面。如《登柳州城楼寄漳汀封连四州》:

城上高楼接大荒,海天愁思正茫茫。惊风乱飐芙蓉水,密雨斜侵薜荔墙。岭树重遮千里目,江流曲似九回肠。共来百越文身地,犹自音书滞一乡。

这是柳宗元初到柳州时写的,怀念和他一时被贬的韩泰、韩晔、陈谏、刘禹锡。一腔悲愤,而又情思寂寞苍凉,把对于共同参政改革又同遭贬谪的挚友的深沉怀念,与自己心中的郁积表现得激越凄切而又韵味无穷。类似情怀的诗还有如:

宦情羁思共凄凄,春半如秋意转迷。山城过雨百花尽,榕叶满庭莺乱啼。(《柳州二月榕叶落尽偶题》)

海畔尖山似剑芒,秋来处处割愁肠。若为化得身千亿,散上峰头望故乡。(《与浩初上人同看山寄京华亲故》)

写得最沉痛的要数《别舍弟宗一》:

零落残魂倍黯然,双垂别泪越江边。一身去国六千里,万死投荒十二年。桂岭瘴来云似墨,洞庭春尽水如天。欲知此后相思梦,长在荆门郢树烟。

这首诗写于元和十一年春,柳宗元的堂弟宗一从柳州到江陵去,柳宗元写了这首诗送别。全诗着重表现他们兄弟之间的骨肉情谊，同时抒发了诗人长期郁结于心的愤懑与愁苦。诗的前两句表达自己的心灵因长期被贬谪生活的折磨，已经成了"零落残魂"，而这残魂又遭逢别离，更是加倍黯然伤神。在送兄弟到越江边时，双双落泪，依依不舍。诗的第二联就抒发了诗人因参加永贞革新而被贬谪南方的愤懑与愁苦心情。从字面上看，"一身去国六千里，万死投荒十二年"似乎只是对他的政治遭遇的客观实写，因为他被贬谪的地区离京城确有五、六千里，时间也确有十二年之久。实际上，在"万死"、"投荒"、"十二年"、"六千里"，这些词语里，就已经包藏着诗人的抑郁不平之气，怨愤凄厉之情，只不过意在言外，不露痕迹罢了。诗人用"万死"这样的词语，无非是要渲染自己的处境，表明他一心为国，却被流放到如此偏僻的"蛮荒"之地的不平和愤慨。第三联是景语，也是情语，用比兴手法将彼此遭遇加以渲染和对照。"桂岭"泛指柳州附近的山，"桂岭瘴来云似墨"，写柳州地区山林瘴气弥漫，天空乌云密布，象征自己的处境险恶。"洞庭春尽水如天"，遥想行人所去之地，春尽洞庭，水阔天长，山川阻隔，相见无缘。最后一联谓自己处境不好，兄弟又在远方，今后只能寄以相思之梦，在梦中经常梦见郢一带的烟树。"烟"字可以说传了梦境之神，状出梦境相思的迷离恍惚之态，情深意浓，真切感人，而诗的表现形式是苍茫劲健，雄浑阔远。

　　柳宗元的山水诗最能打动人心的地方，就是内在感情的深厚与表现形式的闲旷的矛盾统一。这就是前人所说的"味外之味"。其最显著的特点就是表现手法的简淡清爽与内在感情的深沉炽热的高度统一。他的一些山水小诗，多表现一刹那的自然风景，取得了很高的成就。最有代表性的是他的《江雪》：

　　　　千山鸟飞绝，万径人踪灭。孤舟蓑笠翁，独钓寒江雪。

呈现在读者眼前的是这样一幅画面：在下着大雪的江面上，一叶小舟，一个老渔翁，独自在寒冷的江心垂钓。诗人向读者展示的是这样一些内容：天地之间是如此纯洁而寂静，一尘不染，万籁无声，渔翁的性格是如此高傲，渔翁的生活是如此清高。可以看出诗人所迫切希望展示给读者的，是那种非世俗、超然物外的清高孤傲的思想感情。试想在一个寒冷而寂静的环境里，那个老渔翁竟然不怕天冷，不怕雪大，忘掉了一切，专心地钓鱼，形体虽然孤独，性格却显得清高孤傲，甚至有点凛然不可侵犯的样子。这个被幻化、被美化的渔翁形象，实际上正是柳宗元本人思想感情的写照。所以柳宗元的山水诗，实际上是以山水为媒介，来表现自己清高孤傲的性格与政治失意的苦闷的。

　　柳宗元的山水诗是清冷的，这种清冷还表现在他的诗中对于凄冷峭厉意象的偏爱，如"枯桐"、"残月"、"寒松"、"深竹"、"寒光"、"幽谷"等词语屡屡见诸其诗，这和他诗歌中寂寥的心境相结合，令其山水诗不侧重对山水的纯客观描写，而是贯注了他内心政治失意的悲戚，将凄苦的心境安放于深邃幽寂的环境中，自然之美与虚静的心神合一，既展现出清泠晶莹的诗境，又在淡泊简古中时见冷峭。他的山水诗，是继王维、孟浩然和韦应物等人之后，唐代山水诗的又一座高峰，甚至可称为绝响。

第十二章 怀古诗

一、咏史诗与怀古诗

怀古和咏史是中国古典诗歌中常见的两种类型或主题,但怀古诗和咏史诗二者的异同,所见不一。有主张怀古属于咏史的,如沈祖棻认为:"我国古典诗歌中有所谓览古或怀古的作品,就其题目而论,虽属地理范围,但既是古迹,必然具有历史意义,所以它们在实质上是一种咏史诗。"[1] 但也有主张两者应有所区分的,如施蛰存认为:"咏史诗是有感于某一历史事实,怀古诗是有感于某一历史遗迹。但历史事实或历史遗迹如果在诗中不占主要地位,只是用作比喻,那就是咏怀诗了。"[2] 怀古与咏史,实不必强作分合,两种观点都有其道理。不过从历代文人的创作实践来看,怀古之作和咏史之作,的确又各有侧重。

咏史诗起源甚早,东汉班固的《咏史》诗被视为这类题材的最早的文人作品:

---

[1] 沈祖棻:《唐人七绝诗浅释》,上海古籍出版社1981年版,第177页。
[2] 施蛰存:《唐诗百话》,第239页。

> 三王德弥薄,惟后用肉刑。太苍令有罪,就递长安城。自恨身无子,困急独茕茕。小女痛父言,死者不可生。上书诣阙下,思古歌鸡鸣。忧心摧折裂,晨风扬激声。圣汉孝文帝,恻然感至情。百男何愦愦,不如一缇萦。

这首诗记叙了汉文帝时女子缇萦替父雪罪的故事,基本上是就史实铺衍,只是在结尾有两句感叹:"百男何愦愦,不如一缇萦。"这基本上就是用诗歌的形式歌咏史事或历史人物而已,是从"咏史"二字的本义上面来写的咏史诗。西晋诗人左思有《咏史》八首,则往往托古讽今、借古人古事以抒发自己的怀抱与不平之气,名为咏史,实为咏怀。这就开创了咏史诗的传统写法,即咏史而不胶固于史,在咏史之中寄寓咏怀。后来许多咏史诗虽不以"咏史"二字为题,但实际上也都是咏史之作,如颜延之《秋胡行》等。又如陈子昂的《感遇》诗:

> 幽居观天运,悠悠念群生。终古代兴没,豪圣莫能争。三季沦周赧,七雄灭秦嬴。复闻赤精子,提剑入咸京。炎光既无象,晋鹿复纵横。尧禹道已昧,昏虐势方行。岂无当世雄,天道与胡兵。咄咄安可言,时醉而未醒。仲尼溺东鲁,伯阳遁西溟。大运自古来,旅人胡叹哉。

从上古一直讲到晋代,而重心却在后面的慨叹。

而怀古诗据元初方回说:"怀古者,见古迹,思古人。其事无他,兴亡贤愚而已。"[1]将怀古诗的范围界定得比较清晰而集中。怀古诗到唐代方蔚为大观。李白《夜泊牛渚怀古》云:

> 牛渚西江夜,青天无片云。登舟望秋月,空忆谢将军。余亦能高咏,斯人不可闻。明朝挂帆席,枫叶落纷纷。

---

1 [元]方回:《瀛奎律髓》卷三,上海古籍出版社2005年版,第78页。

这首怀古诗正可以印证方回的说法,"牛渚"为"古迹","谢将军"是古人。据《晋书·文苑传》载,东晋袁宏少时家贫,靠运租过活。镇西将军谢尚镇守牛渚时,秋夜泛舟赏月,闻袁宏吟诵自己的《咏史诗》,大加赞赏,邀谈至天明。袁宏从此名声大振。李白泊"牛渚"而思"谢将军",再翻转回自身,表达追慕古人得到知音赏识之境遇的心情。是比较规范的怀古诗写法。又如杜甫《咏怀古迹》中写王昭君的名作:

> 群山万壑赴荆门,生长明妃尚有村。一去紫台连朔漠,独留青冢向黄昏。画图省识春风面,环珮空归月夜魂。千载琵琶作胡语,分明怨恨曲中论。

明妃就是王昭君,她是秭归(今属湖北)人,明妃村应当就是传说中其故乡所在,杜甫晚年飘泊在荆襄一带,经过此地而作了这首怀古之作。首二句是描绘昭君故里,写得比较实,后面的六句则都是虚写,揣摩昭君心事。但大体上仍然不脱"见古迹,思古人"的模式。

  大略而言,咏史诗的传统是侧重于历史事件与人物,或客观赋写、以诗叙史;或评论史实、作翻案文章;或借古喻今、鉴往知来等。而怀古诗的传统则侧重于古迹,往往与登临、览古、经行、停泊、寻访相关联,故多由写景转入抒怀或感慨,如前举李白、杜甫两人的怀古诗,开篇就都是从写景入手的。咏史诗的触发点往往是历史人事,怀古诗的触发点往往是江山古迹。当然这也只是总体上的一种区分,不可胶柱鼓瑟。

二、由感慨到冷峻:唐代怀古诗的发展

  唐代擅长怀古诗的作家代不乏人。初唐陈子昂的《登幽州台歌》恐怕是唐代最早的一篇怀古名作了:

> 前不见古人,后不见来者。念天地之悠悠,独怆然而涕下。

这首诗是陈子昂在神功元年(697)随建安郡王武攸宜北征契丹,军次渔阳,登上幽州城楼时所作,当时陈子昂因建议未被采纳而颇有感于此地曾有过的君臣遇合往事,写了《蓟丘览古赠卢居士藏用》组诗以及这篇传颂千古的名作。诗中感慨今古,思古人之不见,感人生之易逝,在悲歌中流露出怆然涕下的深沉悲哀,但同时又回荡着一种伟大的孤傲之气,在天地古今之间,矗立着一个大写的个体,反映出初盛唐之际文人心灵的开阔与伟岸。其后盛唐时代李、杜等大诗人也都有不少怀古名篇,除前引诗作外,李白的《登金陵凤凰台》也是一首登临怀古的名作:

> 凤凰台上凤凰游,凤去台空江自流。吴宫花草埋幽径,晋代衣冠成古丘。三山半落青天外,二水中分白鹭洲。总为浮云能蔽日,长安不见使人愁。

凤凰台在金陵(今江苏南京),相传南朝刘宋元嘉年间,有五色大鸟三只翔集山上,时人以为凤凰,遂筑台于山,称为凤凰台。李白登临此地,由"凤去台空"而"江自流",联想到曾建都于金陵的东吴、东晋,无数风流皆在时光的淘洗中或杳无痕迹,或寂寞荒残,自有物是人非的感叹。尾联由历史反观现实,从六朝帝都回到唐京长安,暗示朝政昏庸、报国无门的悲慨。这首诗以流畅自然的语言,将眼前景象、历史回溯和内心感受交织在一处,抒发了伤时忧国的怀抱,潇洒清丽而意旨深远。李白很少写律诗,这首七律却写得脍炙人口。

杜甫在安史之乱爆发后,"飘泊西南天地间",经行各地,多寻古迹,他所留下的怀古诗比李白要更多,如仅涉及诸葛亮的怀古名篇就有作于益州的《蜀相》、作于夔州的《八阵图》和《咏怀古迹》(诸葛大名垂宇宙)等多首,兹以最为短小的《八阵图》为例：

> 功盖三分国，名成八阵图。江流石不转，遗恨失吞吴。

此诗作于大历元年（766）杜甫初到夔州时。据刘禹锡《刘宾客嘉话录》等记载，八阵图据说是诸葛亮所制的军事阵图，唐代时，遗址在夔州西南永安宫前，聚石成堆，高五尺，六十围，纵横棋布，排为六十四堆，冬夏水势高低涨落，唯八阵图的石堆岿然不动。杜甫此诗由凭吊遗迹上溯至对诸葛亮千秋功业的赞誉，再深化为对其赍志以殁的命运表达惋惜与感慨，同时又渗透了自伤垂暮无成的抑郁情怀，虽仅短短四句，诗意空间却极广大、壮阔和深沉，集中体现出杜诗沉郁顿挫的特色。在这方面，其后唐人的怀古诗中，唯有元稹的《行宫》可与之媲美：

> 寥落古行宫，宫花寂寞红。白头宫女在，闲坐说玄宗。

元稹所怀为本朝之古，可是对于"安史之乱"以后的诗人们来说，开元、天宝年间的太平繁盛，已如隔代，杳不可及。像这样以短小精悍的五言绝句来写怀古诗，以着墨不多为贵，以深邃意境见长，以隽永诗味而耐人讽咏，在唐代以后就不甚多见了。

初盛唐时代的诗人们固然留下了不少怀古名作，但从群体性的角度来看，中晚唐时期是唐代怀古诗和咏史诗数量大增的时期。这和中晚唐的政治局势以及文人的心理变化是有关系的。

中唐文人中有不少在青年或幼年时期经历过"开元盛世"的繁华，当他们登上政坛和诗坛的时候，正是唐王朝由盛转衰的阶段，因此中唐文人普遍性地有介入政治的热情，他们渴望通过自己的努力，恢复那个政治清明、天下安定、百姓富庶的大唐盛世。他们的诗歌大多是面向现实人生与现实政治的，他们在仕途上的锐气与拼搏、碰撞与愤懑、革新政治的激情与失意，一见于其诗。所以当他们面对古迹或古代的人事之时，兴发的就不仅仅是单纯的咏叹或一般的吊古伤今而已，他们往往试图从历史中获得针对现实的鉴戒，将历史沧桑转化为政治炯戒来看待，还带着一些国家中兴的希望，事实上，唐顺宗、唐宪宗年间，唐帝国也确有几分中兴的气象。因此中唐怀古诗的兴盛，实际上是中唐文人参与政治的热情的折射，和他们那些直接干预现实政治的诗作，在功能上和出发点上，或许并没有本质性的差别。

　　唐文宗以下的晚唐时期，唐王朝的衰败已成明显的趋势。"于斯之时，阉寺专权，胁君于内，弗能远也；藩镇阻兵，陵慢于外，弗能制也；士卒杀逐主帅，拒命自立，弗能诘也；军旅岁兴，赋敛日急，骨血纵横于原野，杼轴空竭于里闾"[1]。这种宦官擅政、藩镇跋扈、百姓流离的状况，一直持续到唐代最终灭亡。其中对文人心理影响较大的政治事件就是"甘露之变"。大和九年（835），唐文宗与李训、郑注等策划诛杀宦官，夺回朝权，遂以观甘露为名，召宦官首领仇士良等，结果被宦官发觉，在长安大肆屠杀。四名宰相遇难，无辜朝官和百姓株连被杀的达一千余人。这一恐怖性的政治事件使得中唐以来宦官、文官集团和藩镇三足鼎立的相对平衡局面被打破，文官集团的势力消歇，成为唐代走向灭亡的起点。同时，这一事件对于文人心理的影响极为深远。当时以太子少傅分司东都的白居易写了《咏史》诗，中有"彼为俎醢机上尽，此作鸾凰天外飞。去者逍遥来者死，乃知祸福非天为"的句子，表达了典型的全身远祸的心理。刘禹锡也作了《有感》诗，中有"死且不自觉，其余安可论。昨宵凤池客，今日雀罗门"诸语，杜牧后来也回忆当时的情况说："每虑号无告，长忧骇不存。随行唯踽踽，出语但寒暄。"（《昔事文皇帝三十二韵》）都颇有噤若寒蝉的心态。政治上的混乱和黑暗，使得晚

---

[1] ［宋］司马光：《资治通鉴》卷二四四，第7880—7881页。

唐的士人们意识到政治风云的变幻，中唐文人那种参与政治的热情在残酷的现实政治面前显得十分虚弱，文人经世报国的信念逐渐被全身远祸的心态所取代。因此对于社会与政治弊政的改革诉求，也变为对每况愈下的时局的叹息。总之，文人变成了社会与政治的旁观者。出于对现实政治的回避，晚唐文人不约而同地将目光投向了历史，投向了古迹，这就令晚唐的怀古诗中沧桑感的表达成为最明显的内容。历史上的王朝兴废、盛衰推移，在以往诗人笔下或是借古喻今的材料，或是吊古伤今的对象，而在晚唐诗人笔下，却演变为绝望感与幻灭感，而在绝望与幻灭中带上了一些伤悼、厌倦和冷峻，这几乎成为晚唐怀古诗的精神内核。如以两篇类似题材的作品为例：

> 燕语如伤旧国春，宫花旋落已成尘。自从一闭风光后，几度飞来不见人。（李益《隋宫燕》）
>
> 紫泉宫殿锁烟霞，欲取芜城作帝家。玉玺不缘归日角，锦帆应是到天涯。于今腐草无萤火，终古垂杨有暮鸦。地下若逢陈后主，岂宜重问后庭花。（李商隐《隋宫》）

两首诗中的所谓"隋宫"，都是指隋炀帝在江都的行宫江都宫、显福宫和临江宫等。李益是"大历十才子"之一，是盛中唐之际的诗人，他的这首诗由隋宫燕入手，仿佛此燕旧曾目睹隋宫盛事，今则重来无人，略寓感伤变迁之意。笔法含蓄空灵，虚实相生，是极聪明的写法。但综观整首诗意，只是吊古伤今的感慨而已，似略显得浅了一点。而晚唐李商隐的这首《隋宫》则内涵丰厚得多，首联写隋炀帝弃长安宫殿的雄伟壮丽，而欲以江都为"帝家"。次联写若非国祚变迁，隋灭唐兴，恐怕炀帝的龙船会巡游到比江都更远的天涯。颈联谓炀帝当年征求的萤火虫早已随腐草而不见，而所植杨柳却成为堤上的风景，供暮鸦栖息，这里喻示着隋代亡国的凄凉意象。尾联通过典故表达对隋炀帝身死国灭、重蹈陈后主覆辙的慨叹。两诗相较,会觉得李益虽然也写"伤旧国",写"不见人",可诗歌的格调仍是轻快明丽的,而李商隐诗虽然字面更华美,用意更深沉,但骨子里的厌倦和冷峻却非常明显。让人感觉到晚唐诗人们在写怀古诗时,不仅是将现实政治远远地推开了,甚至连他们描写的古迹和历史人事也被他们远远地推开了,他们似乎是在用相对客观的眼光看着历史这场闹剧,和自身仿佛全不相关。唐代的怀古诗发展,大体上便是这样由责任感走向漠然感,由投入走向疏离,由伤怀走向厌倦,由感慨走向冷峻的。

三、刘禹锡的怀古诗

唐代以怀古诗擅长的诗人很多,这里主要介绍中唐刘禹锡和晚唐杜牧的怀古诗。

刘禹锡(772-842),字梦得,洛阳人。德宗贞元九年(793)进士,又中博学宏词科。十一年,授太子校书。十六年,为徐泗濠节度使掌书记,旋改淮南节度使掌书记。十八年,调补渭南县主簿。次年,入为监察御史。顺宗即位,擢屯田员外郎,判度支盐铁,参与"永贞革新"。革新失败,宪宗即位,贬朗州司马,十年后迁连州刺史。穆宗长庆元年(821),移刺夔州。四年,徙和州刺史。文宗大和元年(827),授主客郎中分司东都。二年,为礼部郎中。五年,出为苏州等地刺史。开成元年(836),迁太子宾客分司东都。刘禹锡与柳宗元出处相近,政治立场相同,并称"刘柳"。刘禹锡晚年又在洛阳与白居易往来唱和,世称"刘白"。有《刘宾客集》,存诗八百余首。

和柳宗元类似,"永贞革新"也是刘禹锡一生命运的转折。他的不少诗歌反映了政治挫折后的苦闷与凄怆,如《酬杨八庶子喜韩吴兴与余同迁见赠》诗云:"直道由来黜,浮名岂敢要。三湘与百越,雨散又云摇。远守惭侯籍,征还荷诏条。悴容唯舌在,别恨几魂销。"又如"一生多故苦遭回"(《洛中酬福建陈判官见赠》)、"愁肠正遇断猿时"(《再授连州至衡阳酬柳柳州赠别》)等，都显示出诗人在贬谪中的苦难与悲愤。但是和柳宗元过于内敛的性格不同，刘禹锡性格刚毅，颇有豪气，他也自谓"我本山东人，平生多感慨"(《谒柱山会禅师》)。这种性格实际上成为支撑他度过贬谪生涯的最重要动力。元和十年（815）刘禹锡和柳宗元等被召还京，写了《元和十年自朗州至京戏赠看花诸君子》诗："紫陌红尘拂面来，无人不道看花回。玄都观里桃千树，尽是刘郎去后栽。"语意兀傲，对朝中新贵作了辛辣的讽刺。而十四年后的大和二年（828），他再度来到玄都观，又写了《再游玄都观》诗："百亩庭中半是苔，桃花净尽菜花开。种桃道士归何处，前度刘郎今又来。"旧地重游，而有意旧事重提，显示出刘禹锡性格的坚定和韧性，有直面苦难的勇气。这也反映在他所作的写秋天的两首名作中，在《始闻秋风》中，他高吟："昔看黄菊与君别，今听玄蝉我却回。五夜飕飗枕前觉，一年颜状镜中来。马思边草拳毛动，雕眄青云睡眼开。天地肃清堪四望，为君扶病上高台。"有悲凉之情，有迟暮之慨，但在秋空的辽阔肃清之中，诗人孤傲的形象无比伟岸，诗意也写得雄浑开阔、英气勃发。其《秋词》云："自古逢秋悲寂寥，我言秋日胜春朝。晴空一鹤排云上，便引诗情到碧霄。"不悲秋而赞秋，更是赋予了秋天以新的精神内涵，风情朗丽而骨力雄健。白居易说："彭城刘梦得，诗豪者也，其锋森然，少敢当者。"[1] 可能主要也就是就刘诗的这种气度而言的。

这种气度也使得刘禹锡的怀古诗有一种纵横古今的气魄，最为人所称道。他的怀古诗往往与中唐的现实局势有关联。如《经檀道济故垒》云：

万里长城坏，荒营野草秋。秣陵多士女，犹唱白符鸠。

檀道济是南朝刘宋时名将，号称"万里长城"，后被彭城王义康矫诏枉杀，时

---

[1] ［唐］白居易:《刘白唱和集解》,《白居易集》卷六九，中华书局1979年版，第1452页。

人作挽歌云:"可怜白符鸠,枉杀檀江州。"刘禹锡经其荒营故垒,联想到"永贞革新"后被赐死的王叔文,在历史人物的命运中,折射出了中唐时政,追昔而实寓抚今。又如《韩信庙》中的"遂令后代登坛者,每一寻思怕立功"、《经伏波神祠》中的"一以功名累,翻思马少游"等,都隐隐有一定的现实针对性。宪宗元和年间,相继平定淮西、淄青两镇叛乱,唐王朝略有中兴气象,这也成为刘禹锡怀古诗的背景之一。如《金陵怀古》云:

> 潮满冶城渚,日斜征虏亭。蔡洲新草绿,幕府旧烟青。兴废由人事,山川空地形。后庭花一曲,幽怨不堪听。

冶城在金陵西北部,据说是东吴冶铸之地。征虏亭在玄武湖北,东晋征虏将军谢石之兄谢万曾送客于此亭。蔡洲在江宁西南十二里江中,晋苏峻之乱,陶侃、温峤入援,舟师四万次于此。幕府山在金陵长江南岸,据说是因东晋名相王导建幕府于此山而得名。两联全是与建都于金陵的王朝有关的历史陈迹,以精整的偶句暗示出繁华过眼如云烟的盛衰对比。"兴废"二句转为议论,揭示出六朝兴废不关险要之山川,而取决于人事,其实就是《史记》所谓"在德不在险"的意思。尾联以《玉树后庭花》这一历来被视作亡国之音的乐曲作结,暗示沉溺于声色享乐之中,必将步六朝之后尘。这是怀古诗,也是针对唐代统治者的告诫,只有吸取历史教训,修明政治,才能中兴王朝。而刘禹锡最负盛名的怀古诗《西塞山怀古》也是一篇旨在鉴今的作品:

> 王濬楼船下益州,金陵王气黯然收。千寻铁锁沉江底,一片降幡出石头。人世几回伤往事,山形依旧枕寒流。今逢四海为家日,故垒萧萧芦荻秋。

西塞山在今湖北大冶,地形险要,是长江中游的军事要塞,唐穆宗长庆四年

（824），刘禹锡由夔州刺史调任和州刺史，经行此地而作。西晋灭吴时，晋武帝命益州刺史王濬建造了每艘能载二千余名士兵的高大战船，沿江东下，直指金陵。金陵古称有王气，而晋船一发，王气顿收，这是一种艺术化的表达，显示出东吴的国运告终不可避免。"千寻"两句，是说当时东吴在西塞山一带以铁椎暗置于江中、以千寻铁链横截江面，试图阻挡晋军的战船，而王濬以大筏数十冲走铁椎，以火炬烧融铁链，遂顺流鼓棹直下江东了。石头指金陵石头城，吴主孙皓最后只得备亡国之礼，向晋军投降。这两联都是将史实中并不是直接因果关系的事件，强行整合入诗，配成因果的结构，却造成对比的鲜明和史事的沉重感，显示出作者擅于裁剪的能力。"人世"两句，承接前述晋吴史事，却以"几回"二字，一笔带过了其后的东晋、宋、齐、梁、陈诸代，让人感觉到繁华逝水一般的迅速，复以山形依旧、江水永恒为反衬，更见出在无尽江山面前，人间沧桑何其短暂的感慨，似议而非议，警拔奇峭，用笔圆熟。尾联是说四海一家、天下一统，则旧日营垒自成荒丘，唯芦荻萧瑟于秋风之中。论者以为"从表面上看，这似乎是在为'今逢'太平盛世而欣幸、而讴歌，但如果联系当时的时代背景来透视其深层结构，则不难发现诗人的真实用心。当诗人写作这首诗时，唐王朝的平藩战争虽已初奏克获之功，但却仍然存在叛乱的潜在危机。因而，诗人着力渲染'故垒萧萧'的悲凉陈迹，一方面固然是警告那些妄图恃险割据的藩镇不要轻举妄动，重蹈历史的覆辙；另一方面又何尝不是告诫唐王朝的统治者，不要在胜利面前忘乎所以，应提高对意欲割据者的警惕"[1]。这首诗将历史兴亡、哲理沉思、现实告诫融为一体，以苍茫雄浑的意象展示出宏大的气象，语意精警而结构精妙。据宋计有功《唐诗纪事》载："长庆中，元微之、梦得、韦楚客同会乐天舍，论南朝兴废，各赋金陵怀古诗，刘满引一杯，饮已即成，曰：王濬楼船下益州……白公览诗曰：四人探骊龙，子先获珠，所余鳞爪何用耶！于是罢

1　肖瑞峰：《刘禹锡诗论》，吉林教育出版社1995年版，第93页。

唱。"[1] 其事虽未必属实，但这一传说却证明了刘禹锡的这首怀古诗在当时的声望。另如"艳倾吴国尽，笑入楚王家"（《馆娃宫在旧郡西南砚石山上，前瞰姑苏台，傍有采香径，梁天监中置佛寺曰灵岩，即故宫也。信为绝境，因赋二章》），"万户千门成野草，只缘一曲后庭花"（《台城》），"开元天子万事足，唯惜当时光景促"（《三乡驿楼伏睹玄宗望女几山诗小臣斐然有感》）等怀古诗句，都隐含有借古喻今的感慨，也有比较强烈的现实针对性。

怀古诗一般都是经古迹而思古人的情境下创作出来的，但又不必过于凿实。如刘禹锡的许多怀古名作，都与金陵有关，除《金陵怀古》、《台城怀古》诸作之外，最著名的就是《金陵五题》。金陵是六朝古都，历代兴废，斑斑可考，山川形胜，龙盘虎踞，而它之所以成为后来文人怀古的最常见场所，就是和刘禹锡这批怀古诗的开创意义有关。但是据刘禹锡《金陵五题引》云：

> 余少为江南客，而未游秣陵，尝有遗恨。后为历阳守，跂而望之。适有客以《金陵五题》相示，迫尔生思，欻然有得。他日，友人白乐天掉头苦吟，叹赏良久，且曰：《石头》诗云：潮打空城寂寞回，吾知后之诗人不复措词矣。余四咏虽不及此，亦不孤乐天之言耳。

可见刘禹锡作这组诗时，并非身临其地，而是凭想象虚构而成的。这五首诗分与金陵五处名胜：

> 山围故国周遭在，潮打空城寂寞回。淮水东边旧时月，夜深还过女墙来。（《石头城》）
> 朱雀桥边野草花，乌衣巷口夕阳斜。旧时王谢堂前燕，飞入寻常百姓家。（《乌衣巷》）

---

[1] 王仲镛：《唐诗纪事校笺》卷三九，中华书局2007年版，第1336–1337页。

台城六代竞豪华，结绮临春事最奢。万户千门成野草，只缘一曲后庭花。(《台城》)

　　生公说法鬼神听，身后空堂夜不扃。高坐寂寥尘漠漠，一方明月可中庭。(《生公讲堂》)

　　南朝词臣北朝客，归来唯见秦淮碧。池台竹树三亩馀，至今人道江家宅。(《江令宅》)

石头城为孙权时所筑，历来为金陵最重要的要塞；乌衣巷、朱雀桥都是东晋王谢家族所居之地；台城谓六朝时的禁城，陈后主建结绮、临春、望仙三阁，竞逐奢靡；生公讲堂是东晋高僧竺道生说法之处；江令宅是梁陈时任仆射中书令的江总的宅第，江总以华靡之辞日侍陈后主游宴，号称狎客。入隋后仕至上开府，后南归死于江都。这五首诗从东吴写到六朝，从帝王、豪门写到高僧、文士，以古城存废始，以六朝兴亡终，充满了历史感和沧桑感。论者以为这一组诗和杜甫的《咏怀古迹》五首有某些类似或传承关系，刘禹锡或是受了杜甫的启发，只是将杜甫所擅长的七律联章，改为刘禹锡所擅长的七绝联章来写了[1]。后来宋代王安石的《桂枝香》、周邦彦的《西河》两首金陵怀古词，就都是从刘禹锡这组诗中生发出来的。

四、杜牧的怀古诗

　　杜牧是晚唐最著名的诗人之一，与李商隐并称"小李杜"。清人翁方纲曾说："小杜之才，自王右丞以后，未见其比。"[2] 可谓推崇备至。他的怀古诗也代表了晚唐怀古诗的最高成就。

1　沈祖棻：《唐人七绝诗浅释》，第184—185页。
2　[清]翁方纲：《石洲诗话》卷二，人民文学出版社1981年版，第70页。

杜牧（803-852），字牧之，京兆万年（今陕西省西南）人。出身豪门，其祖父杜佑，唐德宗、顺宗、宪宗三朝时，都做过宰相，编撰过《通典》一书。其从兄杜悰后来也做到了宰相。杜牧年少高才，二十余岁时就写出了《阿房宫赋》等传颂的名作。唐文宗大和二年（828），杜牧应进士举，以第五名及第，又中贤良方正能直言极谏科，授弘文馆校书郎，一时传为佳话。其后入沈传师幕府，从事于江西、宣城等地。大和七年，入淮南节度使牛僧孺幕府为掌书记。九年，进京任监察御史，移疾分司东都。开成二年（837），应宣歙观察使崔郸之辟为殿中侍御史内供奉、宣州观察判官。三年，迁左补阙。后相继任膳部、比部员外郎。武宗会昌二年（842），出为黄州刺史，移池州、睦州。宣宗大中二年（848）内迁为司勋员外郎，四年，转吏部员外郎，出为湖州刺史，一年后回京为考功郎中、知制诰。六年，迁中书舍人。卒年五十。

杜牧一生的仕途不算顺利，早年任幕职，中年后在地方任刺史，有人赏识爱护他如牛僧孺，也有人排挤他如李德裕。终于能做京官了，又因家境困难而不得不自请外放。终其一生，不过中级官员而已。这与杜牧的自我期许明显是有差距的。杜牧目睹晚唐时局的衰败，而其自身驱驰风尘、辗转下僚的命运，都使其怀古诗中弥漫着悲凉伤悼的情调。如《题宣州开元寺水阁》云：

六朝文物草连空，天淡云闲今古同。鸟去鸟来山色里，人歌人哭水声中。深秋帘幕千家雨，落日楼台一笛风。惆怅无因见范蠡，参差烟树五湖东。

开元寺在宣州宛溪畔，杜牧登临凭眺，想到此地曾有过的六代繁华，如今只见连天秋草，云天山色，历古今而不变，而人世沧桑，一代代人都消逝在永恒的时间里。风物长存而繁华不再，再联想起功成身退、泛舟五湖的范蠡同样寂寞难寻，留下的只是孤独的笛声和满怀的怅惘。诗中写景与怀古熔为一炉，诗境虽广阔远大，诗情却有一种悲凉感。又如《登乐游原》：

> 长空澹澹孤鸟没,万古销沉向此中。看取汉家何事业,五陵无树起秋风。

再强盛的王朝终究也敌不过时光的淘洗,再伟大的事业终究也只剩下荒陵残冢。这与其《过勤政楼》诗中所写"千秋佳节名空在,承露丝囊世已无。唯有紫苔偏称意,年年因雨上金铺"中的情绪非常类似,只不过一慨前代,一叹本朝而已。杜牧的很多怀古诗,都是这样通过对历史繁盛的消逝来寄寓伤悼现实之心境的,这在晚唐的怀古诗中非常具有代表性。

但是,杜牧又不仅仅是诗人,更不是后人心目中只知流连于青楼楚馆的浪子诗人,他对当时的政治是非常关心的,他继承了其祖父杜佑作《通典》经世致用的传统,注意探讨"治乱兴亡之迹,财赋兵甲之事,地形之险易远近,古人之长短得失"[1],于政治、军事、历史、地理形势都非常熟悉。在政治立场上,他反对宦官专权,反对佛教,主张削平藩镇。他的《罪言》中有非常深刻精辟的政治见解,司马光《资治通鉴》中特意引了其中的不少议论,可见其被后人重视的程度。杜牧还善于谈兵,注有《孙子兵法》十三篇,写了不少有关军事谋略的文字,为时相所采纳,在平定地方藩镇时发挥了作用。所以杜牧的怀古诗中又有英气逼人的一面。如著名的《赤壁》诗:

> 折戟沉沙铁未销,自将磨洗认前朝。东风不与周郎便,铜雀春深锁二乔。

唐武宗会昌二年(842),杜牧任黄州刺史,当地有赤壁矶,虽不是当年三国赤壁大战的古战场,和宋代的苏轼一样,杜牧也是借用相同的地名抒发怀古之意。这首诗反映了杜牧对于赤壁之战的看法,认为周瑜之胜不过出于侥幸,如非东风相助,则孙吴霸业成空,历史就将重写了。诗中固然隐隐寓有怀才不遇的情绪,但更多的仍是"世无英雄,使竖子成名"(《晋书·阮籍传》)

---

[1] [唐]杜牧:《上李中丞书》,《樊川文集》卷九,第183页。

的英锐之气。在这类怀古诗中,伤悼之意就被豪迈俊爽的诗情所掩盖了。

杜牧怀古诗的明显特色还表现在诗意上的翻案和结构上的拗折。杜牧作诗喜为翻案,以求得风格的超越和意境的独创。除前引《赤壁》诗外,又如:

> 胜败兵家事不期,包羞忍耻是男儿。江东子弟多才俊,卷土重来未可知。(《题乌江亭》)
>
> 吕氏强梁嗣子柔,我于天性岂恩仇。南军不袒左边袖,四老安刘是灭刘。(《题商山四皓庙一绝》)

前首指出胜败兵家常事,项羽本应以男子汉的气概,忍辱负重,或能卷土重来与刘邦一争天下。后者谓商山四皓扶助孱弱的太子刘盈,名为安定刘家天下,实际上若非后来周勃的当机立断,很可能就促使刘汉灭亡了。这些议论都与史书上常规的视角有所不同,往往反说其事,独抒己见,史识高卓而论断精警,既暗寓深沉的感慨,又对当朝统治者提出了告诫。杜牧最擅长七绝,他的怀古绝句往往在短小的篇幅中暗蕴曲折,于风华掩映之中见拗折峭劲之美。如其著名的《过华清宫绝句》:

> 长安回望绣成堆,山顶千门次第开。一骑红尘妃子笑,无人知是荔枝来。

杜牧的不少绝句诗往往起笔比较平淡,第一句、第二句读起来尚不觉得有特别过人之处,待读到第三句、第四句,才发现前半的铺垫和后半陡折的妙处。实际上这首诗直至第三句的前四个字,还仍然是铺垫部分,直到"妃子笑"三字一转,则全篇意思就活了。"无人"二字再一转,显示出微婉的讽刺之意,深化了诗歌的主题,却又和"妃子笑"构成反转的笔法,愈发显得这是宫闱秘闻,外人无知者。丰富的内涵被组织进了一层又一层的转折中。与之

类似的又如《泊秦淮》:

> 烟笼寒水月笼沙,夜泊秦淮近酒家。商女不知亡国恨,隔江犹唱后庭花。

诗歌情韵悠扬,意境深邃,而结构上仍是前两句平缓,第三句陡折、第四句翻进的写法。杜牧的这种怀古绝句,就特别容易显示出劲健的一面,往往不读到最后一句,不知其妙处所在。清人赵翼《瓯北诗话》卷一一说:"杜牧之作诗,恐流于平弱,故措词必拗峭,立意必奇辟,多作翻案语,无一平正者。方岳《深雪偶谈》所谓'好为议论,大概出奇立异,以自见其长'也。"[1]又其《杜牧诗》谓:"诗家欲变故为新,只为词华最忌陈。杜牧好翻前代案,岂如自出句惊人。"[2]赵氏的说法略苛刻了些,但对杜牧诗的特征把握是很准确的。

---

[1] [清]赵翼:《瓯北诗话》卷一一,人民文学出版社1963年版,第163页。
[2] [清]赵翼:《瓯北集》卷五三,上海古籍出版社1997年版,第1376页。

第十三章　殷璠《河岳英灵集》

一、唐人选唐诗

古代的文学选集，既是一种文学性选本或文献性选本，同时也往往是文学批评的方式。编选者通过选录作品的范围和数量体现去取之标准，又常以序跋、评语、批点，直接提出文学主张与看法，或对作品进行分析、评价和论述。自萧统编《文选》以下，代有名选。

从文献类型上来说，选本属于总集。针对唐诗的选本，始于唐代，自宋以后，更是蔚为大观。宋代的唐诗总集中，有的是类书性质的，如宋太宗敕李昉等修纂的《文苑英华》；有的是诗文合集类的，如姚铉编纂的《唐文粹》；有的是断代合集，如王安石编的《唐百家诗选》；有的是分体总集，如南宋洪迈编《万首唐人绝句》、郭茂倩编《乐府诗集》、方回编《瀛奎律髓》等，还有分类的总集，如蒲时中编《古今岁时杂咏》、赵孟奎撰《分门纂类唐歌诗》等；另外还有如孔延之编《会稽掇英总集》这类地方文献总集。从形式上来看，宋人所编的这些唐诗总集往往篇幅宏富、部帙繁重。而唐人所编则多为选本，这应该和唐人对《文选》的熟悉程度有关，当然更与唐代诗歌的发展

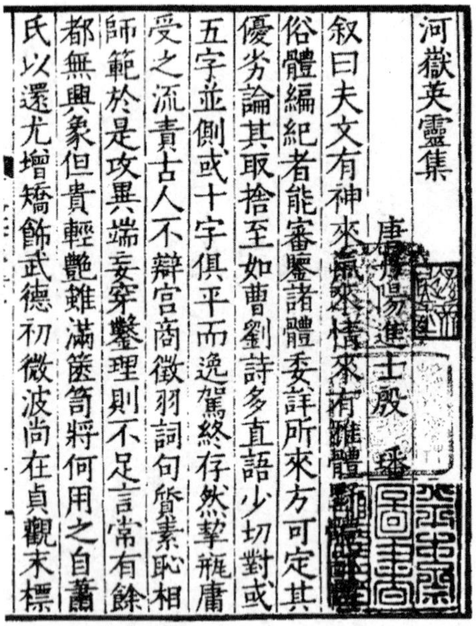
河嶽英靈集
唐丹陽進士殷璠
敘曰夫文有神來氣來情來有雅體野體鄙體
俗體編紀者能審鑒諸體委詳所來方可定其
優劣論其取捨至如曹劉詩多直語少切對或
五字並側或十字俱平而逸駕終存然挈瓶庸
受之流責古人不辯宮商徵羽詞句質素恥相
師範於是攻異端妄穿鑿理則不足言常有餘
都無興象但貴輕艷雖滿篋笥將何用之自蕭
氏以還尤增矯飾武德初微波尚在貞觀末標

图表四二　《四部丛刊》景明刊本
《河岳英灵集》书影

有关。论者谓:“随着唐诗的繁荣昌盛,唐人选诗的风气也盛极一时,各种唐诗选本不断涌现,出现了数量众多、体制完备的兴旺局面。唐人选唐诗诸集,不仅有利于唐诗的流布和存留,有力地促进了诗歌艺术的发展,而且在文选学的推动下,诗选家们以各自的诗歌主张、艺术观点,不断研究、改进选诗的标准、范围、规模,形成了新兴的诗选学。”[1]

唐人所选的唐诗,据《新唐书·艺文志》载有50余种,有的学者按通代诗选、断代诗选、诗文合选、诗句选集、唱和集、送别集、家集、待考八种来分类,更考证出137种[2]。今流传于世的尚有十数种。这些唐代本朝人的唐诗选本,向为后来的诗论家所重视,清代王士祯的《十种唐诗选》中就有九种出自唐人所选。现在较通行的是《唐人选唐诗十种》(中华书局1958年版)

1　吴企明:《唐音质疑录》,上海古籍出版社1985年版,第162页。
2　陈尚君:《唐代文学丛考》,中国社会科学出版社1997年版,第184–222页。

和傅璇琮编《唐人选唐诗新编》(陕西人民教育出版社1996年版)二书。前者共收入《敦煌本唐人选唐诗》、殷璠《河岳英灵集》、元结《箧中集》、芮挺章《国秀集》、令狐楚《御览诗》、高仲武《中兴间气集》、姚合《极玄集》、韦庄《又玄集》、韦縠《才调集》、佚名《搜玉小集》十种。后者删去《敦煌本唐人选唐诗》，增入许敬宗等《翰林学士集》、崔融《珠英集》、殷璠《丹阳集》、李唐成《玉台后集》四种，共十三种，在材料和版本方面都有新的补充。

上述唐人选唐诗中，《翰林学士集》主要选录的是太宗朝弘文馆学士群体的诗歌创作，以君臣唱和为主，共13题51首。《珠英集》主要收录武则天在位期间预修《三教珠英》的珠英学士的作品。《国秀集》所选诗人以盛唐为主，兼及初唐杜审言、沈佺期、宋之问诸人，凡90人、220首，多文辞婉丽的近体诗。《箧中集》收录了元结友人沈千运等7人的24首诗，体现了元结淳古淡泊、质朴自然的诗歌主张。《玉台后集》是梁徐陵《玉台新咏》的续作，收录了自梁迄唐的209位诗人的670首作品，今本为辑录本，已非全貌。《御览诗》选录了大历至元和年间的289篇近体诗，风格以清艳为主，是进奉给唐宪宗的。《中兴间气集》选录至德至大历年间的26位诗人的134首诗作，反映了安史之乱以后唐诗风气的转变。《极玄集》选录了王维以下21人的100篇作品，多为中唐诗人的山水田园之作。《又玄集》补《极玄集》之未备，以杜甫、李白、王维为压卷，共150人，300首，以近体诗为主。《才调集》十卷，每卷录诗百首，共一千首，以律诗为主，但所选诗人和诗作的编次颇无伦序。与之类似的是《搜玉小集》，收录初唐魏徵等诗人37家共63首，但编排亦比较混杂。

二、殷璠与《河岳英灵集》的编选

关于《河岳英灵集》和《丹阳集》、《荆阳挺秀集》的编选者殷璠，文献材料比较稀少。(《河岳英灵集》书影见图表四二)《河岳英灵集》中署名为"唐丹阳进士殷璠"。在宋元方志如《嘉定镇江志》卷十八、《至顺镇江志》卷十九都谓:"殷璠,丹阳人,处士,有诗名。"他编选的《丹阳集》收录的也都是丹阳籍的乡邦诗人。但关于其生平仕履,却颇有模糊处。殷璠主要生活在唐玄宗开元、天宝年间。唐人所谓进士是"对被州府举荐应进士科而尚未及第者的统称"[1],一般而言,举进士而未第的称进士或举进士,已登科的则称进士第或前进士。清人徐松《登科记考》中没有殷璠中进士的记录,可见所谓"进士"是指曾应进士试,而不是及第的进士。

后世文献中既称其为"处士",则殷璠似未曾出仕。但是晚唐诗人吴融有《过丹阳》诗,其中有"藻鉴难逢耻后生"的句子,自注:"殷文学于此集《英灵》。"[2] 称殷璠为"殷文学",这是关于殷璠仕履的唯一记载。一般认为,据《新唐书·百官志》,东宫官属崇文馆有太子文学三人,正六品下;另外王府、西都、北都、东都、都督府也设有文学官;另,上州设文学一人,从八品下。东宫文学分知经籍、侍奉文学,为宫闱亲近,殷璠不可能担任此职,而唐时润州为上州,殷璠可能曾经担任润州文学[3]。然而已有学者指出,唐初地方州府置经学博士、助教等,唐德宗时改博士为文学,唐宪宗元和年间废中、下州文学,此后仅上州设文学一人,这是一个除教授诸生之外无所职掌以至衣冠耻之的职位。殷璠生活的开元、天宝年间,各州仅有博士而尚无文学之职,所以殷璠所担任的只能是东宫文学或王府、各都及都督府的文学[4]。

《河岳英灵集》前有"集序"一篇,其末段介绍了这部诗选的编撰情况:

璠虽不佞,窃尝好事,愿删略群才,赞圣朝之美。爰因退迹,得遂宿心。粤若王维、王昌龄、储光羲等二十四人,皆河岳英灵也,此集便以《河岳英

---

1 王勋成:《唐代铨选与文学》,中华书局2001年版,第3页。
2 [清]彭定求等:《全唐诗》卷684,第7858页。
3 参阅李珍华、傅璇琮《河岳英灵集研究》中《殷璠生平及河岳英灵集版本考》一文,中华书局1992年版,第98-100页。
4 参阅石树芳《唐人选唐诗研究》,浙江大学博士学位论文,2013年。

灵》为号。诗二百三十四首,分为上下卷。起甲寅,终癸巳。

这段集序所涉及的大略有以下几个问题:

其一,成书地点。据"爰因退迹,得遂宿心"之语,可以推知这部书应是殷璠晚年隐居于丹阳时所撰。

其二,书名含义。书中选录的王维以下二十四位诗人,均为殷璠同时代的盛唐诗人。所谓河岳,指黄河与五岳,英灵,则如王维《送綦毋潜落第还乡》诗中所云:"圣代无隐者,英灵尽来归"是指杰出的英才。具体来说,这二十四位诗人都是在黄河、西岳所夹峙的关中长安地区有较高声望的诗人。

其三,本书卷数,据序文及《新唐书·艺文志》、《直斋书录解题》等均作上下二卷,流传于后世的宋刻本亦为二卷本,而汲古阁本及四库本等则作三卷。现在一般认为三卷本为后人臆改。

其四,选诗及编撰时间。现存各本集序均称"起甲寅,终癸巳",但《文苑英华》卷七一二及《全唐文》卷四三六则作"起甲寅,终乙酉"。甲寅为唐玄宗开元二年(714),是殷璠选诗的时间上限。乙酉为天宝四载(745),而癸巳则为天宝十二载(753)。宋曾彦和跋《国秀集》称殷璠《河岳英灵集》"作于天宝十一载",与癸巳说较为接近。有学者考出此书中所录李颀《听董大弹胡笳声兼语弄寄房给事》、高适《封丘作》、李白《忆旧游寄谯郡元参军》等诗,均作于天宝四载乙酉以后[1]。故现在一般认为下限应至癸巳即天宝十二载较为合理。或认为此书初编于天宝四载,其后续加增补,遂有天宝十二载的下限。或进而认为此书初选于长安,增补于丹阳。或以为该书的编纂可分为四个时期,初选在开元末,诗人数或诗篇数均不可知;第一次定稿在天宝四载,诗人三十五,诗一百七十首;第二次修改定稿在天宝十载,诗人三十

---

[1] 王运熙、杨明:《河岳英灵集的编集年代和选录标准》,《唐代文学论丛》1982年第1期,第197-218页。

五,诗作二百七十五首;第三次定稿也在天宝十二载,在诗人数上有了大的增减,而作品数仍维持在一个高位[1]。甚至还有的学者认为此书是在殷璠好友储光羲的帮助甚至指导下编选完成的[2]。

殷璠另编选有《丹阳集》,是针对丹阳郡即润州(今江苏省镇江市)乡邦诗人的一部唐人诗选。据《新唐书·艺文志》载《包融诗》一卷原注:"润州延陵人。历大理司直。二子何、佶齐名,世称'二包'。何,字幼嗣,大历起居舍人。融与储光羲皆延陵人;曲阿有余杭尉丁仙芝,缑氏主簿蔡隐丘,监察御史蔡希周,渭南尉蔡希寂,处士张彦雄、张潮,校书郎张晕,吏部常选周瑀,长洲尉谈戭;句容有忠王府仓曹参军殷遥、硖石主簿樊光、横阳主簿沈如筠,江宁有右拾遗孙处玄、处士徐延寿,丹徒有江都主簿马挺、武进尉申堂构,十八人皆有诗名。殷璠汇次其诗,为《丹杨(阳)集》者。"[3]这部书久已散佚,陈尚君据《吟窗杂录》诸书进行辑佚和考订,约略还原了该书的原貌,并提出此书的编纂时间在开元二十三年(735)至天宝元年(742)之间[4]。《丹阳集》是唐人选唐诗中较早的一部以地域为标志的选集,与《河岳英灵集》基本以长安附近的著名诗人为主要收录对象不同,《丹阳集》主要收录的是江南诗人,高仲武《中兴间气集序》也说:"《丹阳》止录吴人。"两集均入选者唯储光羲一位。《丹阳集》中作者与作品的声望,当然与《河岳英灵集》无法相提并论,但对于考察当时诗坛的地域分野颇有价值,其中的一些零散的评语也可以与《河岳英灵集》相互参证。

殷璠还编有一部《荆扬挺秀集》,但仅存其名,未见其书。此书编选应该在《河岳英灵集》之前,《河岳英灵集》中评论储光羲诗歌时说:"此例数百句,已略见《荆扬集》,不复广引。"从书名来看,与《河岳英灵集》也非常对

---

1 戴伟华:《论〈河岳英灵集〉的成书过程》,《文学遗产》2013年第4期,第80–85页。
2 参见蒋凡《河岳英灵集与杜甫》,《草堂》1983年第1期;戴伟华《论河岳英灵集初选及其诗史意义》,《文学评论》2011年第2期,第113–116页。
3 [宋]欧阳修、宋祁:《新唐书》卷六〇,第1609–1610页。
4 陈尚君:《殷璠〈丹阳集〉辑考》,《唐代文学丛考》,第223–243页。

称。荆州、扬州,居于长江中下游地区,这部《荆扬挺秀集》应该是一部以南方诗人为主的诗选,与以长安附近诗人为主的《河岳英灵集》起到互为补充的作用。这样看来,称殷璠为"盛唐著名诗选家"[1],是当之无愧的。

三、《河岳英灵集》的体例

《河岳英灵集》是唐人选唐诗中最为重要的一部,也是名气最大的一部。这和该书在去取选择以及诗学观念上的独创性是有关联的。唐代诗歌史上以评论和选诗相结合开展诗歌批评的这种做法就始于殷璠。晚唐郑谷《读前集二首》其一云:"殷璠裁鉴《英灵集》,颇觉同才得旨深。何事后来高仲武,品题《间气》未公心。"认为高仲武的《中兴间气集》远不及此集精到。五代孙光宪《白莲集序》也说:"有唐御宇,诗律尤精。列姓氏,掇英秀,不啻十数家。惟丹阳殷璠,优劣升黜,咸当其分。世之深于诗者,谓其不诬。"[2]说明这部选集至少在晚唐五代就为人所关注。它既是现存唐人选唐诗中的重要文献,又是唐代诗歌批评的重要文献,在编选体例和批评观念方面都有创造。

《河岳英灵集》所选二十四位诗人名下,首先分别系有一段评论性的话,然后才是所选的诗歌作品。这段话的内容各人略有侧重,但大体可以说是由述人、评诗、摘句三部分组成的。如常建名下的一段:

> 高才无贵士,诚哉是言。曩刘桢死于文学,左思终于记室,鲍照卒于参军。今常建亦沦于一尉,悲夫!建诗似初发通庄,却寻野径百里之外,方归

---

1 傅璇琮:《唐人选唐诗新编》,第77页。
2 [清]董诰:《全唐文》卷九〇〇,第4163页。

大道。所以其旨远，其兴僻，佳句辄来，唯论意表。至如"松际露微月，清光犹为君"、又"山光悦鸟性，潭影空人心"，此例十数句，并可称警策。然一篇尽善者："战余落日黄，军败鼓声死。今与山鬼邻，残兵哭辽水。"属思既苦，词亦警绝。潘岳虽云能叙悲怨，未见如此章。

首先是对于常建仕途止于盱眙县尉、沉沦一生的感慨，其中或许也不乏寄寓着殷璠自身的人生失意；其次是对于常建诗歌"旨远"、"兴僻"的评述；再次是摘出常建堪称警策的诗句和诗篇。又如李白名下云：

白性嗜酒，志不拘检，常林栖十数载。故其为文章，率皆纵逸。至如《蜀道难》等篇，可谓奇之又奇。然自骚人以还，鲜有此体调也。

虽略简短，细绎之，仍为述人、评诗、摘句或摘篇三部分构成。又如高适名下云：

评事性拓落，不拘小节，耻预常科，隐迹博徒，才名自远。然适诗多胸臆语，兼有气骨，故朝野通赏其文。至如《燕歌行》等篇，甚有奇句。且余所最深爱者："未知肝胆向谁是，令人却忆平原君。"

其中对高适诗歌的摘句，所谓"余所最深爱者"云云，就完全是一种个性化的评述。当然还有不少针对诗人的评论是侧重于某一个方面的，如评陶翰云："历代词人，诗笔双美者鲜矣，今陶生实谓兼之。既多兴象，复备风骨。三百年以前，方可论其体裁也。"重心只在评诗。又如评张谓云："谓《代北州老翁答》，及《湖中对酒》，行在物情之外，但众人未曾说耳。亦何必历遐远、探古迹，然后始为冥搜？"就基本上只是就诗歌作品来立论的。评卢象云："象雅而平，素有大体，得国士之风。曩在校书，名充秘阁。其'灵越山最秀,新安江甚清',尽东南之数郡。"则主要是述人与摘句两方面。这些评论性的文字,以较微观的方式,与全书之前比较倾向于宏观的集序和集论,相互补充,完整体现了殷璠的诗学观念和诗论主张。对这些具体诗人和作品的评价,实际上成为集序和集论中理论描述的具体实践。这种体例,就开启了后来各类文学选本的先声。

《河岳英灵集》中共收录了开元、天宝年间的二十四位诗人的二百三十四首诗作,分别是:常建十五首、李白十三首、王维十五首、刘眘虚十一首、张渭六首、王季友六首、陶翰十一首、李颀十四首、高适十三首、岑参七首、崔颢十一首、薛据十首、綦毋潜六首、孟浩然六首、崔国辅十三首、储光羲十二首、王昌龄十六首、贺兰进明七首、崔署六首、王湾八首、祖咏六首、卢象七首、李嶷五首、阎防五首。其中入选作品数量较多的是常建、李白、王维、李颀、高适、崔国辅和王昌龄七位诗人,大体就反映出了这些诗人在开元、天宝年间的诗坛上,尤其是在长安诗坛上的声望和地位。这种通过选录作品数量的多少,折射出编选者对一段时期文学创作的总体判断、对文人地位进行评价的体例,也为后来的文学选本所踵武不绝。

值得注意的是在《河岳英灵集》中,未收杜甫的诗歌。一般认为这主要是由于在殷璠编选《河岳英灵集》的天宝初中期,杜甫声望尚未显著,而杜诗中的优秀作品,到天宝后期及安史之乱爆发以后,才大量地被创作出来。殷璠选录的诗人,或是在天宝初年之前早已登第,或是当时虽未登第但在长安一带有相当的名望,这两点都是当时的杜甫所不具备的。再加上殷璠后来居于江南的丹阳,远离长安,即使是已收录的诗人,他们后来创作的一些作品也未能入选,如岑参在西域所作的一些诗歌等。

四、《河岳英灵集》的品评标准

《河岳英灵集》一书,在文献和文学批评史上都有很高的价值。

就文献方面而言，由于殷璠选诗的下限在天宝十二载，这样对考察其中所选录的诗歌作品的创作年代，就有了一个基本的时段定位，由此甚至可以纠正历史上的一些误说。例如李白的《蜀道难》诗，元人萧士赟认为"盖太白初闻禄山乱华，天子幸蜀时作也……太白深知幸蜀之非计，欲言则不在其位，不言则爱君忧国之情，不能自已，故作诗以达意也"。[1] 这一说法在明清时代为唐汝询、陈沆、沈德潜诸人所认同，影响很大。但《蜀道难》既然收录于《河岳英灵集》中，则其创作年代最迟不得晚于天宝十二载，此时距离安史之乱爆发尚有两、三年时间，这就有力地证明了萧士赟的推测是缺乏依据的，其说不可从。

在文学批评史上，殷璠的《河岳英灵集》更为重要。其书卷首的序言和集论阐述诗歌理论，正文依次选录作品，对所录二十四位诗人都作了简要而较为中肯的评论，其选篇和评论，都颇为精当，代表了盛唐时代人的眼光。该书不光评选结合，更重要的是它以选评的方式，标举一家宗旨，具有明显的理论色彩。尤其是对诗歌的发展历程、创作规律和审美特征的认识，颇有高出前人之处。《唐人选唐诗新编》本《河岳英灵集序》云：

> 梁昭明太子撰《文选》，后相效著述者十余家，咸自称尽善。高听之士，或未全许。且大同至于天宝，把笔者近千人，除势要及贿赂者，中间灼然可尚者，五分无二，岂得逢诗辑纂，往往盈帙？盖身后立节，当无诡随，其应诠拣不精，玉石相混，致令众品销铄，为知音所痛。
>
> 夫文有神来、气来、情来，有雅体、野体、鄙体、俗体。编纪者能审鉴诸体，委详所来，方可定其优劣，论其取舍。至如曹、刘诗多直语，少且对，或五字并侧，或十字俱平，而逸驾终存。然挈瓶庸受之流，责古人不辨宫商徵羽，词句质素，耻相师范。于是攻乎异端，妄穿凿，理则不足，言常有余，都

---

[1] ［唐］李白：《李太白全集》卷三，第217页。

无兴象,但贵轻艳。虽满箧笥,将何用之。

自萧氏以还,尤增矫饰。武德初,微波尚在。贞观末,标格渐高。景云中,颇通远调。开元十五年后,声律风骨始备矣。实由主上恶华好朴,去伪从真,使海内词场,翕然尊古,南周风雅,称阐今日。

璠不揆,窃尝好事,愿删略群才,赞圣朝之美。爰因退迹,得遂宿心。粤若王维、昌龄、储光羲等二十四人,皆河岳英灵也,此集便以《河岳英灵》为号。诗二百三十四首,分为上下卷。起甲寅,终癸巳。论次于序,品藻各冠于篇额。名如不副实,才不合道,纵权压梁、窦,终无取焉。

又《集论》云:

论曰:昔伶伦造律,盖为文章之本也。是以气因律而生,节假律而明,才得律而清焉。宁预于词场,不可不知音律焉。孔圣删诗,非代议所及。自汉魏至于晋宋,高唱者十有余人,然观其乐府,犹有小失。齐、梁、陈、隋,下品实繁,专事拘忌,弥损厥道。夫能文者,匪谓四声尽要流美,八病咸须避之,纵不拈二,未为深缺。即"罗衣何飘飘,长裾随风还",雅调仍在,况其他句乎。故词有刚柔,调有高下,但令词与调合,首末相称,中间不败,便是知音。而沈生虽怪,曹、王"曾无先觉",隐侯言之更远。璠今所集,颇异诸家。既闲新声,复晓古体。文质半取,风骚两挟。言气骨则建安为传,论宫商则太康不逮。将来秀士,无致深憾。

这两篇序论,集中表现了殷璠的论诗观点,尤其是对于诗歌发展历程的看法。他的这些尊尚风雅、推重曹刘、批判齐梁、肯定盛唐等观点,和陈子昂、李白等人是基本一致的,这说明以风雅正声为衡的、否定晋宋以来的文学、高度评价盛唐诗这些看法,是盛唐时代通行的观念。但殷璠既反对单纯从形式上去追求声律，又主张诗人要知音律，因而提倡声律与比兴、声律与风骨兼备的作品，这比前人高出一筹。并且，他还将这一点作为立论的出发点和"删略群才"的准绳。殷璠认为曹植、刘桢的诗虽然音律不严，语少切对，但有较强的社会内容和健美的风骨，因此"逸驾终存"。从这种评价中，可以知道他十分重视诗歌的内容和风骨。他指出齐梁作家抛弃了建安时期的优良传统，只贵轻艳之作，以追求声律辞藻为能事，结果作品的内容贫乏，虽多无益。他还总结了唐初以来的诗歌发展历程，将其分为愈变愈上的四个阶段，认为在开元以后终于形成"声律风骨始备"的局面，达到了诗歌创作的高峰。这不仅肯定了对诗歌思想和艺术两方面的时代要求，而且恰当地指出了唐代诗歌发展的历史规律，概括了盛唐诗歌的特色，的确能反映出当时的时代精神和创作风气。

选本而有评语，是此书的新创。对具体诗人的这些评价，虽然简短，但往往能抉出其独具的特色，颇具慧眼。从这些评语来看，可以见出殷璠论诗的品评标准。王运熙、杨明将其归纳为五个方面[1]：

第一，重雅。如评王维"词秀调雅"，评储光羲"格高调逸，趣远情深，削尽常言，挟风雅之迹，浩然之气"。王、储是《河岳英灵集》中评价最高的诗人，殷璠均以雅许之。他在序言中也提倡的是"雅体"，强调整篇诗歌格调体貌的雅正。

第二，重奇。如评李白"其为文章，率皆纵逸。至如《蜀道难》等篇，可谓奇之又奇。然自骚人以还，鲜有此体调也"。评岑参"语奇体峻，意亦造奇"。评王季友"爱奇务险，远出常情之外"。都是强调在体调、构思立意和遣词造句等方面对奇的崇尚。有纵逸之奇，如李白、岑参；也有柔美之奇，如王维、刘眘虚。

第三，重风骨。如评陶翰"既多兴象，复备风骨"。评高适"诗多胸臆语，兼有气骨"。评崔颢"晚年忽变常体，风骨凛然"。又如批评刘眘虚"唯

---

[1] 参阅王运熙、杨明《隋唐五代文学批评史》，上海古籍出版社1994年版，第240—247页。

气骨不逮诸公"。这和他在序文中对风骨的提倡是一致的。

　　第四，重兴象。殷璠首先拈出作为审美范畴的"兴象"一词。如评孟浩然诗"无论兴象，兼复故实"；评陶翰诗"多兴象"等等。诗中兴象，就是要求情与景浑，在对外物作情景交融的描写中，抒发诗人的感情。这正是王、孟一派诗风的特点。因此殷璠在评价王维时说："词秀调雅，意新理惬。在泉为珠，着壁成绘。一字一句，皆出常境。"评常建："其旨远，其兴僻，佳句辄来，唯论意表。"评刘眘虚"情幽兴远"。殷璠的兴象之说，实际上是王孟诗派的艺术创作在诗论上的初步表现和总结。后来的皎然、司空图以及南宋严羽、清代王士禛诸人又在殷璠兴象概念的基础上，进行了更完备的理论总结。而殷璠将风骨与兴象作为一对品评标准提出来，在文学批评史上是一个新的发展。

　　第五，重自然声韵。殷璠肯定近体律诗对声律的追求，集中选录的律诗和绝句固不乏佳句。但总体上他是反对过分拘泥声律的，而是崇尚自然声韵，以免损伤诗歌的自然美。所以《河岳英灵集》中古体最多，律绝占的比例不高，有些还是古体律绝，如李白《答俗人问》、王维《赠刘蓝田》等诗。

五、《河岳英灵集》与《中兴间气集》

明胡震亨《唐音癸签》卷三一云：

　　唐人自选一代诗，其鉴裁亦往往不同。殷璠酷以声病为拘，独取风骨。高渤海历诋《英华》、《玉台》、《珠英》三选，亦訾璠《丹阳》之狭于收，似又专主韵调。姚监因之，颇与高合，大指并较殷为殊。详诸家每出新撰，未有不矫前撰为之说者，然亦非其好为异若此。诗自萧氏选后，艳藻日富，律体因开，非专重风骨裁甄，将何净涤余疵，肇成一代雅体。逮乎肆习既一，多乃微贱。自复华硕谢旺，闲婉代兴，不得不移风骨之赏于情致，衡韵调为去取。此《间气》与《极玄》视《英灵》所载，各一选法，虽体气斥两，大难相追，亦时运为之，非高、姚两氏过也。

这里指出殷璠《河岳英灵集》，因欲扭转梁陈藻艳之风，故提倡风骨。而盛、中唐之际，崇尚风骨的诗风流行既久，作者又有所创新，因此《中兴间气集》和姚合的《极玄集》出，转而以闲婉、情致、韵调为衡量标准。这种标准的不同，正反映了两个时代文人不同的审美趣味和创作风尚。因此，我们以《中兴间气集》和《河岳英灵集》进行参照研究，对于唐诗的选本价值和唐人的诗学观念可以有更为全面的了解。

高仲武《中兴间气集》二卷，所选录的则主要是唐代安史之乱以后一段时期的诗歌，起自肃宗至德元年（756），迄于代宗大历末年（779）。肃、代两朝，安史之乱得以平定，国家中兴，人才辈出，"纬书《春秋演孔图》：'正气为帝，间气为臣。'《中兴间气集》得名，或即本此"[1]。从诗歌史上来说，这段时期正是盛、中唐之交，诗风发生转变。《中兴间气集》作为这个特定时代的诗坛上名家作品的选本，既是一代诗歌创作的批评总结，也是当时审美观点的集中体现。

《中兴间气集》前有作者自序：

> 诗人之作，本诸于心。心有所感，而形于言。言合典谟，则列于风雅。暨乎梁昭明载述已往，撰集者数家，推其风流，正声最备。其余著录，或未至焉。何者？《英华》失于浮游，《玉台》陷于淫靡，《珠英》但纪朝士，《丹阳》止录吴人，此由曲学专门，何暇兼包众善。使夫大雅君子，所以对卷而长叹也。

唐兴一百七十载，属方隅叛涣，戎事纷纭，业文之人，述作中废。粤若

---

[1] 傅璇琮：《唐人选唐诗新编》，第451页。

肃宗、先帝，以殷忧启圣，反正中原。伏惟皇帝，以出震继明，保安区宇。国风雅颂，蔚然复兴。所以文明御时，上以化下也者。仲武不揆菲陋，辄罄謏闻，博访词林，采察谣俗。起自至德元首，终于大历暮年。作者数千，选者二十六人，诗总一百三十四首，分为两卷，七言附之。略叙品汇人伦，命曰《中兴间气集》。

且夫微言虽绝，大制犹存，详其否臧，当可拟议。古之作者，因事造端，敷弘体要，立义以全其制，因文以寄其心。著王政之兴衰，表国风之善否，岂其苟悦权右、取媚薄俗哉！今之所收，殆革前弊。但使体状风雅，理致清新，观者易心，听者竦耳，则朝野通取，格律兼收。自郐以下，非所敢隶焉。凡百君子，幸详至公。

这篇序文第一部分是对萧统以下的四个选本《古今诗苑英华》、《玉台新咏》、《珠英学士集》和殷璠《丹阳集》作了评述，分析其不足。看来他选诗的目的是要兼收众长。第二部分则介绍了本书选诗的时代断限和编选情况，这和《河岳英灵集》的体例是基本相同的。实际上书中在诗人名下系以评语的体例，也是从《河岳英灵集》效仿而来的。而第三部分则主要说明了此书的选录标准。其标准主要反映在两个方面：

第一，强调"体状风雅"。这倾向于比较正统的儒家论诗原则。要求诗人以"古之作者"为榜样，从政治需要出发来抒写思想情感，这种议论，就与盛唐时人有所不同了。高仲武重视诗歌对帝皇、对朝廷和国家所表达的忠心，强调因事造端，文以寄心，直抒忠义。如评钱起云："'穷达恋明主，耕桑亦近郊'，则礼义克全，忠孝兼著，足可弘长名流，为后楷式。"评郑丹《玄宗皇帝挽歌》、《肃宗挽歌》云："献二帝两后挽歌三十首，词旨哀楚，得臣子之致。"因此他屡屡使用比兴、讽兴、兴用等概念来评诗论人，强调诗歌创作要"著王政之兴衰，表国风之善否"，即运用比兴讽喻，反映社会现实。如评朱湾:"诗体幽远,兴用弘深。……'受气何曾异,开花独自迟',所谓哀而不伤,《国风》之深者也。"当然,他所谓比兴,含义较广,不像后来白居易那样特指以美刺比兴写时政得失和社会利病,但也反映了盛中唐之交时诗歌关心现实的倾向。

第二,强调"理致清新"。即要求诗歌有新奇清新的构思、体格和风貌。如其评钱起"体格新奇,理致清赡",评李希仲"务为清逸",评张继"诗体清迥",评皇甫曾"体制清洁,华不胜文",评皇甫冉"发调新奇"等。这实际上反映了中唐初期以钱起、郎士元等人为代表的大历诗风的影响。高仲武于所选二十余人中,最看重钱、郎两家,各选了十二首,置于上、下卷之首。他所最欣赏的也是这些诗人中如"鸟道挂疏雨,人家残夕阳"(钱起《太子李舍人城东别业与二三文友逃暑》),"野渡花争发,春塘水乱流"(李嘉祐《送王牧往吉州谒王使君叔》)这一类的写景工巧、构思新颖之句。所选作品在诗歌样式上也最重视五言律诗。这些方面都与大历诗风是相应的。

第十四章 高棅《唐诗品汇》

一、高棅与《唐诗品汇》的编撰

在后世的唐诗总集中，明代人高棅所编的《唐诗品汇》是非常重要的选本之一，它既是一部有独特编选眼光的唐诗选本，又是一部诗学批评著作。

高棅（1350-1423），字彦恢，长乐（今属福建）人。元顺帝至正十年生，主要活动于明代初期的洪武、永乐年间。明太祖洪武年间，山居于闽，与林鸿、郑定、王褒、唐泰、王恭、陈亮、王偁、黄玄、周玄号"闽中十子"。明成祖永乐初年，以布衣召入翰林，预修《永乐大典》，为待诏，更名延礼，别号漫士。永乐九年（1411）升典籍。二十一年，卒于官。年七十四。《明史》本传中说他"性善饮，工书画，尤专于诗。其所选《唐诗品汇》、《唐诗正声》，终明之世，馆阁宗之"[1]。钱谦益《列朝诗集小传》称其"书得汉隶笔法，画出米南宫父子，时称三绝"[2]。

高棅的创作有《啸台集》二十卷，是入仕前山居时期的作品，入京后复

---

[1]〔清〕张廷玉：《明史》卷二八六《文苑传·林鸿传》附。
[2]〔清〕钱谦益：《列朝诗集小传·高典籍棅》，古典文学出版社1957年版，第180页。

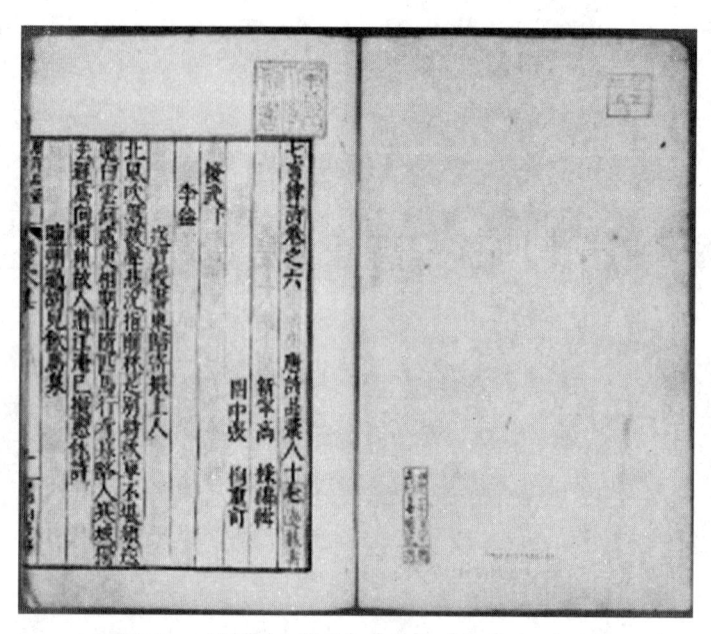

图表四三　早稻田大学藏江户刻本《唐诗品汇》书影

有《木天清气集》十四卷。但后人多认为前者尚可读,后者不堪传。如钱谦益云:"《啸台集》者,其山居拟唐之作,音节可观,神理未足,时出俊语,铮铮自赏。"而"《木天集》凡六百六十余首,应酬冗长,尘垒堆积,不中与宋元人作奴,何况三唐"。[1] 后来四库馆臣也认为:"《啸台集》诗八百首,尚稍见风骨。至《木天清气集》六百六十余首,大率应酬冗长之作。'清气'之云,殆名不副实。其初与林鸿齐名,日久论定,鸿集尚见传录,而棅集几于覆瓿,盖亦有由矣。"[2] 今观其诗,平冗之作居多,的确无大意味。不过或许一方面是由于编选《唐诗品汇》的过程中对唐人作品极为熟悉,一方面是其自身的诗学观念亦倾向盛唐,故高棅诗善于拟古,尤其是拟唐人的作品,亦屡为人所称道,或谓:"高廷礼拟早朝大明宫及送王、李少府诗,如'旌旗半卷天河落,阊阖平分曙色来'、'清川雨散巴山出,大泽天寒楚树微',殊有唐风。国初

---

1 [清]钱谦益:《列朝诗集小传》,第181页。
2 [清]纪昀:《四库全书总目》卷一七五,中华书局1965年版,第1555页。

袭元,此调罕睹。"¹或称其"文多而意少,且乏新兴。至拟古诸作,颇擅雕虫,往往青于蓝者"²。

高棅《唐诗品汇总叙》后署"洪武癸酉春",可知这部选本的成书时间是明太祖洪武二十六年(1393)。凡九十卷,选录作者六百二十人,诗作五千七百六十九首。洪武三十一年(1398),高棅又搜补作者六十一人,诗作九百五十四首,为《唐诗拾遗》十卷。这样整部《唐诗品汇》就足成百卷之数。在《唐诗拾遗序》中,高棅对此书的编撰过程有比较详细的说明:

> 予既爱唐诗,喜编录。初采众作裒为一集,曰《唐诗品汇》,凡得唐诸家六百二十人,共诗五千七百六十九首,分为九十卷。自洪武甲子,迨于癸酉方脱稿,其用心亦勤矣。切虑知见之所不及,选择之所忽怠,犹有以没古人之善者,于是再取诸书,深加搜括,或旧未闻而新得,或前见置而后录,掇其漏,搜其逸,又自癸酉迨戊寅,是编始就。复增作者姓氏六十有一,诗九百五十四首,为十卷,题曰《唐诗拾遗》,附于《品汇》之后,足为百卷以成集。³

可知这部书从洪武十七年(1384甲子)一直编到了洪武三十一年,用了十五年时间才最终得以完成。洪武年间的高棅主要活动于闽中,以山居生活为主,尚未步入仕途,也有比较多的时间精力来编此书。同为"闽中十子"之一的陈亮有《奉寄高廷礼时求贤甚急且讲学编诗不暇》诗,中云:"见说新编又超绝,近来衡鉴复如何。"所谓"新编",当即指《唐诗品汇》。此书初刊于明宪宗成化十三年(1477),是闽县人陈炜任江西按察使时所刻,今上海图书馆有藏本。后来又有汪宗尼、汪季舒、陆允中、张恂等校订本。1982年上海古籍出版社据上海辞书出版社图书馆藏明汪宗尼校订本影印出版,前有马

---

1 [明]胡应麟:《诗薮》续编卷一,上海古籍出版社1993年版,第342—343页。
2 [清]陈田:《明诗纪事》甲签卷十引《国雅》,上海古籍出版社1993年版,第228页。
3 [明]高棅:《唐诗品汇》,第768页。

得华、王偁、林慈三序,皆作于洪武年间。别附作者及篇名索引附录于书后,较为通行。

书名所谓"品汇"二字的含义,据马得华为《唐诗品汇》所作序言,可以约略推知。马序中说:

> 考摭正变,第其高下,从类而定品,仍各叙篇端,凿凿甚明。视《唐音》倍蓰,其选凡若干篇卷,名曰《唐诗品汇》。其众体兼备,始终该博,浩浩乎若元气块圠,充两间,周万汇而靡遗,所谓大全无憾者也……试使读唐诗,辩其为某家某家,且不易得,况能玩词审音、品定高下、为去取乎?余阅是编,知廷礼用心之勤,而超卓之见,异于人人也。[1]

这样看来,品,包含有"从类而定品"、"品定高下"这两重意思,而汇,则主要是汇总、巨细靡遗的意思。高棅在《凡例》中也说:"凡不可阙者,悉录之。此品汇之本意也。"

高棅另有《唐诗正声》一书,据黄镐成化十七年(1481)序,可知这是高棅任职于翰林、并且是去世前不久编成的一部唐诗选本,由于《唐诗品汇》编目浩繁,高棅遂采取唐人所作,得声律纯正者凡九百二十九首,为二十二卷,名曰《唐诗正声》。从某种程度上来说,《唐诗正声》是《唐诗品汇》的缩编本或精华本。是书初刊于正统七年(1442),并且后来与南宋真德秀所编《文章正宗》共同成为明代馆阁教习庶吉士的标准教材,如前引《明史》本传所云,这两部唐诗选本都对明代馆阁文学的形成与发展有较大的影响[2]。

二、《唐诗品汇》的编排体例

对高棅编选《唐诗品汇》影响比较大的,是元代杨士弘的唐诗选本《唐

---

[1] [明]高棅:《唐诗品汇》卷首马得华《唐诗品汇叙》,第2页。
[2] 参阅陈广宏《明初闽诗派与台阁文学》,《文学遗产》2007年第5期,第74-75页。

音》。《唐音》的选诗标准、体例和诗学观念,对《唐诗品汇》均有直接影响。在很长的一段时间里,这两部书共同被视作元明时代最重要的唐诗选本。不过,高棅对此前包括《唐音》在内的唐诗选本都颇有批评。他在《唐诗品汇总叙》中说:

> 载观诸家选本,详略不侔。《英华》以类见拘,《乐府》为题所界,是皆略于盛唐而详于晚唐。他如《朝英》、《国秀》、《箧中》、《丹阳》、《英灵》、《间气》、《极玄》、《又玄》、《诗府》、《诗统》、《三体》、《众妙》等集,立意造论,各该一端。唯近代襄城杨伯谦氏《唐音》集,颇能别体制之始终,审音律之正变,可谓得唐人之三尺矣。然而李、杜大家不录,岑、刘古调微存,张籍、王建、许浑、李商隐律诗,载诸正音,渤海高适、江宁王昌龄五言,稍见遗响,每一披读,未尝不叹息于斯。[1]

他认为《文苑英华》受拘于文体分类,《乐府诗集》受限于诗题,而且对于代表唐诗最高成就的盛唐关注不够,反而是晚唐诗占据了主要篇幅。其他如《国秀集》、《箧中集》以及殷璠的《河岳英灵集》、高仲武的《中兴间气集》等,只能"各该一端",不够完备全面。而杨士弘的《唐音》虽编选有体,去取有法,但不录李白、杜甫等缺憾也非常明显。所以高棅编这部《唐诗品汇》,是立意要超过之前所有的唐诗选本的。

从数量上来看,包括《唐诗拾遗》在内,整部《唐诗品汇》共选录诗人六百余人,诗作六千七百二十三首。与清代所编《全唐诗》所收诗人二千五百二十九人、诗作四万二千八百六十三首比较,诗人数量占四分之一左右,诗作数量占近六分之一。可以看出,《唐诗品汇》选录的范围是非常广泛的,且诸体兼备,各个时期重要的作家和作品基本上都收集在内。所以在该书《凡

---

[1] [明]高棅:《唐诗品汇》,第9–10页。

例》的第一条中,高棅就指出:

> 是编不言选者,以其唐风之盛,采取之广,故不立格、不分门,但以五七言、古今体分别类从,各为卷,卷内始立姓氏,因时先后而次第之,或多而百十篇,或少而一二首。凡不可阙者,悉录之,此《品汇》之本意也。[1]

正因为该书基本上能够反映唐代诗歌创作的完整面貌,故能在当时及后世为人所推重。

《唐诗品汇》是一部唐诗选本,但又不仅仅是选诗而已,其中有大量的与诗人、诗作、诗史有关的材料和评论、叙论等。这些和高棅所选的唐代诗歌构成了一个立体的框架,编排体例是比较完善的。其内容大略有以下方面:

(1)总叙。该书前有高棅所撰总叙,对有唐一代诗歌的发展和流变,从宏观层面提出了自己的看法。

(2)历代名公叙论。在总叙之后,选录了自唐至元十余位诗论家对唐诗的评论。其中计有:

唐　殷璠一则、杜确一则、元稹一则。
宋　欧阳修一则、宋祁一则、蔡宽夫诗话一则、李希声诗话一则、雪浪斋日记一则、洪邈一则、严羽十四则。
元　周伯弼一则、刘辰翁一则、杨载一则、马伯庸一则、虞集二则、来复一则、诗法源流三则。

这些评论基本上都是对唐代诗歌的总体性评论或诗歌史意义上的评论,如所选欧阳修一则云:"唐之晚年,诗人无复李、杜豪放之格,然亦务以精意相

---

[1] [明]高棅:《唐诗品汇》,第14页。

高。"这段话就出自《六一诗话》。从比例上不难看出,出自南宋严羽的诗论最多,达到十四则,且皆出于《沧浪诗话》,事实上高棅的诗学观念受严羽的影响非常明显。

（3）诸家评论。针对具体诗人或诗歌作品的评述,则以夹注形式散入各卷之中。如凡例第七条所云:"诸家评论繁甚,其有评论本人诗者,则附于姓氏之后,有评论本诗者,则附于本诗之前后,有评论本句者,则附于本句之下。"以下各举一例:

> 评本人诗者,如卷十三刘长卿名下夹注:"唐高仲武云:长卿有吏幹,刚而犯上,两遭迁谪,皆自取之。诗体甚能炼饰,大抵十首以上,语意稍同,于落句尤甚。盖思锐才窄也。"
>
> 评本诗者,如卷八杜甫《赠卫八处士》诗题下夹注:"公与李白、高适、卫宾相友善,宾年最少,号小友。"又同卷杜甫《遣兴》四首其三诗后夹注:"刘云:旷然世外之见,沉著痛快。"
>
> 评本句者,如卷八杜甫《梦李白二首》"死别已吞声,生别常恻恻"二句下夹注:"刘云:使其死耶,当不复哭矣,乃使人不能忘者,生别故也。"

其中有些是引述前人评语,而有些对诗作涉及的史实、地理和典故的说明,可能即出于高棅。这些对研究和理解唐代诗歌有比较重要的参考价值。

（4）凡例。其前有叙,共九条,列于"历代名公叙论"之后,说明了本书的编排方式,同时也反映了高棅诗学的一些重要观念。如第九条云:"是编之选,详于盛唐,次则初唐、中唐,其晚唐则略矣。"这既是说明是书选诗的重心所在,也无形之中体现了高棅对唐诗四阶段成就的评价。

（5）引用诸书。包括"正诗所集"凡三十一种、"夹注所引"凡一百九十种,有些书名之后还用双行小注的形式标明其撰作者,如《诗宗群玉府》后夹注:

"建安毛直方静可编。"由于《唐诗品汇》编成于明代初年,高棅所见到的一些唐诗旧本,在后世或有散佚,故此这部选本对于唐诗校勘的价值也是很高的。

(6)诗人爵里详节。实即诗人小传,按帝王、公卿名士、无姓氏、道士、衲子、女冠、宫闺、外夷之顺序,分别简述。如宋之问下载:"字延清,汾州人。伟仪貌,雄于辩。甫冠,武后召与杨炯分直习艺馆。睿宗立,以佥险盈恶,赐死。有集十卷。"而生平无可考者,则阙。

(7)叙目。《唐诗品汇》是分体编排的,每种诗体的目录单独编排,如五言古诗共二十四卷,这二十四卷的目录就是独立放在第一卷之前的。同样,第二十五卷开始为七言古诗,凡十三卷,其目录也单独置于第二十五卷之前。和一般诗选或诗集的目录不同,在每种诗体中,诗人是被归属于不同的品类的,而每一品类的目录之后,都有一长段概述性的话,这或许就是称为"叙目"的由来。同时,也有可能受到《诗序》的影响。如五言古诗中,陈子昂列在卷三,归入"正宗"之品类,在陈子昂名下,就有这么一段叙论:

> 唐兴,文章承陈隋之弊,子昂始变雅正,迥然独立,超迈时髦。初为《感遇》诗,王適见之曰:是必为海内文宗。噫!公之高才偶傥,乐交好施,学不为儒,务求真适,文不按古,伫兴而成。观其音响冲和,词旨幽邃,浑浑然有平大之意,若公输氏当巧而不用者也。故能掩王、卢之靡韵,抑沈、宋之新声,继往开来,中流砥柱,上遏贞观之微波,下决开元之正派。呜呼,盛哉![1]

这段话就不仅仅是针对陈子昂个人诗歌的评论,而是将其置于初、盛诗歌转变的关捩点上,集中抉发出陈子昂的诗史意义,无形之中也就解释了为什么将陈子昂置于"正宗"的原因。叙目部分是比较集中地体现高棅诗学观念的

---

1 [明]高棅:《唐诗品汇》,第47页。

内容所在,也是《唐诗品汇》一书的精华所在。事实上,读者如将总叙和叙目两部分结合起来看,就是一部简明的唐诗流变史。

三、诗学维度之一:分期

《唐诗品汇》比较受人推崇的原因之一在于,高棅编选唐诗不是按照一个单一的维度的,事实上唐代三百年间诗人诗作的丰富性与多元化,也决定了按单一维度来编选唐诗,必然难以反映唐诗的完整面貌。《唐诗品汇》在杨士弘《唐音》的影响和启发下,采用了分期、分体、分品三个维度来编选唐代诗歌,高棅唐诗学的这三个维度相互补充钩连,构成了这部选本最重要的诗学价值。这里首先谈谈分期问题。

关于唐代诗歌的分期,《新唐书·文艺传》中提出"文章三变"之说,认为唐高祖和太宗时期、玄宗时期、大历和贞元以后,分别代表了唐代文学的三个不同阶段。南宋严羽的《沧浪诗话》则分唐诗为五体,包括唐初体、盛唐体、大历体、元和体、晚唐体。杨士弘《唐音》则提出以四杰为始音、以盛唐为正音、大历以降为余响的三分法。严、杨二家的观念,对于高棅的唐诗分期之说有直接影响。《唐诗品汇总叙》中对于唐代诗歌的分期及各期的总体特色乃至代表诗人的创作特征,都有非常详明的阐释:

> 有唐三百年,诗众体备矣。故有往体、近体、长短篇、五七言律句、绝句等制,莫不兴于始,成于中,流于变,而陊之于终。至于声律兴象,文词理致,各有品格高下之不同。略而言之,则有初唐、盛唐、中唐、晚唐之不同。详而分之:
>
> 贞观、永徽之时,虞、魏诸公,稍离旧习;王、杨、卢、骆,因加美丽;刘希夷有闺帏之作,上官仪有婉媚之体,此初唐之始制也。神龙以还,洎开

元初,陈子昂古风雅正,李巨山文章宿老,沈、宋之新声,苏、张之大手笔,此初唐之渐盛也。

开元、天宝间,则有李翰林之飘逸,杜工部之沉郁,孟襄阳之清雅,王右丞之精致,储光羲之真率,王昌龄之声俊,高适、岑参之悲壮,李颀、常建之超凡,此盛唐之盛者也。

大历、贞元中,则有韦苏州之雅澹,刘随州之闲旷,钱、郎之清赡,皇甫之冲秀,秦公绪之山林,李从一之台阁,此中唐之再盛也。下暨元和之际,则有柳愚溪之超然复古,韩昌黎之博大其词,张、王乐府,得其故实;元、白序事,务在分明,与夫李贺、卢仝之鬼怪,孟郊、贾岛之饥寒,此晚唐之变也。

降而开成以后,则有杜牧之之豪纵,温飞卿之绮靡,李义山之隐僻,许用晦之偶对,他若刘沧、马戴、李频、李群玉辈,尚能黾勉气格,将迈时流,此晚唐变态之极,而遗风余韵,犹有存者焉。[1]

这一"四分法"的意义首先在于以比较明确的四个阶段区分了唐代诗歌的发展历程。其中初唐始于武德,终于开元(618-713),历时近百年;盛唐始于开元,终于大历(713-766),历时五十余年;中唐始于大历,终于大和(766-835),历时七十年;晚唐则始于开成,终于五代(836-907),历时亦近七十年。这比此前严羽的五体说和杨士弘的始音、正音、余响之说,都要明确和具体,为研习唐诗者勾勒了一个非常清晰的唐诗发展图谱。只要不作过于机械性的理解,应该承认高棅的这一分期是符合唐诗发展实际的。分期意味着时间维度,高棅在《总叙》中说:"观诗以求其人,因人以知其时,因时以辨其文章之高下、词气之盛衰。"在"诗"、"人"和"高下"、"盛衰"之间,"时"起到的是重要的连缀作用。可以将这种"时"视作高棅唐诗学的一个基点。

其次,高棅此说的意义还体现在,每一阶段之中分列若干代表性的诗

---

[1] [明]高棅:《唐诗品汇》,第8-9页。

人,并简要评述其创作特色或诗史作用,这样就在纯粹的时段分期基础上增加了价值判断的内容,实际上已经涉及了分品的维度,只是在《总叙》中未曾明确提出而已。例如在中唐阶段,高棅将韦应物、刘长卿等归为"中唐之再盛",而将韩柳元白等归为"晚唐之变",这很明显就寄寓了编选者的判断于其中。而且将大历、贞元时期视为中唐,元和以后归为晚唐,这些断限的意见,也反映了高棅对唐诗史的判断,也是从他手中开始确立的。

另外,这篇《总叙》共提及诗人四十九位,其中初唐十四位,盛唐十位,中唐十七位,晚唐八位。基本上涵盖了每个时段中诗坛的主要代表人物,将这四十九人连贯起来,可以反映整个唐代诗歌的主要成就。而中唐提及的诗人最多,说明了中唐诗坛的复杂性,同时也从侧面证实了高棅在《凡例》中所讲的"凡不可阙者,悉录之"的意见。

清王士禛《香祖笔记》谓:"宋元论唐诗,不甚分初、盛、中、晚,故《三体》、《鼓吹》等集,率详中、晚而略初、盛,览之愦愦。杨士弘《唐音》始稍区别,有正音,有余响,然未畅其说,间有舛误。迨高廷礼《品汇》出,而所谓正始、正宗、大家、名家、羽翼、接武、正变、余响,皆井然矣。"[1]的确,在高棅此书之后,以初盛中晚论唐诗发展和流变,几乎成为最通行的说法。后来的学者虽也提出过一些其他的分期观点,但至今尚不能取代高棅此说。而且这种初盛中晚的四分法还延伸到了其他文体批评之中,如以初盛中晚论词史或小说史等。这都说明了高棅此说的影响力。

四、诗学维度之二:分体

《唐诗品汇》是分诗体编排的。分期是纵向的维度,分体则是横向的维度。该书共分七种诗体,包括五言古诗、七言古诗、五言绝句(附六言绝句)、七言绝句、五言律诗、五言排律、七言律诗。古人论诗,尤重辨体,但

---

[1] [清]王士禛:《香祖笔记》卷六,上海古籍出版社1982年版,第121页。

以往的唐诗选本，或系以人，或系以题，或系以事，以体为纲的不很多见。这种分体选诗的模式固然不始于《唐诗品汇》，但高棅此书却将分体的做法提升到了诗学维度的高度，在许多方面都有新的改进和创造。

首先，以体为纲可以显现整个唐代诗歌在体式上的偏重和趋尚。《唐诗品汇》九十卷及《唐诗拾遗》十卷之中，各体的卷数分别如下：

  《品汇》五言古诗二十四卷　《拾遗》二卷

  《品汇》七言古诗十三卷　《拾遗》一卷

  《品汇》五言绝句（附六言绝句）八卷

  《品汇》七言绝句十卷　《拾遗》五绝、七绝共一卷

  《品汇》五言律诗十五卷　《拾遗》三卷

  《品汇》五言排律十一卷　《拾遗》二卷

  《品汇》七言律诗九卷　《拾遗》一卷

从数量比例来看，五古最多，其次是五律，再次为七古、五言排律等，七律最少。这种诗体的分布情况，基本上和整个唐代诗歌创作的实际情况是一致的。同时，这也反映了高棅乃至整个明代复古诗学潮流中，崇尚盛唐而轻视晚唐的倾向，因为中晚唐的七律数量是远远超过盛唐时期的。该书《凡例》中明确说详于盛唐、略于晚唐，故七律自然选录得就不太多了。

其次，分体选诗还可以显示诗人在诗体上的创作偏好和主要成就。如以李白、杜甫两人入选的诗体数量为例。《唐诗品汇》中共选李白诗作408首、杜甫诗作301首。其中五古李白196首、杜甫84首；七古李白76首、杜甫53首；五绝李白23首、杜甫8首；七绝李白39首、杜甫7首；五律李白46首、杜甫82首；七律李白6首、杜甫37首。大体而言，在五七言古诗、五七言绝句等诗体方面，李白入选的诗作均大大超过杜甫，而在五律和七律两种诗体方面，杜甫入选的诗作则远远超过李白。从李、杜两人实际的创作情况

来看，李白的古诗和绝句是其最擅长的诗体，而律诗尤其是七律，是杜甫足以傲视整个盛唐诗坛的诗体。这一方面说明《唐诗品汇》对李、杜两人创作的主要成就是把握得比较准确的，符合唐代诗史的实际；另一方面，或许也说明了《唐诗品汇》本身就塑造了后人对唐人诗歌成就的判断。

再次，在每种诗体的叙目中，高棅对这一诗体的源流正变也作了提纲挈领式的梳理。如五言古诗叙目谓：

> 五言之兴，源于汉，注于魏，汪洋于两晋，混浊乎梁陈，大雅之音，几于不振。唐氏勃兴，文运丕溢……爰自贞观至垂拱间，通得二十六人，择其诗之颇精粹者共六十七首，列为唐世五言古风之始。[1]

对五言古诗由汉至唐的发展，有总体性的概括。又如五言律诗叙目谓：

> 律体之兴，虽自唐始，盖由梁陈以来俪句之渐也。梁元帝五言八句已近律体，庾肩吾除夕律体工密，徐陵、庾信，对偶精切，律调尤近。唐初工之者众，王、杨、卢、骆四君子，以俪句相尚，美丽相矜，终未脱陈、隋之气习。神龙以后，陈、杜、沈、宋、苏颋、李峤、二张（说、九龄）之流，相与继述，而此体始盛，亦则君之好尚矣。凡四时游幸，诸文臣学士给翔麟马以从，或在禁掖，或出离宫，或幸戚里，或游蒲萄园，登慈恩塔，或渭水祓除，骊山赐浴，即有燕会，天子倡之，群臣皆属和，由是海内词场翕然相习，故其声调格律，易于同似，其得兴象高远者亦寡矣。[2]

更是针对律诗这种诗体从起源于梁、陈，到兴盛于唐代的发展流变过程，以

---

1 [明]高棅：《唐诗品汇》，第46页。
2 [明]高棅：《唐诗品汇》，第506页。

及初唐时趋于繁盛的各种原因，作了非常详尽的描述和分析，体现出宏观而精审的诗学眼光。这是分体选诗这一模式的新发展。

五、诗学维度之三：分品

依据品类区分以选诗，是《唐诗品汇》的一大特色和主要的创新点。盖分期可观流变沿革，分体可观趋尚偏好，分品则可观高下盛衰。高棅标举出正始、正宗、大家、名家、羽翼、接武、正变、余响、旁流九种品类。兹以五言古诗的叙目为例，略述这九种品类或称九格的内涵。

（1）正始。五言古诗叙目中谓确立正始的作用在于"使学者本始知来，溯真源而游汗漫"。因此正始应是指诗体或诗风的本源。

（2）正宗。叙目中以陈子昂、李白为正宗，并谓可"使学者入门立志，取正于斯，庶无他歧之惑矣"。这样看来，正宗是指最具有代表性和典范意义，且须醇正可法。

（3）大家。这一品类比较特殊，在整部《唐诗品汇》中，五古、七古、五律、五言排律、七律这五种诗体中，大家一目，只列杜甫一人，而五绝、七绝两种诗体之中，则不列大家，杜甫入羽翼。这样事实上，被高棅视为大家的唐代诗人只有杜甫一人。所以论者以为"大家一栏是有别于代表盛唐之音的正宗、名家，而专为地位特殊、风格独异的杜甫所设的"[1]。

（4）名家。叙目中以孟浩然、王维等为名家，认为"此皆宇宙山川英灵间气萃于时，以锺乎人矣……学者溯正宗而下观此，足矣"。名家应该是仅次于正宗且各有所长、足以自立的诗人。

（5）羽翼。叙目谓："余于是编，正宗既定，名家载列。根本立矣，奈何羽翼未成。"遂再选崔颢以下三十六人为羽翼，"学者观之，能审诸体而辩所来，庶乎不作开元、天宝以下人物。与夫野狐外道蒙蔽其真识者，又奚足以

---

[1] 袁震宇、刘明今：《中国文学批评通史·明代卷》，上海古籍出版社1996年版，第67页。

知此哉"！羽翼应指正宗、名家之外诗名稍低但仍循正途的诗人，如同正宗、名家的辅翼。

（6）接武。叙目以郎士元、皇甫冉诸人"相与接迹而兴起，翱翔乎大历、贞元之间，其篇什讽咏，不减盛时，然而近体颇繁，古声渐远，不过略见一二、与时唱和而已。虽然，继述前列，提挟风骚，尚有望于斯人之徒欤"。接武就是承接踵武之意。

（7）正变。叙目以韩愈、孟郊为正变，指出韩诗"风骨颇类建安"，"此正中之变也"，而孟诗为"变中之正也"，故"幸其遗风之变，犹有存者，故曰正变"。韩孟诗歌反映了中唐诗坛求新求变的倾向，在高棅看来，他们或由正生变，或变而存正，尚有正宗遗风，故以正变称之。

（8）余响。叙目列王建、张籍以下诸人为余响，并谓："以见唐音之盛，沨沨不绝，虽非阳春白雪，引商汎徵，而属和者不多，殆与下里巴人淫哇之声则有间矣。"虽为正音余波，而不可废弃，是为余响。

（9）旁流。主要指方外、女冠、闺秀等诗人。

以此九品与分期、分体相参差，就衍生出对于不同时期、不同文体乃至不同诗人的诗史地位的判断。

将九品与分期相结合，可以展现唐诗四阶段的价值定位。如《凡例》第三条云：

> 大略以初唐为正始，盛唐为正宗、大家、名家、羽翼，中唐为接武，晚唐为正变、余响，方外、异人等诗为旁流。间有一二成家特立与时异者，则不以世次拘之。[1]

而将九品与分体相结合，则可以见出每种诗体之中，不同诗人的价值定位。如以七言古诗为例，《唐诗品汇》以王宏、王勃、卢照邻等二十九人、诗

---

[1] ［明］高棅：《唐诗品汇》，第14页。

四十六首为正始；以李白一人、诗五十六首为正宗；以杜甫一人、诗五十三首为大家；以高适、岑参、李颀、王维、崔颢五人、诗九十三首为名家；以孟浩然、万楚以下二十一人、诗四十七首为羽翼；以刘长卿、钱起以下二十一人、诗九十一首为接武；以王建、张籍、韩愈、李贺四人、诗一百九首为正变；以武元衡、杨巨源以下十七人、诗四十六首为余响；以杜颋、薛奇童以下二十人、诗四十二首为旁流。当然，在具体诗人的分品归属上，高棅的看法可能还颇有可议处，但其价值在于针对某一诗体，为唐代的诗人们确定了各自的位置，构成了一个精密而有序的逻辑结构，足以成为一家之言。

九种品类与分期、分体的结合，还提供了评判诗人不同诗体创作之地位的参照系。如杜甫在五古、七古、五律、五排、七律诸体中均名列大家，而五、七绝二体中则名列羽翼。很明显，这至少说明在高棅心目中杜甫绝句诗的地位。又如王维，在五律、五排、七律三体中名列正宗，在五古、七言二体中则为名家；崔国辅在五古、七古、五排、七绝四体中为羽翼，但在五绝一体中则列为正宗。这对于揭示唐代诗人创作的完整面貌是有明显作用的。

由于高棅的诗学观念受严羽和杨士弘的影响，始终强调推崇盛唐，而略于中晚唐。具体到《唐诗品汇》的编选中，也有一些失衡处，如白居易的诗选得就比较少，其《新乐府》等作品更是一篇不录。由于此书的影响非常深远，高棅的这些主张，也是明初到明代中期诗坛上比较主流的意见，它对于明代复古摹拟之风有较直接的引导作用，故也曾招致清人钱谦益等不少人的批评。《四库全书总目提要》谓："《明史·文苑传》谓终明之世，馆阁以此书为宗。厥后李梦阳、何景明等摹拟盛唐，名为崛起，其胚胎实兆于此。平心而论，唐音之流为肤廓者，此书实启其弊；唐音之不绝于后世者，亦此实衍其传。功过并存，不能互掩。后来过毁过誉，皆门户之见，非公论也。"[1] 这是比较公允的评价。

---

[1] ［清］纪昀：《四库全书总目》卷一八九，第1713页。

第十五章　孙洙《唐诗三百首》

一、《唐诗三百首》的编写缘起

唐诗是我国古典诗歌的高峰，在不到三百年的时间里，流传下来的诗歌就超过五万首。这样浩繁的卷帙，就是专门研究者，也难以全部诵读，故从唐代开始，有关选本就层出不穷。其中影响最大，流传最广的莫过于清人蘅塘退士编选的《唐诗三百首》。

《唐诗三百首》原署编者"蘅塘退士"。据窦镇《名儒言行录》卷下、顾光旭《梁溪诗钞》卷四二、《锡金游庠同人自述汇刊》所载孙洙五世孙《孙谡鸿自述》，以及《无锡金匮县志》等书记载，孙洙（1711-1778），字临西，又作苓西，号蘅塘，晚号退士，无锡人。少时颖敏过人，然家境贫困，冬日读书时常常握木块于手中，以为木生火可以御寒。乾隆九年（1744）甲子以廪生考中顺天举人，授景山官学教习。十年乙丑明通榜，除上元县教谕。十六年辛未，中吴鸿榜进士。他是同乡硕儒吴鼎（字容斋）的高足弟子，少工制义，为人恬退。历任直隶卢龙、大城，山东邹平知县。所到之处，都能咨访民间疾苦，与百姓谈叙如同家人一般。任大城知县时，捐钱浚河，民享其利。他在处理公事之余，专心读书，不改书生本色。后来又任江宁府教授。孙洙一

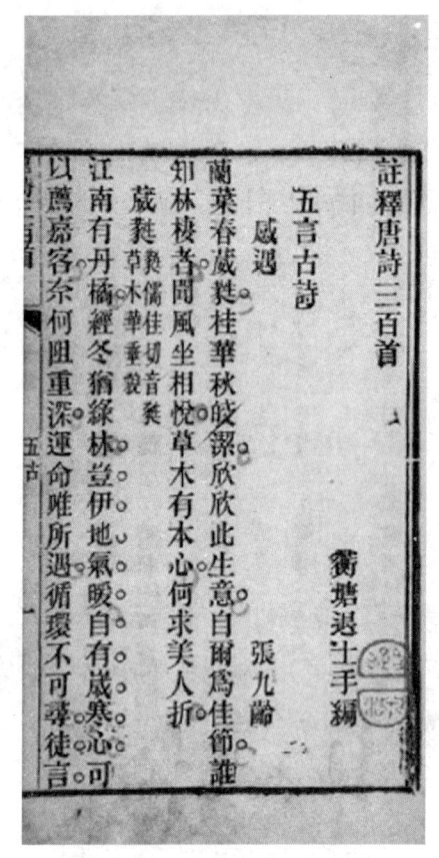

图表四四　清同治十二年刻本
《唐诗三百首》书影

生，虽为官数任，终究淡若寒素，两袖清风。每逢离任时，百姓都攀辕泣送。平生工诗文，擅书法，书宗欧阳询，诗学杜少陵。诗入《梁溪诗钞》，著有《蘅塘漫稿》。乾隆二十八年（1763）癸未春，辑《唐诗三百首》。其继室徐兰英也工诗善画，并对《唐诗三百首》参以见解。孙洙以乾隆四十三年戊戌（1778）卒。

《唐诗三百首》成书于乾隆二十八年，原序是这样的：

世俗儿童就学，即授《千家诗》，取其易于成诵，故流传不废。但其诗随手掇拾，工拙莫辨，且止五七律绝二体，而唐宋人又杂出其间，殊乖体制。因专就唐诗中脍炙人口之作，择其尤要者，每体得数十首，共三百余首，录成一编，为家塾课本。俾童而习之，白首亦莫能废，较《千家诗》不胜远耶？谚云："熟读唐诗三百首，不会吟诗也会吟。"请以是编验之。

序称其编选的目的是作为"家塾课本，俾童而习之"，因此所选之诗都是唐诗中脍炙人口之作。问世以后，就风行海内，流传之广，罕有其比，二百余年来，未曾稍衰。该书收诗家七十七人，而选诗数量，现传各本，稍有不同。其原编共三百一十首，其后章燮注疏，又增七首，清李盘根注本增至四百首。其实，后增之诗，并不符合孙洙本意。因为他编选《唐诗三百首》，是要继踪《诗经》的传统。朱自清先生曾作《唐诗三百首指导大概》，以为编者在模仿"三百篇"。《诗经》三百零五篇，连那有目无诗的六篇算上，共得三百一十一篇；本书三百一十首，决不是偶然的巧合。编者是怕人笑他僭妄，所以不将这番意思说出。

《唐诗三百首》是为了代替《千家诗》而作的，序称超过《千家诗》很远，为了进一步了解《唐诗三百首》，我们先介绍一下《千家诗》。

《千家诗》是中国古代的一部专选格律诗的诗歌选本。性质属于启蒙读物，故而所选的篇章都是一些通俗易懂之作。同时又是分门别类编纂的，题材也是多种多样的，如山水田园、赠友送别、思乡怀人、吊古伤今、咏物题画、侍宴应制等。《千家诗》虽然号称千家，实际只录有122家。按朝代分：唐代65家，宋代52家，五代1家，明代2家，无从查考年代的无名氏作者2家。其中选诗最多的是杜甫，共25首，其次是李白，共8首；女诗人只选了宋代朱淑真2首七绝。宋代人编书好大喜功的特性就是如此。

其作者署称"后村千家诗"，后村就是南宋末年的刘克庄，号后村居士。但现在流传的《千家诗》是经过后代人改编的，其中曹寅刊行的《楝亭十二种》中《分门纂类唐宋时贤后村千家诗》就是流传最广的本子。《千家诗》影响很大，但具有明显的缺点，在于体例庞杂，唐宋杂糅。故而孙洙想摒其弊端，专选唐诗，故而有《唐诗三百首》之作。迄今为止，诗歌选本汗牛充栋，但仍没有超出《唐诗三百首》者，正如文选尚未有超过《古文观止》一样。尤其是今人选本，不堪入目者甚多。

《唐诗三百首》原书有注释和评点，出于孙洙之手。注释以注事为主，未及释义，又非常少，对诗歌的阅读与欣赏没有多大益处。评点则加于诗旁，指点作法，说明大意，品评工拙，很有启迪后学之功效。此外，还有一些圈点，指出好句和关键句，对于初学者也有一定用处。

二、《唐诗三百首》的选取标准

《唐诗三百首》作为一个著名的选本，既体现了选家的诗学观点，也是当时诗坛风气的映照。著名学者王水照先生曾说："《唐诗三百首》是流传最广泛的诗歌选本，其成功之处体现在编选体例和选取标准上。孙洙对已有的同类选本和当时诗坛三大流派，均作过研究分析，才能做到编排合理、体裁完备、篇幅适中、抉择精当。他对沈德潜《唐诗别裁集》采取'精中选精'的方针，构成选目的基础，但又兼取'神韵'、'性灵'之说，形成多姿多彩的自家面目。"[1] 其选诗标准与诗学观点主要有三个方面。

（一）取正不取变

本书的编选目的是便于初学，因为学慎始习，故入门须正。当时的家塾

---

[1] 王水照：《永远的〈唐诗三百首〉》，《中国韵文学刊》2005年第1期，第1页。按，傅斯年《台湾大学国文选拟议》言："《唐诗三百首》之选者，……实超越众家也。然此书太偏辞藻，而略气力，如韩诗佳者甚多，何必选其《南岳篇》？李义山诗辞藻艳丽者多入选，而如王介甫所举之句：'雪岭未归天外使，松州犹驻殿前军。''永忆江湖归白发，欲回天地入扁舟。'皆不在内，此当是康乾间人一时尚为之也。然总其大体，自为佳选耳。"(《傅斯年全集》第五册，湖南教育出版社2003年版，第139页)对于选诗与时尚之关系的理解，可以参考。

学童,后来可能参加科举考试,并步入仕途,因此从小学习,思想就必须纯正。为了适应这个要求,违背儒家正统思想的诗都没有选入。本于这一原则,编者对于盛唐诗,尤其是李杜诗选得最多,而对中唐时期代表诗坛"新变"的诗作选得很少。白居易诗仅选六首,元稹四首,韩愈五首,柳宗元五首。数量不仅与盛唐无法相比,甚至比晚唐李商隐的诗还少了许多。《唐诗三百首》的蓝本是沈德潜的《唐诗别裁集》,沈氏之作即以儒家的"温柔敦厚"作为选诗宗旨,更宗盛唐,主李杜。孙洙编选《唐诗三百首》时,沈德潜还在世,其影响更是很大。如孙洙在《马嵬坡》一诗的批语中说:"唐人马嵬诗极多,唯此首得温柔敦厚之旨,故录之。"其受沈德潜的直接影响还表现在对于沈氏错误的因袭。如《唐诗三百首》中的《金陵图》:"江雨霏霏江草齐,六朝如梦鸟空啼。无情最是台城柳,依旧烟笼十里堤。"实际上,这首诗题目为《台城》,而《金陵图》另有其诗:"谁谓伤心画不成,画人长逐世人情。君看六幅南朝事,老木寒云满故城。"后者才是题《金陵图》绘画的诗。而检这一误植,实始自《唐诗别裁集》。而今上海古籍出版社的本子则已将"金陵图"改为"台城"。但孙氏也不为沈氏所囿,而有所突破。如沈氏不选李商隐《无题》、杜牧《赠别》,盖因其从礼教出发,摒弃艳情之作,且矫枉过正,孙氏则更注重艺术,注重影响,故选诗较为公正。

这里附带说一下《唐诗三百首》为什么不选李贺之诗?我们前面讲过,李贺是中晚唐之际最为著名的诗人之一,在唐诗发展史上,也与李白、李商隐并称"三李",故而当代学者,不少人提出这个问题,如《古典文学知识》2010年第3期刊载的一篇文章《唐诗三百首为何未选李贺诗》。他认为原因有三:一是李贺诗虽有诸多的优胜,可接受性却不强;二是李贺诗歌在写法上也存在某些不可取之处;三是《唐诗三百首》选诗侧重近体,所选各体中近体多于古风,短篇又多于长篇。我觉得以上三点第一点较为准确,也就是李贺诗较为难懂,不符合下面一条取易不取难的原则。其他两条则不一定合理。其实李贺在中晚唐是最有个性的诗人之一,故而说其在写法上有不可取之处就不选,就不合适了。因为李贺现存二百多首诗,写法上有可取之处的诗篇还是有的。其实对于唐诗发展来说,李贺最突出的成就在"变",他通过变来创新,而且变得过分,专门朝"鬼""怪"等特殊的事物上写,如明胡震亨《唐音癸签》引王思任语评李贺云:"贺以哀激之思,作晦僻之调,喜用鬼字,泣字,死字,血字。幽冷溪刻,法当得夭。"[1]钱锺书《谈艺录·长吉字法》也说:"余尝谓长吉文心,如短视人之目力,近则细察秋毫,远则大不能睹舆薪;故忽起忽结,忽转忽断,复出傍生,爽肌戛魄之境,酸心刺骨之字,如明珠错落。"[2]他即"好取金石硬性物作比喻"。例如诗句"昆山玉碎凤凰叫","荒沟古水光如刀","羲和敲日玻璃声","皆变轻清者为凝重,使流易者具锋芒"。钱氏又说:"长吉言物体多用'凝'字,'死'字,言物态则凝死忽变而为飞动。此若人手眼。其好用青白紫红等颜色字,譬之绣鞶剪彩,尚是描画皮毛,非命脉所在也。"[3]用现在的话来说就是剑走偏锋,这对于初学者是容易接受其负面影响的,这就不符合《唐诗三百首》编选的第一个原则。因为《唐诗三百首》是要给初学者做示范的,故而其不选李贺的诗歌是很有用意的。这对我们的学习也是有启发的,也就是无论什么学习,在起初打基础阶段,也是要强调走正路的,我培养的学生,一般不建议其剑走偏锋。至于第三点,说《唐诗三百首》侧重近体,也不准确。因为其只是就数量上说的,而从质量和字数而言,古体诗一点也不比近体诗差,试想一首《长恨歌》和一首《琵琶行》,抵得上多少首绝句的分量?

(二)取易不取难

《唐诗三百首》既为家塾课本,为一般学子指导治学门径,故所选之诗都

---

1 [明]胡震亨:《唐音癸签》卷七,上海古籍出版社1981年版,第67页。
2 钱锺书:《谈艺录》,中华书局1984年版,第46页。
3 钱锺书:《谈艺录》,第51页。

是"脍炙人口之作",并无艰涩难懂之句。选诗时,大概遵从取易不取难的原则。凡是历史背景过于复杂,典故本事过于广博,文理过于艰深,用意过于隐晦之诗,都不在选取的范围。所选之诗,都是当时一般学童易于理解的。在艺术形象方面,凡怪怪奇奇,质木无文,缺乏审美价值的作品也不选入,所选作品的艺术形象都能为一般读者所欣赏领会。在声调方面,凡佶屈聱牙,不便吟咏,难于记忆的作品都不入选;所选者一般都是音节和谐,富于音韵感的作品。在语言方面,也选取一些较为通俗而不是故意作难的文字。有些书认为《唐诗三百首》的缺点还在于没有选杜甫的《洗兵马》、《北征》等作品。其实并不是编者没有注意到,而是这些作品比较艰深,不易为一般读者所接受。编者所选的每一首诗,都是动了一番心思的。但是,《唐诗三百首》与《千家诗》不同的是,除了启蒙的作用外,还是唐诗的一部精选本,各个年龄段的人都可以学习和利用,即编者序中所说的"白首亦莫能废"。

(三)取情不取理

编者在序中特别提到了《千家诗》,说它的优点在于"易于成诵,故流传不废"。但随后又批评其唐宋兼选,殊乖体制,工拙莫辨。故孙洙选诗,专主唐人。孙洙摒宋而专选唐人,是与其选诗标准主情相关。一般认为,唐诗主情,宋诗主理,唐诗多以丰神情韵见长,宋诗多以筋骨思理取胜。[1] 通观古代诗歌,历代作者,多有制作,各自名家,而大致不能超越唐宋之范围,诗选家也不得不于此有所抉择。孙洙处于王士禛、沈德潜主盟文坛之际,流风所及,宗唐派处于极盛阶段自不得不受其影响。而且当时的科举考试,也深受

---

[1] [清]刘熙载:《艺概》卷二《诗概》:"唐诗以情韵气格胜。"(上海古籍出版社1980年版,第68页)钱锺书在《谈艺录·诗分唐宋》中说:"唐诗多以丰神情韵擅长,宋诗多以筋骨思理见胜。"(中华书局1984年版,第2页)缪钺在《诗词散论·论宋诗》中说:"唐诗以韵胜,故浑雅,而贵酝藉空灵;宋诗以意胜,故精能,而贵深折透辟。唐诗之美在情辞,故丰腴;宋诗之美在气骨,故瘦劲。"(上海古籍出版社1982年版,第36页)

王氏神韵说、沈氏格调说所左右，颇为崇尚唐诗，故士子学童不得不由此路而行。清人孙纯葆《唐诗三百首注疏序》："唐以诗取士，我朝诗学昌明，乡会试亦尚八韵，朝考非工此不与馆选，而翰林大考且重在诗，是以教弟子者，未可以为词章末事也。"孙洙身为教谕，自不得不出入于沈、王之间，而以宗唐为其选诗宗旨。因此，选诗时当然以表现唐诗主情的特点为主，凡丰神情韵、格调高雅之作，皆入选其中。就时代而言，盛唐诗人自不必说，中唐诗人白居易，选其《长恨歌》、《琵琶行》、《赋得古原草送别》、《自河南经乱关内阻饥兄弟离散各在一处因望月有感聊书所怀寄上浮梁大兄於潜七兄乌江十五兄兼示符离及下邽弟妹》、《问刘十九》、《宫词》数首，都是富有情韵之作，而对于白居易以讽谕为主的诗歌一首也没有选。而孙洙极力诋毁《千家诗》"殊乖体制"，主要原因在于《千家诗》所选之作，多为杜甫开宋诗法门的七律以及具有理学意味的七绝。但对富有理趣的佳制，孙洙也是注意到的，如选了刘禹锡的《西塞山怀古》、杜牧的《赤壁》、李商隐的《贾生》等作。可见编者既以唐诗的格调情韵为主，又门庭较广，才使《三百首》能取代《千家诗》而广泛流传，风行海内。

三、《唐诗三百首》的典范意义

（一）突出体裁

因为以指示诗学门径为目的，故《三百首》以分体编排为主要特点。当然，这不单纯是简单分一下体裁而已，在选目方面也各有侧重，本书编配各体诗的数目各不相等。尤其是五言律诗的数目，超过七言律诗的数目很多，几近一倍，七言绝句与乐府又相反，超出五言绝句很多。我们拿《全唐诗》各体的数量进行对照，就非常明白，这并不是编者的偏好，而是反映唐代各体诗发展的情形。因为唐诗中五言律诗与七言绝句流传下来的多，可选的也就多，五绝与七律则相反，故所选则少，从中也可以看出选家的匠心。了解这种情形，就可以知道，《唐诗三百首》所选符合唐诗发展演变的规律。

在每一种体裁中，选取的诗人与诗作也各有侧重。如五言古诗及乐府共四十首，初唐仅选张九龄《感遇》二首，中唐韦应物以下选十一首，其余二十七首都是盛唐诗，晚唐一首未选。七言古诗及乐府四十二首，初唐仅选陈子昂《登幽州台歌》一首，中唐韩愈以下选七首，晚唐仅选李商隐《韩碑》一首，其余三十三首都是盛唐诗。这是因为晚唐以下诗人大多才短，尤致力于律绝，古诗之佳制极少，只有杜牧、李商隐、皮日休、陆龟蒙少数作者的古诗堪读。即便如此也不能与盛唐诗人颉抗，故有《韩碑》一首，亦已足矣。五言诗八十首，分布较均匀。七言律诗及乐府五十一首，初唐除沈佺期《独不见》外，一首未选，盛唐二十二首，中唐刘长卿以下十四首，晚唐李商隐以下也是十四首。因为律诗成熟较迟，七律尤迟，故初唐较少，晚唐人多致力于律，故与古诗相比，律诗选晚唐要多得多。至于绝句，晚唐诗人杜牧、李商隐，佳制特多，故选得也多。

孙洙选诗，还非常注意平仄韵律，全书以平仄韵律符合规范者为主，也兼及拗体，为学诗者提供法式。当然，有一些特殊的诗，遵循"不以文害辞，不以词害志"(《孟子·万章上》)的原则，也酌情选入。如崔颢《黄鹤楼》"黄鹤一去不复返"句连用六个仄声，"白云一片去悠悠"又以三平结尾。当是脍炙人口，故不抛弃。又如李商隐《韩碑》"誓将上雪列圣耻"，一句七个仄声，"封狼生貙貙生罴"，一句七个平声，而《三百首》也选入。这不仅因为此诗是李商隐的代表作，更主要在晚唐七古中要算"如景星庆云，偶然一见"之佳篇。

《唐诗三百首》虽然选目甚少，仅300余首，但众体皆备，成为古代初学诗歌创作时的典范，加以分体编纂，更易于初学者。就各体诗歌而言，《唐诗三百首》所选者多是在诗体方面的典范之作，而且各体形式皆备，甚至在某一首诗中，综合其特点。下面选取一些实例加以说明：

1. 长篇古风

选取白居易的《长恨歌》和《琵琶行》就是如此。王力《汉语诗律学》在古体诗律举例中说："《长恨歌》，全诗120句，入律者70句，似律者30句，仿古者20句，拗粘者37句，拗对者8句。一韵四句者23处，二句者6处，八句者两处，平仄相间者25处，以平韵承平韵者两处，以仄韵承平韵者3处。"[1] "《琵琶行》全诗88句，入律者30句，似律者23句，仿古者35句，较《长恨歌》为近古。拗粘20处，拗对16处。一韵四句者8处，两句者8处，六句者1处，十六句者1处，十八句者1处。全篇平仄相间，较《长恨歌》为格律化。"[2] 这两首诗是入律的古风，最能体现中唐古体诗律化的特点，也能说明白居易等人锐意创新的精神，更对我们进一步理解"诗到元和体变新"有所帮助。

2. 乐府诗

对于乐府诗，《唐诗三百首》的选取是别具匠心的。每一卷诗当中，作者往往单独列出乐府，这是与其他选本截然不同之处。比如五言古诗之后，选五言乐府七篇；七言古诗之后，选七言乐府十四首；七言律诗之后，选沈佺期《独不见》乐府一篇；五言绝句之后，选乐府四题七首；七言绝句之后，亦选乐府七首。可见作者是将乐府看成是每一种诗体中相对独立的体裁的。所选之作，以盛唐之前乐府占绝大多数，同时以旧题乐府为主，这是因为旧题乐府至唐代尤其是李白发挥到了极致，并由此产生了转机，这就是杜甫在作旧题乐府的同时，也进行了新题乐府的创造。就新题乐府而言，作者选取杜甫的《丽人行》、《兵车行》、《哀江头》、《哀王孙》诸作。主要在于杜甫的这些诗作，既代表了乐府诗的新变，是新体乐府的代表作，更在于这些诗歌具有很高的艺术价值，值得仿效和学习。而对于新体乐府，我们建国以

1　王力：《汉语诗律学》，上海辞书出版社2005年版，第434页。
2　王力：《汉语诗律学》，第435页。

后非常重视的元稹、白居易的新乐府则一首未选,这是因为他们的新体乐府诗虽然现实意义不亚于杜甫,但是艺术性却较杜甫诗稍逊一筹。再就选杜甫的乐府诗而言,我们现在称道的《三吏》、《三别》,《唐诗三百首》也没有选,其原因则在于这些诗在诗体与韵律方面过于特殊,不便于初学,故也没有选入。如影响极大的《石壕吏》,虽阅读起来较为通俗易懂,但就其诗韵则变化较大,不易掌握。王力在《诗词格律》中分析其换韵情况说:"'村',元韵;'人',真韵;'看',寒韵;真、元、寒通韵。'怒'、'戍',遇韵;'苦',麌韵,麌、遇上去通韵。'至',寘韵;'死'、'矣',纸韵;纸、寘上去通韵。'人',真韵;'孙',元韵;'裙',文韵,真、文、元通韵。'哀'、'炊',支韵;'归',微韵;支、微通韵。'绝'、'咽'、'别',屑韵。"[1] 这样的换韵方式,只有如同大诗人杜甫这样功力的人才能够驾驭,而后人学习,只能望而生畏,更难谈得上学习模仿了。其不选的原因在于此。

(二)重视题材

《三百首》所选之诗,题材广泛,分配也颇均匀。如唐代士人入仕前的隐居、干谒、应试,入仕后的恩遇、迁谪的情况,以及忧国忧民的感情、思慕归田的思绪等都有所反映。比较普遍的题材如相思、离别、慕亲、友爱、怀古、咏史等也选了不少。唐代社会生活的特殊方面更不放过。如唐代音乐、绘画、舞蹈特别发达,诗中颇有反映。该书就选入了李颀著名的咏音乐诗二首,杜甫咏绘画诗二首,咏舞蹈诗一首。这些都有助于学子和一般读者了解唐代的社会生活,也能提高他们的阅读兴趣。

本书入选的诗,一般都具有代表性,尤其能够表现"盛唐气象"。盛唐时期的重要作家几乎无一遗漏,所选的作品也很多。此外,初唐及中晚唐的作家也颇能兼顾,入选者也都是代表作品。对于同一位诗人,能注意到不同

---

[1] 王力:《诗词格律》,中华书局2000年版,第70页。

时期风格不同的作品。如王维，首选突出他恬静闲适的山水诗，也选了《洛阳女儿行》《老将行》《桃源行》等早期清丽雄健的作品，使读者能够比较全面地了解其诗的整体风格。

（三）评点作法

孙洙编纂《唐诗三百首》时，对于原书的部分诗歌，加上了为数不多的点评文字，对于理解作者的文学思想和阅读《唐诗三百首》具有重要作用。他所采用的方法主要有两种：一是评点，二是圈点。

评点方面，最具指导意义。如杜牧《秋夕》诗评点："层层布景，是一幅著色人物画，只'坐看'二字，逗出情思，便通身灵动。"元稹《遣悲怀》诗评点："古今悼亡诗充栋，终无能出此三首范围者，勿以浅近忽之。"李白《月下独酌》"举杯邀明月，对影成三人"评点："题本独酌，诗偏幻出三人，月影伴说，反复推勘，愈形其独。"有时候还指导读诗方法。如杜甫《寄韩谏议注》评点："此诗向无确解，所称美人，或以为即韩谏议，则谏议不知何人，无从据信。钱注谓指李泌，尤牵强附会，毫无证据。但其诗直追屈宋，不可不读。学者当如读'蒹葭'、'秋水'之篇，初不知其何指，而往复低徊，自有不能已者，必求其人以实之，则凿矣。"又如李白《夜泊牛渚怀古》诗："牛渚西江夜，青天无片云。登舟望秋月，空忆谢将军。余亦能高咏，斯人不可闻。明朝挂帆去，枫叶落纷纷。"孙洙评点："以谪仙之笔作律，如蒙神龙于池沼中，虽勺水无波，而屈伸盘挈，出没变化，自不可遏，须从空灵一气处求之。"杜甫《闻官军收河南河北》诗评点："一气旋折，八句如一句，而开合动荡，元气浑然，自是神来之作。"杜甫《江南逢李龟年》诗："岐王宅里寻常见，崔九堂前几度闻。正是江南好风景，落花时节又逢君。"孙洙评点："世运之治乱，年华之盛衰，彼此之凄凉流落，俱在其中。少陵七绝，此为压卷。"

圈点方面，古人读书，很重视圈点，与我们现在的习惯不同，故我们现在很多人阅读《唐诗三百首》，并不重视圈点，新版的书籍也把原来的圈点删去了。《唐诗三百首》圈点的重要性，朱自清先生在《〈唐诗三百首〉指导大概》中作过阐述："书中的评，在诗的行旁，多半指点作法，说明作意，偶尔也品评工拙。点只有句圈和连圈，没有读点和密点——密点和连圈都表示好句和关键句，并用的时候，圈的比点的更重要或更好。"[1] 我们现在读书，如果尝试读一点圈点的书，可能会有别样的感受，这就要读早期出版的线装古籍。陈婉俊的注释本，保留了原书的圈点，但现在即使是中华书局出版的繁体竖排本，也删去圈点了。章燮注本，虽很详尽，亦删去了孙洙的圈点，已经不是原貌。喻守真的《唐诗三百首详析》，于诗旁加实圈和空圈，诗末表明韵部。然其空圈表明是平声，实圈表明是仄声。亦没有沿用孙洙的圈点评诗。

但是，也有一些我们现在认为非常典范的诗作，《唐诗三百首》却没有选。实际上，有些名篇或某些类型的诗不选，也是与孙洙的标准和眼光有关的。他的选诗注重含蓄而艺术，白居易的讽谕诗直率而欠含蓄，所以不选；他的选诗不满浮靡而轻佻，王杨卢骆的歌行尚未摆脱六朝的影响，所以不选；他的选诗反对怪诡而深僻，李贺诗新颖却诡异，所以不选；他的选诗以儿童为读者对象，不宜贪深求长，所以杜甫的《自京赴奉先县咏怀五百字》、《北征》都不选，但白居易的《长恨歌》、《琵琶行》也比较长，因为它们音节流美，风华绮丽，所以入选。[2] 再如张若虚的《春江花月夜》，被闻一多先生誉为"孤篇压全唐"，而《唐诗三百首》也未选。有些人认为这首诗一直到清代还隐晦不彰，故而没有引起孙洙的注意。但是我们阅读了程千帆先生的《张若虚春江花月夜的被理解和被误解》，知道这首诗明代以后还是颇受重视的，

---

[1] 朱自清：《朱自清古典文学论文集》，上海古籍出版社1981年版，第360页。
[2] 参振甫《谈谈〈唐诗三百首〉》，《文史知识》1981年第1期，第28—32页。

作为诗选家和诗论家的孙洙不可能不注意到。故而这个问题还有待于认真研究。我觉得孙洙不选《春江花月夜》，是由于《春江花月夜》的相关作者和题材问题，因为张若虚之前作《春江花月夜》者，有陈后主和隋炀帝，他们的诗作不合温柔敦厚之旨，甚至还被指责为亡国之音，而选入张若虚的《春江花月夜》，也可能会引导初学者去阅读和学习六朝时代的《春江花月夜》，故而尽管张若虚诗写得极为感人，孙洙也只能割爱舍弃。

此外，明清时期八股之盛行，孙氏亦不得不受其影响，在评点作法方面，如评《登高》首联称："二句十四层。"评《野望》诗颔联："二句八层。"评《阁夜》诗首联："二句十余层。"如此甚多，受八股影响的痕迹很明显，这也是我们阅读时需要注意的。

四、《唐诗三百首》的注释与续选

（一）注释本

《唐诗三百首》问世以后屡有刻印，注本也不少，其要者有：1.《唐诗三百首注疏》，清章燮注，有常州宛委山庄本、光绪十年（1884）湖南学库山房校刊本等。2.《唐诗三百首补注》，清陈婉俊注，有光绪十一年（1885）四藤吟社本最为精审。3.《注释唐诗三百首》，清李盘根注，刻本极少，有清咸丰庚寅（1860）三元堂刻本。4.《唐诗三百首详析》，近人喻守真注，中华书局1984年初版。5.《新注唐诗三百首》，今人朱大可注，上海文化出版社1958年3月出版。6.《唐诗三百首新注》，今人金性尧注，上海古籍出版社1980年出版。7.《唐诗三百首集释》，台湾严一萍注，台湾艺文印书馆1991年1月出版。8.《唐诗三百首鉴赏》，台湾黄永武、张高评合著，台湾黎明文化事业公司1986年印行。9.《唐诗三百首汇评》，王步高注，东南大学出版社1997年版。张忠纲《唐诗三百首评注》，齐鲁书社1998年版。胡可先《唐诗三百首注评》，河北人民出版社2006年版。下面我们选取其中最重要的三种选本略作叙述。

1. 陈婉俊《唐诗三百首补注》

陈婉俊是清代金陵才女，字伯英，自称"上元女史"，江苏上元（今江苏南京）人，生活于嘉庆、道光间，为陈叔良之女，李世芬（镜缘）之妻。世芬则是桐城派后期大师姚莹的外孙，姚莹从祖姚鼐即为桐城派古文创始人。姚莹亦为陈婉俊《唐诗三百首补注》作序者。姚莹（1785—1853），字石甫，号明叔，晚号展和，斋名十幸，又自号幸翁，安徽桐城人。为姚门四大弟子之一。曾任台湾道，值鸦片战争，竭力抗英，后又奉命入藏，故对台湾和西藏历史颇有研究。姚氏与林则徐、魏源等主张引进西方科学技术以抵御外来侵略，是贯通中西、学兼汉藏的学者，又是一位爱国将领。姚莹之序，颇有助于了解陈氏注释之过程及该书之价值，故摘录于下："上元伯英女史，余外孙李镜缘世芬内也，为陈叔良观察女。幼聪慧，喜读书，叔良钟爱之，二相攸綦严。适余侄倩李仲甫以其尊人海帆先生官西蜀，侨寓金陵，因得为镜缘缔婚焉。余时权两淮鹾政，会晋省，得悉良缘，知女史为闺中之秀，然不意其能著述也。越数载，女史来归镜缘，余已移官海外。寓书问讯，于邮筒中获睹女史诗词，为欣赏者久之。迨余左迁西蜀，道出里门，镜缘亦归里。见其案头有补注唐诗，询知为伯英女史所辑。考核援引，俱能精当，殆所谓读书难字过者欤。属付枣梨，津逮初学。镜缘则逊谢不遑，为不欲为诗痴符比也。余谓不然，自古注书，得之闺阁者恒鲜，而精当尤难。兹所补注，倩梓人传之，亦一时佳话也。"陈婉俊注释《唐诗三百首》以简明务实、准确可靠著称。其特点是忠实于孙氏原著，保留了孙氏批语。注释着重于诗人小传的撰写和典故名物的诠释，间采宋元以后诗话以释词义，不作文本的阐释和意蕴的分析，这样不妨碍读者欣赏的自由。该书虽篇幅不大，却是迄今为止最为著名的注释本之一。有关《唐诗三百首补注》的研究，可参考郭芹纳《〈唐诗三百首补注〉注释研究》(陕西师范大学硕士学位论文2010年5月)。

2. 章燮《唐诗三百首注疏》

章燮(1783-1852),字象德,号云仙。浙江严州府人。其故居尚存于建德市三河乡章家村。章燮一生不仕,致力于设帐授徒。章燮著述甚多,最著名者为《唐诗三百首注疏》,其他多已散佚不存。该书道光十四年(1834)李超咸跋语以章注与仇兆鳌《杜诗详注》媲美:"本朝仇沧柱先生,注杜诗典核详明,近时推为善本。吾友章上舍云仙,梅城绩学士也。间取蘅塘退士手编《唐诗三百首》,一一详注,足以广一时之闻见,拓万古之心胸,曲鬯旁通,其有裨于后学者非少。刊以问世,行见纸贵洛阳,当与仇之注杜后先相辉映矣。"李超咸为道光九年(1829)己丑科第二甲进士。章燮这一注本与陈婉俊注本比较,却离《唐诗三百首》原貌甚远,因章氏很少保留孙氏批语,同时又增加了一些篇目,达到321首。

3. 喻守真《唐诗三百首详析》

《唐诗三百首》注本最有特色者,陈婉俊《唐诗三百首补注》最简明,喻守真《唐诗三百首详析》最详尽。喻守真(1897-1949),名璞,浙江萧山永兴杨家桥人。1917年毕业于浙江省立第一中学,曾任临浦小学教师。1925年开始担任上海中华书局编辑。抗战爆发后,任上海沪江大学教授。他注释著作甚多,最著名者是《唐诗三百首详析》。该书除了标明《唐诗三百首》每个字的平仄声外,每首诗后列"注解"、"作意"、"作法"、"声调"几种类型,详细分析诗歌的作法以及达到的艺术高度。编注者基本上保存了《唐诗三百首》的原貌,对诗人的生平事迹和创作特点等作简要的介绍,并对诗题和出处等情况略作说明。诗的注释部分简明浅显,不作过多的征引或考证。"作意"部分主要揭示该诗的主题思想;"作法"部分侧重剖析作者的艺术构思,详细解释比兴的技巧、典故的运用、层次的绵密、对仗的虚实、首尾的呼应等问题。(参中华书局版《唐诗三百首详析》前言)

（二）续选本

自清代以来，还有不少续选之作，较早的是清于庆元《唐诗三百首续选》，光绪四年（1878）北京龙文阁刻本。于庆元（1812？—1860），字贞甫，号复斋，江苏金坛人。清道光、咸丰间例贡。一生未入仕途，太平天国军攻金坛，全家遇难。于氏所选，是补孙氏未备之作，该书例言称："自来选唐诗者每失之于繁杂，惟蘅塘退士所编《三百首》最为简当。其有未备者，僭仿其例，编为续选。"该编六卷，卷一选五言古诗67首，卷二选七言古诗24首，卷三选五言律诗75首，卷四选七言律诗72首，卷五选五言绝句20首，卷六选七言绝句69首，共327首。于庆元的选诗标准与孙洙相近，也以儒家思想为主导，注重诗教，而且是有过之而无不及的。其例言称"诗贵温柔敦厚，然与卑琐庸靡秽亵纤巧奚啻毫厘千里。前辈云，说诗专主性灵，其弊必至于废学，观时下风尚，作俑者有由归矣。"又说："是编首严纪律，继标神韵，终及才调，总期别裁伪体，一归雅正。"沈德潜选诗时，重儒家诗教，其时亦兼取神韵性灵之说，而于氏选诗，专主诗教，是其与孙洙有同异之处。其选诗蓝本亦以沈德潜的《唐诗别裁集》为主，从中取材达十之八九。但其亦有矫枉过正之处，如该书不选妇女及无名氏作品，表现男女相思恋情之作也在摒弃之列。该书在清代影响虽然不及孙洙《唐诗三百首》之广，但也颇受重视，冷鹏为《宋元明诗二百首》作序时说："鹏少从朱梅溪师游，课余口授一诗，于《三百首》外，又增抄唐诗一册读之。唐以后，若宋、若元、若明，又各抄一册授读之。鹏于此事茫无一得，然披读之下，心窃好焉，弗敢忘越，得于复斋先生《续选唐诗三百首》刻本，与昔日抄读之册十符其八。欣然展诵，实获我心，因复请于朱梅溪师、家谏庵叔，检宋、元、明诗删辑校订，乃仿《三百首》之例，汇为一编。"因而二书合读，对于唐诗的了解更为完备和全面。

二十世纪后半叶又出现了几种续选或编本，如武汉大学中文系古典文学教研室《新选唐诗三百首》，人民文学出版社1980年版；马茂元、赵昌平《新编唐诗三百首》，1985年岳麓书社刊行；吴战垒《唐诗三百首续编》，1990年安徽文艺出版社刊行等。尽管这一类选本都各有侧重，各有特色，但都不能代替《唐诗三百首》。

由于《唐诗三百首》的有关论文和书籍汗牛充栋，良莠杂陈，甚至精品极少，读者往往难以辨别精粗，这里列举几种重要的文献，以供参考：朱自清《〈唐诗三百首〉指导大概》，载于上海古籍出版社《朱自清古典文学论文集》；王忠《论〈唐诗三百首〉选诗的标准》，载于《国文月刊》第37期（1948年）；振甫《谈谈〈唐诗三百首〉》，《文史知识》1981年第1期；王水照《永远的〈唐诗三百首〉》，《中国韵文学刊》2005年第1期；徐明玉《蒙学诗歌读本〈唐诗三百首〉研究》，吉林大学硕士学位论文2008年；金桂兰《〈唐诗三百首〉与清前期诗学》，首都师范大学硕士学位论文2008年5月；邹坤峰《〈唐诗三百首〉研究》，上海师范大学硕士学位论文2009年3月；黄黾《〈唐诗选〉与〈唐诗三百首〉对比研究》，新疆师范大学硕士学位论文2011年4月。

第十六章 仇兆鳌《杜诗详注》

一、仇兆鳌的思想与学术

仇兆鳌(1638-1717),字沧柱,一字知几,浙江鄞县人。为诸生,以抗直忤有司,遭罗织,久而始解。康熙二十四年进士,选庶吉士,授编修。二十七年充会试同考官,预修《一统志》,复预修《明史》,直南书房。三十三年乞假归。四十三年赴京纂修《方舆程考》,迁左赞善,转侍讲侍读,升侍讲学士,转侍读学士,兼礼部尚书,充经筵讲官。四十九年特擢吏部右侍郎,兼翰林学士。卒年八十。事迹见其自撰《尚有堂年谱》。《广清碑传集》卷五亦载有《仇兆鳌传》。[1]仇兆鳌以《杜诗详注》闻名于后世。当时人就誉为"集大成"之作[2]。我们检讨仇兆鳌一生的事迹,他不仅仅是以注释为主的学问家,

---

1 有关仇兆鳌生平事迹,除了《尚友堂年谱》、《广清碑传集》外,尚有《国朝诗人征略·仇兆鳌》等。今人张佳有《仇兆鳌年谱考略》,载《杜甫研究学刊》2011年第1期,第89-92页。均可资参考。
2 [清]边连宝:《杜律启蒙凡例》称:"仇氏《详注》,虽所取太博,时或短于抉择,然不可谓非集大成之书也。"(《杜律启蒙》,齐鲁书社2005年版,第1页)[清]李调元:《雨村诗话》卷下:"杜诗笺注有《千家注》,有《五百家注》,然总逊近日仇兆鳌《详注》,可谓集大成矣。"(《清诗话续编》,上海古籍出版社1983年版,第1530页)

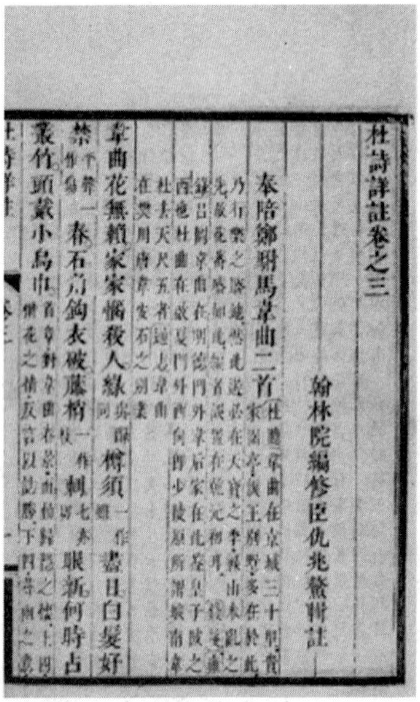
杜詩詳註卷之三

翰林院編修臣仇兆鰲輯註

奉陪鄭駙馬韋曲二首

韋曲花無賴家家惱殺人綠樽須盡且白髮好

禁一春石角鉤衣破藤枝刺眼新何時占

叢竹頭戴小烏巾

图表四五　清刻本《杜诗详注》书影

而且是一位学有渊源的思想家，又是一位道术的迷信者，这一切都对《杜诗详注》具有一定的影响。

（一）仇兆鳌与浙东学术

1. 仇兆鳌从学黄宗羲经过

仇兆鳌是黄宗羲的及门弟子，故其论学渊源于刘宗周，后来授徒讲学，以理学自任，成为浙东学派的中坚人物。[1]贾润《明儒学案序》载："余伏处畿南，雅闻浙东多隐居乐道之儒，而姚江黄梨洲先生为之冠。梨洲之门，名公林立，而四明仇沧柱先生尤予所宿契者。每欲南浮江淮，历吴门，渡钱塘，

1　有关仇兆鳌与浙东学派的关系，吴淑玲博士有过专门的研究，认为仇兆鳌是浙东学派的另类重要成员，他虽然没有在重经重史的方向上走出自己的路，表面上看来亦游离于浙东学术之外，而实际上的思想根底和学术归依依然是浙东学派。他以浙东学术为依托，为浙东学术在别集研究方面建树了功勋。见《仇兆鳌与浙东学派之关系》，《河北大学学报》2005 年第 1 期，第 117–120 页。吴淑玲还有《〈杜诗详注〉研究》，齐鲁书社 2011 年版，是近年来唯一的研究《杜诗详注》的专著。

遍访姚江支派，各叩其所学，而道里殷遥，逡巡未果。已而沧柱先生居天禄石渠，操著作之任，益大昌其学。"[1] 贾朴《明儒学案跋》载："后先君闻甬江仇先生入中秘，讲学京邸，乃呼朴，谓'仇先生文章学术，源本《六经》，为东南学者，尔其往授业焉。'朴乃执经先生之门。"[2] 王士禛《居易录》卷二七："余姚县处士黄宗羲……以古文经学倡浙东，海内推为耆宿，翰林陈锡嘏、范光阳、仇兆鳌，及陈赤衷、董允瑫、万斯大、斯同辈皆出其门。"[3] 仇氏从学于黄宗羲，录其要者数事于下：

康熙四年乙巳（1665），仇兆鳌始从学于黄宗羲。《黄宗羲年谱》"康熙四年"条："康熙四年，公五十六岁。春，甬上万充宗、季野、陈介眉、夔献、董在中、巽子、吴仲、仇沧柱等二十余人，咸来受业。"[4] 其时黄宗羲在余姚讲学。

康熙十一年壬子（1672），仇兆鳌三十五岁时，黄宗羲有两首诗赠仇兆鳌，其一云："积叶窗前日日深，读书好自傍岩阴。百科已竭时文力，千载惟留当下心。坊社连环何足解，儒林废疾望谁针。凭君一往穷经愿，明月当前日未沉。"其二云："禅院幽扉客至开，上方石壁翳苍苔。题名隐显钱江柳，弹指兴亡现去来。铿尔磬声留木末，悠然窗影过窗隈。城南胜地人文萃，好傍云山筑讲台。"[5] 其时仇兆鳌已在杭州云居山上方寺开馆授徒。

康熙十五年丙辰（1676），仇兆鳌三十九岁时，黄宗羲撰成《明儒学案》六十二卷。黄宗羲曾以《明儒学案》前六卷见赠仇兆鳌，事见陆陇其《三鱼堂日记》。

康熙十七年戊午（1678），仇兆鳌四十一岁，仇石涛、兆鳌兄弟二人请黄宗羲为其父仇公路先生八十寿辰作寿文，云："石涛，沧柱，承顺严训，服食古圣人之道，昼夜淬砺，声誉殷然，为江湖闻人。而沧柱为当今选家第一，

---

1 ［清］黄宗羲：《明儒学案》卷首，中华书局2008年版，第9页。
2 ［清］黄宗羲：《明儒学案》卷首，第10页。
3 ［清］王士禛：《居易录》卷二七，影印《四库全书》第869册，第650页。
4 黄炳垕：《黄宗羲年谱》，中华书局1993年12月版，第33页。
5 方南生：《海内稀见的仇兆鳌自订〈尚友堂年谱〉》，《文献》1988年第2期，第147–154页。

通都大邑，穷乡村校，皆家有其书。……沧柱之名，不下于余所称引诸君，亦以湛心经术，墨守庭诰，故文章风韵，主盟于当世而无愧。"[1]

康熙三十一年壬申（1692），仇兆鳌五十五岁，黄宗羲作《明儒学案序》称："书成于丙辰之后，许酉山刻数卷而止，万贞一又刻之而未毕，壬申七月，余病几革，文字因缘，一切屏除，仇沧柱中都寓书，言北地贾仓水见《学案》而叹曰：'此明室数百岁之书也，可听之埋没乎！'亡何贾君亡，其子醇庵承遗命刻之。"[2]

康熙三十二年癸酉（1693），仇兆鳌五十六岁，仇兆鳌为黄宗羲《明儒学案》作序。仇氏《明儒学案序》："吾师梨洲先生纂辑是书，寻源泝委，别统分支，秩乎有条而不紊，于叙传之后，备载语录，各记其所得力，绝不执己意为去取，盖以俟后世之公论焉尔。独于阳明先生不敢稍有微词，盖生于其乡者，多推尊前辈，理固然也。先生为白安忠端公长子，刘念台先生高弟，尝上书北阙，以报父仇，又抗章留都，以攻奸相。少而忠孝性成，耆则隐居著述，学问人品，诚卓然不愧于诸儒矣。是书成于南雷，刊布于北地，亦可见道德之感人，不介以孚，而贾君若水之好学崇儒，真千里有同心夫！康熙癸酉季秋，受业仇兆鳌顿首拜题于燕台邸舍。"[3]黄宗羲作《明儒学案序》末署："黄宗羲序，康熙三十二年癸酉岁，德辉堂谨梓。"[4]

康熙三十四年乙亥（1695），仇兆鳌五十八岁，黄宗羲卒，享年八十六岁。次年，仇兆鳌与黄门弟子共二十五人商议"私谥"宗羲先生曰"文孝"。

2. 仇兆鳌与浙东学术

仇兆鳌入浙东学派宗师黄宗羲的门下，成为浙东学派的重要人物，故其以浙东学术的精神贯穿于他的学术研究当中。浙东学派重史学，重实学，仇

---

[1] ［清］黄宗羲：《黄宗羲全集》第十册，浙江古籍出版社1993年版，第663页。
[2] ［清］黄宗羲：《明儒学案》卷首，第5—6页。
[3] ［清］黄宗羲：《明儒学案》卷首，第8页。
[4] ［清］黄宗羲：《明儒学案》卷首，第5—6页。

兆鳌确是如此。仇兆鳌所作的史学著作有《纲鉴会纂全编》、《通鉴论断》、《天童寺志》、《杜工部年谱》等。尤其是他在五十岁时，撰写了《通鉴论断》，应该是其史学观念的表达，是对于黄宗羲史学的继承。但该书已散佚不存，无从窥其全豹。

浙东学派的一个重要学术精神是"学究于史"，有关浙东学术的精神，我们先举清人章学诚《文史通义》论浙东学术云：

> 浙东之学，虽出婺源，然自三袁之流，多宗江西陆氏。而通经服古，决不空言德性，故不悖于朱子之教。至阳明王子揭孟子之良知，复与朱子抵牾。蕺山刘氏本良知而发明慎独，与朱子不合，亦不相诋也。梨洲黄氏出蕺山刘氏之门，而开万氏弟兄经史之学，以至全氏祖望辈尚存其意，宗陆而不悖于朱者也。惟西河毛氏，发明良知之学，颇有所得；而门户之见，不免攻之太过，虽浙东人亦不甚以为然也。世推顾亭林氏为开国儒宗，然自是浙西之学。不知同时有黄梨洲氏出于浙东，虽与顾氏并峙，而上宗王、刘，下开二万，较之顾氏，源远而流长矣。顾氏宗朱而黄氏宗陆，盖非讲学专家各持门户之见者，故互相推服而不相非诋。学者不可无宗主，而必不可有门户，故浙东、浙西道并行而不悖也。浙东贵专家，浙西尚博雅，各因其习而习也。……浙东之学，言性命者必究于史，此其所以卓也。[1]

仇兆鳌是将史学精神贯穿于《杜诗详注》之中的，尤其他所编写的《杜工部年谱》更是如此。"他的《杜工部年谱》杜诗系年以及对杜诗中涉及史的诗篇的考订，虽然亦不无疏漏，总体而言，还是考订仔细、颇下功夫的，这其实也是浙东史学的一种风范。只是清代学术中重经重史不重文学研究的现状使仇兆鳌无法以这样的著作奠定起他在史学史上的位置罢了。黄宗

---

[1] [清]章学诚：《文史通义新编》，上海古籍出版社1993年版，第69—70页。

羲是引导浙东学术向重经重史之路发展的决定性人物,仇兆鳌在史学方面的努力,恐怕不能排除黄宗羲的影响。"[1]我们检讨仇兆鳌的《进书表》:"翰林院编修臣仇兆鳌,奏为恭进《杜诗详注》事。……伏以尼山六籍,风雅垂经内之诗,杜曲千篇,咏歌作诗中之史。上承《三百》遗意,发为万丈光芒。前代词人,于斯为盛。后来作者,未能或先。……伏惟少陵诗集,实堪论世知人,可以见杜甫一生爱国忠君之志,可以见唐朝一代育才造士之功,可以见天宝、开元盛而忽衰之故,可以见乾元、大历乱而复治之机。兼四始六义以相参,知古风近体为皆合。愚蒙一得,冒达九重。……康熙三十二年十一月日,翰林院编修臣仇兆鳌上表。"[2]是知仇氏注杜,其旨是以经史为宗的。对于杜诗,黄宗羲也具有浓厚的兴趣,他曾评点杜诗二十四卷。朱氏评本有道光十一年(1831)阳湖庄鲁驯刻本,据卷首朱彝尊康熙四年(1665)跋语,知其完成于该年之前。朱彝尊的批语,仇兆鳌《杜诗详注》曾加以引用,说明在杜诗方面,朱彝尊对于仇兆鳌是有直接影响的。《杜诗详注》完成之后,陈讦专门有批注本,现藏于上海图书馆。陈讦手批《杜诗详注》一书的特点在于不就杜诗本身的内容来批评,而是针对仇兆鳌对杜诗的注释而发。其目的主要是纠摘疵谬,将仇兆鳌注释讹误之处予以纠正。一是强调仇注不合杜诗神理,不懂诗义之处;二是指出仇注谬误之处;三是批驳仇注中臆解之处。[3]陈讦(1650—1732?),字言扬,号宋斋,浙江海宁人。与仇兆鳌同入黄宗羲之门。陈氏之批语亦务精务实,表现了浙东学人专精的学风。

仇兆鳌与万斯同等鄞县学人的关系,也是其受浙东学术影响的见证。而且这些影响也贯穿于《杜诗详注》当中。

---

[1] 吴淑玲:《仇兆鳌与浙东学派之关系》,《河北大学学报》2005年第1期,第120页。
[2] [清]仇兆鳌:《杜诗详注》附编,第2351—2352页。
[3] 参曾绍皇《稀见清代名家手批杜诗提要三种》,《杜甫研究学刊》2009年第1期,第72—81页。陈氏批语又见刘重喜《陈讦〈杜诗详注〉批语辑录》,载《古典文献》第十一辑,南京大学出版社2008年版。刘重喜又有《陈讦批〈杜诗详注〉》一文,载《中国古代文学文献学国际学术讨论会论文集》,凤凰出版社2006年版。

对于前辈学者，仇兆鳌最推尊王嗣奭。王嗣奭（1566-1648），鄞县人，他的杜诗著作是《杜臆》。他处于明末清初易代之际，将自己的民族气节融注于这部杜诗研究著作之中。称"吾以此为薇，不畏饿也。"[1] 不仕清朝，而以杜诗为依托。他取名《杜臆》也是强调孟子的"以意逆志"之说："臆者意也，以意逆志，孟子读诗法也。"[2] 仇兆鳌在《杜诗详注》的凡例中，即言前人之著述："最有发明者，莫如王嗣奭之《杜臆》。"[3] 王嗣奭在明代官至涪州知州，明朝灭亡，返乡隐居不仕，致力于杜诗研究，至八十岁时完成《杜臆》一书。但该书一直晦而不彰，直到仇兆鳌得到钞本，采其精义大量引用于《杜诗详注》之中，世人才对其人其书有更多了解，其时已距王氏成书时间远远超过一个甲子轮回了。

万斯同（1638-1702），是仇兆鳌的挚友。万斯同与仇兆鳌同年出生，同为生长于鄞县的友人。其父万泰是与黄宗羲共同抗清的挚友，万斯同在十七岁时便师事黄宗羲。万氏在康熙十八年他四十二岁时，又被征召编纂《明史》，但万斯同不受清朝的俸禄，其条件一直是以布衣的立场参与编纂。仇兆鳌与万斯同一直保持着交游的关系。在康熙二十八年开始编纂《杜诗详注》时，书内便已标明了友人万斯同的记载，并于卷二《送高三十五书记十五韵》引用了万斯同的解释。康熙二十九年仇兆鳌曾拜访过万斯同，二人一起探讨了一些经术上的问题。从次年的康熙三十年起，仇兆鳌也参与了《明史》的修订工作，与《明史》编纂的中心人物万斯同有了进一步接触的机会。王（嗣奭）、黄（宗羲）、万（斯同）三人共同的特点是坚持自己的立场，不仕于清朝。[4]

仇氏将浙东学术"学究于史"的精神用于注释之学，亦用于文学。我们

---

1 ［清］全祖望：《续甬上耆旧诗》（中册）卷四四，杭州出版社2004年版，第358页。
2 ［明］王嗣奭：《杜臆原始》，《杜臆》卷首，上海古籍出版社1983年版，第3页。
3 ［清］仇兆鳌：《杜诗详注》卷首，第24页。
4 参佐藤浩一《论〈杜诗详注〉中的论世知人——关于浙东鄞县文化磁场的考察》，《杜甫研究学刊》2009年第1期，第91-95页。

还可以举一例加以说明，这就是他为叶光耀的《浮玉词初集》作过点评。仇氏评叶光耀《宫中调笑·蝴蝶》云："读竟恍入华胥国，未许便醒。"又评《潇湘夜雨·题章子鹤竹溪画像，时游菰城还里》云："昔文洋州画竹苦烦，几将鹅溪作袜，今袜材亦具章子矣。"叶氏《浮玉词初集》分上、中、下三卷，藏于浙江图书馆，刊刻于康熙年间，海内外甚为罕见。其中有当时著名文人157人的点评文字，包括西泠十子以及顾贞观、洪升等诗词作家，仇氏忝列其中，说明其与东南一地杭湖之间的文学流派颇有往还。[1]

（二）仇兆鳌与道教学说

我们查阅了《清史稿》对于仇兆鳌著述的记载，《杜诗详注》二十五卷、附编二卷，署"仇兆鳌撰"，还有《周易参同契》二卷，署"仇沧柱撰"，是集注性质之书。此外，仇氏还有《悟真篇集注》一书，说明仇氏是热衷于道家之说的。仇兆鳌有一首《清风祠》诗："陵谷推迁桐柏宫，西山二子委蒿蓬。丹云岑寂寒云里，古像飘摇细雨中。四面空怜环翠嶂，一椽谁与葺清风。梭溪日夕滔滔去，鹤怨猿惊怅未穷。"清风祠在天台山的桐柏观，是道教圣地，其道教渊源肇始于周，相传周灵王太子晋驾鹤飞升成仙，封桐柏真人。随后各代传承，至晋葛玄入天台山求仙学道，建造桐柏观。其后宫观渐盛。唐朝大诗人孟浩然即有《宿天台桐柏观》诗，流露出学道求长生的想法。咸通十三年台州刺史姚鹄始于此创老君殿，以弘扬道教，晚唐文人郑薰、周朴、任翻都有诗流传。到了北宋时期，紫阳真人张伯端在桐柏宫修炼道法，创立了金丹派南宗，变外丹为内丹。张伯端曾著《悟真篇》，《四库全书总目》推尊此书："专明金丹之要，与魏伯阳参同契，道家并推为正宗。"[2]仇兆鳌到了该山的清风祠，题诗留念，关合其为《悟真篇》作集注，可知其当受道教内丹思

---

1 详参胡可先《〈浮玉词初集〉与清初东南词坛》，载《安徽大学学报》2011年第1期，第28–42页。
2 ［清］纪昀：《四库全书总目》卷一四六，第1542页。

想影响很深。

仇兆鳌完成《悟真篇集注》后，作了序言，末署："康熙四十二年癸未岁季夏月，甬江后学知几子薰沐拜手谨序。"其《周易参同契集注序》末署："康熙四十三年三月朔旦，甬江后学仇兆鳌薰沐拜手撰。"康熙四十二年，是仇氏《杜诗详注》初刻完成的一年。可见其注道学著作和注杜诗是基本同步的。《古本周易参同契集注序》有言："爰据古文，厘定经传，又集诸家注疏，于采药还丹，炼己温养，亦既详言无隐矣。惟神为丹君，而气为丹母，尚须陈述简端，以推用功之纲要。兹者沉潜讨论，无间寒暑，所幸生既升平，圣人首出，得优游化日光天之下，以讲求尽性至命之书，尚冀衰迈余年，良缘可俟，从此咸登仁寿，而不徒托之空言，则素心庶几其一遂也夫。"[1] 是知仇氏是亦信奉还丹长生之术，故注书之旨，不在徒托空言。有关仇兆鳌受道教影响的情况，以及对于道教典籍的研究，我们不拟再作深入的研究，故简单介绍于此。

二、《杜诗详注》的编纂过程

《杜诗详注》是仇兆鳌萃聚二十余年的精力写就的一部杜诗注释书籍，其间几易其稿，多次增补，可见其注释过程艰难繁复。其关节点有以下几个方面：

康熙二十八年己巳（1689），仇氏开始注杜。仇氏《杜诗补注》称："注杜始于己巳岁。迨乙亥还乡，数经考订。癸未春日，刊本告竣。甲申冬，上金台……辛卯到政南归，舟次辑成。"[2]

康熙三十二年壬午（1693），仇氏《杜诗详注》初步完成，抄呈进奏于康

---

[1] ［清］仇兆鳌：《古本周易参同契集注》卷首，上海古籍出版社1989年版，第17—18页。
[2] ［日］佐藤浩一：《〈杜诗详注〉传本研究》，《唐代文学研究》第十一辑，广西师范大学出版社2006年版，第439页。

熙皇帝。仇氏《杜诗详注序》末署："时康熙三十二年癸酉岁长至日，翰林院编修臣仇兆鳌谨序。"又《进书表》末署："康熙三十二年十一月日，翰林院编修臣仇兆鳌上表。"[1]

康熙四十一年（1702），仇氏《诸家咏杜》完成。仇氏《诸家咏杜小序》末题："壬午夏日兆鳌识。"[2] 又搜集逸诗成，其《少陵逸诗小序》末题："壬午春日兆鳌识。"[3]

康熙四十二年癸未（1703），仇氏《杜诗详注》初刻告成，其中杜诗正文二十四卷，附录一卷，另有卷首一卷。仇氏"杜律重宝弁言"："时癸未岁康熙四十二年春王正月，甬江后学仇兆鳌附记。"[4]

康熙四十三年甲申（1704），康熙皇帝南巡，仇氏进上《杜诗详注》。《宁波府志》卷一九《名臣·仇兆鳌传》："四十三年，圣驾南巡，兆鳌诣吴江迎銮，面呈所辑《杜诗详注》，蒙赐'餐霞引年'匾额。"[5] 又为左岘《杜工部草堂记》作跋："故友左君湘南，登康熙庚戌科进士，初任龙岩令，后补蜀之威州，故于蜀中形胜古迹，多留意焉。再知陈州，升部郎，见余注杜，嘱之曰：'少陵千载诗宗，注家林立，往往彼此讥弹。子笺此集，恐具目者且四面而环攻之矣。'后衡文东粤，振拔孤寒，高出从前学使。归里时，克捐余资以佐剞劂之不逮。此书告成，甫寓目而旋逝世。噫！表韵事于先贤，抚遗文而叹息，草堂一记，考据精详，真堪流传艺苑矣。岁在甲申菊月兆鳌附记。"[6]

康熙五十年辛卯（1710），仇氏完成"咏杜附编"后编、"杜诗补注"。是年冬天，《杜诗补注》辑注完毕，命次子廷模编次，作附记云："注杜始于己巳岁，迨乙亥还乡，数经考订。癸未春日，刊本告竣。甲申冬，仍上金台，复得

---

1 [清]仇兆鳌：《杜诗详注》附编，第2352页。
2 [清]仇兆鳌：《杜诗详注》附编，第2257页。
3 [清]仇兆鳌：《杜诗详注》卷二三，第2098页。
4 [日]佐藤浩一：《〈杜诗详注〉传本研究》，《唐代文学研究》第十一辑，第439页。
5 [清]曹秉仁纂：《宁波府志》卷一九，台湾成文出版社1974年影印清雍正十一年修，乾隆六年补刊本，第1598页。
6 [清]仇兆鳌：《杜诗详注》附编，第2256页。

数家新注，如前辈吴志伊、阎百史，年友张石虹，同乡张迩可，各有发明。辛卯，致政南归，舟次辑成，聊补前书之疏略。时年七十有四矣。"[1]

康熙五十二年癸巳（1712），仇氏完成"诸家论杜"，《杜诗详注》最后完成。杜甫诗文二十五卷，首二卷，附录二卷，总计二十八卷。仇氏《诸家论杜》附记："诸家评论，已载各章之末，其统论纲领及连释字句者，又附纪此编，庶广前编所未备耳。癸巳岁兆鳌识。"[2]

《杜诗详注》的版本，据佐藤浩一教授考证[3]，主要有下列几种：①康熙四十二年初刻本，现为复旦大学、清华大学、日本筑波大学、日本东洋文库所藏的本子。②康熙五十二年刻本。国家图书馆、上海图书馆、北京大学图书馆、日本筑波大学图书馆均有所藏。③康熙五十二年以后的后印本与翻刻本。这些版本较多，如上海扫叶山房民国十年翻刻本。④商务印书馆1930年排印本。后来《国学基本丛书》及文学古籍刊行社的本子都以此本为基础。⑤中华书局1979年点校本。这是近三十余年最为通行的本子。点校者没有在书上署名，实际是程毅中、冀勤、黄克、方南生。书的前言为程毅中撰写。我们现在阅读《杜诗详注》，建议用中华书局的本子。

三、《杜诗详注》的体例

仇兆鳌《杜诗详注》二十五卷、《附编》二卷。该书是仇氏花二十余年心力撰成，康熙四十三年（1704）呈进，时仇氏已六十七岁。此书卷帙浩瀚，资料繁富，带有集大成的性质。全书体例是诗文分列，以编年为次，编年又以朱鹤龄《杜甫年谱》为主。注诗体例是诗题之下，解释写作时地，接着列原

---

1 ［清］仇兆鳌：《杜诗详注》卷二三，第2097页。
2 ［清］仇兆鳌：《杜诗详注》附编，第2349页。
3 ［日］佐藤浩一：《〈杜诗详注〉传本研究》，《唐代文学研究》第11辑，广西师范大学出版社2006年版，第436-449页。

诗，长诗多分章分段，诗文之下，先释大意，后作串解，有时还加以评论发挥。然后是诗的词语注释，其特点是征引广博，注解详尽，搜罗前人及时人注释多至百家，于杜诗每句必求其出处由来。注释之后，又引各家评论，凡前人之别集、杂著、诗话、笔记中涉及杜诗者一一列举，很有助于杜诗的理解。该书卷首有《杜诗凡例》二十则，言其体例非常周详：一，杜诗汇编。主要将杜诗按年编次。二，杜诗刊误。即订正传本错乱之处。三，杜诗编年。即依年编次，以见其生平履历。四，杜诗分章。即分章注释，以提明本意。五，杜诗分段。长篇分段落，以见体例严整。六，内注解意。先提总纲，次释句义。七，外注引古。即在诗后引证典故出处。八，杜诗根据。即每体之后，备载名家评论，以见诗法来源脉络。九，杜诗褒贬。取其羽翼杜诗者，凡与杜为敌者，概削不存。十，杜诗伪注。凡伪注皆行刊削。十一，杜诗谬评。无精实见解者，所采甚稀。十二，历代注杜。十三，近人注杜。十四，杜赋注解。十五，杜文注释。十六，诗文附录。十七，少陵大节。十八，少陵旷怀。十九，少陵谥法。二十，少陵逸事。由此可见出其注体大思精，宏博该赡。

四、《杜诗详注》的价值

（一）校勘

1. 据众本校

杜诗注释，宋人就有千家注杜之说，说明版本众多，至于清代，更是倍增，仇兆鳌详注杜诗，于版本校勘方面颇为致力，主要在搜罗众本，对于异同。起首《凡例》，专述校勘宗旨，并举例甚多，对我们阅读杜诗，确有帮助：杜诗刊误坊本多字画差讹。蔡兴宗作《正异》，朱文公谓其未尽，如"风吹沧江树"，"树"当是"去"，乃音近而讹。"鼓角满天东"，"满"当是"漏"，乃形似而讹。当时欲作考异，未暇及也。近日朱长孺采集宋元诸本，参列各句之下，独称详悉。然犹有遗脱者,如《何氏山林》诗"异花开绝域",当是"来绝域",于"开拆"不犯重。《送裴尉》诗"扁舟吾已就",当是"吾已僦",于"就此"不相重。如《冬深》诗"花叶随天意",当是"惟天意",于"随类"不相重。如《送王侍御》"况复传宗近",当是"宗匠",于"近野"不相重。如《诸葛庙》"巫觋醉蛛丝",当是"缀蛛丝",于上句"穿画壁"方称。《王彭州》诗"东堂早见招",当是"东床",于"河汉"、"夫人"等语相合。如《秋兴》诗"白头今望苦低垂",与"彩笔昔曾干气象"本相工对,刻本误作"吟望"。《呀鹘行》"强神非复皂雕前",与"紧脑雄姿迷所向",字无复出,而刻本误作"迷复"。又如《遣意》诗"宿雁聚圆沙",当是"宿鹭"。《草堂即事》诗"宿鹭起圆沙",当是"宿雁"。鹭雁各有时候,彼此两误也。今或依他注改正,或据臆见参定。至于上下错简、句语颠倒者,如《古柏行》"君臣已与时际会"二句,当在"云来"、"月出"之下。如《姜少府设鲙》"偏劝腹腴愧年少"二句,当在"落砧"、"放箸"之下。如《过吴侍御宅》"仲尼甘旅人"二句,当在"闭口"、"叹息"之下。如《郭代公故宅》"精魄凛如"二句,当在顾步涕落之下。如《梦李白》、《赠苏涣》、《呈聂耒阳》诸诗,各有颠错之句,今皆订正,文义方顺。[1]

2. 据石刻校

杜诗石刻,唐代即有之,或出于作者手书,或出于他人抄录。延及两宋,就有杜诗石刻遍天下之称。运用石刻校杜诗,是理所当然的。在这方面,唐五代的杜诗石刻更为可贵。仇兆鳌《杜诗详注》卷二三《过洞庭湖》诗注:"潘子真《诗话》:'元丰中,有人得此诗刻于洞庭湖中,不载名氏,以示山谷,山谷曰:此子美作也。'今蜀本收入。大历四年夏,公在潭州,此当是五年夏自衡州回棹,重过洞庭湖而作。今据郑印编次为正。"[2] 则此诗刻石,宋郑印编次杜诗时已引起重视。仇氏所称"据郑印编次为正",则他本也有著录,只是逊于郑印本而已。

---

[1] [清]仇兆鳌:《杜诗详注》卷首,第21–22页。
[2] [清]仇兆鳌:《杜诗详注》卷二三,第2087页。

3. 据声律校

如《江上值水如海势聊短述》诗,宋刻《杜工部集》及九家集注本中这首七律的前四句是:"为人性僻耽佳句,语不惊人死不休。老去诗篇浑漫兴,春来花鸟莫深愁。""句"字是去声,"兴"字又是去声,邻近两联的出句句脚声调相同,犯了上尾的声病,所以仇兆鳌从黄鹤注本,校改"漫兴"为"漫与",并说:"黄鹤本及赵次公注,皆作'漫与',《韵府群玉》引此诗,亦作'漫与'。王介甫诗:'粉墨空多真漫与。'苏子瞻诗:'袖手焚笔砚,清篇真漫与。'皆可相证。诸家因前题《漫兴九首》,遂并此亦作'漫兴'。按上联有'句'字,次联又有'兴'字,不宜叠见去声。"这里仇兆鳌是以不犯上尾的观念来校正杜诗。[1]

(二)注释

1. 探源委

仇兆鳌说:"李善注《文选》,引证典故,原委灿然。"引典能明原委,是李善博学的缘故,注文、注诗,原不比写文、写诗容易,一难在"学",一难在"才",各有难处。如李善注《刘公干公䜩》诗首句:"永日行游戏。"注文是:"永日,长日也,《尚书》曰:'日永星火。'《毛诗》曰:'且以永日。'毛苌曰:'永,引也。'古诗曰:'游戏宛与洛。'"《尚书·尧典》与《毛诗·唐风·山有枢》,都是先秦的作品,李善信口道来,原委灿然,看似容易,实甚艰辛。仇氏《杜少陵集详注凡例》又举出笺注的通则说:"所证之书,以最先者为主,而相参者则附见于后。"仇氏所说甚为正确。[2]

2. 切文意

如杜甫《重过何将军山林》诗:"雨抛金锁甲,苔卧绿沈枪。"或解"绿沈"为精铁,或解"绿沈"为竹子,周紫芝《竹坡诗话》卷一称:"余读薛氏

---

[1] 黄永武:《中国诗学·考据篇》,第79—80页。
[2] 黄永武:《中国诗学·考据篇》,第84—85页。

《补遗》，乃以绿沈为精铁，谓隋文帝赐张奫以绿沈之甲是也，不知金锁是何物。后又读赵德麟《侯鲭》，谓绿沈为竹，乃引陆龟蒙诗：'一架三百竿，绿沈森杳冥。'此尤可笑。"解为精铁或竹子，虽有征典实，有些不切文义，有些不合诗法，绿沈如是精铁，则金锁也必有出典，才能相对。但周氏以为本诗并无出典，直解作"甲抛于雨，为金所锁；枪卧于苔，为绿所沈。有将军不好武之意"。也是未必，因为中国的诗歌，前后的因袭性特别显著，杜甫的诗被后人视为"无一字无来历"，则"绿沈"二字必有所本，细心寻绎其因袭前人诗的出处，按之文义，均极切合，始称允当。仇兆鳌以为绿沈是一种色彩，他引证许多资料，如虞世南诗："绿沈明月弦。"梁简文帝诗："吴戈夏服箭，骥马绿沈弓。"杨巨源诗："吟诗白羽扇，校猎绿沈枪。"虞诗在杜诗之前，杨诗在杜诗之后，仇氏从诗人前后的因袭性，推断杜诗的绿沈是"以绿沈色为漆饰枪柄"者，颇切本诗的意义。[1]

3. 明地理

诗歌笺注，人名、地名、专名最难。尤其是地名考释不当，不仅会影响诗歌的系年和注释，还会影响诗歌理解的准确性。如杜甫《投简咸华两县诸子》诗，旧本梁氏编年在上元二年成都作，因为"咸华"二字，旧本误作"成华"，以成为成都，华为华阳，遂系在上元二年成都作。仇氏考证今诗中有"长安苦寒谁独悲"、"南山豆苗早荒秽，青门瓜地新冻裂"等句，遂谓这首诗"本属长安，而误入成都"，"诗云'长安苦寒'，又言'南山之豆'，'青门之瓜'，皆长安京兆事。……当是天宝十年……时作，'成华'当作'咸华'，盖咸阳华原二县也。"仇氏的这条注释非常确凿可信。[2]

4. 重典故

《杜诗详注凡例》有一则是"外解引古"，实际上主要是就相关典故的注

---

[1] 黄永武：《中国诗学·考据篇》，第88页。
[2] 黄永武：《中国诗学·考据篇》，第90页。

释而言的:"李善注《文选》,引证典故,原委灿然,所证之书,以最先者为主,而相参者,则附见于后。今圈外所引经史诗赋,各标所自来,而不复载某氏所引,恐冗长繁琐,致厌观也,其有一事而引用互异者,则彼此两见,否则但注已见某卷耳。"仇注对于杜诗的典故都是尽量详细注出的。注典分为注古典和注今典,其注古典之优长不胜枚举,今典就是本事,注释尤其是难事,这一方面,清初钱谦益注杜重在以史证诗,已经取得很大成就,仇氏在此基础上更进了一步,甚至有时订正钱氏之误,这里我们举一例以说明之。如杜甫《遣兴五首》其三仇注:"钱谦益曰:旧注皆以萧京兆为萧至忠。按至忠未尝官京兆,若以萧望之喻至忠,则望之为左冯翊,非京兆也。天宝八载,京兆尹萧炅坐赃,左迁汝阴太守。史称京兆尹萧炅、御史中丞宋浑,皆林甫所亲善。国忠皆诬奏遣逐,林甫不能救,则所谓萧京兆者,盖炅也。《通鉴》:萧炅为河南尹,尝坐事西台,遣吉温往按之。温后为万年县丞,未几,炅拜京兆尹。高力士权移将相,炅亲附之,温尤与之善,遂相结为胶漆。其事详《旧书·吉温传》中。唐京兆尹多宰相私人,相与附丽,若炅与鲜于仲通,皆是。"[1]

5. 详出处

《杜诗详注》最大的特点就是注释详尽,这也来源于仇兆鳌对前人称杜诗"无一字无来历"的认可。仇氏对于杜诗的每篇每句都作详尽的注释,尤其是要找出每句的出处。我们举杜甫的名篇《春望》仇注为例:

> 国破山河在①,城春草木深②。感时花溅泪③,恨别鸟惊心④。
> 烽火连三月⑤,家书抵万金⑥。白头搔更短⑦,浑欲不胜簪⑧。
> ①《齐国策》:王蠋曰:"国破君亡,吾不能存。"庾信诗:"山河不复论。"
> ②《吕氏春秋》:"春气至,则草木生。"
> ③《楚辞》:"余感时兮凄怆。"《拾遗记》:"汉献帝为李傕所败,后以泪

[1] [清]仇兆鳌:《杜诗详注》卷七,第570页。

溅帝衣。"

④ 秦嘉诗:"一别怀万恨。"闻人蒨诗:"林有惊心鸟,园多夺目花。"

⑤《燕国策》:"习骑射,谨烽火。"《史记》:"项羽烧秦宫室,火三月不灭。"王勃诗:"物色连三月。"

⑥ 魏文帝书:"价越黄金。"

⑦ 古乐府:"白头不相离。"《诗》:"搔首踟蹰。"

⑧ 鲍照诗:"白发零落不胜簪。"[1]

全诗八句,仇氏注出了每一句的来源和出处,可见其注书时在古籍中冥搜苦索,呕心沥血地找出杜诗来源,以验证"无一字无来历",故其特点在于"详"字。但也因如此,对有些本来习见的日常用语,也要找到出处,难免牵强附会,这也是求"详"所带来的弊端。

6. 类同咏

唐人作诗,如遇友朋,常常同咏一事,而友朋间相互赠答则更为普遍。仇兆鳌注杜诗,往往将这些同咏赠答或唱和诗排比于杜集之中,如《奉和贾至舍人早朝大明宫》诗,同咏者有贾至、王维、岑参等数人。又如《同诸公登慈恩寺塔》,同咏者有岑参、高适、储光羲,仇氏都附录于杜诗之后,并云:"同时诸公登塔,各有题咏。薛据诗已失传;岑、储两作,风秀熨帖,不愧名家;高达夫出之简净,品格亦自清坚。少陵则格法严整,气象峥嵘,音节悲壮,而俯仰高深之景,盱衡今古之识,感慨身世之怀,莫不曲尽篇中,真是压倒群贤,雄视千古矣。三家结语,未免拘束,致鲜后劲。杜于末幅,另开眼界,独辟思议,力量百倍于人。"[2]

7. 审读音

音注是仇注的一大特色,全书达4360处,加上在字的四角以圈所注的

---

1 [清]仇兆鳌:《杜诗详注》卷四,第320–321页。
2 [清]仇兆鳌:《杜诗详注》卷二,第106页。

四声，则共有6675处，二者合计达11035处音注。"音注为《杜诗详注》特有之要素……是此书与其他许多杜甫注释书相区别的明确标志。"[1] 音注类型主要有三种：一为疑难字注音，二为多音字注音，三为叶音式注音。音注的方式也主要有三种类型：一为四声，二为反切，三为直音。《杜诗详注》的音注，由仇兆鳌注释，金埴增补[2]。一部注释之书，具有超过万处的音注，可谓不厌其烦了。其目的以方便初学之正确诵习为主，故金埴称："仇少宰沧柱撰《杜诗详注》二十八卷，盖殚一生之精力以成其书，御赐刊行已久。其中平仄发声处，谬以埴佐其不逮，俾一一补注之。然杜诗亦间（去）有乖于平仄者，如平音而仄用，则标于傍曰：'义从平声，读从仄声。'仄音而平用，则标于傍曰：'义从仄声，读从平声。'公意以便初学也。然埴之绠漏者，尚多多矣。"[3]

8. 辨伪注

《杜诗详注》对于前人的伪注辨别，尤为致力，其《凡例》云："杜诗伪注。分类始于陈浩然，元人遂区为七十门，割裂可厌。又广载伪苏注，古人本无是事，特因杜句而缘饰首尾，假撰事实，前代杨用修，力辩其谬妄。邵国贤、焦弱侯往往误引。凌氏《五车韵瑞》援作实事。张𬤊可又据《韵瑞》以证杜诗，忽增某史某传，辗转附会矣。吴门新刊《庾开府集》亦误采《韵瑞》，皆伪注之流弊也。今悉薙芟，不使留目。"[4] 我们举杜甫的《饮中八仙歌》为例加以说明。"知章骑马似乘船，眼花落井水底眠"，旧注："苏曰：阮咸醉骑

---

1 [日]佐藤浩一：《关于仇兆鳌〈杜诗详注〉中的音注——万处以上的音注意味着什么》，《古典文献研究》第12辑，南京大学出版社2009年版，第264页。按，本段有关音注的论述主要参考该文，特予以说明。
2 [清]金埴：《不下带编》卷二："仇公兆鳌以少宰致政归，过埴杭邸，曰：'闻子精《说文》之学，极辨四声，自洪迈、徐铉、吴正道诸君后，近代之从事于斯者，罕矣。'因讯以杜句'池鱼涸其泥'用在十灰韵中。埴应声曰：'此见（现）于张孟阳诗。'少宰大慰，即出（昌瑞切）其所撰《杜集详注》二十八卷，命埴补注其四声未备者。凡载余卒业，续授枣雕。"（中华书局1982年版，第33页）
3 [清]金埴：《不下带编》卷六，第112页。
4 [清]仇兆鳌：《杜诗详注》卷首，第23—24页。

马,欹倾,人皆指而笑曰:个老子骑马似乘舡行波浪中。王祥醉凭肩舆头不举,归,其亲戏之曰:'子眼花在井底,身在水中,睡亦不醒耶?'"[1]仇注曰:"此条伪苏注所引阮咸、王祥事,俱系妄撰,今削去。"[2] 又"汝阳三斗始朝天,道逢曲车口流涎,恨不移封向酒泉",旧注:"苏曰:北齐王询好饮,帝一日召询,曰:'待此三斗尽,方去见帝。'帝闻笑之。""苏曰:郭弘,汉帝甚宠顾,一日见帝,帝曰:'欲封卿郡邑,何地好?'弘好饮,对曰:'若封酒泉郡,实出望外。'帝笑,后日果封酒泉郡王,见《郭弘碑》。"[3] 按,考之《后汉书·郭躬传》载其父郭弘,然并无封酒泉郡事。仇注曰:"此条伪苏注所引北齐王询及汉郭弘事,亦系妄撰,师氏又造为旧史拾遗之说,并无根据。"[4] 又"苏晋长斋绣佛前,醉中往往爱逃禅",旧注:"师曰:苏晋,颋之子也,学浮屠术。尝得胡僧慧澄绣弥勒佛一本,宝之。曰:'是佛好米汁正与吾性合,吾愿事之,他佛不爱也。'弥勒佛即布袋和尚也,常于市中饮酒,食猪头,时人无识之者。故甫有'长斋绣佛前'之句。"[5] 仇注曰:"此条师氏谓晋得胡僧所绣弥勒佛事,亦属伪撰。"[6] 又"焦遂五斗方卓然,高谈雄辩惊四筵",旧注:"师曰:《唐史拾遗》云:'焦遂口吃,对客不出一言,醉后酬酢如注射,时目为酒吃。'"[7] 仇注曰:"此条师氏所引口吃之说,亦属妄撰。"[8]

(三)疏解

《杜诗详注凡例》有一则是"内注解意",实际是对于诗篇和诗句的疏

---

1 [宋]佚名:《分门集注杜工部诗》卷一〇,《四部丛刊》本,第24页。
2 [清]仇兆鳌:《杜诗详注》卷二,第82页。
3 [宋]佚名:《分门集注杜工部诗》卷一〇,《四部丛刊》本,第24页。
4 [清]仇兆鳌:《杜诗详注》卷二,第82页。
5 [宋]佚名:《分门集注杜工部诗》卷一〇,《四部丛刊》本,第25页。
6 [清]仇兆鳌:《杜诗详注》卷二,第83页。
7 [宋]佚名:《分门集注杜工部诗》卷一〇,《四部丛刊》本,第27页。
8 [清]仇兆鳌:《杜诗详注》卷二,第85页。

解:"欧公说诗,于本文只添一二字,而语意豁然。朱子注诗,得其遗意,兹于圈内小注,先提总纲,次释句义,语不欲繁,意不使略,取醒目也。其有诸家注解,或一条一句,有益诗旨者,必标明某氏,不敢没人之善,攘为己有耳。"故其疏解,主要分为两种情况:

1. 引用成说

仇氏对于前人于杜诗言说,凡有胜义者,多加引用,不掠人之美。其中引用《杜臆》之说最多,据曹树铭《杜臆增校》统计,仇注引杜臆凡五百六十六题,至于仇注内间接涉及《杜臆》者尚不在内。[1] 这是因为《杜臆》之说确有胜意,更重要者是《杜臆》的作者王嗣奭为仇氏的前辈乡贤。故仇氏在《杜诗详注》的凡例中,即言前人之著述:"最有发明者,莫如王嗣奭之《杜臆》。"[2] 我们举一例如下,杜甫《江亭》诗注:"王嗣奭曰:中四,居然有道之言。公性禀高明,当闲适时,道机目露,故写得通透如此。觉云淡风轻,无此深趣。"[3]

2. 自己疏解

仇氏对于杜甫诗意之疏解,以出于己意者为多,有时融前人之意于一诗的疏解中。仍举《春望》诗为例:"此忧乱伤春而作也。上四,春望之景,睹物伤怀。下四,春望之情,遭乱思家。赵汸曰:烽火句,应感时,家书句,应恨别,但下句又因上句而生。发白更短,愁乱思家所致。"[4] 仇单独疏解则如《春夜喜雨》:"潜入、细润,正状好雨发生。云黑、火明,雨中夜景。红湿、花重,雨后晓景。应时而雨,如知时节者。雨骤风狂,亦足损物。曰潜、曰细,写得脉脉绵绵,于造化发生之机,最为密切。三四属闻,五六属见。"[5]

(四)辑评

《杜诗详注》的一个重要特点还在于搜集了前人对于杜甫诗歌的评论,

---

1 参曹树铭《增校说明》,《杜臆增校》台湾艺文印书馆1971年版,第1—15页。
2 [清]仇兆鳌:《杜诗详注》卷首,第24页。
3 [清]仇兆鳌:《杜诗详注》卷一〇,第801页。
4 [清]仇兆鳌:《杜诗详注》卷四,第320页。
5 [清]仇兆鳌:《杜诗详注》卷一〇,第799页。

这在清人注杜诗中是非常突出的。因为清人注释诗文，一向重材料出处，而轻评点文字，大概是有鉴于明代学问的空疏，逐渐趋于实学，至乾嘉时期臻于极盛，这是对于前人矫枉过正之举。另外就是当时学者以为诗歌的理解见仁见智，在于读者的体悟，前人评论反而会成为时人阅读的障碍。仇氏注杜，以详为主，故于校、注、评都求其详，故而引用了不少前人的胜义评说。随着时代的发展，我们当代学者注释古人诗文，于详尽纷繁之注释，逐渐措意减少，而对于古人评论之启人心智者，确当阅读，故当今注释之佳本，无不辑录古人评论于作品之后。也正因如此，我们阅读《杜诗详注》，对其注释追求"无一字无来历"处，或嫌繁琐，而对其所辑之评论，则多受其启迪。因其辑评几乎每篇都有，这里就不再例举了。

五、《杜诗详注》的缺陷

《杜诗详注》因为部头太大，未免存在缺失，这些缺失，有些是因为主观因素造成的，有些是因为时代条件没有达到而造成的。对于该书的缺失，清人至今人都有所论列，或综合，或分析，对于阅读《杜诗详注》都很有启发。综合研究的论著如：一是蒋寅《〈杜诗详注〉与古典诗歌注释之得失》，载于《杜甫研究学刊》1995年第2期；二是吴淑玲的《〈杜诗详注〉研究》，其中有专章论证《杜诗详注》的缺失；三是陕西师范大学徐娜的硕士学位论文《浅析〈杜诗详注〉的注释得失》，从七个方面论述了仇注的不足。至于具体的订讹之书，清代首推施鸿保《读杜诗说》，当代徐仁甫《杜诗注解商榷》亦颇多胜义。我们将《杜诗详注》缺失较为集中的四个方面论列如下：

（一）尊杜太过

《杜诗详注》以尊杜为宗旨，在其《凡例》中亦指明："杜诗褒贬自元微之作序铭,盛称其所作,谓自诗人以来,未有如子美者。故王介甫选四家诗,独以杜居第一。秦少游则推为孔子大成,郑尚明则推为周公制作,黄鲁直则推为诗中之史,罗景纶则推为诗中之经,杨诚斋则推为诗中之圣,王元美则推为诗中之神。诸家无不崇奉师法,宋惟杨大年不服杜,诋为村夫子,亦其所见者浅。至嘉隆间,突有王慎中、郑继之、郭子章诸人严驳杜诗,几令身无完肤,真少陵蟊贼也。杨用修则抑扬参半,亦非深知少陵者。兹集取其羽翼杜诗,凡与杜为敌者,概削不存。"正因为凡与杜为敌者概削不存的态度,尊杜太过,也会带来一些不客观的问题。清陈仅《竹林答问》云:"问:《杜诗详注》何如?曾忆先府君见予案头有《杜诗详注》,曰:'此书可焚。'当时幼稚,不知问也。今偶阅之,见其分段辑注,多不合诗意。且尊杜太过,凡律诗失调之句,必改易平仄以迁就之,有一句改至三四字,不复可读。穿凿之病,殆所不免。"[1]虽语气苛刻,但称仇注"尊杜太过"则是切中肯綮的。

(二)繁琐穿凿

清人杨伦《杜诗镜铨凡例》云:"自山谷谓杜诗无一字无来处,注家繁称远引,惟取务博矜奇,如天棘乌鬼之类,本无关诗意,遂致聚讼纷纭,至近时仇注,月露风云,一一俱烦疏解,尤为可笑。"[2]施鸿保《读杜诗说》亦云:"初读之,觉援引繁博,考证详晰,胜于前所见钱朱两家。读之既久,乃觉穿凿附会、冗赘处甚多。且分章画句,务仿朱子注《诗经》之例,裁配虽匀,而浑灏流转之气转致扞格;训释字句,又多侜侗不晰语,诗意并为之晦。间附评论,亦未尽允,甚有若全未解者。盖先生本工时文,殆以说时文之法说杜诗也。"[3]清人梁章钜《退庵随笔》说:"仇兆鳌之《杜诗详注》,皆未免有附会不经之处。"[4]

---

1 [清]陈仅:《竹林答问》,《清诗话续编》,第2253页。
2 [清]杨伦:《杜诗镜铨》卷首,上海古籍出版社1980年版,第11页。
3 [清]施鸿保:《读杜诗说》,第1页。
4 郭绍虞:《清诗话续编》,第1975–1976页。

（三）疏漏舛误

《四库全书总目》卷一四九说："其中撏拾类书，小有舛误者，如注'忘机对芳草'句，引《高士传》'叶干忘机'，今《高士传》无此文，即《太平御览》所载嵇康《高士传》几盈二卷，亦无此文。又注'宵旰忧虞轸'句，不知二字本徐陵文，乃引《左传》注旰食，引《仪礼》注宵衣。考之郑注，'宵'乃同'绡'，非'宵旦'之'宵'也。至吟杜卷中载徐增一诗，本出其《说唐诗》中，所谓'佛让王维作，才怜李白狂'者，盖以维诗杂禅趣，白诗多逸气，以互形甫之谨严。兆鳌乃改上句为'赋似相如逸'，乖其本旨。如此之类，往往有之，皆不可据为典要。"[1]因此，后来的注本如浦起龙《读杜心解》、杨伦《杜诗镜铨》都对仇注有所补充订正。尤其是施鸿保的《读杜诗说》，专门驳难仇注的失误之处。

（四）溯源较迟

仇氏注释，虽然很重视探求原委，但也还有闪失之处。如杜甫《故武卫将军挽词》第二首："舞剑过人绝。"仇注："《汉书》：项庄请以剑舞。前汉《晁错传》：皇太子材智高奇，驭射伎艺，过人绝远。"其实，"舞剑"事在《史记·项羽本纪》中已见，即项庄"请以剑舞"事，仇注引《汉书》而未引《史记》，是其有失严谨之处。

---

1 [清]纪昀：《四库全书总目》卷一四九，第1282页。然《四库全书》于清代杜诗注本，仅录仇注一家，也足见其总本对于此书的肯定。

附录一

唐诗的分期和演进历程

《唐诗经典研读》的编撰，旨在以唐诗经典为载体，通过各种原典的研读，全面系统深入地了解传统文化与中华民族精神，突出全球化背景下民族文化的本位，强调中国古典文学的独特价值和重要地位，纠正以"西方化"代替"全球化"的偏颇观念，养成批判的精神，激发独立的思想。全书的总体构架以横向展开为主，分则专题深入，合则自成体系。为了对唐诗的发展过程有一个总体的把握，我们对唐诗的分期和演进历程进行总体的概述。

中国诗歌发展到唐朝，进入了黄金时代。唐代文学是中国文化史的骄傲，唐诗是中国古典诗歌的顶峰，也是中国古代遗产的瑰宝。唐代文学的繁荣是空前的，特别是诗歌，300年间，经久不衰。在当时，诗的数量之多是惊人的，清人所编的《全唐诗》，收诗49403首，作者2873人，加上今人所辑的《全唐诗补编》，总数已经超过五万首。这个数字，实际上只占当时全部诗作的极少一部分，大量的诗作并没有流传下来。但是，在中国历史上，没有任何一个朝代像唐代那样，留下了那么多家喻户晓的诗人和诗篇。唐诗经受了漫长岁月的考验，依然保持着它永久的艺术魅力。

唐代三百年的诗歌，在发展过程中，呈现出一些阶段性特征，前人在把握特征、辨别流变的基础上对唐诗进行了各种各样的分期，迄今为止，仍然有着不同的意见。然而在诸多唐诗分期的说法中，发源于宋代严羽、定型于明代高棅的四唐分期说，仍然占据着唐诗研究的主流地位。宋人严羽在《沧浪诗话·诗体》里，将唐诗分为初唐体、盛唐体、大历体、元和体、晚唐体。明人高棅《唐诗品汇总叙》（见本书319-320页所引）更将唐诗分为初唐、盛唐、中唐、晚唐四个发展阶段。高棅将唐诗分为四个时期，每个时期又分为不同的段落，对于各期当中代表性诗人的风格也进行了概括。他对于唐诗发展史的勾勒，确实有纲举目张之效。虽然在具体的年代和作家的安排方面也还有可议之处，但以划分的简明和讨论的方便起见，迄今还没有足以代替其说的新见。故而我们这里仍然采用四唐分期说以描述唐诗的发展演变进程。

（一）初唐诗歌（武德元年至先天元年，618-712）

初唐诗坛，是诗歌的准备时代。在最初的数十年中，首先是诗体的发展处于不断的传承和完善之中。近体诗在这一时期逐渐成熟，因为近体诗的影响，古体诗也在不断地变化发展之中，近体诗的成立不能不对非近体诗即古体诗产生影响。无论接近近体的韵律，还是相反故意回避它，近体诗都和以前的诗不同，因为不能不意识到韵律。正是由于同近体诗相对峙，古体诗的轮廓也变得鲜明起来。近体诗是诗歌形式上一个重大的转折点。[1] 在唐诗发展的四个阶段中，初唐的时间最长，是唐诗繁荣的准备阶段。这也表现出作为一代文学之盛的唐诗，其初期的发展过程也是缓慢和纡曲的。

就诗人的表现而言，初唐诗歌可分为四种情况：一是以王绩为代表的诗人，在唐代初期就扭转了齐梁余风，并在五言律诗方面作出了奠基性的贡献，诗风以朴素代柔靡，以冲淡代秾艳，王绩成为唐代第一位隐逸诗人。二

---

[1] 参川合康三《终南山的变容——中唐文学论集》，第6页。

是以"四杰"(王勃、杨炯、卢照邻、骆宾王)为代表的诗人,其特点是才情富赡,字句妍丽,音调谐美,声情跌宕,发扬了南朝诗声律的优长,也沿袭了梁陈时绮丽的余习。三是以沈佺期和宋之问为代表的诗人,他们研练声韵,经营偶对,在永明以后崇尚声律的过程中,起到了规范定律的作用。四是以陈子昂为代表的诗人,尚风骨,崇兴寄,以复古为宗尚,倡雅正之清音,振臂一呼,质文一变,他不仅引导诗歌回复汉魏风骨的传统,而且在抒情诗中融贯了较为深刻的政治内涵。张说、张九龄继之,遂摒弃六朝陈陋之习,揭开盛唐诗之序幕。此外还有上官仪,以及号称"文章四友"的李峤、崔融、苏味道、杜审言和稍后于此而并称"吴中四士"的贺知章、张旭、张若虚、包融,也在初唐诗坛上各领风骚。当然这是就总体而言的,至其发展的具体历程,也呈现出多元化的复杂趋势,在各个层面影响着盛唐以后诗歌的演变。

(二)盛唐诗歌(开元元年至永泰元年,713-765)

盛唐诗坛,主要集中于唐玄宗开元、天宝年间。这是一个名家辈出、名作如林的时代。大唐盛世经济的繁荣,国力的富强,社会的安定,文化的高涨,连同那丰富多彩的现实生活和昂扬奋发的时代精神,一起映现于千姿百态的诗歌园地里,将唐诗推向了最高峰。当时大诗人多至数十人,其中以李白、王维以及稍后的杜甫为代表。范文澜《中国通史简编》以为,这三个诗人的诗,既是诗歌发展的自然产物,又是道教、佛教和儒家三种思想的结晶品。

李白是反映道教思想的杰出作家,他以神仙作为自己的抱负,思想上实行神游八极之表。他的诗想象力极富,就是这种抱负的表现。他又十分天真,写出来的诗有时像说梦话或发狂言,但读者感到他在说真心话,并不觉得可厌。天真自然和放荡不羁,是李白性格的特点,也是李白诗歌的特点。他放荡得像狂人,因为狂中有真,不同于疯狂的狂,而是失意诗人的佯狂。所以杜甫称"不见李生久,佯狂真可哀。世人皆欲杀,吾意独怜才。敏捷诗

图表四六　唐王维《江干雪霁图》

千首,飘零酒一杯。匡山读书处,头白好归来。"(《不见》)杜甫最知李白,所作《春日忆李白》诗,可作为李白诗的定论:"白也诗无敌,飘然思不群。清新庾开府,俊逸鲍参军。渭北春天树,江东日暮云。何时一尊酒,重与细论文。"称李白诗无敌,清新俊逸,兼有庾信与鲍照二人之所长,自己愿意和他杯酒论文,可谓推崇备至。

　　王维是禅宗南宗神会禅师的弟子,又是唐朝著名的大画家,善于画山水,创南派水墨,世称文人画。[1]日本私人所藏《江干雪霁图》相传是王维的真迹(图表四六)。宋人苏轼说王维"味摩诘之诗,诗中有画;观摩诘之画,画中有诗"[2],是对他的诗与画的最形象的评价。王维是唐代山水田园诗人的代表,他的诗源于陶渊明和谢灵运。陶渊明归隐田园,绝意仕进,风神恬淡,寄兴高远,描写田园风物,往往体会入微。王维写隐居生活,源于陶渊明,但不及陶真实,因为陶渊明说穷是真穷,王维说贫穷就难以尽信。王维写山水风景,源于谢灵运,但要比谢高明,因为谢诗雕琢工甚大,不及王

---

[1] 有关王维在画史上的地位,可参钱锺书《中国诗与中国画》,载《七缀集》,三联书店2002年版,第1—32页。
[2] [宋]苏轼:《苏轼文集》卷七〇,第2209页。

维的自然浑成。王维诗兼有陶渊明和谢灵运之所长，成为唐诗的一位大家，也是整个文学史上的一位大家。

　　杜甫是代表儒家思想的大诗人，他自比稷与契，希望以自己文学出众，"立登要路津"（《奉赠韦左丞丈二十二韵》），而且要"致君尧舜上，再使风俗淳"（同前）。这在李林甫、杨国忠擅权的年代里，是完全不符合实际的。但儒家思想使他"不忍便永诀"，"葵藿向太阳，物性固莫夺"（《自京赴奉先县咏怀五百字》），对朝廷还是绝对忠诚的。杜甫对君忠诚，在家天下的封建国家里，君是国的代表，忠君实际上就是爱国，所以他的诗处处表现了忧国忧民的情怀。他自比稷契，有致君尧舜上的大抱负，他的现实生活却是流离失所的，宏大抱负与穷困生活的矛盾，是杜甫诗丰富内容的源泉。唐诗到了杜甫，产生了极大的转变。转变的标志有好几个方面：首先是时间标志，是发生在盛唐向中唐转化的"安史之乱"，安史之乱以后，王维与李白的诗歌数量锐减，而杜甫的重要作品大多是产生于安史之乱以后的。其次是题材标志，杜甫把盛唐诗歌以"言志述怀"为主的宗旨换成了"感事写意"。他在安史变乱期间所写的编年史式的感讽时事之作，奠定了中国古代以时事入诗的诗史精神，这是诗歌功能的一大发展。杜甫不仅在感事述怀中频繁穿插对时政的意见，还写了一定数量以陈述意见为主的诗作，如《诸将五首》、《戏为六绝句》等，成为宋人以议论为诗的先声。宋人王禹偁《日长简仲咸》说"子美集开新世界"，是非常确切的评价，中唐以下至宋元明清的全部诗学，几乎都在杜甫的光辉笼罩之下。

　　李白、王维、杜甫三人具有三种性格特征，也代表着盛唐道、释、儒三种思想影响下的三种诗歌风格，用一个字加以描述的话，李白的诗是"喷"出来的，王维的诗是"流"出来的，杜甫的诗是"磨"出来的。

　　盛唐诗坛最引人注目者除了李白、王维、杜甫三大诗人外，还有山水田园诗和边塞战争诗。

山水田园诗的一大代表诗人王维已如上述，此外还有孟浩然和储光羲。孟浩然田园诗的代表作是《过故人庄》，山水诗的代表作是《宿建德江》。由于生活道路的不同，王维、孟浩然二人的诗风也表现出一些差异。明人胡应麟评孟诗："淡而不幽，时杂流丽；闲而非远，颇觉轻扬。"[1]我们将王孟二人之诗比较就可以发现，孟诗的着力处是一个"淡"字，王诗的着力处是一个"静"字。"孟浩然不是将诗紧紧的筑在一联或一句里，而是将它冲淡了，平均的分散在全篇中。……淡到看不见诗了，才是真正孟浩然的诗。"[2]储光羲则重在田园诗上着力，代表作是《田园杂兴八首》。储光羲长期隐居于山村，对田家生活有浓厚的兴趣，他经过精细的观察，着意运用五言古体，模拟陶渊明田园诗的古朴情调和风格，情趣闲适，气息沉厚，风格朴实。唐人殷璠评曰："格高调逸，趣远情深。削尽常言，挟风雅之迹、浩然之气。"[3]山水田园诗在盛唐繁盛，是诗人们对山水田园意义再发掘的结果，也标志着盛唐诗人在社会与自然、入世与出世之间体悟到一种平衡，从而在亲近山水和回归田园的过程中，寻求美好的生活方式，营造高雅的精神世界，达到人与自然的和谐之境。

以高适、岑参为代表的一批诗人，主要写边塞战争之事，他们的诗慷慨激昂，意气纵横，以豪壮著称，高诗豪壮中含悲壮，岑诗豪壮中昂清丽。他们同为边塞诗人，但从军之时间和地点都颇不相同。岑参从军于关西与安西，是唐时的西域边境，其时战争连年不断，且唐军深入西域，扩张疆土，颇振声威，故岑诗往往表现边塞战争的波澜壮阔和西域风光的神奇壮美；高适从军于北部边境，其时朝廷选派边将，常用非其人，致使连年征战，士兵勤苦，故高诗多指斥将帅，同情士卒。然高岑二人，都用流转动荡的歌行体裁，

---

[1] [明]胡应麟：《诗薮》内编卷四，第68页。
[2] 闻一多：《唐诗杂论》，第30—31页。
[3] [唐]殷璠：《河岳英灵集》卷下，《唐人选唐诗新编》本，第178页。

表现边塞战争的动态过程，波澜浩瀚，声情顿挫，气势奔放，笔力雄健，体现了盛唐诗歌沉雄博厚的气概。高适、岑参而外，王昌龄、王之涣、李颀、王翰诸人之诗，或雄浑高昂，或大气磅礴，或慷慨悲凉，或瑰丽奇崛，也都呈现出独特的风貌。需要说明的是，唐代山水诗人和边塞诗人，并非完全分为两大阵营，山水诗人也写边塞，边塞诗人也写山水。山水诗人的边塞诗，古质苍凉，浑脱沉转，如王维；边塞诗人的山水诗，语奇体峻，境阔气逸，如岑参。

（三）中唐诗歌（大历元年至大和九年，766-835）

随着安史之乱的爆发，唐代由盛转衰，诗歌也由盛唐转入中唐，前期以韦应物、刘长卿和"大历十才子"雄踞于诗坛。韦应物与刘长卿诗歌的主要成就，是在山水诗的创作上达到了相当高的水平。他们都喜爱用五言的形式，表现清雅闲淡的境界。所不同的是，韦长于五古，刘长于五律；韦在闲淡中显朴素自在气象，刘在闲淡中寓凄凉寂寞之感。"大历十才子"之称，据姚合《极玄集》和《新唐书·卢纶传》记载，是卢纶、吉中孚、韩翃、钱起、司空曙、苗发、崔峒、耿沣、夏侯审和李端。他们以盛唐王维为宗，寄情山水，歌咏自然，倾全力于五言诗偶对的工整和字句的琢炼。他们的成就表现在诗歌形式的再开拓与再创造方面，缺点则是有佳句而无佳篇。经典名篇如钱起的《省试湘灵鼓瑟》、韩翃的《寒食》、司空曙的《江村即事》、卢纶的《塞下曲》等。总体而言，大历前后的诗歌，是以李白杜甫为代表的盛唐高峰向以元白韩孟为代表的中唐高峰的过渡阶段。

中唐诗坛，影响最大的诗人无过于白居易和元稹。白居易自称"志在兼济，行在独善"（《与元九书》），他志在救济民众，与杜甫"穷年忧黎元，叹息肠内热"（《自京赴奉先县咏怀五百字》）同一心情，杜甫诗写当世时事，号称诗史，白居易诗也写时事，同样是诗史，诗人对民众没有深切的同情心，是不会冒险作诗史的。只是"诗史"的头衔已被杜甫所拥有，白居易也就没有这个名分了。白居易将自己的诗分为四大类，即讽谕诗、闲适诗、感伤诗、杂律诗。写讽谕诗是志在兼济，写闲适诗是行在独善。兼济是为解救民众的疾苦，独善是保养身性，修炼自己的情操，不为世俗所累，这在当时的士大夫中是最有识见的。白诗以通俗著称，宋人苏轼评价元白之诗，称为"元轻白俗"[1]，就是二人诗风的精当概括。白诗的通俗也是经过锻炼而成，要炼成通俗的文句，也非下苦功夫力求创新不可。通俗不是庸俗，更丝毫不等于草率轻易。白诗在当时已广泛流传，原因就在于言尽其意，宽博周至，真正做到通俗，容易为广大读者所接受。

白居易最亲密的朋友元稹，也擅长写通俗诗，元诗与白诗同样广播人口，元诗又多采入乐歌。元稹和白居易同享盛名，诗歌传入宫廷，宫中称他为"元才子"。他的诗总体成就不如白居易，但在两个特定的方面超过白居易，这就是次韵诗和悼亡诗。次韵诗是元稹挑战白居易之作，他们的次韵有时多达二百韵，成为唐诗中的奇观，也标志着中唐诗人在诗体创新方面的努力和成就。元稹的悼亡诗在唐代悼亡诗中都是上乘之作，尤其是《遣悲怀三首》，情真意切，悲怆感人，以至后世传诵不衰。

元稹死后，白居易与刘禹锡为诗友。刘禹锡参与王叔文集团失败被贬，忧愁憔悴，"沉舟侧畔千帆过，病树前头万木春"（《酬乐天扬州初逢席上见赠》），正是逐臣心情的表白。他在政治上失去前途，无可奈何，不得不逃入禅宗以求取绝望中的安慰，同时也在文学上精心创作，借文名来补救政治的失势。刘禹锡在诗的方面取得了卓越的成就，尤其是乐府诗，采用民歌的形式进行创作，对词的兴起影响很大。与刘禹锡同时被贬者还有大诗人柳宗元。刘禹锡经过二十三年的贬谪生涯后，还被召回朝廷任职，柳宗元却在被

---

1 ［宋］苏轼：《祭柳子玉文》，《苏轼文集》卷六三，第1938页。

贬十四年时死于贬所，命运较刘禹锡更为悲惨。长期的贬谪生涯使他处于生活的寂寞与感情的热烈、现实的孤独处境与斗争的远大理想的尖锐矛盾之中。这些生命的体验一起融注于诗中，造就了特异的风格，卓然成为一位大家，深为后世论者所推崇。苏轼称其"发纤秾于简古，寄至味于澹泊"[1]，元好问则言："朱弦一拂遗音在，却是当年寂寞心。"（《论诗绝句三十首》）

中唐后期有两大诗派，一是元白诗派，一是韩孟诗派。这两大诗派都推崇杜甫，而取径各异，元白尚平易，韩孟尚奇崛。韩愈、白居易虽风格不同，但都堂庑广大，足以拓展杜甫之区宇。韩愈是古文运动的领袖，也是中唐的一大诗家。他的诗，笔力雄健，才思富赡，像长江大河，浩浩瀚瀚，融李、杜之长并神而化之。韩诗变化怪奇，主要得之于李白；法度森严，主要得之于杜甫。韩愈是中唐创硬体诗的代表人物，犹如白居易是创通俗诗的代表人物一样。韩派诗人名家众多，最著名者是张籍、孟郊、贾岛、樊宗师、卢仝、李贺。韩愈诗派为反对庸俗化诗风，力求去陈言立新意，诸人都专从一个方面寻找题材，如孟郊专写贫寒，贾岛专事苦吟，卢仝专写怪奇，李贺专写阴暗鬼趣，樊宗师专尚险奥艰涩，诸人穷搜苦索，各自成家。

（四）晚唐诗歌（开成元年至天祐四年，836-907）

晚唐诗坛，大唐帝国的盛世一去不复返，中唐前辈的那种对中兴的期待与革新的精神也逐渐烟消云散，诗人的社会心理渐趋内敛，审美观念也不断纤细化。对于前辈的效法与继承，对于现实的不满与失望，对于物质的竞逐与追求，对于柔美的偏爱与好尚，一起映射于诗坛，使得不少诗歌表现出对于华丽的形式美的崇尚与轻艳的病态美的追求。从积极方面来看，晚唐诗人由中唐以前重教化转变为重艺术，由重视社会的群体认同转变为重视个人的生命关怀，由重视社会价值转变为重视审美情趣。也正因如此，才对宋代以

---

[1] ［宋］苏轼：《书黄子思诗集后》，《苏轼文集》卷六七，第2124页。

后的诗坛产生了重大而深远的影响。

晚唐诗人中,除李商隐、杜牧等少数名家外,缺少卓然屹立、开宗立派的大诗人,多数作者往往是中唐时期甚至是晚唐前期诗风的追随者。如李频、方干、周朴、李洞,追慕贾岛,崇尚清苦;项斯、任蕃、司空图、章孝标追慕张籍,崇尚雅正;于濆、刘驾、邵谒、曹邺,追慕元结,崇尚简古;杜荀鹤、韦庄、罗隐、胡曾追慕白居易,崇尚通俗;李群玉、唐彦谦、吴融、韩偓追慕李商隐,崇尚工丽。这一时期的诗歌流变虽然纷繁复杂,而仍有某种共同的精神贯穿其中,那就是对于形式美的偏爱。[1]晚唐诗潮中,大多数诗人都致力于艺术作品的精雕细琢,把锻造工致的形式视为诗歌创作之能事。他们不再像盛唐诗人那样昂扬奋发,也不像中唐诗人那样锐意革新,而是沉溺于个人的小天地里,一面怀着浓重的哀愁咀嚼自己的感情经历,一面追逐尽情的享受求取眼前的官能刺激,相反而又相成。这种心态表现于文学创作上,便是感伤颓废的情调增浓和藻饰繁缛的风气加重。

杜牧是晚唐杰出的诗人,其文学主张是"凡文以意为主,气为辅,以辞彩、章句为之兵卫"[2],提出了文章内容和形式的主从关系与构成要素。认为作文要以情意为主,既有真实情感,又有恢宏气势,还要重视语言与结构。他"苦心为诗,本求高绝,不务奇丽,不今不古,处于中间"[3]。所谓"不今不古",就是要追求自己的诗歌风格特点,既不同于中唐后期以元白为首的追求华美通俗的诗风,也不同于以韩孟为首的追求古奥奇崛的诗风。他的诗能感人至深,原因在于言之有物,不作无病呻吟之语。其古体诗上继杜甫,风格豪健跌宕,迥拔于流俗之中;其五七律,情致豪爽豁达,于拗峭之中见风华掩映之美;尤其是七言绝句,气势豪宕,神韵疏朗,意境深邃,辞采婉丽,在艺术上很有独创性。杜牧在唐代独树一帜,与李商隐堪称双璧,人称"小

---

[1] 参陈伯海《唐诗学引论》,知识出版社1988年版,第129页。
[2] [唐]杜牧:《樊川文集》卷一三《答庄充书》,第194页。
[3] [唐]杜牧:《樊川文集》卷一六《献诗启》,第242页。

李杜",又为区别于盛唐杜甫,人称"小杜"。

清人刘熙载在《艺概·诗概》中说:"杜樊川诗雄姿英发,李樊南诗深情绵邈。"[1]所谓深情绵邈,指李商隐诗所表现的感情细腻丰富。李商隐的诗歌以爱情诗成就最高,这些诗感情真挚,意象密集,一往情深而吝于表露,细腻深沉而哀艳清丽,用典工切又毫无做作,形成他特有的空灵蕴藉和深情绵邈的个性,在中国文学史上具有崇高的地位。他的政治诗和咏史诗则表现出另一番个性,内容广博而用思精深,风格沉郁而卓绝独拔,取径深曲而讽刺刻深。但无论哪一类作品,也都或多或少地寓于自伤身世的内容,并从哀艳婉曲的情怀和怀古伤时的感慨当中,透露出"天荒地变"的现实,从而展示出晚唐社会的政治历史面貌。清人沈德潜言:"义山近体,辞藻重重,长于讽谕,中有顿挫沉著可接武少陵者,故应为一大宗。后人以温李并称,只取其秾丽相似,其实风骨各殊也。"[2]近人张采田亦称:"晚唐之有玉谿生诗也,拓宇于《骚》《辨》,接响于汉魏乐府,与昌谷锦囊、温尉《金荃》,同为词苑之钜宗,文艺之极轨,非李杜后诗家所能逮也。"[3]

晚唐诗风的转变,使得作为另一种文学体裁的词逐渐孕育与兴盛,唐诗的衰落也同时蕴涵词体转盛的消息。中国文学史在发展演变的过程中,出现了很多复杂的情况,一个突出的现象就是文体的渗透与融会,并逐渐孕育产生了新的文体。词是由诗分离出来的一种文学体式,至宋代蔚为大观。而这种体式在晚唐时期是诗体传承嬗变的结果,李贺、李商隐与温庭筠是嬗变过程的关捩点。明人许学夷说:"李贺乐府七言,声调婉媚,亦诗余之渐。上源于韩翃七言古,下流至李商隐、温庭筠七言古。……皆诗余之渐也。"[4]在诸人当中,温庭筠是诗词兼擅的人物,也就更有代表性。诗词相融与互渗的焦点

---

1 [清]刘熙载:《艺概》卷二,第65页。
2 [清]沈德潜:《唐诗别裁集》卷一五,第506页。
3 张采田《玉谿生年谱会笺》卷一,第1页。
4 [明]许学夷:《诗源辩体》卷二六,第262页。

是风格的秾艳婉媚，其演变过程由李贺、李商隐、温庭筠到韩偓为发展主线，但李贺与李商隐没有词作传世，而温庭筠与韩偓是晚唐的著名词家，也是重要诗人，因而晚唐诗词嬗变的焦点无疑集中到了温庭筠身上，并由韩偓直接传承下来。这也是晚唐诗史、词史值得注意的一个重要方面。

附录二

唐诗经典研读推荐阅读书目 100 种

1. 王子安集注，蒋清翊注，上海古籍出版社 1995 年
2. 卢照邻集笺注，祝尚书笺注，上海古籍出版社 2011 年
3. 骆临海集笺注，陈熙晋笺注，上海古籍出版社 1985 年
4. 王梵志诗校注（增订本），项楚校注，上海古籍出版社 2010 年
5. 王右丞集笺注，赵殿成笺注，上海古籍出版社 1961 年
6. 王维集校注，陈铁民校注，中华书局 1997 年
7. 孟浩然诗集笺注，佟培基笺注，上海古籍出版社 2000 年
8. 李太白全集，王琦注，中华书局 1977 年
9. 李白集校注，瞿蜕园、朱金城校注，上海古籍出版社 1980 年
10. 钱注杜诗，钱谦益注，上海古籍出版社 1979 年
11. 杜诗详注，仇兆鳌注，中华书局 1979 年
12. 杜诗镜铨，杨伦注，上海古籍出版社 1980 年
13. 读杜心解，浦起龙注，中华书局 1977 年
14. 高适集校注，孙钦善注，上海古籍出版社 1984 年

15. 岑嘉州诗笺注，廖立笺注，中华书局2004年
16. 韦应物集校注（增订本），陶敏、王友胜校注，上海古籍出版社2011年
17. 刘长卿集编年校注，杨世明注，人民文学出版社1999年
18. 白居易集笺校，朱金城笺校，上海古籍出版社1988年
19. 白居易诗集校注，谢思炜校注，中华书局2006年
20. 韩昌黎诗系年集释，钱仲联集释，上海古籍出版社1984年
21. 孟郊诗集校注，华忱之、喻学才校注，人民文学出版社1995年
22. 贾岛诗集校注，齐文榜校注，人民文学出版社2001年
23. 李贺诗歌集注，王琦等注，上海古籍出版社1978年
24. 李长吉歌诗编年笺注，吴企明笺注，中华书局2012年
25. 柳宗元诗笺释，王国安笺释，上海古籍出版社1993年
26. 刘禹锡集笺证，瞿蜕园笺证，上海古籍出版社1989年
27. 元稹集校注，周相录校注，上海古籍出版社2011年
28. 樊川诗集注，冯集梧注，上海古籍出版社1962年
29. 杜牧集系年校注，吴在庆校注，中华书局2008年
30. 玉溪生诗集笺注，冯浩笺注，上海古籍出版社1979年
31. 李商隐诗歌集解（增订本），刘学锴、余恕诚集解，中华书局2004年
32. 温庭筠全集校注，刘学锴校注，中华书局2007年
33. 韦庄集校笺，聂安福校笺，上海古籍出版社2002年
34. 全唐诗，彭定求等编，中华书局1960年
35. 文苑英华，李昉等编，中华书局1966年
36. 乐府诗集，郭茂倩编，中华书局1979年
37. 万首唐人绝句，洪迈编，书目文献出版社1983年
38. 唐人选唐诗新编，傅璇琮编，陕西人民教育出版社1996年
39. 文镜秘府论汇校汇考，卢盛江校注，中华书局2006年

40. 瀛奎律髓汇评，李庆甲汇评，上海古籍出版社2005年

41. 唐诗品汇，高棅撰，上海古籍出版社1982年

42. 唐诗别裁集，沈德潜撰，上海古籍出版社1979年

43. 唐诗三百首详析，喻守真详析，中华书局2005年

44. 唐宋诗举要，高步瀛选注，上海古籍出版社1978年

45. 唐诗纪事校笺，王仲镛校笺，中华书局2007年

46. 唐才子传校笺（全五册），傅璇琮主编，中华书局1987-1992年

47. 唐五代人交往诗索引，吴汝煜主编，上海古籍出版社1993年版

48. 唐诗汇评，陈伯海编，浙江教育出版社1995年

49. 敦煌歌辞总编，任半塘编著，上海古籍出版社2006年

50. 敦煌诗集残卷辑考，徐俊纂辑，中华书局2000年

（以上为基本典籍）

51. 唐诗杂论，闻一多著，上海古籍出版社1997年

52. 唐诗综论，林庚著，人民文学出版社1987年

53. 唐诗百话，施蛰存著，上海古籍出版社1987年

54. 唐诗风貌（修订本），余恕诚著，中华书局2010年

55. 唐诗学引论，陈伯海著，知识出版社1988年

56. 乐府诗述论（增补本），王运熙著，上海古籍出版社2006年

57. 唐代歌行论，薛天纬著，人民文学出版社2006年

58. 诗词散论，缪钺著，上海古籍出版社1982年

59. 唐诗的魅力，高友工著，上海古籍出版社1989年

60. 唐声诗，任半塘著，上海古籍出版社1982年

61. 唐人行第录（外三种），岑仲勉著，中华书局2004年

62. 唐代诗人丛考，傅璇琮著，中华书局1980年

63. 唐代文学丛考，陈尚君著，中国社会科学出版社1997年

64. 唐代长安与西域文明，向达著，三联书店1979年

65. 唐代进士行卷与文学，程千帆著，上海古籍出版社1980年

66. 佛教与中国文学论稿，陈允吉著，上海古籍出版社2010年

67. 道教与唐代文学，孙昌武著，人民文学出版社2001年

68. 唐学与唐诗，查屏球著，商务印书馆2000年

69. 隋唐五代文学思想史，罗宗强著，中华书局1999年

70. 隋唐五代文学史料学，陶敏、李一飞著，中华书局2001年

71. 隋唐五代燕乐杂言歌辞研究，王小盾著，中华书局1996年

72. 唐诗创作与歌诗传唱关系研究，吴相洲著，北京大学出版社2004年

73. 地域文化与唐代诗歌，戴伟华著，中华书局2006年

74. 出土文献与唐代诗学研究，胡可先著，中华书局2012年

75. 唐代逐臣与贬谪文学研究，尚永亮著，武汉大学出版社2007年

76. 唐代集会总集与诗人群研究，贾晋华著，北京大学出版社2001年

77. 唐代白话诗派研究，项楚等著，学习出版社2007年

78. 唐诗语汇意象论，松浦友久著，中华书局1992年

79. 唐诗的美学阐释，李浩著，安徽大学出版社2006年

80. 唐诗语言研究，蒋绍愚著，语文出版社2008年

81. 唐宋诗歌论集，莫砺锋著，凤凰出版社2007年

82. 中国诗学（思想篇、鉴赏篇、考据篇、设计篇），黄永武著，新世界出版社2012年

83. 中国古代文学批评方法研究，张伯伟著，中华书局2002年

84. 中国古代文体学研究，吴承学著，人民出版社2011年

85. 初唐诗，宇文所安著，三联书店2004年

86. 初唐诗歌的文化阐释，杜晓勤著，东方出版社1997年

87. 走向盛唐，尚定著，中国社会科学出版社1994年

88. 盛唐诗坛研究，袁行霈、丁放著，北京大学出版社2012年

89. 诗国高潮与盛唐文化，葛晓音著，北京大学出版社1995年

90. 终南山的变容：中唐诗歌论集，川合康三著，上海古籍出版社2007年

91. 大历诗风，蒋寅著，上海古籍出版社1992年

92. 李杜诗学，杨义著，北京出版社2001年

93. 李白评传，周勋初著，南京大学出版社2005年

94. 杜甫评传，陈贻焮著，北京大学出版社2011年

95. 杜甫《秋兴八首》集说，叶嘉莹著，上海古籍出版社1988年

96. 元白诗笺证稿，陈寅恪著，上海古籍出版社1978年

97. 元白诗派研究，陈才智著，社会科学文献出版社2007年

98. 白居易集综论，谢思炜著，中国社会科学出版社1997年

99. 韩愈评传，卞孝萱、张清秋、阎琦著，南京大学出版社2007年

100. 玉溪生年谱会笺，张采田著，上海古籍出版社1983年

（以上为研究论著）

（胡可先推荐）

参考文献

B

《白居易集笺校》，[唐]白居易著，朱金城笺校，上海古籍出版社1988年版
《白居易集综论》，谢思炜著，中国社会科学出版社1997年版
《白居易研究讲座》，[日]太田次男编，勉诚出版平成五年（1993）版
《北庭史地研究》，孟凡人著，新疆人民出版社1985年版
《被开拓的诗世界》，程千帆、莫砺锋、张宏生著，上海古籍出版社1990年版
《本事诗》，[唐]孟棨撰，《历代诗话续编》本
《碧鸡漫志校正》，[宋]王灼著，岳珍校正，巴蜀书社2000年版
《宾退录》，[宋]赵与时著，《丛书集成初编》本，中华书局1985年版

C

《插图本中国文学史》，郑振铎著，人民文学出版社1963年版
《蔡襄集》，[宋]蔡襄著，[明]徐𤊹等编，吴以宁点校，上海古籍出版社1996年版
《沧浪诗话校释》，[宋]严羽著，郭绍虞校释，人民文学出版社1983年版
《长江集新校》，[唐]贾岛著，李嘉言校点，上海古籍出版社1983年版
《岑参集校注》，[唐]岑参著，陈铁民、侯忠义校注，陈铁民修订，上海古籍出版社2004年版
《出土文献与唐代诗学研究》，胡可先著，中华书局2012年版
《春明退朝录》，[宋]宋敏求撰，诚刚点校，中华书局1980年版
《词话丛编》，唐圭璋编，中华书局1986年版

D

《大唐新语》，[唐]刘肃撰，许德楠、李鼎霞点校，中华书局1984年版
《丹铅续录》，[明]杨慎著，《丛书集成初编》本
《道教徒诗人李白及其痛苦》，李长之著，商务印书馆1940年版
《道教与唐代文学》，孙昌武著，人民文学出版社2001年版
《读杜诗说》，[清]施鸿保著，张慧剑校，上海古籍出版社1983年版
《读杜心解》，[清]浦起龙著，中华书局1961年版
《杜甫秋兴八首集说》，叶嘉莹著，上海古籍出版社1988年版
《杜律启蒙》，[清]边连宝著，韩成武、贺严、孙微、綦维点校，齐鲁书社2005年版
《杜诗镜铨》，[唐]杜甫著，[清]杨伦笺注，上海古籍出版社1980年版
《杜诗说》，[清]黄生撰，徐定祥点校，黄山书社1994年版
《杜诗提要》，[清]吴瞻泰著，台湾《杜诗丛刊》本。
《杜诗详注》，[唐]杜甫著，[清]仇兆鳌注，中华书局1979年版
《〈杜诗详注〉研究》，吴淑玲著，齐鲁书社2011年版
《杜诗言志》，[清]佚名著，江苏人民出版社1983年版
《杜臆》，[明]王嗣奭撰，上海古籍出版社1983年版
《敦煌的唐诗》，黄永武著，洪范书店1987年版

F

《樊川文集》，[唐]杜牧著，陈允吉点校，上海古籍出版社1978年版
《樊南文集》，[唐]李商隐著，[清]冯浩详注，钱振伦、钱振常笺注，上海古籍出版社1988年版
《封氏闻见记校注》，[唐]封演撰，赵贞信校注，中华书局2005年版

G

《碧溪诗话》，[宋]黄彻著，汤新祥校注，人民文学出版社1986年版
《古诗考索》，程千帆著，上海古籍出版社1984年版
《古诗源》，[清]沈德潜选，中华书局1963年版

H

《韩昌黎诗系年集释》，[唐]韩愈著，钱仲联集释，上海古籍出版社1984年版
《韩昌黎文集校注》，[唐]韩愈撰，马其昶校注，马茂元整理，上海古籍出版社1986年版
《汉唐文学的嬗变》，葛晓音著，北京大学出版社1990年版
《汉语诗律学》，王力著，上海辞书出版社2005年版
《河岳英灵集研究》，[美]李珍华、傅璇琮著，中华书局1992年版

《后村诗话》，[宋]刘克庄撰，王秀梅点校，中华书局1983年版
《后山诗话》，[宋]陈师道著，《历代诗话》本
《淮海集笺注》，[宋]秦观撰，徐培均笺注，上海古籍出版社1994年版
《黄宗羲年谱》，黄炳垕著，中华书局1993年12月版

J

《迦陵论诗丛稿》，叶嘉莹著，中华书局1984年版
《鉴诫录》，[唐]何光远著，《丛书集成初编》本
《金明馆丛稿初编》，陈寅恪著，上海古籍出版社1980年版
《金圣叹全集》，[清]金圣叹著，陆林辑校整理，凤凰出版社2008年版
《景定建康志》，[宋]周应合撰，《宋元方志丛刊》本，中华书局1990年版
《旧唐书》，[后晋]刘昫撰，中华书局1975年版
《剧谈录》，[唐]康骈著，古典文学出版社1958年版
《郡斋读书志校证》，[宋]晁公武撰，孙猛校证，上海古籍出版社1990年版

K

《开元天宝遗事十种》，[五代]王仁裕等著，上海古籍出版社1985年版

L

《老学庵笔记》，[宋]陆游撰，李剑雄、刘德权点校，中华书局1979年版
《李白集校注》，瞿蜕园、朱金城校注，上海古籍出版社1980年版
《李白研究资料》（金元明清之部），裴斐、刘善良编，中华书局1994年版
《李白与唐代文史考论》，郁贤皓著，南京师范大学出版社2008年版
《李商隐诗歌集解》（增补重排本），刘学锴、余恕诚著，中华书局2004年版
《李太白全集》，[唐]李白著，[清]王琦注，中华书局1977年版
《李义山诗辨证》，张采田著，《玉溪生年谱会笺》外一种本，上海古籍出版社1983年版
《历代诗话》，[清]何文焕辑，中华书局1981年版
《历代诗话续编》，丁福保辑，中华书局1983年版
《列朝诗集小传》，[清]钱谦益撰，上海古籍出版社1983年版
《临汉隐居诗话》，[宋]魏泰著，《历代诗话》本
《刘禹锡集》，[唐]刘禹锡撰，卞孝萱校订，中华书局1990年版
《刘禹锡诗论》，肖瑞峰著，吉林教育出版社1995年版
《六一诗话》，[宋]欧阳修著，《历代诗话》本
《陆放翁全集》，[宋]陆游著，中国书店1986年版
《骆临海集笺注》，[唐]骆宾王著，[清]陈熙晋笺注，上海古籍出版社1985年版

M

《邙洛碑志三百种》，赵君平编，中华书局2004年版
《明道杂志》，[宋]张耒著，《丛书集成初编》本
《明儒学案》，[清]黄宗羲著，沈芝盈校点，中华书局2008年版
《明诗纪事》，陈田辑撰，上海古籍出版社1993年版

O

《瓯北集》，[清]赵翼著，李学颖、曹光甫点校，上海古籍出版社1997年版
《瓯北诗话》，[清]赵翼著，霍松林、胡主佑校点，人民文学出版社1963年版
《欧阳修诗文集校笺》，[宋]欧阳修著，洪本健校笺，上海古籍出版社2009年版

P

《皮子文薮》，[唐]皮日休著，萧涤非、郑庆笃整理，上海古籍出版社1981年版

Q

《七缀集》，钱锺书著，三联书店2002年版
《青琐高议》，[宋]刘斧撰，施林良校点，上海古籍出版社1983年版
《清诗话》，[清]王夫之等撰，上海古籍出版社1978年版
《清诗话续编》，郭绍虞编选，富寿荪点校，上海古籍出版社1983年版
《清异录》，[五代]陶谷著，《影印文渊阁四库全书》本
《全唐诗》，[清]彭定求等编，中华书局1960年版
《全唐文》，[清]董诰等编，上海古籍出版社1990年版

R

《容斋随笔》，[宋]洪迈著，上海古籍出版社1978年版

S

《三国史记》，[高丽]金富轼撰，奎章阁藏本
《邵氏闻见后录》，[宋]邵博撰，刘德权、李剑雄点校，中华书局1983年版
《升庵诗话》，[明]杨慎撰，《历代诗话续编》本
《深雪偶谈》，[宋]方岳著，《丛书集成初编》本
《盛唐诗坛研究》，袁行霈、丁放著，北京大学出版社2012年版
《诗比兴笺》，[清]陈沆撰，上海古籍出版社1981年版
《诗词格律》，王力著，中华书局2000年版
《诗词散论》，缪钺著，上海古籍出版社1982年版
《诗话总龟》，[宋]阮阅编，周本淳校点，人民文学出版社1987年版

《诗境浅说》，俞陛云著，上海书店1984年版
《诗镜总论》，[明]陆时雍著，《历代诗话续编》本
《诗薮》，[明]胡应麟撰，上海古籍出版社1979年版
《诗源辩体》，[明]许学夷著，杜维沫点校，人民文学出版社1987年版
《十国春秋》，[清]吴任臣撰，徐敏霞、周莹点校，中华书局1983年版
《石林诗话》，叶梦得著，《郋园丛书》本
《石洲诗话》，[清]翁方纲著，陈迩冬校点，人民文学出版社1981年版
《四库全书总目》，[清]纪昀撰，中华书局1965年版
《宋诗话辑佚》，郭绍虞编，人民文学出版社1980年版
《苏轼文集》，孔凡礼点校，中华书局1996年版
《隋唐五代文学批评史》，王运熙、杨明著，上海古籍出版社1994年版
《隋唐五代文学思想史》，罗宗强著，中华书局1999年版
《隋唐五代燕乐杂言歌辞研究》，王昆吾著，中华书局1996年版
《岁寒堂诗话》，[宋]张戒著，《历代诗话续编》本

T

《太平广记》，[宋]李昉等编，中华书局1961年版
《太平御览》，[宋]李昉等撰，中华书局1960年版
《谈艺录》，钱锺书著，中华书局1984年版
《唐才子传校笺》(1-5册)，傅璇琮主编，中华书局1987-1992年版
《唐传奇笺证》，周绍良著，人民文学出版社2000年版
《唐代铨选与文学》，王勋成著，中华书局2001年版
《唐代文学丛考》，陈尚君著，中国社会科学出版社1997年版
《唐会要》，[宋]王溥撰，上海古籍出版社1991年版
《唐人绝句精华》，刘永济著，人民文学出版社1981年版
《唐人七绝诗浅释》，沈祖棻著，上海古籍出版社1981年版
《唐人小说》，汪辟疆校录，上海古籍出版社1978年版
《唐人选唐诗新编》，傅璇琮著，陕西人民教育出版社1996年版
《唐国史补》，[唐]李肇撰，上海古籍出版社1979年版
《唐翰林学士传论》，傅璇琮著，辽海出版社2005年版
《唐声诗》，任半塘著，上海古籍出版社1982年版
《唐诗百话》，施蛰存著，上海古籍出版社1987年版
《唐诗别裁集》，[清]沈德潜选注，上海古籍出版社1979年版
《唐诗风貌》(修订本)，余恕诚著，中华书局2010年版
《唐诗汇评》，陈伯海主编，浙江教育出版社1995年版
《唐诗纪事》，[宋]计有功撰，上海古籍出版社1987年版

《唐诗纪事校笺》，[宋]计有功撰，王仲镛校笺，中华书局2007年版
《唐诗品汇》，[明]高棅撰，上海古籍出版社1982年版
《唐诗三百首》，[清]蘅塘退士编，中华书局1984年版
《唐诗学引论》，陈伯海著，知识出版社1988年版
《唐诗研究》，沈松勤、胡可先、陶然著，浙江大学出版社2006年版
《唐诗与其他文体之关系》，余恕诚、吴怀东著，中华书局2012年版
《唐诗杂论》，闻一多著，傅璇琮导读，上海古籍出版社1998年版
《唐诗综论》，林庚著，人民文学出版社1987年版
《唐宋诗醇》，[清]弘历等撰，景印四库全书本
《唐音评注》，[元]杨士弘编选，[明]张震辑注，[明]顾璘评点，陶文鹏、魏祖钦整理点校，河北大学出版社2006年版
《唐音癸签》，[明]胡震亨著，上海古籍出版社1981年版
《唐音质疑录》，吴企明著，上海古籍出版社1985年版
《唐摭言》，[唐]王定保撰，古典文学出版社1957版
《苕溪渔隐丛话》，[宋]胡仔纂集，廖德明点校，周本淳重订，人民文学出版社1993年版
《图画见闻志》，[宋]郭若虚著，人民美术出版社1963年版

W

《汪辟疆文集》，汪辟疆著，程千帆校，上海古籍出版社1988年版
《韦应物集校注》(增订本)，[唐]韦应物著，陶敏、王友胜校注，上海古籍出版社2007年版
《温飞卿诗集笺注》，[唐]温庭筠著，[清]曾益等笺注，上海古籍出版社1980年版
《温庭筠全集校注》，刘学锴撰，中华书局2007年版
《文境秘府论校注》，[日]弘法大师原撰，王利器校注，中国社会科学出版社1983年版
《文史通义新编》，[清]章学诚著，仓修良编，上海古籍出版社1993年版
《文体明辨序说》，[明]徐师曾著，罗根泽校点，人民文学出版社1962年版
《文苑英华》，[宋]李昉等编，中华书局1966年版
《文章辨体序说》，[明]吴讷著，于北山校点，人民文学出版社1962年版
《文章鼻祖》，[清]杨绳武撰，清乾隆刊本
《文章并峙壮乾坤：韩愈柳宗元研究》，蒋凡著，上海教育出版社2001年版

X

《夏承焘集》，夏承焘著，浙江古籍出版社、浙江教育出版社1997年版
《香祖笔记》，[清]王士禛撰，上海古籍出版社1982年版
《新唐书》，[宋]欧阳修、宋祁撰，中华书局1975年版

《宣和画谱》，[宋]佚名撰，《丛书集成初编》本
《宣室志》，[唐]张读撰，张永钦、侯志明点校，中华书局1983年版

Y

《颜鲁公集》，[唐]颜真卿著，《四部备要》本
《演繁露》，[宋]程大昌著，景印四库全书本
《艺概》，[清]刘熙载著，上海古籍出版社1980年版
《艺文类聚》，[唐]欧阳询撰，汪绍楹校，上海古籍出版社1982年版
《艺苑卮言》，[明]王世贞撰，《历代诗话续编》本
《瀛奎律髓汇评》，方回选评，李庆甲集评校点，上海古籍出版社2005年版
《游目骋怀——文学与美术的互文与再生》，衣若芬著，里仁书局2011年版
《玉泉子》，[唐]佚名著，古典文学出版社1957年版
《玉溪生诗集笺注》，[唐]李商隐著，[清]冯浩笺注，上海古籍出版社1979年版
《元白诗笺证稿》，陈寅恪著，上海古籍出版社1978年版
《原诗》，[清]叶燮著，《清诗话》本
《源氏物语》，[日]紫式部著，人民文学出版社1980年版
《元稹集》(修订本)，[唐]元稹著，冀勤校点，中华书局2010年版
《乐府诗集》，[宋]郭茂倩编，中华书局1979年版
《阅微草堂笔记》，[清]纪昀著，上海古籍出版社1980年版
《云麓漫钞》，[宋]赵彦卫撰，傅根清点校，中华书局1996年版
《云溪友议》，[唐]范摅著，古典文学出版社1957年版

Z

《昭昧詹言》，[清]方东树著，汪绍楹点校，人民文学出版社1961年版
《直斋书录解题》，[宋]陈振孙撰，徐小蛮、顾美华点校，上海古籍出版社1987年版
《终南山的变容：中唐文学论集》，[日]川合康三著，上海古籍出版社2007年版
《中国画论类编》，俞剑华编，人民美术出版社1957年版
《中国诗学·考据篇》，黄永武著，巨流股份有限公司2008年版
《中国文学批评通史·明代卷》，袁震宇、刘明今著，上海古籍出版社1996年版
《中国文学概论》，袁行霈著，高等教育出版社2006年版
《中朝故事》，[唐]尉迟偓著，中华书局上海编辑所1958年版
《资治通鉴》，[宋]司马光编著，胡三省音注，中华书局1956年版
《朱自清古典文学论文集》，朱自清著，上海古籍出版社1981年版
《注好选》，东京贵重资料刊行会，日本株式会社东京美术昭和五十八年(1983版)
《妆楼记》，[唐]张泌撰，《丛书集成初编》本